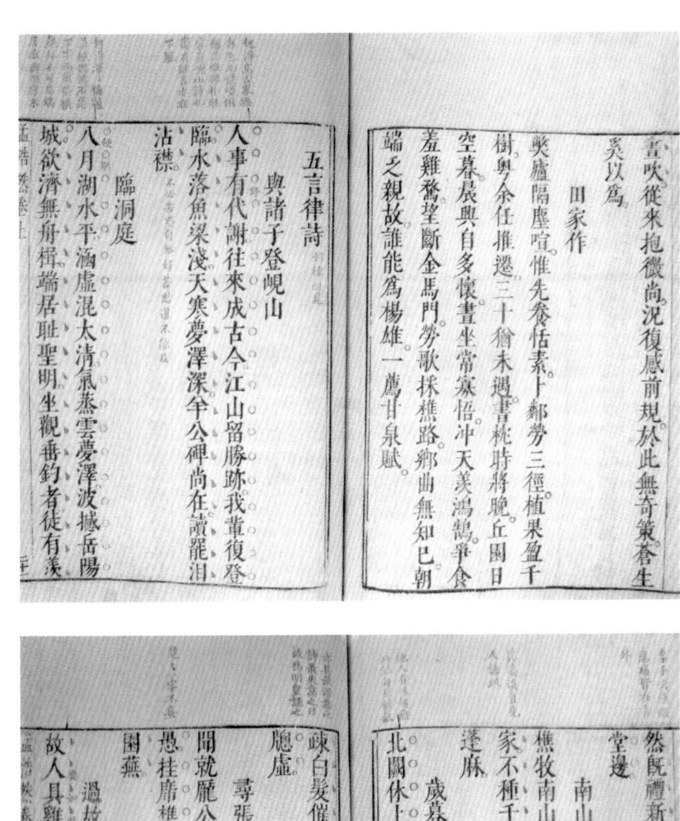

壹吹從來抱微尚況復感前規於此無奇策蒼生
奚以爲
田家作
弊廬隔塵喧惟先養恬素卜鄰勞三徑植果盈千
樹粤余任推遷三十猶未遇書劍時將晚丘園日
空暮晨興自多懷晝坐常寥悟冲天羨鴻鵠爭食
羞雞鶩望斷金馬門勞歌採樵路鄉曲無知已朝
端乏親故誰能爲楊雄一薦甘泉賦

五言律詩
與諸子登峴山
人事有代謝往來成古今江山留勝跡我輩復登
臨水落魚梁淺天寒夢澤深羊公碑尚在讀罷淚
沾襟
臨洞庭
八月湖水平涵虛混太清氣蒸雲夢澤波撼岳陽
城欲濟無舟楫端居耻聖明坐觀垂釣者徒有羨

孟浩然卷上

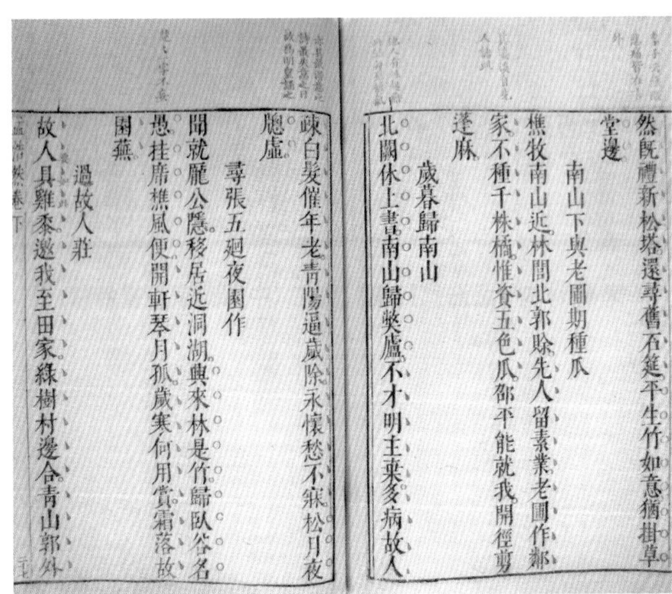

然既禮新松塔還尋舊石筵平生竹如意猶掛草
堂邊
南山下與老圃期種瓜
樵牧南山近林閭北郭賒先人留素業老圃作鄰
家不種千株橘惟資五色瓜邵平能就我開徑剪
蓬麻
歲暮歸南山
北闕休上書南山歸弊廬不才明主棄多病故人

疎白髮催年老青陽逼歲除永懷愁不寐松月夜
窻虛
尋張五迴夜園作
聞就龐公隱移居近洞湖興來林是竹歸臥谷名
愚挂席樵風便開軒琴月孤歲寒何用賞霜落故
園蕪
過故人莊
故人具雞黍邀我至田家綠樹村邊合青山郭外

孟浩然卷下

明吳興淩濛初朱墨套印本《孟浩然詩集》書影（北京大學圖書館藏）

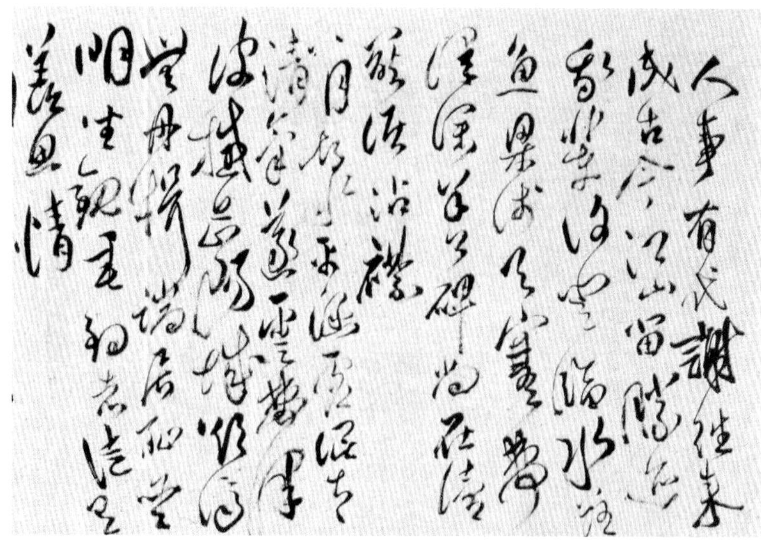

明傅山書《孟浩然詩十八首手卷》(局部，第一首與第二首)

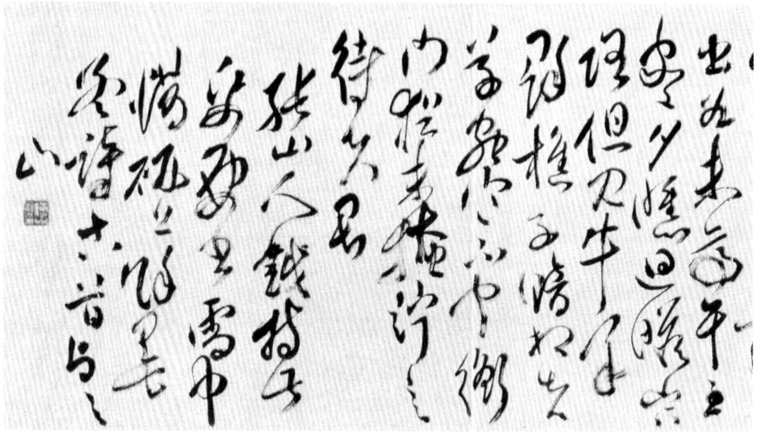

同上(局部，第十八首與落款)

孟浩然的詩清新自然，是古今書法名家最喜臨寫的詩人作品之一。《孟浩然詩十八首手卷》，紙本，高28.2cm，寬394.8cm，明末書法家傅山書，現藏北京故宮博物院。傅山(1605-1684)，明末清初山西陽曲人，著名學者、書法家。一生磊落孤傲，拒不仕清，具有崇高的民族氣節。其書法雄厚豪放，富有浪漫色彩。《孟浩然詩十八首手卷》是最能代表其書法成就的行草書經典之一。

刊印古籍今注新譯叢書緣起

劉振強

人類歷史發展，每至偏執一端，往而不返的關頭，總有一股新興的反本運動繼起，要求回顧過往的源頭，從中汲取新生的創造力量。孔子所謂的述而不作，溫故知新，以及西方文藝復興所強調的再生精神，都體現了創造源頭這股日新不竭的力量。古典之所以重要，古籍之所以不可不讀，正在這層尋本與啟示的意義上。處於現代世界而倡言讀古書，並不是迷信傳統，更不是故步自封；而是當我們愈懂得聆聽來自根源的聲音，我們就愈懂得如何向歷史追問，也就愈能夠清醒正對當世的苦厄。要擴大心量，冥契古今心靈，會通宇宙精神，不能不由學會讀古書這一層根本的工夫做起。

基於這樣的想法，本局自草創以來，即懷著注譯傳統重要典籍的理想，由第一部的四書做起，希望藉由文字障礙的掃除，幫助有心的讀者，打開禁錮於古老話語中的豐沛寶藏。我們工作的原則是「兼取諸家，直注明解」。一方面熔鑄眾說，擇善而從；一方面也力求明白可喻，達到學術普及化的要求。叢書自陸續出刊以來，頗受各界的喜愛，使我們得到很大的鼓勵，也有信心繼續推廣這項工作。隨著海峽兩岸的交流，我們注譯的成員，也由臺灣各大學的教授，擴及大陸各有專長的學者。陣容的充實，使我們有更多的資源，整理更多樣化的古籍。兼採經、史、子、集四部的要典，重拾對通才器識的重視，將是我們進一步工作的目標。

古籍的注譯，固然是一件繁難的工作，但其實也只是整個工作的開端而已，最後的完成與意義的賦予，全賴讀者的閱讀與自得自證。我們期望這項工作能有助於為世界文化的未來匯流，注入一股源頭活水；也希望各界博雅君子不吝指正，讓我們的步伐能夠更堅穩地走下去。

新譯孟浩然詩集 目次

卷中

卷下

宋本集外詩

導讀

幼兒接觸唐詩，最初會被「春眠不覺曉，處處聞啼鳥」（孟浩然〈春曉絕句〉）的詩句所吸引；入學後，會對「待到重陽日，還來就菊花」（〈過故人莊〉）產生興趣；再往後，就會為「八月湖水平，含虛混太清。氣蒸雲夢澤，波撼岳陽城」（〈岳陽樓〉）這樣的描寫所震撼。在人們走進唐詩這片天地的旅程中，孟浩然是位引領我們前行的伴侶，一位和藹可親的朋友。

唐詩今存五萬餘首，有名有姓的作者約三千人。清朝人孫洙從中選錄七十餘家的三百十二首作品，編成《唐詩三百首》，其中入選孟浩然詩十五首，僅次於杜甫、王維、李白、李商隱，排在第五位；若按各人作品的比例排列，孟詩居第一位。孫洙所編《唐詩三百首》固然有不足，但它無疑是迄今最受歡迎的唐詩選本，由此約略可見孟浩然在唐詩接受史上的地位和影響。盛唐詩壇，群英薈萃，李白和杜甫是當時，同時也是中國詩歌發展史上成就最高的作家，圍繞在這「雙子座」周圍的，還有大批成就傑出、風格各異的優秀作家，其中高適和岑參是邊塞軍旅詩派的代表，王維和孟浩然則是山水田園詩派的代表。

一、孟浩然的一生經歷與存世詩作

孟浩然（西元六八九—七四〇年），襄陽（今屬湖北）人，世稱孟襄陽。關於其生平事蹟，《舊唐書・文苑傳》僅有極簡短的記載：「孟浩然，隱鹿門山，以詩自適。年四十來遊京師，應進士不第，還襄陽。張九齡鎮荊州，署為從事，與之唱和。不達而卒。」所謂不達而卒，指其平生未得到過朝廷的正式任命，是以布衣終其身的。這在唐代著名詩人中絕無僅有。孟浩然處在開元全盛時期，那時政治清明，科舉取士制度為士子求取功名富貴敞開了大門，「家世重儒風」（〈書懷貽京邑同好〉）的教養促使他選擇積極用世的人生道路。他為科舉考試刻苦準備了三十年，直到四十歲時，才入長安應舉，卻不幸落第。按當時風氣，有「三十老明經，五十少進士」的說法，意思是明經考試由於要求相對較低，考到三十歲就屬大齡了；而進士科主要憑才藝，即使考到五十歲也不算超齡。按理說，孟浩然一試不中完全可以再考，連續多次地考，直到金榜題名為止。奇怪的是孟浩然此後再也沒有參加科舉考試，連後來襄州刺史兼山南東道採訪使韓朝宗保薦他應制舉也被他藉故推辭了。李白〈贈孟浩然〉有「吾愛孟夫子，風流天下聞。紅顏棄軒冕，白首臥松雲」之句，稱讚孟浩然人品清高，說他年紀輕輕就「棄軒冕」了。李白的看法似與實情不合，因為說到「棄軒冕」，是指從內心深處放棄對功名利祿的追求，甚至給官也不做。但孟浩然在作品中一再表露出他對入仕的嚮往：當他還在積極準備應試時，他在〈田園作〉中寫道：「沖天羨鴻鵠，爭食嗟雞鶩。望斷金馬門，勞歌采樵路。鄉曲無知己，朝端乏親故。誰能為揚雄，一薦〈甘泉賦〉。」當他應試失意後漫遊吳越之際，他在〈久滯越中貽謝甫池會稽賀少府〉中寫道：「未能忘魏闕，空此滯秦稽。」當他由越中返回襄陽途中，在〈自潯陽泛舟經明海〉中寫道：「魏闕心恆在，金門詔不忘。遙憐上林雁，冰泮已回翔。」可見詩人的一貫心態是身在江湖之中，心在魏闕之下。「紅顏棄軒冕」應該是被動式，即是朝廷「棄」了詩人，而非詩人「棄」了朝廷。筆者以為造成這種局面的根源在唐玄宗。《新唐書・藝文傳》載有孟浩然邂逅唐玄宗的故事，其原始記載見於五代人王定保撰《唐摭言》卷一一：「襄陽詩人孟浩然，開元中頗為王右丞所知。句有『微雲淡河漢，疏雨滴梧桐』者，右丞吟詠之，常擊節不已。維待詔金鑾殿，一旦，召之商較風雅，忽遇上幸維所，浩然錯愕伏床下，維不敢隱，因之奏聞。上欣然曰：『朕素聞其人。』因得詔見。上曰：『卿將得詩來耶？』浩然奏曰：『臣偶不齎所業。』上即命吟。浩然奉詔，拜舞念詩曰：『北闕休上書，南山歸臥廬。不才明主棄，多病故人疏。』上聞之憮然曰：『朕未曾棄人，自是卿不求進，奈何反有此作？』因命放歸南山。終身不仕。」最後這幾句，《新唐書》本傳作：帝曰：「卿不求仕，而朕未嘗棄卿，奈何誣我？」因放還。冒犯龍顏招致「因命放歸南山」的後果，貶斥的意味是很明顯的。由於皇帝的一言一行都要由史臣記載入檔，成為撰寫「實錄」的原始材料，因此，孟浩然在這次會見中的言行也被記錄下來，並可能被定性為忤旨，從而影響到此後的前程。當「名劣繫於選部」（王士源〈孟浩然詩集序〉時，無論誰主持進士考試，都將不敢錄取孟浩然這個有前科的人。詩人自然明白前程因此被斷送，於是「白首臥松雲」就成為很無奈的選擇。顯然，孟浩然是被唐玄宗李隆基親手拒斥於仕進大門之外的。好在山水清嘉的襄陽風物給予這位廟堂棄兒以巨大撫慰，賢明的父母官也對本土詩人以禮相待，呵護有加，這就使得詩人的後半生的林下棲隱生活過得恬淡安適。值得注意的是，開元年間的襄州刺史和襄陽縣令，許多人都有遺愛碑或德政碑，襄陽的人文環境十分優越。這從孟浩然的作品中也可以得到印證。而就整個時代言，唐王朝還處在名副其實的盛世。

孟浩然一生經歷比較單純，主要是隱逸和漫遊。四十歲以前，在故居澗南園讀書，一度隱居於鹿門山。也曾南遊湘、贛，北至幽州。四十歲以後，赴吳越漫遊，歷時四載，足跡達到東海之濱，後來又有湘中、蜀中之遊。開元二十五年（西元七三七年），張九齡貶荊州長史，召浩然入幕，浩然隨其巡視各地，或祭山川，或遊覽從獵，得以施展從事公務活動的才幹，在一定程度上實現了詩人報效朝廷的夙願。

開元二十八年（西元七四〇年）春，孟浩然病逝於襄陽。據王士源〈孟浩然詩集序〉記載：這年春天，被貶嶺南的王昌齡北返過襄陽，兩人開懷暢飲，浩然因食鮮，背疽復發而卒。同一篇文章中還寫道，孟浩然「骨貌淑清，風神散朗，救患釋紛以立義，灌園藝圃以全高。」《新唐書》本傳也稱其「少好節義，喜振人患難」。孟集中有對任俠精神的讚美，可能與詩人這一性格特徵有關。孟浩然的去世，在當時詩壇引起巨大震動。王維〈哭孟浩然〉寫道：

「故人不可見，漢水日夕流。借問襄陽老，江山空蔡洲。」杜甫〈遣興五首〉之五曰：「吾憐孟浩然，短褐即長夜。賦詩何必多，往往凌鮑謝。清江空舊魚，春雨餘甘蔗。每望東南雲，令人幾悲咤。」都為巨星的隕落而悲痛不已，認為這不僅是襄陽的一大損失，也是大唐帝國的一大損失，由此而給盛唐詩壇帶來的空白是難以彌補的。

天寶四載（西元七四四年），即孟浩然去世後第四年，宜城王士源出於對本土賢哲的崇敬，著手集錄孟詩。據其記述，浩然平時寫作，隨寫隨丟，並未編錄成集。散佚的篇章為數不少。王士源在詩人之弟孟洗然的協助下，多方徵集，最後「集得其詩二百一十八首，別為七類，分上中下卷」，這其中包括殘篇及他人酬贈之作若干首。天寶九載（西元七四九年），集賢院修撰韋滔據王士源所輯之本重新繕寫，增其條目，送交秘府保存，以期傳芳無窮。今天存世最早的版本為宋蜀刻本《孟浩然詩集》，錄詩二百一十四首。如果除去其中所錄張子容二首、王維一首、王迥一首，得二百一十首，與《郡齋讀書志》所記篇數相符合。此本之外，宋劉辰翁評點孟詩，新增《補遺》一卷，後人又有增補，共計五十五首，絕大部分可信，經考辨，孟詩今存二百六十四首。可以說自唐以來未再度散佚。當年王維詩因安史之亂「十不存一」，元稹詩經五代之亂損失大半，相比之下，孟浩然詩的命運可謂上佳。自宋代以來，《孟浩然詩集》備受重視，刊刻頻數，宋劉辰翁、明李夢陽評點本，被明人凌濛初刻成朱墨套印本，清代也出過方功惠輯《王孟詩評》朱墨套印本。近現代以來所出注釋本、選注選譯本不勝枚舉，證明孟詩魅力無窮，受到讀者廣泛而持久的喜愛。

二、孟浩然詩歌成就概說

孟浩然年長李白、王維、高適十多歲，長杜甫、岑參二十多歲，是盛唐詩人群體中的老大哥。他處於唐詩由初唐向盛唐的過渡期，精研《文選》，轉師多益，漫遊名山大川，親近自然，以當時流行的五古、五律形式大力寫作以山水田園為題材的作品，形成類似陶淵明詩的自然平淡詩風，為盛唐山水田園詩派的形成，起到了導夫先路的作用。「凡佳山水，必有詩人足迹。蘇南、浙西至匡廬、洞庭一線，有中國最秀美的山水，尤其是剡中與洞庭，更是許多詩人流連忘返的處所。」（袁行霈主編《中國文學史・隋唐五代文學》）孟浩然多次往返於這條旅遊路線，為眾多山水名勝留下精美絕倫的題詠，所樹高標，千載之下仍然難有超越。

其〈岳陽樓〉（習見唐詩選本多作〈望洞庭湖贈張丞相〉）有云：「八月湖水平，含虛混太清。氣蒸雲夢澤，波撼岳陽城。」先展現一望無際的湖面，再就映現於湖中的天光水色構思，繼而寫水氣蒸騰，彌漫雲夢；風濤洶湧，震撼岳陽。可謂聲勢壯闊，形象飛動，令人目眩神搖。這樣寫，既再現了洞庭湖壯闊浩淼的氣象，又賦予其吞吐宇宙、搖撼乾坤的精神力量，這是前人筆下所沒有過的。

其〈晚泊潯陽望廬山〉寫道：「掛席幾千里，名山都未逢。泊舟潯陽郭，始見香爐峰。嘗讀遠公傳，永懷塵外蹤。東林精舍近，日暮空聞鐘。」先說幾千里的行程中，山是見過不少，但真正有名氣的一個也沒有。有此反襯，詩人第一眼看到香爐峰時的欣喜就顯得水到渠成，真切自然，遂使廬山登臺亮相獲得懾人心魄的衝擊力。但香爐峰如何崢嶸高峻，詩人卻引而不發，給讀者留下想像的空間。不寫之寫，當得起「自然高妙」的評語。對照一下〈彭蠡湖中望廬山〉，其前半寫道：「太虛生月暈，舟子知天風。掛席侯明發，渺漫平湖中。中流見匡阜，勢壓九江雄。黯黮凝黛色，崢嶸當曙空。香爐初上日，瀑布噴成虹。」十句景語，精心佈置，濃筆重彩，對匡阜的萬千氣象作了淋漓盡致的描繪，將廬山奇秀甲天下的風采全景式地展現在讀者面前，等於對上次留下的題目作出示範性闡釋，讓讀者大開眼界。

〈夜泊宣城界〉描繪宣城一帶夜景：那聳立江心的羅剎石，那謝朓賦詩的敬亭山，梅根冶爐火熊熊，升騰起的煙霧彌漫於楊葉洲上空。一系列景點的連續展現，使讀者在受到強烈視覺衝擊的同時，感受到異境夜景的新鮮和奇妙。「火識梅根冶，煙迷楊葉洲」一聯，為古代冶煉場寫照，是文學史上破天荒第一次，為李白〈秋浦歌〉「爐火照天地，紅星亂紫煙」的詩句伏筆。〈夜泊牛渚趁錢八不及〉紀詩人與友人在江上結伴同行、中途兩船走散的經歷。「榜歌空裡失，船火望中疑」一聯，將江行失路、尋覓的情景描繪得真切動人，並引發讀者關於世路人生的遐想。全詩寓敘事於寫景之中，詩中人的心理活動清晰可辨。〈揚子津望京口〉寫道：「北固臨京口，夷山對海濱。江風白浪起，愁殺渡頭人。」詩人在揚子津頭眺望南方，只見峻拔的北固山雄踞京口，焦山餘脈伸向海濱，有懾人心魄的震撼力。江口吹起大風，湧起如山白浪，真要愁殺想要渡江的人們。準確描繪出當地的風貌特徵，也傳達出詩中人的心理感受。孟詩由梁代何遜「江暗雨欲來，浪白風初起」化出，又為後來李白的〈橫江詞〉提供參照。自然偉力造就的傑作，既為藝術家提供創作素材，激發其靈感，又往往成為作家較量藝術表現力的場所，於是不斷有人類的藝術傑作問世。

孟浩然漫遊吳越歷時四載，追尋前代詩人蹤跡，錢塘觀潮，耶溪泛舟，天台山訪道，石城寺禮佛，尋幽探勝之作琳琅滿目，美不勝收。〈早發漁浦潭〉紀富春江上早發漁浦潭情景。首先描寫舟中臥聞，充滿生活氣息，「別是一種清景可人。」（劉辰翁《王孟詩評》）中間是詩人置身船頭之目見，既有旭日下江面開闊的全景，也有女子濯髮、猿猴戲水、水獺祭魚等特寫，讓讀者應接不暇。最後發為「舟行自無悶，況值晴景豁」的抒懷，興會天成。全詩因有詩人心理活動的介入，讀來給人以新鮮、親切之感。此詩被王士源放在孟集開卷位置，證明它代表了孟浩然創作的基本風貌。

其〈尋天台山〉寫道：「吾友太一子，餐霞臥赤城。欲尋華頂去，不憚惡溪名。歇馬凭雲宿，揚帆截海行。高高翠微裡，遙見石梁橫。」用凝煉概括的筆觸，將到天台山尋幽訪道摹寫殆盡。前人指出，此詩「通首是比體，言求道者能無所不盡其力，必有可至之理。」將抽象難解的哲理用鮮明生動的形象傳達出來，給讀者以豁然開朗、茅塞頓開之感。蘇軾〈題西林壁〉正用這種手法。

其〈耶溪泛舟〉寫道：「落景餘清輝，輕棹弄溪渚。澄明愛水物，臨泛何容與。白首垂釣翁，新妝浣紗女。看看未相識，脈脈不得語。」若耶溪山青水秀，是越中風景名區。由於有美女西施浣紗的傳說，對遊客就更有吸引力了。猜想孟浩然泛舟期間意在追尋當年那位浣紗女的蹤跡。因此，當他面對眼前的新妝浣紗女時，產生了「看看未相識」的親切感。此詩以輕淡簡潔的筆觸，描繪出一幅水鄉風情畫，帶有南朝樂府民歌意味。

詩人越中之遊，足跡直抵東海之濱。其〈永嘉上浦館逢張八子容〉寫道：「逆旅相逢處，江村日暮時。眾山遙對酒，孤嶼共題詩。廨宇鄰鮫室，人煙接島夷。鄉關萬餘里，失路一相悲。」詩人與同鄉好友相逢於異地，並相伴遊賞，飲酒賦詩，真是海闊天空。全篇悲喜交集之情與壯闊空茫之景相融合，頗具杜甫晚年五律的氣象風格。被王士源置於孟集壓卷位置的〈宿建德江〉寫道：「移舟泊煙渚，日暮客愁新。野曠天低樹，江清月近人。」表現客旅愁思，意境淒清曠遠，備受論家好評。杜詩「星垂平野闊」（〈旅夜書懷〉）、「江月去人只數尺」（〈漫成一首〉）、「片雲天共遠，永夜月同孤」（〈江漢〉）等句當受其啟發。孟詩真率自然，杜詩錘煉精工，同樣感人至深。

「山水觀形勝，襄陽美會稽」（〈登望楚山最高頂〉），孟浩然懷著對故土的無限熱愛，寫遍了襄陽及周邊的山山水水，〈初春漢中漾舟〉、〈秋登張明府海亭〉、〈尋香山湛上人〉、〈遊鳳林寺西嶺〉、〈夜歸鹿門寺〉、〈檀溪尋故人〉、〈高陽池送朱二〉、〈大堤行寄黃七〉、〈夏日南亭懷辛大〉、〈秋登萬山寄張五〉、〈登望楚山最高頂〉、〈行出竹東山望漢川〉、〈樵采作〉、〈北澗浮舟〉、〈南山下與老圃期種瓜〉……此類詩題，幾乎涵蓋了孟浩然以峴山腳下澗南園為中心的全部隱逸生活內容，五十年間，詩人勞作於斯，歌哭於斯，興發情至，與山水景物融會而出，構成了襄陽自然人文景觀的絢麗畫卷，占詩人山水田園詩的「半壁江山」。

其〈與諸子登峴山〉寫道：「人事有代謝，往來成古今。江山留勝迹，我輩復登臨。水落魚梁淺，天寒夢澤深。羊公碑尚在，讀罷淚沾襟。」表達詩人面對江山勝跡的無限感慨，探討千古登臨覽勝的意義，並由自然法則引發關於人生價值和生命意義的思考。詩境高絕超邁，頗類陳子昂的〈登幽州臺歌〉，是孟浩然作品中最為傳誦的五律之一。

其〈過故人莊〉寫道：「故人具雞黍，邀我至田家。綠樹村邊合，青山郭外斜。開軒面場圃，把酒話桑麻。待到重陽日，還來就菊花。」完整地記錄了詩人過故人莊園的見聞和感受，字裡行間充滿著田園生活的樂趣，平淡中有深味。《唐詩成法》評曰：「以古為律，得閒適之意，使靖節為近體，想亦不過如此而已。」這首詩因入選《唐詩三百首》等唐詩選本而廣為傳播，稱其為千餘年來田園詩的範本當不為過。

其〈峴潭作〉寫道：「石潭傍隈隩，沙榜曉夤緣。試垂竹竿釣，果得查頭鯿。美人騁金錯，纖手鱠江鮮。因謝陸內史，蒓羹何足傳。」這是一幀風味可愛的日常生活小照。從字面看，垂釣得魚，做成美味，感覺勝過蒓羹，如此而已。但細心品味，富有生活情趣，很不簡單，甚至引起老杜的注意。自由、曠達，詩意的生活，使普通的牙祭滋味無窮，正如陶淵明為北窗下那一絲涼意而滿足，蘇軾為黃岡東坡那一株海棠而陶醉。

其〈初春漢中漾舟〉寫道：「漾舟逗何處？神女漢皋曲。雪罷冰復開，春潭千丈綠。輕舟恣來往，探玩無厭足。波影搖妓釵，沙光逐人目。傾杯魚鳥醉，聯句鶯花續。良會難再逢，日入須秉燭。」此詩大約是孟浩然早期作品，寫初春時節攜歌妓在漢水和萬山潭中泛舟遊樂情景。傳說中鄭交甫遊漢皋臺下，遇見二神女獲贈玉佩的故事就發生在這裡。時當開元初年，在雪化潭綠的陽春天氣裡，小船載著一群年輕人在湖面恣意飄蕩，沙光與歌妓的首飾一起閃耀，魚鳥鶯花都參與到詩酒酬唱之中。這是青年人在春天懷抱裡生命力的律動，是人與自然的和睦相處，神話傳說的發生地正上演著新的故事。正如業師傅庚生先生所指出的：洋溢於盛唐作家筆端的，是青春的生命力和民族的自豪感。孟浩然用其詩筆描繪出盛唐時期人民安居樂業、時代蒸蒸日上的經典畫面。

作為影響全局的山水田園詩作家，孟浩然對更大範圍的名山大川也有所觀照。據李肇《國史補》記載，南康贛石與蜀之三峽、河之三門、南越之惡溪並為天下水路險絕之所。孟詩〈下贛石〉記錄了詩人贛石放溜情景：「贛石三百里，沿洄千嶂間。沸聲常活活，洊勢亦潺潺。跳沫魚龍沸，垂藤猿狖攀。榜人苦奔峭，而我忘險艱。放溜情彌愜，登艫目自閑。暝帆何處宿？遙指落星灣。」全詩既生動描繪了險灘行船的驚心動魄，更展現了詩中人放溜的快意和面對艱險的泰然自若，氣定神閒。我們從中可以讀出青年孟浩然熱愛大自然、熱衷探險的精神風貌。全詩如同剪裁得當的風光短片，證明詩人在藝術構思方面達到很高造詣。他如：其詠終南山，有「翠微終南裡，雨後宜返照」之句；詠秦川，有「試登秦嶺望秦川，遙憶清明春可憐」之句；詠嵩山，有「洛川方罷雪，嵩嶂有殘雲。曳曳半空裡，明明五色分」之句；詠嶽麓山，有「瘴氣曉氛氳，南山復水雲」之句；詠武當山，有「萬壑歸於漢，千峰劃彼蒼。

猿聲亂楚峽，人語帶巴鄉」之句，詠長江三峽，有「壁直千岩峻，淙流萬壑奔」之句：都能傳達描寫對象的神韻，為祖國大好河山增光添彩。

「黯然銷魂者，唯別而已矣。」（江淹〈別賦〉）孟浩然有送別詩五十首，異采紛呈，占作品總量的五分之一。這些作品寫於人生旅程的一個個驛亭渡口，記錄了舊雨新知間的悲歡離合，也在一定程度上折射出世路的萬苦千辛，構成孟浩然山水田園詩以外又一突出成就。

其〈永嘉別張子容〉寫道：「舊國余歸楚，新年子北征。掛帆愁海路，分手戀朋情。日夕故園意，汀洲春草生。何時一杯酒，重與李膺傾。」兩個生死之交的同鄉詩友，在闊別十餘年後相會於數千里之外的東海之濱，一起過新年，接著又前後腳地離開永嘉，等待他們的前景是在故鄉團聚。富有戲劇性的情景，怎能不讓人心潮澎湃！全詩語調親切，一往情深，結語二句被杜甫襲用於〈春日懷李白〉。

其〈送王大校書〉寫道：「導漾自嶓冢，東流為漢川。維桑君有意，解纜我開筵。雲雨從茲別，林端意渺然。尺書能不吝，時望鯉魚傳。」王昌齡是孟浩然交誼最深的朋友。王昌齡貶嶺南時，孟浩然以抱病之軀為友人途中安危而擔憂。一年後，老友平安返回，並將北歸關中，孟浩然設宴款待，盡興暢飲，「食鮮疾動」，不久因舊病復發而辭世，這首送別詩遂成為絕筆。詩舉源遠流長的漢水為秦中和襄陽兩個血性男兒的友情作證，發興高遠，想落天外。詩語的平淡本色，也見出友情的深摯。

其〈送韓使君除洪州都督〉寫道：「述職撫荊衡，分符襲寵榮。往來看擁傳，前後賴專城。勿剪棠猶在，波澄水更清。重推江漢理，旋改豫章行。召父多遺愛，羊公有令名。衣冠列祖道，耆舊擁前旌。峴首晨風送，江陵夜火迎。無才慚孺子，千里愧同聲。」詩的前半在描述韓氏父子兩代治理襄陽有功的同時，寓有為韓公鳴不平的用意。後半描述襄陽士庶祖道送別的熱烈場面，進一步昭示這位封疆大吏的豐功偉績。鄭重典雅，深情無限。

其〈送桓子之郢城禮〉寫道：「聞君馳彩騎，躞蹀指荊衡。為結潘楊好，言過鄢郢城。摽梅詩有贈，羔雁禮將行。今夜神仙女，往來夢感情。」桓家小子要去郢城相親，孟浩然寫詩送行，祝福他一路順風，禮節圓滿，獲得姑娘的芳心。語氣溫和輕快，像忠厚長者，也像知心朋友。

〈送袁太祝尉豫章〉寫在京城送友人，孟浩然懷著觀上國風光的興奮來到長安，遇到同鄉友人袁瓘貶官豫章尉，臨別之際該贈以何言呢？從已經很低下的正九品，降為更低的從九品官；由京城太祝，改為荒僻之地的縣尉，已無法讓詩人再說什麼撫慰的話。於是詩人只能說：江南佳麗地，女孩子生得水靈，山水之勝美得無法形容。

其〈送友人之京〉寫道：「君登青雲去，余望青山歸。雲山從此別，淚濕薜蘿衣。」客中送客，友人的去向是京城，而且是奔著高官位置而去的，可謂前程遠大；詩人的去向也很明確，要回歸故土的青山。這不僅是旅途的背道而馳，也象徵朋友間人生價值取向的截然相反。那麼，這次分手即意味著友人間的訣別，怎能不令詩人淚下沾襟呢！

〈送吳悅遊韶陽〉一詩中，詩人認為，以吳悅鳳雛之才，不可去與鶺鴒為伍；在不重視人才的環境中，鳳凰是難以找到棲息的梧桐的。名為送之，其實留之。這樣寫送別詩似有點殺風景，而詩人交友以誠的赤子之心，卻令人肅然起敬。〈高陽池送朱二〉藉送人這一題目抒發滄桑之慨。詩人痛感世代先輩苦心經營的人文景觀煙消雲散，意氣豪華無處追尋。一旦文脈斷絕，襄陽豈不如同人失去靈魂一樣空虛！〈送辛大不及〉寫送人而遲到，未及看到船隻起錨，別情因未得到釋放而增強，心隨征帆遠去了，人卻在石徑延望，一系列外部形態、動作的描繪，使詩中人的內心痛苦得到充分展現。〈洛下送奚三還揚州〉也是客中送客，二人前腳後腳，方向一致，但奚三此行與故土日益接近，最終是與親人團聚，詩中著一「羨」字，以表達對友人的祝禱；而詩人此行離鄉日遠，又著一「恨」字，以抒發鄉思之苦。可以引為慰藉的，是好朋友後會有期。別情中的心潮起伏清晰可辨。〈送王七尉松滋得陽臺雲〉將神話故事與眼前實事相綰合，構思新穎，想像瑰麗，將讀者帶進奇幻境界。「別方不定，別理千名」，孟集中的送別詩多姿多彩，蘊涵豐富，耐人尋味，詩人以其創造性勞動，為千古送別詩寶庫提供了許多不可或缺的標本。

女性題材的作品在孟集中占一定比例，一種是作為畫面局部的一般描寫，一種是以女性為對象的集中展示。前者如〈早發漁浦潭〉中「美人常晏起，照影弄流沫」的漁家女、〈大堤行寄黃七〉中「王孫挾珠彈，遊女矜羅襪」的遊女、〈耶溪泛舟〉中「看看未相識，脈脈不得語」的浣紗女、〈崔明府宅夜觀妓〉中「長袖平陽曲，新聲〈子夜歌〉」的歌伎、〈早梅〉中「少婦爭攀折，將歸插鏡臺」的少婦、〈庭橘〉中「並生憐共蒂，相示感同心」的少女。

年齡身份各異，但一個個活潑開朗，呼吸著新鮮空氣，自由自在地生活在燦爛的陽光裡。後者如〈春情〉、〈寒夜〉、〈春怨〉等篇，寫閨中怨情；〈長樂宮〉寫宮中怨情，是傳統題材，但也帶有時代氣息，如〈春情〉所凸現的是主人公的種種脫俗舉止和開朗性格，從而與同題材的浮豔庸俗之作劃清界限，使讀者耳目一新。〈寒夜〉中的主人公富足而有素養，她的獨居未必是由於生活所迫，從詩中甚至看不出她的怨尤，遂使讀者無從猜測，而深感這是帶有普遍性的社會問題。〈長樂宮〉詠長樂宮女青春老去的悲哀，而批判的矛頭指向最高統治者。〈早梅〉、〈庭橘〉詠少女、少婦的日常活動。早梅在詩中是具有象徵意義的符號，詩人要表達的寓意要深廣得多。庭橘之「擎來玉盤裡，全勝在幽林」，是否寓有嘉果不徒懸之意，值得探索。〈美人分香〉表現妓女生活場景。凡此種種，詩人干預現實生活的用意是十分鮮明的。

其〈春怨〉寫道：「佳人能畫眉，妝罷出簾帷。照水空自愛，折花將遺誰。春情多豔逸，春意倍相思。愁心極楊柳，一種亂如絲。」在明媚的春日，主人公梳洗打扮齊整，照水可見姣好容貌，但惱人的是，她不知道意中人身在何處，以至於無法將折到的花送出去。「照水」一聯，與王維〈早春行〉中「愛水看妝坐，羞人映花立」相似，有生香真色之妙。結尾以柳絲喻愁，貫通情景，是表現春怨主題的神來之筆。

其〈閨情〉寫道：「一別隔炎涼，君衣忘短長。裁縫無處等，以意忖情量。畏瘦疑傷窄，防寒更厚裝。半啼封裹了，知欲寄誰將。」題為閨情，實寫軍人家屬生活。在府兵制度下，前線將士的軍需由後方百姓負擔。此詩展示一位後方妻子夜間裁縫軍裝時的一個細節：因為丈夫離家一年多了，衣服的長短一時拿不準，既怕太窄了不好穿，又想防寒更厚裝，直到深夜才完成，封裹完畢，準備天亮交給輸送者。描繪詩中人的動作神態及心理活動細緻入微。

其〈美人分香〉寫道：「豔色本傾城，分香更有情。髻鬟垂欲解，眉黛拂能輕。舞學平陽態，歌翻〈子夜〉聲。春風狹斜道，含笑待逢迎。」這是一首展示妓女生活圖景的詩。開元二年八月，玄宗降詔出宮人。史載唐代三百年間出宮人十餘次，其中數次人數在三千以上。往往規定離開皇宮後「願嫁及歸近親，並從所便，不須尋問」，其中一部分會彙入妓女行列，到平康里一帶倚門賣笑。此詩既狀寫剛由皇宮走出的妓女們的容貌、服飾，又描述其才藝和行業情景。詩人關注這社會的特殊群體，字裡行間並無批判意味，唐代社會生活的開放於此略見一斑。

盛唐時期進士試詩用五言排律，士子平時寫五律等於為應考做功課，當時七律和歌行尚未盛行於世，故孟浩然集中主要是五古和五律，看不到像李白〈蜀道難〉、〈將進酒〉、杜甫〈秋興八首〉那樣的鴻篇巨製，這是時代的局限，我們不能苛求於古人。孟集中五絕十九首，大都清新可喜，除〈春晚絕句〉、〈宿建德江〉外，如〈送友人之京〉、〈北澗浮舟〉、〈洛中訪袁拾遺不遇〉、〈送朱大入秦〉、〈揚子津望京口〉、〈問舟子〉、〈尋菊花潭主人不遇〉等，都是唐人五絕的上乘之作。孟集中平淡無味、缺乏美感的作品也有少部分，各詩研析中有判斷，歡迎讀者參與討論。

三、孟浩然詩風及其評價

孟浩然清新淡遠、自然本色的詩風，在盛唐當時即獲得高度讚譽。李白稱頌「高山安可仰，徒此揖清芬」；杜甫讚揚「清詩句句盡堪傳」；殷璠編《河嶽英靈集》，共選錄評論了二十四位盛唐詩人的作品，孟浩然是唯一被以「文采」相推許的詩人，他說：「浩然詩，文采丰茸，經緯綿密，半遵雅調，全削凡近。至如『眾山遙對酒，孤嶼共題詩』無論興象，兼復故實，又『氣蒸雲夢澤，波撼岳陽城』亦為高唱。」意思是說，孟詩繼承了《詩經》樸素自然的風格，又具有很強的創新性，面對外界事物的生動形象，能將自己的濃郁的情思融入其中，創造出情景交融的意境，達到興象玲瓏的高度。這就不僅徹底擺脫了齊梁及初唐的華靡詩風，而且突破了初盛唐之交詩壇流行的應制奉和習氣，從而拉開了表現盛唐氣象的帷幕。毋庸置疑，孟浩然是盛唐時期一流作家的排頭兵，在有唐一代一流作家的排序上也是排頭兵。

後世眾多論家也給孟詩以高度評價，其中最有影響的是蘇軾的評語：「孟浩然之詩韻高而才短，如造內法酒手而無材料爾。」蘇軾的評價有褒有貶。所謂「韻高」，蘇軾的解釋是「發纖穠於簡古，寄至味於淡泊」（〈書黃子思詩集後〉）。在蘇軾看來，韻的高下並不與詩人成就的大小成正比。蘇軾以書法類比：晉人鍾、王的手跡，蕭散簡遠，妙在筆劃之外，堪稱韻高；唐人顏、柳諸人極盡古今筆法變化之能事，卻失去了晉人蕭散簡遠之致，故算不上韻高。「至於詩亦然。蘇、李之天成，曹、劉之自得，陶、謝之超然，蓋益至矣。而李太白、杜子美以英瑋絕世之姿，凌跨百代，古今詩人盡廢，然魏晉以來高風絕塵亦少衰矣。李、杜之後，詩人繼作，雖間有遠韻，而才不逮意，獨韋應物、柳宗元發纖穠於簡古，寄至味於淡泊，非餘子所及也。」（同前）蘇軾最推崇的詩人是陶淵明，說「淵明作詩不多，然其詩質而實綺，癯而實腴，自曹劉、鮑謝、李杜諸人，皆莫及也。」（〈與蘇轍書〉）孟詩學陶，詩風也近似，因而被蘇軾許以「韻高」，臻於詩之「極致」。可見蘇軾對孟詩之褒，不是一般意義上的肯定，而是高度讚揚，推崇備至，甚至可以說是淵明之下一人而已。所謂「才短」，指其才思不夠敏捷，集中部分篇章缺乏巧思，顯得直露寒儉。聞一多對孟浩然及其詩也有極高評價，其《唐詩雜論》中的一席話為世人所熟知；其結論是：「孟浩然可以說是能在生活和詩品兩方面足以與魏晉人抗衡的唯一的人，他的成分是《世說新語》的人格加上盛唐詩人的風度，故他的生活與詩品的總成績遠在盛唐諸公之上。」（鄭臨川《聞一多論古典文學》，第一二九頁，以上參閱張安祖〈論殷璠、蘇軾與聞一多關於孟浩然詩的評價〉，見《文學遺產》二〇一〇年第五期）其評價之高更超過東坡。這一論斷能否成為學界共識，或者如何就此論斷達成共識，還有很長的路程要走，而孟浩然研究大有文章可做，前景看好，卻是確定無疑的。我們期待著孟浩然像陶淵明那樣重新被發現。

有人說孟浩然學問不夠，不能在詩中大量使事用典，這與實情不符合。翻檢孟集，其用典約一百八十處，涉及一半以上的作品，數量已夠大了。孟詩用典妥帖得當，熟練自如，往往使讀者不易覺察其用典。缺點是數量偏大，頻率偏高，約有三十多個典故用過三次以上；彭澤、雲夢、賈誼長沙、羊公墮淚、山翁習池、陽春白雪等典故，不惜十次八次地用，讀來不免膩味。還有一種情況是對前人成句的襲用。孟浩然涉獵廣泛，對前人的作品相當熟悉，這使得他襲用前人作品的成句顯得得心應手，一字不易或僅改隻字地嵌入詩中，天衣無縫，不露痕跡，如同己出。如「脈脈不得語」（〈古詩十九首〉）、「翠羽戲蘭苕」（郭璞）、「寶劍值千金」（曹植）、「身世兩相棄」（鮑照）、「引領望天末」（陸機）、「宛轉隨香騎」（楊炯）、「江南佳麗地」（謝朓）、「山水有清音」（左思）……原作本屬佳句，用於孟詩中往往使全篇增色。這樣的例證，在孟集中有二十幾處，換言之，每十首詩中就有一首襲用了前人成句。作為文學創作，這種作法難免巧取豪奪之譏，一之謂甚，其可再三！以上二端，算是對孟詩「才短」注解的補證。

四、本書輯錄、校勘與注譯原則

本書的撰寫是按本叢書的統一體例進行的。文本的收錄，參照佟培基《孟浩然詩集箋注》的編次，即依宋蜀刻本《孟浩然詩集》編次為上、中、下卷，依明刻宋劉辰翁評點本《孟浩然詩集》三卷《補遺》一卷本，列入其《補遺》及後人增補的五十三首作品和殘句，編為〈宋本集外詩〉，以期讀者獲得全貌。同時利用佟書的校勘成果，對全部作品加以審定，題目及正文有明顯訛誤者，據他本予以改正，異文擇善而從。對於疑偽作品，則在題解中稍作辨析。「題解」一項，主要揭示作品的寫作背景，包括時間、地點、相關的人物事件等；根據理解作品的需要，間或穿插一些文物、制度、風俗、文學知識等；有時也涉及該詩的題旨或技巧，以期與下面的「研析」形成互補。偶爾也進行一點能夠引起閱讀趣味的學術性探討，如〈美人分香〉、〈送告八從軍〉等篇的題解。「注釋」以梳通大意為宗旨，以詞語詮釋為主，務求簡明，必要時進行整句、整聯的串講。遇有重複出現的詞語，用前詳後略的方法處理。一般用語不舉書證，典故則揭示出處。對於詩人化用、因襲前人的成句，盡可能指出原作者及篇名，以利讀者比較得失。「語譯」採用直譯和意譯相結合的方法，即在詞語大致相互對應的基礎上，力求譯文的語意貫通，表達流暢。不追求譯文押韻。「研析」是全書的重心，力求言之有物，並適合一般讀者的興趣，注意對作品文化內涵的探索，對其藝術特徵的評析，對相同題材的比較，等等，用理解的同情與作者對話，用與朋友交談的口氣，說出筆者的見解。叢書的宗旨是通過多角度的闡釋達到引導讀者閱讀、鑑賞的目的。但願筆者的工作能收到拋磚引玉的效果。

三十年前，我研讀王維詩時曾對孟浩然詩有過涉獵，走馬觀花，印象不深。十五年前，在為《全唐五代詩》審閱初盛唐詩稿件時第二次通讀《孟浩然詩集》，仍然未能引起足夠的重視。一直以為孟詩固然清新可喜，但無法與李杜比，無法與王維比，受讀者喜愛的作品不過幾十首。今天深入探討孟浩然及其詩，一首首地細加品味，才認識到孟夫子及其詩真的了不起，驚訝殷璠、杜甫、蘇軾的評語眼光獨到，是千古不刊之論。孟浩然無愧於襄陽，無愧於盛唐時代，無愧於山水田園詩派的領袖地位。感謝三民書局給我這一次重新學習孟浩然的機會，使我在臨退休之際能完成一件很有意義的工作，補上求學過程中所缺的一課。我對唐代文學的研讀，起始於王維而終止於孟浩然，可能是緣分。撰稿過程中，利用了學術界已有的研究成果，除上述佟培基《孟浩然詩集箋注》外，陶文鵬《王維孟浩然詩選評》、劉陽主編《孟浩然研究文集》、張安祖〈論殷璠、蘇軾與聞一多關於孟浩然詩的評價〉，都為本書的撰寫提供了巨大幫助，筆者對各位同仁的創造性勞動由衷感佩！工作過程中還得到陸俊華、呂燕芳、李小芳、谷建、白昀、王振國諸友人的大力協助，振國君通讀全稿，提出許多很有見解的修改意見，並為補撰〈長安早春〉一詩的研析，一併表示感謝！

楊軍

二〇一二年五月於存真齋

卷上

1 早發漁浦潭

【題解】此詩作於孟浩然漫遊吳越期間。開元十八年（西元七三〇年）夏秋間，孟浩然由洛陽來到杭州，中秋節前後，他在錢塘江觀潮，隨後乘船經錢塘口入浙江，溯流赴天台山一帶尋仙訪道。漁浦潭在浙江富陽東三十里。此詩描繪乘船早發漁浦潭情景。

東旭❶早光芒，渚禽❷已驚聒❸。臥聞漁浦口，橈聲暗相撥❹。日出
氣象❺分，始知江路闊。美人常晏起❻，照影弄流沫❼。飲水畏驚猿❽，
祭魚時見獺❾。舟行自無悶❿，況值晴景豁⓫。

【注釋】❶東旭　東方的亮光。❷渚禽　沙洲上的水鳥。渚，水中小洲。❸驚聒　驚起嘈叫。❹橈聲暗相撥

聽到搖櫓划槳聲，知道船已起航了。❺氣象　景象。❻晏起　晚起床。❼照影弄流沫　描寫江邊女子浣洗戲水情形。❽飲水畏驚猿　即「畏驚飲水猿」。擔心行船驚擾了江邊飲水的猴子。❾祭魚時見獺　時時可以見到水獺在捕捉小魚。獺性貪，常捕捉許多魚擺在旁邊，如陳列祭品。古書上稱之為獺祭魚。❿無悶　沒有煩悶。特指遠離塵世、瀟灑安閒的精神狀態。⓫豁　顯豁；明朗。

【語　譯】東方旭日早早露出萬丈光芒，沙洲水鳥驚醒後正嘈雜啼叫。臥在船艙能聽到漁浦口的動靜，搖櫓划槳把江水撥響。朝暉下景象歷歷分明，才知道江路如此開闊。少女們貪睡常愛晚起，對水照影嬉笑間濺起點點水花。擔心行船驚擾了岸邊飲水的猴子，不時有叼魚的水獺爬到岸上。舟行水上心情安閒自得，更何況遇晴日景象明朗。

【研　析】自富陽至桐廬，一百里許，奇山異水，天下獨絕。遊人徜徉其間如在圖畫之中。此詩記早發漁浦潭情景。首四句寫舟中臥聞：晨曦乍臨，即有水鳥驚聒；橈聲相撥，表明船已起航。前人稱這種充滿生活氣息的描寫「別是一種清景可人」（劉辰翁《王孟詩評》）。中間六句寫景，是詩中人置身船頭之所見：既有旭日下江面開闊的全景，也有女子濯髮、猿猴飲水、水獺祭魚等特寫，可謂美不勝收。這些描寫因有詩人心理活動的介入，讀來給人以新鮮親切之感。末二句抒情，與以上景物描寫相生發，興會天成。

尋香山湛上人

【題解】香山，在今湖北京山北，地處襄陽東南。孟浩然隱居襄陽鹿門山，有機會到香山訪友。湛上人，指開元時僧人湛然。上人，對僧人的尊稱。孟浩然在〈還山貽湛法師〉中讚其「墨妙稱今絕」，可見這位高僧有很高的書法才藝。據《寶刻叢編》卷三引《復齋碑錄》記載，開元八年（西元七二〇年），峴山上立的〈裴觀德政碑〉即其手書。此詩寫詩人乘興而來訪問高僧的經過及沿途所見所感，表達出一種精神上的認同。

朝遊訪名山，山遠在空翠❶。氛氳亙百里❷，日入行始至。谷口聞鐘聲，林端識香氣。杖策❸尋故人❹，解鞍暫停騎❺。石門殊豁險❻，篁徑轉森邃❼。法侶❽欣相逢，清談❾曉不寐。平生慕真隱❿，累日⓫探靈異⓬。野老⓭朝入田，山僧暮歸寺。松泉多逸響⓮，苔壁饒古意⓯。願言⓰投此山，身世兩相棄⓱。

【注釋】❶空翠　浮蕩在高遠天際的青翠山色。❷氛氳亙百里　山間雲氣彌漫，綿延百里。氛氳，氣盛貌。亙，延續不斷。❸杖策　執鞭策馬而行。杖，持；執。策，馬鞭。❹故人　舊友。即熟識的朋友。❺騎　備有鞍轡的馬。❻石門殊豁險　山口兩峰對峙，幽深險峻。石門，兩峰聳起，對峙如門戶。殊，特別。豁險，形容山勢幽深險峻。❼篁徑轉森邃　竹林中的山路顯得陰沉深遠。轉，副詞。愈益；漸趨。森邃，陰沉深遠。❽法

侶　同奉佛法的徒侶道友。❾清談　清雅的談論。❿真隱　真正的隱居之士。⓫累日　連續多日。⓬靈異　神仙怪異。⓭野老　農夫。⓮逸響　奔放的樂音。⓯苔壁饒古意　苔蘚覆蓋的岩壁顯得年代久遠，容易引發思古、懷古之情。⓰願言　殷切思念意。⓱身世兩相棄　指身棄世而不仕，世棄身而不任。鮑照〈詠史〉：「君平獨寂寞，身世兩相棄。」

【語　譯】清晨出行去尋訪名山，香山高遠掩映在蒼蒼青翠中。雲氣彌漫綿延百里，太陽落山才到達目的地。進入谷口就聽到寺廟聲聲鐘響，樹林裡能聞到那特有的芬芳。執鞭策馬尋訪舊友，解開馬鞍讓馬兒稍作歇息。對峙如門戶的險峰幽深險峻，遍布竹篁的山路陰沉深遠。徒侶道友欣然相逢，徹夜長談到拂曉沒有倦意。平素最仰慕真正的隱士，連續多日探討神仙怪異。農夫們清晨去田中耕作，僧人們黃昏回到寺院。松間清泉奏出奔放的樂曲，苔蘚覆蓋的岩壁引發思古幽情。殷切盼望能歸隱此山，從此讓我與外界兩相隔絕。

【研　析】此詩十韻百字，如果置於李杜元白等人集中，自然算不上鴻篇巨製，但在孟集中，已然是長篇了。這首記遊詩以往訪高僧的行程為線索，採用移步換景和烘托渲染的手法，將沿途所見所感作了充分展示。首四句，描繪香山的位置、氣勢，它高聳入雲，橫亙百里，是江漢平原的名山，而名山與高隱便形成了人們自然而然的聯想。以下六句，寫入山情景，聞鐘聲、識香氣、解鞍小憩以及石門豁險、篁徑幽深的景象，都在烘托湛上人居處的幽隱崇高；寺廟建於崇山峻嶺之間，與喧鬧的塵世拉開距離；信徒在艱難險途中攀登，會培養一種對佛法的仰慕之情。接下來六句，描繪山中僧侶向佛學法情景：他們鑽研佛教的真諦非常投入，或清談達旦，或探討累日。弟子的表現在一定程度上折射出座主德望修養之高。這樣，湛上人雖然始終未露面，但其高僧風貌已呼之欲出。最後寫返程下山時所見景物及感受。詩人表示要投身此山，皈依佛門。孟浩然曾以「家世重儒風」相標榜，其思想的主導方面是積極用世；而他又結交許多釋道朋友，作品中時時流露出出世之想，於是進退維谷就成為詩人生存的常態。

晚泊潯陽望廬山

【題　解】潯陽，即今江西九江。廬山，在九江南，本名鄣山。地處平原地帶，北臨長江，南面鄱陽湖，蟠根所據，周環數百里；重嶺疊嶂，仰插雲日，俯瞰川湖，氣象雄偉。漢代匡俗隱淪潛影，廬於此山，漢武帝拜為大明公，民間稱其為廬君，於是山改稱廬山，又名匡山。此詩作於開元二十二年（西元七三四年）正月，孟浩然自吳越還鄉途中，表現了詩人對廬山及其人文景觀的嚮往。

掛席❶幾千里，名山都未逢。泊舟潯陽郭❷，始見香爐峰❸。嘗讀遠公傳❹，永懷塵外蹤❺。東林精舍❻近❼，日暮空聞鐘。

【注　釋】❶掛席　張帆行船。❷郭　外城。即城外。❸香爐峰　廬山北峰。孤峰秀起，煙雲聚散，如博山香爐形狀，故名。❹遠公傳　指梁僧慧皎《高僧傳·晉廬山釋慧遠傳》。遠公，對晉代高僧慧遠的尊稱。據記載，慧遠悟佛得道後，卜居廬阜三十餘年，影不出山，跡不入俗，每送客遊履常以虎溪為界。❺塵外蹤　塵世之外的行蹤。佛家認為一切世間之事能染汙真性，故稱塵世。❻東林精舍　即東林寺，在廬山山麓。晉太元九年（西元三八四年），刺史桓伊為慧遠所建。精舍，道士、僧人修煉居住之所。❼近　在附近。

【語　譯】揚帆走過千里煙波，名山一座未曾遇見。直到客船停泊在潯陽城外，這才望見著名的香爐峰。我曾經讀過慧遠高僧的傳記，深深地懷念他的塵外幽蹤。東林古剎近在眼前，黃昏裡能聽見聲聲暮鐘。

【研　析】孟集中共有兩首望廬山的詩，另一首題作〈彭蠡湖中望廬山〉，是由南向北遠眺；此首是由九江向南遠眺，二者視角不同，相映成趣。此詩前二聯，表現詩人對大名鼎鼎的廬山的第一印象。首聯以「掛席幾千里，名山都未逢」作反襯，意思是幾千里的行程中，山是見過不少，但真正有名氣的一個也沒有。有此鋪墊，詩人第一眼看到香爐峰時的欣喜就顯得水到渠成，真切自然，遂使廬山的登臺亮相獲得懾人心魄的衝擊力。但香爐峰如何崢嶸高峻，詩人卻引而不發，給讀者留下想像的空間。比起「一山飛峙大江邊」的明寫，「始見香爐峰」則是暗寓，是不寫之寫，當得起「自然高遠」（呂本中〈童蒙詩訓〉）的評語。後二聯表達詩人對廬山人文景觀的嚮往，仍是由「望」生發，包括字面出現的晉代高僧慧遠的故事以及字面未出現的上古匡俗的傳說。這些「塵外蹤」都是值得「永懷」的。詩以東林寺的鐘聲作結，抒發出對高蹈塵外生活的無限神往，有悠悠不盡之致。

雲門蘭若與友人同遊

【題　解】雲門蘭若，即雲門寺，在今浙江紹興南，是越中名勝之一。據《方輿勝覽・紹興府》記載，昔王子敬居此，有五色祥雲，詔令建寺，取名雲門。蘭若，僧人居處和寺院，梵語阿蘭若的音譯，義譯為空靜處。詩題《全唐詩》作〈雲門寺西六七里聞符公蘭若最幽與薛八同往〉，同遊友人為薛八，事蹟不詳。此詩作於漫遊吳越期間，約在開元二十年（西元七三二年）前後，表現詩人在人生旅途中的迷茫和對前途的思考。

謂予遊迷方❶，逢子亦在野❷。結交指松柏❸，問法尋蘭若。小溪劣
容舟❹，石怪屢驚馬。所居最幽絕❺，所住皆靜者❻。雲簇興座隅❼，天
空落階下❽。上人❾亦何聞，塵念❿俱已捨。四禪合真如⓫，一切是虛假⓬。
願承甘露⓭潤，喜得惠風⓮灑。依止託山門⓯，誰能效丘也⓰。

【注　釋】❶迷方　迷失方向。❷在野　與在朝、在位相對。指不居官處於鄉野。❸結交指松柏　比喻友情如松柏長青，志操堅貞。指，引以為比。❹劣容舟　水流狹窄，僅能容一隻船通過。❺幽絕　清幽殊絕。❻靜者

得清淨之道，處虛守靜之士。❼雲簇興座隅　縷縷雲霧從座位旁生成。❽天空落階下　天空在階砌之下。形容寺院位置之高。❾上人　佛家謂內有德智，外有勝行，在人之上，故名。一般用以對僧人的尊稱。❿塵念　塵世俗念。⓫四禪合真如　意謂佛學修養達到很高的境界。四禪，佛家參禪入定的四種境界，即初禪、二禪、三禪、四禪。真如，佛家稱事物的真性、真相為真如。⓬一切是虛假　佛家以一切言說假如無實，所謂心性，不生不滅，一切諸法，惟以妄念而有差別，若離妄念，則無一切境界之相。⓭甘露　佛家傳說中的藥名，味甘如蜜。⓮惠風　和風。⓯依止託山門　棲身在寺院。依止，佛家謂依賴止住有力有德之處而不離開。山門，指寺院外門。此代指寺院。⓰誰能效丘也　意謂不能再效法孔丘了。即棄儒就佛。道家認為仲尼、子貢等大儒執著禮樂仁義，遊心區宇之內。道家齊一死生，不為教跡所拘，故遊心寰宇之外。

【語　譯】以為自己雲遊四處迷失了方向，竟然在鄉野之處和你相逢。我們的友情堅貞如松柏長青，相約同去山林尋訪高僧。小溪狹窄僅能容一船通過，怪石嶙峋屢屢使馬兒受驚。雲門寺地處清幽殊絕之處，法師們都是處虛守靜之士。縷縷祥雲從座位兩旁生成，天空好像落在石階之下。可曾聽說那些得道僧人，他們把塵世俗念全都拋卻。佛學修養達到至高境界，法眼觀物原來四大皆空。希望能受到甘露般的滋潤，與和風細雨般的理趣惠澤。如果真能棲身在這一寺院，誰還想奔波世路去效法孔丘。

【研　析】此詩是孟浩然漫遊吳越之行的小插曲，記與友人同遊越中名勝雲門寺的情景。按儒家的規矩：「父母在，不遠遊，遊必有方。」（《論語·里仁》）而詩人此遊歷時數載，足跡遍及吳越山水，頗有迷失人生方向之嫌。所以，詩一起首就發出「遊迷方」的感慨；友人的「亦在野」，證明其人生之旅也不順暢，於是二人有了共同語言，得以結伴「問法尋蘭若」。「小溪劣容舟」以下六句，描繪雲門寺一帶景物：溪劣石怪，清幽殊絕，特色鮮明。「上人亦何閒」以下四句，寫寺僧佛學修養之高，言外有可為造訪者指示迷津之意。最後以「依止托山門，誰能效丘也」的甘願皈依作結。全詩夾敘夾議，順序展示，平淡自然。孟集中同類題材的作品不少，風貌亦大致相似。對於詩人「依止託山門」的表示，不能太當真，因為當他在道士面前時，也會發出「永比從之遊，何當濟所屆」（〈越中逢天台太一子〉）的感慨。

宿天台桐柏觀

【題解】天台山，在今浙江天台北，方志稱「其靈敞詭異，出仙入佛，為天下偉觀」。桐柏觀，即桐柏崇道觀，在天台山脈之桐柏山上，唐景雲二年（西元七一一年）為司馬承禎所建。俯臨千仞，審曲面勢，四周皆廣數百步，宏偉壯麗。此詩寫作者在越中尋幽訪道的經歷和感受，青山碧水的陶冶，使詩人的情懷變得開朗，有飄飄欲仙的風致。

海行信風帆❶，夕宿逗雲島❷。緬尋滄洲趣❸，近愛赤城❹好。捫蘿
亦踐苔❺，輟棹恣探討❻。息陰憩桐柏❼，采秀弄芝草❽。鶴唳清露垂，
雞鳴信潮早。❾願言解纓絡❿，從此去煩惱。高步陵四明⓫，玄蹤得二老⓬。

紛⑬吾遠遊意，樂彼長生道⑭。日夕望三山⑮，雲濤空浩浩⑯。

【注釋】❶信風帆　讓船隨風飄行。信，任隨。❷逗雲島　停留在雲霧繚繞的海島上。❸緬尋滄洲趣　遠道尋訪水濱隱居者，感受其生活情景。滄洲，臨水的地方。古代常用來稱隱士居處。❹赤城　赤城山，在天台北六里。石色赤，狀似雲霞，為丹霞地貌，登天台山必經此山。❺捫蘿亦踐苔　攀援藤蘿，踩著苔蘚。❻輟棹恣探討　停舟登岸，盡情賞玩。❼息陰憩桐柏　在桐柏觀陰涼處休息。憩，休息。❽采秀弄芝草　採集靈芝瑞草。採藥是神仙生活內容之一。❾鶴唳二句　王充《論衡·變動》有「夜及半而鶴唳，晨將旦而雞鳴」之語。《風土記》曰：「白鶴性警，至八月白露降，流於草葉上，滴滴有聲，即鳴。」傳說東南有桃都山，上有大樹名曰桃都，枝相去三千里，上有天雞。日初出照此木，天雞則鳴，天下之雞皆隨之鳴。唳，鶴鳴聲。❿纓絡　珠玉串成的飾物。引申為世俗的纏繞與束縛。⓫高步陵四明　大步登上四明山頂。陵，升高。四明，即四明山，與天台山相接，周圍八百里，二百八十峰，中頂五峰，狀如蓮花，疑近星斗。山四面各產異木而皆不雜。⓬玄蹤得二老　尋到老子、老萊子的蹤跡。玄蹤，幽遠的蹤跡。孫綽〈遊天台山賦〉有「追羲農之絕軌，躡二老之玄蹤」之語。二老，指老子、老萊子。老子為道家始祖，老萊子古稱壽者，皆有高道。⓭紛　盛多貌。⓮長生道　道家認為一個人精神常寂，心閒形逸，就可以長生久視。⓯三山　傳說中的海上蓬萊、方丈、瀛洲三仙山。傳說仙山上有仙人和長生不死之藥。⓰浩浩　廣大無邊貌。

【語譯】雲帆高掛在海上航行，晚上投宿雲霧繚繞的海島。遠道尋訪水濱隱居的樂趣，最後才發現赤城山景色美好。手攬藤蘿腳踩軟軟的苔蘚，停舟登岸盡情賞心遊玩。在桐柏觀陰涼處稍作休息，又忙著採摘靈芝瑞草。深夜鶴唳清露降落，拂曉雞鳴早潮奔湧。真想從世俗的束縛中解脫，從今往後拋卻世間一切煩惱。大步登上四明山頂，探尋到老子、老萊子的仙蹤。心中湧動著離家遠遊的念頭，一心想學他們的長生之道。日夜遙望碧海中的三座仙山，只看到雲濤相接一片浩渺。

【研　析】天台訪道是孟浩然越中之遊的主要目的之一，集中直接寫天台山之遊的作品除此首外，尚有〈尋天台山〉、〈寄天台道士〉、〈越中逢天台太一子〉等，或繁或簡，藝術手法各異，相映成趣。此詩首四句寫夕宿海島，是登山的序曲。中十句是主體部分，寫凌晨一路攀援情景，節目紛呈，給人以應接不暇之感。末四句寫夜宿桐柏觀的感受，眺望海上仙山，但見雲濤一片，儼然已在神仙境界。全詩採用賦的手法，將廣大空間攝入畫面，既有近景描寫，又有遠景展現，顯得意境悠遠，可當作山水遊記散文讀。詩人顯然是以我為中心，寫我的所聞、所見、所感如數家珍，而對自然景物的刻劃似乎不很在意。試將此詩與王維〈終南山〉、〈漢江臨泛〉諸篇相比較，就會感受到二者的差別。即使同集中〈彭蠡湖中望廬山〉相較，風貌亦不同。不同是藝術創新的要求，不同才有趣。就孟詩而言，構思近似、表現手法雷同者多有，是其「韻高才短」的表徵之一。

冬至後過吳張二子檀溪別業

【題　解】襄陽人傑地靈，有許多歷史故事和傳說。孟浩然在家鄉也有一批志同道合的朋友。此詩寫某年冬至過後，詩人到城西南的檀溪一帶去拜訪姓吳、姓張的兩位朋友，他們的生活情景令詩人羨慕。讀者從這種描寫中，可以感受到地域文化傳統的生命力。

卜築因自然❶，檀溪❷更不穿❸。園廬二友接❹，水竹數家連。直與南山對❺，非關選地偏。卜鄰依孟母❻，共井讓王宣❼。曾是歌三樂❽，仍聞詠五篇❾。草堂時偃曝❿，蘭枻日周旋⓫。外事⓬情都遠，中流性所便。閑垂太公釣⓭，興發子猷船⓮。余亦幽棲者⓯，經過竊慕焉。梅花殘臘月，柳色半春天。鳥泊隨陽雁⓰，魚藏縮項鯿⓱。停杯問山簡⓲，何似習池⓳邊。

【注釋】❶卜築因自然　選址築室，順其自然地勢。卜築，擇地構築房屋。❷檀溪　在襄陽西南。據記載，唐時已乾涸。❸更不穿　不再挖掘、開鑿。❹園廬二友接　住宅群落中有二位朋友比鄰而居。據《水經注・沔水》：檀溪之陽有徐遠直、崔州平故宅，東晉時已變為普通民居。習鑿齒在給謝安的信中為此大發感慨。此句借崔、徐喻吳、張。❺直與南山對　吳、張二人的別業南與峴山相對。南山，指峴山，在襄陽東南。❻卜鄰依孟母　像孟母那樣選擇鄰居。據《列女傳》記載，孟軻之母為使軻受到環境的良好影響，曾多次搬家，傳為佳話。❼共井讓王宣　據《襄陽耆舊傳》記載，東漢時，王粲在襄陽暫住時，與繁欽並鄰同井。王宣，指王粲，字仲宣，故稱。繁欽為著名詩人。❽三樂　孔子曾說過益者三樂：樂節禮樂，樂道人之善，樂多賢友。❾五篇　班固〈東都賦〉中有授五篇之詩的描寫，為〈明堂詩〉、〈辟雍詩〉、〈靈臺詩〉、〈寶鼎詩〉、〈白雉詩〉。此借指詩友間的唱和。❿偃曝　偃臥曝背。形容過著一種閒散自在的生活。⓫蘭枻日周旋　時時乘船周遊。蘭枻，用木蘭做成的槳。代指船。⑫外事　身外之事。指世間俗事。⑬太公釣　太公望呂尚曾在渭水之濱垂釣，遇到周文王。⑭子猷船　據《世說新語・任誕》記載：晉朝人王子猷居山陰，在一個雪夜突然想見遠在剡的戴安道，即刻乘船往訪。過了一夜才到門前，卻又掉頭返回。問他為什麼這樣，回答說：「我本乘興而行，興盡而返，不一定得見面。」此藉以表現朋友間不拘禮節的快樂。⑮幽棲者　隱居者。⑯鳥泊隨陽雁　大雁之類的候鳥在這裡越冬。⑰縮項鯿　又稱縮頸鯿、縮頭鯿、槎頭鯿，以味美著稱的魚。⑱山簡　晉代名士山濤幼子。任征南將軍時曾鎮守襄陽，常遊習家園池，飲酒輒醉。此用以狀寫朋友間的飲詠之樂。⑲習池　據《方輿勝覽・襄陽府》記載，襄陽峴山南有習郁大魚池，依范蠡養魚法，當中築一釣臺。山簡每到這裡，必大醉而歸。

【語　譯】擇地築室順應自然地勢，檀溪乾涸不再挖掘開鑿。吳、張二位朋友比鄰而居，水竹綿延連接幾戶人家。二人的別業與峴山相對，並非是特地選擇偏遠位置。像孟母那樣擇鄰而居，像王粲、繁欽那樣並鄰共井。追求孔子的益者三樂，能聽到詩友間的歌詠唱和。在草屋裡時時偃臥曝背，乘小船在水中來往迴旋。世間俗事都拋在腦後，興致來了就到江中暢遊。閒散自在學太公在岸邊垂釣，興之所至便像子猷一樣乘船出發。我也是個隱居之士，經過這裡暗暗羨慕。梅花在臘月將盡時凋殘，柳樹孕育新綠召喚著春天。候鳥在這裡越冬，水中有美味的縮項鯿。放下酒杯想問問山簡，此刻之樂像不像習池之樂。

【研　析】這首五古共有十二聯，是孟集中最長篇章之一。全方位地描繪了同鄉詩友吳、張二子檀溪別業的風貌，和主人悠遊其間的情景，既是襄陽風土人情的集中展示，也曲傳出詩人的生活志趣、人生理念。詩的前四聯寫別業的坐落位置：擇地築室，順應自然，面山臨水，人與自然和諧相處；卜鄰而居，鄰里關係融洽。接下來四聯寫別業主人的日常生活情景：或詩酒酬唱，或草堂閒話，或水中暢遊，或岸邊垂釣，無憂無慮，安閒自在。這既是吳、張二子創造的現世生存狀態，也是襄陽先賢山簡、習郁的傳統作風，證明地域文化源遠流長，有頑強的生命力。末四聯寫詩人造訪的感受：同為幽棲者，為這種其樂融融的生活方式所吸引，發出由衷的讚嘆。當此梅殘柳醒時節，大自然孕育著春的消息，詩人也找到一方棲息地，一個精神家園。「城中桃李愁風雨，春在溪頭薺菜花。」（辛棄疾〈鷓鴣天〉）詩人將吳、張二子的檀溪別業與熙來攘往的城市生活相比照，構築了一座讀書人的桃花源。

與諸子登峴山

【題　解】 峴山，又名峴首山，在襄陽城東南七里。此山最著名的歷史景觀是墮淚碑。西晉初年，羊祜鎮守襄陽，寬仁厚德，政績卓著，性愛山水，常登峴山。他曾對從事中郎鄒湛慨嘆道：「自有宇宙，便有此山。由來賢達勝士，登此遠望，如我與卿者多矣，皆湮滅無聞，使人悲傷。」（《方輿勝覽》引《十道志》）羊祜死後，襄陽百姓在峴山建廟立碑紀念他，望其碑者莫不流淚，杜預因名其碑為墮淚碑。此詩表達了詩人與同遊的幾位朋友面對江山勝跡的無限感慨，詩境高絕超邁，頗類陳子昂的〈登幽州臺歌〉，也是孟浩然作品中最為傳誦的五律之一。

人事有代謝❶，往來❷成古今。江山留勝迹❸，我輩復登臨。水落魚梁❹淺，天寒夢澤❺深。羊公碑❻尚在，讀罷淚沾襟❼。

【注　釋】❶人事有代謝　人世間的興衰榮辱不斷交替變化。❷往來　舊事物消失，新事物出現。❸勝迹　名勝古跡。此指峴山上的羊公廟和碑。❹魚梁　即魚梁洲，在襄陽城東漢水中，靠近峴山。❺夢澤　即雲夢澤，在今湖北境內。古代為跨大江南北的大片沼澤地帶。《元和郡縣圖志・江南道・岳州巴陵縣》：「巴丘湖，又名青草湖，在縣南七十九里，周回二百六十五里，俗云古雲夢澤也。」一說雲、夢本為二澤，雲在江北，夢在江南，範圍很廣。❻羊公碑　即襄陽百姓紀念太守羊祜德政的紀念碑，杜預命名為墮淚碑。❼淚沾襟　傷心落淚，淚水打濕衣襟。

【語　譯】人世間的興衰榮辱不斷交替，舊去新來譜寫成古今歷史。江山記載著名勝古跡，召喚我們來憑弔登臨。水位降落魚梁洲露出水面，天氣寒冷雲夢澤更顯遙深。羊公德政碑依然屹立，讀罷感慨無限淚滿衣襟。

【研　析】這首登臨覽勝、弔古傷今的五言律詩無疑是孟浩然的傑作，論藝術造詣，可以與杜甫〈登岳陽樓〉相比肩。首聯起勢高渾，十個字道出了古今人事代謝的哲理。頷聯寫登山憑弔羊公業績，表達出隱然以古人懷抱自許的意氣。讀這幾句，容易聯想到陳子昂的〈登幽州臺歌〉。這四句，悲慨勝於形容，切時切地，真峴山詩也。頸聯寫水落天寒，由近及遠，蕭索景象中滲透著傷感之情。尾聯點出所弔古跡，直抒英雄失路之悲。前人指出：結語妙在前半首說得如此曠達，而究竟不免於墮淚也，所以悲慨無限。峴山墮淚碑的故事，由羊祜而杜預、而孟浩然，前人立碑，後人膜拜，世世代代都為之感動，以至於「讀罷淚沾襟」，試問是什麼內在力量讓讀者感慨難平？答案不是人事代謝的自然法則，也不全是羊祜、杜預輩的不世功業，而是由這二者共同昭示的對於人生價值和生命意義本真的探詢。用儒家三不朽的標準衡量，羊祜、杜預都是無愧的。即使承載墮淚碑的那塊石頭毀了，先賢的業績仍然永世長存。按這一邏輯推衍，陳子昂是因懷宰相之器無法施展而愴然涕下，孟浩然是因為仕途失意、功業無成而落淚沾襟。英名是與時代使命相聯繫的，使命云者，做出所處時代應有的貢獻也。意識到這一點，感慨係之，使人不禁為之氣短。而對於盛唐和襄陽來說，孟浩然有句句盡堪傳的清詩，可以無愧。

陪張丞相自松滋江東泊渚宮

【題　解】張丞相，指張九齡。開元二十一年（西元七三三年），張九齡官至中書侍郎、同中書門下平章事，參與國家最高政治，是開元名相之一。開元二十四年遷尚書右丞相，不久又貶為荊州大都督府長史。張九齡到荊州後，就辟置孟浩然到其幕府中，署為從事，與之唱和。唐人習慣用曾擔任過的最高官銜稱呼對方，所以眼前的荊州長史仍舊用丞相相稱。松滋江，在今湖北南部，即江水流經松滋縣一帶。《輿地紀勝・江陵府》：松滋縣在府西一百二十里。此詩作於開元二十五年冬天，孟浩然隨張九齡到當陽、松滋一帶視察時。渚宮，春秋時期楚成王所建楚王別宮，故址在今湖北江陵城內。張九齡罷相並被貶，是開元政治由開明走向黑暗的分界，因此此詩在記行寫景的同時，也表達出詩人對張九齡處境的同情。

17　陪張丞相自松滋江東泊渚宮

放溜下松滋，登舟命楫師。❶詎忘經濟日❷，不憚沍寒時❸。洗幘豈獨古❹，濯纓良在茲❺。政成人自理❻，機息鳥無疑❼。雲物❽吟孤嶼❾，江天辨四維❿。晚來風稍急，冬至日行遲⓫。獵響⓬驚雲夢，漁歌激楚詞⓭。渚宮何處是，川暝欲安之。

【注釋】❶放溜二句　一上船我對船工說：任船順流自行，抵達松滋。溜，水流。楫師，船工。此二句倒裝。❷詎忘經濟日　怎能忘記在朝廷時立下的經邦濟世的宏願。開元二十五年春，張九齡為右相時，在〈驪山下逍遙公舊居遊集〉曾寫道：「君子體清尚，歸處有兼資。雖然經濟日，無忘幽棲時。」今處江湖之遠，仍以國計民生為念。❸不憚沍寒時　不畏天氣嚴寒。沍寒，寒氣凝結，極為寒冷。❹洗幘豈獨古　洗幘而戴，不僅古人能做到，今人也可效法。據謝承《後漢書》記載，漢人巴祇任揚州判史時，俸祿不使有餘，所戴黑頭巾壞了，就用水澡膠墨塗一下接著戴。❺濯纓良在茲　今天是濯纓的大好機會。《楚辭・漁父》：「滄浪之水清兮，可以濯吾纓；滄浪之水濁兮，可以濯吾足。」表達一種不拘於物、與世浮沉的人生哲學。❻政成人自理　政令制度開明，老百姓自然服從管理。人，平民百姓。唐人避太宗李世民名諱，詩文中往往將「民」寫作「人」。❼機息鳥無疑　放下機巧之心，禽鳥就不會猜疑了。據《列子》記載：有位住在海島上的人，跟海鷗友好相處，常有上百隻聚集在身旁。其父知道後，讓他捉一隻來玩。第二天出海，那些海鷗只在空中飛舞而不下來。此句稱讚張九齡無私愛民。❽雲物　景物。❾孤嶼　孤島。❿四維　四方。⓫日行遲　意謂太陽落山較晚。⓬獵響　打獵時的響聲。⓭漁歌激楚詞　漁歌傳來楚地民謠。詩人身處楚國故都之地，自然聽到正宗的楚地民歌。激，激楚清聲。

【語　譯】一上船就吩咐船工，任船順流行駛到松滋。怎能忘記經邦濟世的宏願，不畏天氣嚴寒也要外出巡視。洗幘而戴豈只是古人風度，今天是濯纓的大好時機。政令開明百姓自然服從管理，放下機巧之心禽鳥才不會猜疑。孤島上景物應接不暇，江天一色辨不清四方。夜幕落下風力漸漸變急，時交冬至太陽落山較晚。打獵聲響徹雲夢澤國，漁歌中傳來楚地民謠。哪裡是渚宮所在，山川幽暗不辨東西。

【研　析】孟浩然與張九齡結交於開元前期，即孟浩然上京應試前後。當時張九齡尚在中級官位，但詩名早著，尤以五古見長，被張說譽為「後出詞人之冠」。提攜後進文士，不遺餘力。王昌齡、孟浩然、王維等皆受其青睞。張九齡入相，孟浩然正在越中漫遊；及至為荊州長史，即辟孟浩然為從事。在荊州，二人既是上下級同事，又是詩酒唱和的文章知己，其樂也融融。此詩記陪張丞相出巡視察情景，以行程為線索，夾敘夾議，既描寫了風景物色，也傳達出詩人對這位上司的理解和認同。詩由「命楫」、「放溜」起筆，說其所以冒寒巡視，實出張丞相經邦濟世的心懷。接著說只要轄境的政事能理順，任隨別人說長道短去，言外有為張丞相鳴不平之意。因為張九齡是被李林甫之流排擠出朝的；雖然在野，仍持守高潔之操，令人欽佩。「洗幘」、「濯纓」的典故，即表達對張丞相的理解和同情。詩的下篇具體展現巡視所歷：「獵響」、「漁歌」，彼伏此起，場景壯闊，令人應接不暇，是張丞相為政有成的見證。入張九齡幕府是孟浩然平生唯一的從政經歷。此詩及以下陪張丞相紀南城獵、祠紫蓋山、登荊州城樓、登當陽樓等詩，都展現二人和衷共濟、相知相得的快樂。

陪盧明府泛舟回作

【題　解】盧明府，指盧僎，字禾成，范陽人。《集古錄》著錄有〈唐襄陽令盧僎德政碑〉，可見他在襄陽令任上頗有政績，深得民心。明府，本是漢代對郡守牧尹的稱呼，唐代用來尊稱縣令。孟浩然在這首詩中，也從不同角度對這位父母官作出歌頌，印證了盧縣令得到德政碑的殊榮是無愧的。襄陽的山川風物和人文景觀為詩人造就良好的生存環境，此詩通過陪盧明府春日泛舟暢遊的描述，為讀者展示了詩人晚年隱居生活的一個側面。

百里行春返❶，清流逸興❷多。鷁舟❸隨鳥泊，江火共星羅。已救田家旱❹，仍醫里化訛❺。文章推後輩❻，風雅激頹波❼。高岸迷陵谷❽，新聲滿棹歌❾。猶憐不才子❿，白首未登科⓫。

【注　釋】❶百里行春返　在縣境內巡行考察歸來。百里，古代一縣所轄之地約方圓百里，因以為縣的代稱。行春，古代地方長官在春耕期間巡行所主地面，勸人農業，賑救乏絕。盧僎任襄陽縣令，故應有此舉。❷逸興　超邁豪放的意興。❸鷁舟　在船頭畫有彩色鷁鳥圖形的船。泛指船。❹已救田家旱　在靠天吃飯的農耕社會，解救田家旱情是主政者要務之一。❺仍醫里化訛　改變不良社會風氣。里化，鄉里的風俗教化。訛，訛偽。❻推

後輩 薦舉獎掖年輕一代。❼風雅激頹波 用風雅的傳統救治衰頹的世風和文風。❽高岸迷陵谷 高岸，高峻的山岩。陵谷，深邃的山谷。《詩・十月之交》中有「百川沸騰，山冢崒崩，高岸為谷，深谷為陵」之語。晉杜預好為後世名，常引用《詩》中這幾句發感慨，刻石為二碑，記其勳績，一沉萬山之下，一立峴山之上，並說：「焉知此後不為陵谷乎！」❾新聲滿棹歌 漁歌唱出新創作的曲詞。暗示對長官的讚美。❿不才子 無能不成材之人。此為詩人自稱。⓫登科 科舉考試及第。古代士子登科即獲得入仕資格。

【語譯】在縣境內巡行考察歸來，清流蕩槳興致十分豪邁。船兒跟隨鳥兒停泊在岸邊，江邊漁火一起在星光下閃耀。已經解救了農民的旱情，接著治理鄉里的陳規陋習。寫優美的文章獎掖年輕人，用風雅的傳統救治衰頹的文風。船兒行駛在高岸幽谷之間，漁歌唱出一首又一首新詞。更憐憫像我這樣的不才之人，雙鬢斑白還沒有科舉及第。

【研析】詩人這次陪同泛舟的是父母官盧僎，盧僎能以縣令之身獲得立德政碑的殊榮，證明他在本職崗位上全心全意為轄境百姓服務，政績卓著，深得民心。孟浩然對這位父母官心存感激和愛戴，在這首記遊詩中有充分展示。詩的前兩聯記遊蹤：這次春行，是履行勸耕賑救之責，清流逸興云云，是工作的快樂；鷁鳥江火種種，是沿途不期而遇的景物。生活和工作被詩化了。詩的中間兩聯，寫盧明府的施政方略和精神文明建設：解救田家旱情是第一要務，已妥善地解決了；社會風氣不好也得到切實的矯治，呈現良性化的趨勢；獎掖人才、改造不良文風也有合理的構想和有效的措施。其理念之先進、謀略之適宜真讓詩人由衷讚嘆。末尾寫到棹歌新聲，推想其中應有老百姓安居樂業的心聲，而盧明府對詩人「白首未登科」處境的關切，更是春風化雨的見證。此詩在藝術技巧方面無明顯特色，但它所記錄的唐代優秀縣令的管理工作實錄卻不容忽視。開元盛世的鑄造，既有姚宋、張九齡等的陶冶之功，也有盧僎輩的弦歌之化。歷史是少數大人物和大批小人物共同創造的。

揚子津望京口

【題解】揚子津，即揚子渡，在江蘇江都南十五里，唐代為江濱要津。京口，即今江蘇鎮江。詩人站在揚子津頭南望京口，眼前不僅有突兀的北固山，更有江面上的狂風險浪，於是羈旅愁情奔湧筆端。此詩當作於開元十四年（西元七二六年）前後。

北固臨京口❶，夷山對海濱❷。江風白浪起，愁殺渡頭人。

【注釋】❶北固臨京口　北固，即北固山，在今江蘇鎮江北，山凸入江，三面臨水，其勢險固，因而得名。臨，面對；靠近。❷夷山對海濱　焦山餘支向海濱延伸。焦山是鎮江三山之一，其東出為二小峰，唐時稱松寥、夷山。

【語譯】北固山鎮守著京口，焦山餘支向海濱延伸。江風掀起一陣陣白浪，愁死渡頭上的過江人。

【研析】自然偉力所造就的雄偉奇麗景觀，為藝術家提供了豐富的創作素材，並激發其靈感，於是有山水詩、山水畫的產生，是謂之師法自然；反之，藝術家的作品又為山水勝景增光添彩，注入靈魂，使之聲名遠播，更加引人入勝，是謂之筆補造化。而名勝景點往往也是作家較量創作能力的對象，洞庭湖、黃鶴樓如此，孟浩然筆下的揚子津亦如此。詩人在揚子津頭眺望南方，只見峻拔的北固山雄踞京口，焦山餘脈伸向海濱，有懾人心魄的震撼力。江口吹起大風，湧起如山白浪，真要愁殺想要渡江的人們。詩作準確描繪出當地的風貌特徵，也傳達出詩人的心理感受。值得指出的是，梁代詩人何遜〈相送詩〉中有「江暗雨欲來，浪白風初起」之句，孟浩然詩末二句顯然從何詩化出。問題還在於後來李白的〈橫江詞〉幾乎是孟詩的翻版。李白詩是七言絕句：「橫江西望阻西秦，漢水東連揚子津。白浪如山哪可渡，狂風愁殺峭帆人。」亦步亦趨地摹擬別人固然不好，能學習而有超越應該是允許的。比較同一題材在不同作家筆下表現技巧的獨特處理，有助於提高讀者的鑑賞力。

與顏錢塘登障樓望潮作

【題　解】顏錢塘，即錢塘縣令顏某，名字不詳。錢塘，在今浙江杭州。障樓，即樟亭驛樓，在縣南五里，唐代浙江觀潮勝地。錢塘潮是浙江著名自然景觀。據《元和郡縣圖志．杭州．錢塘縣》記載：「江濤每日晝夜再上，常以月十日、二十五日最小，月三日、十八日極大，小則水漸漲不過數尺，大則濤湧高至數丈。每年八月十八日，數百里士女共觀，舟人漁子溯濤觸浪，謂之弄潮。」此詩作於開元十八年（西元七三〇年）八月，記錄了詩人與顏縣令等人在樟亭驛樓上觀潮情景。

百里聞雷震❶，鳴弦暫輟彈❷。府中連騎❸出，江上待潮觀。照日秋雲迥❹，浮天渤澥寬❺。驚濤來似雪❻，一坐凜生寒❼。

【注　釋】❶百里聞雷震　濤聲如雷鳴，聲傳百里之外。漢枚乘〈七發〉有一段寫觀潮，中有「疾雷聞百里」之句。❷鳴弦暫輟彈　意謂錢塘縣令暫時放下公務去觀潮。春秋時，宓子賤曾任單父宰，鳴琴不下堂而單父治，孔子稱之為君子。後來便用鳴彈比喻縣政治理。❸連騎　騎馬結隊而行。騎，一人一馬。❹迥　高遠。❺浮天渤澥寬　水天相接，視界開闊。渤澥，泛指大海。❻驚濤來似雪　驚濤駭浪奔湧而來，如堆雲崩雪。❼一坐凜生寒　在座者都感到寒氣襲人。

【語　譯】百里之外能聽到陣陣雷鳴，公堂上政事暫時停辦。紛紛騎馬從府中奔出，到錢塘江岸邊等待觀潮。白日當空倍覺秋雲高遠，蒼天浮海始驚大海無垠。驚濤奔騰如白雪湧來，在座者頓覺颼颼寒氣襲人。

【研　析】在眾多寫錢塘觀潮的名作中，孟浩然此詩無疑應占一席位。一提到觀潮，我們自然會聯想到枚乘〈七發〉中的精彩文字，那樣地極盡形容，用各種比況描寫濤狀，奇觀滿目，音聲盈耳，使讀者精神震盪，有如身臨其境。枚作因被編進《文選》而深入人心。面對橫在前面的高標，詩人另闢蹊徑，避開對驚濤駭浪的直接形容，劍走偏鋒，先渲染大潮來臨的聲勢，它如震雷，聲聞百里。次寫官民同往、萬人空巷的場面，為觀潮鼓足了人氣。接下來寫與顏明府登樟亭「望」中所見景象：由於是居高遠眺，但見日照晴空，秋雲寥遠；海天相接，天如浮在海上，境界果然雄渾壯闊。最後才正面寫大潮突來，驚濤奔騰如白雪湧起，在座者頓感寒氣襲人。結句捕捉到的是一個有包孕的瞬間，從觀潮人的觸覺來寫，最為奇警傳神。這種著重氣勢、氛圍渲染的表現技巧，如箭在弦上，蓄勢待發，成功地傳達出錢塘潮自然奇觀的神韻，在觀潮詩中特徵鮮明，別具一格。

峴潭作

【題解】峴山，在襄陽城南七里。相關傳說故事參見〈與諸子登峴山〉題解。本詩寫詩人在峴山腳下的沉碑潭垂釣嘗鮮情景，是一幀日常生活小照。

石潭傍隈隩❶，沙榜曉夤緣❷。試垂竹竿釣，果得查頭鯿❸。美人騁金錯❹，纖手膾江鮮❺。因謝陸內史❻，蓴羹何足傳❼。

【注釋】❶石潭傍隈隩　石潭位於曲折幽深的山腳下。石潭，即杜預沉碑處。據方志記載，天色晴朗時，漁人常見此碑於潭中，謂之沉碑潭。晉杜預好為後世名，常引用《詩》中「百川沸騰，山冢崒崩，高岸為谷，深谷為陵」這幾句發感慨，刻石為二碑，記其勳績，一沉萬山之下，一立峴山之上，並說：「焉知此後不為陵谷乎！」❷沙榜曉夤緣　晨起在沙岸解船巡行。榜，船槳。代指船。夤緣，沿岸循依而行。❸查頭鯿　也作「槎頭鯿」。即鯿魚。縮頭、弓背、大腹、色青，味美，以產漢水者尤著名。常用槎攔截，禁止擅捕。參見〈冬至後過吳張二子檀溪別業〉⑰。❹美人騁金錯　妻子顯示出刀下功夫。騁，施展技藝。金錯，即金錯刀，以金錯嵌飾的寶刀。泛指刀。❺纖手鱠江鮮　巧手做成江魚美味。鱠，細切肉。❻因謝陸內史　向陸內史發出疑問。謝，告知。陸內史，指陸機，西晉著名文士，曾官平原內史。❼蓴羹何足傳　蓴菜做成的羹湯有什麼值得誇耀。據《晉書・陸機傳》記載：陸機在洛陽時，曾去拜訪侍中王濟，王濟指著羊酪對陸機說，你們吳地有什麼可以比得上這種美味？陸機回答說有「千里蓴羹，未下鹽豉」。當時人稱為答得好。太湖蓴羹今天仍著名於世。

【語　譯】石潭在曲折幽深的山腳下，沙岸解船清晨一路閒行。隨意放下竹竿垂釣，果然釣到了查頭鯿。妻子顯示出刀下工夫，巧手做成了江魚美味。不禁向陸內史發出疑問，千里蓴羹又有什麼了不起。

【研　析】此詩是一幀風味可愛的日常生活小照。從字面看，垂釣得魚，做成美味，感覺勝過蓴羹，如此而已。但細心品味，富有生活情趣，很不簡單。首先，這魚得自襄陽最著名的風景區峴山沉碑潭，豈是別的尋常所在可比。再者，此魚不是一般隨便的什麼魚，而是襄陽天字第一號特產槎頭鯿，著名的武昌魚被人稱作魴，其實就是鯿魚。魴是鯿魚的古稱，最早見於《詩經》。槎頭鯿又稱縮項鯿，後來被詩聖杜甫寫進詩篇，見於讚美孟浩然的〈解悶十二首〉之六。第三，這條縮項鯿是妙手偶得，是竹竿一下即釣得，大有姜太公釣魚願者上鉤的跡象，可見與之緣分不淺。第四，愛妻精心烹飪，鱠成江鮮，滋味絕佳。不是詩人有口福，而是妻子廚藝高，並以露一手為樂。蘇軾〈赤壁賦〉中不也有得魚索酒、歸而謀諸婦的描寫嗎？第五，詩人沉浸在江鮮美味的滿足中，堅決認為這滋味遠遠勝過西晉大文豪陸機炫耀於人的太湖蓴羹。第六，於是槎頭鯿、鱸魚膾和蓴羹等等，因為有詩人們的青睞而流芳百世，成為有濃郁文化底蘊的中華美食。自主、曠達、詩性地生活，使普通的牙祭滋味無窮，正如陶淵明為北窗下那一絲涼意而滿足，蘇東坡為黃岡東坡那一株海棠而陶醉。

題大禹義公房

【題　解】詩題《全唐詩》作〈大禹寺義公禪房〉。大禹，即大禹寺，在今浙江紹興東南十四里會稽山上，方志稱其自唐以來為名剎。義公，大禹寺僧人。此詩作於開元十九年（西元七三一年）遊會稽時，以環境的清幽烘托主人公高潔的品格，傳達出詩人對佛法的禮贊。

義公習禪❶處，結宇依空林❷。戶外一峰❸秀，階前群壑深。夕陽連雨足❹，空翠落庭陰❺。看取蓮花淨❻，應知不染心❼。

【注　釋】❶習禪　修習禪定。禪定為佛教禪宗的思維修習活動，以靜坐默念為主要形式。❷結宇依空林　禪房修建在人跡罕至的山林邊。宇，屋簷。泛指房舍。❸一峰　指宛委山，會稽山的支峰，上在石匱，壁立干雲，又名天柱、玉笥。相傳大禹得金簡玉字於此。❹夕陽連雨足　夕陽中有陣雨落下。雨足，雨腳。❺空翠落庭陰　雨後青翠的山色落到庭院裡。意謂在庭院裡能感受到滿眼青翠的山色。❻蓮花淨　像蓮花那樣一塵不染。佛教以蓮花比喻佛之妙法。❼不染心　即清淨心。佛教指心不為世俗欲念所汙染。

【語　譯】義公修習禪定的禪房，建在人跡罕至的林中。戶外宛委山高峻挺拔，石階前山谷縱橫幽深。夕陽中有陣雨落下，庭院裡滿眼的青翠山色。蓮花是那樣一塵不染，昭示著大師心地之清。

【研　析】此詩為大禹寺僧人及其寮房寫照。首聯總寫義公禪師在人間清淨地結宇修行，禪門況味，大致如此。但一琢磨，這裡是大禹的長眠之地，於是山林就非真空了，其豐富的歷史文化內涵，會讓棲息者心裡踏實，讓遊人心生景仰。頷聯狀寫義公房遠近景色：遠眺但見宛委山一峰獨秀，引人矚目；近察則階前群壑，深淺迂迴，頗有景致。以上所見是大環境中的固定景觀。頸聯寫夕陽中的陣雨：在夕陽斜暉照射下的一陣小雨，雨腳歷歷可見；陣雨過後，庭院裡能感受到滿眼青翠的山色。所見為寮房前可遇而不可求的瞬間景觀。這兩聯秀語可餐，是襄陽本色。尾聯以蓮花不染讚美義公禪心。劉文蔚《唐詩合選詳解》引王一士評語曰：「前贊義公禪房，後贊義公禪心，總從空際設色。」全詩將意蘊融入景物，讓讀者味之不盡。

尋白鶴巖張子容隱居

【題　解】白鶴巖，即白鶴山，一名白馬山，在襄陽城南十里，與臥龍山相對，接近峴山腳下的孟浩然澗南園。張子容，據《唐才子傳》記載：張子容，襄陽人，開元元年（西元七一三年）中進士，曾官樂城尉、奉先令、尚書省郎中、義王府司馬等。後棄官歸鄉。張子容與孟浩然為同鄉詩友，詩篇唱答頗多。此詩作於張子容在外為官期間。

白鶴青巖半，幽人❶有隱居。階庭空水石❷，林壑罷樵漁❸。歲月青松老，風霜苦竹疏❹。睹茲懷舊業❺，回策返吾廬❻。

【注　釋】❶幽人　隱士。此指張子容。❷階庭空水石　庭院裡只有池水山石。暗示人去樓空。空，空餘。❸林壑罷樵漁　山間水濱不見打柴捕魚人的身影。❹風霜苦竹疏　竹林因風霜侵襲變得稀疏。暗示無人照管。苦竹，又名傘柄竹，筍有苦味，不能食用。❺舊業　舊時的園宅。意指張子容昔日隱居的情景。❻回策返吾廬　拄拐杖返回澗南園。

【語　譯】在白鶴巖的半山腰，藏著一座隱士的幽居。庭院裡空餘池水山石，林間水濱不見打柴捕魚人。年深日久青松已經衰老，風霜侵襲苦竹日漸稀疏。看到這些不免懷想昔日的情景，拄拐杖返回我的澗南園。

【研　析】張子容是孟浩然幼年夥伴、同鄉詩友，二人曾同隱鹿門山。張子容開元元年登進士第後，長期在外地任縣尉、縣令之類的地方官，最遠到東海之濱的樂城縣，最後，又由朝廷棄官歸鄉，與故友重新聚首林泉。孟浩然與這位詩友酬唱最多，無論登山臨水、臥病閒居，都將友人放在心上。此詩寫於張子容宦遊期間。詩人來到舊友白鶴巖隱居處，睹物思人，滿腹惆悵。首聯點出白鶴巖張子容隱居的位置在半山腰，林泉之幽自不難想見。而對於孟浩然來說，這是何等熟悉、親切的處所！往來於白鶴巖與澗南園的腳印，曾經的歡聲笑語，都令人懷戀。二、三聯寫景，先寫人的活動：庭院裡不見了主人的身影，只有空落的水石；再寫自然景物：林壑寂然，漁樵的作業也停歇了。舉目所見，青松增加了年輪日見高大，竹林因無人經管而變得稀疏。睹物思人，其情何堪！詩的末尾以孤影空歸作結，將今之所睹與昔日情景對舉，無限的落寞悽楚，不知該向誰訴說！

九日得新字

【題　解】九日，即農曆九月初九重陽節。傳統習俗，這一天要舉家登高，佩帶茱萸，飲菊花酒，據說可以避災長壽。詩題中「得新字」的意思是，此詩是朋友聚會時分韻賦詩的產物，作者得到「新」字韻。

初九未成旬❶，重陽即此辰。登高聞古事❷，載酒訪幽人。落帽恣歡飲❸，授衣同試新❹。茱萸正可佩❺，折取❻寄情親。

【注　釋】❶未成旬　不滿十日。❷登高聞古事　據《續齊諧記》記載：汝南桓景隨費長房遊學，長房告訴他，九月九日汝南要發生大災厄，趕緊讓家人縫囊裝上茱萸繫在臂上，登高飲菊花酒，這一禍害就可消除。桓景照辦了，一家人在山上坐了一天，晚上回到家裡，發現雞犬都死掉了。此為重九登高的來源。❸落帽恣歡飲　不顧帽子被風吹落，也要盡情飲宴。「落帽」是重陽節標誌性典故，《晉書・孟嘉傳》載：東晉桓溫在龍山與僚佐歡度重陽節，孟嘉時任參軍，帽子被風吹落竟然未發覺。小插曲引出美文，成為重陽節佳話。❹授衣同試新因為到授衣的時令，大家都新衣上身了。授衣，《詩經・豳風・七月》有「九月授衣」之句，意思是時交九月，要把裁製冬衣的差事分配給婦女。❺茱萸正可佩　佩戴茱萸囊，謂能辟邪。重陽節習俗之一。❻折取　據《風土記》記載：「俗尚九月九日，謂為上九，茱萸至此日氣烈熟色赤，可折其房以插頭，云辟惡氣禦冬。」

【語　譯】初九未滿一旬，重陽節就是今天。傳誦著古人登高的故事，滿載著菊花酒拜訪隱士。即使風吹帽落也要盡情飲宴，授衣時節一起試穿新衣。正是佩帶茱萸的時候，折取一些寄給親朋好友。

【研　析】重九登高是傳統習俗，與之相聯繫的登高處、飲菊花酒、插茱萸等等，是重陽節不可或缺的活動內容，孟嘉遊山落帽的典故也不妨入詩。重陽節年年過，於是這一題材在同一詩人筆下一再出現也屬正常。杜甫集中，重陽詩十多首，以〈登高〉最為傑出，「無邊落木蕭蕭下，不盡長江滾滾來」的名句傳誦千古。王維〈九月九日憶山東兄弟〉唱出了古往今來世人們「每逢佳節倍思親」的共同心聲，遂使這首七言絕句突破時間的限制，獲得涵蓋一切佳節氣氛的殊榮。孟集中九日詩有多首，似難以與上述傑作相提並論。此詩幾乎囊括了重陽節的全部節目，可以說是周到如儀，但缺少抒情主人公的真情實感，很難打動人心。雖然分韻得到「新」字，卻寫得平淡無奇，徒具新字韻的外殼，略無新意的內蘊，這樣的應景新詩不寫也罷。推想同時詩友所作也好不到哪裡去。

山潭

【題解】詩題一作〈萬山潭作〉，可知所寫為萬山潭。萬山，一名漢皋山，在襄陽西。此有鄭交甫遇神女的傳說。詩人遨遊其間，與山水動物和諧相處，心曠而神怡。此首小詩是青年孟浩然一幀生活照。

垂釣坐磐石❶，水清心益閑。魚行潭樹下，猿掛島蘿間。游女昔解佩，傳聞於此山❷。求之不可得❸，沿月棹歌還❹。

【注釋】❶磐石　較平的大石。❷游女二句　意謂這裡正是傳說中游女解佩贈鄭交甫的地方。據《韓詩內傳》記載：「鄭交甫遵彼漢皋臺下，遇二女，與言曰願諸子之佩。二女與交甫，交甫受而懷之，超然而去，十步循探之，即亡矣。回顧二女，亦即亡矣。」《輿地紀勝．襄陽府．景物》記襄陽景物曰：解佩渚，在襄陽縣西十里，即交甫見二女之所。❸求之不可得　《詩經．周南．漢廣》：「漢有游女，不可求思。」❹沿月棹歌還　意謂乘月沿流放歌而歸。

【語譯】坐在磐石上靜靜垂釣，潭水清澈心情多麼閒適。魚兒在映著樹影的潭水中游動，猿猴倒掛在島上的藤蘿間嬉戲。傳說就在這座山上，游女曾經解佩贈給交甫。遺跡已經無從尋找，乘著月色順流放歌而還。

【研析】作為歷史文化名城的襄陽，城內外自然人文景觀眾多，城西萬山潭不僅風景幽美，而且有鄭交甫遇神女的美麗傳說，是著名的旅遊景點。此詩記青年孟浩然遨遊其間的所歷及感受，清雅淡遠，如品佳茗。詩的前半，狀寫磐石垂釣，水清心閒。水之清，可以看到游魚和樹的倒影；心之閒，則通過人與山水動物的和諧相處來表現。水中魚自由自在地游著，不因岸邊有人垂著釣竿而東躲西藏；垂釣者亦不以魚為意，醉翁之意僅在垂釣本身，即使魚不上鉤也無妨。島蘿間猿猴跳躍攀援，如雜技演員盡情展示其矯健敏捷。身處這樣的環境氛圍中，怎能不令人心曠而神怡！至於水中荇藻、林間禽鳥，詩筆雖未之及，讀者不難想見。詩的後半，演繹神女故事，是詩中人的心理活動，並無畫面呈現，但「求之不可得」的用典，又將古人、今人打通了，不能說不是詩中人在「求」。虛虛實實，耐人尋味。末句「沿月棹歌還」是實景，乘月沿流放歌而還，可見遊得開心而盡興，年輕人心態理應如此。構思之奇巧，堪比陶詩「帶月荷鋤歸」(〈歸園田居〉其三)。

與杭州薛司户登樟亭樓作

【題解】薛司戶，事蹟不詳。司戶，全稱是司戶參軍，州刺史佐吏，從七品下，掌戶籍、計帳、旅館、婚田之事。樟亭樓，在錢塘縣南五里，唐代浙江觀潮勝地。此詩作於開元十八年(西元七三〇年)八月，展示驛亭飲宴、觀眺情景，境界開闊，精神昂揚。

水樓一登眺，半出青林高❶。弈幕英寮敞❷，芳筵下客叨❸。山藏伯禹穴❹，城壓伍胥濤❺。今日觀溟漲❻，垂綸學釣鰲❼。

【注釋】❶半出青林高　意謂樟亭樓高出林梢。❷弈幕英寮敞　寬敞的帳幕裡群英薈萃。弈幕，帳幕。英寮，英僚。❸芳筵下客叨　下客有幸參加華貴的筵席。下客，詩人謙稱自己。叨，忝。非分承受。❹伯禹穴　大禹穴。大禹巡狩至會稽而崩，葬於其地。在今浙江紹興東南會稽山上。❺伍胥濤　指錢塘江潮。伍胥，伍子胥，春秋吳國大夫。吳王聽信讒言賜伍子胥死。傳說伍子胥死後，吳王取其屍盛以革囊，投於江中。伍子胥悲恨，驅水為濤，以溺殺人。後世會稽、丹徒、大江、錢塘、浙江皆立伍子胥之廟，以期撫慰其恨心，止其猛濤。❻觀溟漲　觀海。溟、漲，皆海名。❼垂綸學釣鰲　揮釣竿釣取海中巨鰲。據《列子・湯問》記載：渤海之東有岱輿、吳嶠、方壺、瀛洲、蓬萊五座仙山，常隨波上下往還，帝恐其流於西極，便命禺彊派十五隻巨鰲舉頭而載之。而龍伯之國有巨人，抬腿不幾步就來到五山之所，一竿下去釣起六鰲，於是岱輿、吳嶠二山流於北極，沉於大海，渤海仙山只剩三座了。

【語譯】登臨水樓眺望遠處，樟亭樓高出青林梢。寬敞的帳幕裡群英薈萃，我有幸參加這華貴筵席。會稽山上藏著大禹的陵墓，杭州城鎮壓著伍子胥的怒濤。今日飽覽了海潮漲起的奇觀，立下宏願去釣取海中巨鰲。

【研析】樟亭樓，即詩人前此與顏錢塘同登望潮的樟亭驛樓，它臨水而建，周圍是樟樹林，功能是驛站。由於高出林梢，故可登臨望潮望海，住在杭州城裡的大小官員常陪來賓到此一遊。杭州城也像別的州城一樣，是州衙、縣衙同處一城，於是，上次同登斯樓的顏某稱顏錢塘，因為他是錢塘縣令。這次這位薛司戶是在杭州衙門任職的，故稱杭州薛司戶，但不能逕稱薛杭州，因為不是首席行政長官。這一次不是來望潮，而是望海。其中也有講究：望潮要選最佳時機，一月之中是上旬初三，中旬十八；一年之中以八月十八最為可觀。有蘇軾「八月十八潮，壯觀天下無」（〈催試官考較戲作〉）詩句可證。早了、晚了都影響效果，因此用心專注，情緒也緊張。望海就隨意得多：什麼時候都能望，隨心之所欲，心情也鬆弛，但望即有所得，不會失望。其實樟亭樓上望潮則可，卻不是望海的佳處。因為所謂浙江潮、錢塘潮者，是海水在潮汛期間湧入錢塘江口，故在此處一望可得。海則相去遼遠，溟海、漲海皆不能望見，能見者杭州灣而已。非要說是海亦可，畢竟與東海相連接。此詩前半寫景敘事，是實筆；後半所寫，是想像中景物和瞬間心理活動。既然是來觀海，自然要立垂綸學釣鰲的大志向，豈可將心思用在小魚、小蝦上！這一豪言壯語是觀海應有的心理反應，是特定場景中非說不可的一句。如同大員視察、調研，煞有介事。由於缺乏情感的介入，總給人以做作之感。

題終南翠微寺空上人房

【題　解】終南，即終南山，秦嶺山脈的一部分，其主峰在長安南五十里。翠微寺，在終南山太和谷，本為太和宮，武德八年（西元六二五年）建，貞觀二十一年（西元六四七年）改名為翠微宮，唐高宗時改為翠微寺。空上人，翠微寺僧人，事蹟不詳。此詩作於開元二十二年（西元七三四年）孟浩然第二次赴長安時。

翠微終南裡，雨後宜返照。閉關久沉冥❶，杖策❷一登眺。遂造幽人室❸，始知靜者❹妙。儒道雖異門❺，雲林頗同調❻。兩心相喜得❼，畢景共談笑❽。暝還高窗昏❾，時見遠山燒❿。緬懷赤城標⓫，更憶臨海嶠⓬。風泉有清音⓭，何必蘇門嘯⓮。

【注釋】❶閉關久沉冥　長時間閉門不出，處於幽冥狀態中。閉關，閉門謝客。沉冥，佛家語。意謂沉於生死，冥於無明。比喻日常生活中消息閉塞、與世隔絕狀態。❷杖策　此指拄杖而行。❸遂造幽人室　於是來到隱居者的住處。造，到訪。幽人，指隱居者。此指空上人。出家人與塵世隔絕，如同隱士。❹靜者　處虛守靜之人。此指僧人。❺儒道雖異門　儒教和佛教雖然門戶不同。道，本指道家，亦泛指佛教，所謂「至妙虛通，目之為道」（〈三論玄義〉卷上）。異門，門派不相同。儒家主張積極用世，佛教堅持消極避世。❻雲林頗同調　在喜好山林這方面志趣相同。雲林，指山林之好。同調，志趣相同。❼相喜得　互相喜歡、投合。即認同。❽畢景共談笑　一起談笑直到日落時分。畢景，落日。景，通「影」。❾暝還高窗昏　天黑時分回到僧寮，室內一片昏暗。暝，原作「瞑」，二字相通。❿燒　彩霞。此指晚霞映照在山峰上的亮光。燒，原作「曉」，據活字本等改。⓫緬懷赤城標　追念赤城山丹霞地貌奇觀。赤城，指赤城山，在浙江台州北六里，一名燒山，又名消山，石皆霞色，望之如雉堞，因以為名。標，標識。孫綽〈遊天台賦〉有「赤城霞起以建標」之語。⓬臨海嶠　臨海境高山之巔。據說是中國最早見到晨曦處。臨海郡在今浙江台州一帶，境內最高山為括蒼山，海拔一三八二米。嶠，尖峭的高山。⓭風泉有清音　風起泉流都會發出清美之音。化用左思〈招隱〉「非必絲與竹，山水有清音」句意。⓮蘇門嘯　孫登嘯。嘯，魏晉時期文士喜好的一種個人活動，即撮口發出長而清脆的聲音，類似於吹口哨。據《晉書·阮籍傳》記載：阮籍曾在蘇門山遇孫登，和他討論終古及棲神導氣之術，孫登一概不作回應，阮籍於是長嘯而退。走到半山腰，聽到有聲音如同鸞鳳之音，在山谷間飄動，原來是孫登的嘯聲。蘇門，即蘇門山，在河南輝縣西北七里，山上有孫登嘯臺。

【語譯】翠微寺隱藏在終南山裡，雨過天晴景色更加迷人。長期閉門不出精神幽冥，今天拄杖乘興登高覽勝。來到隱居者的住處，才懂得坐禪修行的美妙。儒道與佛道雖然門戶不同，喜好自然山水的志趣卻相同。兩顆心互相欣賞喜歡，一起談笑直到太陽落山。天黑時分回到寮房室內一片昏暗，而遠處山頂被殘照染成血色。不禁追念起赤城山的霞色標識，還有臨海郡的高山峻嶺。松濤泉湧都會發出清美之音，遠勝過蘇門山孫登的嘯聲。

【研析】終南山主峰海拔二千六百米，其雄踞京都之南、分野中峰變、陰晴眾壑殊的氣象令人神往。翠微寺位於終南山北麓風景秀麗的太和谷，時至今日仍然是吸引遊人的遊覽勝境。遺憾的是當代慕世界文明古都西安大名的外國元首和各地遊客只對秦陵的兵馬俑趨之若鶩，而當地人出遊，往往選太一宮、太白山之類去處。孟浩然在京城旅舍待久了，所選破除沉冥的去處是太和谷翠微寺。詩的首二聯即景敘事，「翠微」既扣寺名，也暗傳「終南陰嶺秀」的景象，特別強調當此雨後返照時刻最為適宜遊覽，因為此時空氣透明度好，加之陽光斜射，如鎂光之投於物象，眾壑之殊姿異采才有高清晰的呈現。詩的中間三聯，展示訪高僧登堂入室、晤談相得的經歷和感受：身臨其境，才悟出僧占名山的道理；儒家、佛家雖然信仰不同，但都對山林之樂感興趣，相互認同的快意交談一直延續到太陽落山。詩的後三聯，展現回到寮房所見夕照燒山奇觀：太陽落山了，遠處高峰上有殘照染出的血紅。詩人神遊萬仞，浮想聯翩，心想只有赤城的丹霞、括蒼的曙色才能與之彷彿。而風泉的清音更勝蘇門山孫登的嘯聲，顯示出詩人對塵外生活的嚮往。全詩寫得自然流暢，興味洋溢，讀來令人神往。值得注意的是，赤城山的丹霞地貌，括蒼山的第一縷陽光，這些在二十一世紀聲名鵲起的自然地理特徵，早在一千多年前已被作家的彩筆描繪到了。

陪柏臺友共訪聽上人禪居

【題　解】柏臺，御史府的別稱。漢代御史府院內植柏樹，常有野烏數千棲宿其上，晨去暮來，後來就用柏臺、烏臺代稱御史臺。聽上人，指南朝襄陽景空寺法聽（西元四八六—五五九年），俗姓梅，南陽新野人，八歲出家，雲遊各地，至襄陽傘蓋山白馬泉，築室方丈，以為棲心之宅。此詩寫詩人同在御史府供職的一位朋友共訪聽上人禪室故址情景。一人在朝廷為官，一人在鄉野為民，同時來到佛家法席前，令人感慨。

欣逢柏臺友，共謁聽公禪❶。石室❷無人到，繩床見虎眠❸。陰風常抱雪，松澗為生泉。出處雖云異❹，同歡在法筵❺。

【注　釋】❶禪　禪房。指法聽修行棲止之地。❷石室　指法聽禪房。❸繩床見虎眠　座位旁有老虎躺著。據

《續高僧傳・法聰傳》記載：梁晉安王到襄陽拜訪法聰，快到禪室前，馬騎隨從無故退卻，王慚而返。後來晉安王沐浴齋戒，躬盡虔敬，方得進見。只見禪房內所坐繩床兩邊各有一虎，王不敢進。聰上人便用手把虎頭按到地上，閉其兩目，召王令前，方得展禮。繩床，用繩穿織而成，又稱胡床。❹出處雖云異　用世和隱居雖然道路不同。出，在仕途為官。處，隱居不仕。❺法筵　佛教講經說法之席。

【語　譯】與御史府的朋友欣然相逢，一起去探訪法聰大師修行的地方。禪房不見人的蹤影，座位旁曾有老虎躺著。陰風四起常夾帶著雪花，松林澗谷間清泉流淌不息。用世和隱居雖然道路不同，法席前我們同樣感受到歡樂。

【研　析】法聰上人築於襄陽傘蓋山白馬泉畔的禪居只有方丈大小，既不宏麗，亦難堅固，加上一、二百年風霜雨雪的摧殘，其破敗圮頹之狀可想而知。由此推想，這次「共訪」，其實是地主孟浩然陪同這位御史府朋友去考察法聰禪室舊址，而非一般意義上的遊覽。詩的首聯即題敘事，說有柏臺友人路過襄陽，能陪同一起拜謁聰公禪室，感到欣然。次聯展現抵達現場所見情景：石室無人到，因為它小得太不起眼，又缺乏吸引眼球的山水風物，自然遭世俗人遺忘。但這或許正是聰上人的本意，修禪法講究靜默思慮，自然以無人打擾為好。但當年上人法席旁依稀可見《續高僧傳》所記載的那兩頭虎。這是虛擬之景，暗示法師的相貌宛在，法力猶存。與老虎故事相聯繫的，是當年晉安王非沐浴齋戒、躬盡虔敬不能見上人的故事，證明陋室中的貧僧在精神上要比王侯將相高貴得多！由此可見，高貴與卑賤在精神道義層面自有其標準，高貴的精神往往排斥華麗的外表。詩的第三聯寫景，藉時令特徵渲染氣氛，松雪寒泉凜然。尾聯扣題目的共訪，說佛理對來訪者有感召力，無論是在朝還是在野，面對法筵，世俗人之間的距離在縮小，價值觀在趨同，是謂之潛移默化。

宿業師山房待丁公不至

【題　解】孟浩然有〈疾愈過龍泉精舍呈易業二公〉，據此可知業師當為襄陽龍泉寺僧。丁公，指丁鳳，開元間鄉貢進士，孟浩然有〈送丁大鳳進士舉〉，可見二人是同鄉詩友。此詩因待友不至而作，情景交融，富有層次感。

夕陽度西嶺，群壑倏已暝❶。松月生夜涼，風泉滿清聽❷。樵人歸
欲盡，煙鳥❸棲初定。之子期宿來❹，孤琴候蘿徑❺。

【注　釋】❶群壑倏已暝　因為太陽落山，山谷間突然變得昏暗。❷清聽　清越的聲音。聽，以耳受聲，引申為聲響。❸煙鳥　煙霧中的鳥。❹之子期宿來　與此人相約來此同宿。之子，此人。指丁公。❺蘿徑　煙蘿之徑。即山間小道。

【語　譯】夕陽落下了西嶺，山谷轉眼變得昏暗。松青月白夜添涼意，風吟泉唱滿耳清音。樵夫差不多都已回家，煙林中鳥兒也剛剛棲息。與此人相約來此同宿，我帶著琴等候在煙蘿小徑。

【研　析】此詩與王維〈過香積寺〉題材相近，同為五律名篇，並入選《唐詩三百首》，因此論家喜歡將二詩作比較，探討其技法之異同。王詩原文是：「不知香積寺，數里入雲峰。古木無人徑，深山何處鐘。泉聲咽危石，日色冷青松。薄暮空潭曲，安禪制毒龍。」論家津津樂道的王詩之妙有：「不知」二字統攝全篇意脈；中二聯寫景，分途中、本寺，相互映襯；「咽」、「冷」煉字幽峭，可謂篇法、句法、字法入微入妙。那麼，孟浩然之作與之相比又如何？《王孟詩評》曰：「此詩愈淡愈濃，景物滿眼，而清淡之氣更浮動，非寂寞者。」《唐詩選脈會通》周珽曰：「『生』、『滿』二字靜中含動，『盡』、『定』二字動中得靜，禪語妙思。」《唐賢清雅集》則稱「清秀徹骨，是襄陽獨得處」。如果進一步推敲，前人拈出的幾個字眼還傳達一種趨勢，顯示其變化過程。以「盡」字為例：寫樵人陸續而歸，平素歸最遲的那位也要歸了。「初定」則是煙鳥臨歸巢那一刻的情態，它由躁動變來，又朝沉寂變去。這種夜幕降臨時分的動與靜、情與景，都是詩人期待友人到來，孤琴候於蘿徑時所聞所感，其佇候的情態也隨之傳達出來了。結論是：幽微夐邈，最是王、孟得意神境。二詩幾乎不相上下。

初春漢中漾舟

【題　解】漢中，即漢水中。漢水發源於陝西寧強北之嶓冢山，東流入湖北省境，至襄陽會白河，南向至漢陽入於長江。此詩大約是孟浩然早期作品，寫初春時節攜歌伎在漢水和萬山潭中泛舟遊樂情景。傳說中鄭交甫遊漢皋臺下，遇見二神女獲贈玉佩的故事就發生在這裡。此詩洋溢著浪漫氣息，詞語也經過精心錘煉，在詩人全集中別具一格。

漾舟逗何處❶？神女漢皋曲❷。雪罷冰復開❸，春潭❹千丈綠。輕舟恣來往❺，探玩無厭足❻。波影搖妓釵❼，沙光逐人目❽。傾杯魚鳥醉，聯句鶯花續❾。良會難再逢❿，日入須秉燭⓫。

【注　釋】❶漾舟逗何處　意謂在何處泛舟。逗，止。❷神女漢皋曲　發生神女故事的漢皋臺下。據《韓詩內傳》記載：「鄭交甫遵彼漢皋臺下，遇二女，與言曰願請子之佩。二女與交甫，交甫受而懷之，超然而去，十步循探之，即亡矣。回顧二女，亦即亡矣。」漢皋，即萬山，在襄陽城西北，下有解佩浦。曲，邊。❸開　解凍。❹春潭　指萬山潭，位於萬山下。❺恣來往　任意來往，無所拘禁。❻探玩無厭足　探勝遊賞勁頭十足，不覺疲倦。❼波影搖妓釵　歌伎的首飾在波光中搖曳。釵，舊時婦女別在髮髻上的一種首飾，由兩股簪子合成。❽沙光逐人目　沙光耀眼。❾聯句鶯花續　鶯花似乎也參與到詩歌吟誦中來了。聯句，詩歌創作形式之一，多人同寫一首詩，人各一句或數句，接續湊成完篇。❿良會難再逢　美好的聚會很難再遇到。曹植〈洛神賦〉有「悼良會之永絕兮」之句。⓫秉燭　持燭。〈古詩十九首〉有「晝短苦夜長，何不秉燭遊」之句。

【語　譯】到什麼地方去泛舟遊賞？到神女弄珠的漢皋臺下。大雪過後堅冰融解，萬山潭滿眼清澈碧綠。蕩起雙槳任意往來，探勝遊賞的興致十足。波光蕩漾著歌伎的釵影，陽光下沙灘金光閃耀。傾杯換盞魚鳥為之酣醉，賦詩聯句鶯花也來助興。美好的聚會很難再有，太陽落山了就秉燭夜遊。

【研　析】業師傅庚生先生講授唐詩，曾說：洋溢於盛唐作家筆端的，是青春的生命力和民族的自豪感。一直以為青春生命力云云，主要指李白、高岑等人的作品；待到將孟詩通讀一過，始知其中不乏青春浪漫氣息洋溢之作，〈山潭〉是，此詩亦然。二詩都是早年作品，所寫也都是漢皋曲之遊。前一首寫小夥子獨遊之樂，特別是磐石垂釣的描寫，頗得獨樂之趣。此詩寫與年輕夥伴同遊之樂，即古聖賢講的與人樂之樂。其樂如何？是雪化潭綠的陽春天氣，是小船在湖面恣意飄蕩，沙光與歌伎的首飾一起閃耀，魚鳥鶯花都參與到大夥兒的詩酒酬唱之中。詩人如高明的攝影師，擷取一個個精彩畫面，待到呈現於讀者面前時，又讓人感到它起伏跳躍，分明是一首歌。是年輕人在春天懷抱裡生命力的律動，是人與自然和諧相得的抒發。傅先生所謂青春的生命力範圍很廣大，但直接的青春題材無疑包涵在其中。值得一提的是漢皋神女的介入：在前一詩中，它被放在顯著位置，得到充分展示；在此詩中，只有首聯點到，說明是在昔日神話傳說發生地進行青年大聯歡，神女故事在當代人的心中被淡化了。古老的土地上正上演著新的故事。

耶溪泛舟

【題　解】耶溪，即若耶溪，在今浙江紹興南二十里，出若耶山下，北注入鏡湖。相傳西施曾浣紗於此，故又名浣紗溪。這裡水至清，照眾山倒影，窺之如畫，是越中風景名區。此詩作於開元十九年（西元七三一年）孟浩然遊吳越期間，以輕淡簡潔的筆觸，描繪出一幅水鄉風情畫，讀來如南朝樂府民歌。

落景餘清輝❶，輕橈弄溪渚❷。澄明愛水物❸，臨泛何容與❹。白首垂釣翁，新妝❺浣紗女。看看未相識，脈脈❻不得語。

【注　釋】❶落景餘清輝　落日只剩下清光。落景，落日。❷輕橈弄溪渚　小船在溪水邊隨意飄蕩。❸澄明愛水物　溪水清澈平靜，水中生物賞心悅目。❹臨泛何容與　在溪水中泛舟悠閒自得。❺新妝　指少女新修飾的容色。❻脈脈　相互注視的樣子。〈古詩十九首〉有「盈盈一水間，脈脈不得語」之句。

【語　譯】落日只剩下清冷的光輝，小船在溪邊隨意飄蕩。水中生物在清澈溪水中賞心悅目，泛舟水上心情悠閒自得。白髮老翁在岸邊垂釣，美麗少女在水邊浣紗。相互看看並不相識，凝視對方默默無語。

【研　析】若耶溪山青水秀，是越中風景名區。由於有美女西施浣紗的傳說，對遊客就更有吸引力了。孟浩然漫遊越中之際，「越女天下白」（杜甫〈壯遊〉）、「越女一笑三年留」（韓愈〈劉生詩〉）的詩句尚未被杜、韓詠出，但越中多美女的事實，在詩人的心中應該是根深柢固的。因此說孟浩然泛舟耶溪意在追尋當年那位浣紗女的蹤跡，當不是猜測。詩中果然有「新妝浣紗女」的特定鏡頭，不妨視之為當代西施。由於在詩人頭腦中古妝的浣紗女早已被描繪得栩栩如生，因此，當他面對眼前的新妝浣紗女時，產生了似曾相識的親切感。實現了此行的核心目標，詩人胸中升騰起滿足感。「盈盈一水間，脈脈不得語」，饒有南朝樂府民歌風味。劉辰翁評曰：「清溪麗景，閑遠餘情，不欲犯一字綺語自足。」如果寫搭上話，就變成陝北民歌〈信天遊〉。

北澗浮舟

【題　解】孟浩然在襄陽常居之地稱澗南園，〈澗南即事貽皎上人〉中有「釣竿垂北澗」之語，推知所謂北澗即居所北面的溪流。這條溪流終年波平水滿，使詩人可以乘舟四出活動，便利而滿足，所以詩人說不必學范蠡泛五湖的榜樣。

北澗流常滿，浮舟觸處通❶。沿洄自有趣❷，何必五湖中❸。

【注　釋】❶浮舟觸處通　乘船所欲到之處都暢行無阻。❷沿洄自有趣　順流逆流都有樂趣。❸何必五湖中　為什麼非得浮於五湖呢。據《國語・越語》記載：范蠡助越王句踐滅吳後，遂乘輕舟以浮於五湖，莫知其所終極。五湖，歷來說法不一，有人認為指太湖。范蠡的浮於五湖，出於功成身退的自保，所謂不得已而為之，故不足為訓。

【語　譯】北澗流水總是波平水滿，乘船出遊到處暢行無阻。順流逆流都有樂趣，為什麼非得浮於五湖。

【研　析】「北澗流常滿」狀其形態：這裡終年波平水滿，既不因乾旱而缺水、斷流，也不因天澇而氾濫橫溢。「浮舟觸處通」敘其功能：由這裡登船出行，可以到你想去的任何地方，方圓池沼港又可通，遠處江河湖海亦可通，換言之，無論浮舟人志向多麼遠大，北澗都會以襄陽的名義送你抵達目的地。「沿洄自有趣」寫泛舟北澗之樂：順流逆流都有樂趣，無驚濤駭浪之險，無水怪強盜之驚，是一片幸福的港灣。「何必五湖中」抒發感慨：泛舟之樂觸處可得，何必要學范蠡榜樣！想那范蠡，攜西施泛於五湖三泖間，最終成為百萬富翁，傳說固然美麗，但這樣的功成之路，何嘗沒有虎口脫險的後怕？他的老友文種僅比他遲了一步，不是丟了性命嗎？人生幸福感、成就感豈與事功財富成正比！隱用典故，提出關於生命價值的新評判，發人深省。

尋天台山

【題解】天台山，在今浙江天台北，方志稱「其靈敞詭異，出仙入佛，為天下偉觀」。此詩作於開元十八年（西元七三〇年），寫到天台山尋幽訪道。

吾友太一子❶，餐霞臥赤城❷。欲尋華頂❸去，不憚惡溪名❹。歇馬

憑雲宿❺，揚帆截海❻行。高高翠微❼裡，遙見石梁橫❽。

【注釋】❶太一子　天台山道士，其餘不詳。詩人有〈越中逢天台太一子〉，玩詩意不像舊交。❷餐霞臥赤城　在赤城山修煉道術。餐霞，道家修煉之術。道家以為餐霞飲露，不食五穀，可以修煉成仙。❸華頂　華頂

山，天台山最高峰，在浙江天台東北六十里，海拔一一三六米。❹不憚惡溪名　意謂不因溪名惡溪而退縮。惡溪，今浙江好溪。據《新唐書·地理志五》記載：麗水東十里有惡溪，多水怪，唐宣宗時刺史段成式有善政，水怪潛去，老百姓改稱其為好溪。❺憑雲宿　極言宿處之高。憑，依。❻截海　渡海。天台山近海，此前詩人或曾到海上泛舟。❼翠微　青翠掩映的山腰處。❽石梁橫　石梁橫跨兩峰之間。石梁，天台山著名景觀石梁飛瀑，在天台縣北五十里。橋長七丈，北闊二尺，南闊七尺，龍形龜背，架在壑上，有兩澗合流於橋下。橋勢峭峻，過者目眩心悸。

【語　譯】我的好朋友叫太一真人，在赤城山餐霞飲露修煉道術。想要登華頂山去尋訪，不因溪名惡溪而退縮。揚起風帆劈波斬浪，雲裡霧裡解鞍歇腳。青翠掩映的高高山腰，遠遠望見石梁橫跨在兩峰之間。

【研　析】此詩用凝煉概括的筆觸，將到天台山尋幽訪道摹寫殆盡，頗得論家好評。如盧麰等輯《聞鶴軒初盛唐近體讀本》云：「通首用矯亮之筆，後四句尤蒼峭不凡。」如《唐詩選脈會通評林》曰：「寄情賦景，造微入妙。」今人陶文鵬指出：「浩然寫山水，多狀遠望情景，誘人遐想無窮。」這些評語皆符合實際。葉蓁輯《唐詩意》云：「通篇是比體，言求道者能無所不盡其力，必有可至之理。」更發人深省。詩用形象思維，將抽象難解的哲理用鮮明生動的藝術形象傳達出來，給讀者以豁然開朗、茅塞頓開之感，何嘗不是古今詩家的追求！蘇軾〈題西林壁〉是成功範例，說理明白透徹而不露痕跡。葉劍英用攻城比攻書，揭示科學攻關要有苦戰精神，比喻非不恰貼，表達失之直白。因為詩人將主旨點破了，不給讀者一點思索的餘地。此詩首聯揭出此行目標是天台訪友；頷聯訴說旅途艱辛；頸聯狀寫征程遼遠；尾聯描繪臨近目的地的喜悅，句句都在寫尋幽訪道，但何嘗不是句句在演繹「學海無涯苦作舟」的道理！讀這首詩，可以加深我們對「只有在漫長道路的攀登中不畏艱險的人才能到達光輝頂點」這句話的理解。而這種頓悟，是我們經過聯想和想像自己得出的結論。王國維所舉「三境界」其所以能獲得普遍認同，道理也在這裡。

彭蠡湖中望盧山

【題解】彭蠡湖，即鄱陽湖，在盧山以南。盧山，本名鄣山，在九江南，北臨長江，南面鄱陽湖，周環數百里，氣象雄偉。參見〈晚泊潯陽望盧山〉題解。據詩中「我來限于役，未暇息微躬」之語推測，此詩作於孟浩然在荊州張九齡幕府為從事期間，具體時間為開元二十五年（西元七三七年）歲末。此詩與〈晚泊潯陽望盧山〉形成對照：一在潯陽江中，由北向南遠望，但見香爐峰而已；一在鄱陽湖上，由南而北近觀，對盧山峥嶸面目有了具體描繪。一簡一繁，相映成趣。清人潘德輿論證孟浩然有些詩顯得精力渾健，俯視一切，不可徒以清言目之，此首是其例證之一。

太虛生月暈❶，舟子知天風❷。掛席候明發❸，渺漫❹平湖中。中流
見匡阜❺，勢壓九江❻雄。黯黮凝黛色❼，峥嶸當曙空❽。香爐初上日❾，
瀑布❿噴成虹。久欲追向子⓫，況茲懷遠公⓬。我來限于役⓭，未暇息微

躬⓮。淮海途將半⓯，星霜歲欲窮⓰。寄言巖棲者⓱，畢趣當來同⓲。

【注　釋】❶太虛生月暈　天空出現月暈。太虛，天空。月暈，環繞月亮周圍的光氣。古人認為是天氣變化起風的前兆。❷知天風　知道天將起風。❸掛席候明發　張起風帆等待天亮起航。明發，天亮。❹渺漫　曠遠無際貌。❺匡阜　即廬山，廬山一名匡山。宋本原作「遙島」，可能因形似而訛。今據銅活字本、《叢刊》本等改。❻九江　此指注入彭蠡湖的贛水及其八大支流，九水同注彭蠡以入大江。❼黯黮凝黛色　意謂山色呈陰暗的青黑色。黯黮，陰暗貌。❽崢嶸當曙空　山勢高峻聳立於曙色中。崢嶸，高峻深遠。❾香爐初上日　旭日正照在香爐峰上。香爐，即香爐峰，廬山北峰。孤峰秀起，煙雲聚散，如博山香爐形狀，故名。❿瀑布　在廬山南峰之香爐峰前，即李白〈望廬山瀑布〉「飛流直下三千尺，疑是銀河落九天」所寫。廬山北峰之香爐峰無瀑布。⓫向子　向長，字子平，東漢人，隱居不仕。將男婚女嫁之事安排完，即與同好遊五嶽名山，竟不知所終。⓬遠公　即慧遠。據《高僧傳》本傳記載，慧遠悟佛得道後，卜居廬阜三十餘年，影不出山，跡不入俗，每送客遊履常以虎溪為界。⓭限于役　為外出服役所限。于役，古代謂外出服兵役或勞役。⓮微躬　卑微的身體。自謙之詞。⓯淮海途將半　到揚州去的行程到這裡將近一半。孟浩然此次行役，自荊州出發，沿江而下，至此走了一半路程。淮海，指揚州。《尚書・禹貢》有「淮海惟揚州」之語。⓰星霜歲欲窮　按時令推算，一年將盡。星霜，星辰一年一周轉，霜每年依時而降，故以指年歲。⓱巖棲者　棲宿於山岩洞穴的人。此指隱居於廬山的人。⓲畢趣當來同　辦完差事即來投奔。畢趣，此指赴揚州的事辦完。趣，趨。來同，指來廬山與岩棲者同隱。

【語　譯】天空中現出月暈的光環，船家知道天將起風。張起風帆等待天亮起航，船行在煙波浩渺的彭蠡湖中。行至湖心廬山在望，雄踞九江與眾不同。山色濛濛凝成青黛色，山勢高峻聳立在曙色中。旭日剛照到香爐峰，瀑布飛濺映出一道彩虹。早就想追隨隱士向長，觸景生情又緬懷高僧遠公。我來這裡本為公務所限，沒有時間稍作停留。到淮海的行程已將近一半，星轉霜降又近年終。請轉告山中隱居的高士，我辦完差事就來投奔同隱。

【研　析】此詩是〈晚泊潯陽望廬山〉的姐妹篇。兩相比較，二詩主旨相若，結構相同，表現手法卻截然不同。前一首寫廬山，只用了「始見香爐峰」一語，將廬山真面目究竟如何的題目留給讀者去索解，不寫之寫收到很好的藝術效果。這一首前十句也是寫景，但精心布置，濃筆重彩，對匡阜的萬千氣象作了淋漓盡致的描繪，將廬山奇秀甲天下的風采全景式地展現在讀者面前。這就等於對上次留下的題目作出示範性闡釋，自然會給人耳目一新之感。畫家劉海粟對黃山情有獨鍾，平生登臨十次，相信是在追求藝術創新。孟浩然對廬山也一片深情，吸引他的，除了香爐峰的初日和瀑布前的彩虹外，是棲隱者的精神懷抱，是作者對隱逸生活的嚮往，所以詩人一再表示「永懷塵外蹤」、「況茲懷遠公」，辦完差事就來投奔同隱。

題鹿門山

【題　解】鹿門山，在今湖北襄陽東南三十里，漢江東岸，舊名蘇嶺山，東漢建武年間，襄陽侯習郁立神廟於山上，刻二石鹿，夾神道口，俗因稱為鹿門廟，並以名山。細玩詩中「昔聞龐德公」等句意，詩人對龐德公遺跡的探訪尚屬首次，推知此詩是早年尚未隱居鹿門山時的作品。

清曉因興來，乘流越江峴❶。沙禽近方識❷，浦樹遙莫辨❸。漸到鹿門山，山明翠微淺❹。巖潭多屈曲，舟楫屢回轉。昔聞龐德公❺，采藥遂不返。金澗養芝朮❻，石床❼臥苔蘚。紛吾感耆舊❽，結纜事攀踐❾。隱迹❿今尚存，高風邈已遠⓫。白雲何時去⓬，丹桂空偃蹇⓭。探討⓮意未窮，回艫⓯夕照晚。

【注　釋】❶乘流越江峴　意謂乘船順流而下，越過漢水和峴山。江峴，指漢水和峴山。據《元和郡縣圖志·襄州·襄陽縣》記載：峴山在縣東南九里。山東臨漢水，古今大道。❷沙禽近方識　沙洲上的禽鳥及到近處才能分辨清楚。❸浦樹遙莫辨　水邊的樹木在遠處無法分辨清楚。❹翠微淺　青綠的山氣不是很深。因為鹿門山並不高峻。❺龐德公　東漢隱士，襄陽人。曾隱居峴山，不入城市，與司馬徽、諸葛亮為友。後攜妻子兒女登鹿門山，因採藥不返。孟浩然以龐德公為楷模，每以自期。❻金澗養芝朮　在山谷間種植靈芝和白朮、蒼朮。金澗，道士煉丹的山澗。芝朮，靈芝草及白朮、蒼朮，道家視為益壽良藥。此泛指野生草藥。❼石床　山中供人坐臥的用具。多為修仙學道者用。❽耆舊　德高望重的故老。此指龐德公。❾結纜事攀踐　停船繫纜開始登山。❿隱迹　隱居的遺跡。鹿門山有石室，傳為龐德公隱居處，今存。⓫高風邈已遠　高尚的風操已渺遠難尋。⓬白雲何時去　白雲何時飄然遠去。白雲，比喻龐德公的高尚情操。去，消失；不存在。⓭丹桂空偃蹇　意謂空落的隱處只剩下屈曲的丹桂樹。《楚辭·招隱士》有「桂樹叢生兮山之幽，偃蹇連蜷兮枝相繚」之句，為此句所本。偃蹇，屈曲貌。⓮探討　尋幽探勝。⓯回艫　掉轉船頭。

【語　譯】清晨滿懷興致出門來，小船渡過漢水繞過峴山。沙洲的水鳥近看才能識別，水邊的樹木遠望分辨不清。船行漸漸接近鹿門山，旭日下山色青翠滿眼。山岩間的潭水曲曲彎彎，小船在山水間迂迴繞轉。傳說龐德公曾到這裡，入山採藥一去不回還。山澗中適宜生長靈芝白朮，石床上覆滿了厚厚的苔蘚。我深切懷念那位德高望重的老人，停船繫纜向山上攀登。隱居的遺跡至今猶在，超俗的風神已渺遠難尋。相伴的白雲不知何時飄去，手植的丹桂空自屈曲。尋跡訪古興味無盡，登船返回時夕陽已向晚。

【研　析】此詩為記遊之作。前半記行程，是詩人對鹿門山的第一印象，移步換景，運筆灑脫，敘山溪狀貌逼真，給人印象深刻。詩的後半，側重緬懷龐德公的高風亮節，在景物描寫中寄寓對前輩棲隱的欽羨之情。詩人後來步其後塵，也隱居鹿門山，與景仰這位先賢大有關係。今日之遊客，一變而為來日之主人，那時再寫鹿門山，就用「予亦乘舟歸鹿門」（〈夜歸鹿門寺〉）。生則棲隱其處，死則陪葬其側，其深情執著如此。二〇〇四年四月，孟浩然研究會同仁曾赴鹿門山訪古，但見山巒起伏，不似想像中那般高峻。孟浩然墓在半山腰，普通土冢，有近年修整的跡象。龐德公棲隱的山洞位置較高，洞中有塑像，時代似乎甚晚。

題明禪師西山蘭若

【題　解】明禪師，名字、事蹟不詳。禪師，對僧人的尊稱。據詩中「日暮方辭去，田園歸冶城」

之語推知，詩題中的西山指澗南園以西的小山。此詩疑為早期作品。描寫西山景色的幽美和明禪師行為的雅潔，也表現了詩人與禪師間關係的融洽。蘭若，佛寺，僧人居處和寺院，梵語阿蘭若的音譯，義譯為空靜處。

西山多奇狀，秀出倚前楹❶。停午收彩翠❷，夕陽照分明。吾師住其下，禪坐證無生❸。結廬就嵌窟❹，剪竹通徑行。談空對樵叟❺，授法與山精❻。日暮方辭去，田園歸冶城❼。

【注　釋】❶秀出倚前楹　秀美特出的景色就在堂屋前楹旁。楹，堂屋前部柱子。❷停午收彩翠　意謂正午時分因光線轉移，西山原來豐富的色彩變得模糊。彩翠，山光樹影構成的斑斕色彩。❸禪坐證無生　靜坐參禪以求修成佛門正果。禪坐，修禪人坐法，謂之結跏趺坐。證，佛教指無漏之正智，能契合於所緣之真理。證者是知得的別名。無生，佛教涅槃真理，以為無生滅，故云無生，以破生滅之煩惱。❹結廬就嵌窟　依山岩深洞形勢而築室。❺談空對樵叟　向打柴人講佛法。空，謂佛法，因佛教認為四大皆空。❻山精　古代傳說中的山間奇怪動物。據《異苑》記載：山精如人，一足，長三、四尺，食山蟹，夜出晝藏。❼冶城　孟浩然澗南園所在地。代指澗南園。

【語　譯】西山景色奇偉壯觀，堂屋前楹旁就有秀美的景色。正午時分強光收斂滿眼彩翠，夕陽西照景色又變得清晰分明。明禪師在這鍾靈毓秀的地方，靜坐參禪以求修成佛門正果。審曲面勢在山岩間築室，在竹叢間開出一條小徑。向打柴的老翁講說佛法，向山間精靈傳授佛經。太陽落山才告辭離開，依依不捨回到自己的澗南園。

【研析】詩的首二句，寫由澗南園眺望西山所見景物，它像一幅山水畫懸掛在堂屋前楹旁，這是無需筆墨的天然圖畫，「多奇狀」、「秀出」等語，傳達出詩中人欣賞讚嘆之情。於是詩人要乘興去尋訪。「停午」一聯，寫及登西山之後所見景物，表現從正午到傍晚霞光、山色、明暗的變幻，更與山下遠眺所見不同。原來畫裡的景物更有可觀。以下六句，展現明禪師坐禪傳法情景，寫景、敘事、抒情交融一起，表現出明禪師行為的雅潔，以及此間人與人之間、人與山水之間關係的融洽，從精神的層面揭示出這幅畫的內涵。質言之，西山蘭若是早年孟浩然心靈中的澗南園。詩的末二句，以日暮方歸點明詩人對西山蘭若的依戀。

舟中晚望

【題解】此詩作於開元十八年（西元七三〇年），孟浩然自越中乘船往遊天台山，據「掛席東南望」之句，他所處的位置當在天台山西北的曹娥江或浦陽江。

掛席❶東南望，青山水國遙。舳艫爭利涉❷，來往❸任風潮。問我今何適❹，天台訪石橋❺。坐看霞色晚，疑是赤城標❻。

【注釋】❶掛席　揚帆。❷舳艫爭利涉　船隻首尾相接，都想趁順風趕行程。舳艫，舳指船後持柂處，艫指船前刺櫂處。舳艫相接，形容船多。利涉，《周易・需》爻辭為「利涉大川，往有功也」，卦象顯吉，利於航行。❸來往　水上來往有順流逆流的區別。《史記・貨殖列傳》有「天下熙熙，皆為利來；天下攘攘，皆為利往」之語，則上句爭利涉之目的可知。❹何適　往何處去。適，往。❺天台訪石橋　天台，天台山，在今浙江天台北，方志稱「其靈敞詭異，出仙入佛，為天下偉觀」。石橋，天台山著名景觀石梁飛瀑，在天台縣北五十里。橋長七丈，北闊二尺，南闊七尺，龍形龜背，架在壑上，有兩澗合流於橋下。橋勢峭峻，過者目眩心悸。❻赤城標　天台赤城山石色赤，狀似雲霞。標，標識。孫綽〈遊天台山賦〉有「赤城霞起以建標」之語。

【語譯】揚起風帆向東南眺望，青山隱隱水鄉一片浩渺。乘著風勢百舸你追我趕，來來往往任憑風急浪高。若問我這次往哪裡去，要去天台山尋訪石橋。天邊的晚霞一片火紅，猜想那就是赤城山的高標。

【研析】全詩表現詩人尋幽探勝的逸興，層層遞進，引人入勝，在技法上顯得很特別。有人指出，孟浩然常用古詩的寫法寫律詩，本詩「純乎律調而通體不對」就是一例。但也有人指出，頷聯用「犄角對」，即兩句中字詞參差相對；尾聯用的是流水對。盛唐時期，五律已定型，這樣寫顯得很別致，很新鮮，所以前人評此詩「趣興奇逸」、「一片神行」。「坐看」云云，是實景。赤城山是仙佛雙修聖地，因其山赤、石屏列如城而得名，是天台山中著名的丹霞地貌景觀。每當旭日東升或夕陽西下，雲霧繚繞山腰，霞光籠罩，光彩奪目，蔚為壯觀。二〇一〇年八月一日，經聯合國教科文組織批准，「中國丹霞」被正式列入《世界遺產名錄》。孟浩然對「赤城標」情有獨鍾，一再形諸筆端。

登總持浮圖

【題解】總持，即總持寺，在長安永陽坊，隋大業七年（西元六一一年）煬帝為文帝所立，初名大禪定寺，武德元年（西元六一八年）改為總持寺。有佛塔，今塔並寺皆蕩然無存。浮圖，亦作浮屠、佛圖，即佛塔。

半空躋寶塔❶，時望盡京華❷。竹繞渭川遍❸，山連上苑❹斜。四郊
開帝宅❺，阡陌逗人家❻。累劫從初地❼，為童憶聚沙❽。一窺功德❾見，
彌益道心加❿。坐覺諸天近⓫，空香逐落花⓬。

【注釋】❶半空躋寶塔　登上高聳半空的寶塔。寶塔，佛教中嚴飾珍寶之塔。泛指佛塔。❷時望盡京華　特意看去長安風物盡收眼底。時望，特意地觀看。京華，京城之美稱。因京城是文物、人才匯聚之地，故稱。此指唐都長安。❸竹繞渭川遍　渭河岸邊布滿竹林。《漢書・貨殖傳》有「渭川千畝竹」之語。今關中周至、戶縣一代尚有竹林。❹上苑　上林苑。在長安附近郊縣，周邊二三百里，舊有秦漢時期離宮舊苑七十所。唐代在其

遺址上有所重建。❺帝宅　帝王所居；皇都。唐太宗〈帝京篇〉有「秦川雄帝宅」之語。❻阡陌逗人家　東西南北道路兩旁住滿百姓。阡陌，本指田界。泛指道路。人家，百姓之家；民居。唐代諱「民」字。❼累劫從初地　累劫從初地開始。累劫，多次經劫。佛家認為世間有成壞而立數劫，又分為大中小劫。《唐弘明集．華陽先生難鎮軍均聖論》有「一佛之興，動逾累劫」之語。初地，佛教謂修行過程中十個階位中的第一階位。此喻寺塔從平地而起。❽為童憶聚沙　佛教傳說，五百幼童結伴遊戲，在江邊聚沙興塔，各言塔好。天雨江水暴漲，漂流溺死。佛告眾人，五百童子生於兜率天，皆同發心為菩薩行。《妙法蓮花經．方便品》有「乃至童子戲，聚沙為佛塔」之語。❾功德　佛教認為善有資潤福利之功，此功是其善行家德，故名。換言之，施物名功，歸己曰德。❿彌益道心加　修功悟道之心更加堅定。⓫坐覺諸天近　打坐修禪感覺離光明清淨的境界很近。佛學中，天有光明之義，自然之義，清淨之義，自在之義，最勝之義，總為天趣。⓬空香逐落花　空中香氣隨落花傳來。《大乘本生心地觀經》有「六欲諸天來供養，天花亂墜遍虛空」之語。又有天女散花的故事。

【語　譯】登上高聳半空的寶塔，長安風物盡收眼底。渭河岸邊布滿竹林，上林苑覆壓終南山。四郊羅列著王侯宅第，東西南北路旁住滿百姓。世事如建塔起於平地，變幻莫測如童子聚沙的遊戲。人生起步積善可以成德，修功悟道意志更加堅定。此刻頓覺離光明境界很近，空中有香氣隨著落花傳來。

【研　析】作為一首登覽記遊之作，此詩前半寫登高俯察所見秦川及皇都景物，先點登塔，繼而寫遠眺，寫近察，頗合遊人登高覽勝的習慣，六句迭次展現，層次井然，境界壯闊。帝都氣象盡收眼底以後，詩的後半寫仰觀蒼穹所感，將諸般佛學典故和眼前物象相綰合，既富理趣，亦見匠心。杜甫有〈同諸公登慈恩寺塔〉，與此詩結構相同，篇幅是本詩的兩倍。前半寫盡窮高極遠、可喜可愕之趣，入後尤覺對此茫茫，百端交集，千彙萬狀。作為登望之作，該詩不獨雄曠，且有一段精理冥悟。當時高適、岑參、儲光羲、薛據皆有作，今薛作已佚，論家以為儲、高、岑諸作雖各有特點，杜作壓倒群賢。試讀其對登塔所見景象的描繪：「七星在北戶，河漢聲西流。羲和鞭白日，少昊行清秋。秦山忽破碎，涇渭不可求。俯視但一氣，焉能辨皇州？回首叫虞舜，蒼梧雲正愁……」相比之下，孟詩顯得單薄。

聽鄭五愔彈琴

【題解】據《唐詩紀事》記載：鄭愔，字文靖，十七歲擢進士，神龍中為中書舍人，與崔日用、趙履溫、李愧等依附武三思，權傾中外，民間有「崔冉鄭，亂朝政」之語。鄭曾於景龍中為相，後因助譙王重福謀反，於景雲元年（西元七一〇年）被處死。此年孟浩然在襄陽，待仕鄉園，無由與鄭交往，且詩中「清風滿竹林」之語，也與鄭之行徑不相符合，當是另一人，排行為五，事蹟不詳。據此詩所寫，二人同隱竹林，是志趣相投的朋友。

阮籍推名飲❶，清風滿竹林❷。半酣下衫袖❸，拂拭龍唇琴❹。一杯彈一曲❺，不覺夕陽沉。余意在山水❻，聞之諧夙心❼。

【注釋】❶阮籍推名飲　阮籍以善飲酒而著名。阮籍，西晉著名文學家，志氣宏放，任性不羈，喜怒不形於色。有時閉門讀書，累月不出；有時登山臨水，經日忘歸。嗜酒能嘯，善彈琴。此用以比喻鄭愔。❷清風滿竹林　高潔的品格德操在竹林賢士間得到好評。竹林，阮籍與同時人嵇康、山濤、向秀、劉伶、阮咸、王戎等人為竹林之遊，號稱「竹林七賢」。此用以比喻鄭愔朋輩。❸半酣下衫袖　半醉狀態中放下衫袖。下，放下。此暗示彈琴前整理好衫袖。❹拂拭龍唇琴　彈奏龍唇琴。拂拭，彈奏。古琴彈奏時，用手指在琴弦上移動按壓，動作如同拂拭、撫摸，故彈琴也稱撫琴。龍唇琴，琴名。據《古琴疏》記載：東漢人荀季和有琴名龍唇。此用以比喻鄭愔所彈之琴。❺一杯彈一曲　意謂酒一杯接一杯飲，曲一支接一支彈。❻余意在山水　意謂我嚮往山水之間的隱居生活。據《列子・湯問》記載：伯牙善鼓琴，鍾子期善聽。伯牙鼓琴志在高山，鍾子期曰：善哉，峨峨兮若泰山！志在流水，鍾子期曰：善哉，洋洋兮若江河！從此引出「高山流水」、「知音」這一典故。❼聞之諧夙心　聽到鄭愔琴聲正與我平素的心願相契合。夙心，平素的心願。亦即前句之「在山水」。

【語譯】像阮籍一樣以善飲著名，高潔的品格在竹林賢士間傳頌。酒至半酣放下衫袖，開始彈奏龍唇琴。飲一杯美酒彈一支曲，不知不覺間夕陽西沉。我的志趣本來在高山流水之間，聽鄭愔琴聲正合我平素心願。

【研析】詩的首句，將鄭愔比作晉代竹林七賢中的阮籍，既能寫〈詠懷八十二首〉那樣的詩篇，又縱酒談玄，藐視禮法，喜好彈琴。次句是其風神的特寫。三、四句寫其彈琴情狀：酒飲到微醉狀態才整理好衫袖，開始彈奏。五、六句寫其興致之高：一曲終了飲酒一杯，接著又彈，如此一杯一曲地直彈到夕陽西下。末二句寫琴聲彈出了詩人寄情山水的心聲。「山水」暗用「高山流水」典故，詩人頗引鄭愔為同調，二人都是興趣高雅的隱逸之士。韓愈有〈聽穎師彈琴〉，起首數語多方設喻，狀寫穎師琴聲之妙。李賀〈李憑箜篌引〉描繪其技藝之精、曲調之美、感染力之強，語語未經人道，都是寫音樂的名篇，勝在極力形容，曲盡其妙。孟詩不正面表現樂曲之美，而把注意力放在演奏者形象的塑造上，樸而不俚，風韻尚在。能不能說異曲同工？

從張丞相遊紀南城獵戲贈裴迴張參軍

【題解】 此詩作於開元二十五年（西元七三七年）冬，孟浩然隨荊州長史張九齡巡狩紀南城途中。張丞相，指張九齡，九齡開元二十四年出為荊州大都督府長史。參見〈陪張丞相自松滋江東泊渚宮〉題解。紀南城，戰國時楚郢城，在今湖北江陵北十餘里，因在紀山之南而得名。古代天子或王侯在冬季圍獵，藉以訓練軍隊，稱冬狩。裴迴，唐玄宗時人，曾官司封員外郎，疑其時在張九齡荊州幕府中。張參軍，張九齡幕吏，事蹟不詳。本詩即記張九齡開元二十五年在紀南城打獵情景。

從禽非吾樂❶，不好雲夢田❷。歲暮登城望，偏令鄉思懸❸。公卿有
幾幾❹，車騎何翩翩❺。世祿金張貴❻，官曹幕府連❼。順時行殺氣❽，
飛刃爭割鮮❾。十里屆❿賓館，徵聲匝妓筵⓫。高標回落日⓬，平楚散芳

煙⑬。何意狂歌客⑭，從公亦在旃⑮。

【注釋】❶從禽非吾樂　追逐禽獸不是我所喜歡的事。從禽，追逐禽獸。此指打獵。❷雲夢田　在雲夢澤打獵。雲夢，即雲夢澤。在湖北省境，古代為跨人江南北的大片沼澤地帶。參見〈與諸子登峴山〉❺。田，打獵。司馬相如〈子虛賦〉描繪過楚國使者子虛在齊國盛誇楚王畋獵雲夢之樂。❸偏令鄉思懸　特別勾起思念家鄉之情。懸，牽掛。❹公卿有幾幾　高官顯貴眾多。公卿，三公九卿。後世泛指高級官吏。幾幾，盛多貌。❺車騎何翩翩　成隊的車馬輕快地奔馳。車騎，成隊的車馬。翩翩，輕疾貌。❻世祿金張貴　金張之家世代做高官。世祿，世世代代做官。金張，指漢代的金日磾、張世安。他們的子孫歷幾代皇帝都做高官，親近貴寵。此借指張九齡。唐人徐浩〈張九齡碑銘〉稱張九齡先世「或相韓五葉，或佐漢七貂」。❼官曹幕府連　由於在外畋獵，故幕府相連成片。官曹，此指荊州大都督府的諸曹參軍。幕府，將帥在外，以帳幕為府署，故稱。後亦用指一般衙署。❽順時行殺氣　順應時令在冬季舉行畋獵。順時，順應時令。江淹〈雜體詩〉有「孟冬郊祀月，殺氣起嚴霜」之語。❾割鮮　割殺禽獸。司馬相如〈子虛賦〉有「割鮮染輪」之語。❿匝　至。⓫徵聲匝妓筵　音樂之聲充滿筵席。徵聲，本指宮商角徵羽五聲之一。漢班固《白虎通．禮樂》：「聞徵聲，莫不喜養好施者。」匝，圍繞；充滿。妓筵，有歌伎侑酒的宴會。⓬高標回落日　落日又回到山上高樹。指天亮。左思〈蜀都賦〉：「羲和假道於峻岐，陽烏回翼乎高標。」⓭平楚散芳煙　意謂黎明前平野上芳煙彌漫。平楚，登高遠望，叢林樹梢齊平謂平楚。楚，叢木。⓮狂歌客　狂歌之人。《論語．微子》有「楚狂接輿歌而過孔子」之語。接輿，即楚陸通，見昭王政令無常，乃被髮佯狂不仕。後人遂以之指隱居不仕者。此為詩人自喻。⓯從公亦在旃　跟隨在公的旗下。從公，語出《詩經．秦風．駟鐵》：「公之媚子，從公于狩。」此指張九齡。旃，赤色曲柄旗，用以招致大夫。《左傳．昭公二十年》：「昔我先君之田也，旃以招大夫。」

【語　譯】我向來不喜歡追逐禽獸，在雲夢澤打獵非我所愛。年關將近登上紀南城眺望，眼前景象勾起無限鄉思。高官顯貴人數眾多，成隊的車馬輕快奔馳。金張之家世代都做高官，諸曹參軍幕府相連成片。順應時令在冬季舉行畋獵，揮舞刀劍爭相割殺禽獸。十里之外便到旅館，音樂之聲充滿筵席。落日又回到了山上高樹，黎明前平野上芳煙瀰漫。沒想到像我這樣的狂歌散人，也能跟隨在張公麾下。

【研　析】本詩開篇即宣稱自己不以追逐禽獸為樂，對於子虛先生所誇耀於人的楚王畋獵雲夢之類從來不感興趣。但自古以來，冬季狩獵又寓有訓練軍隊的意思，是各級行政長官職責之一，故作為荊州長史從事的孟浩然就不能斷然拒絕這次紀南城獵活動。「歲暮登城望」以下就寫其身不由己、以一個旁觀者身分所看到的狩獵場面：公卿幾幾，車騎翩翩，連營紮寨，聲勢浩大，而正面寫獵的僅「飛刃爭割鮮」一句。接下來又是賓館飲宴，直鬧騰到日出東山。詩以酣暢的筆墨記錄了同僚們的壯舉和歡筵，以及作為旁觀者的喜悅之情。語云「見獵色喜」，說的就是這種情況。如同看球賽，不一定非得對運動本身感興趣。

過景空寺故融公蘭若

【題　解】景空寺，在襄陽東南十里白馬山。融公，即襄陽景空寺僧融上人。孟浩然〈題融公蘭若〉中有「談玄殊未已，歸騎夕陽催」之語，本詩亦有「故人」之語，可見詩人與這位景公寺僧交往密切，逝者是詩人佛徒朋友之一。蘭若，僧舍，僧人居處和寺院，梵語阿蘭若的音譯，義譯為空靜處。

池上青蓮宇❶，林間白馬泉❷。故人成異物❸，過憩獨潸然❹。既禮新松塔❺，還尋舊石筵❻。平生竹如意❼，猶掛草堂前。

【注　釋】❶青蓮宇　佛寺。青蓮，指青色蓮花，其葉修廣，青白分明，佛家取以喻佛眼。寺院常見種植。❷白馬泉　白馬山下的泉水。白馬山在襄陽東南十里，以白馬泉名。❸故人成異物　意謂老朋友已去世。異物，此指已死的人。❹潸然　淚流貌。❺既禮新松塔　向栽有幼松的新塔膜拜。佛教僧尼葬所稱塔林，常在寺院附近。❻石筵　石製坐位。❼竹如意　竹製如意。如意，一種象徵吉祥的器物，用玉、竹、骨製成，頭呈靈芝形或雲形，柄微曲，供賞玩，或用來搔癢。

【語　譯】景空寺坐落在荷花池畔，松林間流淌著白馬山下的泉水。老朋友已經去了西天，重訪舊地我暗自掉淚。膜拜栽著幼松的新塔，尋找曾經坐過的石凳。融公在世時常用的竹如意，如今還懸掛在草堂前。

【研　析】此詩寫重訪舊地所見情景，以及因「故人成異物」而引起的天人之隔的沉痛心情。「池上」一聯，描繪景空寺位置：坐落在白馬泉邊，風景可想而知，此即故人多年來的活動場所，也是故友交誼的見證，舊地重遊，景物依舊，人事全非。「故人」一聯，直抒物是人非之痛，用「獨潸然」點醒。詩的下半，具體寫出詩人塔前禮拜、座下徘徊情狀，勾起對逝者懷念的，豈僅草堂前所掛竹如意一物耶！真情貫注，故能動人。

陪張丞相祠紫蓋山還經玉泉寺

【題解】張丞相，指張九齡，時貶為荊州大都督府長史。張九齡《曲江集》卷五有〈祠紫蓋山經玉泉寺〉，當記這次同遊。紫蓋山，在今湖北當陽南。玉泉寺，在當陽西南二十里。據《唐會要・嶽瀆》記載：開元二十五年十月八日，皇帝敕令尚書左丞相裴耀卿等分祭五嶽四瀆。張九齡在荊州祭紫蓋山，當奉這一王命而為。祭祀紫蓋山後，又尋訪度門寺、玉泉寺。孟浩然此詩記錄了這次祭山和訪佛情景。

望秩宣王命❶，齋心待漏行❷。青衿列冑子❸，從事有參卿❹。五馬❺
尋歸路，雙林指化城❻。聞鐘度門❼近，照膽玉泉清❽。皂蓋❾依松憩，
緇徒擁錫迎❿。天宮上兜率⓫，沙界豁迷明⓬。欲就終焉志⓭，先聞智者
名⓮。人隨逝水歿⓯，止欲覆船傾⓰。想像若在眼⓱，周流空復情⓲。謝

公還欲臥⑲，誰與濟蒼生⑳？

【注　釋】❶望秩宣王命　意謂代替皇帝向山川之神致祭。望秩，《尚書・舜典》有「望秩於山川」之語，意思是在祭東嶽泰山的同時，對於遠處的眾山川之神也望而祭之。秩，次也。❷齋心待漏行　清除雜念，等待天明時分啟程。齋心，清潔身心清除雜念。待漏，等待夜漏滴盡而天明。❸青衿列胄子　青領的貴胄學子列隊而行。青衿，青領，學子所服。胄子，古代帝王或貴族的長子。此泛指隨隊前往祭祀的學子。❹從事有參卿　僚屬佐吏一起隨行。從事，漢代三公及州郡皆置從事。後泛指僚佐。參卿，對參謀、參軍的敬稱。唐時州郡設六曹參軍。❺五馬　太守的代稱。漢代四馬載車為常禮，惟太守出行則增加一馬，故稱。❻雙林指化城　意謂投奔雙林化城。雙林，佛教典故。釋迦牟尼在拘尸那城雙樹林下涅槃。後指往生之極樂淨土。化城，佛教幻化成的城郭，一切眾生成佛悠遠，道路險惡，故於途中變作一城郭，使之止息，故稱。此指玉泉寺。❼度門　度門寺，在玉泉寺附近。唐儀鳳間大通禪師神秀創建。寺名為則天太后所賜，藉以旌其功德。❽照膽玉泉清　玉泉寺有金龜池，池水清澈。❾皂蓋　黑色蓬車蓋。漢代郡守所乘車。此代指張九齡。❿緇徒擁錫迎　僧侶手持錫杖前來迎接。緇徒，著黑色僧服的僧侶。錫，錫杖，即禪杖，杖頭有可以作響的環子，僧人持之，搖動作聲而警覺。⓫天宮上兜率　登上兜率天宮。佛教欲界六天中的第四重天，內院為彌勒菩薩的淨土，外院則天眾之欲樂處。此指玉泉寺。⓬沙界豁迷明　眾生於迷途中豁然明朗。沙界，佛教稱恆河沙之世界。極言物眾之多。⓭終焉志　終老於此的意願。⓮先聞智者名　早先曾聽到智者大名。智者，指天台宗四祖智者智顗，隋煬帝執弟子禮，號智師，於當陽玉泉山立精舍，敕給寺額，名為一音。⓯人隨逝水歿　意謂智者禪師已隨時光流逝而離開人世。⓰止欲覆船傾　意謂智者禪師棲止之所覆船山仍在眼前。覆船，覆船山，玉泉山之舊名。⓱想像若在眼　緬懷智者禪師，音容宛在目前。⓲周流空復情　四處飄泊空懷嚮往之情。言外有終焉之志無由實現的感傷。⓳謝

公還欲臥　謝公有東山高臥之想。東晉謝安初寓居會稽，無處世意。此以謝安喻張九齡。張祠紫蓋山至玉泉寺時，心灰意冷有退歸之情，故云。⑳誰與濟蒼生　意謂誰擔當救濟百姓的使命。蒼生，百姓。

【語　譯】張丞相代表皇帝向山神致祭，齋心沐浴等待著天明起程。青領的貴冑學子列隊而行，一起隨行的還有僚屬佐吏。太守的車子在歸途奔馳，目的地直指玉泉寺。聽聞鐘聲知道度門寺就在左近，玉泉寺內金龜池水清澈見底。丞相依著松樹正在歇息，僧侶們手持錫杖前來迎接。玉泉寺宏暢如兜率天宮，迷途眾生一登臨頓覺豁然明朗。油然產生終老此地的意願，因為早就聽過智者的大名。時光流逝智師已離開人世，當年他正棲止在這座覆船山。緬懷智者禪師音容宛在眼前，可嘆我四處漂泊空懷嚮往之情。張丞相也有東山高臥之想，那誰來擔當救濟百姓的重任？

【研　析】上古時期，天子登泰山設壇祭天，向上蒼報告收成，為民眾祈求福祉，是國家最隆重的典禮之一。在祭泰山的同時，對於遠處的眾山之神也望而祭之，稱為望秩。登泰山畢竟勞民傷財，於是改為南郊設圜丘以祭之，是為天壇，由皇帝主祭；五嶽和四瀆則命朝廷重臣分祭。此外，分布在天南海北的名山大川則命地方行政長官代祭。禮拜之際，要宣讀文告，用皇帝口吻講。開元二十五年十月這一次，在朝廷，是尚書左丞裴耀卿等分祭五嶽四瀆；在荊州，是前宰相、荊州長史張九齡祭紫蓋山。由於是代表皇帝與天神自然對話，為轄境百姓謀利益，惟精誠可以動天，所以要「齋心待漏行」，貴冑學子列隊，從事參軍隨行，如詩首四句所描述。詩中間八句，所展示的是祭完紫蓋山回程中過玉泉寺情景，其實質是遊樂觀覽，故氣氛熱烈。「欲就」以下六句，寫詩人因受玉泉寺高僧智者的感召，引發關於世路人生的思考。最後兩句說，謝公流露出東山高臥的念頭，那麼，誰來擔當經邦濟世的使命？這一慨嘆曲傳出張九齡當時的心態。張九齡〈祠紫蓋山經玉泉寺〉中有「靈異若有對，神仙真可尋」之句。

尋陳逸人故居

【題解】陳逸人，事蹟不詳。在他走完人生旅程不久，孟浩然來到其故居憑弔，追想往事，睹物思人，感慨係之。逸人，指隱逸之士。

人事一朝盡❶，荒蕪三徑休❷。始聞漳浦臥❸，奄作岱宗遊❹。池水猶含墨❺，風雲已落秋。今宵泉壑裡，何處覓藏舟❻？

【注釋】❶人事一朝盡　人世間的事務一旦了斷。意謂撒手人寰。❷荒蕪三徑休　意謂院中不再有友人到訪的足跡。三徑，據晉趙岐《三輔決錄・逃名》記載：蔣詡歸鄉里，荊棘塞門，舍中有三徑，不出，唯求仲、羊仲從之遊。後因以指歸隱者的家園。❸漳浦臥　指人臥病在床。劉楨〈贈五官中郎將〉有「余嬰沉痼疾，竄身清漳濱」之句。❹奄作岱宗遊　意謂忽然去世。岱宗，即泰山。上引劉楨詩有「常恐遊岱宗，不復見故人」之句。《援神契》：「太山，天帝孫也，主召人魂。」❺池水猶含墨　池水中仍有主人洗筆留下的墨色。此指陳逸人生前善書法。❻今宵二句　意謂再也看不到陳逸人蹤影。藏舟，《莊子・大宗師》：「夫藏舟於壑，藏山於澤，謂之固矣。然而夜半有力者負之而走，昧者不知也。」後用以比喻事物不斷變化，生死不能固守。駱賓王〈樂大夫挽歌〉之二：「返照寒無影，窮泉凍不流。居然同物化，何處欲藏舟。」

【語　譯】人世間的事務一旦了斷，院中便不再有朋友到訪。剛剛聽說友人臥病在床，倏忽之間就撒手人寰。池水中仍有當年洗筆留下的墨色，風起雲飛轉眼已秋風蕭瑟。今晚在這山谷溪水之間，去哪裡找你的蹤影呢？

【研　析】生老病死，人生之常態。按老莊的說法，方生方死，方死方生，對於死亡這件事，大可不必看得太嚴重。詩中所憑弔的這位陳逸人，是蔣詡那樣的讀書人，隱於山林，視功名富貴如敝屣。當他將人世間的事務一旦了斷，便爽快地撒手人寰。詩的頷聯，是對逝者生前狀況的追憶，陳逸人臥病時間不長就故去了，似乎可給生者些許安慰。他魂歸太山，到上帝那裡報到去了，令人欣慰。頸聯借景抒懷，寄託哀思。尾聯用「藏舟」的典故，將憑弔引向追思。既然事物不斷變化，生死不能固守，何不達觀地面對人生？全詩情景交融、對仗工穩，用典不露痕跡，如高人風致，優雅而自如。

遊精思觀回王白雲在後

【題　解】精思觀，當為襄陽附近道觀。精思，道家稱修身煉性精誠存思。王白雲，名迥，行九，號白雲先生、巢居子。孟浩然曾與其隱居鹿門山。詩集中唱酬篇章有多首，如〈登江中孤嶼贈白雲先生王迥〉、〈同王九題就師山房〉、〈鸚鵡洲送王九之江左〉等，可見二人交往密切。

出谷未停午❶，到家日已曛❷。回瞻下山路，但見牛羊群❸。樵子暗相失❹，草蟲寒不聞❺。衡門❻猶未掩，佇立待夫君❼。

【注釋】❶停午　正午。❷日已曛　指時已黃昏，日色暗淡。曛，落日餘光。❸但見牛羊群　表現妻子對行役在外丈夫的思念。《詩經．王風．君子于役》有「日之夕矣，羊牛下來」之句。❹樵子暗相失　意謂天色昏暗，樵夫的身影已看不見。❺草蟲寒不聞　因天氣寒冷已聽不到草叢中蟈蟈之類的叫聲。❻衡門　橫木為門。言其簡陋。❼夫君　此指王迥。

【語譯】走出山谷還不到正午，回到家中天已近黃昏。回頭瞻望下山的道路，只見成群的牛羊放牧歸來。暮色中樵夫的身影已看不見，寒夜裡聽不見草蟲的鳴叫。簡陋的木門還沒關閉，我佇立在門前等待先生歸來。

【研析】此詩寫二人同遊道觀、歸途相失情景：首聯「未停午」與「日已曛」對舉，見出路長，因之同伴相失。頷聯寫回首瞻望，用「但見牛羊群」襯托不見夥伴身影。頸聯進而用樵夫身影也已經因天色昏暗而看不見了，襯托望而不見夥伴。而草叢中已不聞蟲鳴，這些景物都是「回瞻」所見、自然湧現筆端的，略無布置、刻劃之跡。尾聯寫詩人佇立門前，等候著，有幾分擔心。譚元春評此詩，有「妙在無迹可尋」（《唐詩歸》）之語，王堯衢說：「此詩以古行律，有晉人風味。」（《古唐詩合解》）確切地說，像陶淵明的詩。

登望楚山最高頂

【題　解】望楚山，又名楚山，在襄陽西南八里。相傳昔日秦與齊、韓、魏攻楚，登此山以望楚，故名。從詩中將襄陽山水與會稽相對比，推知此詩作於孟浩然吳越之遊歸來以後，時在開元二十二年（西元七三四年）。

山水觀形勝❶，襄陽美會稽❷。最高惟望楚，曾未一攀躋❸。石壁疑削成，眾山比全低。晴明試登陟❹，目極無端倪❺。雲夢掌中小❻，武陵花處迷❼。暝還歸騎下❽，蘿月在深溪❾。

【注　釋】❶山水觀形勝　意謂將天下優美山水作比較。形勝，風景優美的勝地。❷襄陽美會稽　襄陽山水之美勝過會稽。會稽，今浙江紹興。其山水形勝有會稽山、秦望山、鏡湖、若耶溪等。《世說新語．言語》有「從山陰道上行，山川自相映發，使人應接不暇」之語。❸攀躋　攀登。❹登陟　登高。陟，亦為登。❺目極無端倪　極目遠望，無邊無際。極，盡。端倪，邊際。❻雲夢掌中小　雲夢澤如手掌般大小。雲夢，即雲夢澤，在湖北省境。參見〈與諸子登峴山〉❺。❼武陵花處迷　意謂武陵溪桃花鮮豔但卻容易迷路。陶淵明〈桃花源記〉：晉太元中，武陵人捕魚，從溪而行，忽逢桃花林，夾兩岸數百步，漁人偶然發現世外桃源。後太守遣人隨而尋之，迷不復得路。❽暝還歸騎下　天色昏暗時分騎馬下山。❾蘿月在深溪　意謂藤蘿和明月的倒影映在溪水中。

【語　譯】比較天下山水風景名勝，襄陽之美勝過會稽。只是襄陽最高的望楚山，先前從未攀登過。石壁陡峭猶如刀削而成，眾山同它相比都嫌太低。晴朗的日子試著登上峰頂，極目遠眺果然無邊無際。雲夢澤小如手掌，桃花源撲朔迷離。天色昏暗才騎馬下山，藤蘿和明月的倒影正映在溪水裡。

【研　析】天下自然人文之勝首推蘇州、杭州，有「上有天堂，下有蘇杭」的口碑，無須論證。但元稹寫會稽有「會稽天下本無儔，任取蘇杭作輩流」（〈再酬復言和誇州宅〉）之語，言外兼有蘇杭之勝。孟浩然也將襄陽放在天下的大範圍來比較，稱襄陽山水之勝勝過會稽，不僅屬第一方陣，而且是領頭者。詩人又說，在風景優美的襄陽，「最高惟望楚」，自個兒「曾未一攀躋」，今天樂意帶領遊觀者一飽眼福。於是接下來展示登臨所見所感：極目遠望，無邊無際，雲夢、武陵只能充當陪襯，何等氣概！襄陽附近並無高山峻嶺，望楚山也很普通，但詩人藉誇飾、想像之筆，把它描繪得氣象萬千，引人入勝，顯示出高超的藝術技巧和對故鄉山水的深情。尾聯寫詩人樂而忘返，以水中藤蘿明月的倒影再襯一筆，以景結情，景美情濃。

臘八日於剡縣石城寺禮拜

【題　解】臘八日，農曆十二月初八，相傳為釋迦牟尼成道日，按佛門清規，這一天寺廟裡要嚴備香花燈燭、茶果珍饈，以申供養，向佛祖行禮。剡縣石城寺，即今浙江新昌城西三里的南明山中大佛寺，唐時稱石城寺，宋代改名寶相寺。南朝齊梁間造彌勒石佛像，高百尺，是江南第一大佛。此詩作於開元十八年（西元七三〇年）冬，孟浩然在石城寺向大佛像恭敬行禮，內心充滿向佛的虔誠。

石壁開金像❶，香山倚鐵圍❷。下生彌勒見❸，回向一心歸❹。竹柏禪庭古，樓臺世界稀❺。夕嵐增氣色，餘照發光輝。講席邀談柄❻，泉堂❼施浴衣。願從功德水❽，從心灌塵機❾。

【注釋】❶石壁開金像　在石壁上鑿出金色佛像。金像，金色佛像。指石城寺石彌勒佛像。❷香山倚鐵圍　意謂眼前景象有如香山和鐵圍山。香山，佛教指閻浮提洲的最高中心為香山，在昆侖山、雪山間。鐵圍，鐵圍山，佛教指索訶世界中之須彌山，又稱鐵輪山，在大海中。據金輪表，半出海上八萬由旬，日月回薄於其腰，外有金山七重圍之。佛教傳說，彌勒菩薩等率阿難曾於鐵圍山結集《大乘經》。❸下生彌勒見　彌勒佛生於南天竺婆羅門家，紹釋迦如來之佛位。佛教有《彌勒下生經》，說彌勒自兜率天下生成佛故事。❹回向一心歸　回轉自己所修之功德，一心趣向極樂淨土。《往生論注》：「回向者，回己功德，普施眾生。共見阿勒陀如來，生安樂國。」歸，皈依。❺樓臺世界稀　形容石城寺宇舍宏偉，世所罕見。石城寺經齊梁構建，築成大雄寶殿三層樓閣。劉勰〈剡縣石城寺彌勒石像碑銘〉：「信命世之壯觀，曠代之鴻作。」❻講席邀談柄　意謂邀集高僧前來宣講經義。講席，宣講經義的座席。談柄，講經者所持之麈尾、如意之類。此代指持談柄的高僧。❼泉堂　佛寺沐浴的泉池。❽功德水　即八功德水。佛教謂西方極樂世界中，處處皆有七妙寶池，八功德水彌滿其中。其水澄淨、清冷、甘美、輕軟、潤澤、安和，飲時除飢渴，能增益種種殊勝善根。❾從心灌塵機　意謂用八功德水蕩除心垢。從心，隨心所欲。《無量壽經》描繪八功德水寶池「意欲令水沒足，水即沒足；欲令至膝，即至於膝；欲令至腰，水即至腰；欲令至頸，水即至頸；欲令灌身，自然灌身；欲令還復，水輒還復」。塵機，塵俗的心計與意念。

【語　譯】石壁上開鑿出金色佛像，眼前景象猶如香山和鐵圍山。彌勒自兜率天下生成佛，普度眾生一心皈依極樂淨土。竹柏林立映著禪庭古色古香，宇舍宏偉真正世所罕見。暮色蒼茫中景物秀美，夕陽殘照更添柔和的光輝。邀集高僧前來宣講經義，在佛寺的泉池沐浴更衣。希望能藉神奇的八功德水，蕩滌塵俗的心計與意念。

【研　析】浙東新昌風光秀麗，素有「東南眉目」之譽。聞名海內外的石城古剎大佛寺，深藏於南明山峽谷中，寺內石雕彌勒像鑿成於南朝齊梁間，被譽為「中國大佛，江南第一」，是石窟造像在南方的代表，與雲岡、龍門石窟先後相繼，南北輝映。寺內又有晉高僧支遁墓、晉曇光尊者舍利塔、佛教天台宗創始人智者大師紀念塔等古跡文物。詩人是在臘月初八釋迦牟尼成道紀念日來石城寺參加禮拜活動的。詩的首聯即以濃筆重彩的描繪將讀者帶入濃厚的宗教氛圍，似在講述佛教故事，說眼前在石壁上鑿成的金色彌勒佛像，演繹的是香山、鐵圍山一系列美麗的傳說。作為佛祖的繼承人，彌勒佛的出世即以普渡眾生皈依極樂淨土為使命。能在這個莊嚴神聖的時間、地點向佛祖膜拜，真是緣分不淺，何況又有支遁、曇光、智者眾高僧作伴！「竹柏」以下三聯寫景敘事，展現佛寺歷史之悠久，宇舍之壯麗，其禮佛儀式之隆重莊嚴可想而知。有這一層鋪墊，則尾聯的用八功德水蕩除心垢的表白，就顯得是真情實感的自然流露。詩人的觀感移轉清晰可辨，讀來給人以宗教的薰陶和感染。

疾癒過龍泉精舍呈易業二公

【題解】龍泉，指龍泉寺，在襄陽縣北十五里，晉慧遠法師建。精舍，本為講學、讀書之所，亦用以稱佛寺或寺中僧人習靜、誦經、起居之室。易、業二公，指龍泉寺二位僧人。孟浩然尚有〈宿業師山房待丁公不至〉，可見他們情投意合，來往密切。孟浩然開元八年（西元七二〇年）有〈晚春臥病寄張八〉，此詩題曰「疾癒」，疑為前後之作。

停午聞山鐘❶，起行散愁疾。尋林采芝❷去，轉谷松翠密。傍見精舍開，長廊飯僧❸畢。石渠流雪水❹，金子耀霜橘。竹房思舊遊❺，過憩終永日❻。入洞窺石髓❼，傍崖采蜂蜜❽。日暮辭遠公，虎溪相送出❾。

【注釋】❶停午聞山鐘　正午時分聽到山寺鐘聲傳來。寺院每天按時敲鐘，以號令僧眾。❷采芝　秦末有四皓東園公、甪里先生、綺里季、夏黃公，見秦政苛虐，乃隱於商雒，曾作歌曰：「莫莫高山，深谷逶迤。曄曄紫芝，可以療飢。唐虞世遠，吾將何歸？駟馬高善，其憂甚大，高貴之畏人，不及貧賤之肆志。」後因以指遁隱。❸飯僧　供飯與僧人。意謂寺僧用午餐。❹雪水　激起白色浪花的溪流。❺思舊遊　回想往日來遊情景。❻過憩終永日　意謂常來此處停留，往往消磨一整天。❼窺石髓　尋找鐘乳石。古人傳說，服食鐘乳石可以延年益壽。❽傍崖采蜂蜜　在山崖間採集蜂蜜。山崖間有野蜜蜂，所釀之蜜稱崖蜜或石蜜。❾日暮二句　據《蓮社高賢傳》記載：東晉慧遠法師居廬山東林寺，寺旁有溪，法師送客不過溪，過溪即有虎鳴，因名虎溪。一日與陶淵明、道士陸修靜交談投機，不覺過溪，虎即驟鳴，三人乃大笑而別。此以慧遠比易、業二上人，並暗以陶淵明自況，充分顯示出三人交誼的深厚。

【語　譯】正午時分聽到山寺鐘聲傳來，起身出發希望除去煩惱病愁。到深林去採靈芝仙草，轉過山谷只見松樹蒼翠密集。左近龍泉寺大門暢開，長廊裡寺僧們已經用完餐。石渠溪流激起白浪一朵朵，霜後橘子在陽光下炫出金色光芒。在竹房裡回憶與上人交往情景，每來此地都要消磨一天。有時入洞穴尋找鐘乳石，有時在山崖採集蜂蜜。太陽落山才依依惜別，交談投機不覺送過了虎溪。

【研　析】臥病在床，長久不得出行，其煩悶可想而知。一旦疾癒，如脫籠之鳥，其歡快自不待言。詩人出行首選龍泉精舍，拜訪易公、業公。身疾甫癒，愁疾未散，這時山寺鐘聲傳來，引發了詩人的興致，即使時當正午，也非去不可，不能拖延到明天。「尋林」以下記途中所見，及進山門，寺僧午飯已經結束。四周景物熟悉而新鮮：石渠流水滾動著雪浪，橘樹枝頭掛著金燦燦的果實。詩人回憶與上人交往情景，每來此地都要消磨一整天，或窺洞中石髓，或採崖畔蜂蜜，自由自在，無拘無束。全詩以輕鬆流暢的筆調，按時間順序，展示了由正午聞鐘起行，到日落虎溪送出的全過程，表現了詩人久病初癒面對自然景物的欣喜以及與寺僧的相得。他們是龍泉寺的共同主人。

「石渠」一聯，狀景生動，光色亮麗，堪稱佳句。

與黃侍御北津泛舟

【題解】黃侍御，事蹟不詳。從詩中「曾是昔年遊」之語推測，應是孟浩然舊時相識。侍御，侍御史的簡稱。唐代御史臺設侍御史四人，從六品下，掌糾舉百僚，推鞫獄訟。北津，襄陽縣北沔水渡口。

津無蛟龍患❶，日久常安流。本欲避驄馬❷，何如同鷁舟❸。豈伊今日幸❹，曾是昔年遊。莫奏琴中鶴❺，且隨波上鷗。堤緣九里郭❻，山面百城樓❼。自顧躬耕者❽，才非管樂儔❾。聞君薦草澤❿，從此泛芳州⓫。

【注釋】❶津無蛟龍患　北津已無蛟龍為害。據《水經注．沔水》記載：襄陽城北枕沔水，水中常苦蛟害，襄陽太守鄧遐，負其氣果，拔劍入水，蛟繞其足，遐揮劍斬蛟，流血丹水，自後患除，無復蛟難矣。❷避驄馬　迴避侍御史。唐代制度規定，侍御史按察郡縣，不得直接會見地方長官。由於漢桓典任侍御史不避權貴，常乘驄馬，京師畏憚，有「行行且止，避驄馬御史」之語。後用驄馬指御史。驄馬，青白色相雜的馬。❸同鷁舟　一同泛舟。鷁舟，在船頭畫有彩色鷁鳥圖形的船。泛指船。❹豈伊今日幸　難道只是今日有幸。❺琴中鶴　古琴曲有〈別鶴操〉。言外之意是且樂目前，不必言別。❻堤緣九里郭　據《太平寰宇記》記載：襄陽城有古堤，皆後漢胡烈所築。大堤東臨漢江，西自萬山，經檀溪、土門、白龍潭池、東津渡，繞城北老龍堤，復至萬山之麓，周圍四十餘里。❼百城樓　指襄陽形勢險要。據《輿地紀勝・襄陽府》記載：襄陽跨荊豫之境，遠走江淮，近接巴蜀，號南北襟喉必爭之地。❽躬耕者　親自耕種。《三國志・蜀書・諸葛亮傳》有「亮躬耕隴畝」之語。❾才非管樂儔　才能不能與管仲、樂毅相比。管仲，名夷吾，相齊桓公成就霸業。樂毅，有軍事才能，燕昭王用為亞卿。詩人用以自嘲。❿薦草澤　唐代科舉之外有制舉，即皇帝破格選拔賢俊，其科目之一為「高才沉淪草澤自舉科」。⓫泛芳州　即泛芳洲。《楚辭・九歌・湘君》：「采芳洲兮杜若，將以遺兮下女。」王逸注：「芳洲，香草聚生水中之處。」語含調侃。

【語　譯】北津已無蛟龍為害，天長地久地安靜流淌。本來想迴避侍御史大人的馬頭，怎麼竟然上了同一條船。難道只是今日有幸相會，多年以前就曾有過交遊。不要讓〈別鶴操〉在琴弦上奏響，且讓我們隨水上海鷗一起歡樂。襄陽大堤護衛著九里城郭，險峻高山面對著襄陽城樓。我乃耕種於田間的一介農夫，才能實在不能與管仲、樂毅相比。聽聞您要向皇帝薦舉賢才，那就讓我泛舟於草澤之中。

【研　析】此詩寫與友人泛舟情景。首二聯，扣題目中的北津和泛舟，說北津這個地方原來不能泛舟，是東晉襄陽太守鄧遐為民除害，此水才得以「日久常安流」，此處因名斬蛟渚。又說本打算避一避侍御史的馬頭，但轉念一想，本人布衣而已，何必做此姿態，於是登上這條船。中間三聯，具體寫泛舟：先說此次泛舟有舊友重逢之樂，故客人可以盡興暢遊，不必提告別；再描寫四周景色，大堤、群山頗有可觀。末尾二聯，就自身處境寫，先說才非管仲、樂毅，躬耕是應該的。再說皇帝設「高才沉淪草澤自舉科」，我自當泛於芳洲、草澤間，不然如何應此制舉，言外有嘲諷意味。全詩表達了重逢同遊的喜悅和懷才不遇的無奈，心理活動是藉寫景、敘事曲折地傳達出來的。

春晚絕句

【題解】詩題宋本作〈春晚絕句〉，其他版本都作〈春曉〉。作〈春曉〉，突出春日清晨的勃勃生機和詩人的喜悅之情；作〈春晚絕句〉，強調花落，流露出對春天將逝的惋惜。這首小詩無疑是孟浩然集中最為人所稱道的一首，也是唐詩中最家喻戶曉的篇章之一。南宋劉辰翁讚曰：「風流閑美，正不在多。」近人劉永濟說：「佳處在人人所常有，惟浩然能道出之。聞風雨而惜落花，不但可見詩人情致，且有屈子『哀眾芳之零落』之感也。」劉拜山說：「前半寫春緒方濃，後半寫春光將盡，意傷春逝，非惜落花，而措語婉曲，含蘊無盡。」言淺意深，耐人尋味，故爾傳誦不衰。

春眠不覺曉，處處聞啼鳥。夜來風雨聲，花落知多少。

【語譯】春夜酣睡天亮了也不知道，清晨醒來只聽到鳥兒處處啼叫。想起昨夜裡風聲緊雨聲瀟瀟，不知道花兒被打落多少。

【研　析】孟浩然〈春曉絕句〉以及王維〈相思〉、李白〈靜夜思〉、王之渙〈登鸛雀樓〉，都是唐詩中最為傳誦的作品。這些小詩主題鮮明，貼近生活，平順流暢，自然質樸，而又韻味無窮，一讀之後就牢記不忘，因而能家傳戶誦，歷千百年而魅力不減。〈春曉絕句〉展示詩人春日清晨夢醒時分的感受：春宵苦短，夜雨催眠，一覺醒來已大天老明，只聽到戶外處處鳥啼，似在迎接這風和日麗的大好春光。第三句筆鋒一轉，由鳥啼聯想昨夜的「風雨聲」，那無疑是一場「隨風潛入夜，潤物細無聲」（杜甫〈春夜喜雨〉）的好雨，特別是它將給莊稼人帶來好年成，真讓人喜上心頭。但幾番風雨過後，春天也將歸去，正所謂花開花落，春秋代序，無可奈何！第四句由推測花落無數，傳達出詩人惜春之情。豈但是春日良辰，世間一切美好事物都會讓人感到步履匆匆。二十字中，有場景的轉換，有心潮的起伏，曲折回環而又渾然天成。

美人分香

【題　解】魏武帝曹操臨終前留下〈遺令〉，對後宮嬪妃作出安排，除造銅雀臺令諸妾時時登望西陵墓田外，還吩咐「餘香可分與諸夫人。諸舍中無為，學作履組賣也」。於是有了「分香」或「分香賣履」這一典故，後人用以表達臨死顧念妻妾之情。唐玄宗登基之初，有充實內宮的舉措，引起民間非議，於是開元二年（西元七一四年）八月十日下詔，其中寫道：「見不賢莫若自省；欲止謗莫若自修。改而更張，損之可也。妃嬪以下，朕當揀擇，使還其家。宜令所司將牛車，今月十二日赴崇明門待進止。」此所謂「出宮人」之舉。據記載，唐代三百年間，出宮人十餘次，其中數次人數在三千人以上。離開皇宮後投向何處？往往規定：「願嫁及歸近親，並從所便，不須尋問。」《唐會要・出宮人》其中一部分會彙入妓女行列，到平康里一帶倚門賣笑。孟浩然此詩即記其事。

豔色本傾城❶，分香更有情❷。髻鬟垂欲解❸，眉黛拂能輕❹。舞學平陽態❺，歌翻〈子夜〉聲❻。春風狹斜道❼，含笑待逢迎。

【注　釋】❶豔色本傾城　天生美麗動人的容貌。傾城，形容所詠佳人貌美絕倫。據《漢書・外戚傳》記載：李延年有「北方有佳人，絕世而獨立。一顧傾人城，再顧傾人國」之語。❷分香更有情　意謂分香之際更顯得容光煥發，惹人喜愛。暗示其衝出宮禁牢籠的喜悅之情。❸髻鬟垂欲解　髮鬟下墮，頭髮鬆散貌。髻鬟，古代婦女髮式，將髮環曲束於頂。後來出現墮馬髻，是新奇髮式之一。❹眉黛拂能輕　古代女子用黛色描眉，以細長色濃的柳眉為主。唐代眉式變化頻繁，開元、天寶間曾流行淡掃蛾眉。拂能輕，即淡掃蛾眉。❺舞學平陽態　意謂有優美的舞姿。平陽態，據《漢書・外戚傳》記載：衛皇后出自平陽侯邑，為平陽主謳者，受過歌舞訓練。徐陵〈詠舞詩〉：「十五屬平陽，因來入建章。主家能教舞，城中巧旦妝。」❻子夜聲　此用以形容女子歌聲出眾。子夜，〈子夜歌〉，古樂府吳聲歌曲。後人在此基礎上創四時行樂之詞，謂〈子夜四時歌〉。❼狹斜道　曲巷小街。多指歌伎娼女居處。

【語　譯】天生美豔絕倫傾國傾城，離開禁宮後愈發容光煥發。髮髻下墮彷彿要鬆散開來，蛾眉淡掃分外楚楚動人。舞姿優美有衛子夫的妖嬈，歌聲出眾一曲〈子夜歌〉宛轉柔美。在春風吹拂的曲巷小街，美人們含著笑迎來送往。

【研析】妓女雖說不入倫常，但卻無世無之。在唐代，妓女以生存方式大致可分為三類：一是被編入樂籍，憑才藝吃飯，如念奴、薛濤、關盼盼等，她們寄生於王室、州府衙門，與達官顯貴交接，是上流社會的附庸。二是披著道袍、被稱作女冠的女道士，她們突破家庭倫理束縛，追求現世快樂，如魚玄機、李治等人，姑且稱之為中世紀性解放的先驅。三是開館接客，以出賣色相為業，如傳奇〈李娃傳〉、〈霍小玉傳〉所描寫者。清編《全唐詩》有妓女詩專卷，是妓女自己的作品，但著名詩人筆下直接展示妓女生活圖景的，孟浩然這首〈美人分香〉為僅見的一首。詩的首聯寫其容貌：她們天生麗質，剛衝出皇宮禁錮的牢籠，一個個容光煥發，惹人喜愛；就精神狀態言，讀者也無法將其與愁苦相聯繫。頷聯寫其服飾：髮鬢下垂，頭髮鬆散，正是流行的髮式；淡掃蛾眉更是引導潮流。頸聯狀其才藝：舞姿優美，是受過專業訓練的；歌喉宛轉，能唱流行歌曲。尾聯寫其行業情景：在平康里坊一帶，倚門賣笑，送往迎來。孟浩然能關注這社會的特殊階層，字裡行間並無批判意味，真有點特別。唐代社會生活的開放於此略見一斑。宋代思想統治嚴格，但妓女行業較唐代更為發達，徽宗皇帝為名妓李師師的幽姿逸韻所打動，成為其座上賓，足以證明。但宋代詩人筆下不涉色情，而把這方面描寫的專利派給長短句的詞。

問舟子

【題　解】此詩作於開元十八年（西元七三〇年）自洛之越途中。詩人在〈適越留別譙縣張主簿申少府〉寫道：「朝乘汴河去，夕次譙縣界。幸值西風吹，得與故人會。」可見詩人沿汴河而下，至譙縣改取渦水赴越。時值秋天，一路順風，心情輕鬆。

向夕問舟子❶，前程復幾多❷？灣頭正好泊，淮裡足風波❸。

【注　釋】❶向夕問舟子　傍晚時分問船夫。舟子，船夫。❷前程復幾多　前面的路程還有多少。❸淮裡足風波　意謂一進入淮河風浪就大了。足，多。

【語　譯】傍晚時分問船夫，前面的路程還有多少？船夫說河灣處正好泊船，淮河裡浪高風緊。

【研　析】小船行進在渦水上，一路順風，詩人心情輕鬆，傍晚時分詩人問船夫：「前面還有多遠？」船夫遲疑片刻，答道：「前邊不遠就是碼頭，可以停泊。一入淮河，風浪就大了。」問答之間透露出什麼信息呢？問前程幾多，是到淮河呢，還是入運河？還是到越中？問話人心中自然很明確，但答話人卻無從回答。這大概是由於乘客心情急切所致。答話人畢竟是江湖人，見多識廣，善解人意，回答頗得宜：「今晚船靠岸的碼頭快要到了。淮河上風高浪險，今晚不宜進入。」「前程」暫時打住；至於更多的站名，只要客人有問，在下樂意報出。翻開地圖，詩人當晚的位置在今安徽懷遠境。旅途中的小花絮，被詩人寫得活靈活現；採用問答體，活潑有趣，有民歌風味。

夜歸鹿門寺

【題　解】鹿門寺，在鹿門山。鹿門山在今湖北襄陽東南三十里，漢江東岸，舊名蘇嶺山，東漢建武年間，襄陽侯習郁立神廟於山上，刻二石鹿，夾神道口，俗因稱為鹿門廟，並以名山。當詩人寫前一首詩時，尚未隱居於斯；而這一首詩寫於自澗南園移居鹿門山期間，故詩題用「夜歸」字樣。宋本以外的其他版本均題作〈夜歸鹿門歌〉。詩明顯分為前後兩段，前四句寫詩人聽到寺中暮鐘，即起程返寺，但見渡頭一片喧鬧；後四句寫山中幽寂情景，形成鮮明對照。詩人擯棄塵俗回歸自然的高情逸志得到真切有力的反映。

山寺鳴鐘晝已昏❶，漁梁渡頭爭渡喧❷。人隨沙岸向江村，余亦乘舟歸鹿門。鹿門月照開煙樹❸，忽到龐公棲隱處❹。巖扉❺松徑長寂寥❻，惟有幽人❼自來去。

【注　釋】❶山寺鳴鐘晝已昏　鹿門寺暮鐘敲響，天色已經昏暗。❷漁梁渡頭爭渡喧　漁梁洲渡口爭先恐後的渡河者一片嘈雜。漁梁，漁梁洲。在今湖北襄樊漢水中。❸開煙樹　煙霧散開，顯現出樹木來。❹龐公棲隱處　在鹿門山中。今有一大石洞，據稱即是。龐公，即龐德公，東漢隱士，襄陽人。曾隱居峴山，不入城市，與司馬徽、諸葛亮為友。後攜妻子兒女登鹿門山，因採藥不返。孟浩然以龐德公為楷模，每以自期。❺巖扉　石門。

❻寂寥　空曠冷清。❼幽人　隱士。詩人自指。

【語　譯】鹿門寺暮鐘敲響天色已昏暗，漁梁洲渡口爭渡聲嘈雜一片。農夫們沿沙岸走向江村，我也乘船回歸鹿門山。月光照亮鹿門山樹影婆娑，不覺來到了龐德公棲隱之處。石門前松林小路空曠冷清，只有隱居者自來自去。

【研　析】〈夜歸鹿門寺〉唱出的是隱士孟浩然的心聲。詩的前半，描繪日暮渡頭景象。隨著山寺鐘聲響起，宣告一日勞作結束，漁梁渡頭出現爭渡的喧鬧，也有人沿著沙岸匆匆趕回江村家中。這是自然經濟條件下的日常生活場景，家是各人的歸宿，而詩人要歸向何處呢？與「眾鳥欣有託」（陶淵明〈讀山海經十三首〉其一）形成對照的是，詩人要離開澗南園老巢，獨自去鹿門山新的寓安身。這是一個具有象徵意義的畫面，與眾不同的去向，昭示與眾不同的價值選擇。詩的後半，展示月光映照下的鹿門山畫卷。龐公棲隱處是主要景物，煙樹顯現，岩扉松徑，惟有幽人自來自往，營造出清幽絕妙的意境。「幽人」固然可以指詩人，但又不妨指古往今來擯棄塵俗、回歸自然的這一類高人逸士。從這個意義上說，這首詩唱出的又是千古隱逸之士的心聲。此詩為昔人所甚賞。或曰：「韻事佳題，詞不煩而意有餘，更妙在『龐公』不多鋪張。」（吳瑞榮輯《唐詩箋要》）或曰：「『幽』之一字，非孟襄陽其誰與？」（劉邦彥重訂《唐詩歸折衷》）「幽秀至此，直是詩中精靈。」（張文蓀輯《唐賢清雅集》）

尋梅道士張逸人

【題　解】「道士」是個多義詞，有道之士可稱道士；道教信徒可稱道士；煉丹服藥、修道求仙者也可稱道士。孟浩然集中有〈清明日宴梅道士房〉，其中有煉丹的描寫，推知這位梅道士屬第三種道士。孟浩然〈梅道士水亭〉中又有其精神追求的描寫，可知梅道士同時是道德品質高尚的人。逸人，指節行高逸之士，和官場保持距離者。梅、張二人的事蹟不詳，都是孟浩然的朋友，居住在襄陽附近的山中，交往密切。

彭澤先生柳❶，山陰道士鵝❷。我來從所好❸，停策漢陰多❹。重以
窺魚樂❺，因之鼓枻歌❻。崔徐迹未朽❼，千載揖清波❽。

【注　釋】❶彭澤先生柳　陶淵明曾任彭澤令，後辭官歸田，嘗撰〈五柳先生傳〉以自況。此用以指張逸人。❷山陰道士鵝　據《晉書・王羲之傳》記載：王羲之曾用抄寫《道德經》換取山陰道士鵝。此用以指梅道士，稱其為類似故事中的雅士。❸從所好　意謂隨心所欲，想來就來了。❹停策漢陰多　多次在漢陰止步逗留。策，杖。漢陰，漢水南岸，襄陽有漢陰臺，漢代末年，徐元直、崔州平活動於斯，有故宅。據《水經注・沔水》記載：檀溪之陽有徐遠直、崔州平故宅，東晉時已變為普通民居。❺窺魚樂　以賞魚為樂。用《莊子・秋水》莊

子與惠子遊於濠梁之上討論魚之樂因典故，暗示朋友志趣相得。❻鼓枻歌　叩船而歌。《楚辭・漁父》：「漁父莞爾而笑，鼓枻而去，歌曰：『滄浪之水清兮，可以濯吾纓；滄浪之水濁兮，可以濯吾足。』」暗示朋友與世浮沉的精神風貌。❼崔徐迹未朽　崔州平、徐元直的故事傳說不滅。《三國志・蜀書・諸葛亮傳》：「亮躬耕隴畝，好為〈梁甫吟〉。每自比於管仲、樂毅，時人莫之許也。惟博陵崔州平、潁川徐元直與亮友善，謂為信然。」進一步揭示三人為知己。❽千載挹清波　意謂先賢的高風亮節，千載之下仍為人景仰。挹，同「挹」。汲取。清波，喻君子高風。

【語　譯】有彭澤先生植柳的閒情，有王羲之書法換鵝的逸致。我從心所欲來到這裡，多次在漢陰臺逗留。岸邊觀魚其樂無比，水中叩船而歌也很開心。崔州平、徐元直的故事傳說不滅，先賢的風采千載之下仍為人景仰。

【研　析】此詩表現詩人與梅道士、張逸人交往的種種樂趣。首聯狀寫二人風致：他們像誰呢？有幾分像以五柳先生自況的陶淵明，又有幾分像以鵝換書聖墨寶的山陰道士。一句話，都是高人雅士。頷聯寫交情：要訪他們二位可以不拘時日，只要有興致，想去就去，所以，有漢代徐元直、崔州平故宅的漢陰臺，常常可見我們的蹤影。頸聯記遊樂：或在濠梁上開莊子、惠子式的玩笑，或鼓枻漢江，唱「滄浪之水清兮」（屈原〈漁父〉）的漁歌，徜徉在世代士子共同營造的精神家園裡，身心自由自在，夫復何求！尾聯以懷念先賢作結，既說明先賢高風亮節令人敬仰，也顯示三人為知己，正續寫肝膽相照的新篇章。全詩幾乎句句用典，但由於切合要描寫的對象，讀來並不覺其繁複，反倒顯得揮灑自如，風神搖曳。天造地設，江山於詩人有情。

陪姚使君題惠上人房

【題　解】使君，秦漢時期為朝廷所派督察地方之官，後沿為地方官職名稱，稱刺史或太守。在唐代，刺史是州一級最高行政長官，上州刺史從三品，中州刺史正四品上階，下州刺史正四品下階。姚使君為何州刺史，從本詩中無法確知。有人定其為襄州刺史，即孟浩然家鄉的父母官，似與詩意不符，因為「客思未皇寧」表達懷鄉之情，證明人在外地。惠上人，據陶翰〈送惠上人還江東序〉知其為錢塘人，家本富春，棲於天竹，雲遊天下，與王維、裴總等交好，也應該是孟浩然的朋友。推知此詩作於遊越中時期。

帶雪梅初暖❶，含煙柳尚青❷。平窺童子偈❸，得聽法王經❹。會理知無我❺，觀空厭有形❻。迷心應覺悟❼，客思未皇寧❽。

【注　釋】❶帶雪梅初暖　梅花在雪中開放著，天氣已漸暖，進入春季。何遜〈詠早梅詩〉有「沖霜當路發，映雪擬寒開」之句。❷含煙柳尚青　柳樹含煙，一望青綠。南國初春景象。煙柳，煙霧籠罩的柳林。❸平窺童子偈　意謂有幸讀到童子偈。平窺，有幸看到。平，平易。童子偈，泛指佛經偈頌。童子，佛教稱八歲以上而又未冠者，佛經中往往也稱菩薩為童子。偈，佛經中的唱頌詞，常以四句為一偈。句意謂優美的偈頌文字令人大開眼界。❹法王經　泛指佛經。法王，佛教對釋迦牟尼的尊稱。❺會理知無我　意謂從佛經中領會到無我的義理。會理，領會貫通佛法義理。無我，佛教根本教義之一，即認為世界上不存在實體的自我，而且一切事物也沒有恆常的自體。❻觀空厭有形　佛教謂觀照諸法之空相為觀空，要用無相妙慧照無相境，而物質、情欲等皆為有形之物，故屬可厭。❼迷心應覺悟　倒轉事理之妄心應當醒悟過來。覺悟，佛家謂會得真理。❽客思未皇寧　思親懷鄉之情無暇打發。皇，通「遑」。暇。

【語譯】梅花雪中怒放預示天氣轉暖，含煙柳樹一望青色。有幸讀到優美的偈頌文字，有幸聆聽宣講法王經的要義。從佛經中領會到無我的義理，觀照諸法之空相而厭棄有形之物。倒轉事理的妄心應當醒悟，思親懷鄉的感情無暇打發。

【研析】詩人所陪同的是位品秩不低的長官，所訪者是位「呼吸詞府，頡頏朝顏」（陶翰〈送惠上人還江東序〉）的學問僧，故此行的主要目的，應是一睹惠上人的風采。詩只用首聯二句描繪景物，是梅柳輝映的初春，為訪高人渲染一點氣氛。以下三聯，記在惠上人房的經歷和感受：很榮幸地讀到佛經偈頌，還聆聽到惠上人的宣講，從而加深了對無我、觀空等佛學要旨的理解。由於會得真理，似乎思親懷鄉之情也淡了許多，果然不虛此行。從表現手法而言，詩人的「覺悟」全用概念化的文字傳達，這就與僧人誦經無異，理或不謬，美感全無。「觀空厭有形」，用以鑽研佛理則可行，用以寫詩則行不通。

春晚題永上人南亭

【題解】永上人，或作遠上人、詠上人，事蹟不詳。從詩中所寫景物推測，這位僧人有文人雅士風致，而且與孟浩然十分投緣，因此詩人才有炎月再過的預期。

給園支遁隱❶，虛寂養身和❷。春晚群木秀，關關黃鳥歌❸。林棲良士竹❹，池養右軍鵝❺。炎月北窗下，清風期再過❻。

【注釋】❶給園支遁隱　像支遁那樣隱於給園。給園，佛教祇樹給孤獨園的略稱。舍衛城有長者哀恤孤危，世人呼曰給孤獨，給孤獨長者買得祇陀太子之園林，施與眾僧。此用以代指永上人所住園林。支遁，字道林，晉剡沃洲山高僧。家世事佛，早悟非常之理，隱居餘杭山，沉思道行之品，委曲會印之經，卓焉獨拔，得自天心。❷虛寂養身和　以虛空靜寂的打坐保持身心諧和。據《高僧傳》記載：支遁上書辭留京師，中有「諧無聲之樂，以自得為和」之語。❸關關黃鳥歌　黃鶯發出和鳴聲。關關，和鳴聲。❹良士竹　泛指竹。古代詩文中常以竹喻人，以其挺拔、虛心、有節比喻良士作風。❺右軍鵝　右軍，指東晉王羲之，曾任右軍將軍、會稽內史。據《晉書．王羲之傳》記載：性愛鵝，山陰有一道士，養好鵝，羲之往觀焉，意甚悅，固求市之。道士云：「為寫《道德經》當舉群相贈耳。」羲之欣然寫畢，籠鵝而歸，甚以為樂。此暗示永上人有王羲之雅致。❻炎月二句　意謂天熱時再來北窗下消暑。《晉書．陶淵明傳》：「嘗言夏日虛閑，高臥北窗下，清風颯至，自謂羲皇上人。」

【語　譯】像支遁一樣隱居給園，以虛空靜寂的打坐保持身心諧和。暮春時節群木蔥蘢，黃鶯在林間發出關關和鳴。竹林適宜良士棲隱，池中鵝鴨悠游戲水。天熱時定來北窗下消暑，清風徐吹等待著我再來。

【研　析】題於永上人南亭的這首詩所要表達的是二人的交誼。詩的首聯，用高僧支遁來比永上人，現出詩人對上人的崇敬。「虛寂養身和」的出典，是支遁上書辭留京師時說過的，這樣就使永上人的修行與支遁有了淵源關係，使讚美不流於溢美。「春晚」一聯，狀眼前實景，時令、環境透出一派祥和，也暗示永上人以自得為樂的精神追求。「林棲」一聯，借物比人，突顯永上人的人品，他是一位操守端正、有很高文化素養的風雅之士。尾聯以炎月再過預期，說明詩人與永上人的交誼已十分深厚了。連北窗清風都可以分享，還有什麼彼此之分？比起〈陪姚使君題惠上人房〉來，此首全以形象出之，清新可喜，耐人尋味。

與崔二十一遊鏡湖寄包賀

【題　解】崔二十一，即崔國輔，吳郡（今江蘇蘇州）人。開元十四年（西元七二六年）登進士第，初授山陰尉，五言絕句成就很高。孟浩然集中尚有〈宿永嘉江寄山陰崔少府國輔〉、〈江上寄山陰崔少府國輔〉等。包賀，指包融、賀朝。包融是潤州延陵（今江蘇丹徒）人；賀朝是越州（今浙江紹興）人，二人都是孟浩然詩友。據《舊唐書・文苑傳》記載：神龍中，包融、賀朝與賀知章，俱以吳越之士、文詞俊秀，揚名於上京。鏡湖，在今浙江紹興。東漢永和年間太守馬臻於會稽、山陰兩縣界築塘蓄水，圍田而成，周回三百餘里，因水平如鏡而得名。此詩作於開元十九年孟浩然遊會稽時，其時包融在越州戶曹參軍任，賀朝似在賦閒中。

試覽❶鏡湖物，中流見底清。不知鱸魚味❷，但識鷗鳥情❸。帆得樵風送❹，春逢穀雨晴❺。特尋夏禹穴❻，稍背越王城❼。府掾有包子❽，文章推賀生❾。滄浪醉後唱❿，因此寄同聲⓫。

【注釋】❶試覽　初次遊覽。❷鱸魚味　用西晉張翰典故。據《世說新語・識鑒》記載：「張季鷹（翰）辟齊王東曹掾，在洛陽見秋風起，因思吳中菰菜、蓴羹、鱸魚膾，曰：『人生貴得適意爾，何能羈宦數千里以要名爵！』遂命駕便歸。」意謂鏡湖之遊不是衝著鱸魚味而來。反襯景物之美。❸鷗鳥情　鷗鳥飛翔自在，無機巧之心。據《列子》記載：有位住在海島上的人，跟海鷗友好相處，常有上百隻聚集在身旁。其父知道後，讓他捉一隻來玩。第二天出海，那些海鷗只在空中飛舞而不下來。❹帆得樵風送　意謂山風吹送，一帆風順。樵風，據《會稽記》記載：漢太尉鄭弘曾采薪山中，得仙人遺箭，還之，仙人問何所欲，弘曰：常患若耶溪載薪為難，願旦南風，暮北風。後果然。故若耶溪風至今猶然，呼為鄭公風。後以之指順風。❺春逢穀雨晴　穀雨，春中節氣之一，南方多雨天，穀雨前後放晴，是難得好天氣。有天遂人願義。❻夏禹穴　大禹巡狩至會稽而崩，葬於其地。在今浙江紹興東南會稽山上。❼越王城　遺址在紹興西南四十七里。❽府掾有包子　朋友中有包生在州府任職。府掾，古代州郡屬官的通稱。包子，指包融。❾賀生　指賀朝。❿滄浪醉後唱　據《孟子．離婁》記載：楚狂接輿唱〈孺子歌〉：「滄浪之水清兮，可以濯我纓；滄浪之水濁兮，可以濯我足。」。⓫同聲　知心朋友。指包、賀二公。語云「同聲相應，同氣相求」。

【語　譯】初次遊覽鏡湖風物，湖中碧水清澈見底。雖未嘗到鱸魚的美味，卻已領略鷗鳥的自在。山風吹送客船一帆風順，穀雨前後難得天朗氣清。特地尋訪大禹的墓穴，遠處的越王古城也值得一遊。友人包生在州府任職，文章辭采出色當推賀生。酒後同唱〈滄浪之水〉，並把快樂寄給知心好友。

【研　析】此詩寫與友人暢遊鏡湖的見聞、感受。首聯讚美鏡湖水清見底，船行湖中，湖底游魚水草都看得一清二楚，果然是名副其實的一面鏡子，這第一印象實在美好。第二聯說，鏡湖之遊不是衝著鱸魚味而來；湖面上的鷗鳥足以引發遐想，進一步反襯景物之美、心情之樂。第三聯景語，寫風是鄭風，隨船行的方向吹送著；雨是知時節的及時雨，穀雨前後一定給出好天氣。風調雨順在會稽幾乎不用祈禱。自然風物如此美好，此遊不亦樂乎？第四聯展示鏡湖的人文景觀：有大禹穴可探，有越王城可遊，文化底蘊可謂深厚。第五聯寫目前人物，包子、賀子都文詞俊秀，印證著人傑地靈的說法。這樣寫，既緊扣地方風物特徵，又充分表現了詩人此遊之樂。作為排律詩，對偶靈活變換，顯得別致。

秋登張明府海亭

【題　解】張明府，指張願，襄陽人，張柬之之孫，時任奉先令，歷駕部郎中，曹、婺等十一州刺史，吳郡太守，兼江南東道二十四州採訪黜陟使。襄陽故宅有園林之勝，名海園。明府，本是漢魏以來對郡守牧尹的尊稱，唐代專用以指縣令。孟浩然集中尚有〈和張明府登鹿門山〉、〈同張明府碧溪贈答〉、〈奉先張明府休沐還鄉海亭宴集探得階字〉等，可見二人交誼深厚，唱酬頻繁。海亭，即張願故居亭臺。此詩記秋日海亭飲酒賦詩情景，表現對閒散生活方式的認同。

海亭秋日望，委曲見江山❶。染翰臥題壁❷，傾壺一破顏❸。歌逢彭澤令❹，歸賞故園間。余亦將琴史，棲遲共取閑❺。

【注　釋】❶委曲見江山　意謂海園四周有山水環繞。委曲，曲折延伸。《淮南子・精神》：「休息於無委曲之隅，而游敖於無形埒之野。」有追求精神自由義。❷染翰臥題壁　意謂隨意坐臥，揮毫題詩於牆壁。狀賦詩豪情。❸一破顏　露出微笑。❹彭澤令　東晉陶淵明曾任彭澤令，不為五斗米折腰，歸田躬耕。後來詩文中往往用以代指縣令。此指張願。❺余亦二句　意謂我將攜琴同往，與朋友一起遊息於山野之間。琴史，琴書。代指琴。棲遲，遊息。

【語　譯】秋日登上海亭眺望四周，只見山水環繞曲折綿延。隨意坐臥在牆壁上揮毫題詩，盡興飲酒主客臉上都露出微笑。吟詩歌詠彷彿與彭澤令相逢，回到故宅園林可以自在優遊。我將攜琴和圖書同往，與朋友一起遊息於山野。

【研　析】張願是前朝宰相、文貞公張柬之裔孫，承其祖蔭，仕途順暢。張氏襄陽故宅有園林之勝，海亭即其中景觀之一。孟浩然是張家海園的常客。這次適逢主人歸賞，其遊之樂更勝往常。詩的首聯緊扣題目，展示秋日登臨海亭所見景物：海園四周有山水環繞，果然如在畫中。頷聯正面表現遊樂情景：隨意坐臥，不拘禮數，揮毫題詩，傾杯敘談，儼然是海園主人。詩的後半側重這次聚會：彭澤令是在職休假，這一休過後很可能要高就朝官，所以這次歸賞故園，不無衣錦還鄉之意。作為鄉中故友，特意攜琴前往，陪他共度這難得的一段閒散時光。二人情誼是超越身分地位的。詩的正文中，「臥題壁」或作「聊題壁」；「歌逢」或作「歡逢」，似以後者義勝。

題融公蘭若

【題　解】融公，即襄陽景空寺僧融上人，是孟浩然佛徒朋友之一。此詩寫融公生前，詩人常到其寺廟走動，討論佛法妙義，往往從早到晚一整天。這是詩人日常活動的一部分，也是其精神生活的一個側面。

精舍買金開❶，流泉繞砌回。芰荷薰講席❷，松柏映香臺❸。法雨晴飛去❹，天花晝下來❺。談玄殊未已❻，歸騎夕陽催。

【注　釋】❶精舍買金開　意謂僧房是富豪信徒所施而建。精舍，本為講學、讀書之所，亦用以稱佛寺或寺中僧人習靜、誦經、起居之室。買金開，佛家傳說，古中印度喬薩羅國舍衛城有豪商，性慈悲，要施孤獨，人稱給孤獨長者。在王舍城聽釋迦佛說法，深皈依之，請佛至其國，購祇陀太子園林，太子戲言，滿以金布地便當相與，長者出金布八十頃，購得園林，以贈釋迦佛作精舍。❷芰荷薰講席　意謂講席周圍滿植荷花。芰荷，菱葉；荷葉。此偏指蓮花，因為佛地有蓮花世界之稱。薰講席，意謂蓮花的香氣在講座四周飄動。❸香臺　燒香之臺。佛殿別稱。❹法雨晴飛去　意謂一陣法雨降過天氣轉晴。法雨，佛家認為，妙法能滋潤眾生，故喻之。此指雨。❺天花晝下來　意謂有落花飄下。天花，據《維摩經・觀眾生品》記載：維摩詰室有一天女，見諸大人聞所說法，便現其身，即以天花散諸菩薩大弟子上，花至諸菩薩即皆墜落，至大弟子便著不墜。用以驗證道心。此指落花。❻談玄殊未已　談論佛法玄妙之義，興致很高，無法終止。殊未已，一點也沒有結束的跡象。

【語　譯】僧房是富豪信徒布施所建，流動的山泉回環縈繞。蓮花的香氣在講席四周飄動，松柏掩映著肅穆佛殿。法雨降過天氣轉晴，天空有落花飄下。談論佛法妙義興致未盡，西下的夕陽催促著快快回家。

【研　析】《唐詩選脈會通評林》指出：孟浩然的詩常常像是不經意隨口吐出，卻是那樣的富有古意淡韻，為一般人難以企及。即如這一首，極寫融公蘭若位置建構的幽勝，又讚美融公道法的靈通，語調稍覺豔麗，而融公的精神風貌躍然紙上。特別是「法雨晴飛去」之句，以幻作真，意象華美，出人意表。有人將其與〈題大禹義公房〉「戶外一峰秀，階前群壑深。……看取蓮花淨，應知不染心」相提並論，都是孟詩中的蒼秀之句。畫家梁文亮在〈我愛大自然，為創作風景畫而活著〉一文中談自己的創作體會：「我走進大自然中是出於本能在尋找我自己；我的內心、我的痛苦和我的願望一旦被感悟，隨之而來的創作欲望和激情讓我興奮不已，恍惚中身邊的一切景物都很可愛，地上的小花，河灘的石頭都在笑臉向我招手，要求我畫它們。在激情催促下，似有神靈附入體內，真可謂『得心應手，左右逢源，任意揮灑』。不像是我在作畫，而是自然景物主動走上了我的畫面。許多寫生畫效果常常出乎我的預料。事後再觀察，自己也不清楚當時是怎樣畫成的，是不可能再複製的。」真是「但見其妙，無可形容矣」（《瀛奎律髓匯評》引馮班語）。

夏日浮舟過張逸人別業

【題解】張逸人，孟浩然同鄉詩友，隱逸不仕，更多的情況無法確知。別的版本作「滕逸人」，或「陳大」，同樣不得其詳。

水亭涼氣多，閑棹晚來過。澗影見松竹❶，潭香聞芰荷❷。野童扶醉舞，山鳥笑酣歌。幽賞未云遍❸，煙光奈夕何❹。

【注　釋】❶澗影見松竹　意謂澗水中有松竹的倒影。❷潭香聞芰荷　意謂潭水面飄來芰荷的香氣。芰荷，菱葉；荷葉。此偏指蓮花，因為佛地有蓮花世界之稱。❸幽賞未云遍　意謂美好的景物未能一一觀賞。❹煙光奈夕何　意謂無奈煙光乍起天色向晚。

【語　譯】張逸人水亭夏日格外涼爽，傍晚時分趁閒暇划船拜訪。澗水中倒映著藤蘿松竹，潭水面飄來荷花的香氣。村野小童攙扶著醉步蹣跚的老翁，山間小鳥歡叫著助人盡情放歌。美好的景物未能一一觀賞，無奈暮靄籠罩天色向晚。

【研　析】此詩寫夏日浮舟往訪友人情事。首聯即題敘事，說因為水亭風涼，是消暑的好去處，因此「閑棹晚來過」，是天色向晚，說來就來，僅為納涼，別無要事，故曰「閑棹」。可見情致閒散，亦可見二人交誼已到不分彼此程度。頷聯寫景：澗水清澈，可見松竹倒影，潭水傳香，芰荷在搖動著倩姿。正是〈夏日南亭懷辛大〉中「荷風送香氣，竹落滴清響」佳句的再現。如果說這一聯已不新鮮，那麼「野童」一聯，寫詩人醉舞酣歌，則頗為鮮明生動，其精神風貌得到有力的呈現。末聯以煙光乍起、幽賞不能持久作結。這種意猶未盡的感慨，所引發的，是對一段美好經歷的回味。

與張折衝遊耆闍寺

【題　解】張折衝，事蹟不詳。折衝，折衝都尉的省稱。唐代實行府兵制時，軍府主管稱折衝都尉，官階在正四品上至正五品下之間。耆闍，梵文義譯為鷲。佛教稱古印度摩揭陀國王舍東北有鷲頭山，為如來佛說法之地。寺以鷲名，或許有山峰如鷲形，其位置當在襄陽附近。

釋子彌天秀❶，將軍武庫才❷。橫行塞北盡❸，獨步漢南來❹。貝葉傳金口❺，山樓作賦開❻。因君振嘉藻❼，江楚氣雄哉。

【注釋】❶釋子彌天秀　意謂耆闍寺僧是志氣高遠的傑出人物。釋子，釋迦佛的弟子，用作僧徒的通稱。此指耆闍寺僧。❷將軍武庫才　意謂張折衝武藝超群。武庫才，指勇武幹練且學識淵博的將領。武庫，儲藏兵器的倉庫。《晉書・杜預傳》：「預在內七年，損益萬機，不可勝數，朝野稱美，號曰『杜武庫』，言其無所不有也。」❸橫行塞北盡　意謂威名遠播，足跡遍及塞北。橫行，猶言縱橫馳騁。❹獨步漢南來　意思是隻身來到漢水之濱，言外指其稱雄漢水一帶。獨步，獨一無二，無與倫比。曹植〈與楊德祖書〉有「昔仲宣（王粲）獨步於漢南」之語。❺貝葉傳金口　意謂高僧宣講佛法。貝葉，貝多羅樹葉。古印度用以抄寫佛經。代指佛經。金口，如來佛之口。❻山樓作賦開　意謂山樓暢開，接待文章高手。漢末動亂中，王粲由長安赴荊州依劉表，曾登當陽樓作〈登樓賦〉，成就千古名篇。此用以比張折衝。❼振嘉藻　顯揚優美文字。振，顯揚。嘉藻，對別人詩文的美稱。

【語譯】耆闍寺僧志氣高遠，折衝將軍武藝超群。威名遠播足跡遍及塞北，獨一無二稱雄漢水一帶。高僧坐堂宣講佛經義法，山樓暢開接待文章高手。有張君生花妙筆的描繪，楚山漢水的氣概更顯雄奇壯闊。

【研　析】此詩記與張折衝遊山寺情景。描寫對象為耆闍寺高僧和張折衝二人，於是詩的首聯將釋子、將軍相提並論，說一位是彌天之秀，一位有武庫般才略，不相軒輊，公平得體。頷聯側重展示武庫之才，將軍馳騁塞北，今則獨步漢南，其英武氣概可想而見。這二句還好在是動態描寫，頗合征戰的職業特徵。頸聯又寫寺僧，貝葉上記錄著他弘揚佛法的講義，山樓上留有他賦詩為文的身影。尾聯又總寫，楚地山川因有錦繡文章的描繪，煥發出雄奇氣象。同時補足張折衝兼有文才武略，非糾糾武夫。「橫行」一聯頗傳武將精神。

與白明府遊江

【題　解】白明府，孟浩然的老朋友，遠道而來，做起詩人的父母官。二人相見，分不出誰是客人，誰是主人。相與泛舟漢水，心潮起伏，有傾訴不盡的知心話。明府，唐對縣令的稱呼。

故人來自遠，邑宰復初臨❶。執手恨為別，同舟無異心❷。沿洄洲渚趣❸，衍漾弦歌音❹。誰為躬耕者，年年〈梁甫吟〉❺。

【注　釋】❶邑宰復初臨　意謂又初來此地擔任縣令。邑宰，縣邑的長官。指縣令。❷同舟無異心　同乘一條船渡水，意志相同。❸沿洄洲渚趣　在洲渚邊遊蕩取樂。❹衍漾弦歌音　意謂在船上唱歌。衍漾，飄遊蕩漾。

弦歌，依琴瑟詠歌。《論語‧陽貨》：「子之武城，聞弦歌之聲。」子游為武城宰，弦歌而治。此美白明府。❺誰為二句 《三國志‧蜀書‧諸葛亮傳》：「亮躬耕隴畝，好為〈梁甫吟〉。」梁甫吟，樂府楚調曲名。蓋言人死葬此山，亦為葬歌。梁父山在泰山腳下。今傳諸葛亮所作〈梁甫吟〉辭，乃述春秋齊相晏嬰二桃殺三士事。此處以諸葛亮自況。

【語　譯】老朋友遠道而來，又初到此地擔任縣令。執手相看不願分開，同舟泛水志趣相同。在洲渚遊蕩取樂，在船上奏樂歌唱。這裡是諸葛亮躬耕的土地，〈梁甫吟〉的餘響流傳不衰。

【研　析】此詩寫與白縣令同舟遊江情景。首聯說老朋友遠道而來，剛剛接手縣令的職務，就相約一起泛舟漢水，鄭重其事，令人感動。頷聯狀寫泛舟共話情狀：二人牽著手不忍分開，都慨嘆分別得太久太久。同舟共話，志趣相投，心心相印，如同一個人。「同舟」之語既寫實，又能引發「同舟共濟」、「百世修得同船渡」種種聯想，富有表現力。腹聯寫洲渚遊蕩、弦歌，情趣多多。「弦歌」又暗示白明府身分，言外此遊非純為取樂，兼有體察民風之義：轄境內是否有不得溫飽者，是否有隱逸不出者？詩人的心事也曲折傳出。

檀溪尋故人

【題　解】檀溪，在襄陽西南。據《元和郡縣圖志‧襄州‧襄陽縣》記載，唐代已乾涸。孟浩然集中有〈冬至後過吳張二子檀溪別業〉，所敘二人為詩人朋友。本詩「故人」是指吳、張二子，還是另有所指，無從判斷。

花伴成龍竹❶，池分躍馬溪❷。田園人不見，疑向洞中棲。

【注釋】❶成龍竹　竹化成龍。據葛洪《神仙傳》記載：費長房回家，壺公與所用杖騎之，忽然如睡，已到家，以所騎竹杖投葛陂中，顧視之，乃青龍也。❷躍馬溪　即檀溪。《三國志・蜀書・先主傳》裴松之注引《世語》：劉備屯樊城，劉表憚其為人，不甚信用。一日宴會中，蒯越等欲乘機加害，劉備覺察，偽入廁，潛遁出。過檀溪時，所乘的盧墜溪水中，溺不得出。劉備為其鼓勁，的盧一躍三丈，遂得過。

【語譯】花木扶疏翠竹青青，眼前正是劉備躍馬的檀溪。田園依舊故人不見，莫非是住進了深山洞窟。

【研析】「花伴成龍竹」，既是故人居處實景，又暗示其身分，他是費長房一流人物，有跨竹來去的本領，為下文「田園人不見」伏筆。「池分躍馬溪」扣題中「檀溪」，補寫故人居處之位置，屋前池水正是從躍馬溪流來的。躍馬溪本是神奇故事發生地，既然已出現過劉備坐騎一躍三丈的奇蹟，難道不會發生新的奇蹟，「田園人不見」該不會與此有關？百思不解的情況下，最後給出一個無法確定方向的答案：「疑向洞中棲。」凡是道家者流，都追求現世的快樂，詩人的這位故人肯定是到天下某一個洞天福地去過神仙的日子了。既得其所，不尋也罷。二十字凝煉含蓄，耐人尋味。

梅道士水亭

【題解】梅道士，煉丹修道者流，孟浩然的同鄉好友。參見〈尋梅道士張逸人〉題解。水亭，指臨水亭榭。詩題表明此詩作於梅道士隱居處水亭之上，詩中真正展示的是梅道士其人及其仙風道骨。

傲吏非凡吏❶，名流即道流❷。隱居不可見❸，高論莫能酬❹。水接仙源近❺，山藏鬼谷幽❻。再來迷處所，花下問漁舟❼。

【注釋】❶傲吏非凡吏　此句以莊周比梅道士。傲吏，據《史記・老子韓非列傳》記載：莊周嘗為蒙漆園吏，楚威王聞莊周賢，使厚幣迎，許以為相。莊周笑謂楚使者曰：亟去，無汙我。顯示對高官厚祿的不屑。古詩文中就以之相稱。凡吏，指平庸之輩。與傲吏相對。❷名流即道流　意謂梅道士兼有名士和道流兩種品格。名流，名士。道德高尚而又不求仕進的人。道流，道家一流。服食求仙者流。❸隱居不可見　意謂深居山林，很難看到其身影。❹高論莫能酬　高深的談吐，一般人很難應對。酬，回答。❺水接仙源近　意謂水路接近神仙居處。仙源，神仙所居之處。此指道士隱居之處。❻山藏鬼谷幽　形容道士居處山林幽深，有神祕感。鬼谷，傳說眾鬼所聚之地，在北辰下。❼再來二句　意謂再來尋訪就會迷路，只得向漁夫打聽。言居處幽深難至。用陶淵明〈桃花源記〉典故。〈桃花源記〉：漁人既出，處處誌之。太守遣人往尋所誌，不復得路，後遂無問津者。

【語　譯】梅道士本不是平庸之輩，兼有名士和道流兩種品格。深居山林很少拋頭露面，談吐高深一般人難以應對。水路接近神仙居處，山路幽深疑有鬼怪出沒。再來尋訪定會迷路，只得向漁夫打聽了。

【研　析】此詩作於梅道士水亭。前半著重展示梅道士的仙風道骨，首聯是人物定位，他是莊周式的傲吏，對高官厚祿打心眼裡厭惡，絕非計較名利的凡夫俗子。他是名士而兼有道流風采的人物，既談玄理，亦服食求仙，可謂卓犖不群，超凡脫俗。上下句分別重複「吏」、「流」二字，運用重言錯綜句法，又用當句對與對句對的連環對偶法，語意不凡，聲情兼美。頷聯展現其言談舉止，他深居山林，很難看到其身影；高深的談吐，無人能接其脣吻。這就進一步與凡夫俗子劃清了界限，進一步突顯其性情的孤傲，蹤跡的神祕莫測。詩的後半寫水亭，亭前流水與仙源相連，水路可通道士隱居處，那裡山林幽深，如果真要去尋訪，十有八九要迷失方向。「仙源」、「鬼谷」等字眼以及桃花源典故的使用，神祕感一步步加強，這些描寫的最後效果是，梅道士是神仙中人物，只宜仰慕，無由接近。劉辰翁用「事料不凡，得語亦異」二句評此詩，恰如其分。

岳陽樓

【題　解】岳陽樓，在今湖南岳陽，即城西門樓。下瞰洞庭，景物寬廣。此詩《文苑英華》題作〈望洞庭湖上張丞相〉。張丞相，指開元名相張說。張說（西元六六七—七三一年），字道濟，河東（今山西永濟）人，歷仕武后、中宗、睿宗、玄宗四朝，三登左右丞相，三作中書令，為初、盛唐間傑出的政治人物和文學家。「燕許大手筆」之譽即指其與許國公蘇頲。開元四年（西元七一六年），張說自中書令為岳州刺史，常與才士登岳陽樓，有詩百餘篇，列於樓壁。孟浩然此詩當作於其時。詩的前半狀洞庭湖浩渺宏闊氣象，歷來推為詠洞庭湖名句，尤其是「氣蒸雲夢澤，波撼岳陽城」一聯，足可與杜詩「吳楚東南坼，乾坤日夜浮」（〈登岳陽樓〉）一聯媲美。詩的後半贈張相公，只以望洞庭託意，不露干乞之痕，亦屬得體。許學夷《詩源辨體》指出：「前四句甚雄壯，後稍不稱。」也符合此詩實際。這是孟浩然詩中最為傳誦的篇章之一。

八月湖水平❶，含虛混太清❷。氣蒸雲夢澤❸，波撼岳陽城❹。欲濟無舟楫❺，端居恥聖明❻。坐觀垂釣者，徒有羨魚情❼。

【注釋】❶八月湖水平　時交八月，洞庭湖水漲滿，與岸齊平。湖，指洞庭湖，在今湖南北部，長江南岸。長約二百里，廣約百里，中國第二大淡水湖。❷含虛混太清　意謂湖面廣闊無邊，與天連成一片。含虛，含容天宇。混，合而為一。太清，指天空。❸雲夢澤　在湖北省境。參見〈與諸子登峴山〉❺。❹岳陽城　即岳州府治所在的巴陵縣城。今湖南岳陽。❺欲濟無舟楫　意謂想渡水卻無船隻。《尚書・說命》：「若濟巨川，用汝作舟楫。」殷高宗得賢相傳說，視之為渡大河之舟楫。孟詩用其意，喻應舉出仕而無人援引。❻端居恥聖明　安居無事有愧於聖明的時代。端居，平居；不做事。❼坐觀二句　意謂看到臨湖垂釣的人，徒然羨慕他們得魚。比喻自己空有追求功名的願望而無法實現。《淮南子・說林》：「臨河而羨魚，不如歸家織網。」

【語　譯】八月的洞庭湖水與岸相平，廣闊無邊的水面與天空相連。雲霧升騰籠罩著雲夢澤，波濤洶湧搖撼著岳陽城。渡水卻缺少船和槳，無所事事有愧於聖明時代。看別人臨湖垂釣，徒然羨慕著他們釣到了魚兒。

【研　析】此詩題目，習見的唐詩選本多作〈望洞庭湖贈張丞相〉，從唐人制題的規矩著眼，似更相宜。作為歷代詠洞庭湖的名作之一，此詩前四句緊扣題目，寫望中所見洞庭湖景色。首句用「八月」點水漲之時，一個「平」字，展現一望無際的湖面。第二句就映現湖中的天光雲影構思，說蒼茫元氣、寥廓太空俱涵湖內，水天渾而為一。三、四兩句寫水氣蒸騰，彌漫雲夢；風濤洶湧，震撼岳陽。聲勢壯闊，形象飛動，令人目眩神搖。這樣寫，既再現了洞庭湖壯闊浩淼的氣象，又賦予其吞吐宇宙、搖撼乾坤的精神力量，這是前人筆下所沒有過的，也使後來作家難以超越。後四句轉入「贈張丞相」，詩人欲在盛明時代有所作為，希望手中握有用人權柄的張丞相能伸出援手，給寒士濟水的船和槳。「欲濟」、「舟楫」、「垂釣」、「羨魚」，皆就洞庭湖生發，與前半一脈相承，比興互陳，語意雙關，含蓄地表現了不甘閒居、出仕濟世的願望。杜甫「吳楚東南坼，乾坤日夜浮」一聯與此詩「氣蒸雲夢澤，波撼岳陽城」相比，更多了一層主觀感情色彩，是動亂年代憂國憂民者的眼中景，自有獨特魅力。有的注本將張丞相解釋為張九齡，有沒有道理？史載，張九齡開元二十二年至二十四年在相位，這期間及以後都可以稱「丞相」。孟浩然開元十七、十八年入京應試期間，已深得張九齡、王維賞識，應不會出現干謁性質的作品，那時也不能以丞相相稱。

秦中苦雨思歸贈袁左丞賀侍郎

【題解】此詩宋本題作〈答秦中苦雨思歸而袁左丞賀侍郎〉，據活字本等改。袁左丞，指袁仁敬（西元？—七三三年），襄陽人，時任尚書左丞。賀侍郎，指賀知章（西元六五九—七四四年），越州永興（今浙江蕭山）人，著名詩人，時任工部侍郎。二人都是正四品高官，同時是孟浩然的詩友。開元十七年（西元七二九年），詩人在長安應試落第，一直逗留到秋天，在秋雨淒寒的旅館裡寫此詩，回顧苦讀三十載而求仕無成的經歷，面對資用乏絕、求助無門的窘境，將一腔激憤和感慨，傾訴於兩位身居高位的朋友。詩人清醒地認識到「躍馬非吾事」，決意歸隱「北山岑」。這是詩人慷慨悲涼的人生宣言。孟浩然從此打消了參加科舉考試的念頭，真的以布衣終其身。這在唐代著名詩人中是絕無僅有的。

苦學三十載，閉門江漢陰❶。用賢遭聖日❷，羈旅屬秋霖❸。豈直昏墊苦❹，亦為權勢沉❺。二毛催白髮❻，百鎰罄黃金❼。淚憶峴山墮❽，愁懷襄水深❾。謝公積憤懣❿，莊舄空謠吟⓫。躍馬非吾事⓬，狎鷗宜我心⓭。寄言當路者⓮，去矣北山岑⓯。

【注釋】❶苦學二句　在漢江之畔刻苦讀書三十年。三十載，孟浩然其時四十歲，稱苦讀三十載並非誇張。閉門，指不預外事。江漢陰，漢水南岸。襄陽在漢水之南，水南曰陰。❷用賢遭聖日　意謂趕上任用賢才的大好時代。用賢，任用賢人。❸羈旅屬秋霖　意謂秋雨綿綿中困在旅館裡。羈旅，寄居異鄉。秋霖，秋雨。霖，雨三天以上。❹豈直昏墊苦　不僅僅因困於水患而煩惱。直，僅僅。昏墊，指困於水災、水患。此指秋雨綿綿之苦。❺亦為權勢沉　也因權臣勢要的排擠而遭沉淪。權勢，權柄勢力。指有權勢之人。沉，沉沒；沉淪。指無出頭機會。❻二毛催白髮　頭髮花白，年紀越來越大。二毛，頭髮斑白，代指三十多歲年紀。❼百鎰罄黃金　百鎰黃金已用完。百鎰，極言貨幣之多。鎰，古代黃金計量單位，二十兩或二十四兩為一鎰。阮籍〈詠懷詩八十二首〉之五有「黃金百鎰盡，資用常苦多」之句。❽淚憶峴山墮　意謂想到故鄉峴山不禁掉淚。峴山，在襄陽，有著名的墮淚碑。參見〈與諸子登峴山〉題解。❾愁懷襄水深　意謂愁緒也因想到襄水而加深。襄水，在襄陽。襄陽因在其北而得名。❿謝公積憤懣　像謝公一樣憤懣填胸。謝公，即謝靈運，其〈廬陵王墓下作〉有「道消結憤懣，運開申悲涼」之句，〈道路憶山中〉有「存鄉爾思積，憶山我憤懣」之句。憤懣，憤鬱不平。⓫莊舄空謠吟　像莊舄那樣無助地發出痛苦的呻吟。莊舄，《史記．張儀列傳》：「越人莊舄仕楚執珪，有頃而病。楚王曰：『舄故越之鄙細人也，今仕楚執珪，貴富矣，亦思越不？』中謝對曰：『凡人之思故，在其病也。彼思越則越聲，不思越則楚聲。』使人往聽之，猶尚越聲也。」⓬躍馬非吾事　策馬騰躍不是我能追求的事業。躍馬，策馬騰躍。喻富貴騰達。《史記．范雎蔡澤列傳》：「澤謂其御者曰：『吾持粱刺齒肥，躍馬疾驅，懷黃金之印，結紫綬於腰，揖讓人主之前，食肉富貴，四十三年足矣。』」⓭狎鷗宜我心　與鷗鳥狎玩正合我的性情。狎鷗，與鷗鳥親近。據《列子》記載：有位住在海島上的人，跟海鷗友好相處，常有上百隻聚集在身旁。其父知道後，讓他捉一隻來玩。第二天出海，那些海鷗只在空中飛舞而不下來。⓮寄言當路者　帶信給掌權的人。寄言，寄語；帶信。當路，執政；掌權。⓯北山岑　北山。孔稚珪〈北山移文〉表達對真隱山林之士的讚美。後以北山泛指隱逸。此代指襄陽一帶的山。

【語　譯】刻苦讀書三十個年頭，不問外事隱居在漢水南岸。趕上任用賢能的大好時代，客居異鄉又遭遇秋雨綿綿。煩惱豈只因為困於水患，也因權臣勢要排擠而沉淪。頭髮花白年紀越來越大，百鎰的黃金已然用得光光。思念峴山淚水簌簌而下，想到襄水愁緒愈發深長。像謝靈運一樣憤懣填胸，像莊舄那樣空把越國歌謠低吟。策馬騰躍不是我能追求的事業，與鷗鳥親近倒正合我的性情。寄語掌權的達官顯貴，我要到山林隱逸去了。

【研　析】孟浩然以布衣終其身。在以詩賦取士的科舉制度面前，詩人苦心準備了三十年，直到四十歲才上京應試，可謂精誠所至，但仕進的大門並未向他打開。在「三十老明經，五十少進士」的風氣下，按說一試不中完全可以蓄芳待來年，再考它二次、三次，但詩人未作此想，事實上從此與京都長安和科舉考試徹底道了別。這首秦中苦雨思歸的贈友詩，見證了詩人在人生重大關頭的抉擇。這首排律共八聯，依次寫為學之苦、命運之舛、處境之惡、身心之疲、鄉思之切，層層推進，將懷才不遇的怨憤傾訴給身居高位的兩位朋友，在一定意義上也是對整個統治階級的控訴。詩中「用賢遭聖日」應是傳說中決定其命運的那句「不才明主棄」的另一種表述。可見根源在最高統治者唐玄宗。「躍馬非吾事，狎鷗宜我心」。寄言當路者，去矣北山岑」，激憤、沉痛中有清醒的思索，詩人對這位頂著「明主」桂冠的今上和所謂的「盛世」徹底失望了，因而要與黑暗腐敗的官場實行決裂。詩中典故的成功使用，使抽象的議論具體化，既豐富了詩句的內涵，又避免了直說，頗耐人尋味。激情充沛，慷慨悲涼，在孟詩中別具一格。

秋日陪李侍御渡松滋江

【題　解】李侍御，事蹟不詳。侍御，侍御史的簡稱。唐代御史臺設侍御史四人，從六品下，掌糾舉百僚，推鞫獄訟。松滋江，在今湖北省南部，即江水流經松滋縣一帶。《輿地紀勝・江陵府》：松滋縣在府西一百二十里。此詩可能作於開元二十五年（西元七三七年），在張九齡荊州幕府期間，詩人陪監察官渡江處理公事，客主臨流賦詩，情緒高漲。

南紀西江闊❶，皇華御史雄❷。截流寧假楫❸，掛席自生風❹。寮寀爭攀鷁❺，魚龍亦避驄❻。坐聽〈白雪〉唱❼，翻入棹歌中❽。

【注　釋】❶南紀西江闊　在南方數西江最為寬廣。南紀，古代指江漢和南方。西江，南紀範圍內的西部大江，指長江中上游。此指松滋江。❷皇華御史雄　奉君命出使郡縣的官員中御史最具聲威。皇華，《詩經・小雅・皇皇者華序》：「君遣使臣也，送之以禮樂，言遠而有光華也。」後以之來讚頌奉君命而出使者。❸截流寧假楫　意謂渡江哪裡用得上划槳。假，借助。楫，船槳。❹掛席自生風　意謂帆一張起便有好風吹送。❺寮寀爭攀鷁　意謂同僚爭相前來助興。寮寀，同官。攀鷁，登上同一條船。鷁，本指在船首所畫鷁鳥圖形。代指船。❻避驄　避驄馬。即回避侍御史。唐代制度規定，侍御史按察州縣，不得直接會見地方長官。參見〈與黃侍御北津泛舟〉❷。❼白雪唱　華美的詩篇。白雪，宋玉〈對楚王問〉：「客有歌於郢中者，其始曰〈下里巴人〉，國中屬而和者數千人。其為〈陽春白雪〉，國中屬和者數十人。其曲彌高，其和彌寡。」後以陽春白雪稱高深的、不通俗的文學藝術。此是讚美之詞。❽翻入棹歌中　意謂船中詩歌立即被船工傳唱開來。

【語　譯】在南國就數西江最為寬廣，奉君命出使的官員中御史最具聲威。要渡江哪用得上搖櫓划槳，帆一張便有好風相送。同僚爭相前來助興，魚龍也要避著驄馬。剛吟成的華美詩篇，轉眼就被船工傳唱開來。

【研　析】此詩寫陪同監察官渡江處理公事、臨流賦詩情景。首聯將場景和人物對舉，地則南紀西江，人則皇華御史，分別用「闊」、「雄」二字加以概括，宣示有精彩節目要上演了。頷聯、頸聯狀寫渡江的氣勢，一帆風順，豈假楫槳！地方上的陪同人員爭相上前助興，連水中魚龍也為御史的凜然氣概所震懾，給船兒讓路。以上描寫都圍繞御史展開，用「皇華」、「避驄」等典故切合人物身分特徵，不能移易。此詩亮點在尾聯。先說御史所作是華美的〈白雪〉之章，按這一邏輯推衍下去應該「和者蓋寡」。但不是，一經寫就，轉瞬之間被船工傳唱開來。可見〈白雪〉篇歌詞所寫，是下里巴人的心聲。原來這位朝廷大員真能體察民情。頌揚而得其要領，有分寸感，手法高超。詩一出手即刻借棹歌的形式傳唱開來，被廣大聽眾所接受，進而藉水陸交通傳播到更遠的地方，這是唐詩傳播的途徑之一，一種不必印刷的發表。

九日龍沙作寄劉大昚虛

【題　解】九日，農曆九月初九重陽節。傳統習俗，這一天要舉家登高，佩帶茱萸，飲菊花酒，據說可以避災長壽。龍沙，在今江西新建北，又名龍岡。據《水經注・贛水》記載：贛水經龍沙西，沙甚潔白，高峻而陀有龍形，連亙五里中，舊俗九月九日登高處也。劉昚虛，字全乙，行大，洪州新吳（今江西奉新）人。開元二十一年（西元七三三年）進士及第，官弘文館校書郎，後流落不偶，與王昌齡、孟浩然、高適友善。有〈暮秋揚子江寄孟浩然〉。孟浩然卒後，劉昚虛曾託友人訪求其遺篇（〈寄江滔求孟浩然遺文〉），可見是孟浩然生死之交。此詩約作於早期漫遊時，詩人在重陽節這一天船過龍沙，雖然沒有如陶淵明那樣有刺史特意送酒，眼前的民間風俗和湖山之美也足以令人陶醉。詩人興致勃勃地唱起歌，任船在晚風中隨波逐流，並把美好的感受與友人分享。

龍沙豫章❶北，九日掛帆過。風俗因時見，湖山發興❷多。客中誰送酒❸，棹裡自成歌。歌竟乘流❹去，滔滔任夕波❺。

【注　釋】❶豫章　唐時洪州，今江西南昌。❷發興　激發興情。❸客中誰送酒　意謂人在旅途，不會有人特意送酒來。暗用陶淵明九日典故。蕭統〈陶淵明傳〉：「嘗九月九日，出宅邊菊叢中坐，久之，滿手把菊，忽值（王）弘送酒至，即便就酌，醉而歸。」❹乘流　順著水流。❺滔滔任夕波　意謂讓船在晚風中隨滔滔波浪飄流。

【語　譯】龍沙在豫章的北邊，九月九日揚帆經過。節日裡最能展現當地風俗，湖光山色激發無限詩情。客遊中有誰會特來送酒，划槳的當兒自成船歌。一曲終了船已順流而下，晚風中隨滔滔波浪任意飄流。

【研　析】此詩和〈九日得新字〉雖然同寫「九日」題材，兩相比較，此詩由於有詩人真情實感的貫注，讀來就給人以輕快灑脫之感。詩的首聯說，今年的重陽節是在江西新建龍岡度過的，佳節勝境是旅途中不期而遇，油然心生喜悅。頷聯寫龍岡土著佳節風俗，詩人雖然未能參與其中，但面對湖山景色，已令人心滿意足。頸聯暗用陶淵明典故，既切江西之地，又扣九日之時，堪稱妙手偶得，豈是刻意用九日之典！尾聯「歌竟乘流去」，令人想起《楚辭・漁父》的結尾，餘味不盡。傳統題材往往難以出新，特別是同一作家將同一題材一寫再寫；但如果真能出新，又能給讀者意外的驚喜。

湖中旅泊寄閻防

【題　解】湖中，指洞庭湖，在今湖南北部。長江南岸，長約二百里，廣約百里，是中國第二大淡水湖。閻防，河東（今山西永濟）人。開元二十二年（西元七三四年）進士及第，二十四年因事貶為長沙司戶。有詩名，與孟浩然、儲光羲、岑參友善，同代人殷璠評曰：「其詩警策，語多真素。」孟浩然有〈洞庭湖寄閻九〉。此詩一本題作〈湖中旅泊寄閻九司戶防〉，可知作於開元二十四年，其時閻防貶長沙司戶。司戶，州府僚吏，掌戶口、籍帳、婚姻、田宅、雜徭、道路之事。

詩人在浩渺湖中「夕望不見家」之際，想起貶謫長沙的詩友，對他的人生挫折表達了深摯的同情與關切，也更增添了旅泊愁思。

桂水通百越❶，扁舟期曉發❷。荊雲閉三巴❸，夕望不見家。襄王夢行雨❹，才子謫長沙❺。長沙饒瘴癘❻，胡為久留滯。久別思款顏❼，承歡懷接袂❽。接袂杳無由，徒增旅泊愁。清猿不可聽❾，沿月下湘流❿。

【注釋】❶桂水通百越　桂水與百越之地相連接。桂水，源出湖南藍山南，東北流經桂陽，與春陵水合，流入湘水。百越，古代越族種姓繁多，故稱，亦稱百粵。散居在今浙江、福建、廣東、廣西等地。此大抵指嶺南一帶。❷扁舟期曉發　小船等待天亮起航。扁舟，小船。❸荊雲閉三巴　荊州一帶的雲霧遮住了三巴。三巴，巴郡、巴西、巴東的合稱。此泛指渝東、鄂西一帶。孟浩然故鄉襄陽在其範圍內。❹襄王夢行雨　襄王夢遊雲夢。宋玉〈神女賦〉：「楚襄王與宋玉遊於雲夢之浦，使玉賦高唐之事。其夜王寢，果夢與神女遇，其狀甚麗。」〈高唐賦〉：「王因幸之，去而辭曰：妾在巫山之陽，高丘之岨，旦為朝雲，暮為行雨。朝朝暮暮，陽臺之下。」❺才子謫長沙　漢賈誼稱才子，遭大臣猜忌，被貶為長沙王太傅。時閻防以罪謫長沙，故以比閻。長沙，今湖南長沙。❻瘴癘　瘴氣濕熱而感染的疾病。❼款顏　叩顏。猶見面。❽承歡懷接袂　懷念在一起時的歡樂情景。承歡，博取歡心。接袂，衣袖接近。形容親密相處。❾清猿不可聽　猿鳴淒清，耳不忍聞。❿湘流　湘江，湖南主要河流。

【語　譯】桂水與百越相接，小船等天亮起航。荊楚雲霧遮住了三巴大地，暮色中望不見我的家鄉。襄王曾在這裡夢遇神女，賈誼曾沿此路貶謫長沙。長沙瘴氣濕熱易染疾病，為何還要久久停留。分別太久思念著再次見面，最難忘在一起時的歡樂情景。親密相處的日子遙遙無期，徒然增加旅泊愁思。猿鳴淒厲耳不忍聞，清冷的月光下船入湘江。

【研　析】此詩抒發羈旅懷人的愁思。詩人身在浩渺的洞庭湖中，南望則桂水遠接百越，長沙是友人貶謫之地。北望則荊雲蔽空，看不到故鄉襄陽的山水。人在旅途，孤寂無聊，正受著思鄉懷友的煎熬。詩的後半，就懷友作進一步展現，先說長沙有瘴癘之害，再訴懷想之切，終於發出「接袂杳無由，徒增旅泊愁」的嘆息，其心路歷程清晰可辨。詩以清猿夜月的景語作結，含蓄傳達出難言的情思。作為一首古詩，轉換韻腳，「長沙」、「接袂」兩處用頂針格，使詩句宛轉連綿如轆轤，妙無痕跡。末四句回合宕往，意境曠遠，雋永在筆墨之外。

秦中感秋寄遠上人

【題　解】秦中，即關中，此指長安。遠上人，襄陽寺僧人。參見〈春晚題永上人南亭〉題解。此詩作於開元十七年（西元七二九年）秋，長安應試落第之後。寫作背景和主人公思想感情與〈秦中苦雨思歸贈袁左丞賀侍郎〉相彷彿。

一丘常欲臥❶，三徑苦無資❷。北土非吾願❸，東林懷我師❹。黃金燃桂盡❺，壯志逐年衰。日夕涼風至，聞蟬但欲悲❻。

【注　釋】❶一丘常欲臥　意謂常想著隱居山林間。《漢書・敘傳》：「漁釣於一壑，則萬物不奸其志；棲遲於一丘，則天下不易其樂。」詩人一直在追求仕進，稱欲隱山林間，是無可奈何之言。❷三徑苦無資　意謂連經營隱居之所也感到缺乏資金。三徑，據晉趙岐《三輔決錄・逃名》記載：蔣詡歸鄉里，荊棘塞門，舍中有三徑，不出，惟求仲、羊仲從之遊。後因以指歸隱者的家園。❸北土非吾願　意謂秦中長安一帶不是我想生活的地方。這是詩人失意後的憤激之言。❹東林懷我師　懷念我東林遠禪師。東林，東林寺，在廬山，晉高僧慧遠創建。因遠上人與其同名，故藉以指遠上人所在寺院。❺黃金燃桂盡　意謂長安物價昂貴，自己盤纏日盡。《戰國策・秦策一》：「(蘇秦)說秦王書十上而說不行，黑貂之裘弊，黃金百斤盡，資用乏絕，去秦而歸。」又〈楚策三〉：蘇秦對楚王曰：「楚國之食貴於玉，薪貴於桂。」❻日夕二句　意謂秋風吹送，聞蟬傷心。《禮記・月令》：「孟秋之月……涼風至，白露降，寒蟬鳴。」

【語　譯】常想著隱居山林間，卻連經營隱居之所也缺乏資金。來北方求仕並非我的本願，時常懷念我東林寺的遠禪師。盤纏在物價昂貴的京城已經用盡，雄心壯志也一年年衰退。傍晚時秋風吹送，耳聽著蟬鳴心更傷悲。

【研　析】據詩題，詩人身在長安，因秋風乍起觸發羈旅愁思，於是以詩代簡，將萬千心事訴說給遠在襄陽的遠上人。首聯說本打算隱居山林，但竟無力經營幾間茅舍。對於一個一直追求進取的士子來說，標榜隱退，是無可奈何之言。頷聯訴說北上京師失敗，孤苦之中，特別懷念故土親友。

北上是尋夢之旅，這一失敗遭受打擊之重可想而知。頸聯正面訴說在長安所受的精神折磨：這裡是桂薪玉粒之地，自己有限的川資業已用盡；這裡是權臣貴勢的樂土，窮書生面對殘杯冷炙，無處不生悲辛。詩人如大夢初醒，強烈地意識到都市繁華生活不屬於自己，自己的歸宿在襄陽山水間。尾聯以聞蟬傷心作結，給全詩塗上淒清悲涼色彩，讀來淒惻感人。

大堤行寄黃七

【題解】大堤行，即〈大堤曲〉，由〈襄陽樂〉衍生的樂府西曲歌名。據《樂府詩集》記載：劉誕〈襄陽樂〉：「朝發襄陽城，暮至大堤宿。大堤諸兒女，花豔驚郎目。」據傳是劉誕為襄陽郡時，夜聞諸女歌謠因而作之。大堤，即襄陽城古堤，東漢時築。據《太平寰宇記》記載：襄陽城有古堤，皆後漢胡烈所築。大堤東臨漢江，西自萬山，經檀溪、土門、白龍潭池、東津渡，繞城北老龍堤，復至萬山之麓，周圍四十餘里。黃七，疑即〈與黃侍御北津泛舟〉之黃侍御。前詩有「豈伊今日幸，曾是昔年遊」之語，此詩有「攜手今莫同，江花為誰發」之語，可見是交往有年的朋友。

大堤行樂處，車馬相馳突❶。歲歲春草生❷，踏青❸三兩日。王孫挾
珠彈❹，遊女矜羅襪❺。攜手今莫同，江花為誰發❻。

【注 釋】❶馳突 疾馳快跑。❷春草生 劉安〈招隱士〉：「王孫遊兮不歸，春草生兮萋萋。」❸踏青 古代風俗，於春日郊遊踏百草。❹王孫挾珠彈 貴家子以珠為彈，出手闊綽。王孫，王侯子孫。泛指貴家子弟。挾，持。珠彈，以珠作彈。謂其豪貴。❺遊女矜羅襪 意謂遊春女子以服飾相誇耀。唐張柬之〈大堤曲〉：「南園多佳人，莫若大堤女。玉床翠羽帳，寶襪蓮花炬。」曹植〈洛神賦〉有「凌波微步，羅襪生塵」之語。❻攜手二句 意謂好友不在身邊，江花也顯寂寞。為誰發，不知為誰開放。

【語 譯】襄陽大堤青年男女遊春處，車馬疾驅奔如飛。年年春天春草綠，正是郊遊踏青好時光。王侯子孫出手闊綽以珠為彈，遊春女子妖嬈多姿比賽服飾。如今不能攜好友相遊，江花寂寞不知為誰開放。

【研 析】襄陽山青水秀，歷史文化資源豐富，漢皋山神女傳說故事動人，大堤遊春的節俗更是一道亮麗的風景線。從劉誕〈襄陽樂〉衍生的〈大堤曲〉，在唐代是引人矚目的題材，如李白有「漢水臨襄陽，花開大堤暖。佳期大堤下，淚向南雲滿」之句，寫不能前往一遊之悲。楊巨源有「二八嬋娟大堤女，開壚相對依江渚。待客登樓向水看，邀郎卷幔臨花語」之句，記男女歡會情景。施肩吾有「大堤女兒郎莫尋，三三五五結同心。清晨對鏡冶容色，意欲取郎千萬金」之句，提醒外地遊客，不要陷入仙人跳的圈套。孟浩然的〈大堤行〉採用大寫意手法，粗針老線，勾勒襄陽大堤青年男女踏青情景，車馬馳突，現其場面之熱烈；王孫珠彈，遊女羅襪，現其人物張揚的意態，是一幅色調鮮明的風俗畫。當詩人沉浸春日麗景之際，深以友人不能攜手同遊為憾，似乎江花也開得寂寞。詩人已融入畫面中，將一絲失落感寄給遠方友人。

陪張丞相登荊州城樓因寄張使君

【題解】詩題宋本原作〈陪張丞相登荊城樓同寄荊州張史君〉，據活字本等改。張丞相，指張九齡。時任荊州大都督府長史。荊州城樓，即州治所的江陵城樓。張使君，活字本等作「蘇臺張使君」，但不詳為誰。此詩作於開元二十五年（西元七三七年），其時孟浩然在荊州張九齡幕中任從事。

薊門天北畔❶，銅柱日南端❷。出守聲彌遠❸，投荒法未寬❹。側身

聊倚望❺，攜手莫同歡。白璧無瑕玷❻，青松有歲寒❼。府中丞相閣❽，

江上使君灘❾。興盡回舟去，方知茲路難❿。

【注釋】❶薊門天北畔　薊門遠在天北。薊門，幽州大都督府所在之薊縣，即今北京。❷銅柱日南端　銅柱遠在日之南。漢代設日南郡，言其在日之南。以上二句言荊州所處位置。銅柱，東漢馬援拜伏波將軍，南破交阯，立銅柱，為漢之極界。❸出守聲彌遠　意謂由朝廷出為地方官，聲名也隨之傳播到更遠處。出守，由京官出為太守。此時張九齡身為荊州長史，品階在刺史下。語含不平。❹投荒法未寬　置身荒僻之地，並未受到法律的寬宥。語含不平。❺側身聊倚望　側轉身，徒倚悵望。❻白璧無瑕玷　白玉上沒有一點斑點。比喻品德完

美。白璧，平圓中有孔的白玉。瑕玷，玉上的斑點或裂痕。❼青松有歲寒　青松有耐寒的品質。比喻德操堅貞。《論語‧子罕》：「子曰：歲寒，然後知松柏之後凋也。」❽丞相閣　漢公孫弘受舉薦，數年至宰相封侯，於是起客館，開東閣以延賢人。此以喻張九齡。❾使君灘　在今湖北宜昌西大江中。據記載：漢劉璋遣法正迎昭烈帝入蜀經此。又四川萬縣東有使君灘。《水經注‧江水》：「(江水)又東徑羊腸虎臂灘。楊亮為益州，至此舟覆，懲其波瀾，蜀人至今猶名之使君灘。」此對張使君致意。❿茲路難　眼前道路艱難。比喻世路艱難。

【語　譯】薊門遠在天之北，銅柱遠在日之南。出任太守丞相聲名也隨之遠播，置身荒遠卻未受到法律的寬宥。荊州城樓徙倚悵望，一起欣賞黃昏美景。品德完美如白玉無瑕，德操堅貞如青松耐寒。張公府有納賢的客館，大江之中有羊腸虎臂灘。遊賞盡興攬舟歸去，才知道這條航道多麼艱難。

【研　析】張九齡被貶出朝廷，來荊州擔任行政副首，儘管有事可做，但政治處境卻不免艱難，其〈登荊州城樓〉有云：「天宇何其曠，江城坐自拘。層樓百餘尺，迢遞在西宇。暇日時登眺，荒郊臨故都。累累見陳迹，寂寂想雄圖。」孟浩然陪同丞相登樓所賦詩，顯然有回應丞相心聲的意思。孟詩首聯用薊門天北、銅柱日南描繪荊州位置，呼應張詩「天宇何其曠」之句，但又不能附和「江城坐自拘」的牢騷，而用「出守聲彌遠」加以寬解，意謂能替百姓謀利益，丞相的英名會傳播得更遠。「投荒」句回應張詩「荒郊」等語，明白地為丞相鳴不平。以下則轉入對張九齡人品的景仰及受其呵護的感激。尾聯「方知茲路難」，寓世路艱難之意，感慨遙深。兩位盛唐著名詩人能心心相印地共事兩年時光，對張九齡來說，在力所能及的情況下，了卻了一樁延攬賢才的心事；對孟浩然來說，得到一展用世抱負的機會，都是一生中難得的機緣。

京還贈張淮

【題　解】京還，自京師長安還故鄉。張淮，或作張維，事蹟不詳。《唐音統籤》作王維。參見〈留別王維〉題解。此詩作於開元十七年（西元七二九年）歲末，孟浩然在入仕和隱居的十字路口徘徊，一時隱居的想法占上風。

拂衣❶何處去？高枕南山南❷。欲徇五斗祿❸，其如七不堪❹。早朝非晚起❺，束帶異抽簪❻。因向智者說，游魚思舊潭❼。

【注　釋】❶拂衣　振衣而去。指歸隱不仕。❷高枕南山南　無憂無慮地隱居南山。高枕，無憂無慮，安然高臥。南山，即孟浩然故鄉襄陽峴山。孟詩〈歲暮歸南山〉有「北闕休上書，南山歸弊廬」之句，〈題長安主人壁〉有「久廢南山田，叨陪東閣賢」之句，都指其地。❸欲徇五斗祿　本打算去求五斗米的俸祿。五斗祿，用陶淵明彭澤縣令歸隱事。據《晉書・陶潛傳》記載：陶淵明為彭澤令，不願屈膝迎接長官，嘆息曰：「吾不能為五斗米折腰，拳拳事鄉里小人邪！」於義熙二年解印去職。❹其如七不堪　如何經受七不堪之苦。七不堪，七種不堪忍受之事。嵇康〈與山巨源絕交書〉列舉其不能忍受的官場之苦曰：「人倫有禮，朝廷有法，自惟至熟，有必不堪者七，甚不可者二：臥喜晚起，而當關呼之不置，一不堪也。抱琴行吟，弋釣草野，而吏卒守之不得妄動，二不堪也。危坐一時，痹不得搖，性複多虱，把搔無已，而當裹以章服，揖拜上官，三不堪也。素不便書，不喜作書，而人間多事，堆案盈几，不相酬答，則犯教傷義，欲自勉強，則不能久，四不堪也。不喜弔喪，而人道以此為重，已為未見恕者所怨，至欲見中傷者，雖瞿然自責，然性不可化，欲降心順俗，則詭故不情，亦終不能獲無咎無譽如此，五不堪也。不喜俗人，而當與之共事，或賓客盈坐，鳴聲聒耳，囂塵臭處，千變百伎，在人目前，六不堪也。心不耐煩，而官事鞅掌，機務纏其心，世故繁其慮，七不堪也。又每非湯武而薄周孔，在人間不止，此事會顯，世教所不容，此其甚不可一也。剛腸疾惡，輕肆直言，遇事便發，此甚不可二也。」❺早朝非晚起　意謂為了早朝就會耽誤睡懶覺。照應七不堪之一「臥喜晚起」。❻束帶異抽簪　衣冠整齊與披頭散髮不同。束帶，整飾衣冠，恭謹上朝或會客。照應七不堪之二「揖拜上官」。❼游魚思舊潭　游魚願意在習慣的潭水裡生活。陶淵明〈歸園田居五首〉之一有「羈鳥戀舊林，池魚思故淵」之句。

【語　譯】振衣而別想要去何處？將無憂無慮地隱居南山。本打算去尋求五斗米的俸祿，卻如何忍受那七不堪之苦。為了早朝就會耽誤睡懶覺，拘謹的官服也不同於散髮披肩。因此向智者表明心曲，游魚願意在舊日深潭中自由游弋。

【研　析】開元十七年，孟浩然應進士考試失利，那麼，明年還要不要再試一次呢？按隋唐科舉制度實行百餘年已形成的觀念，進士考到五十歲還算年輕，這樣看，再考十次、八次都在世俗認可的情理之中。再者，孟浩然所受傳統的儒家教育，也鼓勵他將建立事功作為實現人生價值的首選目標。在這人生旅途的重要關頭，詩人選擇了放棄：放棄「高考」、放棄對事功的追求。他藉這首贈友詩向世人坦呈了自己的抉擇。詩的首聯，即宣告自己前行的路標指向「南山南」，而且是取「高枕」的姿態，即不把世間事務放在心上，無憂無慮地打發光陰。頷聯接著展示內心鬥爭過程：「五斗米」固然有一定吸引力，但「七不堪」的罪卻受不了。原來詩人與晉代名士嵇康精神相通，一樣的龍性難馴。頸聯補充展示七不堪中的二不堪，舉局部以概全部。尾聯用「游魚思舊潭」，描繪自己嚮往的生活方式。由陶詩化出的這一句，讓讀者對詩人的未來有了明確的把握，「南山南」將出現唐代陶淵明的身影。後來事實證明果然如此。

重酬李少府見贈

【題　解】宋本題作〈愛州李少府見贈〉，據活字本等改。李少府，指李皓，時任襄陽縣尉。李白有〈贈從兄襄陽少府皓〉。少府，唐人對縣尉的稱呼。清明前一日是傳統的寒食節，孟浩然正在家中養病，李少府前來相邀出遊。盛情難卻，詩人爽朗地隨朋友投入春天的懷抱。

養疾衡簷❶下，由來浩氣❷真。五行將禁火❸，十步任尋春❹。致敬唯桑梓❺，邀歡即主人❻。還看後凋色，青翠有松筠❼。

【注　釋】❶衡簷　衡門、茅簷。指簡陋的居住之所。❷浩氣　浩然之氣；正大剛直之氣。《孟子・公孫丑上》：「我善養吾浩然之氣……其為氣也，至大至剛，以直養而無害，則塞於天地之間。」真，本然的；質樸的。❸五行將禁火　按時令到了要禁火的日子。五行，中國古代認為構成世間萬物的元素為金、木、水、火、土，而且五者之間有相生相剋的關係。禁火，古代以清明前一日為寒食節，這一日不能舉火，只能寒食。❹十步任尋春意謂春日原野可以盡情遊玩。《說苑・談叢》：「十步之澤，必有香草；十室之邑，必有忠士。」❺致敬唯桑梓　意謂人們總是對故鄉懷有美好感情。《詩經・小雅・小弁》有「維桑與梓，必恭敬止」之語。桑梓，古代多於宅邊種植桑樹與梓樹。因用以喻故鄉。❻邀歡即主人　意謂能出面邀請朋友出遊，便盡到主人之誼。言外之意是李少府是外地人。有感激意。❼還看二句　意謂松和竹都有耐寒後凋的品格。以物喻人。《論語・子罕》：「子曰：歲寒，然後知松柏之後凋也。」

【語　譯】在簡陋的茅舍裡養病，一直都在培養質樸的浩然正氣。按時令到了禁火的日子，春日的原野可以盡情遊玩。讓人心懷美好的唯有故鄉，邀朋友遊春便盡了地主之誼。松和竹具有耐寒後凋的品格，一年四季保持著蒼翠之色。

【研　析】在簡陋的茅舍裡養病，生命的狀態夠糟了？不，有浩然正氣在，夫復何憂？病中人不正是以浩然自名的嗎？按時令要禁火寒食，寒食何妨，大好春光是禁不住的。春日原野可以盡情遊玩，古人不是說過：「十步之澤，必有香草。」（劉向〈說苑〉）桑樹、梓樹都在招手，這故土上的喬木啊，讓詩人愛不夠，感激不盡。縣尉大人登門相邀，讓詩人一時分不清誰是客人，誰是主人。分什麼賓和主，能出面邀請朋友出遊，便盡到主人之誼。試看青翠的松和竹，它們耐寒後凋，正是人間真情的象徵。貫穿全詩的，是詩人對青春和人間真情的禮讚。借景抒情，意味深長，節奏明快，鏗鏘有力。

還山貽湛法師

【題解】湛法師，即釋湛然，開元間活動於襄陽一帶，與孟浩然交厚。

幼聞無生❶理，常欲觀此身❷。心迹罕兼遂❸，崎嶇多在塵❹。晚途歸舊壑❺，偶與支公鄰❻。喜得林下契❼，共推席上珍❽。念茲泛苦海❾，方便示迷津❿。道以微妙法⓫，結為清淨因⓬。煩惱業頓捨⓭，山林情轉殷⓮。朝來問疑義⓯，夕話歸清真⓰。墨妙稱今絕⓱，詞華驚世人。竹房閉虛靜⓲，花藥連冬春⓳。平石藉琴硯，落泉灑衣巾。欲知明滅意⓴，朝夕海鷗馴㉑。

【注釋】❶無生　佛教涅槃真理，以為無生滅，故云無生，以破生滅之煩惱。❷觀此身　即觀自身之正因。佛教懺悔者為滅罪而修行的觀行之一。❸心迹罕兼遂　思想與行為很少兼而實現。謝朓〈觀朝雨〉：「動息無兼遂，歧路多徘徊。」❹崎嶇多在塵　常在崎嶇的塵路奔波。喻未能窺見佛學門徑。❺晚途歸舊壑　晚年回到先前棲身之處。❻偶與支公鄰　意謂有幸與支公同林而棲。支公，晉高僧支遁（西元三一四—三六六年）。此指湛法師。❼林下契　山林野逸之友。❽席上珍　坐席上的珍寶。指賢良人才。此意為座中貴客。❾苦海　佛家認為人世苦無際限，有如大海。❿方便示迷津　以靈活方式因人施教，使其從迷妄境界中解脫出來。⓫微妙法　佛家稱法體幽玄曰微，絕思議曰妙。⓬清淨因　佛家稱離惡行之過失，離煩惱之垢染。因，因緣。⓭煩惱業頓捨　煩惱業頓時丟棄。佛家認為貪欲瞋恚愚癡等諸惑，必感苦樂之果。頓，立即。捨，消除；丟棄。⓮山林情轉殷　歸向山林的願望更加強烈。⓯疑義　詩文或典籍中難於索解之點。⓰清真　清潔樸素純真。⓱墨妙稱今絕　書法高妙，當代稱雄。湛法師善書，一九九一年出土其所書〈唐故滎陽郡夫人鄭氏墓誌銘〉。⓲竹房閉虛靜　竹房之內清虛恬靜。竹房，僧舍。⓳花藥連冬春　院內四季有花草。花藥，芍藥。泛指花草。⓴明滅意　佛家認為真言能破除一切煩惱，故曰明。又以為能寂滅過去一切諸惡，歸於淡泊，為滅。㉑海鷗馴　據《列子·黃帝篇》記載：有位住在海島上的人，跟海鷗友好相處，常有上百隻聚集在身旁。其父知道後，讓他捉一隻來玩。第二天出海，那些海鷗只在空中飛舞而不下來。

【語　譯】從小就聽說無我之理，常常反省自身的正因。思想與行為很少兼而實現，常常在崎嶇塵路上奔波。晚年回到先前的棲身之處，有幸與支公同林而棲。很高興得到個山林野逸之友，都將對方視為座中貴客。想想人生苦海無邊，因人施教使其解脫迷妄。用幽玄奇妙的佛法教理，解除煩惱與汙垢。煩惱業頓時丟棄，歸隱山林的願望更加強烈。早上問詢典籍中的難點，晚上談論樸素純真的義理。湛師書法高妙稱雄當代，詞采華麗驚倒世人。竹房之內清虛恬靜，院內花藥四季飄香。大石之上撫琴研墨，清泉落下濺濕衣襟。若想領會破除一切煩惱的奧祕，那就早晚與海鷗親密接觸吧。

【研　析】詩人先前寫過〈尋香山湛上人〉，著重表現乘興往訪情景，表達一種精神上的認同感。

當詩人走出襄陽，經歷了京華應試、吳越漫遊之後，重新回到襄陽，這時他對人生的道路已看得比較清楚了，對湛法師也有了新的認識，於是詩人以詩代簡，向湛法師，也向讀者坦呈其奉佛求法的心路歷程。詩人先說自己幼聞佛理，心已嚮往，但在崎嶇的世路中不免身心分離。再說及至與湛法師結為林下之契後，才從苦海迷航的狀態中解脫出來；又從鑽研佛法義理中獲得無窮樂趣。最後是對湛法師風采、人品的讚美：其墨妙絕世、詞華驚人，是佛門才子，而其修行處更是竹房花藥、平石落泉的清淨世界。這是孟浩然集中又一篇巨製，由於所有感悟是從親身經歷中引發的，故能令人信服。虔誠和喜悅之情流露在字裡行間，也給讀者以感染力。鋪排敘述，卻以偶句出之，另有一番韻致。

宿永嘉江寄山陰崔少府國輔

【題　解】永嘉江，即甌江，有南北二源，至浙江麗水會合，流經溫州，東入於海。山陰，唐時屬越州，今浙江紹興。少府，縣尉的別稱。崔國輔，吳郡（今江蘇蘇州）人，開元十四年（西元七二六年）進士及第，授山陰尉。開元二十三年應縣令舉，授許昌令。有詩名，專工五言小詩，篇篇有樂府遺意。孟浩然遊吳越，開元二十年自會稽往樂城途中將至永嘉時作此詩，其時崔國輔在奉使入京途中，二人背道而馳，相去日遠；而詩人神馳嚮往的永嘉山水又越來越近了。離思和旅況交互呈現。

我行窮水國❶，君使入京華❷。相去日千里，孤帆天一涯❸。臥聞海潮至，起視江月斜。借問同舟客，何時到永嘉❹？

【注　釋】❶窮水國　意謂走遍水鄉。窮，盡。水國，水鄉。指吳越一帶。❷君使入京華　崔國輔奉使入京。京華，京都長安。❸相去二句　意謂二人背道而馳，越走越遠，孤獨地天各一方。天一涯，天各一方。〈古詩十九首〉之一：「行行重行行，與君生別離。相去萬餘里，各在天一涯。」❹永嘉　唐永嘉郡治，在今浙江溫州。晉王羲之、宋謝靈運都曾為永嘉太守，郡有山水之勝。

【語　譯】我漫遊要走遍吳越水鄉，君奉命將前往京都長安。彼此相離越來越遙遠，孤舟獨行天各一方。靜臥舟中聽海潮洶湧，站立船頭看江月西斜。向同船的客人打問一聲，什麼時候才能到達永嘉？

【研　析】崔國輔在盛唐詩壇負有盛名，專工五言絕句，其成就與李白、王維鼎足而三。孟浩然遊吳越，崔國輔是計劃中要拜訪的友人之一。孟集中〈江上寄山陰崔少府國輔〉記錄了詩人「江上日相思」，期待與朋友會面的情景，又有〈與崔二十一遊鏡湖寄包賀〉，記與崔遊鏡湖情景。此詩作於開元二十年離開山陰往樂城訪張子容途中，其時崔也赴京公幹，二人俱在征程之中。首聯敘事，言都在趕路，一個朝海邊方向，一個朝京華方向，起調平穩，不動聲色。頷聯就行程層遞：這樣「君向瀟湘我向秦」（鄭谷〈淮上與友人別〉）地走下去，勢必越離越遠，形成一在天之涯、一在海之角，情理中別後相思會因此而加深，但詩中沒有點破。頸聯宕開一筆，轉而寫宿永嘉情景，「臥聞」、「起視」，都是夜航船習見細節。尾聯寫向人詢問何時到達永嘉，既表達他對永嘉山水的神馳嚮往，也以舟行的逸興閒情來告慰故人。全篇語若貫珠，似乎脫口而出，不見使用技巧之跡，卻又不失對偶，說它是「孟詩清醇淡遠的典型之作」（陶文鵬〈王維孟浩然詩選評〉），不為過譽。

上巳日洛中寄王九迥

【題　解】宋本題作〈上巳日洛中寄黃九〉，活字本作〈上巳日洛中寄王九迥〉，而詩中有「不知王逸少，何處會群賢」之句，推知以王九迥為是，據改。上巳日，是傳統節日之一。《荊楚歲時記》：「三月三日，士人並出水渚，為流杯曲水之飲。」王羲之〈蘭亭集序〉即記晉永和九年（西元四五三年）三月三日在山陰蘭亭的流觴曲水活動。孟浩然此詩記錄了洛陽的上巳節日情景。王迥，事蹟不詳。

卜洛成周地❶，浮杯上巳筵❷。鬥雞寒食下❸，走馬射堂前❹。垂柳
金堤合❺，平沙翠幕連❻。不知王逸少，何處會群賢❼？

【注　釋】❶卜洛成周地　意謂洛陽是歷史古城，其來久遠。卜洛，《尚書・洛誥》：「召公既相宅，周公往，

營成周，使來告卜，作〈洛誥〉。」成周，《元和郡縣圖志·河南道·河南府》：「又卜瀍水東，召公往營之，是為成周，今河南府東故洛城是也。」❷浮杯上巳筵　上巳日宴集往往在曲水邊浮杯飲酒。❸鬥雞寒食下　寒食節後進行鬥雞遊戲。寒食，古代以清明前一日為寒食節，這一日不能舉火，只能寒食。鬥雞，以雞相鬥的博戲。古已有之。開元、天寶間盛行於長安、洛陽。李白〈答王十二寒夜獨酌有懷〉有「君不能狸膏金距學鬥雞，坐令鼻息吹虹霓」之句，即記其實。❹走馬射堂前　上巳日走馬騎射，古代風俗。庾信〈三月三日華林園馬射賦〉：「征萬騎於平樂，開千門於建章。弓如明月對堋，馬似浮雲向埒。」可見場面之盛大。❺垂柳金堤合　垂柳夾堤岸。❻平沙翠幕連　沙灘上帳幕連片。晉張協〈洛禊賦〉：「朱幔虹舒，翠幕霓連。」❼不知二句　王逸少，指王羲之。《晉書·王羲之傳》：「王羲之，字逸少，為右軍將軍，會稽內史。……嘗與同志宴集於會稽山陰之蘭亭，羲之自為之序以申其志。曰：永和九年，歲在癸丑，暮春之初，會於會稽山陰之蘭亭，修禊事也。群賢畢至，少長咸集。」此以之比王迥。

【語　譯】洛陽素來是歷代名城，上巳日曲水邊浮杯喝酒已成風俗。寒食節後有鬥雞的遊戲，上巳日比試馬射是傳統節目。堤岸兩旁垂柳成行，翠綠的帳幕在沙灘連成一片。不知道逸少先生，在何處與朋友開懷暢飲？

【研　析】上巳指農曆每月上旬的巳日。三月上巳，為古代節日。漢以前，上巳必取巳日，但不必三月初三；自魏以後，一般習用三月初三，但不定為巳日。民間徑稱「三月三」，是傳統節日之一。杜甫名作〈麗人行〉「三月三日天氣新，長安水邊多麗人」，即詠這一題材，描繪天寶年間長安曲江之畔貴族春遊宴飲情景，揭露楊國忠之流擅權誤國。孟浩然此詩詠開元年間洛陽上巳節情景，詩中說上巳宴飲是在洛水之濱展開，浮杯是保留節目，除此之外還有鬥雞的遊戲，從寒食節開始持續不斷；跑馬射箭，場面盛大。站在洛水垂柳岸邊，一眼望去，沙灘上朱幔虹舒，翠幕霓連，好一派春日歡樂景象。詩人問友人，當此佳節良辰，一定同樣玩得很開心？此詩不像杜甫〈麗人行〉那樣承載深重的政治內涵，而是用輕鬆的筆調，描繪盛唐時期京城士庶歡度上巳節的生活畫面，人民沐浴著春天的陽光，無匱乏、恐懼之虞，感受著生活的美好。真是無法複製的歷史瞬間。

江上寄山陰崔少府國輔

【題　解】江上，古代習慣稱長江為江。山陰，唐時屬越州，今浙江紹興。少府，縣尉的別稱。崔國輔，開元十四年登進士第，授山陰尉。參見〈宿永嘉江寄山陰崔少府國輔〉題解。從詩中「山陰定遠近，江上日相思」之語推測，此詩作於孟浩然漫遊吳越期間，約在開元十九年（西元七三一年）春。

春堤楊柳發❶，憶與故人期❷。草木本無性，榮枯自有時❸。山陰定遠近❹，江上日相思。不及蘭亭會❺，空吟祓禊詩❻。

【注　釋】❶春堤楊柳發　春日堤岸楊柳吐芽。蕭綱〈和侍中子顯春別詩四首〉之三：「可憐淮水去來潮，春堤楊柳覆河橋。」❷期　約會。❸草木二句　意謂草木無情，茂盛和枯萎都依季節變化，有定準時間。言外之意，人在旅途難免失意。❹定遠近　究竟有多遠。定，究竟。❺蘭亭會　指王羲之與群賢在山陰蘭亭的聚會。❻祓禊詩　指王羲之蘭亭之會群賢所吟成的詩篇。言外之意，藉詠其作品表達對前賢的追慕。祓禊，古代習俗，於三月三日在水邊洗濯，去除疾病不祥。

【語　譯】春日堤岸楊柳吐芽，勾想起與老友的約定。草木本來無思想情感，茂盛和枯萎自有一定節氣。此去山陰到底還有多遠，泛舟江上日夜把你想念。趕不上蘭亭聚會了，權藉吟唱祓禊詩寄託相思。

【研　析】詩人身在渡江的船上，心已飛向山陰蘭亭，因為他與友人相約在山陰過上巳節。詩思因柳色引發，詩人由楊柳發芽想到草木榮枯有時，季節不等人；如果途中耽延太久，勢必趕不上蘭亭會了。那是一個多麼令人神往的盛會：此地有崇山峻嶺，茂林修竹，又有清流激湍，映帶左右，引以為流觴曲水……自書聖王羲之撰成〈蘭亭集序〉並形諸書法，蘭亭就成為中國書法聖境，蘭亭會就成為海內上巳節的標本。萬一趕不上蘭亭會，就讀讀《蘭亭集》，得一點精神補償。詩人要寄給山陰崔少府的，就是這種期待、嚮往之情。

送洗然弟進士舉

【題　解】宋本題作〈寄弟聲〉，據活字本等改。孟浩然尚有〈入峽寄舍弟〉、〈洗然弟竹亭〉等。孟洗然，事蹟不詳。此詩寫送洗然弟上京參加進士考試，以兄長的口吻囑咐弟弟放心上路，如果高中，早日歸來。

獻策金門去❶，承歡彩服違❷。以吾一日長❸，念爾聚星稀❹。昏定須溫席❺，寒多未授衣❻。桂枝如可擢❼，早逐雁南飛。

【注　釋】❶獻策金馬去　意謂進京參加進士考試。獻策，向朝廷獻計謀。唐代進士科舉有對策的內容，故用以指科舉考試。金馬，金馬門的省稱。漢代學士待詔於宮中金馬門。此借指唐代進士省試。❷承歡彩服違　意指不能在父母面前盡孝心。承歡，迎合人意，求取歡心。彩服，據《列女傳》記載：老萊子孝養二親，行年七十，嬰兒自娛，著五色彩衣。嘗取漿上堂，跌仆，因臥地為小兒啼。或弄烏鳥於親側。違，失去機會。❸以吾一日長　意謂年長。《論語・先進》：「子路、曾皙、冉有、公西華侍坐。子曰：以吾一日長乎爾，毋吾以也。」邢昺疏：「以吾年長於汝，謙而少言，故云一日。」❹聚星稀　意謂兄弟相聚的機會不多。據檀道鸞《續晉陽秋》記載：陳仲弓與諸子侄一起訪荀季和父子，於時德星聚。太史奏五百里內有賢人聚。❺昏定須溫席　昏定，古代子女侍奉父母，晚間黃昏後安排床衽，服侍就寢。溫席，以身體溫暖床上席被。此句模擬弟弟口吻，表示替其盡事親責任。❻授衣　製備禦寒衣物。❼桂枝如可擢　意指進士考試中第。《晉書・郤詵傳》：「臣舉賢良對策，為天下第一，猶桂林之一枝，昆山之片玉。」唐代以「折桂」、「擢桂」謂科舉應試及第。

【語　譯】你進京參加進士考試，不能在父母面前盡孝心了。我比你年長幾歲，想來兄弟相聚的機會不多。你囑我黃昏後要為雙親鋪床，天冷時要製備禦寒衣物。這次進京如果高中進士，別忘了及早捎信回家。

【研　析】孟浩然對待朋友很講義氣，更看重兄弟手足之情。因為在儒家所堅守的五倫中，兄弟關係居於夫婦、朋友之前，較之後二者有天然的血緣關係。弟弟已被地方推薦要上京參加類似今之高考的進士考試，臨上路之前贈之以言，既壯行色，亦表牽腸掛肚之情。詩先說到此行，就君臣大義而言，獻賦金馬門，實現報效國家的宏願，義不容辭，亦屬有幸，做兄長的自然心中歡喜，特為弟弟道賀。但此一行，又暫時不能在父母面前盡孝心，這對弟弟而言不免感到歉疚，這又是臨別贈言之際要加以開導的。詩的頷聯，正面抒發兄弟手足情誼，這一去雙方都要經受離別相思之苦。頸聯回應前面的「承歡」，意思是要替洗然弟盡事親責任；有這一承諾，孟洗然就走得放心了。尾聯是祝福的話，如果金榜題名，早日捎信回來，免得家人過多擔憂。叮嚀再三，面面俱到，平常話語中流露出濃厚的手足親情。

秋登萬山寄張五

【題　解】萬山，一名漢皋山，在襄陽城西北十里。張五，指張諲，據孟浩然〈尋張五回夜園作〉「聞就龐公隱，移居近洞湖」之句，可知其曾隱鹿門山，後移居峴山北的洞湖，兩人居處頗近。此詩可能作於早年，表達對隱逸生活的嚮往和對友人的懷念。

北山白雲裡，隱者自怡悅❶。相望試登高，心飛逐鳥滅❷。愁因薄暮起，興是清境發❸。時見歸村人，沙行渡頭歇。天邊樹若薺，江畔洲如月❹。何當載酒來，共醉重陽節❺。

【注釋】❶北山二句　由望中所見，推想隱居者生活怡然自得。化用陶弘景〈詔問山中何所有賦詩以答〉：「山中何所有，嶺上多白雲。只可自怡悅，不堪持贈君。」❷心飛逐鳥滅　意謂心緒隨飛鳥遠去，直至視線以外。滅，消失。❸興是清境發　意謂興致因清麗的境界而引發。❹天邊二句　意謂遠處的樹像薺菜一樣細小，江邊沙洲如彎月形狀。化用薛道衡〈敬酬楊僕射山齋獨坐〉中「遙原樹若薺，遠水舟如葉」之語。❺何當二句　意謂待到九月九日重陽節，就帶上酒饌與友人共度佳節。何當，何時。

【語譯】萬山深藏在白雲的懷抱，隱者在其中悠然自得。因懷念友人我登高望遠，心緒隨飛鳥消失在遠方。滿懷的愁緒因天近黃昏而撩起，登高的興致由清麗的境界而引發。不時可望見收工回村的人，走過沙灘在渡口停歇。遠處的樹木細小如薺菜，江畔的沙洲彎彎如新月。何妨帶上酒饌來登山，開懷暢飲共度重陽佳節。

【研析】此詩抒寫登高懷人情景，表達詩人對隱逸生活的嚮往。詩的首四句，狀寫登高所見所感：北山在白雲深處，友人怡悅其間，雖不能見其身影，但其高超絕俗的神情已躍然紙上，而詩人的心已隨飛鳥飛到遠方了。「愁因」二句是過渡，由遠眺而轉入近察：村人暮歸，江畔景物如畫。「時見」二句，俚俗如同口語。「天邊」二句，從薛道衡「遙原樹若薺，遠水舟如葉」演化而來，被楊慎稱為「翻之益工」，摹寫物象，超然入神。「何當」二句，以重陽歡會相期，結出懷友題旨，全詩遂神完意足。《唐賢清雅集》評曰：「超曠中獨饒勁健，神味與右丞稍異，高妙則一也。」

入峽寄舍弟

【題　解】入峽，指溯江而上進入三峽一帶。舍弟，對自己弟弟的謙稱。往往在涉及第三者時才用謙稱。宋本目錄題作〈入峽寄諤弟〉，其餘各本皆無「舍」字。孟浩然有弟名洗然，有可能所指為同一人。開元二十二年（西元七三四年）秋，孟浩然入蜀時作此詩。

吾昔與爾輩，讀書常閉門❶。未嘗冒湍險❷，豈顧垂堂言❸。自此歷江湖❹，辛勤難具論。往來行旅弊❺，開鑿禹功存❻。壁直千巖峻❼，淙流萬壑奔❽。我來凡幾宿，無夕不聞猿❾。浦上思歸戀❿，舟中失夢魂⓫。淚滴明月峽⓬，心斷鶺鴒原⓭。離闊星難聚⓮，秋深露已繁。因君下南楚⓯，書此示鄉園⓰。

【注　釋】❶吾昔二句　意謂自己與弟輩以前過的是閉門讀書生活，因而對世路艱難缺乏真切感受。《顏氏家訓．勉學》：「伎之易習而可貴者，無過讀書也。……見有閉門讀書，師心自是。」❷湍險　急流險灘。湍，水勢湍急貌。❸垂堂言　《史記・司馬相如列傳》引俗諺：「家累千金，坐不垂堂。」意思是富貴人不在屋簷下坐，因為有被簷瓦掉下砸傷的危險。❹江湖　江河湖海。泛指世路。❺行旅弊　旅途勞頓。弊，困；疲乏。❻開鑿禹功存　大禹有開鑿三峽的功績。❼壁直千巖峻　形容山岩陡峭，像牆壁一樣直立。❽淙流萬壑奔　形容瀑布在山谷間奔湧。❾聞猿　三峽中多猿。《水經注・江水》：「自三峽七百里中，兩岸連山，略無缺處，重岩疊嶂，隱天蔽日，……每至晴初霜旦，林寒澗肅，常有高猿長嘯，屬引淒異，空谷傳響，哀轉久絕。故漁者歌曰：『巴東三峽巫峽長，猿鳴三聲淚沾裳。』」❿思歸戀　引發返鄉之想。⓫失夢魂　夢中之魂奔逸而歸。狀思鄉之切。失，通「逸」。⓬明月峽　在今重慶巴縣東北。⓭鶺鴒原　《詩經・小雅・常棣》：「脊令在原，兄弟急難。」鶺鴒，即脊令，形似燕子的小鳥，同母所生，飛吟不相離，所以《詩經》用以起興，抒寫兄弟間急難相助之情。⓮離闊星難聚　意謂長久分離難得聚首。離闊，猶闊別。星難聚，據檀道鸞《續晉陽秋》記載：陳仲弓與諸子侄一起訪荀季和父子，於時德星聚。太史奏五百里內有賢人聚。⓯南楚　指江陵一帶。《漢書・高帝紀上》：「羽自立為西楚霸王。」顏師古注引孟康語：「舊名江陵為南楚，吳為東楚，彭城為西楚。」⓰書此示鄉園　意謂這封以詩寫成的信寄往家鄉。因為其弟在外地，蹤跡不定。

【語　譯】先前我與你在一起，過慣了閉門讀書的日子。從未經歷激流的危險，哪裡會在意坐不垂堂的古訓。這次出來遊歷江湖，艱辛困苦難以一一細說。峽中往來旅途勞頓不堪，深深體會到大禹開鑿三峽功績的偉大。如牆的峭壁聳立起千座險峰，湍急的瀑布在萬條壑谷奔湧。我來這裡許多夜晚，沒有一夜不聽見猿猴哀鳴。江邊宿息時歸思依依，行船中夢魂也奔逸而歸。明月峽中暗垂思鄉淚，鶺鴒原上腸斷手足情。長久分離難得聚首，深秋季節霜繁露重。趁著你要南下江陵，寫下這首詩寄往家鄉。

【研 析】此詩記詩人開元二十二年秋入蜀途中所見所感，以詩代信，傾訴給同胞兄弟孟洗然。不難想像，這將是無所不談的一封信，千言萬語訴說不盡的一封信。詩從昔日同在家說起，多年一道閉門讀書，不知冒險為何物。接著說一旦步入江湖，世路的艱難真是一言難盡。於是切入三峽所見景物，以「壁直千岩峻，淙流萬壑奔」和「我來凡幾宿，無夕不聞猿」作正面描繪。劉辰翁評曰：「起處淒婉。『壁直』四句，巴峽峭幽之狀殆盡。」凡經過三峽的人，得承認描寫生動，評語精當。「聞猿」逗起鄉愁，於是，「浦上」以下六句，結合行程、景物，將懷親思鄉之情傾訴給同在旅途的弟弟。詩最後說，因為你正在下南楚途中，這封信只能暫時寄往襄陽的家中。六句景語用工整的對仗句，景真而情切，讀來感人肺腑。人在旅途，訴說江峽險峻與旅程辛苦，頗合人之常情；而這樣的奔波勞碌，又是世路艱難與個人命運漂泊的象徵，因而讀者能從中獲得哲理的啟迪。

醉後贈馬四

【題 解】馬四，事蹟不詳。據詩中描寫，是位豪爽好結交、輕生重義之人，即游俠。這首作於秦城游俠窟的小詩，也展現出孟浩然劍膽琴心的性格特徵。

四海重然諾❶，吾嘗聞白眉❷。秦城游俠窟❸，相得半酣時❹。

【注　釋】❶四海重然諾　意謂普天下都崇尚言而有信的品格。四海，天下；全國各地。然諾，言而有信，應允之事，必重信義，一定付諸實行。《史記．游俠列傳》：「今游俠，其行雖不軌於正義，然其言必信，其行必果，已諾必誠，不愛其軀。」❷白眉　特指三國馬良。《三國志．蜀書．馬良傳》：「馬良字季常，襄陽宜城人也。兄弟五人，並有才名。鄉里為之諺曰：『馬氏五常，白眉最良。』良眉中有白毛，故以稱之。」此以之推重馬四。❸秦城游俠窟　在秦長城附近游俠聚居之處。秦城，隴右秦長城。游俠窟，游俠聚居、活動之所。❹相得半酣時　飲酒半醉，交談投緣。相得，彼此投合。

【語　譯】普天之下都崇尚言而有信的品格，我早聽說過才高豪爽的馬家老四。在秦長城附近游俠聚居處相遇，我們開懷暢飲交談十分投緣。

【研　析】游俠是幾乎貫穿封建社會始終的一個獨特的社會群體，從《史記．游俠列傳》所記人物，到《七俠五義》之類小說所塑造的形象，都傳達了他們近乎其同的性格特徵：「其行雖不軌於正義，然其言必信，其行必果，已諾必誠，不愛其軀。」（《史記．游俠列傳》）這首小詩，以速寫的筆法，勾勒了一位馬姓俠士風貌。「四海重然諾」五字，首先標舉俠士的性格特徵：具有舉世共同崇尚的誠信品質，說話算數，一諾千金。那麼，誰真正做到「重然諾」呢？「吾嘗聞白眉」五字給出答案。「白眉」的字面，將典故和眼前人物融為一體，妙在這白眉馬良正是襄陽人，則詩人嘗聞其故事就顯得很自然；又暗示馬氏有良好的家風，馬四稟承了先世懿德。詩的後兩句敘事：在秦城游俠聚居地，詩人與馬四飲酒，酒酣耳熱之際，推心置腹，談得十分投緣。這首小詩既為馬四畫像，在一定程度上也是孟浩然的自畫像，展現出詩人劍膽琴心的性格特徵。

夜泊廬江聞故人在東林寺以詩寄之

【題　解】廬江，指廬山附近的長江。故人，不詳所指何人。東林寺，在廬山。開元二十二年（西元七三四年）正月，孟浩然自吳越還鄉途中過廬山，泊舟潯陽郭，寫成〈晚泊潯陽望廬山〉。此詩所寫，對廬山已是舊相識口吻，路經廬阜而無意登覽，頗疑是開元二十五年孟浩然在張九齡荊州幕府任從事，奉命到淮海公幹這一次。故人為尋寂靜之樂而留宿寺廟，詩人祝願他因此悟道。

江路經廬阜❶，松門入虎溪❷。聞君尋寂樂❸，清夜宿招提❹。石鏡山精怯❺，禪枝怖鴿棲❻。一燈如悟道❼，為照客心迷。

【注　釋】❶江路經廬阜　意謂江上乘船路過廬山。廬阜，即廬山。參見〈晚泊潯陽望廬山〉題解。❷松門入虎溪　松門澗水流入虎溪。松門，澗溪名，在廬山。虎溪，據《蓮社高賢傳》記載：東晉慧遠法師居廬山東林寺，寺旁有溪，法師送客不過溪，過溪即有虎鳴，因名虎溪。一日與陶淵明、道士陸修靜交談投機，不覺過溪，虎即驟鳴，三人乃大笑而別。❸寂樂　佛家修行入諸禪定，一心清淨，萬慮俱止，稱為寂靜之樂，為二禪天之樂。又指超脫生死之苦的寂滅之樂。❹招提　梵語音譯拓門提奢，省作拓提。後誤作招提，意為四方。後魏時造伽藍，創立招提之名。後成為佛寺的別稱。❺石鏡山精怯　意謂石鏡山峻峭，山精為之膽怯。石鏡，山名，在廬山。謝靈運〈入彭蠡湖口作〉：「攀崖照石鏡，牽葉入松門。」山精，古代傳說中的山間奇怪動物。據《異苑》記載：山精如人，一足，長三、四尺，食山蟹，夜出晝藏。❻禪枝怖鴿棲　意謂鴿子棲於叢林。怖鴿，佛經《大智度論》有鷹逐鴿，鴿飛至佛身邊獲救的故事。《大般涅槃經》有獵師追逐一鴿，是鴿惶怖至舍利弗影的描述。此即指鴿。❼一燈如悟道　佛家將佛法比喻為燈，能明迷暗。悟道，領悟佛理。

【語　譯】江上乘船經過廬山，松門澗水流入虎溪。聞君在尋求寂靜之樂，清靜之夜特意留宿佛寺。石鏡山峻峭使山精膽怯，叢林清淨讓鴿子棲息。佛燈明亮能開啟智慧，專為迷路人指引方向。

【研　析】詩題告訴我們的故事是：詩人夜泊廬江，因公務在身，無暇一登廬阜，此時正有一位老朋友在東林寺逗留著，會面無因，於是，詩人以此詩寄之。詩的首聯以偶句起，狀寫廬山位置、風貌，暗示詩人路過此地，面山眺望，以及望故人而不見情狀。頷聯正面表現故人所為，他是為尋寂靜之樂而入山修行的，當此清寂的夜晚，正在山寺中安眠著。頸聯借景抒懷：石鏡山能照出山精的行跡，使之卻步，松林禪枝呵護著受驚的鴿子。這裡是佛法彌漫的清淨土地，友人棲身期間，可謂適得其所。言外有對故人讚許、祝禱之意。尾聯感慨佛燈可為迷途者指引道路，像是說給友人，也像說給自己。寫景敘事將故人廬山學佛、詩人夜泊懷友情狀融合在一起，詩人的心理活動也清晰可辨，筆致精細而又流走自如，清新淡雅中透出雋永。

南還舟中寄袁太祝

【題　解】袁太祝，指袁瓘，襄陽人，開元十四年（西元七二六年）官左拾遺。孟浩然〈洛中訪袁拾遺不遇〉即為其而作。開元十六年正月袁瓘貶為贛縣尉，孟浩然有〈送袁太祝尉豫章〉，可見二人交往密切。太祝，太常寺屬員，正九品上，常出納神主於太廟九室，而奉享薦禘祫之儀。祭祀時，太祝跪讀祝文。孟浩然此詩，可能作於開元十六年，自湖中北歸途中。詩人旅途不順利，友人仕途遭挫折，不免茫然不知所之。

沿泝非便習❶，風波厭苦辛❷。忽聞遷谷鳥❸，來報五陵❹春。嶺北回征棹❺，巴東❻聞故人。花源何處是，遊子正迷津❼。

【注釋】❶沿泝非便習　意謂往來行船不熟悉路途，有陌生感。沿，順水下行。泝，逆水上行。❷風波厭苦辛　意謂水上風浪之險令人心生憎惡。❸遷谷鳥　《詩經・小雅・伐木》有「伐木丁丁，鳥鳴嚶嚶。出自幽谷，遷于喬木」之句。此用以喻袁瓘在京城做官。❹五陵　指西漢高祖、惠帝、景帝、武帝、昭帝的陵園，皆在長安附近渭水北岸咸陽原上。此用以指代長安。唐代高祖、太宗、高宗、中宗、睿宗的陵園，亦均在長安附近。孟詩所指五陵即此五陵。❺嶺北回征棹　意謂由嶺北乘船歸來。嶺北，五嶺以北。五嶺指大庾、騎田、都龐、萌渚、越城，橫亙於湖南、兩廣，為華南南北分水嶺，嶺北水路至此為盡。❻巴東　古郡名，漢置，轄巫山西部及西長江南北一帶，即今四川開縣、萬縣以東地區。❼花源二句　意謂身為遊子正處在迷茫中，不知歸向何處。陶淵明〈桃花源記〉：「太守遣人隨其往，尋向所誌，遂迷，不復得路。」

【語譯】往來行船不熟悉路途，風高浪急令人憎惡。忽然聽到鳥兒嚶嚶鳴叫，帶來五陵春天的消息。由嶺北乘船歸來，在巴東得到故友的行蹤。桃花源到底在什麼地方，遊子正迷茫不知歸向何處。

【研　析】南還舟中，指詩人自湖中北歸途中。這次出行，由於往來行船不熟悉路途，頗受風波迷航之苦，此即詩人要告訴袁太祝的自身近況，一言以蔽之，正處在人生的艱難旅程中。詩的頷聯寫對方，說稍可慰藉的是得到京中故人的消息。未形諸文字的是，消息的內容不能令人振奮。原來袁太祝已有過由八品左拾遺降為九品太常太祝的經歷。這次又要再貶為蠻荒的贛縣尉，可見袁太祝在仕途也是「沿泝非便習」！但我們知道，諫官的遭貶，往往因忤旨或得罪權貴所致，所以對於袁太祝的處境，詩人理解多於憐惜。詩的後兩聯，將湖中與贛州對舉，點明二人同處「遊子正迷津」狀態中，正所謂四顧茫然，不知所之。寓情思於寫景、敘事，耐人尋味。

宿桐廬江寄廣陵舊遊

【題　解】桐廬江，指富春江上游，即浙江流經桐廬縣境一段。廣陵，指揚州。因《尚書・禹貢》有「淮海惟揚州」之語，後遂稱之為維揚。孟浩然早年曾遊揚州。此詩作於漫遊越地夜宿桐廬江將往建德途中，抒寫旅夜孤寂況味，情真語摯。

山暝聞猿愁❶，蒼江急夜流。風鳴兩岸葉，月照一孤舟。建德非吾土❷，維揚憶舊遊❸。還將兩行淚，遙寄海西頭❹。

【注　釋】❶山暝聞猿愁　山色昏暗中聽到猴子叫聲，引發愁思。謝朓〈郡內高齋閑坐答呂法曹〉：「日出眾鳥散，山暝孤猿吟。」❷建德非吾土　建德風景雖好，但不是我的家鄉。建德，今浙江建德，位於浙江西部，富春江水庫與新安江水庫之間。非吾土，王粲〈登樓賦〉：「雖信美而非吾土兮，曾何足以少留。」❸維揚憶舊遊　回憶當年遊揚州時結交的朋友。維揚，指揚州。《梁溪漫志》：「古今稱揚州為惟揚，蓋取『淮海惟揚州』之語，今則易惟作維矣。」❹海西頭　指揚州。隋煬帝〈泛龍舟〉：「舳艫千里泛歸舟，言旋舊鎮下揚州。借問揚州在何處，淮南江北海西頭。」

【語　譯】山色昏暗聽猿啼聲聲憂愁，蒼蒼江水在靜夜急急奔流。晚風吹響兩岸的樹葉，月光照耀著這一葉孤舟。建德雖好但不是我的故土，揚州之遊記憶猶新。和著淚水寫下這首小詩，遙寄給那海西頭的朋友。

【研　析】此詩與開卷第一篇〈早發漁浦潭〉寫作的時地相近，但因題旨各異，詩中所展示的情境則截然不同。作為一首五律，此詩前二聯寫景，描繪夜泊桐廬江所聞所見景物。後二聯抒情，表達旅夜孤寂況味以及對維揚故友的思念。這種結構方式與五律前起後結、中二聯一寫景（或敘事）一抒情的常格明顯不同，讀來會感到很別致。四句景語備受前人激賞。試加品味，不難發現其中有聲有色、有動有靜，營造出一種孤寂淒清的意境。高步瀛說「山暝」一聯是工於發端的例證。劉辰翁說「『一孤』似病，天趣自得。大有洗練，非率爾得者」。《唐詩三百首補注》甚至說「二十字可作十五六層，而一氣貫注，無斧鑿痕跡」。夜泊秋江，可寫的景物自然有許多。哪些入詩，詩人有所選擇。而且詩人還要對這些景物進行深加工，精心打磨，直到與情感融為一體，讓讀者感覺不到人工的跡象。孟浩然刻苦嚴謹的寫作態度給後人以示範作用，杜甫稱其「清詩句句盡堪傳」（〈解悶十二首〉之六）自有其道理。後四句抒發鄉思、客愁、懷友之情與漂泊之感，因為有前面景語作基礎，故爾水到渠成，句句自肺腑中流出，感人至深。

東陂遇雨率爾貽謝甫池

【題解】陂，泛指田野，水邊、山坡。率爾，謂匆匆寫成，亦即即興之作。謝甫池，孟浩然在越中遊覽期間結識的朋友。孟浩然詩集中還有〈久滯越中貽謝甫池會稽賀少府〉，據二詩所寫情景，謝甫池是隱居山野之士，並有農事經驗。此詩作於開元十九年（西元七三一年）春。

田家春事起❶，丁壯就東陂❷。殷殷❸雷聲作，森森雨足垂❹。海虹
晴始見，河柳潤初移❺。余意在耕稼，因君問土宜❻。

【注釋】❶春事起　開始春耕。❷丁壯就東陂　成年男子到東邊山坡去勞作。丁壯，成年的男勞力。就，趕去；前往。❸殷殷　狀聲詞。雷鳴聲。❹森森雨足垂　形容雨下得很大，雨腳很密。❺河柳潤初移　意謂濕潤的土地上有新栽的柳樹。❻因君問土宜　意謂向謝甫池瞭解當地的農事常識。因，通過。土宜，土必所宜。亦

即不同土性對農作物的適應情況。此還包括風俗習慣，即當地風土人情。

【語　譯】田間開始春耕，壯年男子前往田間勞作。雷鳴轟隆作響，潑下傾盆大雨。雨後彩虹高掛，兩岸柳色青青。我對耕稼心懷嚮往，特向謝君瞭解當地的農事常識。

【研　析】開元十九年春天，詩人留滯越中，在飽覽山水之勝的同時，也結識了一批新朋友，有州縣衙門的官吏，也有閒居野處的逸人。詩人興致高昂，創作也喜獲豐收。從詩題可知，這首贈給謝甫池的詩，便是因眼前景物觸發，隨口詠成的。詩用倒起，先寫丁壯東陂春耕場景，正是這幅耕作圖引發詩興的。頷聯補敘，其所以出現上述場景，是因為今天有過一陣春雨。那是殷殷雷聲響過的陣雨。時間不長，但雨量充沛。雨剛住點，農夫便趕忙下田耕作起來。頸聯接著描繪眼前雨過天青景物：海虹是遠處天空景象，河柳是近處農事鏡頭，雨過天青，春光明媚，一幅祥和美妙的春耕圖畫。詩人在襄陽故園有田間耕作的體驗，來到越中，面對親切的農耕場景，躍躍欲試，忍不住向謝甫池打問起農事常識。當然，我們不必將「土宜」局限於農事，當地的風土人情都可包括在內，即入鄉問俗。

荊門上張丞相

【題　解】荊門，唐代詩中多以指荊州，州治在今湖北江陵。張丞相，指張九齡，時任荊州大都督府長史。開元二十五年（西元七三七年），張九齡引孟浩然入荊州幕府為從事，從此詩中「始慰蟬鳴柳，俄看雪間梅」之語看，孟浩然入幕已滿一年。

共理分荊國❶，招賢愧楚材❷。〈召南〉風更闡❸，丞相閤還開❹。覯止欣眉睫❺，沉淪拔草萊❻。坐登徐孺榻❼，頻接李膺杯❽。始慰蟬鳴柳❾，俄看雪間梅❿。四時年籥盡⓫，千里客程催⓬。日下瞻歸翼⓭，沙邊厭曝鰓⓮。佇聞宣室召⓯，星象列三台⓰。

【注釋】❶共理分荊國　協助皇帝治理國家，分擔荊州方面重任。共理，指共同治理政事。白居易〈賀平淄青表〉有「臣名參共理，職忝分憂」之語。荊國，指荊州。此句寫張九齡，時任荊州大都督府長史。❷招賢愧楚材　意謂張九齡延攬人才，而自己卻不是傑出人才。招賢，招攬賢人。楚材，泛指南方有才能之人。《左傳·襄公二十六年》有「雖楚有材，晉實用之」之語。此句詩人自謂。❸召南風更闡　意謂良好的教化得以發揚。召南，《詩經·國風》之一，包括〈鵲巢〉等十四篇。《毛詩正義·周南召南譜》鄭氏箋：「其得聖人之化者，謂之〈周南〉；得賢人之化者，謂之〈召南〉。言二公之德教自岐而行於南國也。」闡，發揚光大。❹丞相閤還開　意謂不斷接納賢士。丞相閤，漢公孫弘受舉薦，數年至宰相封侯，於是起客館，開東閤以延賢人。此以之喻張九齡。❺覯止欣眉睫　為能近距離接觸而欣慰。覯止，相遇。《詩經·召南·草蟲》：「亦既覯止，我心則降。」欣，欣慰。眉睫，比喻切近。❻沉淪拔草萊　提拔那些沉淪於草野中的人。沉淪，埋沒。草萊，草莽；草野。以上二句，詩人自謂，感激張九齡知遇之恩。❼坐登徐孺榻　據《後漢書·徐穉傳》記載：東漢陳蕃任豫章太守，每為當地名士徐穉設專榻，走後即懸掛起來。徐孺，徐穉，字孺子，故稱。❽頻接李膺杯　據《後漢書・李膺傳》記載：李膺，東漢襄陽人，為清流首領，被他接待的人引以為榮，稱作登龍門。以上二句，用陳蕃、李膺故事喻張九齡，稱譽他禮賢下士，又欣慶自己受到禮遇。❾始慰蟬鳴柳　意謂夏天剛過。《禮記・月令》：「仲夏之月，蟬始鳴。」❿俄看雪間梅　忽見梅花已在雪中開放。以上二句，用物候表現歲月推移，說明詩人入幕已滿一年。⓫四時年籥盡　一年四季已盡。年籥，古代記時的竹牌。⓬千里客程催　意謂時光在催促踏上千里歸程。⓭日下瞻歸翼　意謂京城長安在期待張九齡回到朝廷。日下，京都。古代以帝王比日，因以皇帝所在地為「日下」。歸翼，陸機〈赴洛詩〉：「仰瞻陵霄鳥，羨爾歸飛翼。」⓮沙邊厭曝鰓　傳說跳不過龍門的鯉魚即曝鰓死於沙灘。故用之以喻人之困乏。以上兩句，寫張九齡不久將重回長安，而自己則厭倦了無所作為、虛度歲月的生涯。⓯佇聞宣室召　期待朝廷召喚。佇，期待。宣室召，漢賈誼被貶為長沙王太傅一年後，漢文帝在未央宮正室宣室召見賈誼。喻指張九齡會有同樣機緣。⓰星象列三台　古代以三台六星象徵三公。意謂張九齡入朝即上應三台星象。

【語　譯】丞相協助皇帝主理荊州政務，可惜我沒有傑出才華。良好的教化在這裡發揚，丞相還不遺餘力地招賢納士。能親近張公令人欣慰，能受到提拔我滿心感激。我如徐孺受坐陳蕃專榻，又如登龍門與李膺同飲。剛剛欣慰夏天過去，忽見梅花已在雪中綻放。一年四季匆匆而過，時光在催促踏上千里歸程。長安在期待張丞相回到朝廷，我也厭倦了無所作為的生涯。凝神佇立聽聞朝廷召喚，三臺星象表明張公入朝在即。

【研　析】張九齡是唐玄宗朝締造開元盛世的宰相之一，他主張不循資格選拔人才，敢於評論朝政得失，後為李林甫所譖，出為荊州大都督府長史。這被歷史學家視為盛唐時期政治由清明走向黑暗腐敗的標誌。張九齡對孟浩然的才華很賞識，到荊州不久，即招孟入幕，孟集中〈陪張丞相祠紫蓋山還經玉泉寺〉等，都有二人共事相知的描寫。詩人感激張九齡的知遇之恩，期待朝廷能早日召張九齡回歸相位，這種思想感情在本詩中有集中的呈現。詩的首四句，是對張九齡「共理分荊國」業績的讚頌，丞相其實是忍辱負重而初衷不改；「覿止」以下四句，寫近距離的接觸，對「知遇」一詞理解更深。詩的後半，即用「日下瞻歸翼」、「星象列三台」，表達整個時代和人民對賢相回歸的呼喚。作為一首敬獻給知交恩公的排律，此詩大量用典，寫得典雅莊重，從而與豐富的內涵和深沉的感情達到融合統一，是詩人晚年心態的全息寫照。就詩風而言，與卷中〈送韓使君除洪州都督〉頗相近。

題李十四莊兼贈綦毋校書

【題解】李十四，事蹟不詳。據詩中「左右瀍澗水，門庭緱氏山」之語，其莊在洛陽東。綦毋校書，指綦毋潛，盛唐詩人，開元十四年（西元七二六年）進士及第，授官宜壽尉，遷右拾遺，入集賢院待制，復授校書郎。校書，即校書郎，唐代弘文館和祕書省都設校書郎之職，品階為正九品上和從九品上。

聞君息陰❶地，東郭柳林間。左右瀍澗水❷，門庭緱氏山❸。抱琴來取醉❹，垂釣坐乘閑❺。歸客莫相待，尋源殊未還。

【注　釋】❶息陰　即息影。指歸隱閒居。❷瀍澗水　瀍水源出洛陽西北，東南流經洛陽故縣城東入洛水。澗水源出河南澠池東北，東南流會澠水。❸緱氏山　在今河南偃師東南，近在嵩山之西。❹取醉　求得一醉。❺乘閑　趁著空閒。

【語　譯】聽聞您歸隱閒居的地方，在洛城東郊的柳林間。瀍水與澗水從兩旁流過，門前是著名的緱氏山。懷抱古琴來求得一醉，趁著空閒在岸邊垂釣。著急歸家的人不要再等待，找尋桃花源的人正流連忘返。

【研　析】李十四是位隱逸之士，他的莊園在洛陽城東，位置優越，風景如畫，一批志同道合的朋友嘯詠其間，留連忘返。詩的首聯點題，介紹李十四棲隱地的位置：在洛陽東郊柳樹林中。東郊，與繁華鬧市保持距離；柳林，容易與「林下風致」產生聯想。頷聯描繪李氏莊四周風景：左右臨水，開門見山，真是人間難得的風水寶地。頸聯展現詩朋酒友在園中的活動，或抱琴取醉，或乘閒垂釣，安閒自得。尾聯寫道，有人在水中戲嬉，開心得不肯返回。這是詩人留下的又一幅盛唐逸士日常生活畫面，洋溢著青春自由的氣息。

寄是正字

【題　解】是正字，指是光乂，盛唐時人。《新唐書・藝文志》：「是光乂《十九部書語類》十卷，開元末，自祕書省正字上，授集賢院修撰，後賜姓齊。」據《集賢注記》記載，是光乂上書的具體時間為開元二十二年（西元七三四年）。天寶五載（西元七四六年）是光乂官宣州郡司馬，十四載任宣州長史，乾元初任集賢院學士，官至祕書少監。正字是祕書省屬員，正九品下。此詩作於開元二十二年。

正字芸香閣❶，經過宛如昨。幽人竹素園❷，歸臥寂無喧❸。高鳥能擇木❹，羝羊謾觸藩❺。物情今已見❻，從此欲無言。

【注　釋】❶芸香閣　指祕書省。芸香，草本香草，能辟紙魚蠹，故古代稱藏圖書典籍之地為芸香閣，又有芸閣、芸臺、芸省等稱。❷竹素園　猶書海。竹素，泛指史冊圖書。因古代用竹帛書寫。❸歸臥寂無喧　回家躺下，默無聲息。狀寫正字工作投入。❹高鳥能擇木　意謂鳥往高處飛。《左傳・哀公十一年》：「鳥則擇木，木豈能擇鳥。」❺羝羊謾觸藩　羊角掛在藩籬上。《周易・大壯》：「羝羊觸藩，羸其角。」又：「羝羊角藩，不能退，不能進。」暗示是正字會因不通世故而招禍。❻物情今已見　今天已能看到世態炎涼的跡象。

【語　譯】供職於皇家圖書機構，參觀的情景記憶猶新。讀書人愛在書海遨遊，回家就躺下默無聲息。飛鳥懂得占取高枝，公羊觸藩進退兩難。今天已能看見炎涼世態，從此再也無話可說。

【研　析】王士源〈孟浩然詩集序〉中有詩人「閒遊祕省」秋日月夜與諸英聯詩的記載，祕省即祕書省，此詩中主人公是光乂即供職其間，擔任正字之職，是品位極低的公務員。此詩作於開元二十二年，首聯說，回憶六年前在祕書省與友人相見的情景，像昨天剛經過一樣，是正字在芸香閣埋頭書案，神情專注，迄今印象清晰。接下來兩聯說，是正字只懂得悶聲不響地鑽故紙堆，對官場的遊戲規則卻一竅不通，因此沉淪下僚，看不到出頭之日。尾聯說，待到能看到世態炎涼時，這位書呆子更加無話可說。此詩所擷取的，是開元年間一個下層文職官員的生活畫面，他埋頭工作而不通世故，雖有《十九部書語類》十卷的專著，仍不免淪為弱勢群體的一員。詩中流露出詩人對世風的批判。

行至汝墳寄盧徵君

【題解】汝墳，即唐代汝州，今河南臨汝，在洛陽南。《詩經・周南・汝墳》有「遵彼汝墳，伐其條枚」之語。隋以前置汝墳縣，唐廢。此用舊名稱今地。盧徵君，指盧鴻一。《舊唐書・盧鴻一傳》：「盧鴻一，字浩然，本范陽人，徙家洛陽。少有學業，頗善籀篆楷隸，隱於嵩山。開元初，遣備禮再徵不至。」徵君，古代受到過徵召的高士。

行乏憩余駕❶，依然❷見汝墳。洛川❸方罷雪，嵩嶂❹有殘雲。曳曳❺
半空裡，明明五色分❻。聊題一時興，因寄盧徵君。

【注　釋】❶行乏憩余駕　趕路疲乏停下來休息。憩余駕，讓我的車停下來。❷依然　形容思念、依戀的情態。江淹〈別賦〉：「惟世間兮重別，謝主人兮依然。」❸洛川　指洛水流域的平原。此指洛陽附近。❹嵩嶂　嵩山。在今河南登封境，海拔一四四〇公尺。與泰山、華山、恆山、衡山並稱五嶽，因居天下之中，故稱中嶽。其山東謂太室，西謂少室，相去十七里，嵩山是其總名。❺曳曳　飄繞貌。❻明明五色分　形容雲霞光亮顯赫呈五彩。五色，指天空中五色雲氣。古代認為五色雲出現是吉祥徵兆。

【語　譯】趕路疲乏停下休息，腳下是親切的汝墳地面。洛川剛剛下過一場大雪，嵩山還掛著一抹殘雲。雲霞在半空中飄繞搖曳，光亮顯赫五彩分明。一時興起寫下這首小詩，寄給隱居嵩山的盧浩然。

【研　析】孟浩然行旅路過汝州，時方初春，遠望嵩山，見五彩雲霞飄繞空中，真是神仙住的地方。詩人的好友盧鴻一正在嵩山隱居，詩人乘興賦此詩開朋友一個玩笑。「汝墳」若不作地名解，此詩也可以這樣看：我趕路疲乏，暫時將寶馬熄火停在路邊，眼前突然一亮，看到你的墳墓，是那樣的親切。俗話說人走旱路、鬼走水路，前不久洛川飄過雪，此刻嵩山尚有殘雲，推知你作古沒多久啊！你的墳頭上有五色祥雲在飄繞，料想你安臥其間，幸福指數一定很高。我路過此地一時興起，賦此小詩向你致意。將生死看穿的人並不忌諱「死」字。關中一帶，年歲稍長的朋友久別重逢時是這樣打招呼的：甲：好久不見，你怎麼還沒死！乙：沒辦法，閻王爺不收。盧鴻一，亦字浩然，性格豪放，二人之間開這樣的玩笑應無妨。此詩對仗工巧，如首聯「余駕」與「汝墳」，頸聯「半空」與「五色」，都有借對痕跡，但字面很工穩，頗堪玩味。「半」是二分之一，自可與數字「五」相對。「色」和「空」在佛教語境中屬工對。

寄天台道士

【題解】天台山，在今浙江天台北，方志稱「其靈敞詭異，出仙入佛，為天下偉觀」。孟浩然吳越之旅中，訪天台道士是目的之一，先後有〈尋天台山〉、〈宿天台桐柏觀〉、〈越中逢天台太一子〉諸作，此詩是這一系列之一，詩題中天台道士，即〈尋天台山〉中的「吾友太一子」。

海上求仙客❶，三山望幾時❷。焚香宿華頂❸，浥露采靈芝❹。屢躡莓苔滑，將尋汗漫期❺。儻因松子去，長與世人辭❻。

【注釋】❶海上求仙客　《史記・秦始皇本紀》：「齊人徐市等上書，言海中有三神山，名曰蓬萊、方丈、瀛洲，仙人居之。請得齋戒，與童男女求之。於是遣徐市發童男女數千人，入海求仙人。」❷三山望幾時　意謂久久向三山仰望。三山，即上述海中三神山。❸華頂　華頂山，天台山最高峰，在浙江天台東北六十里，海拔一一三六米。❹浥露采靈芝　意謂採集沾露的靈芝。浥露，沾濕露水。陶淵明〈雜詩二首〉之二：「秋菊有佳色，浥露掇其英。」靈芝，道家傳說中的仙草，產於海中神山，仙人所食。此描繪天台道士日常採藥活動。❺汗漫期　與遨遊太空者約會。《淮南子・道應》：「吾與汗漫期於九垓之外，吾不可以久駐。」高誘注：「汗漫，不可知之也。九垓，九天之外。」又，張協〈七命〉：「過汗漫之所不遊，躡章亥之所未迹。」張銑注：「汗漫，能遊天者也。」期，約會。❻儻因二句　意謂如果能隨赤松子而去，就可以永離人間。松子，傳說中的神仙赤松子。《梁書・阮孝緒傳》：「願迹松子於瀛海，追許由於穹谷，庶保促生，以免塵累。」

【語　譯】去海上求仙的人們，久久向三神山仰望。住宿在華頂山焚香讀籙，採集沾著露珠的靈芝。不辭苔滑路險，與遨遊太空者結伴而行。如能隨赤松子遠去，就可以永離人間了。

【研　析】在〈尋天台山〉中，詩人展示了自己心懷仰慕爬山涉水、一路尋訪的情景；此詩描繪天台山太一子在山中焚香採芝修煉情景，集中展示其仙風道骨。首聯是其身分定位，太一子是求仙者流，其所嚮往的福地在海上三山，天台山是其在人間的臨時居留地。頷聯和頸聯具體描繪其修煉情景，進一步揭示其活動宗旨，是與遨遊太空者約會。《史記・封禪書》：「天神貴者太一。」道士取此法號可見其用意之深。詩人相信太一子會修成正果，詩的尾聯表達了對他的祝禱。如果把詩中主人公換成詩人自己，則此詩要表達的，是孟浩然對神仙世界的嚮往，他希冀能跟隨天台山赤松子升入仙境，以解塵累。

和宋大使北樓新亭

【題　解】宋大使，指宋鼎，開元二十四年（西元七三六年）任襄州刺史，兼山南東道採訪使。大使，唐代節度使、副大使知節度事者皆可稱。宋鼎有〈贈張丞相〉，前有序云：「張丞相與余有孝廉、校理之舊，又代余為荊州，余改漢陽，仍兼按使，巡至荊州，故有此贈。」意思是他與張九齡為舊交，又先後任荊州長史。這次巡視到荊州，是舊地會故友。宋鼎此行還寫了北樓新亭詩，有邀孟浩然入其幕府之意，孟浩然此詩即其和篇。

返耕意未遂❶，日夕登城隅❷。誰道山林近，坐為符竹拘❸。麗譙非改作❹，軒檻是新圖❺。遠水自嶓冢❻，長雲吞具區❼。願隨江燕賀❽，羞逐府僚趨❾。欲識狂歌者❿，丘園一豎儒⓫。

【注釋】❶返耕意未遂　歸耕田園的願望未能實現。❷城隅　城角。北樓新亭所在地。❸坐為符竹拘　受到文書案卷的束縛。即文書事務纏身。坐，徒然。符竹。漢代朝廷對郡守傳達命令用符，多為竹製，因之後世常用符竹以代郡守刺史。此指公務纏身。❹麗譙非改作　美麗的城樓保持原貌，未加改造。麗譙，《漢書・陳勝傳》：「獨守丞與戰譙門中。」顏師古注：「譙門，謂門上為高樓以望者耳。樓一名譙，故謂美麗之樓為麗譙。」❺軒檻是新圖　意謂亭子是新設計、新修造。軒檻，門窗、欄杆之類。新圖，新的樣式。❻遠水自嶓冢　意謂漢水從遙遠的嶓冢發源。嶓冢，嶓冢山，在陝西漢中寧強北，是漢水上游漾水發源地。❼具區　即太湖，在江蘇南部。❽江燕賀　《淮南子・說林》有「大廈成而燕雀相賀」之語。言外之意，幕府為自己提供棲身之所。❾羞逐府僚趨　以隨府僚一起奔走為羞。言外有厭倦府僚生活之意。❿狂歌者　狂歌之人。《論語・微子》有「楚狂接輿歌而過孔子」之語。接輿，即楚陸通，見昭王政令無常，乃被髮佯狂不仕。後人遂以之指隱居不仕者。⓫丘園一豎儒　田園間一個鄙陋的讀書人。丘園，丘墟、田園。多指隱逸者所居。豎儒，本義為童僕。後指見識淺陋的儒生。

【語　譯】歸耕田園的願望未能實現，黃昏時分登北樓遠眺。誰說山林離得很近，公務纏身無暇一遊。美麗的城樓保持原貌，精雅的亭子是全新構築。悠悠漢水發源自嶓冢，漫漫雲天遠接太湖。江燕慶賀幕府提供了棲身之所，只是我已厭倦了府僚生活。想去結識那些隱居不仕的高人，做一個耕種田園的鄙陋儒生。

【研　析】按察使宋鼎巡視到荊州，舊地會故友，其〈贈張丞相〉一詩寫得詞情真切，如稱頌張九齡「盛德繼微渺，深衷能卷舒」、「郡挹文章美，人懷燮理餘」，都表現出其對前丞相的尊重和理解。這與孟浩然的思想感情是相一致的，所以宋大使邀請孟浩然到自己的幕府任職，既出於同道的相知，又有故土之誼，真要讓詩人一時難於斷然拒絕。此詩表明，詩人身在荊州北城樓，遙望襄陽雲山，強烈地意識到幕府生活非己所宜，自己的歸宿在襄陽山林丘園間，即「願隨江燕賀，羞逐府僚趨」。意思是宋大使的幕府不能去，去則愧對張丞相知遇之恩；張丞相幕府也非久留之地，久留有違自己的狂者本性。讀這樣的詩，我們不難從中感受到詩人心靈的痛苦及其獨立狷介的人格。詩的前二聯寫登城所見所感；中二聯寫北樓新亭遠眺所見景物；末二聯寫酬宋大使深衷，情景轉換自然，詩人的心理活動與寫景敘事融合得不露痕跡，讀來給人以酣暢淋漓之感。

和張丞相春朝對雪

【題　解】張丞相，指張九齡。張九齡是盛唐著名詩人之一，故在荊州幕府與僚屬酬唱是情理中事。

開元二十六年(西元七三八年)，瑞雪和春天同步而至，張九齡欣然賦〈立春日晨起對積雪〉一首，詩曰：「忽對林亭雪，瑤花處處開。今年迎氣始，昨夜伴春回。玉潤窗前竹，花繁院裡梅。東郊齋祭所，應見五神來。」孟浩然此詩即和張九齡春朝對雪詩。

迎氣當春至❶，承恩喜雪來。潤從河漢下❷，花逼豔陽開❸。不睹豐年瑞❹，焉知燮理才❺。散鹽❻如可擬，便糝和羹梅❼。

【注　釋】❶迎氣當春至　迎接春氣的日子到來了。迎氣，上古於立春日祭青帝，立夏日祭赤帝，立秋日祭白帝，立冬日祭黑帝。後漢除祭四帝外，又於立秋前十八日祭黃帝。用以迎接四季，祈求豐年。《後漢書・祭祀・迎氣》：「立春之日，迎春於東郊。」❷潤從河漢下　意謂瑞雪帶來的潤澤是從天上來的。河漢，天上銀河。暗示張丞相由朝廷到地方。❸花逼豔陽開　百花迎著豔陽開放。逼，近。❹豐年瑞　春初之雪，視為豐年的預兆。❺燮理才　治國之才。燮理，協和治理。《尚書・周官》：「立太師、太傅、太保，茲惟三公，論道經邦，燮理陰陽。」❻散鹽　據《晉書・王凝之妻謝氏》記載：王凝之妻謝道韞聰識有才辯，嘗內集，俄而雪驟下，安問何所似也，安兄子朗曰：「散鹽空中差可擬。」道韞曰：「未若柳絮因風起。」安大悅。後多以散鹽比喻飛雪。又以為柳絮之喻更勝一籌。❼和羹梅　《尚書・說命》：「若作和羹，爾惟鹽梅。」孔氏傳：「鹽鹹，梅醋，羹須鹹醋以和之。」後比喻政治上的濟世之才。

【語　譯】迎接春氣的日子到來，承蒙恩澤大雪普降。瑞雪帶來的潤澤從天而來，百花隨著豔陽爭妍開放。不見到預兆豐年的瑞雪，又怎能稱得上是濟世英才。散鹽如果可以比擬雪花，那肯定是為和羹梅而飄落的。

【研　析】此詩為酬和張九齡〈立春日晨起對積雪〉之作，故詩的首二聯即呼應張詩前半迎氣春回之句，說在迎接春神到來的吉日良辰，有瑞雪普降大地，真是上天賜予的莫大福祉。其中「潤從河漢下」，暗示張九齡由朝廷到地方，以經邦濟世之才略，惠及一方百姓，寓意實同於「共理分荊國」（〈荊門上張丞相〉）。詩後半之「不睹豐年瑞，焉知燮理才」，是進一步發揮，由瑞雪之滋潤萬物，可以領悟三公論道經邦、燮理陰陽的歷史功績。尾聯用「鹽梅」之典，仍扣宰相和詠雪，化俗為雅，可謂妙手偶得。

登江中孤嶼贈白雲先生王迥

【題　解】宋本題作〈登江中孤嶼話白雲先生〉，據活字本等改。江中孤嶼，人們熟知的首推溫州甌江上的那一小島，有謝靈運〈登江中孤嶼〉及其名句「雲日相輝映，空水共澄鮮」。這裡的江中孤嶼，據詩意當指襄陽附近漢江中小島。白雲先生王迥，曾與孟浩然隱居鹿門山。作為同鄉詩友，孟浩然與王迥在故鄉一起登山臨水，交情深厚。這次獨登江中孤嶼，風景依舊，夕陽鮮明，但昔日泛舟的同伴不在眼前，不免悵然若失。

悠悠清江水❶，水落沙嶼出。回潭石下深❷，綠篠❸岸邊密。鮫人潛不見❹，漁父歌自逸。憶與君別時，泛舟如昨日。夕陽開返照，中坐興非一。南望鹿門山❺，歸來恨如失❻。

【注　釋】❶悠悠清江水　意謂漢水清澈，水流連綿不盡。❷回潭石下深　意謂泛起漩渦的潭水在大石周圍更顯深沉。❸綠篠　綠竹。❹鮫人潛不見　傳說中的人魚深藏水底不露面。張華《博物志》：「南海外有鮫人，水居如魚。」❺鹿門山　在今湖北襄樊東南三十里，漢江東岸，舊名蘇嶺山，東漢建武年間，襄陽侯習郁立神廟於山上，刻二石鹿，夾神道口，俗因稱為鹿門廟，並以名山。❻恨如失　悵然若失。恨，遺憾。

【語　譯】碧波蕩漾漢水清澈，江水退去露出沙洲。岩石下潭水泛起漩渦深不見底，綠油油的細竹在岸邊長得稠密。傳說中的人魚深藏水底不肯露面，漁夫自在優遊地唱著棹歌。回想和你分別時，泛舟情景宛在昨日。夕陽照著景物美麗無比，我們坐在小島上興味多多。遙望南天鹿門山歷歷在目，回家路上悵然若失。

【研　析】這是一首記遊懷友之作。詩的前半，側重寫景，首點此行的目的地是江中孤嶼，那是一座因水落而沙出的去處，正可一遊。接著進一步描繪江中孤嶼周邊景致：石下潭深，岸邊竹密。刻劃精工，劉辰翁評論說有柳宗元〈永州八記〉神韻。然後，宕開一筆寫江面大場景：雖不見鮫人出現，但漁父的歌喉美妙悅耳。這兩句虛實相生，詩境豁開。詩的後半，展示懷人，由泛舟如昨的回憶，將眼前情事與往昔經歷貫通。正因為物是人非，這夕陽美景不免打了折扣，詩人也無法像同伴那樣玩得盡興。《唐賢三昧集箋注》認為「中坐興非一」句中，「一」字用法輕妙。末二句點破懷人，詩人遙望白雲先生的棲息地鹿門山，心中悵然若失。用寓情於景的手法收束全篇，完成題中贈友的旨意。

和盧明府送鄭十三還京兼寄之什

【題解】盧明府，指盧僎，字禾成，范陽人，孟浩然的父母官兼詩友。《集古錄》著錄有〈唐襄陽令盧僎德政碑〉，可見他在襄陽令任上頗有政績，深得民心。鄭十三，疑為華陰太守鄭倩之，他是孟浩然的忘形之交。盧明府寫詩送鄭還長安，並向別的友人致意，孟浩然即和這樣一首詩。

昔時風景登臨地，今日衣冠送別筵❶。醉坐自傾彭澤酒❷，思歸長望白雲天❸。洞庭一葉驚秋早❹，漠落空嗟滯江島。寄語朝廷當世人❺，何時重見長安道？

【注釋】❶昔時二句　意謂昔日快意暢遊的風景點上，今天擺下為友人送別的筵席。衣冠，古代士以上戴冠，故用以為縉紳士大夫的代稱。此指與筵者官服在身，與以前遊覽形成對照。❷彭澤酒　《晉書・陶淵明傳》：「性嗜酒，而家貧不能恆得。親舊知其如此，或置酒招之，造飲必盡，期在必醉，既醉而歸，曾不吝情。……以為彭澤令，在縣公田悉令種秫穀，曰：『令吾常醉於酒足矣。』」此代指盧明府。❸思歸長望白雲天　仰望雲天，引發對家鄉的思念。白雲，《穆天子傳》：西王母為天子謠曰：「白雲在天，山陵自出。道路悠遠，山川間之。將子無死，尚能復來。」後即以之喻思歸。此指鄭十三。❹洞庭一葉驚秋早　洞庭葉落讓人感知秋天來臨。屈原〈九歌・湘夫人〉：「嫋嫋兮秋風，洞庭波兮木葉下。」《淮南子・說山》：「以小明大，見一葉落而知歲之將暮，睹瓶中之冰而知天下之寒。」《歲時廣記》引唐人詩：「山僧不能數甲子，一葉落知天下秋。」❺當世人　當權者；執政者。

【語　譯】昔日快意暢遊的風景點，今天擺下筵席送別友人。盧明府喝醉了仍不停自己倒酒，鄭十三仰望著白雲思念家鄉。洞庭葉落讓人醒悟秋天來臨，落寞孤寂徒然嗟嘆滯留江島。寫信給朝廷的當權者，我們何時才能在長安再次相見？

【研　析】詩題的意思是：盧明府送鄭十三還京詩同時寄給孟浩然，孟浩然此詩即為酬和盧詩而作。詩的首聯說，今日餞別之地，正是朋友們昔日登覽的風景之區，不言友情而臨別珍重之情自見。頷聯分別就盧、鄭兩方面描寫：盧為東道主，設宴餞客，頗座中人開懷暢飲；鄭將上路，不時仰望雲天，這是想像中場景。頸聯是詩人眼前景物描寫：遲暮、鄉思交織在一起。尾聯寄慨，不知是否有重到長安之日。作為一首酬和之作，不能不顧及來詩的各方面意思，而一般讀者往往無意追究其來龍去脈。詩人追求面面俱到的結果，是唱和之作在詩意的表達上跳躍飄忽，讀者竟不知所云。

卷中

宿揚子津寄潤州長山劉隱士

【題解】揚子津，即揚子渡，在江蘇江都南十五里，唐代為江濱要津。潤州，即今江蘇鎮江。長山，在鎮江城南二十里，山有靈泉，舊傳其流與練湖通，注溉民田萬頃。劉隱士，名字不詳。《至順鎮江志・隱逸》載有其人，只有「居潤州長山，孟浩然有詩寄之」數語，可見二人交往在當地傳為佳話。

所思在建業，欲往大江深❶。日夕望京口❷，煙波愁我心。心馳茅山洞❸，目極楓樹林❹。不見少微星❺，風霜徒夜吟。

【注釋】❶所思二句　所懷念的人在建業，想去尋訪苦於大江水深，難以成行。二句襲用張衡〈四愁詩〉「我所思兮在桂林，欲往從之湘水深」語意。❷京口　即今江蘇鎮江。❸茅山洞　茅山，在江蘇西南部，北起丹徒，南至高淳，古名句曲山。相傳西漢茅盈與弟衷、固自咸陽來，得道於此，世號三茅君，故名。《嘉定鎮江志・金壇縣》：「茅山，一名句曲山。……山內有靈府洞庭，四開穴岫，長連七途九源，四方交達，真洞仙館也。」❹目極楓樹林　極目遠望，但見楓林一片。《楚辭・招魂》：「湛湛江水兮上有楓，目極千里兮傷春心。」❺少微星　星座名。《史記・天官書》：「廷藩西有隋星五，曰少微，士大夫。」張守節正義：「少微四星在太微西，南北列，第一星處士也；第二星議士也；第三星博士也；第四星大夫也。占以明大黃潤，制賢士舉，不明，反是。」後多用以指處士、隱士。

【語　譯】所懷念的朋友住在建業，想去尋訪卻江深浪急難以成行。從早到晚望著鎮江，煙波浩淼愁煞我心。心已飛往茅山仙洞，極目遠望但見楓林一片。看不見少微星出現，風霜寒夜裡徒然悲吟。

【研　析】此詩抒發懷友深情。首聯說，欲往建業訪友，苦於大江水深，未能成行，詩人情緒已受打擊。頷聯狀揚子津悵望，用「愁我心」概之，雖未點破大江深，但橫在眼前的一條江卻是千真萬確的事實，京口一帶風高浪險又是人所共知的，這樣，長山劉隱居是否能如願一見，尚在未知中。詩的後半，揭示心理活動：心已飛向劉隱居所在的茅山洞邊，望而不見，夜吟一吐思念深情。《唐賢三昧集箋注》評此詩「有六朝人之口吻」，大抵指它像一首古詩，銜口而出，不假修飾。但它卻是一首對偶工整的律詩。「日夕望京口，煙波愁我心」，運用借對法，使人不易覺察，可以說是煉而後工，返璞歸真。

和張明府登鹿門山

【題解】張明府，指張願，孟浩然同鄉詩友。時任奉先令。鹿門山，在今湖北襄樊東南三十里，漢江東岸，舊名蘇嶺山，東漢建武年間，襄陽侯習郁立神廟於山上，刻二石鹿，夾神道口，俗因稱為鹿門廟，並以名山。張願由奉先令休沐還鄉，遍覽襄陽山水，與孟浩然唱和頗多，此首是登鹿門山的唱和之作。

忽示登高作，能寬旅寓情❶。弦歌❷既多暇，山水思微清。草得風光動，虹因雨氣成❸。謬承巴俚和❹，非敢應同聲❺。

【注釋】❶忽示二句　意謂忽然收到登高之作，其中寫到家鄉山水可以寬慰遊子的漂泊情懷。旅寓情，飄泊在外的不安情緒。❷弦歌　弦歌而治。《論語・陽貨》：「子之武城，聞弦歌之聲。」子游為武城宰，弦歌而治。❸虹因雨氣成　雨過天青，彩虹出現。❹巴俚和　自謙和篇品位不高。巴俚，〈下里巴人〉的省稱。本為古代民間通俗歌曲，後亦泛指通俗的文藝作品。❺同聲　知心朋友。

【語譯】忽然收到你登臨鹿門山的詩篇，家鄉山水寬慰著遊子的旅情。你治縣有方多有餘暇，山容水態更能涵養性情。微風吹拂小草搖曳，雨過天青彩虹當空。我的和篇格調俚俗，怎敢與大作相提並論。

【研析】鹿門山是襄陽士子共同的精神家園。對宦遊在外的張願來說，藉休沐還鄉的機會，重登鹿門山，追尋往昔舊夢，應是心靈的慰藉。作為守護在故土的詩友，孟浩然自然能體會到這種微妙的「旅寓情」。詩的首聯即表達這種理解。賦詩抒懷使此情一寬；抒懷詩得到友人的理解認同，則此情再寬，證明真正的慰藉實在故土、故人的一片真情。詩的頷聯、頸聯繼之以敘事、寫景，是對上述情感的進一步渲染。弦歌多暇，讚美友人為政有成，不辱桑梓；山水思清，是說故土對遊子亦眷念有情，草色、彩虹正是這種情思化成的，真是美妙動人。尾聯以酬以巴俚和結，是特定場合應有的客套語。從孟浩然的和篇中，傳達出張願對這塊土地的依戀，也印證著詩人自己的心聲。

晚春臥病寄張八

【題解】張八，即張子容，孟浩然同鄉好友。據《唐才子傳》記載：張子容，襄陽人，開元元年(西元七一三年)中進士，曾官樂城尉、奉先令、尚書省郎中、義王府司馬等。後棄官歸鄉。張子容與孟浩然為同鄉詩友，詩篇唱答頗多。據詩中「賈誼才空逸，安仁鬢欲絲」之語推知，此詩作於孟浩然三十二歲的開元八年(西元七二〇年)，他在家鄉隱居讀書，年過而立，仕途尚無前景。其時張子容在晉陵尉任上，入仕八年而沉淪下僚。

南陌春將晚❶，北窗猶臥病❷。林園久不遊，草木一何盛。狹徑花將盡，閒庭竹掃淨。翠羽戲蘭苕❸，赬鱗動荷柄❹。念我平生好❺，江鄉遠從政❻。雲山阻夢思，衾枕勞歌詠❼。歌詠復何為？同心恨別離❽。世途皆自媚❾，流俗寡相知❿。賈誼才空逸⓫，安仁鬢欲絲⓬。遙情每東注⓭，奔晷復西馳⓮。常恐塡溝壑⓯，無由振羽儀⓰。窮通若有命⓱，欲向〈論〉中推⓲。

【注釋】❶南陌春將晚　意謂到南陌踏青尋春的日子已過去了。南陌，泛指田間。南北曰阡，東西曰陌。❷北窗猶臥病　意謂臥病北窗之下。陶淵明〈與子儼等書〉：「嘗言五六月中北窗下臥，遇涼風暫至，自謂是羲皇上人。」❸翠羽戲蘭苕　郭璞〈遊仙詩〉：「翠羽戲蘭苕，容色更相鮮。」李善注：「言珍禽芳草遞相輝映，可悅之甚也。」翠羽，翡翠鳥。蘭苕，蘭花。❹赬鱗動荷柄　金色的鯉魚在荷葉間游動。❺平生好　生平好友。指張子容。❻江鄉遠從政　意謂在遙遠的江南水鄉任職。張子容從政之地晉陵（今江蘇常州）是江南水鄉。❼衾枕勞歌詠　意謂在病榻上也不免費心思寫詩寄懷。衾枕，被子、枕頭。指臥病在床。勞，費神。歌詠，指作詩言志。❽同心恨別離　知心朋友因離別而遺憾。❾自媚　自美；自我吹噓。❿流俗寡相知　世俗之人缺乏相互信任。⓫賈誼才空逸　賈誼才華出眾卻不能受到重用。據《史記・屈原賈生列傳》記載：賈誼年二十，負有才學。漢文帝欲重用他，遭到權貴反對，賈誼被貶長沙。才空逸，空有出眾才華。⓬安仁鬢欲絲　意謂鬢髮始白。

安仁，晉詩人潘岳，字安仁。他在〈秋興賦序〉中說：「晉十有四年，余春秋三十有二，始見二毛。」二毛，謂鬢髮始白。此句借潘岳自況，以此推算，孟浩然當時年三十二，為開元八年。⓭遙情每東注　懷遠之情總是指向東方。注，流注。⓮奔晷復西馳　太陽自東向西奔馳，時光飛快流逝。晷，日影。⓯填溝壑　謂死後無人埋葬。指未能為世所用，白白死去。⓰振羽儀　指賢者被任用而為世之楷模。羽儀，《周易．漸》：「鴻漸於陸，其羽可用為儀。」孔穎達疏：「處高而能不以位自累，則其羽可用為物之儀表，可貴可法也。」後因以之比喻居高位而有才德，被人尊重或堪為楷模。⓱窮通若有命　貧困和通達似由天命所定。⓲欲向論中推　意謂擬向〈窮通論〉尋找答案。據《魏書．劉芳傳》記載：劉芳雖貧困，但淡然自守，聰明過人，著〈窮通論〉以自慰。推，推究。以上二句，憤激語。

【語　譯】南陌已是暮春景色，我在北窗之下靜臥養病。很久不曾來林園遊賞，草木轉眼間多麼繁盛。小路兩旁花將開盡，安閒的庭院叢竹幽靜。翡翠鳥在蘭花叢中嬉戲，紅鯉魚在荷葉間游動。此情此景讓我想念生平好友，在遙遠的江南水鄉報效朝廷。雲霧高山阻斷了我的夢魂，病榻上也不免寫詩寄懷。短吟低唱又為了什麼？抒發知心朋友離別相思之情。世間人人都愛自我吹噓，塵俗中人們缺乏相互信任。賈誼才華出眾卻不受重用，安仁鬢髮始白也不能施展抱負。懷遠之情總是指向東方，奔馳的太陽又匆匆落向西嶺。常常擔心無功業而白白死去，不能夠成為後世的楷模。貧困與通達若真是命中註定，真想到〈窮通論〉中尋個究竟。

【研　析】這是孟集中又一長篇，寫晚春臥病的感受。暮春時節，詩人輾轉病榻，已將大好春光枉費了。偶一遊園，百感交集，由春之闌珊聯想到自己年逾而立，年華流逝而老大無成；平生好友宦遊千里之外，仕途坎坷，不免為世路艱難、個人生命不能自主而感嘆。詩以古體出之，由敘事而寫景、而懷人、而詠志，意脈連貫，語多沉痛，是詩人早期心靈世界的真實呈現。全篇活潑流暢，飄逸自然。「翠羽戲蘭苕」襲用郭璞成句；「歌詠」句用頂針格修辭手法；「世途」一聯諷刺世風，凝煉警拔，入木三分，尤顯風骨，凡此都露出孟詩佇興而作的跡象。

書懷貽京邑同好

【題解】詩題的意思是抒寫懷抱贈給在長安任職的好友。好友為誰已不可知。詩中有「三十既成立，吁嗟命不通」之句，可以確定此詩作於孟浩然三十歲的開元六年（西元七一八年）。

惟先自鄒魯❶，家世重儒風。《詩》《禮》襲遺訓❷，趨庭紹末躬❸。
晝夜恆自強❹，詞翰頗亦工❺。三十既成立❻，吁嗟命不通❼。慈親向羸
老❽，喜懼在深衷❾。甘脆朝不足❿，簞瓢夕屢空⓫。執鞭慕夫子⓬，捧
檄懷毛公⓭。感激遂彈冠⓮，安能守固窮⓯？當途訴知己，投刺匪求蒙⓰。
秦楚邈離異⓱，翻飛何日同⓲？

【注釋】❶惟先自鄒魯　意謂孟氏一姓的發祥地在鄒魯一帶。鄒魯，春秋鄒國、魯國，今山東曲阜、鄒縣一

帶。鄒，孟子故鄉。魯，孔子故鄉。孟浩然與孟子同姓，故云。❷詩禮襲遺訓　繼承了祖先詩禮傳家的遺訓。詩禮，本指儒家經典《詩經》和三《禮》。此指儒家經典及儒家道德規範。遺訓，前代先人遺留下來的風尚教化。❸趨庭紹末躬　意謂良好的家庭教育傳統一直延續到自己身上。趨庭，據《論語・季氏》記載：孔子的兒子孔鯉趨而過庭，孔子先後問他「學詩乎？」「學禮乎？」趨，快步走。表示恭敬。紹，繼承。末躬，賤體。自謙之詞。❹自強　自己努力圖強。❺詞翰頗亦工　詩文寫得很好了。詞翰，詞章。❻成立　謂學問修養漸趨成熟，並有建樹。《論語・為政》：「三十而立。」❼吁嗟命不通　可嘆的是命運不順。吁嗟，嘆息聲。❽慈親向羸老　年邁的母親身體越來越衰弱。❾喜懼在深衷　意謂對母親的狀況內心深處時時牽掛。《論語・里仁》：「父母之年，不可不知也。一則以喜，一則以懼。」以上二句，謂母親年邁體弱，既為其長壽而欣慰，又為其日漸衰老而擔憂。❿甘脆朝不足　早晨吃不到美味食品。甘脆，美食。朝不足，舉其一端。言外之意，指一整天；日常。⓫簞瓢夕屢空　晚飯沒有吃的。簞瓢，古代盛飯的圓竹器和舀水用的瓢。代指飯食。《論語・雍也》：「子曰：『賢哉回也！一簞食，一瓢飲，在陋巷，人不堪其憂，回也不改其樂。』」陶淵明〈五柳先生傳〉：「短褐穿結，簞瓢屢空。」⓬執鞭慕夫子　對孔子執鞭趕車的打算表示欽佩。執鞭，《論語・述而》：「子曰：『富而可求也，雖執鞭之士吾亦為之；如不可求，從吾所好。』」意謂如有合乎道義的富貴可以求得，即使去當執鞭趕車的也可以。夫子，即孔子。⓭捧檄懷毛公　意謂理解毛義捧檄而喜的感情。檄，官方文書。毛公，指毛義。據《後漢書・毛義傳》記載：廬江毛義家貧，事母至孝。官府下文書徵召他擔任守令，毛義捧檄而入，喜動顏色。及母去世，公車徵召，不赴。南陽張奉讚嘆曰：「賢者固不可測。往日之喜，乃為親屈也。」以上二句，表明為了養親，自己是希望進入仕途的。⓮感激遂彈冠　感動奮發，準備出去做官。彈冠，彈去帽上的灰塵。據《漢書・王吉傳》記載：王吉，字子陽，與貢禹交好；王吉在位，貢禹就準備出去做官。世稱「王陽在位，貢公彈冠」。⓯安能守固窮　怎能固守窮困。安能，哪能。固窮，固守貧困。《論語・衛靈公》：「子曰：『君子固窮，小人窮斯濫矣。』」意謂今見朋友在位，感到歡欣鼓舞，便想出去做官，而不願長期窮困下去。⓰投刺匪求蒙　不將名帖投向那些昏昧之人。投刺，投上名帖。古代名帖，類似今天的名片。非求蒙，不去乞求昏昧者。《周易・蒙》：「匪我求童蒙，童蒙求我。」匪，非。童蒙，愚昧不聰明。⓱秦楚邈離異　長安與襄陽相去甚遠。秦，關中一帶。代指長安。楚，指楚地的襄陽。⓲翻飛何日同　意謂哪一天才能一起在仕途騰達。

【語　譯】我的先人發祥在鄒魯之鄉，世世代代重視儒學風尚。繼承了祖先詩禮傳家的遺訓，良好的家教一直延續到我這一代。晝夜苦讀奮發圖強，詩文詞章已經相當精工。到了三十而立之年，學問修養漸趨成熟，只可嘆命途多舛時運不通。慈母一天天衰老，我內心深處時時擔憂牽掛。美味的食物總不能充足供應，簡陋的食器裡常常空空如也。敬慕孔子有執鞭趕車的打算，更理解毛義捧檄而喜的心情。感動奮發準備出去做官，君子哪能固守窮困呢？我向掌權的好友傾訴心願，不向那些昏昧之人亂投名片。長安與襄陽相去這麼遙遠，哪一天才能一起仕途騰達？

【研　析】自從孔子講過他「三十而立」這句話以後，人生的三十歲這個年分就格外令人在意：活到三十歲了，應當有其家室，擔當起一家之主的責任；應當在事業上有所樹立，以一個堂堂男子漢的氣概自立於士林。孟浩然這首古風對自己的而立之年作了一番審視：詩由家世說起，作為孔、孟後人，自然將《詩》、《禮》傳家奉為圭臬，且身體力行，為用世而做好了準備，詩文寫得很好了。繼而描述現實處境，慈親年老，家境窮困，這種「命不通」的狀態亟待改變。於是，詩人向京中同好發出求助的呼喚，希望自己能有仕途騰達之日。全詩自抒胸臆，坦誠淋漓，是瞭解詩人生平、思想和早年心態的重要材料。特別值得注意的是「家世重儒風」、「《詩》《禮》襲遺訓」、「詞翰頗亦工」等句，證明詩人「而立」以前這一段時間堅持世人共同的科舉道路，而且汲汲以求。

此詩中大量地、貼切地運用儒家典故，也在印證著詩人身上正統的儒家基因。

同張明府碧溪贈答

【題　解】張明府，指張願，孟浩然同鄉詩友。張願在襄陽的故居有園林之勝，孟浩然〈盧明府早秋宴張郎中海園即事得秋字〉中有「鬱島藏深竹，前溪對舞樓」之句，推知所謂碧溪在張氏海園前。張願以碧溪為題賦成新作，與朋友贈答，和者眾多，孟浩然也即興附和，是謂「同」。

別業聞新制❶，同聲應者多❷。還看碧溪答，不羨綠珠歌❸。
自有陽臺女❹，朝朝拾翠❺過。綺筵鋪錦綉，妝牖閉藤蘿❻。
秩滿休閒日❼，春餘景氣和❽。仙鳧能作伴❾，羅襪共凌波❿。
曲島尋花藥⓫，回潭折芰荷⓬。更憐斜日照，紅粉豔青娥⓭。

【注　釋】❶別業聞新制　意謂讀到寫於別業的新作。新制，新寫的詩文。❷同聲應者多　朋友中有許多人應和。同聲，知心朋友。語云「同聲相應，同氣相求」。❸還看二句　意謂讀過張明府新作，就不會再欣賞綠珠歌了。碧溪答，指張願新作〈碧溪贈答〉。羨，稱賞。綠珠，晉石崇的愛妾。據《晉書・石崇傳》記載：「崇有妓曰綠珠，美而豔，善吹笛。孫秀使人求之。……綠珠泣曰：『當效死於官前。』因自投於樓下而死。」此處藉以泛指在場歌伎所唱。❹陽臺女　傳說中的巫山神女。宋玉〈高唐賦〉：「昔者先王嘗遊高唐，怠而晝寢，夢見一婦人，曰：『妾巫山之女也，為高唐之客，聞君遊高唐，願薦枕席。』王因幸之。去而辭曰：『妾在巫山之陽，高丘之阻，旦為朝雲，暮為行雨，朝朝暮暮，陽臺之下。』」❺拾翠　拾取翠鳥的羽毛以為首飾。❻妝牖閉藤蘿　裝飾的門上爬滿紫藤。❼休閒日　假期。唐制十日休假，稱旬假。另有各種特定節日，如元日節、寒食清明、高祖忌日、玄宗生日千秋節、七月十五、大聖祖老子誕辰、佛生日，皆為休假日，天數或五日、三日、一日不等。❽景氣和　風物宜人。❾仙鳧能作伴　意謂有高人一起遊樂。鳧，野鴨。據《後漢書．王喬傳》記載：王喬為葉縣令，有神術，每月朔望，常自縣詣朝臺。帝怪其來數而不見車騎，密令太史伺望之。言其臨至，輒有雙鳧從東南飛來。原來雙鳧是王喬鞋子所化。因為張頤時任縣令，故用王喬事。❿羅襪共凌波　意謂有美女作伴。曹植〈洛神賦〉：「體迅飛鳧，飄忽若神；凌波微步，羅襪生塵。」⓫花藥　芍藥。⓬芰荷　指菱葉與荷花。《楚辭．離騷》：「製芰荷以為衣兮，集芙蓉以為裳。」⓭更憐二句　落日餘暉裡，姑娘們的臉蛋更顯得美麗動人。憐，惹人喜歡。紅粉，古代婦女化妝用的胭脂和鉛粉。青娥，美麗的少女。

【語　譯】讀到張明府寫於別業的新作，朋友中有許多人寫詩唱和。讀過新作〈碧溪贈答〉，就不會再欣賞歌伎的歌聲了。這裡有傳說中的巫山神女，每天拾取翠鳥的羽毛作為首飾。筵席綺麗鋪滿了錦繡，裝飾的門上爬滿了紫藤。任職到期可以休個長假，晚春的風物更加宜人。有高人一同遊樂，有美女共度良辰。在曲折的島邊尋找芍藥，在沿洄的潭裡摘取荷花。特別喜愛落日餘暉裡，姑娘們的臉蛋更顯豔麗。

【研　析】張氏海園碧溪，是一條流淌著青年男女歡聲笑語的小河。張頤所賦〈碧溪贈答〉都寫了些什麼內容，從孟浩然的和篇中約略可以推知。孟浩然未必參與了張明府所寫的這一次碧溪遊樂活動，但那熟悉的場景和熱烈的氣氛，其實早已深深地印在詩人的心中。此詩首先讚美張願寫於自家園林的新詩，說它受到眾人的追捧，勝過正走紅的流行歌曲。接著是對張願〈碧溪贈答〉為題之作的二度創作：鋪敘優美風景中遊樂活動的豐富多彩，傳說故事和眼前實景相重，呈現於讀者面前的，已經是提煉過的經典畫面，青春氣息撲面而來。本詩記錄了詩人早年田園優遊生活的又一個場景，可與〈大堤行寄黃七〉並讀。

贈蕭少府

【題　解】蕭少府，指一位姓蕭的縣尉，名字事蹟不詳。詩人得知這位蕭少府品德高尚，辨事清正廉潔，發出由衷讚嘆，並以結識他為榮幸。

上德如流水❶，安仁道若山❷。聞君秉高節❸，為得奉清顏❹。鴻漸
升臺羽❺，牛刀列下班❻。處腴能不潤❼，居劇體常閑❽。去詐人無諂❾，
除邪吏息奸❿。欲知清與潔⓫，明月在澄灣。

【注　釋】❶上德如流水　有流水般的盛德。上德，至德；盛德。《道德經》上篇八章：「上善若水，水善利

萬物而不爭。」❷安仁道若山　安心於實施仁道而堅定不移。《論語・雍也》：「知者樂水，仁者樂山。」邢昺注：「仁者樂如山之安固，自然不動而萬物生焉。」❸秉高節　堅守高尚的節操。❹奉清顏　意謂與之接識。奉，通「逢」。清顏，敬稱友人的容顏。❺鴻漸升臺羽　本指鴻鵠由低處往高處飛。《周易・漸》：「鴻漸於干。」後多用以比喻仕宦升遷。❻牛刀列下班　高才而處下位。牛刀，宰牛之刀。常喻大材。《論語・陽貨》有「割雞焉用牛刀」之語。下班，官位低下。唐代縣尉品階在從八品上至正九品下之間，接近最低的從九品下階。❼處腴能不潤　處在脂膏之中而不為自己揩油。《後漢書・孔奮傳》：「時天下未定，士多不修節操，而奮力行清潔，為眾人所笑，或以為身處脂膏，不能以自潤，徒益苦辛耳。」《晉書・周顗傳》：「伯仁凝正，處腴能約。」此讚蕭少府立節清正廉潔。❽居劇體常閑　意謂處在繁忙的事務中能從容應對，身體常能閒適。❾無諂　不巴結；不諂媚。《論語・學而》：「貧而無諂，富而無驕。」❿除邪吏息奸　掃除邪惡，辦事人員不再營私舞弊。⓫清與潔　指清正廉潔的操守。

【語　譯】您有流水般的盛德，安心於實施仁道而堅定不移。聽聞您堅守高尚的節操，我希望能夠與您結識。鴻鵠有飛往高處的翅膀，大材卻往往官位低下。處在脂膏之地不中飽私囊，處在繁忙事務之中而能從容應對。掃蕩欺詐使百姓不諂不驕，剷除邪惡令官吏作風改觀。想要知道什麼是清正廉潔，看看清澄水灣那一輪明月。

【研　析】這是一首唱給一位級別最低的官員的讚歌，不是出於對才高位下的同情，而是出於對官卑德劭的崇敬。詩的首二聯直抒本意：君有上善若水之德，並堅定地貫徹於實際行動中，因而我以能結識風範而深感榮幸。接下來從不同的側面對其品德高尚、辦事清廉加以讚美：才高位下而無怨尤，臨利而不苟取，以身作則地開創公正祥和的生活空間。少府的影響力可能有限度，但當他始終以清潔操守自期時，其形象該有多麼崇高！詩人用「明月在澄灣」的優美畫面為這種形象寫照，從中不難看出孟浩然的人生追求。

和張二自穰縣還途中遇雪

【題　解】張二，名字事蹟不詳。從詩中南歸楚之語推測他是襄陽人，孟浩然詩友。穰縣，唐代屬山南道鄧州，即今河南鄧縣，去襄陽百餘里。張二自穰縣南歸途中遇雪，即興賦詩一首贈孟浩然，孟浩然就題鋪陳，為雪寫照傳神，成此和篇。

風吹沙海❶雪，漸作柳園春❷。宛轉隨香騎❸，輕盈伴玉人❹。歌疑郢中客❺，態比洛川神❻。今日南歸楚，雙飛似入秦。

【注　釋】❶沙海　在今河南開封一帶。❷漸作柳園春　意謂雪花飄進柳園，彷彿春天來臨。古有楊花似雪之說，反其意則雪似楊花。❸宛轉隨香騎　想像雪花隨著馬的腳步飄飛情狀。沈佺期〈幸梨園亭觀打毬應制〉：「宛轉縈香騎，飄飄拂畫毬。」❹玉人　形容貌美的人。《世說新語‧容止》：裴楷「粗服亂頭皆好，時人以為玉人」。後多用以稱美麗的女子。❺郢中客　指在郢中唱歌的人。郢中人所唱有〈白雪〉之曲。參見〈秋日陪李侍御渡松滋江〉❼。❻態比洛川神　風韻可與洛神相比。曹植〈洛神賦〉：「流眄於洛川，睹一麗人，於岩之畔。……其形也，翩若驚鴻，婉若游龍，榮曜秋菊，華茂春松。彷彿兮若輕雲之蔽月，飄颻兮若流風之回雪。」

【語　譯】北風吹得沙海雪飛，飄進柳園有如楊花。雪花隨著馬蹄飛舞，輕盈飄逸如翩翩美人。曲調宛轉發自郢人歌喉，風韻體態只有洛神可比。今天南下回歸楚地，想起二人結伴入秦情景。

【研　析】此詩為雪寫照傳神。首聯狀雪之初起，說它剛從沙海吹起，隨風飄舞，如同柳絮一般。頷聯想像友人雪中歸來情景：雪花隨著馬的腳步飛舞著，像美妙的音樂奏出宛轉的旋律；又像女子邁著輕盈的步履伴隨在美男子身旁。頸聯進一步馳騁想像，彷彿聽到郢人美妙的歌聲，它讚美〈陽春〉、〈白雪〉；彷彿看到洛神的倩影，她「彷彿兮若輕雲之蔽月，飄颻兮若流風之回雪。」詩人將人們熟知的柳絮、〈陽春〉、〈白雪〉、洛神倩影等有關雪的典故加以改造製作，將比喻中的喻體還原為本體，從而使雪人格化，有了精神和靈性，這種推陳出新的技巧，給讀者耳目一新之感。詩的尾聯扣題中歸途之義，「雙飛似入秦」可能指往年詩人與友人一起冒雪入秦情事。有這一筆，則全詩所寫都彷彿是詩人親身經歷，產生亦真亦幻的效果。

同儲十二洛陽道

【題　解】儲十二，指儲光羲。儲光羲（西元七〇六？—七六二？年），潤州延陵（今江蘇丹陽）人。開元十四年（西元七二六年）與綦毋潛、崔國輔同榜進士及第。初授馮翊主簿，曾任安宜、汜水、下邽尉。開元二十一年前後辭官歸鄉，後入秦，天寶末官監察御史。安史之亂中陷賊，受偽職，脫身歸。兩京收復後貶死。有《儲光羲詩集》五卷行世，盛唐王、孟山水田園詩派重要作家。沈德潛評其詩，謂學陶而得其真樸。儲光羲有〈洛陽道五首獻呂四郎中〉，皆為五言絕句，其一云：「洛水春冰開，洛城春水綠。朝看大道上，落花亂馬足。」其三云：「大道直如髮，春日佳氣多。五陵貴公子，雙雙鳴玉珂。」賦道中所見，流露出對世風的不滿。孟浩然和篇寫法與之相通。精神上偏重對游俠豪邁情懷的讚許。

珠彈繁華子❶，金羈游俠人❷。酒酣白日暮，走馬入紅塵❸。

【注釋】❶珠彈繁華子　以珠為彈丸的富豪紈袴子弟。何遜〈擬輕薄行〉：「城東美少年，重身輕萬億。柘彈隨珠丸，白馬黃金飾。」❷游俠人　仗義勇為、樂於解人之難的俠客。❸紅塵　市井之中。徐陵〈洛陽道〉：「綠柳三春暗，紅塵百戲多。」

【語譯】紈袴子弟以珠為彈，仗義游俠白馬金鞍。酒興正濃不覺天色向晚，策馬奔向市井之中。

【研析】這是孟浩然筆下又一幅游俠畫像，可與〈醉後贈馬四〉並讀。此詩前二句，描繪主人公的外貌特徵：珠彈、金羈，正是何遜〈擬輕薄行〉中的典型裝束。「繁華子」、「游俠人」是其身分定位。他們是富貴人家子弟，故可以「重身輕萬億」，與當今「富二代」頗為神似。但他又有好義節、喜賑人患難的性格，這就有幾分可愛了。詩的後二句，展現其日常活動：酒酣而走馬，日暮入乎紅塵，其豪放不羈、意氣風發的神態躍然紙上。全詩僅二十字，如人物速寫，以簡潔、明快、肯定的筆觸，將游俠少年形象生動地表現出來，也烘托出孕育這些游俠的繁華都市環境。《新唐書・孟浩然傳》中有孟浩然少好義節的記載，當代作家所著孟浩然文學傳記也有此類情節，此詩正反映出詩人早期的俠義精神與豪邁情懷。

同王九題就師山房

【題解】王九，指王迥，號白雲先生。參見〈遊精思觀回王白雲在後〉題解。就師，從詩中「支公」之稱推斷，應是佛門就法師，事蹟不詳。王迥與孟浩然為同鄉詩友，唱和頻繁。此詩是孟浩然和王迥題就法師僧舍的。就法師亦能詩，環境又極清雅，是大暑天難得的清涼世界，所以詩人盤桓終日，不忍離去。

晚憩支公❶房，故人逢右軍❷。軒空避炎暑❸，翰墨動斯文❹。竹閉
窗裡日，雨隨階下雲。周旋清陰遍❺，吟卧夕陽曛。江淨棹歌歇，溪深
樵語聞。歸途未忍去，攜手戀清芬❻。

【注釋】❶支公　東晉高僧支遁。支遁，字道林，晉剡沃洲山高僧。家世事佛，早悟非常之理，隱居餘杭山，沉思道行之品，委曲會印之經，卓焉獨拔，得自天心。❷右軍　東晉王羲之，字逸少，曾任右軍將軍，故世稱

王右軍。在中國書法史上地位最高。這裡用以比王迥，暗示其藝術造詣之高。❸軒空避炎暑　寬敞的書房是避酷暑的好去處。軒，有窗的廊或屋。炎暑，酷熱的暑天。❹翰墨動斯文　動筆墨寫詩作文。❺周旋清陰遍　意謂在清涼的樹陰下散步。❻清芬　比喻高潔的品行。

【語　譯】晚上在就法師禪房休息，老朋友相見分外欣喜。寬敞的書房是避暑的好去處，揮毫染翰寫成精彩詩文。竹林遮住了窗前的太陽，雨點隨著階下白雲飄落。在清涼的樹陰下優遊散步，在夕陽的餘暉裡躺著吟詩。江水澄淨船公歇了歌聲，山溪深幽能聽到樵夫的對話。盤桓終日不忍離去，戀戀不捨這裡的清幽芬芳。

【研　析】這首〈同王九題就師山房〉描繪了大暑天難得的一塊清涼世界。清涼與清淨同義，在孟浩然筆下被一寫再寫，如〈尋香山湛上人〉、〈雲門蘭若與友人同遊〉、〈題終南翠微寺空上人房〉、〈宿業師山房待丁公不至〉、〈春晚題永上人南亭〉……集中無慮數十首之多，可見是詩人一貫的精神追求。不論是佛徒的禪房、道士的精舍還是隱士的別業，其所以能成為清涼世界，得具備三方面條件：一是天人之際的和諧，二是人際之間和諧，三是主人公身心的和諧。以此詩為例：首四句，透出的消息是支公、右軍和我的相知相得，是人際和諧。「竹閑」以下六句，透出的消息是人與外部環境友好相處，人自由自在地活動於這塊天地裡，而又不以主人身分自居。末二句，寫歸途感受，所謂「戀清芬」者，既是詩人的心理體驗，又為整個環境人事下斷語，這清芬來自友人品性的高潔，來自周圍景物的優美，更來自詩人內心的恬淡平和，即所謂以澄心觀物，物無不澄澈。

贈王九

【題　解】王九，指王迴。參見〈遊精思觀回王白雲在後〉題解。詩人到山中訪友，樂而忘歸，忽然發現時已黃昏，兒子可能正在家裡等著父親歸來。詩以贈王九，見出二人相得之深。

日暮田家遠，山中忽久淹❶。歸人須早去，稚子望陶潛❷。

【注　釋】❶久淹　逗留時間長。❷陶潛　陶淵明，東晉詩人。陶淵明〈歸去來兮辭〉：「乃瞻衡宇，載欣載奔。僮僕歡迎，稚子候門。」詩人藉以說小兒子在門中等候父親歸來。

【語　譯】暮色降臨歸途正遠，這才意識到在山中待了很久。得盡快離開了，小兒子大約在門口焦急地等著父親。

【研　析】此詩寫詩人山中訪友過程中的一個小插曲。山中友人王迴是詩人的同鄉詩友，二人酬唱既多，交往之密切可想而知，相遇之親切以至語言投機可想而知。此詩首句說「日暮田家遠」，讓人感到突兀，難道日中田家就近了？次句揭開謎底「山中忽久淹」，原來入山已幾個時辰，話題尚未充分展開，突然發現在山中逗留的時間已經很長，日將暮矣。想要天黑前趕回去已來不及了，故曰「田家遠」。第三句說「歸人須早去」，為時已晚，何來早去？原來意思是說無論如何談話該打住，因為小兒子在門前等候著父親歸去。但常識告訴我們，這樣的談話恐怕尚不能立即結束。「久淹」是關鍵詞；久淹是「忽然」覺察到的；意識到「須早去」時為時已不早；說早去未必能立即付諸行動，凡此都有點出人意料，但卻合乎情理。短短二十字，波瀾起伏，耐人尋味。

遊雲門寺寄越府包戶曹徐起居

【題　解】雲門寺，在今浙江紹興南，是越中名勝之一。據記載：昔王子敬居此，有五色祥雲，詔令建寺，取名雲門。越府，指越州中都督府。包戶曹，疑為包融，任戶曹參軍。包融於神龍中，即以文詞俊秀，名揚於京師。開元中又與賀知章、張旭、張若虛合稱「吳中四士」。徐起居，指徐姓任起居郎者，名字不詳。起居，指起居郎，掌起居注，錄天子之言動法度，以修記事之史，品階為從六品上。此詩作於開元十九年（西元七三一年）孟浩然遊會稽時。

我行適諸越，夢寐懷所歡。久負獨往願❶，今來恣遊盤❷。台嶺踐
蹬石❸，耶溪溯林湍❹。捨舟入香界❺，登閣憩旃檀❻。晴山秦望近❼，
春水鏡湖寬❽。遠懷佇應接❾，卑位徒勞安❿。白雲日夕滯，滄海去還觀⓫。
故園眇天末，良朋在朝端。遲爾同攜手⓬，何時方掛冠⓭？

【注　釋】❶久負獨往願　常懷著隻身前往遊覽的心願。負，抱有。獨往，《莊子・在宥》：「出入六合，遊乎九州，獨往獨來，是謂獨有。」❷今來恣遊盤　意謂今日得以盡情遊逸娛樂。恣，盡情；放膽。遊盤，遊逸娛樂。《晉書・呂纂載記》：「而更飲酒過度，出入無恆，宴安遊盤之樂，沉湎樽酒之間。」❸台嶺踐磴石　意謂曾在天台山石徑上攀登。台嶺，指天台山，在今浙江天台北，方志稱「其靈敞詭異，出仙入佛，為天下偉觀」。❹耶溪溯林湍　意謂曾在若耶溪泛舟。耶溪，即若耶溪，在今浙江紹興南二十里，出若耶山下，北注入鏡湖。相傳西施曾浣紗於此，故又名浣紗溪。這裡水至清，照眾山倒影，窺之如畫，是越中風景名區。溯林湍，在山林溪澗間遊玩。❺香界　指佛寺。❻旃檀　檀香木。指用檀香木做成的臥具。❼晴山秦望近　意謂晴空下秦望山近在眼前。秦望，秦望山，在紹興東南四十里。《輿地廣記》：「秦望，在州城南，為眾峰之傑，秦始皇登之以望東海。」❽春水鏡湖寬　春汛來臨，鏡湖水面寬廣。鏡湖，在今浙江紹興。東漢永和年間太守馬臻於會稽、山陰兩縣界築塘蓄水，圍田而成，周回三百餘里，因水平如鏡而得名。❾遠懷佇應接　意謂立下宏願要將眾多美景一一遊覽。遠懷，遠大的抱負。佇，期盼。應接，謂山水美景眾多，來不及欣賞。《世說新語・言語》：「王子敬云，從山陰道上行，山川自相映發，使人應接不暇。若秋冬之際，尤難為懷。」❿卑位徒勞安　意謂地位低下而心安理得。劉向《列女傳・魯黔婁妻》：「彼先生者，甘天下之淡味，安天下之卑位。」⓫滄海去還觀　意謂來去都得以觀賞大海。滄海，大海。⓬遲爾同攜手　意謂等待與對方同遊。⓭掛冠　辭官；棄官。據晉袁宏《後漢紀・光武紀》記載：逢明聞王莽居攝，即解衣冠，掛東城門，將家屬客於遼東。

【語　譯】我要去吳越之地遊覽，夢裡都是這令人歡欣的事情。常懷隻身前往遊覽的心願，今日得以盡情遊逸，喜悅萬分。曾在天台山石徑上攀登，也曾在若耶溪泛舟遊賞。離開小船進入佛寺，登上閣樓，在檀香木床上休息。晴空萬里，秦望山近在眼前，春汛來臨，鏡湖水面廣闊無邊。立下宏願要將美景一一遊覽，地位低下反倒心安理得地遊樂玩耍。早晚都能看到白雲飄飄，來去都能觀賞湛藍大海。故園渺遠在天的盡頭，好友忙碌為朝廷效力。何時你們才能辭官回家？我等待著一起攜手同遊。

【研　析】此詩記遊雲門寺所見所感。詩的前二聯說，來越中遊覽，有幾處景物是夢寐以求的，雲門寺即其中之一。今日得以盡情遊逸娛樂，特別開心。詩人強調獨往，深得遊覽要領，因為其中有「恣遊盤」的好處，獨立思考的好處。接下來三聯，具體展示遊雲門寺的經歷：先乘船至耶溪，再捨舟登山，憩於寺中，秦望、鏡湖景物盡收眼底，雲門之勝，果然名不虛傳。「遠懷」以下四聯，寫因獨遊無伴引發的感慨。獨遊帶來的負面後果是甘辛無人分享，鄉愁易上心頭。期望朝端友朋同遊，但友朋掛冠辭歸尚遙遙無期。本求獨往，獨往實現後又感孤寂，奈何，奈何！詩人將這種矛盾心態訴說給越府友人。通首用對偶，整飭中見流走。中間寫景頗見地方特色，情由景發，讀來親切自然。

上張吏部

【題　解】張吏部，指張均，宰相張說長子。開元四年（西元七一六年）進士及第，歷仕太原司錄、勸農判官、吏部員外郎、左司員外郎、主爵郎中。開元十七年任中書舍人。張說死，襲封燕國公。天寶時累官刑部尚書，貶大理卿，受安祿山偽命為中書令。肅宗立，免死長流合浦（今廣西合浦北）。此詩讚美張均門風之盛和氣度之雅，並敘感念相思之忱，是一首合乎常規的投獻之作。但此詩最初載於殷璠《河嶽英靈集》，署作者為盧象。《河嶽英靈集》編成於天寶末年，其時張均、盧象皆在世，故此詩作者應是盧象。宋人所編《文苑英華》也署作者為盧象，並注明「見集本」，可證宋時盧象集收有此詩。今仍宋本之舊，附錄於此，並補足末四句。不作研析。

公門世緒昌❶，才子冠裴王❷。出自平津邸❸，還為吏部郎❹。神仙餘氣色❺，列宿炳輝光❻。夜入南宮靜❼，朝遊北禁長❽。時人窺水鏡❾，明主賜衣裳❿。翰苑飛鸚鵡⓫，天池待鳳凰⓬。承歡儔日顧⓭，未紀後時傷⓮。去去圖南遠⓯，微才幸不忘。

【注釋】❶公門世緒昌　意謂張氏家族世代為朝廷效力，功績卓著。公門，官署；衙門。《荀子．強國》：「古之吏也，入其國，觀其士大夫，出於其門，入於公門，出於公門，歸於其家，無有私事也。」世緒，世代的功業。❷才子冠裴王　意謂張均才學可以與裴楷、王戎相比，為一時之冠。裴王，晉代望族之裴楷、王戎。據《晉書．裴楷傳》記載：「楷明悟有識量，弱冠知名，尤精《老》、《易》，少與王戎齊名。吏部郎缺，文帝問其人於鍾會。會曰：『裴楷清通，王戎簡要，皆其選也。』於是以楷為吏部郎。」❸平津邸　漢公孫弘為丞相，封為平津侯。後以之代指相府。此指張說府第。❹吏部郎　此指吏部員外郎。唐制吏部員外郎，從六品上，判南曹事。❺神仙餘氣色　神仙署景象非凡。神仙，指神仙署，唐代宮中宿衛近侍官署。❻列宿炳輝光　郎官之職上應天上星宿，光輝照人。《初學記》引華嶠《後漢書》：館陶公為其子求郎，不許，賜錢千萬。明帝謂群臣曰：「郎中上應列宿，非其人則民受其殃。」❼夜入南宮靜　意謂晚上要在尚書省值班。南宮，尚書省的別稱。謂尚書省象列宿的南宮，唐及唐以後尚書省六部統稱為南宮。❽朝遊北禁長　意謂白天要到皇宮北區供職。北禁，即皇宮中北區，皇宮古稱紫禁。❾時人窺水鏡　意謂張均能明鑑明察。水鏡，清水和明鏡。《三國志・李嚴傳》：「策後人不能，故以激之也。」裴松之注：「夫水至平而邪者取法，鏡至明而醜者無怒，水鏡之所以能窮物而無怨者，以其無私也。」後即用以比喻明鑑爽朗、大公無私的品格。❿賜衣裳　《世說新語・賢媛》：許允舉鄉人，皆稱職。允衣服敗壞，詔賜新衣。此用以讚張均所舉得人。⓫翰苑飛鸚鵡　意謂翰林院作家雲集，一個個文采飛揚。翰苑，指翰林院，唐官署名。唐玄宗開元初，曾以張九齡、張說等掌四方表奏，號翰林供奉。鸚鵡，據《後漢書・禰衡傳》記載：黃祖長子射，為竟陵太守，尤善於衡。射時大會賓客，人有獻鸚鵡者，射舉卮於衡曰：「願先生賦之，以娛嘉賓。」衡攬筆而作，文無加點，辭采甚麗。⓬天池待鳳凰　意謂讚美張均文才出眾，深孚時望。魏晉南北朝時，於禁苑中設中書省，掌管機要，稱為鳳凰池。由於地在樞近，多承恩寵，故為民所羨。⓭承歡儔日顧　意謂迎合皇恩，承其歡顏如沐日光。⓮未紀後時傷　意謂關照備至，免受時令侵害。未紀，月未窮也。⓯去去圖南遠　意謂大鵬展翼，前程遠大。圖南，《莊子・逍遙遊》：「鵬之徙於南溟也，水擊三千里，摶扶搖而上者九萬里。……背負青天而莫之夭閼者，而後乃今將圖南。」後多以比喻志向遠大。

【語　譯】張氏家族世代為朝廷效力功績卓著，張公的才學亦可比裴楷、王戎稱冠一時。出身自赫赫有名的相國府，自己又身為吏部員外郎。神仙署景象非凡，郎官之職上應星宿光輝照人。晚上在尚書省值班，白天在皇宮北區供職。世人稱頌張公明鑑明察，聖主也讚許張公選人得當。翰林院學士們個個文采斐然，張公文才出眾深孚眾望。迎合皇恩承其歡顏如沐春光，關懷備至免受時令傷害。張公大鵬展翅前程遠大，希望不要忘記提攜區區在下。

和張判官登萬山亭因贈洪府都督韓公

【題解】張判官，名字不詳。據詩意，或為韓朝宗任襄州刺史、洪州刺史時幕府判官。萬山亭，在襄陽西萬山上。參見〈秋登萬山寄張五〉題解。韓公，指韓朝宗。王維〈唐故京兆尹長山公韓府君墓誌銘〉：「除許州刺史、荊州大都督府長史，山南採訪使。坐南陽令，貶洪州都督，遷蒲州刺史。」「坐南陽令」，指開元二十四年（西元七三六年）九月，所任鄧州南陽令李泳擅興賦役，受到問責。而此詩中有「新堤柳欲陰」之語，推知作於開元二十五年春，張判官先有登萬山亭之作。由於亭為韓公所建，所以孟浩然在和篇中因睹物而思其主人，表達對韓朝宗襄陽德政的讚頌及其牧豫章後的眷念之情。

韓公美襄土❶，日賞城西岑❷。結構意不淺，巖潭趣轉深❸。皇華一動詠，荊國幾遙吟❹。舊徑蘭勿剪❺，新堤柳欲陰。砌傍餘怪石，沙上有閑禽。自牧豫章郡，空瞻楓樹林❻。因聲寄流水，善聽在知音❼。耆舊眇不接，崔徐無處尋❽。物情多貴遠❾，賢俊豈無今！遲爾長江暮，澄清一洗心❿。

【注釋】❶韓公美襄土　韓公欣賞襄陽山水。❷城西岑　城西小山。萬山在襄陽西。❸結構二句　意謂萬山亭選建在臨水的山崖之畔，顯示出經營者的眼光高遠。❹皇華二句　意謂韓公一動筆寫作，襄陽就有許多人奉和。皇華，《詩經・小雅・皇皇者華》序：「君遣使臣也，送之以禮樂，言遠而有光華也。」後以之讚頌奉君命而出使者。荊國，指襄陽，古屬南楚之地。幾，幾多；許多。遙吟，在遠處唱和。❺蘭勿剪　《詩經・召南・甘棠》：「蔽芾甘棠，勿剪勿伐，召伯所茇。」小序：「甘棠，美召伯也。召伯之教，明於南國。」此處藉以稱頌韓朝宗在襄陽的德政。❻自牧二句　意謂自從韓公轉任豫章後，詩人常望楓林而懷念。豫章，洪州的別稱，今江西南昌。楓樹林，庾信〈哀江南賦〉：「湛湛江水兮上有楓，目極千里兮傷客心，魂兮歸來哀江南。」❼因聲二句　用伯牙、鍾子期故事。據《列子・湯問》記載：伯牙善鼓琴，鍾子期善聽。伯牙鼓琴志在高山，鍾子期曰：善哉，峨峨兮若泰山！志在流水，鍾子期曰：善哉，洋洋兮若江河！從此引出「高山流水」、「知音」這一典故。❽耆舊二句　意謂襄陽故舊因路途遙遠而難以相見，像崔州平、徐元直那樣的地方賢達一時又找不到。耆舊，年高望重者。眇，稀少；缺少。崔徐，《三國志・蜀書・諸葛亮傳》：「亮躬耕隴畝，好為〈梁甫吟〉。每自比於管仲、樂毅，時人莫之許也。惟博陵崔州平、潁川徐元直與亮友善，謂為信然。」進一步揭示三人為知己。❾物情多貴遠　以遠為貴是人之常情。曹丕《典論・論文》：「常人貴遠賤近，向聲背實。」❿洗心　洗滌心胸。比喻除去惡念或雜念。

【語譯】韓公喜歡襄陽山水，常常在城西萬山遊賞。萬山亭顯示出經營者眼光高遠，岩石潭水都饒有情趣。韓公一動筆寫作，襄陽就有許多人奉和。舊路上的甘棠悉心護理，新堤上的垂柳一望碧綠。石階旁怪石嶙峋，沙灘上禽鳥嬉戲。自從韓公出守豫章，我常常向著楓林遙望。奏一曲高山流水，期待知音來傾聽。襄陽舊友因路遠難得相見，崔州平、徐元直那樣的賢達無處尋找。以遠為貴是人之常情，賢能俊才今天又豈能沒有！暮色中徐行在長江邊上，澄清的江水可以洗滌心胸。

【研　析】此詩因張判官登萬山亭賦詩唱和，引發對洪府都督韓朝宗的思念。韓朝宗，即詩人李白稱「生不用萬戶侯，但願一識韓荊州」（〈與韓荊州書〉）的那位名流，他在襄陽有惠政，對孟浩然有獎掖呵護之恩，因此一提到萬山亭，就勾起詩人對這位恩公的思慕之情。詩由萬山亭起筆，那是韓公所建，是其熱愛襄土的見證。「皇華」以下，讚美韓公的風采及其在襄陽的德政。「自牧」以下，抒發對恩公牧豫章後的眷念。用「楓林」、「知音」、「崔徐」等典故，表達思之切、念之深，言外有為韓貶洪州鳴不平之意。此詩雖因登亭賦詩引發，但卻不注重寫景狀物，而是以敘事、議論為主，以深沉之思貫穿始終；用典頗能切合人物身分處境，可與〈荊門上張丞相〉並讀。

夜泊宣城界

【題　解】宣城，唐代宣州治所，即今安徽宣城。開元二十五年（西元七三七年），孟浩然在張九齡荊州幕府，奉使往廣陵。詩人沿江而下，經潯陽，至宣州境內，夜泊秋浦一帶長江岸邊，寫下這首詩。

西塞❶沿江島，南陵問驛樓❷。平湖津濟❸闊，風止客帆收。去去❹
懷前事，茫茫泛夕流。石逢羅剎礙❺，山泊敬亭幽❻。火識梅根冶❼，煙
迷楊葉洲❽。離家復水宿，相伴賴沙鷗。

【注　釋】❶西塞　西塞山，在今湖北大冶東，竦峭臨江。❷南陵問驛樓　打聽南陵驛樓所在。南陵，今安徽南陵。驛樓，驛站的樓房。驛站是古代供傳遞文書、官員往來及運輸等中途暫息、住宿的地方。❸津濟　渡口。❹去去　遠去。❺石逢羅剎礙　意謂在大江中遇到礙路的羅剎石。羅剎，羅剎石，在貴池縣西長江中。《太平寰宇記》：池州貴池縣「有大石孤生於江中，俗謂之羅剎洲。……羅剎石，在東流大江中，嶄岩森白，舟帆艱難」。❻山泊敬亭幽　意謂在幽美的敬亭山旁停泊。敬亭，即敬亭山，在宣城北。❼火識梅根冶　意謂看到火光，知道到梅根山冶煉場了。梅根冶，在秋浦縣境長江邊上，晉及六朝均於此煉銅鑄幣，唐置梅根監。李白〈秋浦歌〉「赧郎明月夜，歌呼動寒川」即詠其實。❽楊葉洲　在貴池縣西北二十里大江中，長五里，狀如楊葉，故名。

【語　譯】在西塞山沿著江島航行，在南陵境打聽住宿的驛樓。湖面平靜渡口江寬水闊，風兒停止客舟帆捲席收。思緒飄遠懷想前塵往事，迎著夕陽在茫茫江中泛遊。繞過江中礙路的羅剎石，在幽美的敬亭山旁靠岸停泊。火光熊熊，那就是梅根山冶煉場，霧氣瀰漫，找不到楊葉洲。背井離鄉在水上漂泊，和我做伴的只有沙鷗。

【研　析】此詩描繪夜泊宣城界所見景色。詩的前半記來途經歷：在西塞山時即打聽南陵驛樓的所在，一帆風順，黃昏時分，客船停泊在江寬水闊的岸邊。時間充裕，可以回想前塵舊事；眼界

開闊，宣城一帶的夜景盡收眼底：那聳立江心的羅剎石，那謝朓賦詩的敬亭山，梅根冶是晉及六朝以來的冶煉場，此刻爐火熊熊，升騰起來的煙霧彌漫於楊葉洲的上空。一系列景點連續展現，使讀者在受到強烈視覺衝擊的同時，感受到異境夜景的新鮮和奇妙。畫面中的亮點是「火識梅根冶，煙迷楊葉洲」一聯，為古冶煉場寫照。銅的冶煉，在商代已十分發達，但千百年來在作家筆下很少有反映，孟浩然此詩是破天荒第一次。李白後來過此地，詠成〈秋浦歌〉，其十四即聚焦鼓鑄景象，詩曰：「爐火照天地，紅星亂紫煙。赧郎明月夜，歌呼動寒川。」更是梅根冶的特寫鏡頭。

歲暮海上作

【題　解】海上，指閩越之東海。此詩約作於開元二十年（西元七三二年）冬末，孟浩然往遊永嘉時。

仲尼既云沒❶，予亦浮於海❷。昏見斗柄回，方知歲星改❸。虛舟任所適❹，垂釣非所待❺。為問乘槎人❻，滄洲復何在❼？

【注　釋】❶仲尼既云沒　意謂孔子去世後儒道不振。孔子名丘，字仲尼。《漢書·藝文志》：「昔仲尼沒而微言絕，七十子喪而大義乖。」❷予亦浮於海 我今天也到大海泛舟。《論語・公治長》：「子曰：『道不行，乘桴浮於海。』」❸昏見二句 黃昏時分看到北斗柄轉移，知道舊年將去，新年將來。《禮記・月令》：「季冬之月，日窮于次，月窮于紀，星回于天，數將幾終，歲且更始。」❹虛舟任所適 任船自己漂流。《周易・中孚》：「利涉大川，乘木虛舟也。」❺垂釣非所待 像呂尚那樣垂釣渭濱，不是我所能等到的。《史記・齊太公世家》：「呂尚蓋嘗窮困，年老矣，以漁釣奸周西伯。西伯將出獵，卜之，曰：『所獲非龍非彲，非虎非羆；所獲霸王之輔。』於是周西伯獵，果遇太公於渭之陽。」❻乘槎人 張華《博物志》：「舊說云天河與海通。近世有人居海渚者，年年八月有浮槎去來，不失期，人有奇志，立飛閣於查上，多齎糧，乘槎而去。」❼滄洲復何在 滄洲又在哪裡。滄洲，濱水的地方。古代常用以稱隱士的居處。阮籍〈為鄭沖勸晉王箋〉：「然後臨滄洲而謝支伯，登箕山以揖許由。」

【語　譯】孔子去世儒道不振，我如今也到大海泛舟。黃昏時分看見北斗柄轉移，才知道舊年將去新年來。任船隻隨意漂流，像呂尚那樣垂釣又非我能等到。問一問乘槎渡海的人，隱士嚮往的滄洲又在哪裡？

【研　析】孟浩然從中原洛陽出發來遊越中，歷時二年半，到達東海之濱。時交歲暮，東進的路已走到盡頭，面前是海闊天空。詩人聯想到孔夫子「道不行，乘桴浮於海」（《論語・公治長》）的浩嘆，產生強烈的共鳴。詩人心想，垂釣渭濱既不能模仿，那麼，可供我棲身的滄洲又在何處？昔日孔子為宣揚儒家學說周遊列國，四處碰壁，還沒有落到「乘桴浮於海」的地步。今天以儒家裔傳自命的孟浩然真的要乘桴浮於海了。仰望蒼穹，遠眺碧海，傳說中往來於天河大海間的乘槎人能告訴我通天的大路該怎麼走嗎？詩境壯闊，感慨遙深，一筆揮成，氣概邁往。

宿武陵即事

【題　解】武陵，今湖南常德，即陶淵明筆下桃花源所在地。即事，以當前事物為題材。孟浩然開元十四年（西元七二六年）秋冬，曾有一次湘中之行，當他泊舟傳說中的武陵地界時，彷彿自己就是〈桃花源記〉中的那位漁人，在尋幽探勝的興奮中徹夜未眠，天亮時人家告訴他眼前正是桃花源。

川暗夕陽盡，孤舟泊岸初。嶺猿相叫嘯，潭嶂似空虛。就枕滅明燭，
扣船聞夜漁❶。雞鳴問何處，人物是秦餘❷。

【注　釋】❶扣船聞夜漁　聽到夜間打漁時船隻的碰觸聲。❷人物是秦餘　桃花源人先世避秦末戰亂，而隱居於武陵山中。用陶淵明〈桃花源記〉典故。

【語　譯】江水幽暗夕陽斂盡了餘暉，一葉孤舟剛剛停泊在岸邊。嶺上猿猴此起彼應啼聲相和，潭中有山的倒影在浮動。就枕而臥熄滅蠟燭，能聽到夜間打漁的動靜。晨雞聲中詢問身在何處，才發現這是避秦戰亂的桃花源。

【研　析】此詩記錄了詩人夜宿武陵情景。詩由孤舟泊岸起筆：時當黃昏，夕陽斂盡了餘暉，江水

幽暗，嶺頭猿猴叫聲很響，山的倒影落在潭中。繼而記夜中，滅燈就枕之際，能聽到漁夫在忙碌著。最後寫到雞叫天明，一打聽才知道自己在武陵溪過了一夜。落筆的驚訝，增強了全詩的表達效果。前人給此詩以很高評價。顧安輯《唐律消夏錄》說：「將一宿情景逐字敘出，即事詩必如此方妙。」劉辰翁說：「以孟高情逸調，客中靜夜，無怪乎屢多佳作也。」這些評語都有助於我們對詩人同類作品的理解。夜間的武陵如此，光天化日下的桃花源又是怎樣的景象，〈武陵泛舟〉另作展示。

永嘉上浦館逢張八子容

【題　解】永嘉，唐代溫州治所，即今浙江溫州。上浦館，在城東七十里。張子容，據《唐才子傳》記載：張子容，襄陽人，開元元年（西元七一三年）中進士，曾官樂城尉、奉先令、尚書省郎中、義王府司馬等。後棄官歸鄉。此詩作於開元二十一年，位置在東海之濱，詩人與同鄉好友相逢於異地，並相伴遊賞，飲酒賦詩，真是海闊天空。全篇悲喜交集之情與壯闊空茫之景相融合，頗具杜甫晚年五律的氣象風格。

逆旅❶相逢處，江村日暮時。眾山遙對酒❷，孤嶼共題詩❸。廨宇鄰鮫室❹，人煙接島夷❺。鄉關萬餘里❻，失路一相悲❼。

【注釋】❶逆旅　旅館。❷眾山遙對酒　意謂遠方的眾山峰似乎在與詩中人一起飲酒。擬人手法。❸孤嶼共題詩　意謂一起在甌江江心孤嶼題詩。孤嶼，永嘉江中孤島。《方輿勝覽．浙東路．瑞安府》：「孤島，在城北江中，東西有雙峰。」東晉詩人謝靈運有〈登江心孤嶼〉，其中有「亂流趨正絕，孤嶼媚中川。雲日相輝映，空水共澄鮮」等佳句。❹廨宇鄰鮫室　官舍與鮫人水中居室相鄰近。鮫室，鮫人水中居室。張華《博物志》：「南海外有鮫人，水居如魚。」❺島夷　古代指東南沿海一帶島上居民。❻鄉關萬餘里　故鄉在萬里之外。〈古詩十九首〉：「行行重行行，與君生別離。相去萬餘里，各在天一涯。」❼失路一相悲　共同因迷失道路而悲傷。失路，迷失道路。比喻不得志。揚雄〈解嘲〉：「當途者升青雲，失路者委溝渠。旦握權則為卿相，夕失勢則為匹夫。」

【語譯】相逢在異地的旅館，正好是江村的黃昏時。遠山舉杯與我們共飲，孤嶼開懷陪我們寫詩。官署與鮫人的水中居室相鄰，邑中居民與島上的住戶相通。故鄉遠在萬里之外，共同因前塵渺茫而悲傷。

【研析】李白〈春夜宴從弟桃李園序〉有云：「天地者，萬物之逆旅；光陰者，百代之過客。」人一生不能脫離空間、時間兩個維度。詩中首句的這一逆旅上浦館，對詩人孟浩然來說，是數載越中漫遊的一個暫時棲息地，對詩人的同鄉好友張子容來說，是樂城轄境的招待所，縣尉有任期，屆滿時也與其無關了。至於二人相逢的江村日暮時分，它無疑稍縱即逝，如流水般無法把持。我們設想這次相逢是張子容來旅館訪客，孟浩然又以旅舍主人身分接待來訪者，試問這期間的主客關係豈是一下子能說清楚嗎？加之二人又同為襄陽峴山腳下的鄉黨，於是只能並作逆旅中的過客。《唐詩選脈會通評林》稱「孟公胸襟遠曠，出語另有一種深長意趣，如此詩便自高華」，是有道理的。頷聯寫目接近景，眾山如解人意，在舉杯對飲；甌江江心孤嶼上有二人的題詠，句句淘洗欲盡。頸聯是視線之外的遠景，想像中的鮫室、島夷，境界開闊俊美。尾聯以鄉園萬里、失路同悲作結。這對二人來說是共同的、完全一致的。勸酒不妨自酌，慰友亦即自慰。就作品的題材及內蘊言，此詩有標本的性質；就氣魄之大言，有杜詩的風貌。有人給別人改詩，有「海釀千鍾酒，山栽萬仞葱」之句，或許受此詩「眾山」一聯啟發。

湖江至武昌

【題　解】湖江，謂在長江上逆流而行。武昌，今湖北鄂城。孟浩然在吳越一帶漫遊數載，約於開元二十二年（西元七三四年）正月西歸抵武昌，不久就可以沿漢水北歸襄陽。「客心徒欲速」說盡行路意味；但江水無情，似在故意與詩人作對，教你懂得欲速則不達的道理。

家本洞湖❶上，歲時歸思催❷。客心徒欲速❸，江路苦邅回❹。殘凍
因風解，新梅度臘開❺。行看武昌柳❻，仿佛映樓臺。

【注　釋】❶洞湖　在孟浩然家鄉襄陽。李白〈寄弄月溪吳山人〉：「嘗聞龐德公，家住洞湖水。終身棲鹿門，不入襄陽市。」❷歲時歸思催　年末歲終之時，思鄉之情特別強烈。❸客心徒欲速　遊子急欲回鄉的願望往往

不能順利實現，讓人覺得很無奈。❹邅回　輾轉迴旋。❺新梅度臘開　梅花度過臘月開放。❻武昌柳　據《晉書·陶侃傳》記載：陶侃鎮武昌，曾命諸營兵丁遍植柳樹。都尉夏施盜官柳種於自家門前受責謝罪。此處詠即目所見柳。

【語　譯】我家住在洞湖水上，年末歲終鄉思更濃。遊子歸鄉心情急迫，無奈江路曲折迂迴。春風吹拂殘冰融解，梅過臘月燦然開放。歸程中只見遍地武昌柳，一抹新綠與樓臺輝映。

【研　析】孟浩然由越中返回是取長江水道，一路溯江上行，於開元二十二年正月抵達武昌，這裡到漢口還有一百餘里水程，離詩人的故土襄陽則更顯遙遠。此詩表達這種將到未到之際的歸思。首聯即揭示這種「歸思催」的心理活動，洞湖尚遙，恨不得立即到達。頷聯就「欲速」的心態作進一步發揮，因為江路輾轉迴旋，似在與遊子作對，用重重障礙打擊你，使你欲速的心思一次次落空。為加強表達效果，詩中用了「徒」、「苦」兩個字來修飾。詩的後半即景抒情：梅柳多情，似在撫慰遊子的躁念，告訴遊子已踏進荊楚大地，且離故土喬木越來越近了。此詩刻劃遊子近鄉情更切心態入情入理，「客心」一聯說盡行路意味。

夕次蔡陽館

【題　解】夕次，晚上住宿。蔡陽，隋代舊名，唐代廢縣，但驛館依舊保留，在今湖北棗陽西五十餘里，離襄陽也不過一日路程。《輿地紀勝·京西南路》棗陽軍：「孟浩然〈次夕陽館詩〉注云：

章陵、魯堰，皆棗陽境也。」詩人住進風土人情十分熟悉的旅館，有一種回家的感覺。而讓詩人興奮的是明天就可以拜見母親了。

日暮馬行疾，荒城人住稀❶。聽歌知近楚❷，投館忽如歸❸。魯堰田疇廣❹，章陵氣色微❺。明朝拜嘉慶❻，須著老萊衣❼。

【注釋】❶荒城人住稀　廢棄的縣城中人煙稀少。蔡陽館所在地隋朝為縣制。❷近楚　接近楚地。此地春秋時為隋國，與周同姓，後為楚所滅，為南陽郡地。❸如歸　如同回家。《左傳·襄公三十一年》：「賓至如歸，無寧災患。」❹魯堰田疇廣　魯堰一帶是廣袤的農田。魯堰，在蔡陽驛館附近。❺章陵氣色微　意謂章陵景物不甚分明。章陵，在棗陽東南三十五里。❻拜嘉慶　謂外出歸來拜見母親。❼老萊衣　老萊子的衣服。據《列女傳》記載：老萊子孝養二親，行年七十，嬰兒自娛，著五色彩衣。嘗取漿上堂，跌仆，因臥地為小兒啼。或弄烏鳥於親側。

【語譯】天近傍晚催馬奔馳，廢棄的縣城人煙稀少。聽歌聲估計已近楚地，宿旅館突感如同到家。魯堰一帶農田廣袤，章陵景物不甚分明。明天堂上拜見母親，定要穿上老萊子的彩衣。

【研析】孟浩然溯江至武昌以後的路程是如何走的呢？推測他先西行至鄂州，再從漢口溯涢水至隋縣或唐城，然後改走陸路，經棗陽回襄陽，及至在蔡陽館住下，離襄陽不過一日路程了。離家三載有餘，從數千里外的越中歸來，眼看就要到家了，詩人的心情比起溯江至武昌又有何不同？

詩的首聯說，蔡陽館給人的第一印象是人煙稀少，原來這裡是前朝廢城，繁華已隨新城遷往別處，其境之冷清可以想見。但這並不影響詩人的情緒。頷聯說，從民謠和土著的口音中，已聽到家鄉的味道，風土人情與襄陽確實相似，故有「如歸」的親切感。頸聯寫景，魯堰、章陵這些棗陽的標誌性景物，都站出來為近楚作證，不能視作閒筆。尾聯設想明日到家場景，拜嘉慶，那是三年多來夢寐以求的儀規，表明兒子回到父母身邊了。按儒家傳統觀念，父母在，不遠遊，詩人之赴吳越不僅屬遠遊，而且歷時達三年之久，因此是嚴重違背子弟規的。從這個角度看，明日堂前的儀式中，包含有詩人向親人悔過認錯的意思。則蔡陽館的期待中，主人公的心情不會是簡單的急切。

他鄉七夕

【題解】古代民間對大小節日都十分重視，每個節日都有獨特的活動形式和精神內涵。七夕，農曆七月七日之夜，相傳牛郎、織女於是夕相會，其主題為愛情，活動則以年輕女子為中心，有結彩縷、穿七孔針，或以金銀鍮石為針，陳瓜果於庭以乞巧。此詩可能作於早年，詩人在他鄉逢七夕，想像妻子在家中的種種活動，心潮難以平靜，連銀河畔的牛郎星都不忍看一眼。

他鄉逢七夕，旅館益羈愁❶。不見穿針婦❷，空懷故國❸樓。緒風初減熱❹，新月始臨秋❺。誰忍窺河漢❻，迢迢望斗牛❼。

【注釋】❶旅館益羈愁　身在旅館更加深羈旅在外的思鄉之愁。益，越發；更加。羈愁，長久在外地而引發的對家鄉思念的愁緒。❷穿針婦　七夕以穿針鬥巧的女子。此指詩人的妻子。❸故國　故鄉；故園。❹緒風初減熱　秋風開始為熱天降溫。緒風，秋風。《楚辭・九章・涉江》：「乘鄂渚而反顧兮，欸秋冬之緒風。」❺新月始臨秋　一輪新月開始照耀秋空。新月，指秋天第一次出現的上弦月。梁庾肩吾〈奉使江州船中七夕〉：「九江逢七夕，秋弦值早秋。」❻誰忍窺河漢　誰忍心望一眼銀河。窺，望。河漢，銀河。❼迢迢望斗牛　遠遠地望北斗星和牽牛星。此偏指牽牛星。

【語　譯】在他鄉恰逢七夕，客館裡羈旅鄉愁愈發深重。看不見穿針鬥巧的妻子，想像中有故園的房舍。秋風開始為熱暑降溫，一輪新月照耀著秋空。誰忍心望一眼浩渺的銀河，還有那隔得遠遠的牽牛星。

【研　析】七月七日已被民間稱為具有中國特色的情人節。孟浩然此詩記其在異鄉過七夕的羈旅相思，衷腸訴說給在家中的妻子。詩的首聯直抒胸臆，說身在他鄉逢七夕，孤館淒寒中，愈發增添羈旅愁情。頷聯點破最不堪的是穿針人不在當面，但主人公的心已飛回故園，想像家園可能正在發生的穿針乞巧情景。頸聯寫景，秋風乍起，新月當頭，澄澈的秋空襯托出詩人淒清的心境。尾聯寫不敢仰望銀河，因為牛、女相會的故事會增添悲涼意緒。其別解是：詩人對著天上的情侶故事，向妻子許下像牛郎、織女那樣永遠不棄的心願。這是詩人在情人節贈給妻子的禮物。

夜泊牛渚趁錢八不及

【題　解】牛渚，即采石磯，在今安徽馬鞍山。《元和郡縣圖志．江南道．宣州當塗縣》：「牛渚山，在縣北三十五里。山突出江中，謂之牛渚圻，津渡處也。」錢八，事蹟不詳。孟浩然與錢八在江上結伴同行，當孟浩然的船行至牛渚時，天色已晚，霧靄蒼茫之中，卻不見朋友所乘船的蹤影。

星羅牛渚夕，風退鷁舟❶遲。浦溆常同宿❷，煙波忽間之❸。榜歌空裡失❹，船火望中疑❺。明發❻泛湖海，茫茫何處期？

【注　釋】❶鷁舟　在船頭畫有彩色鷁鳥圖形的船。泛指船。❷浦溆常同宿　追想以前，總是在水濱一道過夜。浦溆，水濱。❸煙波忽間之　意謂忽然被煙波間隔。❹榜歌空裡失　意謂隨著船夫號子去找，歌聲卻斷了。❺船火望中疑　意謂朝著船上燈火亮光去找也看不分明。❻明發　天明。

【語　譯】牛渚山夜空滿天星斗，風兒退去船兒慢慢行駛。以前總在水濱同宿一處，今天忽然被浩渺煙波隔開。船夫的號子消失在夜空，船上的亮光處也看不分明。明晨還要泛遊湖海，水天茫茫會在哪裡重逢？

【研　析】此詩記詩人與友人在江上結伴同行、中途兩船走散的經歷。詩的首聯，寫船行到牛渚津時大風停了，星斗滿天，但錢八的船卻不見蹤影。頷聯補敘，以往幾天總是同時停泊在同一個水濱，今天竟然被江上煙波隔開了。頸聯是詩人悵望中所見景象，有的船唱著船夫號子，有的船亮著漁火，都不見錢八的身影。尾聯說，隨之而來的難題是天亮後面對茫茫湖海，不知該在何處會合。人生聚散無常，詩人將江行失路、尋覓的情景描繪得真切動人，並引發讀者關於世路人生的遐想。全詩寓敘事於寫景之中，詩人的心理活動清晰可辨。「榜歌」、「船火」一聯尤為傳神，李夢陽評曰：「他人決道不出。」

曉入南山

【題　解】南山，指長沙嶽麓山。《方輿勝覽》引盛弘之《荊州記》：長沙西岸有麓山，蓋衡山之足，又名靈麓峰，乃嶽山七十二峰之數。自湘西古渡登岸，夾徑喬松，泉澗盤繞，諸峰疊秀，下瞰湘江。開元十四年（西元七二六年）秋，孟浩然經湘水赴嶺南訪友，船過長沙時作此詩。

瘴氣曉氛氳❶，南山復水雲❷。鯤飛今始見❸，鳥墮舊來聞❹。地接長沙近❺，江從泊渚分❻。賈生曾弔屈❼，予亦痛斯文。

【注　釋】❶瘴氣曉氛氳　黎明時分瘴氣濃重。瘴氣，南方山林間濕熱蒸發的毒氣。氛氳，氣盛貌。❷水雲　水和雲。多指水雲相接之景。戎昱〈湘南曲〉：「虞帝不復還，翠娥幽怨水雲間。」❸鯤飛今始見　想像大鵬鳥從高空飛過。《莊子・逍遙遊》：「北冥有魚，其名為鯤。鯤之大不知其幾千里也，化而為鳥，其名為鵬。鵬之背不知其幾千里也，怒而飛，其翼若垂天之雲。是鳥也，海運則將徙於南冥；南冥者，天池也。」由於飛在九萬里的高空，故瘴癘之氣危害不到鯤鵬。❹鳥墮舊來聞　早就聽說鳥在這一帶會從樹上掉下來。《後漢書・馬援傳》：「當吾在浪泊、西里間，虜未滅之時，下潦上霧，毒氣重蒸，仰視飛鳶跕跕墮水中。」❺地接長沙近　嶽麓山在長沙西南，隔湘水六里。❻江從泊渚分　意謂湘江水在橘洲一分為二。橘洲在長沙西南四十里湘江中。泊渚，可以停靠船隻的水中陸地。❼賈生曾弔屈　賈生，指賈誼。《史記・屈原賈生列傳》：「（孝文帝）不用其議，乃以賈生為長沙王太傅。賈生既辭往行，聞長沙卑濕，自以為壽不得長，又以適去，意不自得。及渡湘水，為賦以弔屈原。」

【語　譯】黎明時分瘴氣濃重，美麗的南山水雲相接。大鵬鳥在高空自由翱翔，早聽說小鳥經過會一頭栽下。嶽麓山與長沙相隔很近，湘江水在橘洲一分為二。賈誼曾在這裡憑弔屈原，我也為先賢的命運悲痛不已。

【研　析】成語有「窮山惡水」，窮山指荒山，惡水指湍急的河流，如〈尋天台山〉「不憚惡溪名」所指。提起長沙嶽麓山，擅五嶽之尊，有靈麓之名，夾徑喬松，泉澗盤繞，風景秀麗，豈與窮山惡水有涉？但此詩首聯所描繪的景象，卻令人對靈麓峰望而生畏：黎明時分，水雲相接，靈麓峰被濃重的瘴氣所籠罩，秀麗的嶽麓山水背後藏著殺機。不信請看高空，只有摶扶搖直上九萬里的鯤鵬敢從靈麓峰上空飛過，而普通的禽鳥則「跕跕墮水中」。如此險惡的環境，連禽鳥都不能生存，能適宜人居嗎？盡人皆知，屈原自沉於汨羅江，賈誼在長沙憂鬱而死。詩人站立船頭，看到湘水在橘洲一分為二，知道長沙快要到了，想起賈誼的〈弔屈原賦〉、〈鵩鳥賦〉，為先賢的命運悲痛不已。自然環境的險惡往往因人文的因素而加劇，於是歷史的悲劇上演不衰，這才是真正可悲哀的。

下贛石

【題　解】贛石，指贛江自南康以下三百里中多險灘的一段水路。據《陳書・高祖紀》記載：「南康贛石舊有二十四灘，灘多巨石，行旅者以為難。」李肇《國史補》：「蜀之三峽，河之三門，南越之惡溪，南康之贛石，皆險絕之所。」此詩疑為孟浩然早年漫遊湘贛時作。

贛石三百里❶，沿洄千嶂間❷。沸聲常活活❸，洊勢亦潺潺❹。跳沫
魚龍沸❺，垂藤猿狖攀❻。榜人苦奔峭❼，而我忘險艱。放溜情彌愜❽，
登艫目自閑❾。暝帆何處宿❿？遙指落星灣⓫。

【注　釋】❶贛石三百里　《方輿勝覽・江西路・贛州》：「贛水在州治後，北流一百八十里至萬安縣界。由萬安而上為灘十有八，怪石如精鐵，突兀廉隅，錯峙波面。自贛水而上，信豐、寧都俱有石磧，險阻視十八灘，故俚俗以為，上下三百里贛石也。」❷沿洄千嶂間　意謂贛江水在險石叢中上下翻騰湧動。沿，順流而下。洄，

逆水而上。嶂，此指江中怪石。❸活活　流水滾翻聲。❹洊勢亦潺潺　水勢迅猛，發出湍急聲。❺跳沫魚龍沸　水珠跳躍，顯示魚龍在翻騰。❻垂藤猿狖攀　猿狖正懸掛在下垂的藤蘿中。狖，長臂猿。❼榜人苦奔峭　撐船人辛苦地奔忙在險惡的岩石間。榜人，搖槳的船夫。❽放溜情彌愜　在順流船上乘船人甚感快意。溜，水流。愜，快意。❾登艫目自閑　站在船頭神情安閒。艫，船頭。❿暝帆何處宿　意謂晚上船將停泊何處。⓫落星灣　在今江西星子南鄱陽湖中。

【語　譯】贛石灘長三百里，贛江水在險石叢中翻騰湧動。波翻浪湧嘩嘩響，水勢迅猛聲潺潺。水珠跳躍魚龍翻騰，藤蘿垂掛猿狖攀援。船夫辛苦奔忙在險惡岩石間，而我卻忘了險阻艱難。順水船上更加愜意，放眼船頭神情安閒。晚上船兒停泊何處？船夫遙指前方落星灣。

【研　析】我們在看一部自然風光短片，標題是「天下險絕贛石灘」，畫面中主人公是唐代著名山水田園詩人孟浩然。第一組畫面是高空鳥瞰全景：先是由南康至萬安一百八十里十八灘怪石，色如精鐵，突兀方正，錯落峙立於江面，贛水就在這樣的險石叢中上下翻騰，繼而是由贛縣沿章水上溯至寧都的百十里險灘，這就是當地人所說的三百里贛石。第二組畫面是水聲水勢的特寫：沸聲活活，洊勢潺潺，魚龍跳沫，猿狖垂藤，令人目不暇接。第三組畫面是放溜船上人物神情動作的描寫：撐船人奔忙於險灘惡石間，一點不敢大意；詩人站立船頭，甚感快意，神情安閒。第四組畫面是尾聲：闖過急流險灘，小船悠然飄流在平緩的江面上，落星灣遙遙在望。全詩既生動描繪了險灘行船的驚心動魄，更展現了詩人放溜的快意和面對艱險的泰然自若、氣定神閒，在孟浩然集中可謂別開生面。《漁洋詩話》讚之曰「興會超妙」。我們可以約略從中讀出青年孟浩然熱愛大自然、熱中探險的精神風貌。此詩可以拍成風光片，而且表達流暢，說明孟浩然在藝術構思方面是十分精心的，並達到很高造詣。

越中逢天台太一子

【題　解】越中，即春秋時越國之地。此指今浙東一帶。天台，指天台山，在今浙江天台北，方志稱「其靈敞詭異，出仙入佛，為天下偉觀」。太一子，天台山道士，其餘不詳。此詩是孟浩然詩集中天台系列作品的第四首，進一步印證了天台山訪道友是其吳越之旅的主要目的之一。

仙穴逢羽人❶，停艫❷向前拜。問余涉風水，何處遠行邁❸。登陸尋天台，順流下吳會❹。茲山夙所尚，安得問靈怪。上通青天高，俯臨滄海大❺。雞鳴見日出❻，每與神仙會。往來赤城中❼，逍遙白雲外。莓苔異人間，瀑布當空界❽。福庭❾長自然，華頂❿舊稱最。永比從之遊，何當濟所屆⓫？

【注　釋】❶仙穴逢羽人　在道士住處與之相見。仙穴，神仙洞窟。此指道觀。羽人，《山海經》言有羽人之國，不死之民。或曰人得道，身生毛羽。此指道士，即太一子。❷停艫　停船。❸何處遠行邁　意謂從什麼地方遠道而來。行邁，遠行。❹吳會　東漢時分會稽郡為吳、會二郡，合稱吳會，其郡領有今太湖流域和錢塘江以東至福建地區。後泛指此二郡故地。❺上通二句　極言天台山的高峻雄偉，其高度上接青天，其廣度延伸在海邊廣闊範圍。❻雞鳴見日出　雞鳴時分太陽升起。《述異記》：「東南有桃都山，上有大樹名曰桃都，枝相去三千里，上有天雞。日初出照此木，天雞則鳴，天下之雞皆隨之鳴。」❼往來赤城中　意謂來往於赤城、天台之間。赤城，赤城山在天台北六里。石色赤，狀似雲霞，為丹霞地貌，登天台山必經此山。❽瀑布當空界　意謂高懸的瀑布在崇山峻嶺間劃出一條界限。孫綽〈遊天台賦〉：「赤城霞起以建標，瀑布飛流以界道。」李善注引《天台山圖》曰：「赤城山，天台之南門也。瀑布山，天台山之西南峰，水從南岩懸注，望之如曳布。」界，隔開。❾福庭　仙界。❿華頂　華頂山，天台山最高峰，在浙江天台東北六十里，海拔一一三六米。⓫永比二句　二句倒裝，意謂什麼時候才能達到太一子的境界，與之一起遨遊。比，一起。濟所屆，到達彼岸。

【語　譯】在道士仙館與太一子相遇，停船靠岸上前拜會。他問我乘風涉水，從哪裡遠道而來。我登陸是要尋找天台山，順流而下來到吳會。天台山我早已心儀，想對它的神異探個究竟。它高峻雄偉上接青天，俯臨浩瀚無邊的大海。雞鳴時可以看到旭日東升，隨時可能與神仙相會。在赤城天台之間來往，在青天白雲之外逍遙。青莓苔蘚與人間不同，高懸的瀑布為崇山峻嶺分界。仙界美景是天造地設，華頂一直是第一勝境。何時才能到達太一子的境界，與他一起到達彼岸？

【研　析】前此我們已讀過〈宿天台桐柏觀〉、〈尋天台山〉、〈寄天台道士〉，這首〈越中逢天台太一子〉是孟浩然詩集中天台系列作品的第四首。前面三首詩，或寫旅途，或記留宿，或描繪天台道士風采，各有側重。此詩與前幾首相比較，篇幅更大，內涵更廣：在突顯與心儀已久的太一子相逢這一主體場景的同時，借助主客問答，將尋訪的歷程、所見天台山的雄偉神奇以及對神仙世界的印象盡收筆底，可謂錯綜變化，氣象萬千。有了這首大製作，孟浩然天台訪道之旅畫上圓滿的句號。全詩結體舒展靈活，有散文筆意。出之以仄聲韻，讀來鏗鏘頓挫，激動人心。

行出竹東山望漢川

【題解】竹東山，指竹山縣東部之山。竹山縣在今湖北西北部，唐代屬房州，與襄陽相距約三百里，濱臨堵水。漢川，出竹東山，沿堵水北行出武當山即是。此詩為孟浩然登覽之作。

異縣非吾土❶，連山盡綠篁❷。平田出郭少，盤隴入雲長❸。萬壑歸於漢❹，千峰劃彼蒼❺。猿聲亂楚峽❻，人語帶巴鄉❼。石上攢椒樹❽，藤間綴蜜房❾。雪餘春未暖，嵐解晝初陽❿。征馬疲登頓⓫，歸帆愛渺茫⓬。坐欣沿溜下，信宿見維桑⓭。

【注釋】❶異縣非吾土　意謂來到與故土面貌迥異的異鄉。王粲〈登樓賦〉：「雖信美而非吾土兮，曾何足以少留。」詩人在此反其意而用之。❷綠篁　綠竹。據《元和郡縣圖志・房州・竹山縣》記載：竹山縣有黃竹山，山上竹色皆黃，因以為名。❸盤隴入雲長　循山而造的梯田直到雲間。盤隴，曲折的田埂。❹萬壑歸於漢意謂大大小小的山間流水都匯入漢水。此句寫實。房州地處大巴山北麓，境內河流皆北入漢水。❺千峰劃彼蒼　意謂一座座高峰都直插雲天。劃，劃破。彼蒼，蒼天。《詩經・秦風・黃鳥》：「彼蒼者天。」❻楚峽　指堵水穿越武當山的峽谷。今為黃龍灘水庫。❼人語帶巴鄉　當地人是巴鄉口音。巴鄉，指古巴族分布的川東、鄂西一帶。❽石上攢椒樹　石頭堆裡花椒樹聚集而生。❾藤間綴蜜房　藤蘿叢中掛著蜜蜂窩。❿嵐解晝初陽　山中雲霧散盡才能看到太陽。嵐，山中霧氣。⓫登頓　上下。謝靈運〈過始寧墅〉：「山行窮登頓，水涉盡洄沿。」⓬渺茫　此指水域遼闊。⓭信宿見維桑　意謂兩三天即可到家。信宿，住宿兩夜。維桑，即桑梓。古人多於宅旁植桑梓，後因以代指家鄉。

【語　譯】異縣他鄉不是我的故土，群山綿延都是綠竹蒼蒼。城外很少有平坦的田壟，循山而造的梯田延伸到雲間。萬條溪流匯入漢水，千座高峰直插雲天。猿鳴聲在楚地峽谷迴盪，鄉民說話都帶著巴鄉口音。石頭堆裡聚集著花椒樹，藤蘿叢中懸掛著蜜蜂窩。冰雪殘存天氣還未轉暖，雲霧散盡才能看見太陽。遠行的馬疲於登山越嶺，歸鄉的船喜愛水廣江寬。將要順流而下頓覺喜悅，兩三天後便可回到家鄉。

【研　析】當代詩人蘇淵雷有「不辭南北常為客，寫山寫水處處情」之句，孟浩然何嘗不是這樣！此詩記錄詩人行出竹東山望漢川所見所感，展示武當山一帶的萬壑歸漢、千峰插天的獨特風貌，表達了詩人對自然山水的情有獨鍾。詩人是出竹東山沿堵水北行登上武當山的，憑高遠眺，異縣與故鄉迥然不同的風貌，給詩人強烈的視覺衝擊：縣以竹名，黃竹滿山遍野；梯田盤繞，高入雲端……猿鳴不止，土人講巴鄉話，距襄陽不過三百里，簡直是兩個世界。「石上」以下兩聯景物描寫精工細膩，在孟浩然詩集中較為罕見。下得山來，棄馬登舟，詩人心滿意足，情緒高昂，因為在寬闊的漢水上漂流而下，兩三日即可回到襄陽。

自潯陽泛舟經明海

【題解】潯陽，即今江西九江。明海，即明湖，指廬山南之彭蠡湖，今稱鄱陽湖。唐代多稱湖為海。李白〈廬山謠寄盧侍御虛舟〉有「屏風九疊雲錦張，影落明湖青黛光」之句，以明湖指彭蠡湖。孟浩然於開元二十二年（西元七三四年）正月，自吳越返鄉至潯陽，泛舟彭蠡湖作此詩。

大江分九流❶，淼淼❷成水鄉。舟子乘利涉❸，往來至潯陽❹。因之泛五湖❺，流浪經三湘❻。觀濤壯枚〈發〉❼，弔屈痛沅湘❽。魏闕心恆在❾，金門詔不忘❿。遙憐上林⓫雁，冰泮已回翔⓬。

【注釋】❶大江分九流　長江流至潯陽分為九道。《潯陽記》說九江：一曰烏江，二曰蚌江，三曰烏土江，四曰嘉靡江，五曰畎江，六曰浮江，七曰稟江，八曰提江，九曰菌江。❷淼淼　水勢浩大貌。❸利涉　《周易·需》爻辭為「利涉大川，往有功也」，卦象顯吉，利於航行。❹往來至潯陽　意謂來來往往的船隻都在潯陽會合。潯陽，地處長江東西要衝，又是彭蠡湖出口，故謂。❺五湖　歷來說法不一，有人認為指太湖。❻流浪經三湘　流轉漂泊到達湘江一帶。流浪，在水上行走。三湘，說法不一，泛指湘江流域。❼觀濤壯枚發　西漢辭賦家枚乘代表作〈七發〉中有廣陵觀濤一節，描寫極其生動。壯，堪稱壯觀。❽弔屈痛沅湘　憑弔屈原，為其被貶沅湘一帶而悲痛。弔屈，憑弔屈原。戰國時楚國屈原曾任左徒、三閭大夫，後被讒放逐，足跡遍及沅湘之間，最終投汨羅江而亡。漢賈誼被貶為長沙王太傅，渡湘江時寫有〈弔屈原賦〉。沅湘，沅水、湘水，皆在湖南境內，注入洞庭湖。❾魏闕心恆在　常常想著到朝廷供職。魏闕，宮門前聳起的雙闕，因巍然高大，故稱。後因以指朝廷。《呂氏春秋．審為》：「身在江海之上，心居乎魏闕之下。」❿金門詔不忘　漢武帝時，文學侍從待詔於金馬門，以備顧問。金馬門，漢未央宮北門。⓫上林　即上林苑，在今陝西藍田以西、周至以東終南山北麓，北界越過渭河達於興平一帶，周圍二百餘里。秦置，漢武帝時有擴建。⓬冰泮已回翔　當冰融解之時，大雁就開始向北飛去。句意由大雁北歸上林苑引發聯想。

【語譯】長江流至潯陽分為九道，水勢浩大把這裡變成水鄉。撐船人乘著水勢行船，來來往往都在潯陽會合。我也由此地泛舟五湖，流轉漂泊經過三湘。觀賞潮湧深知枚乘描寫精彩，憑弔屈原哀痛他被貶沅湘。常常想著到朝廷供職，不能忘懷金馬門待詔。羨慕南來過冬的上林苑大雁，冰雪消融時已開始往北飛翔。

【研析】詩人自吳越返鄉至潯陽，泛舟彭蠡湖，思接上古，神遊五湖、三湘，感慨係之。引發詩人感慨的，是眼前山川形勢：浩浩長江流至潯陽分為九道，水勢浩大，匯成水鄉澤國，於是潯陽成為來往船隻的聚散地，成為船夫設計新航程的出發點。順流而下為五湖，流轉漂泊到湘沅，或一覽枚乘筆下廣陵濤的壯觀，或為屈原自沉掬忱致敬。詩人自己正處在人生旅途的十字路口，四年的吳越之遊，並未將仕進的念頭打消，正所謂「身在江海之上，心居乎魏闕之下」（《莊子．讓王》）。當詩人看到大雁已向北飛去，他的心也隨雁陣飛到關中，飛到長安。在與前賢作心靈對話的同時，反觀自我，頗有進退失據的無奈。換言之，行動和內心處於矛盾狀態中。

除夜樂城逢張少府作

【題　解】此詩作於開元二十一年（西元七三三年）除夕夜。樂城，在溫州轄境，即今浙江樂清。樂城位於東海之濱，是孟浩然吳越漫遊的終點。張少府，指張子容，據《唐才子傳》記載：張子容，襄陽人，開元元年中進士，曾官樂城尉、奉先令、尚書省郎中、義王府司馬等。後棄官歸鄉。其時孟浩然的同鄉好友張子容正在樂城丞任上。時當年終歲首，張子容在縣衙設宴款待這位久違的好友，即席賦詩，表達地主盛情。孟浩然此首有酬答之意。

雲海泛甌閩❶，風潮泊島濱。何知歲除夜❷，得見故鄉親。予是乘桴客❸，君為失路人❹。平生復能幾，一別十餘春❺。

【注　釋】❶甌閩　泛指今浙江、甌江流域以南及福建一帶。❷歲除夜　即除夕夜，一年最後一天的晚上。❸乘桴客　泛舟大海的人。《論語·公冶長》：「子曰：『道不行，乘桴浮于海。』」❹失路人　指仕途坎坷的人。失路，迷失道路。比喻不得志。揚雄〈解嘲〉：「當途者升青雲，失路者委溝渠。旦握權則為卿相，夕失勢則為匹夫。」❺一別十餘春　意謂二人有十多年未見面了。張子容開元元年第進士，宦遊外地，至今已二十年。

【語　譯】在海天蒼茫的甌閩泛舟，風大潮急停泊在海島之濱。哪裡知道在這除夕夜，竟然遇見故鄉的親人。我是泛舟大海的遊子，你在仕途長期沉淪。人生能有多少歲月，一別竟然十多個春秋。

【研　析】除夕是一年的終點，樂城是詩人吳越漫遊的終點，宴會的東道主是詩人的同鄉好友，二人闊別已十多個春秋，這種情境下主客的心態會如何？張子容先賦了一首〈除夜樂城逢孟浩然〉：「遠客襄陽郡，來過海岸家。樽開柏葉酒，燈發九枝花。妙曲逢盧女，高才得孟嘉。東山行樂意，非是競繁華。」將襄陽與海畔對舉，表達他鄉逢故人的喜悅。孟浩然此詩為酬和之篇，除以「何知歲除夜，得見故鄉親」與張詩相呼應外，更有「同是天涯淪落人」（白居易〈琵琶行〉）的感喟，試讀末二聯：從空間言，一為「道不行，乘桴浮於海」，一為貶官來此海濱；從時間言，十餘載光陰逝去，而人生能有幾個十年？可謂敘事真切，深情感人。

夜渡湘水

【題　解】湘水，即湘江。湖南境內最大河流。此詩寫夜渡湘水情景。

客舟貪利涉❶，夜裡渡湘川❷。露氣聞芳杜❸，歌聲識采蓮❹。榜人投岸火❺，漁子宿潭煙。行侶時相問，涔陽何處邊❻？

【注釋】❶貪利涉　為趕路程而急於渡河或行船。利涉，《周易・需》爻辭為「利涉大川，往有功也」，卦象顯吉，利於航行。❷夜裡渡湘川　夜間渡湘江。古今都有夜行船情況。❸芳杜　指杜若、杜蘅之類芳草。屈原筆下多有描寫，頗見楚地特徵。❹歌聲識采蓮　意謂聽到采蓮歌。采蓮，南朝歌曲有〈采蓮曲〉。❺榜人投岸火　意謂船夫向岸邊火光走去。榜人，船夫。❻涔陽何處邊　意謂離涔陽不知還有多少路程。涔陽，在今湖南澧縣一帶。《楚辭・九歌・湘君》：「望涔陽兮極浦，橫大江兮揚靈。」

【語　譯】客船為趕路急急行駛，黑夜裡渡過了湘江水。在露氣中聞到杜若的芬芳，棹歌聲唱的是〈采蓮曲〉。船夫走向岸邊火光，漁夫住宿在煙霧籠罩的江邊。同行的旅伴不時相互詢問，離涔陽還有多少路程？

【研　析】此詩記夜渡湘水情景，首聯中「夜裡」二字是全詩關鍵詞。因為是黑夜，山川風物一無所見，視覺只能感知有光的事物，而嗅覺和聽覺被調動起來，顯得很管用。詩人先聞到露氣中杜若之香，接著聽到民歌〈采蓮曲〉，推知有女子連夜作業。岸邊的火光中，依稀可見船家的身影，而同伴已經分辨不清方位了。所見所歷，是夜行船情景，又有地方特色，清新可喜。此詩與〈早發漁浦潭〉並讀，當能更深體會到孟浩然善於表現新鮮感覺的藝術才能。

經七里灘

【題　解】七里灘，又名七里瀨、嚴陵瀨，在今浙江桐廬西三十里。《輿地紀勝》：「桐廬有嚴陵瀨，境尤勝麗，夾岸是錦峰繡嶺，即子陵所隱之地。」子陵為漢嚴光之字，因其耕於富春山，後人名其釣處為嚴陵瀨。孟浩然以後漢向長為楷模，五嶽尋仙，富春江上的嚴陵瀨是目的地之一。此詩作於開元十八年（西元七三〇年）遊吳越之時。

子奉垂堂誡❶，千金非所輕。為多山水樂，頻作泛舟行。五嶽追向子❷，三湘弔屈平❸。湖經洞庭闊，江入新安清❹。復聞嚴陵瀨❺，乃在茲湍路❻。疊嶂數百里❼，沿洄非一趣。彩翠相氛氳，別流亂奔注。釣磯平可坐❽，苔磴滑難步❾。猿飲石下潭，鳥還日邊樹。觀奇恨來晚，倚棹惜將暮❿。揮手弄潺湲⓫，從此洗塵慮⓬。

【注釋】❶子奉垂堂誡　意謂作為人子要信守坐不垂堂的古訓。奉，信奉；遵行。垂堂誡，古諺有「家累千金，坐不垂堂」，意思是富貴人不在屋簷下坐，因為有被簷瓦掉下砸傷的危險。❷五嶽追向子　意謂像向長那樣以山水為樂，足跡遍於五嶽。向子，向長，字子平，東漢人，隱居不仕。將男婚女嫁之事安排完，即與同好遊五嶽名山，竟不知所終。❸三湘弔屈平　意謂走遍三湘大地，追慕屈原的為人。三湘，泛指湖南湘江一帶。弔，憑弔；悼念。屈平，屈原，名平，戰國時楚國人，曾任左徒、三閭大夫，後被讒放逐，足跡遍及沅湘之間，最終投汨羅江而亡。❹江入新安清　意謂來到清澈見底的新安江。新安，新安江，錢塘江支流。上游一稱徽港，源出皖南休寧、祁門兩縣境，東南流到浙江建德梅城入錢塘江。《淳熙嚴州圖經》曰：新安江「自白馬砂入建德界，湍險迅急，春夏漲濫，中流不可行舟，秋冬澄澈見底」。❺嚴陵瀨　即七里灘。《後漢書・逸民列傳》：「嚴光字子陵，一名遵，會稽餘姚人也。……除為諫議大夫，不屈，乃耕於富春山，後人名其釣處為嚴陵瀨焉。」❻乃在茲湍路　就在這一湍險去處。任昉〈贈郭桐廬詩〉：「滄海路窮此，湍險方自茲。」言浙江潮信至桐廬，其水泝流而上，多灘磧。❼疊嶂數百里　重疊的山峰連綿數百里。❽釣磯平可坐　顧野王《輿地志》：「桐廬縣南有嚴子陵漁釣處，今山邊有石，上平，可坐十人，臨水，名為嚴陵釣壇也。」❾苔磴滑難步　意謂石階上布滿苔蘚，踩上去光滑難行。❿倚棹惜將暮　意謂在黃昏時分泛舟，惋惜天色已晚。倚棹，靠著船槳。猶泛舟。⓫潺湲　水流貌。沈約〈新安江水至清淺深見底貽京邑遊好〉：「願以潺湲水，沾君纓上塵。」⓬洗塵慮　洗滌塵世煩惱。

【語　譯】作為人子要信守坐不垂堂的古訓，對生命不敢隨意看輕。只因喜好山水之樂，這才頻頻泛舟遠行。踏遍五嶽追尋向長的遺蹤，走遍三湘追慕屈原的為人。經過洞庭湖才看到遼闊的湖面，進了新安江更領略江水的清澈。又聽說著名的嚴陵瀨，竟也在這一湍險處。層巒疊嶂綿延幾百里，下行上溯都意趣非凡。彩霞青靄映襯得色彩繽紛，湍急的支流狂奔亂流。釣魚的石磯平坦可坐，青苔的石階滑溜難行。猿猴在石下潭水邊飲水，歸巢飛鳥返回夕暉中的樹林。觀賞新奇景色遺憾自己來得太遲，靠著船槳欣賞著蒼茫暮色。伸手撥弄潺潺的流水，但願從此洗淨塵世的煩惱。

【研　析】富春江的七里瀨夾岸是錦峰繡嶺，因漢嚴光曾隱居垂釣於此，後人改稱嚴陵瀨或子陵灘。孟浩然越中之旅，富春江是其特別看重的一段行程，為詩亦夥，孟集開卷的〈早發漁浦潭〉、壓卷的〈宿建德江〉，都寫詩人在富春江上的感受。〈早發漁浦潭〉為五古，〈宿建德江〉為五絕，這首〈經七里灘〉為五言排律，可視為二首短章的展開式。為寫經過七里灘，先敘詩人是怎樣來到七里灘的。原來詩人為山水之樂所驅動，違犯「千金之子坐不垂堂」的古訓，一而再、再而三地泛舟出遊。他心目中的偶像是足跡遍五嶽的東漢向長，迄今已到過洞庭、三湘，因慕嚴子陵大名，來到清澈見底的新安江。由此可見詩人尋求山水之樂興致之高。詩的後半轉韻，濃筆重彩描繪七里灘秀麗景色，既有全景展示，也有局部特寫，層出迭現，美不勝收。末二聯感慨，嘆惜因來晚日暮，觀奇不盡，又歸結為此水可滌塵慮的心靈體驗，為嚴陵瀨寫照，頗能引發讀者興趣。

自洛之越

【題　解】開元十八年（西元七三〇年），孟浩然再次北上洛陽，夏秋之際離開洛陽，前往吳越漫遊。此行歷時四載，詩人飽覽了越中山水名勝，足跡直抵東海之濱。此詩寫於首途之際，似在向世人宣告，從此將擺脫仕途失意的苦悶，追求散淡人生。

遑遑三十載❶，書劍兩無成❷。山水尋吳越❸，風塵厭洛京❹。扁舟
泛湖海，長揖謝公卿❺。且樂杯中物❻，誰論世上名❼。

【注　釋】❶遑遑三十載　意謂在匆忙不安中度過了三十年。遑遑，匆忙不安。《列子・楊朱》：「遑遑爾競一時之虛譽，規死後之餘榮。」❷書劍兩無成　意謂文才武略兩方面皆無建樹。書，指讀書求仕治理天下。劍，指習武從軍立功封侯。《史記・項羽本紀》：「項籍少時，學書不成，去，學劍，又不成。項梁怒之。」❸吳越

泛指今江蘇、浙江一帶。吳，春秋時吳國之地。越，春秋時越國之地。❹風塵厭洛京　意謂厭倦京洛生活習氣。風塵，陸機〈為顧彥先贈婦〉：「京洛多風塵，素衣化為緇。」厭，厭倦。洛京，或稱京洛，唐時洛陽為東都，故稱。❺長揖謝公卿　意謂拱手行禮和達官貴人道別。長揖，又稱高揖，拱手自上而下行禮。區別於叩頭下拜，表示不卑躬屈膝。謝，辭別。公卿，指達官貴人。❻杯中物　酒的別稱。陶淵明〈責子〉：「天運苟如此，且進杯中物。」❼世上名　《世說新語・任誕》記張翰語：「使我有身後名，不如即時一杯酒。」

【語　譯】匆忙不安度過三十年，文才武略兩者皆無建樹。厭倦了洛京的生活習氣，去吳越之地遊山玩水。乘一葉扁舟泛遊五湖四海，作一個長揖告別顯貴。姑且享受杯中美酒，誰去計較那塵世功名。

【研　析】從洛陽出發前往吳越漫遊，這是詩人孟浩然平生大事件之一。此詩作於首途之際。首聯說，三十年刻苦用功，文才武略皆無建樹，很失敗。頷聯說，積三十年苦鬥的經驗教訓，洛京風塵可厭，吳越山水可親。那麼，我該何去何從？頸聯宣布，再見吧，達官貴人，我要泛舟於江河湖海之中，過無拘無束的閒淡日子。尾聯自語，有酒就好，功名算得什麼！此詩可以作為詩人吳越之遊的行動綱領來讀。陶文鵬指出：「這首五律神思飛越，情懷暢快，詩風豪放飄逸，頗似李白。」所言甚是。

濟江問舟人

【題　解】《河嶽英靈集》題作〈渡湘江問舟中人〉，《國秀集》題作〈渡浙江問舟中人〉，皆與詩中所寫情景不符，故仍以宋本原題為是。江，指長江。詩人想像渡過長江以後，便置身吳地，而越中尚遼遠，望中難見其眉目。此詩作於赴吳越途中，時在開元十八年（西元七三〇年）秋，表現詩人對越中山水的渴慕與急切往遊之情。

潮落江平未有風，扁舟共濟與君同❶。時時引領望天末❷，何處青山是越中❸？

【注　釋】❶扁舟共濟與君同　同你一起乘小船渡江。扁舟，小船。濟，渡水。君，對同船人的稱呼。❷時時引領望天末　一次又一次地伸頸眺望天邊。引領，伸頸眺望。天末，天邊。極言遼遠。陸機〈擬蘭若生春陽〉有「引領望天末」之句。❸越中　泛指浙江。

【語　譯】潮已退落江面風平浪靜，我同你一起乘輕舟渡江。一次次伸頸眺望天邊，哪裡的青山才是越中？

【研　析】孟浩然開元十八年吳越之遊，是取汴水、運河水路前往的，沿途經過黃淮平原。自鎮江渡江後，「青山隱隱水迢迢」（杜牧〈寄揚州韓綽判官〉），風物與沿途所見大不相同。詩人既為眼前美景所陶醉，更急切地想早日到達神往已久的越中勝境。詩的首句說：潮落江平，沒有風浪之虞，應當是渡江的大好時機。次句說：與舟子共濟，一路走來，已經成為知心朋友，舟子應能知道我時時引領望天末的心思，體會我對越中嚮往之情。接著「望」的動作是一個發問：「何處青山是越中？」這一問，是人在旅途最合乎情理的發問，是旅途中人時時能聽到的發問，一經入詩，竟能讓讀者眼前一亮，產生共鳴，並樂於深味其中內涵。推究其成功的祕訣，一方面在於真情實感的自然流露，口角邊說話，故能真得妙絕。一方面在於詩人對於藝術創新的追求，善於發掘日常生活中的詩情畫意。張旭〈桃花溪〉：「隱隱飛橋隔野煙，石磯西畔問漁船。桃花盡日隨流水，洞在清溪何處邊？」二詩在結構上有相通處。

歸至郢中

【題　解】孟浩然從開元十八年（西元七三〇年）自洛之越，在風景秀麗的越中度過了四年，於開元二十二年歸至郢中。郢中，即襄陽鄰境郢州，位於襄陽南三百里處。

遠遊經海嶠❶，返棹歸山阿❷。日夕見喬木❸，鄉關在伐柯❹。愁隨
江路盡，意入郢門❺多。左右看桑土❻，依然即匪他❼。

【注　釋】❶海嶠　海邊尖峭的高山。孟浩然曾登天台山華頂山。❷返棹歸山阿　乘船回到故鄉山中。返棹，乘船返回。山阿，山的曲折處。後借指山野隱居。❸日夕見喬木　早晚都能看見高大的樹木。日夕，早晚。喬木，高大樹木。常指桑梓。《孟子・梁惠王下》：「所謂故國者，有喬木之謂也。」❹鄉關在伐柯　意謂家鄉已

近在眼前。伐柯，砍伐樹枝。《詩經・豳風・伐柯》有「伐柯伐柯，其則不遠」之句。原句意謂樣本近在眼前，後以代指近在眼前。❺郢門　意指郢中地界。❻桑土　猶言鄉土。《詩經・小雅・小弁》：「維桑與梓，必恭敬之。」❼依然即匪他　意謂親切依戀的情態沒有改變。依然，用江淹〈別賦〉「惟世間兮重別，謝主人兮依然」句意。匪他，非它。《詩經・小雅・頍弁》：「豈伊異人，兄弟匪他。」

【語　譯】遠遊途經海邊陡峭的高山，乘船回到故鄉的山野隱居。早晚都能看見高大的樹木，家鄉已然近在眼前。旅愁隨由江入漢而消失，喜悅因進入郢中而增多。左看右看我的故鄉，親切依戀的情態沒有改變。

【研　析】〈歸至郢中〉寫於詩人遊吳越歸襄陽將到未到之際。詩人離家四載，由遙遠的海嶠歸至郢中，眼看再有二、三日行程，就可以投入故土的懷抱，而即目所見，桑土依然，詩人興奮不已。他感到，自從由江水轉入漢水，旅愁就被徹底拋棄了，而回歸的喜悅與日俱增。這種感受在一定程度上道出了古往今來無數遊子的共同體驗。特別是尾聯，寫踏上故土，左右顧盼，所見都是十分親切、熟悉的模樣，描寫傳神，引人遐想。「依然」用作形容詞，形容思念、依戀的情態。江淹〈別賦〉：「惟世間兮重別，謝主人兮依然。」此處正用其意。

赴京途中遇雪

【題　解】開元十六年（西元七二八年）冬，孟浩然赴長安應進士試，途中遇雪作此詩。

迢遞秦京道❶，蒼茫歲暮天。窮陰連晦朔❷，積雪滿山川。落雁迷沙渚❸，飢鷹集野田。客愁空佇立，不見有人煙。

【注釋】❶迢遞秦京道　通向京城長安的道路遙遠漫長。迢遞，遙遠的樣子。秦京道，通往長安的道路。❷窮陰連晦朔　意謂濃重的陰冷天氣延續了一整月。窮陰，深陰；極陰。晦，陰曆每月的最後一天。朔，陰曆每月的第一天。❸落雁迷沙渚　大雁落在水中沙洲之上，迷失了方向。這是北方雪中常見景象。

【語譯】通向長安的道路遙遠漫長，年關將近天空蒼茫一片。沉沉陰天連日竟月，厚厚的積雪蓋滿了山川。迷失了方向散落在沙洲，飢鷹無食聚集在曠野田頭。趕路人惆悵四顧，左看右看見不到行人和炊煙。

【研析】積陰釀成的一場大雪，鋪天蓋地而至，大雁迷失了方向，飢鷹無處覓食，趕路人茫然四顧，為無處投宿而發愁。這就是此詩所展示給讀者的情境。詩人真切而生動地描繪出北方嚴冬的雪景，突顯其壯闊和威嚴，這樣的場景也折射出詩中人心境的孤寂和徬徨。因為赴京後的前景會如何，尚在未卜之中。

戲題

【題解】此詩題目或作〈戲贈主人〉，可知詩中醉客是詩人自己。

客醉眠未起，主人呼解酲❶。已言雞黍熟❷，復說瓮頭清❸。

【注　釋】❶解酲　醒酒；消除酒病。❷雞黍熟　意謂飯菜已準備妥當。雞黍，雞和米飯。後以指招待客人的飯菜。《論語・微子》：「止子路宿，殺雞為黍而食之。」❸瓮頭清　剛釀成的酒。亦即新醅。

【語　譯】客人喝醉還未醒來，主人招呼著給他醒酒。先說飯菜已準備妥當，又說罈裡新釀的好酒甘美清香。

【研　析】文學作品中對於醉酒的情景多有描寫，甚至搬上舞臺，演成大戲，如《貴妃醉酒》之類。醉酒的場面其所以吸引人，不外藉醉可以使氣，可以裝瘋，可以罵人，可以一吐胸中積鬱，因此也就有了千金買醉的說法，有了「但願長醉不願醒」（李白〈將進酒〉）的名句。孟浩然的〈戲題〉，表現醉酒高潮過後的情景：醉客正躺在床上，主人呼喚其起身解酒，可能端來蜂蜜水，醉客聽到的話是：先說有好菜，又說有好酒，不妨接著喝。是主人真這麼說，還是醉客聽岔了，不得而知。小詩將醉中情態刻劃得活靈活現，像一幅漫畫。視角也特別，很新鮮。

南歸阻雪

【題　解】此詩作於開元十七年（西元七二九年）冬，自洛陽返鄉途中。

我行滯宛許❶，日夕望京豫❷。曠野莽茫茫❸，鄉山在何處。孤煙村際起，歸雁天邊去❹。積雪覆平皋❺，飢鷹捉寒兔。少年弄文墨，屬意在章句❻。十上恥還家❼，徘徊守歸路。

【注　釋】❶我行滯宛許　我的行程在宛許一帶停滯不前了。滯，停留。宛許，南陽、許昌之間。宛，今河南南陽。許，今河南許昌。❷日夕望京豫　從早到晚眺望長安、洛陽。豫，古九州之一，今河南一帶。李華《孟浩然詩百首》：「疑『京』是『荊』的誤字。他的家鄉襄陽，地屬〈禹貢〉的豫州、荊州之地，簡稱荊豫。若作『京豫』，代指長安、洛陽，則須北望，這就難與下文『曠野莽茫茫，鄉山在何處』接榫。」可備一說。❸莽茫茫　荒蕪廣漠貌。❹歸雁天邊去　南飛的大雁向天邊飛去。引發南去聯想，並暗示人不如雁。如薛道衡〈人日思歸〉的「人歸落雁後」。❺平皋　平原。皋，水邊地。此指原野。❻少年二句　意謂從少年以來，心思都用在詩文方面。章句，章法句讀。指詩文。❼十上恥還家　言多次入京上書獻賦求仕，終於失意而歸，內心愧疚。此用蘇秦典故。《戰國策・秦策一・蘇秦始將連橫》：「說秦王書十上而說不行。黑貂之裘弊，黃金百斤盡，資用乏絕，去秦而歸。」

【語　譯】行程在宛許一帶停滯不前，從早到晚眺望長安洛陽。空曠的原野荒蕪廣漠，哪裡是我的故鄉。孤寂的炊煙從村頭升起，南飛的大雁隱沒在天邊。積雪覆蓋，平原皚皚一片，飢餓的蒼鷹捕捉著寒地野兔。我年輕時就喜歡舞文弄墨，心思都用在吟詩作賦。獻賦失意無顏見家鄉父老，在回鄉的路上猶豫徬徨。

【研　析】去年冬天，孟浩然由襄陽赴京應試，曾有〈赴京途中遇雪〉。今年同一個時節，詩人落敗而歸，又遇到茫茫大雪，道路為之阻斷，使詩人陷於迷惘不知所之的境地。與前詩相比較，此首對詩人神情心境的展示更加充分，「十上恥還家，徘徊守歸路」，既為這次長安之行作出結論，又預示著未來前景。蘇秦典故頗能引發讀者的遐思和共鳴。

久滯越中貽謝甫池會稽賀少府

【題　解】據詩中「兩見夏雲起，再聞春鳥啼」之語推算，此詩作於開元二十年（西元七三二年）。謝甫池是越中隱士，孟浩然遊吳越期間與之結識。參見〈東陂遇雨率爾貽謝甫池〉題解。會稽賀少府，指會稽尉賀朝。參見〈與崔二十一遊鏡湖寄包賀〉題解。《國秀集》目錄卷中有「會稽尉賀朝」字樣。

陳平無產業❶，尼父倦東西❷。負郭共云翳❸，問津今亦迷❹。未能忘魏闕❺，空此滯秦稽❻。兩見夏雲起，再聞春鳥啼。懷仙梅福市❼，訪舊若耶溪❽。聖主賢為寶，君何隱遁棲？

【注　釋】❶陳平無產業　陳平不置買家產。《漢書·陳平傳》：「陳平，陽武戶牖鄉人也。少時家貧，好讀書，……家乃負郭窮巷，以席為門，然門外多長者車。」此指謝甫池。❷尼父倦東西　孔子厭倦東西奔波。《禮記・檀弓》：「孔子既得合葬於防，曰，吾聞之，古也墓而不墳。今丘也，東西南北之人也，不可以弗識也。」鄭玄注：「東西南北，言居無常處也。」此句自謂。❸負郭共云翳　意謂貧居郊外窮巷之中，是山野逸人。詩人與謝境遇相同。❹問津今亦迷　意謂二人在求仕的路上迷失了方向。問津，詢問渡口。《論語・微子》：「長沮桀溺耦而耕，使子路問津焉。」亦用作尋訪或求仕。❺魏闕　宮門前聳起的雙闕，因巍然高大，故稱。後因以指朝廷。《呂氏春秋・審為》：「身在江海之上，心居乎魏闕之下。」❻秦稽　指秦望、會稽二山。秦，指秦望山，在紹興東南四十里。《輿地廣記》：「秦望，在州城南，為眾峰之傑，秦始皇登之以望東海。」稽，指會稽山，在紹興東南二十里。❼懷仙梅福市　《漢書・梅福傳》：「梅福，字子真，九江壽春人也……補南昌尉，後去官歸壽春。……王莽顓政，福一朝棄妻子，去九江，至今傳以為仙。其後，人有見福於會稽者，變姓名，為吳市門卒。」❽若耶溪　在今浙江紹興南二十里，出若耶山下，北注入鏡湖。相傳西施曾浣紗於此，故又名浣紗溪。這裡水至清，照眾山倒影，窺之如畫，是越中風景名區。

【語　譯】陳平幼年家貧不置家產，孔子厭倦了東奔西走。住在郊外窮巷都是隱士，在求仕路上迷失了方向。我不能忘卻朝廷仕途，徒然滯留在秦望、會稽。再次看見夏天的雲朵，再次聽見春天的鳥鳴。懷念升仙的梅福甘做吳市門卒，去若耶溪尋訪故朋舊友。聖明君王說看重賢能之才，你又為何要隱居遁世？

【研　析】孟浩然來越中兩年，對這裡明媚的山水已遍覽了，也有點生厭了，而魏闕和江湖的矛盾隨之冒出來，縈繞心頭，揮之不去。詩人將滿腹牢騷傾訴給在越中新結交的朋友。詩的前二聯都是主客對舉：謝甫池如陳平之不置產業，孟浩然如孔夫子之東西奔波，表象不同，實質則一，都在人生的路上迷失了方向。接下來三聯，是詩人內心苦悶的傾訴：遲滯於秦望、會稽之間，馳心於魏闕之上，兩年來不論是梅福市懷仙，還是若耶溪訪古，都未能驅散縈繞心頭的愁雲。末聯發為浩嘆：聖主以賢儁為寶，不應該有高士隱遁的情況發生。詩人的親身遭遇已讓「聖主賢為寶」的漂亮口號打了折扣，因此，這裡與其說是在問謝甫池為何隱遁，毋寧說是在追問誰在製造高士隱遁這種社會現狀，其批判的矛頭對的是「聖主」。

途次

【題　解】途次，人在旅途。詩題或作〈落日望鄉〉，或作〈途次望鄉〉，其主旨相當明確。

客行愁落日，鄉思重相催❶。況在他山外，天寒夕鳥來。雪深迷郢路❷，雲暗失陽臺❸。可嘆悽惶子❹，高歌誰為媒❺？

【注　釋】❶鄉思重相催　思鄉的情懷又催人加快腳步。❷迷郢路　郢地的道路因大雪覆蓋而無法通行。郢，郢州，與襄陽接境。❸陽臺　此泛指荊襄一帶楚地。宋玉〈高唐賦〉：「旦為朝雲，暮為行雨，朝朝暮暮，陽臺之下。」❹悽惶子　詩人自指。悽惶，不安寧。❺高歌誰為媒　意謂自己高聲呼號而無人援引。

【語　譯】人在旅途，看見落日愁緒滿懷，思鄉的情懷又催人加快腳步。更何況在這異鄉的荒山野地，天寒的黃昏倦鳥匆匆回巢。大雪深深覆蓋了通往郢地的道路，雲低天暗望不見荊襄楚地。棲棲遑遑的人啊真令人哀嘆，誰能聽到我的高聲呼號？

【研　析】在日暮、天寒、雪深、雲暗的旅途，直接惱人的是鄉思。詩的前三聯，即以寓情於景的手法，多角度地展示鄉思惱人的情狀，不利的外部因素給詩中人重重壓迫，幾乎要將其逼到絕境。詩的尾聯，是在艱難旅途辛苦跋涉的悽惶子的寫照。在詩人的高歌抒懷中，分明含有人生旅途上孤立無援的愁緒。此詩可能與〈南歸阻雪〉作於同一背景下。

將適天台留別臨安李主簿

【題　解】天台，即天台山，在今浙江天台北，方志稱「其靈敞詭異，出仙入佛，為天下偉觀」。臨安，即今浙江臨安，唐代治所在今縣北。唐代諸縣置主簿一人，掌管文書。李主簿，名字事蹟不詳。此詩作於開元十八年（西元七三〇年）夏秋間，詩人告別臨安，將赴天台山，寫此首留別李主簿。

枳棘君尚棲❶，匏瓜吾豈繫❷。誰念離當夏❸，淡泊指炎裔❹。江海
非墮遊❺，田園失歸計❻。定山既早發❼，漁浦亦宵濟❽。泛泛隨波瀾，

行行任艫枻❾。故林日已遠，群木坐成翳❿。羽人在丹丘⓫，吾亦從此逝⓬。

【注　釋】❶枳棘君尚棲　意謂李主簿尚沉淪下位。枳棘，枳木、棘木，莖上多刺，又不成材，稱為惡木。據《後漢書．仇覽傳》記載：覽為主簿，以德化人。考城令王渙評覽之作為，有「枳棘非鸞鳳所棲，百里豈大賢之路」之語。此用以寫李主簿，說其尚棲於枳棘之上。言外寄予同情。❷匏瓜吾豈繫　不能像匏瓜那樣白白懸掛在那裡。意謂我不能無所作為。匏瓜，葫蘆的一種。《論語．陽貨》有孔子語：「吾匏瓜也哉，焉能繫而不食！」此句詩人自謂。❸離當夏　夏天。按五行方位，夏天屬火，當離位。❹淡泊指炎裔　意謂懷著恬淡心情向南方走去。炎裔，南方。天台山在臨安東南。❺江海非墮遊　意謂涉江渡海與懶散荒廢、遊手好閒不可相提並論。言外有自嘲意。❻田園失歸計　意謂一時無法回歸故土田園去。❼定山既早發　定山曾在清晨離開。定山，在今浙江杭州西南，錢塘江北岸。謝靈運〈富春渚〉：「宵濟漁浦潭，旦及富春郭。定山緬雲霧，赤亭無淹薄。」❽漁浦亦宵濟　漁浦潭也在晚上渡過了。詩人有〈早發漁浦潭〉。❾艫枻　代指船隻。❿群木坐成翳　樹木立即被遮蔽。因船行迅速。⓫羽人在丹丘　仙人住在丹丘。羽人，《山海經》言有羽人之國，不死之民。或曰人得道，身生毛羽。此指道士，即太一子。丹丘，傳說中神仙居住之地。⓬吾亦從此逝　我這就去了。《史記．高祖本紀》：「公等皆去，吾亦從此逝矣。」

【語　譯】主簿您正沉淪下僚，我也像匏瓜無所作為。在這赤日炎炎的夏天，懷著恬淡的心情奔赴南方。涉江渡海不同於懶散遊閒，只是一時無法回歸故里。曾在清晨離開定山，也曾在晚上渡過漁浦潭。隨風逐波在海上行駛，任小船隨意飄來蕩去。舊遊的林子日漸遙遠，岸邊的樹木也看不分明。仙人住在丹丘之上，我從此就要跟隨他去了。

【研　析】詩題的意思是將往天台山，寫此詩向臨安李主簿道別。詩的首聯說：你且忙你的文書案卷吧，我該動身上路了。枳棘、匏瓜的典故，見出二人處境相近，言外寄予同情。「誰念」以下二聯，剖析自身處境和心態：冒著炎夏涉江渡海，不全是遊手好閒。而故土田園一時又回不去，這種尷尬的處境不是誰都能理解的，自己也似乎受到無形外力的驅使，只能堅持走下去。「定山」以下三聯說，照謝靈運當年的旅遊路線圖，「宵濟漁浦、旦及富春」這些項目業已一一完成，剩下來是最後一項：上丹丘尋訪仙人。登天台山拜訪太一子，是詩人越中之行核心目標之一，詩人對此行充滿期待，有一往無前的氣概。「枳棘」、「匏瓜」、「定山」、「漁浦」等故實的使用，妙合自然，不露痕跡。

家園臥疾畢太祝曜見尋

【題　解】畢曜，生卒年不詳，開元末為太常寺太祝，天寶十三年（西元七五四年）任司經局正字，乾元二年（西元七五九年）擢監察御史，寶應間流黔中而卒。太祝，掌出納神主於太廟之九室，而奉享薦禘祫之儀。按畢曜的仕履推算，此詩是孟浩然晚年之作。

伏枕舊遊曠❶，笙簧勞夢思❷。平生重交結，迨此令人疑。冰室無
暖氣，炎雲空赫曦❸。隙駒不暫駐❹，日聽涼蟬悲❺。壯圖哀未立❻，班

白恨吾衰❼。夫子自南楚❽，緬懷嵩汝期❾。顧予衡茅下❿，兼致稟物資。脫分趨庭禮⓫，殷勤〈伐木〉詩⓬。脫君車前鞅，設我園中葵⓭。斗酒須寒興⓮，明朝難重持⓯。

【注釋】❶伏枕舊遊曠　意謂臥病在床，舊日交遊的朋友很少有人上門來探視。伏枕，伏臥枕上。後多指臥病。舊遊，舊日結交的朋友。曠，少。❷笙篁勞夢思　意謂時時想念友朋歡聚的場景。笙篁，即笙，由長短不一的竹管製成的樂器。《詩經・小雅・鹿鳴》：「我有嘉賓，鼓瑟吹笙。」勞夢思，夢中常常想起。勞，頻繁。❸炎雲空赫曦　意謂火熱的雲當頭炎暑熾熱。炎雲，火熱的雲。赫曦，炎暑熾熱。❹隙駒不暫駐　意謂時光的腳步一刻也不停留。隙駒，《莊子・知北遊》：「人生天地之間，若白駒之過隙，忽然而已。」由此引出成語「白駒過隙」，謂日影如白色的駿馬飛快地馳過縫隙。形容時間過得極快。❺日聽涼蟬悲　每天聽到寒蟬叫，心中感到悲涼。❻壯圖哀未立　雄心壯志未能實現，心中悲哀。❼班白恨吾衰　意謂可悲的是我已頭髮花白。班白，頭髮花白。吾衰，《論語・述而》：「子曰：甚矣，吾衰也。」❽夫子自南楚　意謂您從南楚而來。夫子，對男子的敬稱。南楚，楚地南方。《史記・貨殖列傳》：「衡山、九江、江南、豫章、長沙，是南楚也。」❾緬懷嵩汝期　意謂有嵩山、汝水一帶的約會。即畢曜將前往嵩汝。嵩汝，嵩山、汝水，在今河南西部，唐時東都附近。❿顧予衡茅下　意謂到簡陋的住處來看望我。顧，看望。衡茅，衡門茅舍。⓫脫分趨庭禮　意謂超越名分施以大禮。趨庭，據《論語・季氏》記載：孔子的兒子孔鯉趨而過庭，孔子先後問他「學詩乎？」「學禮乎？」趨，快步走。表示恭敬。⓬殷勤伐木詩　意謂在深情〈伐木〉詩意中設宴待客。殷勤，情誼深厚。伐木，《詩經・小雅・伐木》：「伐木丁丁，鳥鳴嚶嚶。嚶其鳴矣，求其友聲。」詩序謂：「〈伐木〉，燕朋友故舊也。」⓭脫君

二句　意謂脫下您車中馬頸上的布帶，擺上我園子裡的葵菜，且共同飲酒。脫鞅，停車。鞅，套在車中馬頸上的布帶。設，擺酒待客。葵，又稱葵菹，古代常見的一種蔬菜。⓮斗酒須寒興　意謂斗酒雖少，也須盡興而飲。寒，自謙之詞。⓯明朝難重持　意謂明天就不能同飲了。

【語　譯】臥病在床，舊日交遊的朋友少有來探視，讓我時時想念朋友歡聚的場景。平生十分注重交朋結友，到這一刻卻不禁令人生疑。冬天屋子寒冷沒有一絲暖氣，夏天火熱的雲層炎暑熾熱。時光如白駒過隙一刻不停，每日聽寒蟬鳴叫倍感淒涼。悲哀雄心壯志未能實現，而我已是頭髮斑白衰病老翁。您從南楚趕來，心懷嵩山、汝水的約會。到簡陋的住處來看我，又送給我日用物資。您超越名分施以大禮，我在深情的〈伐木〉詩境中設宴待客。脫下您車中馬頸上的布帶，擺上我園裡青青葵菜，一起暢飲。斗酒雖少也須盡興，也許明天就沒機會同飲了。

【研　析】此詩記詩人家園臥病、客人偶然來訪一段感受。詩人久病臥床，故舊絕跡，難得有人遠道來訪，因此倍感慰藉，久積胸中的萬千感慨也隨之而發。詩的前半，訴說因臥病而加深的世態炎涼之慨。久病在床，出行不便，詩人對友人的夢思日勞；而舊友並無行動障礙，肯上門探望的竟然日見其曠，這對於重交友之道的詩人來說，痛苦可想而知。詩人將這種炎涼之異與時序交替、年命相催相綰合，更增添一層悲涼意緒，也深化了嘆息的思想內涵。詩的後半，感激畢曜到訪，並鋪敘設宴待客情景。但能端出的，只有園中葵而已。我們從詩人壯圖未立之哀、世態炎涼之嘆中，不難想見其晚年心境的淒涼。

送丁大鳳進士舉

【題解】丁大鳳，即丁鳳，排行為大。是孟浩然同鄉詩友。進士舉，即應進士試。唐代科舉制度，學子要經過本縣考試，進而經州長覆核，取其合格者，於每年十月隨物入貢京師，天子制策，考其功業辭藝，謂之進士。

吾觀〈鷦鷯賦〉❶，君負王佐才❷。惜無金張援❸，十上空歸來❹。
棄置鄉園老❺，翻飛羽翼摧❻。故人今在位❼，歧路莫遲迴❽。

【注釋】❶鷦鷯賦　晉張華〈鷦鷯賦〉。《晉書・張華傳》：「張華字茂先，范陽方城人也。……初未知名，著〈鷦鷯賦〉以自寄。陳留阮籍見之，嘆曰：王佐之才也。由是聲名始著。」此用以喻丁鳳詩文。❷君負王佐才　意謂您有輔佐帝王之才能。負，稟有。❸金張援　朝廷權貴的得力援引。金張，指漢金日磾、張安世，二人累世貴重。《抱朴子・外篇・自敘》：「內無金張之援，外乏彈冠之友。」此指舉薦拔擢。❹十上空歸來　此用蘇秦典故。《戰國策・秦策一・蘇秦始將連橫》：「說秦王書十上而說不行。黑貂之裘弊，黃金百斤盡，資用乏絕，去秦而歸。」❺棄置鄉園老　意謂應試落榜，在鄉間打發時光。棄置，指應試未被錄取。❻翻飛羽翼摧　意謂想有所作為而翅膀折斷。翻飛，喻仕途騰達，有所作為。❼故人今在位　老朋友正在官位。故人，舊交，指張九齡，也是丁鳳的朋友。❽歧路莫遲迴　意謂不要徘徊在十字路口。歧路，岔道。遲迴，徘徊不進。

【語譯】您寫的詩文堪比張華的〈鷦鷯賦〉，身懷輔佐帝王的才能和抱負。可惜沒有朝廷權貴的得力援引，多次獻賦卻失意歸來。應試落榜在鄉閭打發時光，想一飛沖天而翅膀折斷。老朋友如今正在官位，您千萬別在十字路口猶豫徘徊。

【研析】據詩意，丁鳳已多次參加進士考試，總是失意而歸。這一次，孟浩然藉賦詩壯行的機會，勸勉其不要遲疑徘徊，因為有朋友在位，可以援引。詩題一作〈送丁大鳳進士赴舉呈張九齡〉，則「故人」可以確定為張九齡，其在位時間是開元二十一年至二十四年期間。丁鳳以前因無貴人相助，故「十上空歸來」，今天情況不同了，推行開明政治和廣開才路政策的人執掌了政權，丁鳳應看到希望，展翅翻飛指日可待。詩人自己也應看到希望，故此詩勉勵友人之語，不妨當作詩人自勉來理解。向張九齡舉薦丁鳳，同時也是盼望張九齡提攜自己。古詩而間用律句，整飭中不失渾樸。

送吳悅遊韶陽

【題解】吳悅，事蹟不詳。韶陽，舊韶州的別稱，唐代稱曲江，即今廣東韶關。

五色憐鳳雛❶，南飛適鷓鴣❷。楚人不相識，何處求椅梧❸？去去日千里，茫茫天一隅❹。安能與尺鷃，決起但搶榆❺。

【注　釋】❶五色憐鳳雛　意謂吳悅如五色鳳雛一樣，是一表人才。五色，青、赤、黑、白、黃五種顏色，古代以之為正色。鳳雛，幼鳳。多比喻俊傑。❷南飛適鷓鴣　意謂向南飛去與鷓鴣為伍。左思〈吳都賦〉有「鷓鴣南翥而中流」之句，劉良注：「鷓鴣，如雞，黑色，其鳴自呼。或言此鳥常南飛不北，豫章以南諸郡處處有之。」言外之意是以鳳凰之質與凡鳥為伍大不可取。❸楚人二句　意謂楚地人不認識鳳凰，不會提供你所需要的條件。椅梧，椅樹和梧桐。顏延年〈秋胡詩〉有「椅梧傾高鳳」之句，張銑注：「椅亦梧類，鳳凰常棲之。言椅梧之樹，常傾枝以待鳳。」❹去去二句　意謂越走越遠，直到天涯海角。❺安能二句　意謂怎能與尺鷃混同，在小地方折騰。《莊子・逍遙遊》：「有鳥焉，其名為鵬，背若太山，翼若垂天之雲，搏扶搖羊角而上者九萬里。絕雲氣，負青天，然後圖南，且適南冥也。斥鷃笑之曰，彼且奚適也？我騰躍而上，不過數仞而下，翱翔蓬蒿之間，此亦飛之至也，而彼且奚適也。」又：「蜩與學鳩笑之曰，我決起而飛，搶枋榆，時則不至，而控於地而已矣。奚以九萬里而南為？」

【語　譯】你如五色鳳雛一般，一表人才，卻要飛南方去與鷓鴣為伍。楚地人不認識鳳凰，你又到哪裡尋求棲息的椅樹與梧桐？越走越遠，一日千里，茫無邊際，直至天涯海角。你怎能與斥鷃混同，在小地方折騰呢。

【研　析】吳悅南下韶陽，人地兩生，能施展自己的抱負嗎？詩人認為，以吳悅鳳雛俊才，不可去與鷓鴣為伍；在不重視人才的環境中，鳳凰是難以找到棲息的梧桐的。詩人在為友人前程擔心的同時，向他發出忠告：千里之外是蠻荒的天涯海角，萬不可混同於尺鷃，在小地方折騰。社會生活中，有人以推助附和和不拂人之興為處世哲學，甚至以之對待親友。孟浩然待友以誠，能講真心話，當其意識到此行前途堪虞時，明白無誤地勸朋友三思而後行，而不是違心地勉勵其努力前行。「朋友之交，乃是人行之大者。」（《毛詩正義・谷風之什訓詁傳》）作為送別詩，這樣寫似有點殺風景，而詩人交友以誠的赤子之心，卻令人肅然起敬。

送張子容進士舉

【題　解】張子容，據《唐才子傳》記載：張子容，襄陽人，開元元年（西元七一三年）中進士，曾官樂城尉、奉先令、尚書省郎中、義王府司馬等。後棄官歸鄉，是孟浩然同鄉詩友。張子容開元元年中進士，則其參加進士考試應在同年。按唐代科舉制度，考試前一年十月集貢士於京師，準此，這首送張子容赴京的詩應作於先天元年（西元七一二年）九、十月間。

夕曛山照滅❶，送客出柴門。惆悵野中別❷，殷勤歧路言❸。茂林余偃息❹，喬木爾飛翻❺。無使〈谷風〉誚，須令友道存❻。

【注　釋】❶夕曛山照滅　落日餘暉在山頭消失。❷惆悵野中別　感傷地在野外道別。惆悵，感傷；失意。《楚辭・九辯》：「坎廩兮貧士失職而志不平，廓落兮羈旅而無友生，惆悵兮而私自憐。」❸殷勤歧路言　意謂在將分手的岔路口互道珍重。殷勤，情誼深厚；心意真摯。歧路，岔路口。❹茂林余偃息　意謂我將閒居於山林之處。茂林，茂密的山林。指隱居之處。❺喬木爾飛翻　意謂願你考試順利，仕途暢達。喬木，高大的樹木。《詩經・小雅・伐木》：「出自幽谷，遷于喬木。」即鳥往高處飛。飛翻，飛翔翻騰。❻無使二句　意謂不要發生像〈谷風〉中所諷刺的。《詩經・小雅・谷風》是諷刺周幽王的詩，當時天下俗薄，朋友之道消亡。孔穎達疏：「朋友之交，乃是人行之大者。幽王之時，風俗澆薄，窮達相棄，無復思情，使朋友之道絕焉，言天下無復有朋友之道也。」

【語　譯】落日餘暉在山頭消失，送客走出柴門之外。在野外感傷道別，分手的岔路口互道珍重。我將棲隱於茂密山林，願你科舉順利仕途暢達。不要發生〈谷風〉中所諷刺的那樣，一定要讓朋友之道長存你我心間。

【研　析】此詩是詩人早期作品，記送張子容赴京應進士試情景。詩人與張子容是生死之交。大約是在孟家為張餞行，直到黃昏時分送客出柴門，一直送到岔路口才互道珍重，依依惜別。從此以後，一個將步入仕途，一個仍棲隱林下。孟浩然期望於友人的，是不要出現窮達相棄的局面。對比一下二人二十年後永嘉重逢的情景，我們知道二人銘記著這次送別，始終不渝地踐行著交友之道。造語平淡無華，正如友情之自然質樸。「惆悵野中別，殷勤歧路言」，讓人玩味不盡。茂林、喬木、〈谷風〉，形象典雅而饒有餘味。

長安早春

【題　解】詩人第一次來到大唐帝國的首都，又是大好春日，他為眼前的景象所感動，開元全盛日的長安，山青水秀，花草喜人，鶯歌燕舞，詩人對前途充滿期待，希望能金榜題名，踏著春光而歸。此詩《文苑英華》卷一八一、《唐詩紀事》卷二三、《唐詩品匯》卷七六作張子容詩。按唐人習慣，往往將他人相關作品編入個人詩集，此詩正與〈送張子容進士舉〉相接，有可能非孟浩然所作。

關戍唯東井❶，西城起北辰❷。咸歌太平日，共樂建寅春❸。雪盡青山樹，冰開黑水濱❹。草迎金埒馬❺，花伴玉樓人❻。鴻漸看無數❼，鶯歌聽欲頻❽。何當遂榮擢，歸及柳條新？

【注　釋】❶關戍唯東井　意謂長安的分野上應東井。古代以十二星次的位置劃分地面上的州、國位置，與之相對應。東井，即井星，二十八宿之一。《史記・張耳陳餘列傳》：「漢王之入關，五星聚東井。東井者，秦分也，先至必霸。」❷北辰　北極星。《論語・為政》：「為政以德，譬如北辰，居其所，而眾星共之。」❸建寅春　春正月。古代以北斗星斗柄的運轉計算月分，斗柄指向十二辰中的寅即為夏曆正月。❹冰開黑水濱　意謂黑河的冰開始解凍。黑水，黑河，在長安西周至縣境，即《水經注・渭水》所稱之芒水。《縣志》：「黑水源出黑水谷，合韓谷、黃谷諸水，北流至紅崖分為盧家河，又東北至沙谷堆分為泥河，又東北徑黑河灣入渭。」今為西安飲用水源。❺金埒馬　名貴的馬。《世說新語・汰侈》：「于時人多地貴，濟（王濟）好馬射，買地作埒，編錢布地竟埒。時人號曰『金埒』。」能出入這樣豪侈騎射場的馬自然身價不菲。❻玉樓人　身分高貴的人。玉樓，傳說天帝或仙人居所。❼鴻漸看無數　大雁成群飛過。鴻，大雁。❽鶯歌聽欲頻　耳畔鶯的叫聲日見頻繁。

【語　譯】長安的分野上應東井，西城上應北極星。都在歌頌太平盛世，共同慶賀新春氣象。大雪融化，盡顯青山綠樹。黑河冰解，只聽水流潺潺。青青草地走過名貴的馬匹，春花陪伴著高官貴人。大雁從眼前成群地飛過，耳畔黃鶯的啼叫日見頻繁。何時才能金榜題名，踏著春光榮歸故里？

【研　析】該詩與襄陽隱逸逃禪的傾向不大相類，充溢著入仕的期待和對功名的渴求。前四句闡發詩題，寫賦詩之時地，無甚新意，用語平平，中四句由春日引發，描寫了冰雪初融，水開山青的省淨畫面，撩撥開勃勃生機，進而將貴人名馬、鴻雁鶯歌的輕閒歡逸景象引入詩中，傳達出功成名就舒適恬淡的人生期望，最後逕直點出欲及第榮耀、壯志早酬的意願。全詩由時地轉入景致，由自然之生機引發個人仕途之抱負，流轉自然，整體氛圍也顯得輕鬆雅淨。「鴻看無數」與「鶯聽欲頻」反映出詩人對功名的急切心態，頗有「一日看盡長安花」（孟郊〈登科後〉）的味道。（王振國）

送張參明經舉兼向涇川覲省

【題　解】張參，清勞格《唐尚書省郎官石柱題名考・戶部郎中》據《新表》定其為河間張氏，進而考證他是吏部員外郎張昇子。曾任國子司業，著《五經文字》三卷，後為李勉幕府判官，大曆中有儒學高名。錢起〈送張參及第還家〉：「太學三年聞琢玉，東堂一舉早成名。借問還家何處好，玉人含笑下機迎。」如果孟浩然所送即這位張參，則其出發地應在河間，即今河北河間。那裡固然有滹沱河，但絕不能稱「泛舟江上」。又據錢起所贈詩「玉人含笑」之語，這位張參是已婚男子，與此詩中「十五彩衣年」不相符合。更何況他是由太學直接參加考試的。於是，我們不妨認為詩人所送為另一位張參，他是由襄陽出發的。詩中所用「仰神仙」的典故也是就地取材。明經考試除內容與進士不同外，其他規定大致相同。向涇川覲省，去涇川探親。涇川，在今甘肅涇川北。

十五彩衣年❶，承歡慈母前。孝廉因歲貢❷，懷橘向秦川❸。四座推
文舉❹，中郎許仲宣❺。泛舟江上別，誰不仰神仙❻。

【注　釋】❶十五彩衣年　還是十四、五歲穿彩衣的年紀。❷孝廉因歲貢　意謂按歲貢名額去參加考試。孝廉，

漢代規定郡國舉孝廉各一人到朝廷，為漢代選拔人才的科目。顏師古曰：「孝謂善事父母者。廉謂清潔有廉隅者。」此指唐代科舉。唐代規定諸州共貢明經一百四十三人。由此可見能上京參加明經考試果然十分榮耀。❸懷橘向秦川　指到涇川探親一事。懷橘，據《三國志・吳書・陸績傳》記載：陸績六歲時在九江見袁術，袁術用橘子招待客人，陸績藏了三枚於懷中，臨別跪拜，橘子墮地。袁術問他作客還藏橘子嗎？他說回家給母親吃。袁術大為讚賞。秦川，泛指今陝西、甘肅秦嶺以北渭水平原。❹四座推文舉　在座的人都稱許他有孔融的風範。四座，所有在場的人。推文舉，推許其如同孔融。文舉，孔融字，孔子二十世孫。《後漢書・孔融傳》：「融幼有異才。年十歲，隨父詣京師。時河南尹李膺以簡重自居，不妄接賓客，敕外自非當世名人及與通家，皆不得白。融欲觀其人，故造膺門。語門者曰，我是李君通家子弟。門者言之。膺請融，問曰，高明祖父嘗與僕有恩舊乎？融曰，然。先君孔子與先君同德比義，而相師友，則融與君累世通家。眾坐莫不嘆息。」❺中郎許仲宣　意謂如果蔡中郎再生也會以王粲視之。中郎，指蔡邕，曾任左中郎將，世稱蔡中郎。許，推許。仲宣，指王粲。《三國志・魏書・王粲傳》：「獻帝西遷，粲徙長安，左中郎將蔡邕見而奇之。時邕才學顯著，貴重朝廷，常車騎填巷，賓客盈座。聞粲在門，倒屣迎之。粲至，年既幼弱，容狀短小，一座盡驚。邕曰：此王公孫也，有異才，吾不如也。吾家書籍文章，盡當與之。」❻泛舟二句　此用郭太、李膺故事。《後漢書・郭太傳》：「郭太字林宗，太原界休人也。……博通故典，善談論，美音制。乃遊於洛陽。始見河南尹李膺，膺大奇之，遂相友善，於是揚名於京師。後歸鄉里，衣冠諸儒送至河上，車數千輛。林宗唯與李膺同舟而濟，眾賓望之，以為神仙焉。」

【語　譯】還是十四、五歲穿彩衣的年紀，本應在慈母面前承歡遊戲。按歲貢名額去參加考試，途中不忘去涇川探親。在座的都稱他有孔融的風範，就算蔡中郎再生也會以王粲視之。泛舟江上作別故園，誰都把他當神仙一樣仰望。

【研　析】此詩為送張參參加京城明經考試兼往涇川探親而作。即將上路的人是個十四、五歲的小弟弟，故此詩開篇所描繪的，是穿著花衣、在慈母面前撒嬌的小不點。接著讚嘆其幼而才高，令人刮目相看：當時全國明經歲貢一百四十三人，小不點榜上有名，有人說他像孔融一樣幼有異才，有人說他像王粲一樣，讓大學問家嘆服。尾聯是其登舟起程的特寫鏡頭，大有漢代郭太風采，與李膺同舟，眾人望之，以為神仙。這位小弟弟是否一試高中，沒有下文。但唐代確是不拘一格取人才的時代，少年登第者，如王勃十六歲應幽素科舉，對策高第；元稹十五歲明兩經及第等等，不勝枚舉。張鷟十七歲進士及第，又八次應制舉，皆登甲科，是唐代獲得文憑最多的考試能手。

送張祥之房陵

【題　解】張祥，事蹟不詳。房陵，在襄陽西房州，州治所在，即今湖北房縣。由襄陽乘船溯漢水至穀城，轉入築水西南行，到上游即為房陵。孟浩然此詩所描寫的就是這條路線。

我家南渡頭❶，慣習野人舟❷。日夕弄清淺❸，林湍逆上流❹。上流
據形勝❺，天地生豪酋❻。君意在利往，知音期自投❼。

【注　釋】❶我家南渡頭　孟浩然的家鄉襄陽，地處楚國故北津之南渡口。北津在襄陽縣北沔水渡口。❷慣習

野人舟　意謂熟悉老百姓使的小船。慣習，熟悉。野人，村野之人。❸日夕弄清淺　意謂從早到晚在清淺的水上來往。❹林湍逆上流　意謂小船在山林溪澗間溯流而上。林湍，山林溪澗。❺上流據形勝　上游占據優越的地理形勢。《輿地紀勝．房州風俗形勝》：「在漢之東，所在深險。土地險隘，其人半楚，其地四塞險固，即唐遷州故城。州窮險有蠻夷之風，其人率多勁悍決烈。」❻天地生豪酋　意謂這樣的自然環境容易生豪傑首領一類人物。豪酋，酋長；首領。❼君意二句　意謂您滿懷熱情前往，相信好朋友會同樣熱情地期待您的到訪。知音，知己朋友。據《列子．湯問》記載：伯牙善鼓琴，鍾子期善聽琴。伯牙琴音志在高山，子期說「峨峨兮若泰山」，琴音意在流水，子期說「洋洋兮若江河」。伯牙所念，鍾子期必得之。後世遂以「知音」比喻知己、同道。

【語　譯】我家就住在南渡口，擅長使用村野小船。每天在清淺的水上往來，沿山林溪澗溯流而上。上游占據著地理優勢，自然環境容易滋生豪傑英雄。您滿懷熱情地前往，相信好友定會熱情期待您的到訪。

【研　析】此詩為友人張祥往房陵訪友壯行。詩人曾到過房陵附近的竹山，有〈行出竹東山望漢川〉，因而對那一帶的風土人情瞭如指掌。在這首詩裡，除介紹張祥此行路線外，特別描述房陵的自然人文風貌，用「上流據形勝，天地生豪酋」，此即地理書所描述的「州窮險有蠻夷之風，其人率多勁悍決烈」，這就與襄陽的溫和儒雅形成鮮明對照。詩人告訴行客說：以你的豪邁性格，好朋友一定正期待你的拜訪。讀者也會因此引發探險的聯想。

送韓使君除洪州都督

【題　解】此詩題目，宋本誤「督」為「曹」，且多「韓公父嘗為襄州使」八字，據活字本等改。韓使君，指韓朝宗。韓朝宗開元十九年（西元七三一年）至開元二十四年任荊州大都督府長史、山南採訪使等職，坐貶洪州都督兼洪州刺史。此詩作於開元二十四年九月，韓朝宗由襄陽赴洪州任所時。

述職撫荊衡❶，分符襲寵榮❷。往來看擁傳❸，前後賴專城❹。勿翦棠猶在❺，波澄水更清❻。重推江漢理❼，旋改豫章行❽。召父多遺愛❾，羊公有令名❿。衣冠列祖道⓫，耆舊擁前旌⓬。峴首晨風送⓭，江陵夜火迎⓮。無才慚孺子⓯，千里愧同聲⓰。

【注　釋】❶述職撫荊衡　意謂承擔著為朝廷治理荊州的重任。述職，地方官吏入朝陳述任職情況。撫，安撫；治理州縣。荊衡，荊州。《尚書・禹貢》：「荊及衡陽惟荊州。」❷分符襲寵榮　意謂承襲先人榮耀擔任封疆大吏。分符，古代帝王封官授命，以虎符一半留京，一半付刺史，合則驗命。襲寵榮，指韓朝宗襲封其父韓思復長山縣開國伯爵位以及同樣任襄州刺史。言外之意是韓氏與襄陽緣分深遠。❸往來看擁傳　意謂迎來送往之際，百姓都簇擁著驛傳的車輛。往，指韓赴任洪州。來，指韓來任襄陽刺史。擁傳，簇擁著驛傳的車輛。古代驛站備有馬匹、車輛供官方往來之需。❹前後賴專城　指韓氏父子兩代人相繼任襄陽刺史。賴，仰賴。專城，古代稱州牧、刺史等，言其為一城之主。❺勿剪棠猶在　意謂韓公的遺愛長存。勿剪，《詩經・召南・甘棠》：「蔽芾甘棠，勿剪勿伐，召伯所茇。」稱頌周代立國之初召公德政。召公即召伯，名奭，曾循行南國，以布文王之政，舍於甘棠樹下。後來人們懷念他，寄情甘棠，所以有「勿剪勿伐」之語。「召棠」也用以稱頌官吏政績。❻波澄水更清　意謂韓為官清廉，有如澄波。言外有為其辨誣之意。其時李林甫當政不久，大批朝野高官遭構陷。❼重推江漢理　意謂韓在荊州、襄陽政聲遠播，備受推重。言外有為其遭貶抱不平之意。江漢，長江、漢水流域。❽旋改豫章行　不久改任洪州刺史。旋，不久。豫章，漢郡名，洪州的別稱，今江西南昌。❾召父多遺愛　意謂韓像召父那樣有恩澤留在民間。召父，指西漢南陽太守召信臣。《漢書・循吏傳》：「召信臣字翁卿，九江壽春人也。……遷南陽太守。信臣為人勤力有方略，好為民興利，務在富之。躬勸耕農，出入阡陌，止舍離鄉亭，稀有安居時。……其化大行，郡中莫不耕稼力田，百姓歸之，戶田增倍，盜賊獄訟衰止。吏民親愛信臣，號之曰召父。」遺愛，《左傳・昭公二十年》：「子產見愛，有古人之遺風。」後以指及於後世之愛。召信臣所領南陽與襄陽交接。❿羊公有令名　羊公在襄陽有美好的聲望。羊公，羊祜。《晉書・羊祜傳》：「祜率營兵出鎮南夏，開設庠序，綏懷遠近，甚得江漢之心。……於是吳人翕然悅服，稱為羊公，不之名也。」令名，美好的名聲。⓫衣冠列祖道　意謂士大夫列隊送別。衣冠，指士大夫。古代士以上戴冠，故用以為縉士大夫的代稱。列，排列；列隊。祖道，為遠行者祭祀路神並為餞行。《漢書・劉屈氂傳》：「貳師將軍李廣利將兵出擊匈奴，丞相為祖道，送至渭橋。」顏師古注：「祖者，送行之祭，因設宴飲焉。」⓬耆舊擁前旌　鄉親父老簇擁著前導的旗幟，同來送行。耆舊，德高望重的故老。⓭峴首晨風送　意謂峴山頂上晨風吹拂，也來送客。峴首，襄陽峴山。峴山，又名峴首山，在襄陽城東南七里。⓮江陵夜火迎　想像途經荊州境界情景，當地百姓一定高舉火把迎接韓公路過。江陵，荊州治所。此代指荊州。由襄州赴洪州，沿漢水南下，途經荊州。因韓先前任荊州大都督府長史，受到吏民愛戴。⑮無才慚孺子　自嘆愧無東漢徐稚才華。孺子，徐稚字。⑯同聲　知心朋友。

【語　譯】承擔著重任為朝廷治理荊州，承襲著先人榮耀擔任封疆大吏。迎來送往百姓簇擁著驛傳的車輛，父子兩代相繼任職襄陽刺史。韓公的遺愛長存民間，為官清廉猶如澄波。在荊州、襄陽政聲遠播備受推重，不久又改任洪州刺史。像召父那樣恩澤沾溉民眾，像羊公一般在襄陽留有美名。走時士大夫們列隊送別，父老鄉親一路簇擁著旗幟。連峴山頂上的晨風也特意輕輕吹拂，途經荊州時百姓定當高舉火把迎接。我自嘆缺少東漢徐稚的才華，愧為千里之外的韓公引為知心朋友。

【研　析】前面我們讀過〈和張判官登萬山亭因贈洪府都督韓公〉，詩思因萬山亭觸發，主要表達詩人對洪府都督韓朝宗的思念。從時間上說，在韓已抵洪府以後，故詩中有「自牧豫章郡，空瞻楓樹林」之語。此首記送韓由襄陽赴洪州任情景，主要表達對韓公父子在襄陽惠政的讚美以及襄陽士庶對韓朝宗這位直臣廉吏的愛戴。詩中用「分符襲寵榮」、「前後賴專城」等語，描述韓氏父子兩代治理襄陽有功，用「波澄水更清」加以形容，用「重推江漢理」為韓公的襄陽政績作出結論。這種發自民間的聲音，有為韓公鳴不平的用意，因為韓是坐貶洪州都督的。具體事由是轄境縣官擅興賦稅，韓朝宗負有約束不嚴責任。這從一個側面可以看出當時政令尚嚴明。詩的後半，述襄陽士庶送別情景，百姓懷著愛戴召父、羊公那樣的深情，列祖道、擁前旌，從峴首的晨風到江陵的火把，場面的熱烈隆重，持續時間之長，都在昭示一位封疆大吏的豐功偉績。鄭重典雅，深情無限，可與〈荊門上張丞相〉並讀。

京還留別新豐諸友

【題解】宋本題作〈東京留別諸公〉，與詩中所寫新豐、溫泉景物不符，據凌本等改。京，指都城長安。新豐，在今陝西臨潼東北新豐鎮。《元和郡縣圖志・關內道》：「新豐故城，在縣東十八里，漢新豐縣城也。漢七年，高祖以太上皇思東歸，於此置縣，徙豐人以實之，故曰新豐。」此詩寫詩人離開長安返鄉路過新豐，朋友為其接風情景。

吾道昧所適❶，驅車還向東。主人開舊館，留客醉新豐。樹繞溫泉❷綠，塵遮晚日紅。拂衣❸從此去，高步躡華嵩❹。

【注釋】❶吾道昧所適　我信奉的道義行不通。吾道，《論語・里仁》：「子曰：士志於道。……子曰：參乎，吾道一以貫之。」指詩人一直信奉的儒學信條。昧所適，昧於所適，找不到恰當出路。❷溫泉　在新豐西南驪山下。唐初置宮，咸亨二年始名溫泉宮，天寶六年更曰華清宮。迄今仍為關中名勝。❸拂衣　振衣而去。表示決絕和歸隱之意。❹高步躡華嵩　意謂放開腳步去登華山、嵩山。高步，大步。華嵩，此代指五嶽名山。華，西嶽華山，在今陝西華陰南。嵩，中嶽嵩山，在今河南登封北。

【語　譯】我信奉的道義竟然行不通，所以離開長安驅車東行。主人在家鄉擺開宴席，為我在新豐鎮接風洗塵。樹木環繞，溫泉周圍一片碧綠，塵土飛揚，遮住了夕陽晚紅。振衣而去，從此歸隱山林，昂首闊步去登攀華山、嵩山。

【研　析】此詩記應試失敗離開長安，回鄉路過新豐鎮，友人為詩人接風情景。孟浩然為應進士試，刻苦準備了三十年，一試不中，受到的打擊很重，他悟出的道理是自己選擇的道路有問題。仕途不通，但回鄉的道路暢通無阻。詩的首聯即表達詩人的人生抉擇。頷聯敘事，好友在新豐擺下酒宴，為詩人接風洗塵。「舊館」是曾經留宿的驛館，今天重為舊友而開，則主人的盛情可感。新豐盛產美酒，正可留客人痛飲，著一「醉」字，其場面之熱烈可知。頸聯景語，既寫眼前實景，也在烘托友情的珍貴。一路上有舊雨新知的護送，吾道暢行無阻。尾聯寄慨，孟浩然明確表示從此拂衣而去，將適華、嵩之山而求道也。全篇感情充沛，興寄深邃，具象和情思的交融極為自然；運古入律，聲情諧和，傳達出詩人的兀傲風骨。

適越留別譙縣張主簿申少府

【題　解】譙縣，今安徽亳州。張主簿，名字不詳。申少府，據陶敏《全唐詩人名考證》當為申屠少府，名液，其時任亳州臨渙縣尉。此詩約作於開元十八年（西元七三〇年）秋，孟浩然自洛陽乘舟沿汴水而下，途經譙縣地界，赴東南吳越。

朝乘汴河去❶，夕次譙縣界❷。幸值西風吹，得與故人會。君學梅福隱❸，吾從伯鸞邁❹。別後能相思，浮雲在吳會❺。

【注釋】❶朝乘汴河去　早晨登船沿汴河進發。汴河，又稱汳水、汴渠。隋唐時期從洛陽通往東南的水運幹道。❷夕次譙縣界　晚上到達譙縣地面。❸梅福隱　梅福曾任南昌尉。《漢書・梅福傳》：「梅福，字子真，九江壽春人也……補南昌尉，後去官歸壽昌。……王莽顓政，福一朝棄妻子，去九江，至今傳以為仙。其後，人有見福於會稽者，變姓名，為吳市門卒。」此指張、申二位。❹吾從伯鸞邁　我將學梁鴻的榜樣去吳地一遊。伯鸞，《後漢書・梁鴻傳》：「梁鴻字伯鸞，扶風平陵人也。……有頃，又去適吳。將行，作詩云云。」❺別後二句　意謂別後倘能相思，在浮雲飄繞的吳越一帶有我的行蹤。吳會，東漢分會稽郡為吳、會二郡，合稱吳會，其郡領有今太湖流域和錢塘江以東至福建地區。後泛指此二郡故地。

【語譯】早晨登船沿汴河進發，晚上到達譙縣地界。幸好有西風吹送，使我能與老朋友盡快相會。你們像梅福一樣棲隱這裡，我學梁鴻的榜樣去吳地一遊。別後倘若想起朋友，在浮雲飄繞的吳越有我的身影。

【研析】孟浩然自洛陽乘汴水而下，一帆風順，很快就進入譙縣地界。當得知大詩人從轄境通過時，兩位地方官譙縣張主簿和臨渙申屠少府殷勤接待，以盡地主之誼。詩的前二聯敘事，說早晨剛登上汴河船，晚上就到了譙縣界，路途的便捷折射出詩人心情的輕快。詩人甚至說是西風解人意，吹送我與老朋友快快相會。詩的後半，記與友人敘舊惜別情景，二位主人沉淪下僚，詩人說他們是學梅福的樣子，安於縣尉的現狀；而詩人此行只是追尋梁鴻的腳印，去吳越一遊。詩人豪邁地告訴主人，別後倘能相思，那白雲飄浮的吳越山水間有我的身影。可見孟浩然赴吳越途中情緒是很高漲的。

題長安主人壁

【題　解】詩題的意思是這首詩寫在長安寓所的牆壁上。孟浩然於開元十六年（西元七二八年）冬赴京應試，正式考試在開元十七年春進行，結果未能及第。詩人之所以沒有立即返回襄陽，是因為他還想再作一番努力，試圖走獻賦求仕之路。西漢揚雄蒙人推薦，向成帝獻〈甘泉賦〉是前朝先例。唐代也有獻賦求仕的慣例，詩人杜甫固守長安達十年之久，未能及第，最終是憑上〈三大禮賦〉步入仕途的。開元十六、十七年的朝廷，已致仕的燕國公張說復為右丞相，依舊知集賢院事。此詩中的「叨陪東閣賢」或指此。

久廢南山田❶，叨陪東閣賢❷。欲隨平子去❸，猶未獻〈甘泉〉❹。

枕藉琴書滿❺，褰帷遠岫連❻。我來如昨日，庭樹忽鳴蟬❼。促織驚寒女❽，

秋風思長年❾。授衣當九月，無褐竟誰憐❿。

【注　釋】❶久廢南山田　猶陶淵明〈歸去來兮辭〉所說「田園將蕪胡不歸」。南山，即孟浩然故鄉襄陽峴山。❷叨陪東閣賢　意謂有幸結交求賢若渴的當朝重臣。東閣，漢公孫弘受舉薦，數年至宰相封侯，於是起客館，開東閣以延賢人。賢，疑指張說以及袁仁敬、賀知章諸位。❸欲隨平子去　意謂想像張衡那樣決然歸田。《後漢書・張衡列傳》：「張衡字平子，南陽西鄂人也。衡少善屬文，遊於三輔，因入京師，觀太學，遂通五經，貫六藝。雖才高於世，而無驕尚之情。」張衡〈歸田賦〉：「遊都邑以永久，無明略以佐時。徒臨川以羨魚，俟河清乎未期。」李周翰注：「衡遊京師，四十不仕。順帝時，閹官用事，欲歸田里，故作是賦。」❹猶未獻甘泉　尚未獻上我的〈甘泉賦〉。揚雄〈甘泉賦〉：「孝成帝時，客有薦雄文似相如者，上方郊祀甘泉泰時，汾陰后土，以求繼嗣。召雄待詔承明之庭。正月，從上甘泉，還奏〈甘泉賦〉以風。」❺枕藉琴書滿　意謂屋內堆滿琴書。枕藉，物體縱橫相枕而臥。言其多而雜亂。❻褰帷遠岫連　拉開窗帷可以看到連綿的遠山。長安南五十里為秦嶺山脈之終南山。謝脁〈郡內高齋閑坐答呂法曹〉：「窗中列遠岫，庭際俯喬木。」❼庭樹忽鳴蟬　院內忽然聽到蟬鳴聲。《禮記・月令》：「(孟秋之月)涼風至，白露降，寒蟬鳴。」❽促織驚寒女　意謂蟋蟀叫聲驚動女子加緊勞作。促織，蟋蟀。〈古詩十九首〉之七：「明月皎夜光，促織鳴東壁。」李善注引《春秋考異郵》：「立秋，趣織鳴。女功急，故趣之。」❾秋風思長年　年紀漸大漸老，思欲長壽。《淮南子・說山》：「故桑葉落而長年悲也。」高誘注：「桑葉時將茹落，長年懼命盡，故感而悲也。」❿授衣二句　《詩經・豳風・七月》：「七月流火，九月授衣。一之日畢發，二之日栗烈。無衣無褐，何以卒歲？」毛氏傳：「九月霜始降，婦功成，可以授冬衣矣。」鄭氏注：「褐，毛布也。」句意謂該到得到冬衣的時候，卻無冬衣，有誰憐憫。暗示無人同情失路之人。

【語　譯】南山的田園荒廢已久，我卻在這裡陪侍著諸位賢達。心想像張衡一樣決然歸田，又牽念尚未獻上我的〈甘泉賦〉。屋子內堆滿了琴和書，窗外是連綿的終南山。我來長安好像就在昨天，轉眼間院內已聽到蟬聲。促織的叫聲催促著女子勞作，秋風乍起時悲傷年華老去。就要到九月授衣的時候，究竟有誰憐憫我衣裳單薄。

【研　析】這首詩抒寫詩人落第後在長安生活的窘迫與思想的矛盾。進士試失利，並未將仕進的大門關死，像揚雄那樣獻賦求仕在唐代也行得通，特別是開元十六、十七年，已致仕的燕國公張說的復出，給了詩人新的希望。詩的前二聯展現其期待的情狀，「枕藉」以下，通過景物描寫和時序遷移，揭示其心理活動。秋蟬鳴樹，孤館淒寒，前途未卜，詩人正在人生的十字路口煎熬。詩的情調比較低沉感傷，卻還未到對求仕絕望、下定決心歸鄉的程度。同時寫的〈秦中苦雨思歸贈袁左丞賀侍郎〉，受贈者為袁仁敬和賀知章，詩中明確表示「去矣北山岑」，可並讀。

送莫氏外生兼諸昆弟從韓司馬入西軍

【題　解】莫氏外生，即姓莫的外甥。韓司馬，名字不詳。司馬，州郡僚佐，唐代大都督府、州皆置司馬，掌貳府州之事，以綱紀眾務，通判列曹。西軍，指河西節度使所治之軍。《舊唐書・地理志》：「河西節度使，斷隔羌胡，統赤水、大斗、建康、寧寇、玉門、墨離、豆盧、新泉等八軍，張掖、交城、白亭三守捉。河西節度使治，在涼州。」

念爾習《詩》《禮》❶，未嘗違戶庭❷。平生早偏露❸，萬里更飄零。

坐棄三牲養❹，行觀八陣形❺。飾裝辭故里，謀策赴邊庭。壯志吞鴻鵠❻，

遙心伴鶺鴒❼。所從文與武❽，不戰自應寧❾。

【注釋】❶詩禮　指儒家經典。《詩經》和三《禮》。此指儒家經典及儒家道德規範。❷未嘗違戶庭　意謂從未離開過家門。鮑照〈還都道中作〉：「未嘗違戶庭，安能千里遊。」❸偏露　即孤露。指喪父無所蔭護。❹坐棄三牲養　意謂能在母親面前盡孝道。棄，捨棄。三牲養，《孝經・紀孝行章》：「雖日用三牲之養，猶不為孝也。」邢昺注疏：「言奉養雖優，不除驕亂及爭競之事，使親常憂，固非孝也。」❺行觀八陣形　意謂即將接觸軍事知識。八陣，古代行兵作戰的陣法。據《雜兵書》記載：八陣者，一曰方陣，二曰圓陣，三曰牝陣，四曰特陣，五曰衝陣，六曰輪陣，七曰浮沮陣，八曰雁行陣。❻壯志吞鴻鵠　意謂有鴻鵠那樣高飛遠舉的志向。《史記・陳涉世家》：「陳涉少時，嘗與人傭耕，輟耕之壟上，悵恨久之，……陳涉太息曰：『嗟乎，燕雀安知鴻鵠之志哉！』」❼鶺鴒　即脊令，形似燕子的小鳥，同母所生，飛吟不相離。比喻兄弟友愛之情。❽所從文與武　王粲〈從軍詩五首〉：「從軍有苦樂，但問所從誰。所從神且武，焉得久勞師。」謂從軍有文武之別，治軍有寬嚴之別。❾不戰自應寧　《孫子・謀攻篇》：「是故百戰百勝，非善之善者也。不戰而屈人之兵，善之善者也。」謂能收到不戰的效果，是戰爭的目的所在。勸勉外甥用心於軍事原理。

【語譯】你自幼學習儒家經典，從未離開家門遠行遊歷。年幼喪父孤苦伶仃，出門在外更漂泊無依。能在母親面前盡孝子之道，又即將接觸軍事知識。打點行裝辭別故里，謀求奇策遠赴邊疆。有鴻鵠高飛遠舉的志向，也有鶺鴒一般忠貞不變的兄弟親情。從軍作戰有文武的差別，不戰而屈人之兵是戰爭的最高境界。

【研　析】在唐代，士子仕進之路除科舉這一主渠道外，尚有投軍、入幕、干謁種種。本詩題目所揭示的即投軍這一途。莫氏外甥幼年喪父，今與幾位兄弟一起將隨韓司馬投入河西軍，臨別之際，詩人贈以嘉言，以壯行色。詩人以愛憐的語氣說道：這孩子從小讀書刻苦，沒出過遠門，小時候沒了父親，今天要到萬里之外去，真讓人有點捨不得。話說回來，離開母親到部隊接觸軍事知識也是好事。看著你們一身軍裝、英姿颯爽的神態，我心裡高興，你們兄弟幾個要相互照應，一起成長。治軍之道很深，能收到不戰而勝的效果，才是戰爭的目的所在。一席話，既有憐恤，又有鼓勵，語重心長。

峴山送張去非遊巴東

【題　解】峴山，又名峴首山，在襄陽城東南七里。張去非，事蹟不詳。開元、天寶間京兆萬年縣有張去奢、張去疑、張去惑、張去逸、張去盈等，若這位張去非與其同宗，則孟浩然是送一位路過襄陽的遊子。這位過客的下一個目的地是巴東，位置在今湖北巴東西長江北岸，巫峽與西陵峽之間。詩題中的人名，別的本子或作朱去非，或作朱大，事蹟亦不詳。

峴山南郭外❶，送別每登臨。沙岸江村近，松門山寺深。一言余有贈❷，三峽❸爾將尋。祖席宜城酒❹，征途雲夢林❺。蹉跎❻遊子意，眷戀故人心。去矣勿淹滯❼，巴東猿夜吟❽。

【注　釋】❶峴山南郭外　峴山在襄陽東南七里，東臨漢水，古今大路。❷一言余有贈　古代在臨別之際多以詩文言詞相贈。《荀子·非相》：「故贈人以言，重於金石珠玉。」❸三峽　長江三峽，一般指瞿塘峽、西陵峽、巫峽，在今四川奉節與湖北宜昌之間。❹祖席宜城酒　意謂送別席上飲的是宜城美酒。宜城，今湖北宜城，自漢代以來出產美酒。《方輿勝覽·京西路·襄陽府》：「金沙泉在宜城縣東一里，造酒極美，世謂之宜城春，又名竹葉酒。」祖席，即送別酒宴。參見〈送韓使君除洪州都督〉⓫。❺征途雲夢林　設想旅途要經過雲夢澤一帶。雲夢，參見〈與諸子登峴山〉❺。詩中行人取道漢水南下，在漢陽入江水西進，至岳州即雲夢澤。❻蹉跎　失意；虛度光陰。❼淹滯　拖延；久留。❽巴東猿夜吟　參見〈入峽寄舍弟〉❾。

【語　譯】峴山在襄陽城東南，送別友人都要登臨此山。沙岸江村近在眼前，松竹森森，山寺掩藏其間。你將去遊覽長江三峽，臨別時我一言相贈。別宴上飲著宜城美酒，旅途要經過雲夢澤一帶。遊子因虛度光陰而失意，老朋友懷著眷戀深情。上路吧不必停留，巴東一帶會聽到猿猴夜啼。

【研　析】此詩寫送人遊巴東。襄陽與巴東直線距離約四、五百里，陸路不通，走水路得沿漢水而下，在江夏入長江後再溯江西南行，經巴陵、江陵、夷陵，入西陵峽方可到達，其道途的遼遠艱難可想而知。孟浩然走過這一路，所以筆端流露出關切，眼前的景物都染上惜別的色彩，而臨別的贈言更充滿深情。詩人設想，經過宜城時會飲到宜城春，客船還要穿越雲夢澤，船行千里之外，詩人的心一直伴隨著、牽掛著。至於巴東一帶，那裡地處三峽之間，急流險灘，清猿夜吟，更令人擔心。所以詩人勸遊子早去早回，不要在那裡久留。平常話語，不假修飾。詩中設想遊子征途情景，表達了詩人對友人的繫念眷戀之情，讀來感人。

送桓子之郢城禮

【題解】桓子，即桓姓之子。郢城，即詩中鄢郢城，在今湖北宜城南，戰國楚曾建都於此。桓家的小子要去郢城相親，孟浩然寫這首詩為之送行，祝福他一路順風，禮儀圓滿，獲得姑娘的芳心。

聞君馳彩騎❶，躞蹀指荊衡❷。為結潘楊好❸，言過❹鄢郢城❺。摽梅詩有贈❻，羔雁禮將行❼。今夜神仙女，往來夢感情❽。

【注釋】❶聞君馳彩騎　意謂得到你乘彩騎前去相親的消息。彩騎，用彩綢裝飾的馬匹或車輛。❷躞蹀指荊衡　意謂悠然地向荊衡方向進發。躞蹀，小步行走。荊衡，古代九州之一。《尚書・禹貢》：「荊及衡陽惟荊州。」孔氏傳：「北據荊山，南及衡山之陽。」此泛指荊襄以南。❸潘楊好　晉潘岳之妻為楊氏。潘楊，潘岳〈楊仲武誄〉：「既藉三葉世親之恩，而子之姑，余之伉儷焉。……潘楊之穆，有自來矣。」後世因以代稱結姻親。❹過　拜訪。❺鄢郢城　在今湖北宜城南。桓子目的地。❻摽梅詩有贈　意謂姑娘會送你〈摽有梅〉的詩篇。摽梅，《詩經・召南・摽有梅》：「摽有梅，其實七兮。求我庶士，迨其吉兮。摽有梅，其實三兮。求我庶士，迨其今兮。摽有梅，頃筐塈兮，求我庶士，迨其謂兮。」意思是今天遇到的就是意中人。❼羔雁禮將行　意謂婚聘的禮物也將被笑納。古代婚姻中男方所送的聘禮有羔羊和雁，羔羊取其群而不失其類，雁取其候時而行，都含有期盼祝願之意。禮將行，聘婚之禮完成。❽今夜二句　意謂你這一去，姑娘一定會在夢中向你表達愛情。神仙女，宋玉〈神女賦〉：「楚王與宋玉遊於雲夢之浦，使玉賦高唐之事。其夜，王寢夢與神女遇，其狀甚麗。王異之。」

【語　譯】聽說你將乘彩騎去相親，悠悠然去往荊衡方向。為了結成美滿姻緣，要去鄢郢城中拜訪。姑娘會送你〈摽有梅〉詩篇，婚聘的禮物也將被笑納。今天夜裡你會做個好夢，美麗的姑娘向你捧出芳心。

【研　析】這是一首送人相親的詩。詩從聽到相親消息開筆，那桓家小子騎著裝飾一新的高頭大馬，神采飛揚地朝荊襄以南進發了，說是去相親，要到鄢郢城。詩的前半，用簡潔的敘事營造出喜慶的氣氛，語氣中表現出詩人對喜事的祝賀之忱。頸聯是詩人的祝願：用「摽梅」的典故，說今天遇到的就是意中人；帶去的羔雁等聘禮將被笑納。總而言之，相親將馬到成功。尾聯是調笑語：你這一去，姑娘一定會在夢中向你表達愛情。往，是期待；來，是眷戀。詩人衷心祝願桓子一路順風，相親圓滿成功。語氣溫和輕快，像忠厚長者，也像知心朋友。

永嘉別張子容

【題　解】永嘉，唐代溫州治所，即今浙江溫州。張子容，是孟浩然同鄉詩友。孟浩然詩集中尚有〈尋白鶴巖張子容隱居〉、〈送張子容進士舉〉、〈除夜樂城逢張少府作〉諸作，記二人平生交往大端。此詩作於開元二十一年(西元七三三年),孟浩然由樂城返回之時,張子容也表示將棄官回鄉。

舊國余歸楚❶,新年子北征❷。掛帆愁海路,分手戀朋情。日夕故園意,汀洲春草生❸。何時一杯酒,重與李膺傾❹。

【注釋】❶舊國余歸楚 意謂我將回到楚地故鄉。舊國,故土;故鄉。楚,襄陽所在為舊楚國之地。❷北征 向北方走。指張子容進京述職事。❸春草生 《楚辭·招隱士》:「王孫遊兮不歸,春草生兮萋萋。」有期待朋友歸來之意。❹重與李膺傾 再度與知己共飲。李膺,東漢襄陽人,清流首領,被他接待的人引以為榮,稱作登龍門。

【語譯】我將回到楚地故鄉,你也將在新年進京述職。揚起風帆憂愁茫茫海路,分手相別眷戀朋友情長。時時刻刻心繫故土,汀洲春草也在召喚。何時能夠一起舉杯,再度與知己開懷共飲。

【研析】孟浩然〈永嘉別張子容〉頗具傳奇色彩。兩個生死之交的同鄉詩友,在闊別十餘年後相會於數千里之外的東海之濱,似乎是請大海為友情作證。晚春的病榻上,詩人曾吟道:「念我平生好,江鄉遠從政。」(〈晚春臥病寄張八〉)既來江鄉,在永嘉上浦館,詩人又吟道:「鄉關萬餘里,失路一相悲。」(〈永嘉上浦館逢張八子容〉)終於,戲劇性的局面出現了:「舊國余歸楚,新年子北征。」張子容北征,是要進京述職並遞交辭呈,這樣他們不久就會在襄陽永遠的家園重聚,不再分開。因此,詩中有汀洲春草的描寫,充滿期待之情。江淹說過「別雖一緒,事乃萬族」,孟浩然與張子容永嘉之別，是萬族中的標本之一。結尾兩句，語調親切，一往情深，後來被杜甫襲用，在〈春日憶李白〉結尾寫出：「何時一樽酒，重與細論文？」

留別王維

【題　解】宋本題作〈留別王侍御〉，《全唐詩》題作〈留別王侍御維〉，活字本題作〈留別王侍郎維〉，凌本等作〈留別王維〉。王、孟有交誼是事實，但王維生平中未曾任侍郎之職，其任殿中侍御史在開元二十八年（西元七四〇年），而孟浩然此詩作於開元十七年離開長安之際，推知侍御二字或為後人妄加，詩題權以凌本為準。

寂寂竟何待❶，朝朝空自歸。欲尋芳草去，惜與故人違❷。當路誰相假❸，知音世所稀。只應守索寞❹，還掩故園扉。

【注　釋】❶寂寂竟何待　意謂孤獨中究竟在期待什麼。寂寂，孤單；冷落。❷欲尋二句　意謂如果斷然歸田就要同好友分別。芳草，古代比喻忠貞之志、高尚之操。屈原〈離騷〉：「何所獨無芳草兮，爾何懷乎故宇。」❸當路誰相假　意謂手中有權勢的人誰能信用。當路，當政。相假，互相憑藉；借用。❹索寞　寂寞冷落。

【語　譯】孤獨中究竟在期待什麼，天天奔走總是失望而歸。想追尋隱居高人的蹤跡，又不忍與老友從此離別。在朝的當權者誰肯援引，人世間像你這樣的知己實在太少。只好回鄉緊閉上故園的柴門，甘心過寂寞冷落的日子。

【研　析】這首留別友人王維的詩，記錄了孟浩然在長安求仕失意的情狀。開元十七年春，詩人在長安應試不第，並未立即返鄉，而是仍滯留至年末。詩人試圖通過獻賦上書的路徑求得汲引，但大唐帝國的首善之地竟不給詩人一線希望。「吟詩作賦北窗裡，萬言不值一杯水」（李白〈答王十二寒夜獨酌有懷〉），這期間與王維常往來，但王維已棄官，無力幫助他。這年冬天，他在極度失望中打算還鄉。作為臨別贈言，詩的首聯描繪了大半年來孟浩然的京都生活狀態，其孤獨落寞可以想見。頷聯表達對友人的眷戀。頸聯怨憤當權者冷漠無情，世態炎涼。尾聯是無奈的嘆息。詩人用感嘆、設問、無奈的語調，表達出他的失望惆悵、孤寂落寞與痛苦辛酸。多種感情在詩中起伏跌宕，使短篇中有波翻浪湧之勢。箇中人，箇中語，悲涼無限。

送袁太祝尉豫章

【題　解】袁太祝，指袁瓘。參見〈南還舟中寄袁太祝〉題解。尉豫章，指到豫章就任縣尉，具體是到贛縣。贛縣，唐代屬虔州，在豫章南六百里，即今江西贛縣，孟浩然〈下贛石〉描繪的就是那裡的風貌。太祝，正九品下級官員，中下縣尉更是從九品下的末級小官，更何況是從京城遠遷荒僻之地。此詩作於開元十六年（西元七二八年）冬。

何幸遇休明❶，觀光來上京❷。相逢武陵客❸，相送豫章行❹。隨牒牽黃綬❺，離群會墨卿❻。江南佳麗地❼，山水舊難名。

【注　釋】❶何幸遇休明　多麼幸運啊，遇到政治清明的時代。休明，美好清明。指政治教化。❷觀光來上京　到京城來觀覽國家的政教光輝。觀光，《周易．觀》：「觀國之光，利用賓於王。」謂觀察國家的政教光輝，適宜從政追隨君王。❸相逢武陵客　意謂自己是桃花源中人。言外有不瞭解官場遊戲規則，因此對貶官一事無話可說之意。武陵，今湖南常德，亦即陶淵明筆下桃花源所在地。❹相送豫章行　送客人前往豫章一帶。豫章，漢郡名，洪州的別稱，今江西南昌。❺隨牒牽黃綬　意謂隨補選的文書貶官於外地。隨牒，《漢書．匡衡傳》：「平原文學匡衡，材智有餘，經學絕倫，但以無階朝廷，故隨牒在遠方。」顏師古注：「隨牒，謂隨補選之恆牒，不被超者。」黃綬，繫官印的黃色絲帶。❻離群會墨卿　離開眾人及朋友去和文士打交道。墨卿，文人的別稱。❼江南佳麗地　江南人物風景秀麗。謝朓〈鼓吹曲〉：「江南佳麗地，金陵帝王州。」

【語　譯】遇到政治清明是多麼幸運，我到京城觀覽國家政教光輝。來自桃花源不懂官場規矩的我，送友人前往豫章一帶。你要隨補選的文書派到外地，離開老朋友去和文士交往。江南是風景秀麗的好地方，山水之勝難以名狀。

【研　析】官場看重級別，這是古今通例，不是有「官高一級壓死人」之說嗎？唐代官場更看重京官，故離開長安到地方去做官，會被視為不走運。孟浩然懷著觀上國風光的興奮來到長安，遇到同鄉友人袁太祝貶官赴豫章尉這樣的事，臨別之際該贈以何言呢？從已經很低下的正九品，降為末級小官；由京官太祝改為荒僻之地的縣尉，都無法讓人再說什麼撫慰的話。詩人只能說：江南佳麗地，女孩子生得水靈，山水之勝美得無法形容。多麼希望「何幸遇休明」不流於反諷！

都中送辛大

【題　解】辛大，疑即辛諤，孟浩然的同鄉故友。孟浩然詩集中尚有〈送辛大不及〉、〈夏日南亭懷辛大〉、〈西山尋辛諤〉、〈張七及辛大見尋南亭醉作〉等，可見二人過從甚密。

南國辛居士❶，言歸舊竹林❷。未逢調鼎用❸，徒有濟川心❹。余亦
忘機者❺，田園在漢陰❻。因君故鄉去，還寄〈式微〉吟❼。

【注　釋】❶南國辛居士　意謂辛居士是南方才子。南國，泛指江漢間。居士，稱有才德而隱居不仕之人。❷言歸舊竹林　意謂自稱要回到舊隱之地。言歸，回歸或我歸。《詩經・周南・葛覃》：「言告師氏，言告言歸。」毛氏傳：「言，我也。」❸未逢調鼎用　意謂未能施展抱負。調鼎，指在鼎內烹調食物。後喻指治國理政。《韓詩外傳》：「伊尹，故有莘氏僮也，負鼎操俎調五味，而立為相，其遇湯也。」❹徒有濟川心　空懷扶佐帝王的抱負。濟川，《尚書・說命》：「說築傅巖之野，惟肖。爰立作相，王置諸其左右，命之曰，朝夕納誨，以輔臺德。若金，用汝作礪。若濟巨川，用汝作舟楫。若歲大旱，用汝作霖雨。」後喻輔佐帝王濟世治國。❺忘機者　忘卻機巧之心，甘於淡泊與世無爭之人。《莊子・天地》：「有機械者必有機事，有機事者必有機心。機心

存於胸中，則純白不備；純白不備，則神生不定；神生不定，道之所不載也。」❻漢陰　漢水南岸。此指襄陽。❼還寄式微吟　唱響〈式微〉之歌。式微，《詩經・邶風》篇名，中有「式微式微，胡不歸」之句。〈詩序〉：黎侯流亡於衛，隨行的臣子勸他回國。後以賦〈式微〉表示思歸之意。

【語　譯】辛居士是南方才子，自稱要返歸昔日隱居之地。未能施展抱負得到重用，空懷著輔佐帝王的雄心。我也是個忘卻機巧與世無爭的人，歸隱的田園就在漢水南岸。趁著你回歸故鄉之際，寄贈〈式微〉歌與你共勉。

【研　析】這是一首都中送友還鄉的詩。詩的前半寫被送者辛大，說他要從長安回到南國故土的竹林叢中，繼續過隱居生活。他為什麼要這樣？因為遠大志向落空。詩的後半寫自己，說自己也是甘於淡泊、與世無爭的人，有田園在漢水之濱，那裡是自己最後的歸宿。辛大以治國理政自期，推測可能應「高才未達沉迹下僚科」制舉試，所以詩中說他是「徒有濟川心」。孟浩然是參加進士考，期望值相對較低。但求仕失意的處境相同，並做出相同的抉擇。所以，都中的送別，是前腳後腳的關係，〈式微〉之吟是共同的心聲。此詩可與〈永嘉別張子容〉並讀。

越中送張少府歸秦中

【題　解】越中，指今浙江地區。張少府，名字不詳。秦中，指長安。宋本題作〈送新安張少府歸秦中〉，據嘉靖本、叢刊本改。

試登秦嶺望秦川❶，遙憶清明春可憐❷。仲月❸送君從此去，瓜時須及邵平田❹。

【注釋】❶試登秦嶺望秦川　意謂如果登上秦嶺山頂，即可望到秦川美景。秦嶺，今陝西秦嶺山脈。秦川，泛指今陝西、甘肅秦嶺以北渭水平原。此句為懸想之詞。❷遙憶清明春可憐　意謂當年看到過清明時節的秦川美景。可憐，可愛；可喜。❸仲月　每季的第二月。二月為仲春，五月為仲夏，八月為仲秋，十一月為仲冬。❹瓜時須及邵平田　瓜時大概可達長安東郊。邵平，即召平。《史記·蕭相國世家》：「召平者，故秦東陵侯。秦破，為布衣，貧，種瓜於長安城東，瓜美，故世俗謂之東陵瓜，從召平以為名也。」瓜時，指七月。

【語譯】登上秦嶺山頂即可望見秦川風景，遙想當年清明時節的美景多麼明媚。五月在此地為你送別，瓜時大概可抵長安東郊。

【研析】此詩背景材料缺失，我們無法知道張少府與詩人的關係，他之歸秦中，是回鄉休沐，抑或公幹結束返回治所？我們設想孟浩然在越中送張上路，時在仲夏五月，估計時交七月可以到達長安。此詩結構很奇特：「試登」、「遙憶」、「須及」云云，皆為虛擬情景，時空交錯，變化莫測，而又別情依依，耐人尋味。登秦嶺一覽秦川清明前後景色，應該是孟浩然印象中的美好記憶。

送朱大入秦

【題　解】朱大，事蹟不詳。朱大將赴秦中，詩人以寶劍相贈，氣概豪邁。讀此詩不僅讓我們聯想到吳季札贈寶劍於徐君的故事，也可以想見孟浩然的平素著裝打扮。仗劍去國、辭親遠遊，是盛唐士子的典型形象。

遊人五陵去❶，寶劍值千金❷。分手脫相贈，平生一片心❸。

【注　釋】❶遊人五陵去　意謂好朋友要到長安去一展鴻圖。五陵，指唐高祖、太宗、高宗、中宗、睿宗的陵園，均在長安附近。用以代指長安。❷寶劍值千金　曹植〈名都篇〉：「名都多妖女，京洛出少年，寶劍直千金，被服麗且鮮。」❸平生一片心　意謂表示我對平生交誼的珍重之情。

【語　譯】遠遊的朋友要去長安，我佩帶的寶劍價值千金。分手時解下來贈送給他，寄託著我對朋友的一片丹心。

【研　析】臨別贈言，形諸詩文，語重心長，最能寄託友情。言之不足，繼之以心愛之物，讓友人睹物思人，更顯出朋友間情誼之深厚。盛唐時期任俠風氣流行，寶劍對於青年男子來說，看得如生命一般，既象徵志氣的豪邁，也視作護身的法寶。「十年磨一劍」、「得劍恰如添健僕」的詩句，都在訴說著主人對寶劍這一時代寵物的寶愛。「遊人五陵去」，謂朋友要上京去一展人生鴻圖。作為好友，值千金的寶劍也可以脫然相贈，沒有絲毫的猶豫、絲毫的吝惜，這是怎樣的心胸！「千金」二字固然可指寶劍的珍貴，如秋瑾詩所寫是不惜千金買來的，但這裡更強調「平生一片心」，那是比千金還要貴重的，李賀「直是荊軻一片心」（〈春坊正字劍子歌〉）正用此法。宋顧樂評曰：「從『入秦』生出前句，字字有關會，一語不泛說。落句五字，斬絕中有深味。」有的版本作「遊人武陵去」，顯然與題目不符。「脫相贈」之「脫」作「脫然」解，輕快的樣子。俞陛雲說：「襄陽詩皆沖和淡逸之音，此詩獨有抑塞磊落之氣。」確實如此。

早春潤州送從弟還鄉

【題　解】潤州，即今江蘇鎮江。孟浩然詩集中有〈送從弟邕下第後尋會稽〉，疑這裡所送為同一人，即孟邕。他遊會稽返鄉，路過潤州，孟浩然為從弟接風，並寫此詩壯行。

兄弟遊吳國❶，庭闈戀楚關❷。已多新歲感❸，更餞白眉還❹。歸泛
西江❺水，離筵北固山❻。鄉園欲有贈，梅柳看先攀❼。

【注　釋】❶吳國　春秋吳國，地當江蘇、浙江一帶。❷庭闈戀楚關　意謂眷戀楚地父母。庭闈，內舍。指父母所居處。束皙〈補亡詩六首〉之一：「眷戀庭闈，心不遑安。」楚關，泛指楚地。此指二人故鄉襄陽。❸已多新歲感　已感受到新年到來的洋洋喜氣。❹更餞白眉還　又為兄弟設宴送行，喜上加喜。餞，設宴。白眉，對弟之美稱。《三國志・蜀書・馬良傳》：「馬良字季常，襄陽宜城人也。兄弟五人，並有才名。鄉里為之諺曰：

『馬氏五常，白眉最良。』良眉中有白毛，故以稱之。」❺西江　唐多稱長江中下游。❻北固山　在潤州城北，今江蘇鎮江北。山凸入江，三面臨水，其勢險固，因而得名。❼鄉園二句　意謂有什麼可以贈給家鄉父老，江南的梅柳可以折幾枝。鄉園，家鄉；故園。

【語　譯】從弟南遊吳越之地，念念不忘襄陽的父母。已經感受到新年的洋洋喜氣，喜上加喜又為兄弟送行。回程仍取長江水路，餞行的酒宴擺在北固山上。有什麼可以贈給家鄉父老，江南的梅柳可折上幾枝。

【研　析】孟浩然平生數次路過潤州，這次早春送從弟還鄉是在何年，不得而知。詩的首聯，寫兄弟同遊吳國，都懷有故土之思，人在吳國，心馳楚關。詩的頷聯，寫鄉思因新歲而愈濃。「每逢佳節倍思親」，故先說「已多」；為白眉餞行將鄉思具體化，成為公開的話題，故鄉思更為加強。頸聯寫離筵，在北固山餞行，遊子的心沿著西江歸舟的方向直指楚關。尾聯設想以梅柳持贈鄉園。全詩以鄉思為主旨，層進遞加，頗見結構章法之巧。

送友人之京

【題　解】從詩人描寫情景看，這是客中送客，友人的去向是京城，而且是奔著高官位置而去，可謂前程遠大；詩人的去向也很明確，要回歸故土的青山。這不僅是旅途的背道而馳，也象徵朋友間人生價值取向的截然相反。那麼，這次的分手即意味著友人間的訣別，怎能不令詩中人淚下沾襟呢！

君登青雲去❶，余望青山歸❷。雲山從此別，淚濕薜蘿衣❸。

【注　釋】❶君登青雲去　意謂您已踏上致身青雲的仕進之路。青雲，高空。後喻致身高位，飛黃騰達。揚雄〈解嘲〉：「當途者升青雲，失路者委溝渠。」❷余望青山歸　意謂我將回故土的山林過閒散的隱居生活。青山，南朝謝朓卜居於青山。後多指歸隱。❸雲山二句　意謂從此以後彼此將走在截然不同的兩條路上，變得互相隔絕，我為此而淚下沾襟。雲山，青雲之路和青山之路。薜蘿衣，隱士穿的衣服。《楚辭・九歌・山鬼》：「若有人兮山之阿，被薜荔兮帶女蘿。」

【語　譯】您平步青雲去京城，我望斷青山踏歸程。雲遮山阻從此訣別，不禁淚下打濕衣裳。

【研　析】「黯然銷魂者，唯別而已矣！」（江淹〈別賦〉）別方不定，別理千名。孟浩然這次所送友人的去向十分明確，是大唐帝國的京城，而且從「登青雲」之語可知，是奔著高官位置去的。那麼，這對於孟浩然來說意味著什麼呢？意味著這位友人與自己分道揚鑣了；即使以後還見面，將再也找不到此前多年間建立起的友情。意味著此別之後，即使互有消息，但將不再牽腸掛肚，兩個活的生命在對方的心中死去了。這是人生中多麼艱難的情景！江淹〈別賦〉有「別雖一緒，事乃萬族」之語，卻沒有囊括孟浩然所面對的這一別。從這個意義上說，此詩為送別詩增添了新品種。詩中「青雲」、「青山」的對舉，「雲」、「山」的迭現，加強了表達的效果。「薜蘿」用《楚辭・九歌・山鬼》的典故，既切合詩人隱居山野，又暗傳人神之隔，富有表現力。

遊江西上留別富陽裴劉二少府

【題　解】遊江西上，指溯錢塘江西上至富春江。富陽，即今浙江富陽，在杭州西南富春江北岸。裴、劉二少府，名字不詳。開元十八年（西元七三〇年）仲秋，孟浩然在杭州觀錢塘潮後，溯流西進至富陽，然後繼續前進直抵建德。此詩寫給富陽地主裴、劉二少府。

西上遊江西❶，臨流慍解攜❷。千山疊成嶂❸，萬水瀉為溪。石淺流難注❹，藤長險亦躋❺。誰憐問苦勞❻？歲晏此中棲❼。

【注　釋】❶西上遊江西　向西進發到錢塘江西部去遊覽。❷臨流慍解攜　走到水邊為分手而感到煩怨。慍，怨。解攜，分手；離別。❸千山疊成嶂　富陽西南的群山重疊險遠。❹石淺流難注　意謂水在石灘上流過，水流不暢。❺躋　登。❻誰憐問苦勞　意謂無人向旅途的艱辛表示慰問。❼歲晏此中棲　意謂歲末時還在這荒山中逗留。

【語　譯】向西進發到錢塘江西部遊覽，走到水邊卻為分手感到煩怨。千座群山重疊險遠，萬條水流傾瀉成溪。溪水流過石灘阻隔不暢，藤蘿紛長雜亂攀登艱難。誰人向旅途的艱辛表示慰問呢？

歲末時分還在荒山野嶺逗留。

【研 析】人在旅途，能否得到當地友人的照拂，情況大不相同。孟浩然來越中，錢塘觀潮之際，有顏錢塘、薛司戶等地方官員陪同；溯江西進富陽，又有裴少府、劉少府打點照應，讓詩人感到溫暖。這首留別詩先說「臨流惱解攜」，又說「誰憐問苦勞」，用分手後的苦勞無告，反襯出有人盡東道之誼的幸運。詩人用這樣的真切體驗向裴、劉二少府表達謝意，可謂別出心裁。由此可見詩人善於把握人的心理活動。詩中描寫富春江山水風貌也很成功，「千山」以下二聯，寫景真切，移於他處不得。

送杜十四

【題 解】《唐百家詩選》題作〈送杜晃進士之東吳〉，活字本等作〈送杜十四之江南〉，據此可知行者杜十四即杜晃。他曾參加進士考試，未及第，現在要去江南旅遊。此詩以景語作情語，直抒胸臆，真切動人。

荊吳相接水為鄉❶，君去春江正渺茫❷。日暮征帆泊何處？天涯一望斷人腸。

【注　釋】❶荊吳相接水為鄉　意謂荊楚和東吳相交接處是江南水鄉。荊吳，春秋楚國和吳國。後泛指長江中下游地區。❷君去春江正渺茫　意謂你這一去都走在遼闊蒼茫的長江水道。

【語　譯】荊楚與東吳交接處是江南水鄉，你這一程都走在遼闊蒼茫的長江上。黃昏後船會停泊何處？天涯渺遠令人望斷肝腸。

【研　析】這是一首送友人遠遊的詩。首句交代行程：杜十四是從荊楚首途而前往東吳，他走水路。次句寫臨別情景：春江水漲，一眼望去煙波浩淼，讓人不免為這前程迷茫的景象而擔憂。第三句設問：設想日暮時分客船會停泊在何處碼頭。結句直抒胸臆：今後兩人關山阻隔，該有多少天涯相望斷腸的愁苦。葉羲昂評此詩曰：「渺然思遠，不勝臨歧之感。」作為一首送別詩，此詩「荊吳相接」的構思頗堪玩味。荊吳在地理上是連在一起的，有近的一面；但由荊之襄陽而趨吳之江南，又有數千里之遙，談何容易！荊本為二人的故土，今友人出行，自己守土，人離鄉賤的千般苦楚讓友人一人承擔，而自己獨享在家千日好的清福，於心何忍！黃叔燦評曰「真摯中卻極悱惻」，《批唐賢三昧集》評曰「似淺近而有餘味」，都很中肯。

峴亭餞房璋崔宗之

【題　解】峴亭，即峴山亭。在襄陽城東南七里。房璋，洛陽貴族，其父房融相武后，其兄房琯相肅宗。崔宗之，滑州靈昌人，其父崔日用以助唐玄宗平韋后之亂有功，授黃門侍郎，參知政事，封齊國公。崔宗之襲封，開元中為起居郎，終仕右司郎中。《新唐書・崔日用傳》稱其「亦好學，寬博有風檢，與李白、杜甫以文相知者」。此詩記峴亭餞行情景。詩人因貴客到訪而喜悅，相約重九登高時，再次聚首。

貴賤生年隔❶，軒車是日來❷。清陽一覯止❸，雲路豁然開❹。祖道衣冠列❺，分亭驛騎催❻。方期九日聚，還待二星回❼。

【注釋】❶貴賤生年隔　貴賤生來就是相互隔絕的兩類人。生年，出生以來。❷軒車是日來　意謂今天大駕光臨。軒車，有屏帷的車。古代大夫以上所乘。❸清陽一覯止　意謂有幸得到貴人的顧念和開導。清陽，眉目之間。清，指目。陽，同「揚」。指眉。覯止，相遇。《詩經・召南・草蟲》：「亦既見止，亦既覯止，我心則降。」❹雲路豁然開　意謂雲遮霧罩的路一下子豁然開朗。比喻心頭愁緒為之一掃。❺祖道衣冠列　猶衣冠列祖道。參見〈送韓使君除洪州都督〉⓫。❻分亭驛騎催　意謂一離開亭子，驛站的車馬就催促上路。分亭，一離開峴亭。驛騎，驛站所備的交通工具馬匹、車輛之類。❼方期二句　意謂於是約定九月九日重陽節再次聚首，等待二位貴客同來赴會。期，約會。九日，九月九日重陽節。二星，指二位使星。朝廷派遣巡視的使者，即房、崔二人。

【語譯】生來就是貴賤隔絕的兩類人，今日二位乘車大駕光臨。有幸得到貴人的顧念和開導，心頭的愁緒一掃而空。士大夫們爭相前來送別，一離開驛站車馬就催促上路。於是約定九月初九再次聚首，我等待著二位貴客同來赴會。

【研　析】房琯和崔宗之都是貴族出身，父輩皆居相位，名滿天下。二人作為朝廷使者巡視襄陽，這對襄陽來說無疑是政治生活中的大事。孟浩然雖為一介書生，但詩名滿天下，被邀參與迎送飲宴，在情理之中。這樣應景作詩，自然不宜討近乎，謬託知己，濫言友情。所以此詩以貴賤本有別起調，說雖為貴胄，今日能枉駕小地方，襄陽自然榮幸得很。接著說長官一作指示，果然見識卓絕，令在座者豁然開朗，如同撥雲見日一般。這些感覺真實可信，很好地傳達出隆重但不熱烈的氛圍。詩的後半，記祖道送別場面，相約重九再來，主客都知道是客套話。相信詩人也是不得已而與宴，為寫詩而寫詩。

送袁十嶺南尋弟

【題　解】袁十，名字事蹟不詳。嶺南，指五嶺以南地區，即今廣東、廣西及越南北部一帶。袁十因弟弟滯留南方而消息斷絕，不得已前往尋找。孟浩然為這種手足深情所感動，賦詩贈行。

早聞牛渚詠❶，今見鶺鴒心❷。羽翼嗟零落❸，悲鳴別故林❹。蒼梧白雲遠❺，空水洞庭深❻。萬里獨飛去，南風遲爾音❼。

【注　釋】❶早聞牛渚詠　意謂早就讀到袁兄的優美詩章。牛渚詠，據《晉書．袁宏傳》記載：宏有逸才，文章絕美，曾為詠史詩，是其風情所寄。謝尚時鎮牛渚，秋夜乘月，率爾與左右微服泛江。會宏在舫中諷詠，聲既清會，辭又藻拔，遂駐久聽之。即其詠史之作也。此以袁宏之作喻袁十詩文。❷今見鶺鴒心　今天更體會到袁氏兄弟的手足之情。鶺鴒，即脊令，形似燕子的小鳥，同母所生，飛吟不相離。❸羽翼嗟零落　意謂兄弟分離久不相見令人同情。羽翼，鳥的翅膀。比喻左右手足親近。嗟，嘆惋。零落，失散。❹悲鳴別故林　鳥悲淒地叫著飛離樹林。喻袁十懷著悲淒之情離開故鄉。❺蒼梧白雲遠　蒼梧遠在白雲以外的天邊。蒼梧，唐代蒼梧郡，治所在今廣西梧州。此泛指嶺南一帶。白雲遠，遠在白雲以外。❻空水洞庭深　意謂洞庭湖水深廣，水天一色茫茫無際。❼萬里二句　意謂袁十隻身到萬里之外去，我願在南來的風中等候你的消息。

【語　譯】早已讀到袁兄的優美詩章，今日更體會到你們兄弟的深情。兄弟長期分離令人同情，你懷著悲淒離開故鄉。蒼梧遠在白雲之外，洞庭湖水天一色茫茫無際。你隻身一人去萬里之外，願南來的風帶來你的消息。

【研　析】弟弟去南方歲久不歸，以至於斷了消息，做哥哥的不是在家中死等，而是決然前往尋找。這事如果放在交通便利的今天，自然算不上多麼困難，但在一千多年前的唐代，談何容易！孟浩然為袁十的舉措所感動，賦詩壯其義行。詩人寫道：先前只知道你詩文寫得漂亮，今天更發現你是這般看重手足親情！詩人想像兄弟離散對袁十的打擊以及此去嶺南數千里道途的艱辛，不免為之擔心。望著他「萬里獨飛去」的身影，深情地表示：我願在南來的風中等候你的消息。「同情」一詞從字面解釋，是對於別人的遭遇在感情上發生共鳴。而這種心理活動之所以能夠發生，根源在於一個人內心深處對善的追求。鶺鴒心、羽翼、悲鳴、獨飛，通篇以鳥喻人，有獨特的藝術感染力。或以為孟浩然「前〈洛中訪袁拾遺不遇〉詩中有『江嶺作流人』之句，此詩題『嶺南尋弟』，此袁十之弟當即為袁拾遺。惟儲光羲詩（〈貽袁三拾遺〉）稱『袁三拾遺』，此詩則稱其兄為『袁十』，疑兩者所稱排行必有一誤」。按：由前詩中「江嶺作流人」及後詩題中有「嶺南尋弟」幾個字，無法斷定「此袁十之弟當即為袁拾遺」。至於說兄弟排行順序不合邏輯，是持論人大膽假設造成的。

如果不強指二人為兄弟，則袁三是袁三，袁十是袁十，誰也沒有錯。

卷下

送謝錄事之越

【題解】謝錄事，名字不詳。錄事，唐代州府置錄事參軍，掌勾稽，省署抄目，監符印，從九品。這位謝錄事不知是否已卸任，他要去越中，即今浙江一帶。詩人寫詩贈行。

清旦江天迥❶，涼風西北吹❷。白雲向吳會❸，征帆亦相隨。想到耶溪❹日，應探禹穴❺奇。仙書儻相示❻，予在北山陲❼。

【注釋】❶清旦江天迥　意謂這是一個秋高氣爽的清晨，江天一色，顯得遼闊無際。清旦，清冷的早晨。迥，遼遠；遙遠。❷涼風西北吹　清涼的西北風在吹拂。❸吳會　東漢時分會稽郡為吳、會二郡，合稱吳會，其郡領有今太湖流域和錢塘江以東至福建地區。後泛指此二郡故地。❹耶溪　即若耶溪，在今浙江紹興南二十里，出若耶山下，北注入鏡湖。相傳西施曾浣紗於此，故又名浣紗溪。這裡水至清，照眾山倒影，窺之如畫，是越中風景名區。❺禹穴　大禹巡狩至會稽而崩，葬於其地。在今浙江紹興東南會稽山上。❻仙書儻相示　意謂如果從禹穴得到仙家寶書希望給我看。仙書，指神仙所書奇字。❼予在北山陲　我棲身於北山腳下。北山，指隱居之地。孔稚珪〈北山移文〉李善注：「孔稚珪字德璋，會稽人也，少涉學，有美譽，仕至太子詹事。鍾山在北都，其先周彥倫隱於此山，後應詔出為海鹽令，欲卻過此山，孔生乃假山靈之意，移之使不許得至，故云〈北山移文〉。」

【語　譯】秋高氣爽的清晨江天一色，清涼舒爽的西北風習習吹拂。白雲飛向吳越水鄉，遠行的船兒也揚起風帆。你到達若耶溪的時候，定要去探訪神奇的禹穴。如果得到寶書願給我看，請到北山腳下來找我。

【研　析】謝錄事處理公事赴越中，孟浩然賦詩為之壯行。詩的前半狀寫送別場景：是一個秋高氣爽的清晨，江天一色，顯得遼闊無際。清涼的西北風在吹拂，征帆高懸，一路順風，真是天遂人願！天空白雲飄向吳會，江上白帆指向吳會，展現在讀者面前的，是多麼美妙的江天萬里圖。詩的後半馳騁想像，設想謝錄事越中行蹤，處理公事之餘應探奇於禹穴，泛舟於耶溪，這又勾起詩人對昔日越中之遊的回憶，不說代我向越中山水風物致意，而說但有新的發現，千萬來北山交流。真是思接千載，神遊萬仞；筆潔氣逸，為品最高。

江上別流人

【題　解】江上，即長江之上。據詩中「分飛黃鶴樓」之語，更確切地說是在鄂州江夏，即今湖北武昌。流人，指流放者。古代刑法有流刑，即把犯人遣送到邊遠地方服勞役。官員失職遭貶，被發配荒遠之地也可稱流。孟浩然送別的這位應屬後者。

以我越鄉里❶，逢君謫居者。分飛黃鶴樓❷，流落蒼梧野❸。驛使乘雲去❹，征帆沿溜下❺。不知從此分，還袂何時把❻？

【注　釋】❶越鄉里　遠離家鄉。❷分飛黃鶴樓　意謂在黃鶴樓分手。分飛，語本〈古東飛伯勞歌〉：「東飛伯勞西飛燕，黃姑織女時相見。」後因稱離別。黃鶴樓，在今湖北武漢。《元和郡縣圖志‧江南道‧鄂州》：「州城本夏口城，吳黃武二年，城江夏以安屯戍地也。城西臨大江，西南角因磯為樓，名黃鶴樓。」❸流落蒼梧野　意謂客人要流放到蒼梧一帶。蒼梧，唐代蒼梧郡，治所在今廣西梧州。此泛指嶺南一帶。謝朓〈新亭渚別范零陵詩〉：「雲去蒼梧野，水還江漢流。」❹驛使乘雲去　意謂從驛站出發的一行人向白雲飄繞的方向進發了。驛使，傳遞公文、書信的人。此指遣送流人的驛吏。❺征帆沿溜下　意謂自己所乘的船沿長江順流而下。❻不知二句　意謂這次分手以後，不知哪一天能再聚首。還袂何時把，意思是何時再拉住歸來的衣袖。何遜〈贈江長史詩〉：「餞道出郊坰，把袂臨洲渚。」

【語　譯】我遠離家鄉行旅在外，正好碰上你貶官流放。我們在黃鶴樓分手道別，你將被流放到蒼梧一帶。驛吏一行向白雲飄繞處進發，我乘坐的小船也沿著長江順流而下。不知道這次分手之後，要到哪天才能再聚首？

【研　析】此詩記詩人在江上與流放者的一段別情。客中送客，客人正在落難中，而孟浩然又無能為力，唏噓之餘，唯有期待他早日歸來。詩先說我是離鄉人，你是流放者，都在客中，言外有同病相憐之意。頷聯、頸聯說，在黃鶴樓這一分手，你向南行，我向東去，距離日益增長，真令人放心不下。因為客人行動受到約束，故重逢的話無從說起。真情貫注，平常話語也能感動人心。看似平常，對偶其實很工穩。通篇皆對，流利中見整飭。首聯分說，頸聯合說；頸聯分說，尾聯合說，分分合合，將客中送客況味表現得淋漓盡致。頷聯中「分飛」、「流落」為雙聲聯綿詞，讀來頓挫有情。

送王七尉松滋得陽臺雲

【題　解】王七，名字不詳，當是孟浩然同鄉友人，即將赴松滋縣尉任。松滋，《輿地紀勝・江陵府》：松滋縣在府西一百二十里。朋友們相聚為王七餞行，席間分題賦詩，孟浩然探得的題材是「陽臺雲」。

君不見巫山神女作行雲❶，霏紅沓翠曉氛氳❷。嬋娟流入楚王夢❸，倏忽還隨零雨分❹。空中飛去復飛來，朝朝暮暮下陽臺❺。愁君此去為仙尉❻，便逐行雲去不回。

【注　釋】❶君不見巫山神女作行雲　意謂你可曾知道巫山神女的故事。宋玉〈高唐賦〉：「昔者楚襄王與宋玉遊於雲夢之臺，望高唐之觀，其上獨有雲氣。……王問宋玉也，此何氣也？玉對曰，所謂朝雲者也。王曰，何謂朝雲？玉曰，昔者先王嘗遊高唐，怠而晝寢，夢見一婦人，曰妾巫山之女也，為高唐之客，聞君遊高唐，願薦枕席。王因幸之。去而辭曰，妾在巫山之陽，高丘之阻，旦為朝雲，暮為行雨，朝朝暮暮，陽臺之下。」故陽臺雲即巫山神女化身。下文楚王夢、零雨、陽臺、行雲均用同一典故。❷霏紅沓翠曉氛氳　形容雲霞飄紅疊翠。霏，瀰漫的雲氣。沓，重疊。氛氳，盛貌。❸嬋娟流入楚王夢　意謂步履婀娜地走進楚王夢境。嬋娟，美好貌。❹倏忽還隨零雨分　意謂轉眼之間又隨著細雨消散了。倏忽，忽然。形容變化之快。❺陽臺　即所謂雲夢之臺。因在巫山之陽，故名。神女自稱朝朝暮暮，陽臺之下。❻仙尉　本指梅福，因其曾補南昌尉。此指王七。王七赴松滋為縣尉，其地去巫山不遠，故稱。

【語　譯】你可知道巫山神女化雲雨，雲霞飄紅疊翠漫天際。步履婀娜地走進楚王夢境，轉眼之間又隨細雨消散。在空中飛來飛去，朝朝暮暮不離雲夢臺。擔心你此去松滋做縣尉，追逐神女從此一去不復返。

【研　析】舊時聚會賦詩，常限題分詠，或從成句中各取一字，或從眾物中各取一物，得一字者限用此字韻；得一物者則以之為題材。孟浩然這次在送王七尉松滋的宴會上探得的題材是陽臺雲。詩人以生花妙筆，將「旦為朝雲，暮為行雨，朝朝暮暮，陽臺之下」的神話故事演繹得瑰麗無比。結尾二句又擔心王七到松滋以後會成仙飛去，追隨巫山神女，一去不回。好朋友之間，開開這樣的玩笑並無大礙。將神話故事與眼前實事相綰合，帶領讀者進入奇幻境界。全篇構思新穎，想像瑰奇，筆調流麗，給予讀者美的享受。

洛下送奚三還揚州

【題解】洛下，指洛陽。奚三，名字不詳。據《元和姓纂》卷三奚氏記載：廣陵有漢功臣魯侯奚涓之後，廣陵即揚州。因《尚書・禹貢》有「淮海惟揚州」之語，後遂稱揚州為維揚。

水國無邊際，舟行共使風❶。羨君從此去，朝夕見鄉中。余亦離家久，南行恨不同❷。音書若有問，江上會相逢❸。

【注釋】❶舟行共使風　意謂都是走水路乘帆船而行。❷南行恨不同　意謂都乘船向南，遺憾的是一為返鄉，一為離鄉日遠，其情景大不相同。恨，遺憾。❸音書二句　意謂你到家後如果還記得老朋友，就讓我們在長江上再見吧。江行至丹徒即接近揚州。

【語譯】水鄉澤國浩渺無邊，都是走水路借風行船。羡慕先生從此歸去，不久即可抵鄉與親人團聚。我離開家鄉已經很久，這次南行離鄉越來越遠。到家後如還記得老朋友，就讓我們在長江上再見。

【研析】這又是一首客中送客之作。孟浩然洛下送奚三還揚州，其情景是行者先行，送者後行，且大方向一致，這與〈都中送辛大〉情景相彷彿。不同的是，奚三此行與故土日益接近，最後等待他的是與親人團聚；而詩人此行是離故鄉越走越遠，所以詩中著一「羡」字，以表達對友人的祝禱；又著一「恨」字，抒發鄉思之苦。而可引以為慰的，是好友後會有期。詩人的心理活動得到細緻入微的展示。孟浩然的送別詩多姿多彩，此首是其中不可或缺的標本之一。

送辛大不及

【題解】辛大，疑為辛諤，孟浩然的同鄉故友。

送君不相見，日暮獨愁予❶。江上久徘徊，天邊迷處所。郡邑經樊鄧❷，山河入嵩汝❸。蒲輪❹去漸遙，石徑徒延佇❺。

【注釋】❶日暮獨愁予　日落時分，余心正悲。愁予，我心中憂愁。《楚辭・九歌・湘夫人》：「帝子降兮北渚，目眇眇兮愁予。」❷郡邑經樊鄧　想像中行人的車子要經過樊城和鄧城。郡邑，郡城和縣城。樊，指樊城，今湖北襄樊。鄧，指古鄧城，在今襄樊北。❸嵩汝　指嵩山和汝水。嵩山，在洛陽東南。汝水，其上游即今河南北汝河，在汝州境內。❹蒲輪　用蒲草裹車輪，行進時較平穩。古代用以迎接賢士，以示尊敬。❺延佇引領企立。形容盼望之切。陶淵明〈停雲〉：「良朋悠邈，搔首延佇。」

【語　譯】為君送行卻沒趕得及相見，日暮時分我獨自一人愁思萬千。我在江邊久久徘徊，你的蹤影已經消失在天際。我想你的車子要經過樊城與鄧城，然後又越過嵩山跨過汝水。你乘的蒲輪漸行漸遠，我佇立在石徑上徒然凝望。

【研　析】〈都中送辛大〉記由長安歸襄陽，〈送辛大不及〉記由襄陽赴京洛，時間應在前。從詩中「郡邑經樊鄧，山河入嵩汝」之語推知，辛大這次入京是先走水路，即由漢水入丹水，再改陸行。送人而遲到，未及看到船隻起錨，別情因未得釋放而增強，所以詩人直到日落西山，還在江上獨自徘徊，想像蒲輪漸遠的情景，心也隨著遠帆而去，人則在石徑徒然延望。獨愁予、久徘徊、迷處所、徒延佇，一系列外部形態、動作的描繪，使詩人的內心痛苦得到充分展現。此詩在送別詩中又備一格。

送元公之鄂渚尋觀主

【題　解】元公，名字不詳。鄂渚，在今湖北武漢黃鵠山上游長江中。《楚辭・涉江》中「乘鄂渚而反顧兮，欸秋冬之緒風」，即其也。觀主，即道觀主持人。活字本等「主」下尚多「張驂鸞」三字，應是其姓名。大約這位觀主雲遊他鄉，其同觀道友前往鄂渚方向追蹤尋找。

桃花春水漲❶，之子忽乘流❷。峴下離蛟浦❸，江中聞鶴樓❹。贈君青竹杖❺，送爾白蘋洲❻。應是神仙子❼，相逢作漫遊。

【注　釋】❶桃花春水漲　意謂正是春風到來之際。桃花春水，春汛。《禮記・月令》：「仲春之月，始雨水，桃始花。」顏師古注：「蓋桃方華時，既有雨水，川谷冰泮，眾流猥集，波瀾盛長，故謂之桃花水耳。」❷之子忽乘流　意謂此人忽然登船出航了。之子，此人。乘流，乘船。❸峴下離蛟浦　意謂在峴山腳下蛟浦上船。峴，峴山，又名峴首山，在襄陽城東南七里。蛟浦，即北津。據《水經注・沔水》記載：襄陽城北枕沔水，水中常苦蛟害，襄陽太守鄧遐，負其氣果，拔劍入水，蛟繞其足，遐揮劍斬蛟，流血丹水，自後患除，無復蛟難矣。❹鶴樓　指黃鶴樓。在今湖北武漢。《元和郡縣圖志・江南道・鄂州》：「州城本夏口城，吳黃武二年，城江夏以安屯戍地也。城西臨大江，西南角因磯為樓，名黃鶴樓。」❺青竹杖　截青竹而成的拐杖。王嘉《拾遺記》：「老聃在周之末，居反景日室之山，與世人絕迹。惟有黃髮老叟五人，……手握青筇之杖，與聃共談天地之數。」青筇，青竹。❻白蘋洲　泛指長滿白色蘋花的沙洲。古詩詞中多用指送別之地。❼神仙子　神仙中人。《晉書・王恭傳》：「恭美姿儀，人多愛悅，或目之云『濯濯如春月柳』。嘗被鶴氅裘，涉雪而行，孟昶窺見之，嘆曰：『此真神仙中人也。』」

【語　譯】正是桃花春汛季節，觀主忽然登船出航。在峴山腳下的蛟浦上船，聽說蹤跡曾到過黃鶴樓。贈你一根青竹杖，送你送到白蘋洲。你和觀主都是神仙中人，祝願相逢後一起雲遊四方。

【研析】道士元某欲下鄂渚尋其觀主，孟浩然賦此詩贈行。作為一觀之主的張驂鸞，不以觀務為念，瀟灑地雲遊他鄉，這反映了道徒追求現世快樂的價值觀。循這一思路推測，元道士之千里尋師，未必是想找他回來主持觀務，十有八九是步師父後塵，一樣地瀟灑走四方。此詩寫道士是趁桃花汛出行的，詩人送他到白蘋洲，猜想他們「相逢作漫遊」。送爾白蘋洲，去去不回頭，送別詩中又添一格。孟浩然「家世重儒風」，同時又結交眾多佛道朋友，其精神生活的豐富多彩可想而知。唐代統治者對自己的政權充滿自信，在統治思想方面不以儒家為獨尊，而是儒釋道相容並包，故世風開放，士庶思想活躍，社會生活充滿勃勃生機，外出旅遊之便利令人羨慕。

鸚鵡洲送王九之江左

【題解】鸚鵡洲，據《元和郡縣圖志・鄂州・江夏縣》：「鸚鵡洲，在縣西南二里。」《輿地紀勝・鄂州》：「鸚鵡洲，舊自城南跨城西大江中，尾直黃鵠磯，黃祖殺禰衡處。衡嘗作〈鸚鵡賦〉，故遇害之地得名。」崔顥〈黃鶴樓〉「芳草萋萋鸚鵡洲」即詠此洲。王九，即王迥，行九，號白雲先生、巢居子，孟浩然好友，曾與其隱居鹿門山。江左，指長江下游以東地區。

昔登江上黃鶴樓❶，遙愛江中鸚鵡洲❷。洲勢逶迤❸遶碧流，鴛鴦鸂鵡❹滿灘頭。灘頭日落沙磧❺長，金沙熠熠動飆光❻。舟人牽錦纜❼，浣女結羅裳❽。月明全見蘆花白，風起遙聞杜若❾香，君行采采莫相忘❿。

【注釋】❶黃鶴樓　在今湖北武漢。《元和郡縣圖志・江南道・鄂州》：「州城本夏口城，吳黃武二年，城江夏以安屯戍地也。城西臨大江，西南角因磯為樓，名黃鶴樓。」舊址已廢，今天所見為異址重修。❷遙愛江中鸚鵡洲　意謂登上黃鶴樓可以遠遠望見鸚鵡洲，風景迷人。❸逶迤　曲折綿延。❹鸂鶒　水鳥，似鴛鴦而稍大，羽毛五彩而多紫色，故又名紫鴛鴦。❺沙磧　水中沙灘。❻金沙熠熠動飆光　形容在陽光照射下沙灘上金光閃耀，反射出強烈的光芒。飆光，強烈的光芒。❼錦纜　裝飾華美的船纜。❽浣女結羅裳　浣紗女子穿著華麗的衣服。❾杜若　香草，又名杜蘅。生林野濕地，莖端開白花。文學作品中常用以比君子賢人。《楚辭・九歌・湘君》：「采芳洲兮杜若，將以遺兮下女。」❿君行采采莫相忘　意謂您在途中採杜若時應想到朋友在掛念著。采采，採摘。《詩經・周南・卷耳》：「采采卷耳，不盈頃筐。」

【語譯】昔日登臨江上的黃鶴樓，最喜愛遠處江中的鸚鵡洲。鸚鵡洲地勢蜿蜒碧波環繞，鴛鴦鸂鶒落滿了沙灘頭。日落時分水中沙灘綿長渺遠，灘上河沙金光閃爍。船夫們牽著裝飾華美的船纜，浣紗女穿著華麗的衣裳。月光明亮潔白的蘆花清晰可見，清風吹拂遠遠聞見杜若的芬芳。朋友啊，您在途中採擷杜若時莫把這繁花勝景忘。

【研析】此詩記鸚鵡洲送友人王迥遊江東情事。作為一首送別詩，此詩用大部分篇幅描繪鸚鵡洲風景之秀麗和人情之美好：碧水環繞，水鳥滿灘，陽光下沙灘金光閃耀，舟人、浣女，明月下杜若飄香……這樣寫，與其說是在送別，毋寧在提醒遊子不要辜負這一切。最後用「君行采采莫相忘」加以強調，言外兼有讚美友人高操清風之意以及詩人對友情的珍視。全詩句式錯落變化，詞采華美，有濃郁的民歌氣息。賀裳《載酒園詩話又編》指出：此詩末尾三句「全似〈浣溪紗〉風調」。

高陽池送朱二

【題　解】高陽池，原是漢侍中習郁於襄陽峴山養魚之所。晉山簡鎮襄陽，名之曰高陽池，蓋取酈食其曾說過自己是高陽酒徒之意。在襄陽，這是一處和前代風流相聯繫的人文景觀。朱二，名字不詳。

當昔襄陽雄盛時，山公恆醉習家池❶。池邊釣女自相隨，裝成照影競來窺。紅波淡淡芙蓉發❷，綠岸毿毿楊柳垂❸。一朝物變人亦非❹，四面荒涼人徑稀。意氣豪華何處去，空餘草露濕征衣❺。此地朝來餞行者，翻向此中牧征馬。征馬分飛日漸斜❻，見此空為人所嗟。殷勤為訪桃源路（ㄌㄨˋ）❼，予（ㄩˊ）亦（ㄧˋ）歸（ㄍㄨㄟ）來（ㄌㄞˊ）松（ㄙㄨㄥ）子（ㄗˇ）家（ㄐㄧㄚ）❽。

【注　釋】❶山公恆醉習家池　意謂山簡當年常常在習家池置酒醉飲。《晉書‧山簡傳》：「簡優遊卒歲，唯酒是耽。諸習氏，荊土豪族，有佳園池，簡每出嬉遊，多之池上，置酒輒醉，名之曰高陽池。時有兒童歌曰：『山公出何許，往至高陽池。日夕倒載歸，酩酊無所知。』」❷紅波淡淡芙蓉發　形容女子紅裝身影在水中蕩漾，如同荷花開放。紅波，鮑照〈芙蓉賦〉：「彪炳以蒨藻，翠景而紅波。」❸綠岸毿毿楊柳垂　岸邊綠楊垂拂紛披。毿毿，垂拂紛披貌。❹一朝物變人亦非　意謂到今天自然景物和人事狀況都變得面目全非了。一朝，今朝。❺草露濕征衣　王粲〈從軍詩五首〉之三：「下船登高防，草露沾我衣。」征衣，行者的衣服。❻征馬分飛日漸斜　意謂黃昏時分行人越走越遠。分飛，指離別。❼殷勤為訪桃源路　意謂請留心探尋往桃花源的道路。殷勤，懇切叮嚀。桃源路，用陶淵明〈桃花源記〉故事。此指隱居。❽予亦歸來松子家　我也將投身赤松子居處。歸來，前往。松子，赤松子，傳說中的神仙。晉干寶《搜神記》：「赤松子者，神農時雨師也，服冰玉散以教神農，能入火不燒。至昆侖山，常入西王母石室中，隨風雨上下。炎帝少女追之，亦得仙俱去。」

【語　譯】想當年襄陽鼎盛的時候，山簡常常醉臥在習家池邊。鄰近的漁女相伴來梳洗，妝扮好後爭相偷看水中的倒影。紅裝身影在水中蕩漾如同荷花開放，岸邊綠楊繁茂紛披在風中垂拂。至今時過境遷人散盡，周圍一片荒涼人煙稀。當年的豪情繁華今何在，只留下雜草叢叢露水濕人衣。早晨在這裡為遠行人餞別，現在有人來牧征馬。黃昏時分行人分散，寥落情景令人嗟嘆。請留心探尋桃花源的道路，我也將投奔赤松子的居處。

【研　析】此詩藉送人這一題目抒發滄桑之慨。因在高陽池送友人出行，感慨遂由高陽池引發。全詩由換韻的三段構成：首段描繪高陽池昔日繁華景象，山公常醉習家池是核心景觀，輔之以周圍紅蓮綠柳等風物，構成高陽池的歷史畫面。中段感慨「一朝物變人亦非」，世代先輩苦心經營的人文景觀煙消雲散，意氣豪華無處追尋。一旦文脈斷絕，襄陽還有什麼雄盛可以傲世？眼前的草露濕羅衣，豈不如同人之失去靈魂一樣空虛！末段用池邊牧馬的鏡頭，再現高陽池慘遭破壞的情形，平民的愚昧又是如何造成的？詩人只能空嘆嗟。詩以尋訪桃花源、歸依赤松子結束。《王孟詩評》：「起語興自清發，中段流媚，末復淒惋。」這首餞別詩不妨當抒情詩來讀。

送王昌齡之嶺南

【題　解】王昌齡，字少伯，京兆萬年（今陝西西安）人。開元十五年（西元七二七年）第進士，任校書郎，後登博學宏詞科，遷汜水縣尉。開元二十七年貶嶺南，翌年北歸，經襄陽，與孟浩然相聚甚歡。後出任江寧丞。天寶中被貶龍標尉，安史之亂中還江東，為亳州刺史閭丘曉所殺。王昌齡在開元、天寶時詩名極盛，當時有「詩家夫子王江寧」之稱，尤以七言絕句成就最高，與李白七絕並稱於世。嶺南，唐代設嶺南道，以廣、桂、容、邕、安南府謂之五府節度使，治所廣州。孟浩然與王昌齡交情深厚。此詩即作於開元二十七年，詩中所云「數年同筆硯」當有所指，惜今已不可考。

洞庭去遠近❶，楓葉早經秋❷。峴首羊公愛❸，長沙賈誼愁❹。土毛無縞紵❺，鄉味有槎頭❻。已抱沉痼疾❼，更貽魑魅憂❽。數年同筆硯，茲夕間衾裯❾。意氣今何在？相思望斗牛❿。

【注　釋】❶洞庭去遠近　意謂離洞庭湖尚有一段路程。言外更何況嶺南，其遙遠可想而知。洞庭，洞庭湖。在今湖南北部，長江南岸，長約二百里，廣約百里，是中國第二大淡水湖。❷楓葉早經秋　意謂楓葉早已經秋霜而飄落了。❸峴首羊公愛　意謂襄陽峴山有羊祜的遺愛碑。峴首，即峴山。❹長沙賈誼愁　意謂長沙可以見證賈誼的憂愁幽思。賈誼，漢稱才子，遭大臣猜忌，被貶為長沙王太傅。此喻王昌齡之貶嶺南。❺土毛無縞紵　意謂襄陽不出產可以贈送朋友的珍貴之物。土毛，指土地所長五穀。泛指土產。縞紵，白絹、細麻衣服。指朋友間的饋贈。《左傳．襄公二十九年》：「（吳季札）聘於鄭，見子產，如舊相識，與之縞帶，子產獻紵衣焉。」杜預注：「大帶也。吳地貴縞，鄭地貴紵，故各獻己所貴。」❻槎頭　槎頭鯿。又稱縮項鯿、縮頸鯿、縮頭鯿，一種以味美著稱的魚。❼已抱沉痼疾　意謂已長期有病在身。沉痼，難以治癒的慢性病。❽更貽魑魅憂　意謂更增添為朋友旅途艱險而憂慮這一精神負擔。貽，贈送。反語。魑魅，山精鬼怪。王昌齡貶嶺南魑魅出沒之地，故讓人為之憂慮。❾衾裯　被褥床帳之類。❿斗牛　二十八宿中的斗宿與牛宿。庾信〈哀江南賦〉：「路已分於湘漢，星猶看於斗牛。」此用以表示對王昌齡的相思之情。

【語　譯】離洞庭湖尚有一段路程，楓葉早已經秋霜飄落。峴首山曾贏得羊公喜愛，長沙城可見證賈誼愁思。襄陽沒有可以贈朋送友的特產，只有槎頭鯿算是美味。已患難癒之病長期臥床，又添對你艱險旅途的憂心。我們曾同筆共硯好多年，今晚起卻要天各一方。意氣相投的境況如今在哪裡？只能望著斗牛星寄託相思。

【研析】在盛唐作家群中，孟浩然與王昌齡年齒相若，且有「數年同筆硯」的經歷，因之感情最深。在孟集中，除此詩外尚有〈與王昌齡宴王十一〉、〈送王大校書〉、〈初出關旅亭夜坐懷王大校書〉諸作。王昌齡開元十五年進士及第，補祕書省校書郎。開元二十二年登博學宏詞科，超絕群類，授汜水尉。開元二十七年獲罪貶嶺南，路過襄陽，孟浩然賦此詩贈行。從詩中「意氣今何在」可知王昌齡情緒低沉。孟浩然以沉痼之身，為遠行的朋友牽腸掛肚。詩中憶念今昔，「土毛無縞紵，鄉味有槎頭。已抱沉痼疾，更貽魑魅憂」，樸素的話語中蘊涵著對摯友的深情，有巨大的感染力。翌年王昌齡北歸，再經襄陽，與孟浩然相聚甚歡。孟浩然食鮮疾動，不久即去世，真正是「捨命陪君子」。

送崔遏

【題解】崔遏，事蹟不詳。此詩疑作於晚年。詩人長期臥病，難得友人來訪，精神為之一振。在詩人看來，這位朋友不但重友情，而且文詞出眾，可使江山增色。

別館當虛敞❶，離情任吐伸❷。因聲兩京舊，誰念臥漳濱❸？片玉來誇楚❹，治中作主人❺。江山增潤色❻，詞賦動〈陽春〉❼。

【注釋】❶別館當虛敞　別墅面向開闊地。別館，別墅。當，正對著。虛敞，開闊；無遮擋。❷離情任吐伸　可以盡興地暢敘別後相思之情。吐伸，把胸中積鬱傾吐出來。❸因聲二句　寄語長安、洛陽舊友，有誰想著臥病在床的詩人。因聲，猶寄語。指託人帶話。臥漳濱，病臥漳水之畔。漳濱，劉楨〈贈五官中郎將四首〉之二：「余嬰沉痼疾，竄身清漳濱。」後以指臥病。❹片玉來誇楚　意謂一位難得的賢才來到楚國一展英姿。片玉，比喻難得的賢才。《晉書・郤詵傳》：郤詵對武帝問，有「臣舉賢良對策，為天下第一，猶桂林之一枝，昆山之片玉」之語。來誇楚，到楚地一展英姿。古語有楚材晉用之說，今反其意。❺治中作主人　意謂這位崔過將擔任州郡佐吏，治理文書檔案。❻江山增潤色　意謂楚地的山山水水將會因這位作家的到來而增加光彩。❼陽春　指〈陽春白雪〉，戰國時楚國高雅歌曲名。《後漢書・黃瓊傳》：「常聞語曰：嶢嶢者易缺，皦皦者易汙。〈陽春〉之曲，和者蓋寡，盛名之下，其實難副。」

【語譯】別墅面前開闊敞亮，可盡情暢敘別後相思。寄語長安、洛陽舊友們，有誰還想著臥床的病人？一位難得的賢才來到楚國，將在治理文書檔案中一展身手。楚地山水將因此而添彩，詞賦中將出現新聲〈陽春白雪〉。

【研析】此詩前半表現沉疴況味。詩人久臥病榻，忽發奇想：別墅面向開闊地，無遮無攔，不是可以暢敘幽懷嗎？但是，「知音少，弦斷有誰聽？」（岳飛〈小重山〉）京洛好友無數，竟沒有誰想到發來一條問候的消息。因此，崔過的登門對於詩人來說，就是喜出望外的大喜事，精神為之一振。詩的後半專寫來客，稱讚其是難得之材，一定會在佐吏的崗位上一展英姿，而且文采出眾，可使楚地江山增色。用「片玉」、「陽春」等典故，略嫌客套；而語言的誇飾正好證明詩人與來客交往還不深。試與〈送王昌齡之嶺南〉相對比，不難發現其中的差異。全詩表現詩人臥病時的心理活動細緻入微，感激友人來訪之意溢於言表。

送盧少府使入秦

【題　解】盧少府，事蹟不詳。他要從楚地到關中處理公事，詩人在江上為其餞行。

楚關望秦國❶，相去千里餘❷。州縣勤王事❸，山河轉使車❹。祖筵江上別，離恨別前書❺。願及芳年賞，嬌鶯二月初❻。

【注　釋】❶楚關望秦國　從楚地向秦地望去。意謂從楚到秦。楚關，泛指楚地。❷相去千里餘　〈古詩十九首〉之一：「行行重行行，與君生別離。相去萬餘里，各在天一涯。」❸州縣勤王事　意謂身在地方政府而為皇家公事奔忙。勤王事，為朝廷之事效力。❹山河轉使車　在山河之間奔忙著使者的車輛。❺離恨別前書　別後相思之情寫在臨別贈言中。❻願及二句　意謂希望能趕上嬌鶯開始歌唱的二月遊春之約。及，趕上。芳年賞，指遊春之類活動。芳年，美好的年歲；青春年華。南朝宋劉鑠〈擬行行重行行〉：「芳年有華月，佳人無還期。」

【語　譯】從楚地向秦地望去，相去遙遠有千餘里路程。身在地方政府而為皇家公事忙碌，山川河流間奔騰著使者車輛。在江上設筵餞別，別後相思寫在臨別贈言中。希望你能趕上遊春之約，在鶯歌燕舞的二月初回來。

【研　析】唐代沒有如現代便捷的通訊、交通工具，中央政府和地方政府間的人員、文書往來，主要通過驛傳。驛道由首都長安指向全國，如同血管伸向周身。襄陽與長安相距千餘里，山河間來往忙碌著為朝廷服務的使者的船隻和車馬，孟浩然送別的盧少府就在這個行列中。其位雖卑，其事關乎朝廷，意義重大。對此送者、行者心照不宣。詩的後半敘別情，臨別贈言中，特意寫上祝願快去快回，能趕上鶯歌燕舞的二月遊春之約。送使者而突出其使命之神聖，送人而願其早歸，這樣的構思合乎情理，讀來親切。

盧明府九日宴袁使君張郎中崔員外

【題　解】盧明府，為盧僎，字禾成，范陽人。《集古錄》著錄有〈唐襄陽令盧僎德政碑〉，可見他在襄陽令任上頗有政績，深得民心，詩人的父母官。明府，本是漢代對郡守牧尹的稱呼，唐代用來尊稱縣令。袁使君，名字不詳。使君，指州郡長官。張郎中，為張願，時任駕部郎中。崔員外，疑為崔宗之。開元中為起居郎，再為尚書禮部員外郎。《舊唐書・禮儀志》：「開元二十七年（西元七三九年），太常議禘祫二禮，禮部員外郎崔宗之駁下太常，令更詳議。」

宇宙誰開闢❶，江山此鬱盤❷。登臨今古用，風俗歲時觀❸。地理荊州分❹，天涯楚塞寬❺。百城今刺史❻，華省舊郎官❼。共美重陽節，俱懷落帽歡❽。酒邀彭澤載❾，琴輟武城彈❿。獻壽先浮菊⓫，尋幽或坐蘭⓬。煙虹鋪藻麗⓭，松竹掛衣冠。叔子神如在⓮，山公興欲闌⓯。傳聞騎馬醉，還向習池⓰看。

【注　釋】❶宇宙誰開闢　是誰開闢出這宇宙世界。宇宙，《淮南子・原道》：「橫四維而含陰陽，紘宇宙而章三光。」高誘注：「四方上下曰宇，古往今來曰宙，以喻天地。」開闢，開天闢地。指宇宙的開始。此句寫天地之廣。❷江山此鬱盤　意謂眼前的山水厚重幽深。鬱盤，厚重幽深。此句總寫襄陽富有山水人文之盛。❸登臨二句　意謂從古到今都有登高之舉，可藉以觀察不同節令的風土人情。用，猶有。《楚辭・離騷》：「夫維聖哲以茂行兮，苟得用此下土。」游國恩《纂義》引汪瑗曰：「用，猶有也。」❹地理荊州分　意謂因山川形勢的原因，荊州處於重鎮地位。地理，指土地山川的環境形勢。《周易・繫辭上》：「仰以觀於天文，俯以察於地理。」孔穎達疏：「地有山川原隰，各有條理，故稱理也。」荊州分，《元和郡縣圖志・闕卷逸文・山南道・江陵府》：「自東晉以後居建業，以揚州為京師根本，荊州為上流重鎮，比周之分陝也。」❺天涯楚塞寬　意謂楚地廣大，邊塞遠及天涯。江淹〈望荊山〉：「奉義至江漢，始知楚塞長。」❻百城今刺史　意謂在座的有長百城的現任刺史。百城，指州郡長官。潘勖〈冊魏公九錫文〉：「王師首路，威風先逝。百城八郡，交臂屈膝。」刺史，州郡行政長官。唐制上州，刺史一員，從三品。掌清肅邦畿，考核官吏，宣佈德化，撫和齊人，勸課農桑，敦敷王教。❼華省舊郎官　在座的還有中央部門的前任郎官。指張願。華省，指中央清貴顯要的官署。❽落帽歡　參見〈九日得新字〉❸。❾酒邀彭澤載　參見〈和盧明府送鄭十三還京兼寄之什〉❷。❿武城彈　《論語・陽貨》：「子之武城，聞弦歌之聲。」子游為武城宰，弦歌而治。⓫獻壽先浮菊　向長者祝壽先飲菊花酒。獻壽，祝壽。浮菊，《西京雜記》：「九月九日佩茱萸，食蓮餌，飲菊花酒，令人長壽。菊花舒時，並采莖葉，雜黍米釀之，至來年九月九日始熟就飲焉，故謂之菊花酒。」⓬坐蘭　坐於蘭叢之中。顏測〈九日坐北湖聯句詩〉：「亭席斂徂蕙，澄酒泛初蘭。」⓭煙虹鋪藻麗　雲天中的彩虹鋪出滿天錦繡。鮑照〈望孤石〉：「蚌節流綺藻，輝石亂煙虹。」⓮叔子神如在　羊祜風神似乎重現眼前。參見〈與諸子登峴山〉題解。⓯山公興欲闌　山簡如在，亦可盡興。參見〈高陽池送朱二〉❶。⓰習池　襄陽習家池。參見〈高陽池送朱二〉題解。

【語　譯】是誰開闢這宇宙洪荒，眼前的山水厚重幽深。從古到今都有登高之舉，藉以觀察不同節令的風土人情。荊州地勢險要是個重鎮，楚地寬廣邊塞遠及天涯。在座者有長百城的現任刺史，也有中央部門的前任郎官。一起歡度重陽佳節，心情無比歡樂。邀請彭澤令送來菊花酒，邀請武城宰子游彈奏五弦琴。向長者祝壽先飲菊花酒，尋幽探勝就坐於蘭花叢。雲天中彩虹鋪出滿天錦繡，山林裡松竹間可掛衣帽。羊祜風神似乎重現眼前，山簡如在也可盡興而飲。傳說當年山翁大醉騎馬，山簡也曾醉臥習家池。

【研　析】此詩記一次官場飲宴情景。這是地方行政長官在傳統節日重陽節的例行宴會，設宴者是襄陽縣令盧僎，與宴者中的頭面人物有袁使君，為襄陽州最高行政長官；有駕部郎中張願，本土出身以及禮部員外郎崔宗之等，詩人孟浩然大約也不是第一次參加這樣的宴會，奉命賦詩更是不容推辭。但這樣的詩卻是最難弄的。比如一個攝影記者，大人物的鏡頭要全，誰的面孔都不能漏掉；又比如高級別的大塊文章，那套路絕不允許突破，於是這首詩就從宇宙開闢說到天文地理，由風俗歲時說到荊州楚塞；對於與會人物，由刺史點到郎官；有關重九的落帽、彭澤、武城的典故，有關襄陽的羊祜、山簡、習池的歷史人文土物，面面俱到，一應俱全。洋洋灑灑，富麗堂皇，足以為宴會添彩；但這樣的應景之作缺乏藝術感染力，則是必然的。

夜登孔伯昭南樓時沈太清朱昇在座

【題　解】此詩作於開元二十一年（西元七三三年）遊吳越期間。據詩意，孔伯昭當為會稽人，生平事蹟不詳。南樓聚會的沈太清、朱昇或同為當地名流，一起陪伴詩人欣賞會稽風月，盡地主之誼。

誰家無風月，此地有琴樽❶。山水會稽郡❷，詩書孔氏門❸。再來值秋杪❹，高閣閑無喧。華燭罷燃蠟❺，清弦方奏鵾❻。沈侯隱公胤❼，朱子買臣孫❽。好我意不淺❾，登茲同話言❿。

【注　釋】❶琴樽　本指琴和盛酒的樽。代指彈琴和飲酒。❷山水會稽郡　意謂會稽山水之勝名聞天下。會稽郡，今浙江紹興。其山水形勝有會稽山、秦望山、鏡湖、若耶溪等。《世說新語・言語》有「從山陰道上行，山川自相映發，使人應接不暇」之語。❸詩書孔氏門　意謂主人是孔子後裔，繼承了詩書傳家的門風。孔氏，自漢末曾從山東避居越中，成為孔氏婺州南宗。唐初德昭即會稽人，故疑孔伯昭為德昭後人。❹秋杪　秋末。❺華燭罷燃蠟　意謂熄滅了華麗的燭火。因為月亮升起。❻清弦方奏鵾　意謂彈起清亮的弦樂。清弦，清亮的琴弦聲。鵾，指用鵾雞筋做的琴弦。❼沈侯隱公胤　意謂在座的沈太清是沈約的後代。沈侯，指南朝梁沈約，官至尚書僕射，封建昌縣侯，卒諡隱。胤，後代。❽朱子買臣孫　意謂在座的朱昇是朱買臣的後代。朱買臣，漢吳人，治《春秋》、《楚辭》，官至中大夫，曾任會稽太守。孫，子孫。❾好我意不淺　意謂同道友善之情深厚感人。❿同話言　一起促膝交談。《詩經・大雅・抑》：「其維哲人，告之話言。」毛氏傳：「話言，古之善言也。」

【語　譯】家家都有風月之美，這裡還可飲酒彈琴。會稽山水之勝名聞天下，主人是詩書傳家的孔子後裔。再次來時正值秋末，高閣之中閒適安寧。熄滅華麗的燭火，彈起清亮的琴弦。在座的還有沈隱侯的後代，還有朱買臣的賢孫。同道友善之情深厚感人，聚在南樓一起促膝談心。

【研　析】此詩記詩人在越中期間與當地文士雅集情景。主人孔伯昭，詩人稱其為孔子後裔，並非捕風捉影；沈太清被稱為沈約後代，因為沈約確實在越中活動過；而朱昇為朱買臣孫，因為朱買臣曾任會稽太守。而孟浩然則一直以孟軻後人自命。舊時將別人與歷史文化名人相牽合，是應酬中常見情形，如同以地望相稱，是易於被人接受的恭維，不至於討嫌。這是一次有別於官場應酬的輕鬆愉快的聚會，風月之外，更有琴樽，唐代所追求的「良辰美景、賞心樂事、賢主嘉賓」的「四美二難」一應俱全，是名副其實的雅集，是可遇而不可求的機緣。更令詩人感動的是主客間情感的認同。「登茲同話言」涉及的內容應該很廣，留給讀者想像了。

奉先張明府休沐還鄉海亭宴集探得階字

【題　解】奉先，唐代為京兆府屬縣，即今陝西蒲城。張明府，為張願。休沐，即休假。休息以洗沐。張願休假回鄉探親，在自家亭臺宴客，分題賦詩，孟浩然探得階字韻。

自君理畿甸❶，余亦經江淮❷。萬里音書斷，數年雲雨乖❸。歸來休浣❹日，始得賞心諧。朱紱恩雖重❺，滄洲趣每懷❻。樹低新舞閣，山對舊書齋。何以發秋興❼，陰蟲鳴夜階❽。

【注　釋】❶理畿甸　在京城地區擔任地方官。此指張願任奉先令。畿甸，指京城地區。❷江淮　長江、淮河。孟浩然南遊吳越經過江淮一帶。❸雲雨乖　比喻分離。顏延之〈和謝監靈運〉：「人神幽明絕，好朋雲雨乖。」❹休浣　即休沐。❺朱紱恩雖重　意謂雖然報效朝廷的責任重大。朱紱，本指古代禮服上的紅色蔽膝，後多代指官服。亦指出仕任職。❻滄洲趣每懷　意謂主人總不忘回歸鄉土。滄洲趣，參見〈宿天台桐柏觀〉❸。❼秋興　秋日的情懷和興會。❽陰蟲鳴夜階　蟋蟀在夜間階下叫著。陰蟲，秋蟲。指蟋蟀。

【語　譯】自從你在京城地區擔任縣令，我就南遊吳越去江淮一帶。相隔萬里音訊全無，多少年都一直分離無法聚首。今天你休假還鄉探親，我們才覺得是賞心樂事。雖然報效朝廷責任重大，你仍然不忘回歸鄉土。新舞閣掩藏在綠樹叢中，舊書齋正好面對著青山。為何突然引發秋日情懷呢，因為蟋蟀在夜間石階下叫個不停。

【研　析】〈送王七尉松滋得陽臺雲〉是分題賦詩的例證，〈奉先張明府休沐還鄉海亭宴集探得階字〉是分韻賦詩。所謂分韻，指數人相約賦詩，選擇若干字為韻，各人分拈，依拈得之韻作詩。一般是將幾個字分別寫在紙片上，將幾張紙片藏入袋中，各人伸手進去抓到一張，所以用「探」字，即探囊取物也。孟浩然這回探得「階」字韻，故詩的落句有「階」字。此詩縷敘交誼，娓娓道來，情、景、事交融一體，平常話語，真切感人。

臨渙裴明府席遇張十一房六

【題　解】臨渙，指臨渙縣，唐代屬亳州，故址在今安徽濉溪臨渙集。裴明府，《文苑英華》作裴贊，生平不詳，時任臨渙縣令。張十一，名字不詳。房六，疑為房琯。孟浩然有〈峴亭餞房琯崔宗之〉，二人有過交往，故此中以故人稱之。

河縣柳林邊，河橋晚泊船❶。文叨才子會❷，官喜故人連❸。笑語同今夕❹，輕肥異往年❺。晨風理歸棹❻，吳楚各依然❼。

【注　釋】❶河縣二句　意謂船靠在臨渙縣城的楊柳岸邊。河縣，臨河的縣城。❷文叨才子會　意謂有幸參加才子們的聚會。叨，客套話，沾光；打擾。❸官喜故人連　意謂很欣慰老朋友在官場有聯繫。❹笑語同今夕　今天晚上在歡聲笑語中度過。❺輕肥異往年　意謂各人的狀況與往年大不相同。輕肥，范雲〈贈張徐州謖〉：「儐從皆珠玳，裘馬悉輕肥。」言裝飾之盛，衣輕馬肥。❻晨風理歸棹　意謂晨風吹起時揚帆起航歸去。❼吳楚各依然　意謂一吳一楚思念不已。吳楚，泛指長江中下游，特別拈出吳楚，強調天各一方。形容思念、依戀的情態。

【語　譯】臨渙縣位於楊柳岸邊，傍晚在河橋泊船靠岸。有幸參加才子們的聚會，很欣慰老朋友在官場還有聯繫。今晚在歡聲笑語中度過，衣輕馬肥與往年大不相同。晨風吹起時揚帆歸去，又將一吳一楚天各一方。

【研　析】孟浩然詩名早著，特別是開元十七年（西元七二九年）一入長安，名動京師，這種廣告效應，便將其塑造為文化名人。雖然身為布衣，卻時時得陪地方大員或往來頭面人物。其出行也會驚動當地官府，於是孟集中就有了一批此類應酬之作。此詩應是孟浩然開元十八年由洛之越中路過臨渙時所作。裴明府宴請路過本縣的大作家，請張、房二人作陪，碰巧互相有舊，歡聲笑語中，談起往事就沒完沒了，宴會通宵達旦，詩也由黃昏寫到黎明。此詩為我們提供了孟浩然旅途生活情景的真實寫照。「晨風理歸棹，吳楚各依然」，詩人相信這次聚會收穫到友情，並對主人心存感激。

夏日與崔二十一同集衛明府席

【題　解】崔二十一，為崔國輔，吳郡（今江蘇蘇州）人，開元十四年（西元七二六年）登進士第，初授山陰尉，五言絕句成就很高，與孟浩然交情深厚。衛明府，衛氏任縣令者，名字不詳。此詩疑作於遊越期間。

言避一時暑，池亭五月開。喜逢金馬客❶，同飲玉人杯❷。舞鶴乘軒至❸，游魚擁劍來❹。坐中殊未起❺，簫管莫相催❻。

【注　釋】❶金馬客　意謂在宮中供職的人。指其為皇帝的文學侍從。金馬，漢代宮門金馬門，未央宮北門。❷玉人杯　意謂玉人設宴待客。玉人，風神俊秀的人。《晉書・衛玠傳》：「玠總角乘羊車入市，見者皆以為玉人，觀之者傾都。」此指衛明府。❸舞鶴乘軒至　意謂望中有鶴在飛舞。《左傳・閔公二年》：「衛懿公好鶴，鶴有乘軒者。」孔穎達疏：「軒，大夫車也。」❹游魚擁劍來　意謂水中有魚蟹在游。擁劍，一種小蟹。崔豹《古今注・魚蟲》：「蟛蜞，小蟹，生海邊泥土中，食土，一名長卿。其一有螯偏大者名擁劍。」❺殊未起　毫無動身的意思。❻簫管莫相催　意謂不要急於奏簫管鼓樂催促上路。

【語　譯】為避一時酷暑，五月時分來到池亭。與皇帝的文學侍從欣然相遇，風神俊秀的主人設宴款待。望中仙鶴飛舞，水裡魚蟹遨遊。在座各位毫無動身之意，簫鼓樂聲切莫奏起催人上路。

【研　析】此詩記宴集。衛明府作東，宴請孟浩然，崔國輔作陪，時在五月，選址水濱，是一次未必隆重盛大但卻輕鬆愉快的雅集。此詩的特點是用典狀物頗為巧妙，如寫池邊有鶴，水中有魚，不直說鶴在舞、魚在游，而用「舞鶴乘軒至，游魚擁劍來」形容，使動態景物平添神奇色彩，似乎它們都通人性，一時前來助興。對仗工巧是孟詩的一貫作風，此詩也有表現。如「喜逢金馬客，同飲玉人杯」，「金馬」對「玉人」，頗工巧；而且玉人是衛玠典故，又扣主人衛明府，可謂嚴絲合縫。

盧明府早秋宴張郎中海園即事得秋字

【題　解】盧明府，指襄陽縣令盧僎，字禾成，范陽人。《集古錄》著錄有〈唐襄陽令盧僎德政碑〉，可見他在襄陽令任上頗有政績，深得民心。張郎中，指張願。

邑有弦歌宰❶，翔鸞已狎鷗❷。眷言華省舊❸，暫拂海池遊❹。鬱島
藏深竹❺，前溪對舞樓。更聞書即事❻，雲物是新秋。

【注　釋】❶弦歌宰　《論語·陽貨》：「子之武城，聞弦歌之聲。」子游為武城宰，弦歌而治。❷翔鸞已狎

鷗 意謂高飛的鸞鳳已經與鷗鳥為伍。喻張郎中與布衣之交共飲。狎鷗，與鷗鳥親近。據《列子》記載：有位住在海島上的人，跟海鷗友好相處，常有上百隻聚集在身旁。其父知道後，讓他捉一隻來玩。第二天出海，那些海鷗只在空中飛舞而不下來。❸眷言華省舊 顧念同在尚書省供職的交誼。眷言，回顧貌。《詩經・小雅・大東》：「睠言顧之，潸然出涕。」《荀子・宥坐》引作「眷焉」。華省，指尚書省。中央清貴顯要的官署。舊，有同事、朋友關係的人。盧僎曾任司勳員外郎、祠部員外郎，張頎曾任駕部郎中，同為尚書省官屬。❹暫拂海池遊 意謂借張氏海園設宴待客。❺鬱島藏深竹 即目所見景物有山水竹林之盛。鬱島，傳說中能移動的仙山。徐陵〈奉和山池〉：「羅浮無定所，鬱島屢遷移。」❻即事 以眼前景物命題作詩。

【語譯】鄉里有弦歌而治的地方長官，高飛的鸞鳳已與鷗鳥為伍。顧念同在尚書省供職的交誼，借海園一塊寶地設宴待客。極目所見山青竹茂，清溪面對著舞榭歌樓。又說要以眼前景物命題作詩，我探得的是以秋韻詠早秋。

【研析】盧僎作為襄陽縣地方長官，四時八節設宴款待治內賢達，孟浩然是非請不可的上賓。這次早秋宴設在張府海園，張頎時任駕部郎中，返鄉暫住。盧與張有在尚書省共事之誼，張與孟為同鄉故舊，故這次宴集正如〈蘭亭集序〉所描寫的：「雖無絲竹管弦之盛，一觴一詠，亦足以暢敘友情。」此詩以敘友情為中心，兼顧「即事得秋字」的遊戲規則，補上一筆「雲物是新秋」，眼前新秋雲物究竟如何，不寫也可交卷。既有應景痕跡，又為限韻束縛，詩寫得平淡無奇是情理中事。

宴包二融宅

【題　解】包融，孟浩然詩友。參見〈與崔二十一遊鏡湖寄包賀〉題解。包融以文詞俊秀揚名上京，其宅在東京洛陽南洛水之濱，是文士雅集的理想場所。此詩即記其實。

閒居枕清洛❶，左右接人野❷。門庭無雜賓❸，車轍多長者❹。是時
方盛夏，風物自瀟灑❺。五月休沐浴❻，相攜竹林下。開襟成歡趣❼，對
酌不能罷。煙暝棲鳥迷，余將歸白社❽。

【注　釋】❶閒居枕清洛　意謂包融的別墅濱洛水而建。洛水在洛陽南七里。❷左右接人野　意謂別墅周圍是農田。突顯其遠離市井喧鬧。❸門庭無雜賓　無雜賓登門。主人操守清正的標誌。《晉書・劉惔傳》：「累遷丹楊尹。為政清整，門無雜賓。」❹車轍多長者　意謂有德高望重的人常來訪問。《史記・陳丞相世家》：「……家貧，負郭窮巷，以蔽席為門，然門外多有長者車轍。」❺瀟灑　清麗；爽朗。❻休沐浴　休假。休息以洗沐。❼開襟成歡趣　意謂敞開衣襟，自由自在，無比歡暢。❽歸白社　回到棲隱之所。白社，在河南洛陽東。據葛洪《抱朴子・雜應》記載：洛陽道士董威輦常止白社中。後用以借指隱士所居處。

【語　譯】包融的別墅濱洛水而建，周圍都是寧靜的農田。操守清正沒有雜賓登門，德高望重者時

來訪問。此時正值炎炎夏日，風物自然清麗爽朗。五月休假的日子，並肩攜手來到竹林之下。敞開衣襟無比歡暢，對酒當歌談興正濃。夜幕降臨鳥兒飛回樹林，我也要回到我的棲隱之所。

【研　析】包融籍貫潤州延陵，開元中因張九齡推薦入仕，歷任懷州參軍、集賢院學士、大理司直等職，在洛水之濱建有別墅。包融於神龍中與賀知章、張若虛等人俱以吳越之士、文詞俊秀名揚於京師，所以包氏別墅成為京洛文士遊憩宴集的沙龍就很自然了。此詩首敘別墅環境，次寫宴集情景，而以日暮歸白社作結。詩人用「風物自瀟灑」、「開襟成歡趣」描繪其感受，不難想見這是來去自由、不拘形跡的聚會，正是文人汲汲以求的精神家園。此詩所寫情境與〈題李十四莊兼贈綦毋校書〉彷彿，但更沖淡，如同一篇散文，平淡而有味。

宴張記室宅

【題　解】張記室，據佟培基考證，當為張願之弟張毖，時任邠王李守禮府掾。其宅即在孟浩然筆下反覆出現的襄陽張氏海園。記室，在唐代為王府官屬，掌表啟書疏，從六品上。

甲第金張館❶，門庭車騎多。家封漢陽郡❷，文會楚材過❸。曲島浮
觴酌❹，前山入詠歌。妓堂花映發，書閣柳逶迤❺。玉指調箏柱❻，金泥

飾舞羅❼。寧知書劍客❽，歲月獨蹉跎。

【注釋】❶甲第金張館　意謂張氏宅第堪與漢代金、張之府相比。甲第，豪門貴族的宅第。金張，漢代權貴金日磾、張安世，二人累世貴重。《抱朴子・外篇・自敘》：「內無金張之援，外乏彈冠之友。」❷家封漢陽郡　張忠祖父張柬之封漢陽郡王。❸文會楚材過　意謂在張宅舉行的文士聚會有大批楚地儁秀到場。楚材，泛指南方有才能之人。《左傳・襄公二十六年》有「雖楚有材，晉實用之」之語。❹浮觴酌　飲酒。❺逶迤　此形容柳枝舒展自如。❻玉指調箏柱　美人手指撥動琴弦。梁武帝〈子夜歌二首〉之一：「朱口發豔歌，玉指弄嬌弦。」❼金泥飾舞羅　意謂舞衣經過金泥裝飾，華貴無比。❽書劍客　詩人自謂。書，指讀書求仕治理天下。劍，指習武從軍立功封侯。《史記・項羽本紀》：「項籍少時，學書不成，去，學劍，又不成。項梁怒之。」

【語譯】張氏宅第堪與漢代金、張之府相比，門前車水馬龍川流不息。張家祖上受封漢陽郡王，大批楚地俊秀來參加聚會。逶迤曲水上飲酒，清秀前山上唱歌。廳堂歌女妖嬈與鮮花交相輝映，書閣四周楊柳依依舒展自如。美人手指撥動琴弦餘音嫋嫋，舞衣經過金泥裝飾華貴無比。誰能理解像我這樣的讀書人，虛度歲月一事無成。

【研析】張記室宅，即孟浩然筆下反覆出現的張氏海園。作為襄陽貴胄，幾代人經營，其宅第之氣象不難想見，詩人將其與漢代金、張之府相比，既有達官顯貴造訪，也有文才秀士雅集，構成襄陽城中引人矚目的景觀。詩人置身豪門宅第，即目金碧輝煌，顧影自憐，不免產生失落感，發出「歲月獨蹉跎」的嘆息。「紅顏棄軒冕，白首臥松雲」（李白〈贈孟浩然〉），是李白心目中的孟浩然，而從紅顏到白首的漫漫人生路上，孟浩然的志趣、追求也有變化起伏，並非一味地「歸臥南山陲」（王維〈送別〉）。

清明日宴梅道士房

【題解】梅道士，襄陽修道求仙一流人物，與孟浩然有很深交情。道徒於飲食無佛徒之清規戒律，故邀人飲宴很平常。

林臥愁春盡，開軒覽物華❶。忽逢青鳥使❷，邀我赤松家❸。金灶初開火❹，仙桃正落花❺。童顏若可駐，何惜醉流霞❻。

【注釋】❶開軒覽物華　推開窗戶，觀賞自然景物。❷青鳥使　神話傳說中西王母有青鳥信使。此指為梅道士傳信的人。❸赤松家　赤松子居處。赤松子，傳說中的神仙。晉干寶《搜神記》：「赤松子者，神農時雨師也，服冰玉散以教神農，能入火不燒。至昆侖山，常入西王母石室中，隨風雨上下。炎帝少女追之，亦得仙俱去。」❹金灶初開火　道士煉丹的爐灶剛點火。金灶，煉丹的灶。❺仙桃正落花　正是桃花飄落時節。清明前後桃花開。仙桃，神話傳說中西王母種食之桃。❻流霞　神話傳說中的仙酒。據說飲一杯數月不飢。

【語譯】閒臥林間哀嘆春日將盡，推開窗戶觀賞美好景物。忽然遇見神仙友人的信使，邀我到他修道的地方。煉丹爐剛點火，仙桃樹正落花。童子般的容顏若能夠永駐，怕什麼醉飲流霞仙酒。

【研　析】此詩記詩人應邀赴梅道士宴情事。詩由林臥孤獨起調，清明日，春光美好，但獨樂畢竟美中不足。正惆悵間，忽有信使傳話，梅道士相邀共度良辰。及至道觀，但見煉丹爐中剛剛點火，桃樹林下落英繽紛，果然神仙世界。道士捧上流霞酒，勸詩人開懷暢飲，並說可以美容，一杯數月不飢。此詩被蘅塘退士選入《唐詩三百首》，其所以能入法眼，在於它詠道士而用典使事切合眼前情事，如「青鳥」、「赤松」、「金灶」、「仙桃」、「流霞」，都是道家標識，一看就與佛家區別開來。而桃花、流霞又可作自然物解，於是又產生一種亦真亦幻的朦朧美，這是孟浩然的拿手技法。全詩流走自然，朗朗上口，也符合《唐詩三百首》「易於成誦」的選錄標準。

寒夜張明府宅宴

【題　解】宋本題作〈寒食張明府宅宴〉，《文苑英華》作寒夜。據詩中刻燭、燃爐等細節描寫，與寒食節日習俗不合，知以寒夜為是。

瑞雪初盈尺，閑宵始半更❶。列筵邀酒伴，刻燭限詩成❷。香炭金爐暖❸，嬌弦玉指清❹。醉來方欲臥，不覺曉雞鳴。

【注　釋】❶瑞雪二句　意謂初更剛過一半，大雪已積到一尺多厚。❷刻燭限詩成　古代以寫詩爭勝，往往限題限時。限時的辦法是刻燭為記，逾時不成者敗。❸香炭金爐暖　吳均〈行路難二首〉之一：「玉階行路生細草，金爐香炭變成灰。」❹嬌弦玉指清　美人手指撥動琴弦奏出美妙的曲調。

【語　譯】初更剛過一半，大雪已然厚達一尺。擺下筵席邀來酒朋詩友，刻燭限時比試才藝高下。香炭在爐火中燃燒，玉指在琴弦上移動。喝到酣醉正要躺下休息，不知不覺晨雞已經啼鳴。

【研　析】此詩描繪雪夜飲宴賦詩情景。瑞雪盈尺，時交初更，首聯展現宴會前的寧靜，與宴會的熱烈形成對比。頷聯、頸聯寫宴會的活動，飲酒是中心，賦詩為了助興。賦詩的同時欣賞音樂，也有侑酒的用意。場面講究，氣氛熱烈，是豪門夜宴無疑。尾聯補上一筆，正欲臥時，傳來晨雞報曉聲音，證明夜宴確實是在歡快的氣氛中進行的。此詩結構、筆調與〈清明日宴梅道士房〉相近。「刻燭限詩成」是文人聚會時賦詩取樂的一種形式，即在蠟燭上刻上印痕，燭燃至此是最後時限，如詩不成，罰飲酒。李白〈春夜宴從弟桃花園序〉中「如詩不成，罰依金谷酒數」即此。晉石崇〈金谷詩序〉：「遂各賦詩，以敘中懷，或不能者，罰酒三斗。」後以罰酒三杯為宴會罰酒常例。

襄陽公宅飲

【題　解】襄陽公，指東漢習郁。據《襄陽耆舊傳》記載：後漢習融，襄陽人，有德行，不仕。其子郁字文通，為黃門侍郎，封襄陽公。《水經注・沔水》：「沔水又東逕豬蘭橋，橋北有習郁宅，宅側有魚池，池不假功，自然通洫，長六七十步，廣十丈，常出名魚。」此詩中北林、南池之句，即寫其實。〈高陽池送朱二〉有更充分的展示。

窈窕夕陰佳❶，豐茸春色好❷。欲覓淹留處❸，無過狹斜道❹。倚席卷龍鬚❺，香極浮瑪瑙❻。北林積修樹，南池生別島❼。手撥金翠花❽，心迷玉紅草❾。談天光六義❿，發論明三倒⓫。座非陳子驚⓬，門還魏公掃⓭。榮華應無間⓮，歡娛當共保。

【注釋】❶窈窕夕陰佳　意謂幽靜深遠的夜景無比美好。窈窕，幽靜深遠貌。❷豐茸春色好　草木豐盛茂密，呈現美好春光。❸欲覓淹留處　想找一個可以逗留遊樂的去處。❹狹斜道　曲巷小街。多指歌伎娼女居處。❺倚席卷龍鬚　意謂所坐之席為龍鬚席。龍鬚，草名，莖可織席。❻瑪瑙　礦物名，品類眾多，顏色光美，可製器皿。❼別島　一個個島嶼。❽金翠花　用黃金、翡翠製成的飾物。❾玉紅草　一種仙草。〈尸子〉：「赤縣神州者，實為昆侖之墟，玉紅之草生焉，食其一實而醉，臥三萬歲而後寤。」❿談天光六義　談論上下古今，發揚詩書精義。談天，《史記・孟子荀卿列傳》有「騶衍之術迂大而閎辯」之語。裴駰集解引劉向《別錄》：「騶衍之所言五德終始，天地廣，盡言天事，故曰談天。」光，發揚光大。六義，即六詩，風、雅、頌、賦、比、興。⓫三倒　《世說新語・賞譽》：「王平之邁世有俊才，少所推服。每聞衛玠言，輒嘆息絕倒。」劉孝標注引《玠別傳》：「謂前後三聞，為之三倒。時人遂曰，衛君談道，平子三倒。」⓬陳子驚　據《後漢書・陳遵傳》

記載：陳遵字孟公，杜陵人也。略涉傳記，贍於文詞。性善書，與人尺牘，主皆藏去以為榮。有同姓名者，每至人門，曰陳孟公，座中莫不震動，既至而非，因號其人曰陳驚坐。⓭門還魏公掃　據《史記・齊悼惠王世家》記載：魏勃少時，欲求見齊相曹參，家貧無以自通，乃常獨早夜掃齊相舍人門外，感動舍人，得為之引見，因以為舍人。⓮無間　不間斷。

【語　譯】幽靜深遠的夜景無比美好，草木豐盛一派美好春光。想找一個可以逗留遊樂的去處，莫過於曲巷小街的習宅。所坐之席為龍鬚草編成，所用杯盞是珍玉瑪瑙。北林中種滿高高的樹木，南池裡浮著一個個島嶼。手上撥弄著珠寶飾物，心中迷戀著玉紅仙草。談古論今發揚詩書精義，發論談道讓人折服絕倒。在座的都不是等閒之輩，更有夜掃齊相舍人門的書生。榮華富貴應無盡期，歡欣娛樂應天長地久。

【研　析】君子之澤，五世而斬。漢習郁舊宅傳至唐朝落入誰家，不得而知。但可以想像到的是，舊宅的新主人會將其營造得一派豪華。在歷史文化名人的故宅飲宴，不能不發思古之幽情，追問當年的豪華今日安在，並思考眼前歡娛如何共保。此詩對眼前繁華極力形容，最後歸結為關於歷史傳承的沉思，可謂有所寄託。通首皆用對偶，整飭有餘，略嫌呆板。

韓大使東齋會岳上人諸學士

【題　解】韓大使，指韓朝宗，開元十九年（西元七三一年）至二十四年任襄州刺史兼山南東道採訪使。唐稱節度使及各道巡察採訪使為大使。岳上人，當地高僧。諸學士，學者，事蹟不詳。

郡守虛陳榻❶，林間召楚材❷。山川祈雨畢❸，品物喜晴開❹。抗禮尊縫掖❺，臨流揖渡杯❻。徒攀朱仲李❼，更薦和羹梅❽。翰墨緣情製❾，高深以意裁。滄洲趣❿不遠，何必問蓬萊⓫。

【注釋】❶陳榻　陳蕃設榻待徐稚。據《後漢書・徐稚傳》記載：東漢陳蕃任豫章太守，每為當地名士徐稚設專榻，走後即懸掛起來。❷楚材　南方有才能之士。《左傳・襄公二十六年》有「雖楚有材，晉實用之」之語。❸山川祈雨畢　意謂面對的是甘霖過後的山水景物。祈雨畢，意謂祈雨成功，已見效果。祈雨，古代遇天旱，地方行政長官要率民眾求神降雨，古稱雩祀。❹品物喜晴開　意謂這是甘霖降過的晴日，萬物欣欣向榮。❺抗禮尊縫掖　意謂對諸學士這樣的儒者，以平等的禮節相待。抗禮，以平等的禮節相待。縫掖，古代儒者所服的大袖單衣。泛指儒者。此指諸學士。❻臨流揖渡杯　據梁慧皎《高僧傳・神異》記載：有高僧能浮木杯於水，憑之渡河，無假風棹，輕疾如飛。此指岳上人。❼朱仲李　潘岳〈閒居賦〉：「周文弱枝之棗，房陵朱仲之李。」李周翰注：「房陵有朱仲者，家有縹李，代所希有。」梁任昉《述異記》：「防陵定山有朱仲李園三十六所。」❽和羹梅　《尚書・說命》：「若作和羹，爾惟鹽梅。」孔氏傳：「鹽鹹，梅醋，羹須鹹醋以和之。」後比喻政治上的濟世之才。❾翰墨緣情製　陸機〈文賦〉：「詩緣情而綺靡，賦體物而瀏亮。」李善注：「詩以言志，故曰緣情。」❿滄洲趣　參見〈宿天台桐柏觀〉❸。⓫蓬萊　傳說中的海上仙山。傳說仙山上有仙人和長生不死之藥。

【語　譯】郡守空著接待賢才的座席，特意宴請南國的賢才能士。祈雨過後山川景物秀麗，甘霖滋潤晴日下萬物欣榮。以平等的禮節相待諸學士，在水邊向浮杯高僧致意。摘來稀有的朱家縹李，捧出美味的和羹梅。詩賦因言志而感人，意趣高深耐人尋味。隱居之樂近處即可求得，何必要打問蓬萊仙山。

【研　析】對於靠天吃飯的農業經濟來說，風調雨順是一年收成的根本保障。因此，為農作物祈雨，就成為地方行政長官政治生活中的大事；祈雨成功則被視作為政有成的標誌，是很大的喜事。據詩意，這是韓朝宗大使在襄州刺史任上因祈雨成功而舉行的慶祝酒會，文人雅士、釋子道流都到場了。面對雨過初晴的自然美景，品嘗著時令鮮果，其喜洋洋。「翰墨緣情製」，詩筆所記錄的這一人與自然友好相處的境界，令人神往。

途中九日懷襄陽

【題　解】九月九日重陽節，詩人正在旅途，這恰是王維寫「每逢佳節倍思親」（〈九月九日憶山東兄弟〉）的情景，深有同感，心已飛回峴山。

去國似如昨❶，倏然經杪秋❷。峴山❸不可見，風景令人愁。誰采籬下菊❹，應閑池上樓。宜城多美酒❺，歸與葛強遊❻。

【注　釋】❶去國似如昨　離開家鄉好像是昨天剛發生的事。意謂記憶猶新。❷倏然經杪秋　意謂轉瞬之間已經是秋末了。倏然，忽然。形容時間過得飛快。杪秋，九月。是秋季的末月。❸峴山　又名峴首山，在襄陽城東南七里。❹誰采籬下菊　陶淵明〈飲酒二十五首〉之五：「采菊東籬下，悠然見南山。」❺宜城多美酒　宜城，今湖北宜城，自漢代以來出產美酒。《方輿勝覽・京西路・襄陽府》：「金沙泉在宜城縣東一里，造酒極美，世謂之宜城春，又名竹葉酒。」❻歸與葛強遊　葛強，晉征南將軍山簡部將。據《晉書・山簡傳》記載：山簡鎮襄陽，每出嬉遊，多之池上，置酒輒醉，名之曰高陽池。時有兒童歌曰：「山公出何許，往至高陽池。日夕倒載歸，酩酊無所知。時時能騎馬，倒著白接羅。舉鞭向葛強，何如并州兒？」強家在并州，為簡愛重。

【語　譯】離開家鄉好像就在昨天，轉瞬之間竟然已經到暮秋。想念峴山卻不能看見，風物景觀勾引起無限鄉愁。誰在東籬下採菊，誰在池臺優雅賦閒。宜城出產名醪美酒，回家後要去與葛強一起遊玩。

【研　析】此詩抒途中九日懷鄉思親之情。首聯從時間著筆：言去鄉日久，不知不覺中已是重九節日。頷聯就空間拓展一筆：眼前風物與峴山不同，更增添人在異鄉的孤獨寂寞意緒。詩的後半，遙想此刻家鄉情景，但願早日歸去，與故友痛飲宜城美酒。比起〈九日得新字〉來，此詩尚清新可讀。

初年樂城館中臥疾懷歸作

【題解】樂城館，即樂城客館。參見〈除夜樂城逢張少府作〉題解。孟浩然遊吳越，於開元二十一年（西元七三三年）末抵樂城。除夕夜，同鄉好友樂城丞張子容設宴招待。此詩作於新年伊始。

異縣天隅僻❶，孤帆海畔過。往來鄉信斷，留滯客情多。臘月聞雷震，東風感歲和。蟄蟲驚戶穴❷，巢鵲眄庭柯❸。徒對芳樽酒❹，其如伏枕何❺。歸來理舟楫，江海正無波。

【注釋】❶異縣天隅僻　意謂處在天涯海角的僻遠異鄉。樂城在東海之濱。異縣，異鄉。陳琳〈飲馬長城窟〉：「他鄉各異縣，展轉不相見。」❷蟄蟲驚戶穴　意謂原先蟄伏的蟲子在春雷過後出洞了。❸巢鵲眄庭柯　意謂喜鵲飛來，準備在院中樹上築巢。❹芳樽酒　美酒。芳樽，精緻的酒杯。《晉書・阮籍列傳》：「史臣曰，嵇阮竹林之會，劉畢芳樽之友。」❺其如伏枕何　無奈臥病在床。

【語譯】處在天涯海角的僻遠異鄉，一葉孤舟在海畔駛過。來來往往家鄉音信全無，留滯異鄉羈旅之情日增。臘月寒冬聽到雷聲陣陣，東風拂來感知歲月和暖。蟄伏的蟲子在春雷後出洞，喜鵲飛來準備在庭樹上築巢。面對著金樽美酒徒然嗟嘆，奈何臥病在床無心暢飲。江海正值風平浪靜，該是整理行裝泛舟歸去的時候了。

【研　析】此詩抒客中懷歸之情。初年即新年伊始，佳節思親，此其一；孤帆海畔，異縣天隅之僻，此其二；臥病客館，孤寂無告之窘，此其三。這些因素集合在一起，孟浩然歸思之深切、強烈不難想見。而詩中展現的景物又是春風初動，喜鵲飛臨的樂景，遂使鄉愁與蓬勃春意形成反差，給讀者以衝擊力。出路何在？詩人給出脫離困境的辦法是「歸來理舟楫」，因為老天有眼：「江海正無波。」

初出關旅亭夜坐懷王大校書

【題　解】此詩當作於開元十七年（西元七二九年）秋末，孟浩然由長安赴洛陽，初出潼關之際。王大校書，指王昌齡，是孟浩然最要好的朋友。參見〈送王昌齡之嶺南〉題解。

向夕槐煙起❶，蔥蘢池館曛。客中無偶坐❷，關外惜離群❸。燭至螢
光滅，荷枯雨滴聞。永懷蓬閣友，寂寞滯揚雲❹。

【注　釋】❶向夕槐煙起　意謂黃昏時分，槐樹更顯枝葉茂密。南朝梁簡文帝《玄圃園講頌并序》：「液水穿流，蓬山寫狀。風生月殿，日照槐煙。」❷偶坐　二人對坐。顏延之〈夏夜呈從兄散騎車長沙〉：「獨靜闕偶

坐，臨堂對星分。」❸關外惜離群　意謂身在潼關之外，因與朋友分手而感傷。❹永懷二句　念念不忘的是供職祕書省的朋友，他寂寞自守，卻像揚雄那樣久不升遷。蓬閣，蓬萊閣。《通典．職官八》：「祕書省校書郎，漢之蘭臺及後漢東觀，皆藏書之室，亦著述之所，多當時文學之士，使讎校於其中，故有校書之職。……當時重其職，故學者稱東觀為老氏藏室、道家蓬萊山焉。」王昌齡時任祕書省校書郎，故稱蓬閣友。

【語譯】黃昏時分槐樹間升起炊煙，蔥蘢的池邊客舍光線昏暗。旅途中孤孤單單再無二人對坐，身在潼關外感傷離開朋友。燭火點亮螢火隨即熄滅，荷葉枯萎雨聲滴答可聞。久久思念著蓬閣的朋友，他寂寞自守卻像揚雄一樣久不升遷。

【研析】此詩作於開元十七年秋末，孟浩然由長安赴洛陽初出潼關之際。客館夜坐，孤獨中回憶一年來客居長安的經歷，人和事數不勝數，「關外惜離群」是情理中事；而感觸最深、最讓詩人放心不下的，是王昌齡的沉淪不遷。王昌齡開元十五年進士及第，補祕書省校書郎，九品芝麻官。孟浩然其所以對王昌齡情有獨鍾，以至於對他沉淪下僚、從事讎校深表同情，乃因二人曾有過「數年同筆硯」（〈送王昌齡之嶺南〉）的經歷，這在盛唐著名詩人中是很少見的。正是這一段經歷，增進了二人的相知和友誼。我們有理由斷定王昌齡是孟浩然最重要的朋友，而故鄉詩友首推張子容。

早寒江上有懷

【題解】此詩作於開元十八年（西元七三〇年）秋冬之際，詩人正置身於長江下游的某一個渡口。

木落雁南渡❶，北風江上寒。我家襄水曲❷，遙隔楚雲端。鄉淚客中盡❸，孤帆天際看❹。迷津欲有問❺，平海夕漫漫❻。

【注　釋】❶木落雁南渡　樹葉落零大雁南飛的季節。左思〈蜀都賦〉：「木落南翔，冰泮北徂。」劉良注：「木葉落，秋時也。」南渡，南飛。❷襄水曲　襄水灣。漢水流經襄陽境，亦稱襄水、襄河。曲，河灣。❸鄉淚客中盡　懷念故鄉之淚已經流盡。極言思鄉之切。❹孤帆天際看　想像家人在天際遙望此間孤舟。謝朓〈之宣城出新林浦向板橋〉：「天際識歸舟，雲中辨江樹。」❺迷津欲有問　意謂找不著泊船的渡口，想找人打探。迷津，據《論語‧微子》記載：孔子使子路向耦耕的長沮、桀溺問津，二人不告訴津在何處，卻對孔子棲棲遑遑、四方奔走追求用世的態度予以嘲諷，認為不如隱居好。此句暗用這一典故。❻平海夕漫漫　意謂日暮時分，江面漫漫平遠，與海相接。喻前途渺茫。

【語　譯】木葉凋零雁南飛，北風呼嘯江上寒。我家住在襄江灣，遙遠在楚雲那頭。思鄉淚水在漂泊他鄉時流盡，天盡頭家人在遙望這一葉扁舟。找不到泊船的渡口想找人打探，黃昏裡江面平遠煙波漫漫。

【研　析】孟浩然東下吳越，沿途固然會有地方官員迎來送往，但更經常的狀態是孤身一人在旅途奔波。此詩記早寒江上感懷。時交秋冬，西風落葉，北雁南飛，客愁和歲暮一起向詩人襲來。回顧故鄉，襄陽被隔在數千里的白雲之外；瞻望前景，夕陽下平海漫漫，詩人陷入迷茫之中，不知路在何方。詩中描繪的情景，是詩人當時心態的真實呈現。《唐宋詩舉要》評曰：「純是思歸之神，所謂超以象外也。」陶文鵬指出「孤帆天際看」可作兩種解釋：一說是詩人西望江上片帆，遠入天際，正是他還鄉之路；一說是推想家人東望天際，但見一葉孤舟，而他並未歸來。把此句看作對面著筆的寫法，更能體會詩人鄉情強烈，對家人體貼至微。言之有理。

夏日南亭懷辛大

【題　解】南亭，在詩人故居襄陽澗南園內。辛大，指辛諤，詩人同鄉好友。作為同鄉詩友，二人見面機會很多；由於志趣十分投合，辛諤又妙解音律，故孟浩然視之為真正的知音，不免時時懷念，每有感興，都願向他傾訴。此詩寫夏夜水亭納涼，因景物觸發，心有所感，立即想到他。

山光忽西落，池月漸東上。散髮乘夜涼❶，開軒臥閑敞❷。荷風送
香氣，竹露滴清響。欲取鳴琴彈，恨無知音❸賞。感此懷故人，中宵勞
夢想❹。

【注　釋】❶散髮乘夜涼　披散頭髮在夜間乘涼。散髮，古代男子束髮於頭頂，平時不放開。散髮表示不受拘束，灑脫自在。❷開軒臥閑敞　打開窗戶，躺在安靜敞亮的地方。❸知音　知己。據《列子・湯問》記載：伯牙善鼓琴，鍾子期善聽琴。伯牙琴音志在高山，子期說「峨峨兮若泰山」，琴音意在流水，子期說「洋洋兮若江

河」。伯牙所念，鍾子期必得之。後世遂以「知音」比喻知己、同志。此是雙關，因為辛諤確實通曉音律。❹中宵勞夢想 夜半時分也會在夢中想到。司馬相如〈長門賦〉：「忽寢寐而夢想兮，魂若君之在旁。」

【語　譯】夕陽餘暉匆匆西落，池邊明月漸漸東上。披散頭髮在夜間乘涼，開窗高臥多麼閒適敞亮。微風掠過荷花送來清香，露珠暗滴竹葉發出輕響。本想取出琴彈一曲，怎奈缺少知音欣賞。這一切讓我更加思念故人，半夜還在夢中苦苦把他懷想。

【研　析】此詩抒寫夏夜水亭納涼和對友人的懷念，構思頗類陶淵明〈雜詩〉之二。陶詩云：「白日淪西阿，素月出東嶺。遙遙萬里輝，蕩蕩空中景。風來入房戶，夜中枕席冷。氣變悟時易，不眠知夕永。欲言無予和，揮杯勸孤影。日月擲人去，有志不獲騁。念此懷悲淒，終曉不能靜。」二詩都是借助景物烘托自我神態動作與內心活動，活現出風神散朗而又不甘於碌碌無為的詩人自我形象。所不同的是，孟詩側重懷友，止於「中宵勞夢想」。陶詩中，抒情主人公激憤悲淒的社會原因更深刻，給人以壓迫感，故「終曉不能靜」。懷友而用「知音」的典故，既扣字面的鳴琴、辛大的通曉音律，又表明在詩人內心深處是把辛大引為知己，是伯樂、鍾子期那樣的生死之交。這樣的懷故人，自然感人至深。「荷風送香氣，竹露滴清響」一聯，既是眼前實景，又象徵詩人的高潔人格，和「微雲淡河漢，疏雨滴梧桐」一聯，最受論家青睞，「一時嘆為清絕」（王士源〈孟浩然詩集序〉）。

除夜有懷

【題　解】除夜，即除夕夜，一年最後一天的晚上。舊歲至此夕而除，次日即新歲，故稱。

五更鐘漏欲相催❶，四氣推遷往復回❷。帳裡殘燈纔去焰，爐中香氣盡成灰。漸看春逼芙蓉枕❸，頓覺寒消竹葉杯❹。守歲家家應未臥❺，相思那得夢魂來。

【注　釋】❶五更鐘漏欲相催　意謂鐘漏之聲似在催五更天的到來。鐘漏，古代計時用銅壺滴漏，以刻度計時。徐陵〈答李顒之書〉：「殘光炯炯，慮在昏明；餘息綿綿，待盡鐘漏。」❷四氣推遷往復回　一年四季中溫熱冷寒之氣，推移變遷，回環往復。四氣，春夏秋冬的不同氣候。推遷，推移變化。往復，來回循環不息。❸芙蓉枕　用芙蓉花作成的枕頭。司馬相如〈長門賦〉：「摶芬若以為枕兮，席荃蘭而茝香。」李善注：「荃蘭皆香草也，言為枕席。」❹頓覺寒消竹葉杯　在竹葉青酒杯盞的碰撞中，寒氣頓然消除。竹葉，竹葉青，美酒名。張華〈輕薄篇〉：「蒼梧竹葉青，宜城九醞酒。」劉良注：竹葉，酒名。❺守歲家家應未臥　傳統習俗，除夕夜不睡，以迎候新年。

【語　譯】鐘漏之聲似在催五更天到來，一年四季推移變遷回環往復。帳幕裡燈火才剛剛熄滅，熏爐中香氣盡散香已成灰。芙蓉枕上漸覺春天逼近，碰著竹葉青酒杯頓感寒氣消除。守歲之時應是家家不眠，思念親人恨不得在夢中相聚。

【研　析】日月不居，年歲如流。孔聖人喟然嘆息過：逝者如斯，不舍晝夜。西方哲人赫拉克利特說過：一個人一生不可能兩次踏進同一條河流。為什麼不可能？因為水在流。你可能第二次、第三次來到同一個渡口，但你面對的已不是上一次的流水了。即如你在除夜無法捉住去年同一時刻的一分一秒。那麼，除夜和別的夜晚有何不同？不同在於：這一夜過盡，不僅宣告一日結束，而且意味著年冬臘月的終結，更意味著一年的終結。當人的壽命以年為計量單位時，除夜是年歲增長的臨界點。過了這個點，「天增歲月人增壽」，而且天公地道的，誰也無法逃避。所以，年終要進行盤點，計算逝去的三百六十五天的盈虧，安排新年的生計。詩人從鐘漏的滴答聲中，從燈殘香盡的光景中，強烈地意識到歲月的推移，由此引發關於自然規律和生命意義的思考。同時也祝願普天之下家家團聚，美夢成真。讀此詩，我們會聽到時鐘的敲擊，聽到時間的腳步聲。

秋宵月下有懷

【題　解】這是一首望月懷人之作。

秋空明月懸，光彩露沾濕。驚鵲棲未定❶，飛螢卷簾入。庭槐寒影疏❷，鄰杵夜聲急❸。佳期曠何許❹，望望空佇立❺。

【注釋】❶驚鵲棲未定　意謂因月光明亮，烏鵲受驚，不能安棲。曹操〈短歌行〉：「月明星稀，烏鵲南飛。」❷庭槐寒影疏　意謂庭院中的槐樹因天寒葉落，月光下樹影稀疏。❸鄰杵夜聲急　意謂月光下鄰家的擣衣聲一聲緊似一聲。杵，擣衣用的棒槌。古代多在月夜擣衣。李白〈子夜吳歌・秋歌〉：「長安一片月，萬戶擣衣聲。」❹佳期曠何許　意謂歡聚之期曠遠而捉摸不定。佳期，指與佳人相約會。亦泛指相歡聚之期。曠，遼遠。何許，何處。謝朓〈晚登三山還望京邑〉：「佳期悵何許，淚下如流霰。」❺望望空佇立　徒然久立張望。望望，依戀瞻望。佇立，久立。

【語譯】一輪明月高懸秋天的夜空，露水沾濕了明月的光輝。受驚的烏鵲不能安棲，紛飛的流螢飛入內室。庭院中槐樹葉落樹影稀疏，靜夜裡鄰家擣衣聲一聲緊似一聲。歡聚之期遙遙在何日，思緒綿綿久久地站立張望。

【研析】這是一首望月懷人之作。詩人用簡潔的筆觸，從不同角度展現了秋宵月下景致：驚鵲、飛螢、槐影、鄰居的擣衣聲……將讀者帶進一種清幽淒冷的境界，給人以豐富的美感。這種景物描寫，也使懷人顯得真切而具感染力。

閑園懷蘇子

【題解】閑園，詩人給自己林園取的名號，有表明主人志趣的意涵。子，古人對男子的尊稱或美稱。孟浩然將這位姓蘇的朋友稱為蘇子，可見其傾慕與交誼非同一般。

林園雖少事，幽獨自多違❶。向夕開簾坐，庭陰落影微❷。鳥過煙樹宿，螢傍水軒飛。感念同懷子❸，京華去不歸。

【注釋】❶幽獨自多違　意謂靜寂孤獨中感到許多事情都不順遂。幽獨，靜寂孤獨。多違，多背謬；不順心。描繪一種精神狀態。❷庭陰落影微　庭院陰暗，落日的光線微弱。微，輕微；淡薄。❸感念同懷子　掛念同心的朋友。同懷子，同心之人。陸機〈為顧彥先贈婦二首〉之一：「修身悼憂苦，感念同懷子。」

【語譯】林園雖然清閒少事，寂寞孤獨頗感諸事不順。黃昏時分捲簾靜坐，庭院陰暗光線微弱。鳥兒掠過茂密樹林棲息，流螢傍著水邊亭榭飛動。掛念我志趣相同的朋友，遠去京華還久久未歸。

【研析】蘇子是詩人同心之人，他去了京華，而且久久不歸，怎能不讓詩人為他擔心？幽獨中的詩人都擔心些什麼，詩中沒有明說，不排除擔心這位同懷子的徹底不歸。果真如此，局面將與〈送友人之京〉相同，成為青雲與青山之隔。《楳齋詩談》評曰：「一、二是懷字意，三、四正是懷人時節，五、六又是懷人景物，一氣趕下，末乃點出『懷』字，局法最妙。」似嫌表面化。或評曰「一種情緒」，可謂要言不煩。此詩入選《唐詩別裁》和《唐詩三百首》，可見備受方家青睞。

傷峴山雲表觀主

【題　解】這是一首傷悼亡友的詩。峴山，又名峴首山，在襄陽城東南七里。雲表觀主，應為峴山某道觀觀主，雲表是其名號；也可能觀名雲表，是建在山頂的。據詩意，此詩作於漫遊吳越歸來不久。

少予學書劍❶，秦吳多歲年❷。歸來一登眺，陵谷尚依然❸。豈意餐霞❹客，溘隨朝露先❺。因之問閭里，把臂幾人全❻。

【注　釋】❶書劍　書，指讀書求仕治理天下。劍，指習武從軍立功封侯。《史記・項羽本紀》：「項籍少時，學書不成，去，學劍，又不成。項梁怒之。」❷秦吳多歲年　意謂在京師長安和吳越一帶漫遊多年。秦吳，指京師長安所在的關中和東南吳越之地。孟浩然於開元十六年冬入京應試，開元十八年自洛陽東下漫遊吳越，開元二十二年返回襄陽，前後數年。❸陵谷尚依然　意謂峴山風貌依舊，沒有變化。陵谷，深邃的山谷。《詩・十月之交》中有「百川沸騰，山冢崒崩，高岸為谷，深谷為陵」之語。晉杜預好為後世名，常引用《詩》中這幾句發感慨，刻石為二碑，記其勳績，一沉萬山之下，一立峴山之上，並說：「焉知此後不為陵谷乎！」❹餐霞　道家修煉之術。道家以為餐霞飲露，不食五穀，可以修煉成仙。❺溘隨朝露先　意謂忽然隨朝露而逝去。溘，忽然。朝露，早晨的露水。太陽出來後露水很快消失，比喻存世的時間極其短暫。《漢書・蘇武傳》：「人生如朝露，何久自苦如此！」顏師古注：「朝露見日則晞，人命短促亦如之。」先，先逝去。❻因之二句　意謂由雲表觀主的去世聯想到，鄉里中的朋友故舊還有多少人健在。閭里，鄉里。指同鄉人。把臂，握住手臂。表示關係親密。

【語　譯】年少時學書舞劍，漫遊京師與吳越已多年。歸來後登高遠眺，峴山陵谷風貌依舊。不料餐霞飲露的雲表觀主，忽然隨朝露而逝去。因此想起鄉里的舊朋故友，至今還有多少人健在。

【研　析】時過境遷，物是人非，世事滄桑，往往如此，也是人生旅途中一再出現的情境。孟浩然入越四載，回到襄陽，感慨係之。詩人登上峴山，徘徊於墮淚碑下，不能不想到當年杜預曾說過的：「焉知此後不為陵谷乎！」豈料陵谷依然，而餐霞客卻隨朝露溘然長逝了。詩人杜甫〈贈衛八處士〉有「訪舊半為鬼」之句，那是闊別二十年之後的情景。孟浩然離家雖然只有四載，也驚呼：「因之問閭里，把臂幾人全？」盡人皆知人死不能復生，生死之別是永別。傷悼亡友中，有詩人對於人生年命的思考。

賦得盈盈樓上女

【題　解】凡摘取古人成句的詩題，題首多冠以「賦得」二字。科舉時代的試帖詩，因詩題多取成句，故題前均有「賦得」二字。詩人集會分題亦用之。此詩題中的「盈盈樓上女」一句，來自〈古詩十九首〉之二：「盈盈樓上女，皎皎當窗牖。」

夫婿久離別，青樓空望歸❶。妝成卷簾坐，愁思懶縫衣。燕子家家入，楊花處處飛❷。空床難獨守❸，誰為報金徽❹。

【注釋】❶青樓空望歸　意謂身居青樓的女子盼望夫婿歸來總是落空。青樓，青漆塗飾的豪華閨樓。❷楊花處處飛　楊花飄落，已是暮春天氣。言外正是少婦懷念丈夫深切之時。❸空床難獨守　〈古詩十九首〉之二：「昔為倡家女，今為蕩子婦。蕩子行不歸，空床難獨守。」❹誰為報金徽　意謂琴聲為誰而彈。金徽，琴弦音位之徽。

【語譯】夫婿離家已經很久，在閨樓望夫歸來希望總落空。梳洗完畢捲簾端坐，愁思湧起無意縫衣。初春燕子飛入千家萬戶，楊花飄落已到暮春時節。空床獨守寂寞難持，琴聲幽幽為誰而彈。

【研析】〈古詩十九首〉之二原文是：「青青河畔草，鬱鬱園中柳。盈盈樓上女，皎皎當窗牖。娥娥紅粉妝，纖纖出素手。昔為倡家女，今為蕩子婦。蕩子行不歸，空床難獨守。」其中「倡家」指歌伎之類，略同於當今的歌壇女子。「蕩子」指去鄉土遊四方者，不同於今天所指的不務正業者。詩的主旨是思婦懷夫，即閨怨。孟浩然這一首複製品，主旨與十九首原作相同。不同處是，原作寫景是興而兼比，並著力刻劃詩中主人公的美麗。孟詩中的狀物、敘事，旨在突顯思婦的愁腸百結，無所告訴。相對而言，孟詩的表現手法顯得淺露。孟浩然之前，曹植、陸機也曾模擬過這首「青青河畔草」，皆無以過之。

春怨

【題解】宋本題作〈春意〉，活字本等作〈春怨〉，兩相比較，後者更符合詩中所描寫的情景。

佳人能畫眉❶，妝罷出簾帷❷。照水空自愛❸，折花將遺誰❹。春情多豔逸❺，春意倍相思。愁心極楊柳❻，一種亂如絲❼。

【注釋】❶畫眉　用黛色描繪眉毛。❷簾帷　門窗上所掛簾子帳幔。❸照水空自愛　意謂從水中倒影可以看到姣好可愛的容貌，但這美貌只能白白自賞而已。因為意中人或夫婿不在眼前。❹折花將遺誰　意謂不知道折在手中的花該如何送出。遺，贈送。❺豔逸　豔美飄逸。王粲〈閑邪賦〉：「夫何英媛之麗女，貌洵美而豔逸。」❻愁心極楊柳　意謂愁心因為楊柳觸動而達到極點。❼一種亂如絲　一樣亂如絲。

【語譯】妙齡佳人對鏡畫眉，梳妝完畢走出閨房。臨水自照姣好的容貌只能自賞，手中的花也不知該如何送出。春天的情思豔美飄逸，春天的意境倍惹相思。愁思因為楊柳觸動而達到極點，紛紜煩亂無法收拾。

【研析】作為一首閨怨詩，它要表現的是閨中怨情。在明媚的春日，主人公梳妝打扮齊整，照水可見姣好容貌，但惱人的是，她不知道意中人身在何處，以至於無法將折到的花送出去。她陷入煩亂之中。自然，也可以解釋為旁人猜不出她將把花送給何人。賀裳《載酒園詩話》指出，此詩中「照水」一聯，與王維〈早春行〉中「愛水看妝坐，羞人映花立」相似，有生香真色之妙。此詩的結尾以楊柳絲喻愁，貫通情景，是表現春怨主題的神來之筆。

憶張野人

【題　解】活字本等題作〈題張野人園廬〉。野人，閒居野處之人。

與君園廬並❶，微尚頗亦同❷。耕釣方自逸❸，壺觴趣不空❹。門無俗士駕❺，人有上皇風❻。何必先賢傳，唯稱龐德公❼！

【注　釋】❶與君園廬並　意謂二人廬舍其鄰，距離很近。❷微尚頗亦同　意謂即使在志趣意願方面也有許多共同點。微尚，微小的志趣、意願。自謙之詞。謝靈運〈初去郡〉：「伊余秉微尚，拙訥謝浮名。」❸耕釣方自逸　用耕種和垂釣求得身心安適。耕釣，殷商相伊尹未仕時，曾耕於莘野。西周相呂尚未仕前釣於渭濱。後以耕釣謂高人隱逸。方，正好可以。自逸，身心安適。《詩經·小雅·十月之交》：「我不敢傚，我友自逸。」❹壺觴趣不空　意謂時時有酒喝。壺觴，酒壺、酒杯。趣，興趣。❺門無俗士駕　意謂不與庸俗淺陋之人打交道。孔稚珪〈北山移文〉：「請回俗士駕，為君謝逋客。」❻人有上皇風　意謂打交道的人保持著淳樸的上古風氣。上皇，太古之帝皇，指伏羲，三皇之最先者，故稱。陶淵明〈與子儼等疏〉：「五六月中，北窗下臥，遇涼風暫至，自謂是羲皇上人。」❼何必二句　意謂為什麼先賢傳裡非得只記載龐德公事蹟呢。言外之意是張野人同樣可進先賢傳。先賢傳，記述先代賢人的傳記。如晉習鑿齒所撰《襄陽耆舊傳》、魏人所撰《海內先賢傳》。

【語　譯】我和你不僅廬舍相鄰，連微小的志趣也頗多共同點。耕種垂釣正好可以身心安適，飲酒之趣無時不有。門口不停庸俗人的車子，交往的人都有淳樸的上古之風。為何記述先代賢人的傳記，只是記載龐德公的事蹟！

【研　析】此詩題目，似作〈題張野人園廬〉為佳，若用「憶」字，表明主人公或去世，或外出，顯然與詩中所寫情景不太符合。野人，即閒居野處之人，是與朝士相對應的概念，也就是說，這種人雖然胸有詩書，但不求升官發財、揚名聲顯父母，而是樂於徜徉山林，悠閒自得，與世無爭。孟浩然筆下這位張君即這種人。其風貌是：耕釣自逸，門無俗士，樽有佳釀，保有上古純樸風氣。詩人與之比鄰而居，且「微尚頗亦同」，在與官場保持距離中，追求精神世界的自主和獨立。則同為當代龐德公，可入《襄陽耆舊傳》續集。

南山下與老圃期種瓜

【題　解】南山，指孟浩然故居澗南園附近的峴山。詩題的意思是與老圃相約在南山腳下種瓜。

樵牧南山近❶，林閭北郭賒❷。先人留舊業❸，老圃作鄰家。不種千株橘❹，唯資五色瓜❺。邵平能就我❻，開徑有蓬麻❼。

【注　釋】❶樵牧南山近　採樵放牧都是就近去南山。樵牧，砍柴放牧。❷林閭北郭賒　意謂距城北的鄉間路途遙遠。林閭，鄉閭里門。唐代往往用指郊區住宅。北郭，孟浩然家居襄陽城之南，故稱城為北郭。賒，遠。❸舊業　田產。❹千株橘　《三國志・吳書・三嗣主傳》：「丹楊太守李衡，以往事之嫌，自拘有司。」裴松之注引《襄陽記》：衡本襄陽卒家子也，每欲治家，妻輒不聽，後密遣客十人於武陵龍陽氾洲上作宅，種甘橘千株。臨死，告其子，稱之為千頭木奴，可為生活來源。❺唯資五色瓜　意謂只指望種瓜收成。資，憑藉。五色瓜，任昉《述異記》：「吳桓王時，會稽生五色瓜，吳中有五色瓜，歲充貢獻。」此泛指瓜。❻邵平能就我　意謂如果老圃肯來指導我種瓜。邵平，即召平。《史記・蕭相國世家》：「召平者，故秦東陵侯。秦破，為布衣，貧，種瓜於長安城東，瓜美，故世俗謂之東陵瓜，從召平以為名也。」❼開徑有蓬麻　意謂將從蓬草叢中開出一條小徑來。晉趙岐《三輔決錄・逃名》：「蔣詡歸鄉里，荊棘塞門，舍中有三徑，不出，唯求仲、羊仲從之遊。」此暗用此典，表示要與這位瓜農常相來往。

【語　譯】砍柴放牧都就近去南山，距城北的鄉間路途遙遠。祖先留有一些田產，鄰居是種植蔬果的農夫。不打算種植甘橘千株，只指望種瓜有些收成。如果老圃肯來指導我種瓜，我將從蓬草中開出小路與他往來。

【研　析】面對〈南山下與老圃期種瓜〉這個詩題，讀者容易聯想到《論語・子路》樊遲請學稼的故事。孔子認為君子不必學稼為圃，只要好禮、好義、好信，各地民眾就會背負子女前來投靠，稼圃之事自有民眾勞作，君子則可坐享其成。孟浩然顯然是在與孔聖人唱反調，他拜瓜農為師，相約要在祖田裡大種五色之瓜，並許諾要在兩家之間開出一條小路，以便二人朝夕來往，切磋鑽研園藝。與農民親密交往、真誠相待的背後，是與固有價值取向的疏離。就題材而論，此詩已讓人耳目一新；詩的語言樸素，如話家常，親切自然，款款道來，頗有層次。秦東陵侯邵平所種之瓜為甜瓜，有白、綠、黃等不同皮色，迄今仍是當地著名特產。今之西瓜原產非洲，五代時始傳入中國。

田家元日

【題　解】據詩中「我年已強仕」之語推知，此詩作於開元十六年（西元七二八年）春節。

昨夜斗回北❶，今朝歲起東❷。我年已強仕❸，無祿尚憂農❹。野老
就耕❺去，荷鋤隨牧童。田家占氣候❻，共說此年豐。

【注　釋】❶昨夜斗回北　意謂昨夜北斗從北面迴轉。北斗星的斗柄方向隨季節而變化，春指東，夏指南，秋指西，冬指北，由北回到東，意味著春季到來。❷歲起東　歲星升起在東方。《尚書・堯典》：「寅賓出日，平秩東作。」孔傳：「歲起於東而始就耕，謂之東作。」《漢書・天文志》：「歲星曰東方春木。」顏師古注引孟康：「五星東行，天西轉，歲星晨現東方。」❸強仕　《禮記・曲禮上》：「三十曰壯，有室。四十曰強，而

仕。」孔穎達疏：「三十九以前通曰壯，壯久則強，故四十曰強。強有二義，一則四十不惑，是智慮強，二則氣力強也。」❹無祿尚憂農　意謂身無俸祿，不得不為衣食憂慮。無祿，無俸祿。指未得官職。憂農，《論語・衛靈公》：「君子謀道不謀食。耕也餒在其中矣，學也祿在其中矣。君子憂道不憂貧。」此處就是謀食、憂貧的意思。❺就耕　前往耕種。就，即。❻占氣候　古代就自然氣象推測年成好壞稱為占候。占，測。

【語　譯】昨晚北斗星從北面迴轉，今晨歲星又在東方高掛。我已年屆四十，卻身無俸祿仍為衣食憂慮。農夫去田野耕耘播種，扛著鋤頭跟在牧童身後。莊稼人推測今年年成，都說今年一定大豐收。

【研　析】元日，即農曆正月初一。新年伊始，萬象更新，孟浩然已交四十歲。這是古人特別看重的年齡，稱之為「強仕之年」，意思是三十九以前通曰壯，壯久則強，故四十曰強。強有兩層含義：一則四十不惑，是智慮強；二則氣力強也。正因為強是出外求仕的年齡，故詩人十分在意。他從田家對豐收的企盼中，觸發對自己即將赴京應試的企盼，但願新年交好運，能在科舉考場上收穫豐碩成果。樸素的話語，傳達出詩人複雜的心緒，讀來親切感人。

裴司士員司戶見尋

【題　解】裴司士，裴姓任司士參軍者。員司戶，員姓任司戶參軍者。名字皆不詳。唐代於府、州置司士參軍，掌津梁、舟車、舍宅、百工眾藝之事。置司戶參軍，掌戶籍、計帳、道路逆旅、婚田之事，並從七品下。

府僚能枉駕❶，家醞復新開❷。落日池上酌，清風松下來。廚人具雞黍❸，稚子摘楊梅❹。誰道山公醉，猶能騎馬回❺。

【注釋】❶府僚能枉駕　意謂州府大員肯屈尊來到寒舍。府僚，州府僚佐。指裴司士、員司戶。枉駕，枉屈大駕。❷家醞復新開　自家釀的酒剛剛打開。家醞，家中自釀的酒。❸具雞黍　置辦雞和米飯。雞黍，雞和米飯。《論語・微子》：「止子路宿，殺雞為黍而食之。」後以指招待客人的飯菜。❹稚子摘楊梅　小兒採來楊梅。暗示時當仲夏。❺誰道二句　描繪客人醉歸情景。山公，山簡。參見〈高陽池送朱二〉❶。

【語譯】州府大員肯屈尊來到寒舍，家釀的美酒又剛剛打開。黃昏時分在池邊斟飲，松樹底下有清風徐來。廚夫準備了豐盛的飯菜，小兒採摘來新鮮的楊梅。誰說客人已經喝醉，他卻還能獨自騎馬歸去。

【研析】官府的朋友登門來訪，詩人熱情款待，連廚人、稚子都勁頭十足，直到客人酒足飯飽，酩酊而歸。此詩記待客情景，有濃厚的生活氣息，也是孟浩然日常生活情景中的一個側面。「廚人」一聯，以楊梅對雞黍，其中「楊」是「羊」字的同音假借，以與雞對，稱為借對。在孟集中，借對技巧頻繁出現，如「以吾一日長，念爾聚星稀」（〈送浩然弟進士舉〉）、「朱紱恩雖重，滄洲趣每懷」（〈奉先張明府休沐還鄉海亭宴集探得階字〉）、「倚席卷龍鬚，香極浮瑪瑙」（〈襄陽公宅飲〉）、

「行乏憩余駕，依然見汝墳」（〈行至汝墳寄盧徵居〉）、「上巳期三日，浮杯興十旬」（〈上巳日澗南園期王山人陳七諸公不至〉）、「日夕望京口，煙波愁我心」（〈宿揚子津寄潤州長山劉隱居〉）、「南國辛居士，言歸舊竹林」（〈都中送辛大〉）、「早聞牛渚詠，今見鶺鴒心」（〈送袁十嶺南尋弟〉）、「白簡徒推薦，滄洲已拂衣」（〈同曹三御史泛湖歸越〉），不勝枚舉。借對給人以新奇別致之感，使文字更藝術化。

李少府與楊九再來

【題　解】李少府，指李皓，時任襄陽縣尉。少府，唐代對縣尉的稱呼。楊九，事蹟不詳。

弱歲早登龍❶，今來喜再逢。如何春月柳❷，猶憶歲寒松❸。煙火臨
寒食❹，笙歌達曙鐘。喧喧鬥雞❺道，行樂羨朋從❻。

【注　釋】❶弱歲早登龍　弱冠之年就已高中進士。弱歲，即弱冠。古代男子以二十歲為成人，初加冠，故稱弱冠。後遂稱男子二十歲或二十幾歲為弱冠。登龍，古代稱會試中式致身榮顯為登龍門。唐代指進士及第。❷春月柳　《晉書・王恭傳》：「王恭字少伯，少有美譽，清操過人，……恭美姿儀，人多愛悅，或目之云濯濯如春月柳。」此形象李皓風采。❸歲寒松　《論語・子罕》：「子曰，歲寒，然後知松柏之後凋也。」何晏集解：

「喻凡人處治世，亦能自修整，與君子同；在濁世，然後知君子之正不苟容。」此是詩人自謂，僅舉其處境與春風得意不同。❹寒食　古代以清明前一日為寒食節，這一日不能舉火，只能寒食。❺鬥雞　以雞相鬥的博戲。古已有之。開元、天寶間盛行於長安、洛陽。李白〈答王十二寒夜獨酌有懷〉有「君不能狸膏金距學鬥雞，坐令鼻息吹虹霓」之句，即記其實。❻行樂羨朋從　意謂真羨慕那些成群結隊湊熱鬧的人。朋從，夥伴。

【語　譯】弱冠之年就已高中進士，今日再次到訪讓人感動欣喜。李少府風采濯濯如春日柳，卻還記著我這棵歲寒松。寒食節前夕煙火繁盛，笙歌處處歡娛通宵。鬥雞路上喧譁熱鬧，真羨慕那些成群結隊的遊人。

【研　析】此詩可與〈重酬李少府見贈〉並讀。唐代科舉取士，以進士登科為登龍門，解褐多拜清緊，十數年間，擬跡廟堂。當時有「三十老明經、五十少進士」的說法。李皓二十歲中進士，堪稱少年得志。但他並不以此傲視治下布衣之士孟浩然，兩度登門拜訪，讓詩人感動。二詩即記其實，同時展示了寒食前夕民間通宵歡娛，有助於瞭解這一風情。

樵采作

【題　解】唐詩中，直接描寫詩人自己勞動情景的作品為數甚少，孟浩然由於是名副其實的布衣之士，實實在在地參加過生產勞動，於是筆下就有了這樣的「采樵歌」。

采樵入深山，山深樹重疊。橋崩臥槎❶擁，路險垂藤接。日落伴將稀❷，山風拂薜衣❸。長歌負輕策❹，平野望煙歸❺。

【注　釋】❶臥槎　倒臥的樹幹。❷日落伴將稀　太陽落山，同伴越來越少。❸薜衣　薜荔之衣。隱士所穿的衣服。《楚辭・九歌・山鬼》：「若有人兮山之阿，被薜荔兮帶女蘿。」後遂用以稱山居野處者所穿的衣服。❹長歌負輕策　意謂挑著柴擔放歌而行。長歌，放歌；高歌。負，擔負。輕策，此指樹木細枝。❺平野望煙歸　意謂望著平野間的炊煙歸去。

【語　譯】進入深山老林打柴，大山幽深，樹木重重疊疊。小橋崩塌橫臥樹幹支撐，道路險阻垂掛懸藤連接。夕陽西落同伴漸見稀少，山風習習吹拂著薜荔之衣。挑著柴擔放歌而行，望著平野間的炊煙歸去。

【研　析】山深路險，詩人忙了一整天，在日落時分，迎著山風，挑著柴擔，唱著山歌歸去。採樵是個體勞作，唱著歌兒趕夜路，有給自己壯膽的用意。王維〈終南山〉詩中有「偶然值林叟，談笑無還期」之語，那只能算是接觸勞動者。孟浩然詩中所寫，類似陶淵明「晨興理荒穢，帶月荷鋤歸」（〈歸園田居五首〉之三），都是真槍實彈，表現自我勞作。就題材而論，此詩如同〈南山下與老圃期種瓜〉，應在唐詩題材品類中占一席之地。陶文鵬指出：「孟詩頗得陶詩神韻，展現出一幅意境靜謐悠閒的晚歸圖，自然美、勞動美與人的風度美躍然紙上。」

仲夏歸南園寄京邑舊遊

【題　解】孟浩然赴京應試失利，逗留長安至歲末。開元十八年（西元七三〇年）仲夏，回到襄陽南郭外的園廬澗南園。此詩即作於這一時刻。

嘗讀《高士傳》❶，最嘉陶徵君❷。日耽田園趣❸，自謂羲皇人❹。

余復何為者，棲棲徒問津❺。中年廢丘壑，上國旅風塵❻。忠欲事明主，

孝思侍老親❼。歸來冒炎暑，耕稼不及春❽。扇枕北窗下❾，采芝南澗濱❿。

因聲謝朝列⓫，吾慕穎陽真⓬。

【注　釋】❶嘗讀高士傳　曾經讀過《高士傳》這樣的書。高士傳，晉皇甫謐曾撰之，收錄晉以前高士凡九十七人，不包括陶淵明。《隋書・經籍志》著錄虞槃佐撰《高士傳》二卷，周宏讓撰《續高士傳》七卷，皆不傳。高士，古傳稱志行高潔之士。❷最嘉陶徵君　最推許徵君陶淵明。嘉，推許；讚美。陶徵君，指東晉詩人陶淵明。徵君，不接受朝廷徵聘的隱士叫徵士，美稱徵君。顏延之《陶徵士誄》：「有晉徵士，尋陽陶淵明，南岳之幽居者也。」張銑題注：「陶潛隱居，有詔禮徵為著作郎，不就，故謂徵士。」❸日耽田園趣　終日沉醉在田園樂趣之中。耽，沉醉；入迷。❹自謂羲皇人　陶淵明〈與子儼等疏〉：「五六月中，北窗下臥，遇涼風暫

至，自謂是羲皇上人。」羲皇，古代傳說中的三皇之一伏羲。前人認為上古時代的人淳樸天真，無憂無慮，生活得很愉快。❺棲棲徒問津　意謂惶惶不安地打探出路在何方。棲棲，形容奔波勞頓，不能安居。《論語・憲問》：「丘何為是棲棲者與？」徒，徒然。毫無效果地做某事。問津，詢問渡口。《論語・微子》：「長沮桀溺耦而耕，使子路問津焉。」亦用作尋訪或求仕。❻中年二句　意謂人到中年放棄隱居生活，到京城經受旅居風塵之苦，竟淪落不遇。❼忠欲二句　意謂從忠孝的大節出發，自己立志為開明的君主效力，為年邁的父母盡孝道。二句以委婉語氣慨嘆不遇而歸。❽歸來二句　意謂冒著暑熱歸來，沒能趕上春耕。言外耽誤了農事，有失本分之意。❾扇枕北窗下　揮著扇子鋪上涼席安臥北窗之下。言外模仿陶淵明的生活方式之意。❿采芝南澗濱　到南澗之濱採芝取食。采芝，參見〈疾癒過龍泉精舍呈易業二公〉❷。⓫因聲謝朝列　傳話給列位於朝廷的朋友。因聲，因人而傳語。謝，告訴。朝列，指官員在朝廷的位次。此指身在朝廷的朋友。⓬潁陽真　指上古高士許由的淳真。堯讓天下與許由，許由不受，即逃往中嶽潁水之陽、箕山之下躬耕隱居。

【語　譯】曾經讀過《高士傳》，最推許陶淵明的為人。終日沉醉在田園樂趣之中，自稱是無憂無慮的羲皇上人。可我又是為了什麼，惶惶不安打探出路。人到中年放棄隱居生活，到京城經受旅居風塵之苦。想盡忠為明君效力，守孝道侍奉年邁父母。冒著暑熱回歸家園，還是未能趕上春耕。搖扇鋪席安臥南窗之下，到南澗之濱採集仙草靈芝。致意列位朝廷的朋友，我推慕許由隱居潁陽的淳真。

【研　析】此詩作於長安應試失利後返回襄陽不久。詩人清理了自己的思想，由於受傳統儒教薰陶，「忠欲事明主，孝思侍老親」是其本色和堅持不懈的追求。但事與願違，詩人頗為何去何從而苦惱。他想到陶淵明，幻想朝廷會不會像晉室對陶那樣也降詔徵聘。但當詩人看到今年的春耕被耽誤了，他猛然醒悟到自己的歸宿在澗南園。詩人將半生的心路歷程訴說給京中友人，同時宣告他選定了躬耕隱居這條路。肺腑之言，不假雕飾，愈淺愈佳。

歲暮歸南山

【題　解】此詩作於開元十七年（西元七二九年）冬，將離京返里之時。歲暮，即年末，如一日之暮。南山，指襄陽城南的峴山，孟浩然的園廬澗南園在峴山旁。

北闕休上書❶，南山歸弊廬❷。不才明主棄❸，多病故人疏❹。白髮催年老，青陽逼歲除❺。永懷愁不寐，松月夜窗虛❻。

【注　釋】❶北闕休上書　意謂從此結束北闕上書的舉動。北闕，古代建於宮殿之北的兩個望樓，漢代上書奏事謁見之徒皆詣北闕。闕，望樓中間空闕，作為過道。上書，指上書給皇帝提出政見，請求任用。❷南山歸弊廬　意謂回到南山我的破陋的居處去。南山，指襄陽峴山，詩人澗南園所在地。弊廬，破陋的房屋。詩人對自己家園的謙稱。❸不才明主棄　因為沒有才能，因而不被明主任用。不才，沒有才幹。此詩人自謂。明主，對當朝皇帝的稱呼。棄，拋棄；棄而不用。❹多病故人疏　因為身體不好，也與老朋友疏遠了。疏，疏遠。❺青陽逼歲除　意謂已聽到春天的腳步聲，舊年即將離去。青陽，春天。《爾雅・釋天》：「春為青陽。」注：「氣清而溫陽。」除，去。歲除，一年過去。❻永懷二句　意謂長久地思慮、傷感，不能入睡，但見松月之影投在窗前。虛，空明的意思。

【語　譯】從此結束向朝廷上書的舉動，還是回歸家鄉簡陋的茅屋。才疏學淺自然要被明主拋棄，身多疾病難免不受老友疏遠。白髮催促著人一天天衰老，新春又逼迫著舊歲逝去。長久的憂思愁得人難以入睡，只看見月照松影窗前一片空明。

【研　析】歲暮歸南山，這是詩人考試失利後滯留長安大半年以後的抉擇：結束對仕進的追求，回歸舊隱之地。從此詩人的人生旅程劃為前後兩個時期，這首詩也因此而著名。特別是「不才明主棄，多病故人疏」一聯，備受讚美。全篇真氣貫注，被清人馮舒評為「一生失意之詩，千古得意之作」。據《新唐書》本傳記載：「孟浩然……年四十乃遊京師。嘗於太學賦詩，一座嗟服，無敢抗。張九齡、王維雅稱道之。維私邀入內署，俄而玄宗至，浩然匿床下，維以實對，帝問其詩，浩然再拜，自誦所為，至『不才明主棄』之句，帝曰：『卿不求仕，而朕未嘗棄卿，奈何誣我？』因放還。」有了誣今上的紀錄，誰還敢再向朝廷推薦孟浩然？史料顯示，朝廷對孟浩然印象不佳，猜想祕密檔案中所載頭條罪狀恐怕就是這一條，而進士試的大門恐怕也因此對其永遠關閉了。

尋張五回夜園作

【題　解】張五，指張諲。張諲住在峴山北的洞湖，與詩人相去不遠，二人可以時相往來。

聞就龐公隱❶，移居近洞湖❷。興來林是竹❸，歸臥谷名愚❹。掛席窗風便❺，開軒琴月孤❻。歲寒何用賞，霜露故園蕪❼。

【注釋】❶聞就龐公隱　意謂聽說你前來當年龐德公棲隱處隱居。就，到。龐公，龐德公。東漢隱士，襄陽人。曾隱居峴山，不入城市，與司馬徽、諸葛亮為友。後攜妻子兒女登鹿門山，因採藥不返。孟浩然以龐德公為楷模，每以自期。❷洞湖　在襄陽。李白〈寄弄月溪吳山人〉：「嘗聞龐德公，家住洞湖水。終身棲鹿門，不入襄陽市。」❸興來林是竹　意謂樹林如七子的竹林引發詩興。❹谷名愚　山谷可以愚公谷名之。《說苑・政理》：「齊桓公出獵，逐鹿而走，入山谷之中，見一老公而問之，曰是為何谷，對曰為愚公之谷。」這位隱者不與世爭，被視為愚，其山居被稱為愚谷。後因用作詠隱士或隱居之所的典故。❺掛席窗風便　將遮蓋窗戶的席子掛起，讓風暢通。❻開軒琴月孤　開軒撫琴有月亮作伴。❼歲寒二句　想像冬季到來，霜露中的蕪園也會有一番景致可以欣賞。

【語譯】聽說你前來當年龐德公棲隱處，移居在靠近洞湖的地方。樹林如七子的竹林引發詩興，山谷也用愚公谷命名。掛起席子讓窗風暢通，開軒撫琴有明月作伴。冬季到來有什麼可以欣賞，霜露中的蕪園定會有別樣景致。

【研析】此詩記往訪友人夜歸澗南園情景。詩人與友人神交古代隱逸之士，故眼前景物都被塗上奇幻的色彩，既有七子徜徉的竹林，又有愚公棲隱的溪谷。清風朗月是實景，霜露蕪園是想像中的歲寒之景，在詩人看來都充滿詩情畫意。這一切，是詩人高情逸志的真切呈現。

同盧明府餞張郎中除義王府司馬就張海園作

【題解】盧明府，指盧僎，為襄陽縣令。參見〈陪盧明府泛舟回作〉題解。張郎中，指張願，參見〈秋登張明府海亭〉題解。義王，指唐玄宗李隆基第二十四子李玭，開元二十一年（西元七三三年）九月立為義王。王府司馬，從四品下，統領府僚，紀綱職務。海園，即張願在襄陽宅第中的園亭。張願新除義王府司馬，襄陽縣令作為父母官，借張氏海園為其餞行，孟浩然應邀作陪，並賦詩壯行。

上國星河列❶，賢王甲第開❷。故人分職去❸，潘令寵行來❹。冠蓋
趨梁苑❺，江山失楚材❻。預愁軒騎動，賓客散池臺❼。

【注釋】❶上國星河列　京師群星燦爛。上國，指京師。星河列，謝偃〈明河賦〉：「氣象萬殊，緬星河而盡列。光輝一道，羅銀漢之靈長。」此指開元二十三年秋玄宗分封王子為諸王事。❷賢王甲第開　賢明的諸王開府視事。賢王，此指義王李玭。甲第，此指義王府。❸故人分職去　故友前往任職。分職，分官任事。❹潘令寵行來　縣太爺前來送行。潘令，潘岳曾任河陽令、懷令、長安令，有政績。後用以代指縣令。寵行，贈詩文送別，以壯行色。❺冠蓋趨梁苑　仕宦貴族都向梁苑走去。冠蓋，泛指仕宦貴族。冠，指官員冠服。蓋，指

車蓋。趨，投向。梁苑，梁孝王苑，在今河南商丘。此借指義王李玭府第。❻楚材　楚地人才。《左傳・襄公二十六年》有「雖楚有材，晉實用之」之語。❼預愁二句　要提前愁嘆的是行人動身池臺客散場面。人去樓空，不免給人失落之感。

【語　譯】京城裡群星燦爛，賢明的諸王開府視事。老朋友前往任職，縣太爺前來送行。仕宦貴族都來到了梁園，這一去楚地少了一位俊才。要提前愁嘆的是賓客動身離去，池臺人去樓空讓人倍感失落。

【研　析】盧僎是眼前餞行宴飲的東道主，因為他是父母官，為境內賢俊榮升慶祝是職分內事。但事主張頎並非一般士人，不僅與父母官關係密切，平時可能相互支援，相互照應，而且這次宴會的場地就選在張氏海園，這樣，就發生了主客錯位的情形，且又互為賓主。至於孟浩然，則是永遠的座上客。主賓關係深，相互知根知底，過分的渲染反見生分，所以這首詩但敘事實，點到為止。同時不免四平八穩，少了激情。

送王吾昆弟省覲

【題　解】王吾，又作王五，事蹟不詳。省覲，指回鄉探望父母。

公子戀庭闈❶，勞歌涉海沂❷。水乘舟楫去，親望老萊❸歸。斜日催飛鳥，清江照彩衣。平生急難意，遙仰鶺鴒飛❹。

【注　釋】❶庭闈　父母居處。束晳〈補亡詩六首〉之一：「眷戀庭闈，心不遑安。」❷勞歌涉海沂　意謂唱著惜別的歌涉海而去。勞歌，惜別的歌。海沂，海濱。❸老萊　參見〈夕次蔡陽館〉❼。❹平生二句　意謂想到平生兄弟之間患難與共的情分，內心激動，遙望王氏兄弟遠去的背影心中默默為他們祝福。鶺鴒，即脊令，形似燕子的小鳥，同母所生，飛吟不相離。

【語　譯】王氏兄弟眷戀堂上父母，與朋友惜別涉海回鄉。坐著客船順流而下，親人也一定盼望孩子早日回家。斜陽催促著飛鳥快快歸巢，江水映照著兄弟倆娛親的彩衣。兄弟平素患難與共情誼深厚，我遙望遠去的背影默默為他們祝福。

【研　析】王氏兄弟結伴回鄉探親，家在海濱，路途遙遠在所不辭。詩人賦詩壯行，望著行者的背影，在祝禱其一路平安時，也勾起關於手足之情的思考：孟氏兄弟也像王氏兄弟一樣，有患難與共的情分，令詩人感到溫暖。

澗南即事貽皎上人

【題　解】澗南，即孟浩然故鄉園廬澗南園。參見〈仲夏歸南園寄京邑舊遊〉題解。即事，即景記事。皎上人，佛徒，事蹟不詳。

弊廬在郭外，素產唯田園。左右林野曠，不聞朝市喧❶。釣竿垂北澗，樵唱❷入南軒。書取幽棲事❸，將尋靜者論❹。

【注釋】❶不聞朝市喧　聽不到名利之場的喧鬧聲。朝市，《史記・張儀列傳》：「臣聞爭名者於朝，爭利者於市。」泛指名利之場。❷樵唱　砍柴人唱的山歌。❸書取幽棲事　從典籍中輯錄前代隱逸者的事蹟。❹將尋靜者論　意謂尋找處虛守靜之士一起討論評說。靜者，得清淨之道，處虛守靜之士。

【語　譯】簡陋的房舍在城外，先人的產業只有田園。周圍是空曠的樹林與原野，聽不見名利場的喧鬧。漁夫在北澗垂竿釣魚，樵夫的歌聲飛入南軒。輯錄前代隱逸者的事蹟，尋找高士一起來討論評說。

【研　析】此詩描繪澗南園的位置、環境，詩人的日常生活情景，這些在別的詩篇中也有反映，不足為奇。不同尋常之處是孟浩然輯錄了前朝隱逸者的故事，準備與靜者皎上人一道評說。詩人曾自稱讀過《高士傳》，也曾半開玩笑地說《續高士傳》中應有自己和友人的大名。此詩提供了新的動向：孟浩然似在自己動手編撰一部類似《襄陽耆舊傳》的書。此詩向讀者展示了詩人孟浩然詩歌之外的寫作活動，是其豐富的精神活動的組成部分。

過融上人蘭若

【題　解】融上人，襄陽景空寺主持和尚。參閱〈過景空寺故融公蘭若〉題解。孟浩然與這位高僧是生死之交，集中尚有〈題融公蘭若〉，寫他與這位高僧討論佛法。

山頭禪室❶掛僧衣，窗外無人溪鳥飛。黃昏半在下山路，卻聽松聲戀翠微❷。

【注　釋】❶禪室　修禪佛徒習靜之所。❷翠微　青翠掩映的山腰幽深處。

【語　譯】山頭禪室懸掛著高僧僧衣，窗外無人溪邊水鳥歡快飛翔。黃昏時走在下山的路上，聽到山腰幽深處傳開松濤陣陣。

【研　析】孟浩然與襄陽景空寺主持融上人是生死之交，過從甚密，無所不談。此詩記多次訪問中的一次，截取他歸途下山瞬間，在黃昏的大背景下，通過禪室僧衣、窗外飛鳥和林間松聲，營造出寂靜山寺的特有氛圍，表達了詩人對友人的留戀之情，與對佛禪境界的嚮往羨慕之意。「全篇構思新穎巧妙，筆墨簡潔含蓄，意味深長雋永，加之音響清遠，幽韻裊裊，堪稱唐代寫遊山寺詩的傑作。」（陶文鵬語）

李氏園臥疾

【題　解】李氏園，疑即〈題李十四莊兼贈綦毋校書〉詩中所寫之李十四莊，在洛陽東郊，左右瀍澗水，門庭緱氏山。開元十四年（西元七二六年），孟浩然寓居洛陽，在李氏園養病作此詩。

我愛陶家趣❶，園林無俗情❷。春雷百卉坼❸，寒食四鄰清❹。伏枕嗟公幹❺，歸山羨子平❻。年年白社❼客，空滯洛陽城。

【注　釋】❶我愛陶家趣　我喜愛陶淵明田園生活的樂趣。陶淵明〈歸去來兮辭〉：「園日涉以成趣，門雖設而常關。」❷園林無俗情　園林生活無世俗的情趣。陶淵明〈辛丑歲七月赴假還江陵夜行途中一首〉：「詩書敦宿好，林園無世情。」❸春雷百卉坼　春雷響過，百花開放。坼，裂開。《周易・解》：「天地解而雷雨作，雷雨作而百果草木皆甲坼。」❹寒食四鄰清　因為正是寒食節，四鄰都到鬧市去了，周圍顯得冷清。寒食，古代以清明前一日為寒食節，這一日不能舉火，只能寒食。❺伏枕嗟公幹　像劉楨一樣臥病在床，令人嗟嘆。伏枕，臥病在床。嗟，嘆息。公幹，《三國志・魏書・王粲傳》：「粲與北海徐幹字偉長……東平劉楨字公幹並見友善。」裴松之注引〈先賢行狀〉：「幹清玄體道，六行修備，聰識洽聞，操翰成章，輕官忽祿，不耽世榮。建安中，太祖特加旌命，以疾休息。後除上艾長，又以疾不行。」劉楨〈贈五官中郎將四首〉之二：「余嬰沉痼疾，竄身清漳濱。」孟浩然多病，與劉楨同。❻歸山羨子平　羨慕向子平能瀟灑地過隱逸生活。子平，向長，字子平，東漢人，隱居不仕。將男婚女嫁之事安排完，即與同好遊五嶽名山，竟不知所終。❼白社　在河南洛陽東。據葛洪《抱朴子・雜應》記載：洛陽道士董威輦常止白社中。後用以借指隱士所居處。

【語　譯】我喜愛陶淵明那樣的田園生活，李家園沒有塵世庸俗的情趣。春雷響過百花齊放，寒食節四鄰冷冷清清。嗟嘆像劉楨一樣臥病在床，羨慕向子平能瀟灑地隱逸。一年年在白社作客，白白滯留洛陽無所作為。

【研　析】洛陽東郊李氏園，是詩人們的樂園，孟浩然曾詠過「抱琴來取醉，垂釣坐乘閑」（〈題李十四莊兼贈綦毋校書〉）的詩句，證明詩人們在這裡玩得很舒心。此詩記詩人寓居洛陽期間在李氏園養病情景。即使在病中，推想平日也會受到精心照拂；但病中人往往過於敏感，悲嘆莫名。正當寒食，大約主人和左鄰右舍都到熱鬧場所歡度節日去了，暫時留詩人一人在家，詩人不免為眼前的冷清而感傷，進而悲嘆自己老大無成，歲月虛度。寫景、敘事都與詩中人的心理感受相融合，真實可信。「春雷」一聯錘煉精工。

過故人莊

【題　解】過故人莊，應邀到朋友家作客。這首詩因入選《唐詩三百首》等唐詩選本而廣為傳播，成為唐詩中最為傳誦的作品之一。

故人具雞黍❶，邀我至田家。綠樹村邊合❷，青山郭外斜❸。開軒面場圃❹，把酒話桑麻❺。待到重陽日❻，還來就菊花❼。

【注　釋】❶故人具雞黍　老朋友準備好雞和米飯。具，置辦。雞黍，雞和米飯。《論語・微子》：「止子路宿，殺雞為黍而食之。」後以指招待客人的飯菜。❷綠樹村邊合　綠樹在村邊圍繞著。合，圍繞。❸青山郭外斜　遠處城郭之外有一道青山。郭，外城。❹開軒面場圃　打開窗戶，正對著打穀場和菜園。❺把酒話桑麻　舉杯交談，話題不外桑麻成長之類的家常話。❻重陽日　農曆九月初九重陽節。傳統習俗，這一天要舉家登高，佩帶茱萸，飲菊花酒，據說可以避災長壽。❼還來就菊花　再來賞菊。就，親近。

【語　譯】老朋友準備了豐富的飯菜，邀請我到他的農舍作客。綠樹茂密環繞著村莊，一抹青山在城外橫斜。推開窗戶面對穀場菜圃，舉杯對飲談論著農活莊稼。等到九月九日重陽節，再來莊上觀賞菊花。

【研　析】〈過故人莊〉是一首記遊詩，完整記錄了詩人過故人莊園的見聞和感受，平淡中有深味，字裡行間充滿著田園生活的樂趣。首二句寫應邀往訪：主人準備的是自家生產的菜肴，雖然不是山珍海味，但情感卻不摻半點兒假。三、四句描繪莊戶人家的環境景物：綠樹、青山，色彩明麗，賞心悅目。五、六句寫宴飲場面：前一句說，打開窗戶就能看到打穀場和菜園子，農民和莊稼就是這般親近；後一句說，杯觥交錯中的話題，總不離桑麻成長之類的家常話。這裡使我們領略到強烈的農村風光和勞動生產的氣息，給人以寬闊、舒展、親切的感覺。最後兩句寫告別時的情景：

不是道謝、惜別之類的客套，而是以相約重陽節再聚作結，突顯了主客間的深情相知。陸游〈遊山西村〉（莫笑農家臘酒渾）在結構上與此詩相彷彿。兩相比較，孟詩偏重客觀描寫，句句自然，語意清妙，無刻劃之跡。陸詩則主觀情感色彩較濃。

同曹三御史泛湖歸越

【題　解】曹三，名字不詳。御史，即侍御史。唐代御史臺設侍御史四人，從六品下，掌糾舉百僚，推鞫獄訟。泛湖，指在洞庭湖上泛舟。歸越，指回歸越中。曹三卸任歸田，寫了一首泛湖歸越的詩，孟浩然以此詩酬和。

秋入詩人意❶，巴歌和者稀❷。泛湖同逸旅❸，吟會是思歸❹。白簡徒推薦❺，滄洲已拂衣❻。杳冥雲海去❼，誰不羨鴻飛❽。

【注　釋】❶秋入詩人意　意謂秋天激發詩人靈感。言外曹三詩中有詠秋景的句子。❷巴歌和者稀　意謂曹三詩思高雅，能與之唱和者不多。巴歌，〈巴渝歌〉，古樂曲名。❸泛湖同逸旅　意謂二人都是閒散之身，泛舟洞庭湖上。湖，此指洞庭湖。逸旅，無特別使命的閒散之旅。❹吟會是思歸　詩情的主旨是對隱逸生活的嚮往。❺白簡徒推薦　意謂所上奏疏往往不被採納。白簡，古代彈劾官員的奏章。《晉書・傅玄傳》：「玄天性峻急，不能有所容；每有奏劾，或值日暮，捧白簡，整簪帶，竦踊不寐，坐而待旦。」❻滄洲已拂衣　意謂已決然歸向滄洲。滄洲，臨水的地方。古代常用來稱隱士居處。拂衣，振衣而去。指歸隱不仕。❼杳冥雲海去　向高遠渺茫的雲海方向而去。杳冥，高遠渺茫。❽鴻飛　鴻雁高飛。比喻超脫塵世。

【語譯】秋天激發了詩人的靈感，詩思高雅能與之唱和者稀少。我們同在洞庭湖上閒散泛舟，吟詩唱和都是對隱逸生活的嚮往。所上的奏疏不被採納，歸隱滄洲的決心已經下定。去到高遠渺茫的雲海，誰不羨慕鴻雁高飛超脫塵世。

【研析】唐代制度規定，尚書考功郎中掌內外文武官吏考課；凡應考之官，具錄當年功過行能，本司及本州長官對眾宣讀，議其優劣，定為九等考第，然後送省；凡考課之法，有四善二十七最，以為黜陟的標準。曹御史的辭職，並非考課結果為下等，而是自己決心卸任歸田。曹某寫了一首泛湖歸越的詩，孟浩然以此詩酬和。首先稱讚詩寫得好，繼而說二人都是閒散之身，最後定格於曹三飄然遠舉的身影。此詩既是對曹三賦詩的回應，也表明對其決然歸隱這一抉擇的認同。

西山尋辛諤

【題解】西山，指孟浩然澗南園以西之山。辛諤，事蹟未詳，孟浩然的同鄉故友。

漾舟尋水便❶，因訪故人居。落日清川裡，誰言獨羨魚❷。石潭窺洞徹❸，沙岸歷紆餘❹。竹嶼見垂釣，茅齋聞讀書。款言忘景夕❺，清興屬涼初❻。回也一瓢飲，賢哉常晏如❼。

【注釋】❶漾舟尋水便　意謂乘小船沿著便利的水路駛去。❷誰言獨羨魚　意謂景物美不勝收，不僅有羨魚一端。羨魚，《淮南子·說林》：「臨河而羨魚，不如歸家織網。」❸石潭窺洞徹　石潭水清見底。窺，看。洞徹，形容水清徹底。❹紆餘　迂迴曲折。❺款言忘景夕　意謂談話投機，忘記了太陽已落山。款言，誠懇地交談。景夕，日光夕落。謝靈運〈初往新安至桐廬口〉：「景夕群物清，對玩咸可喜。」❻清興屬涼初　初涼天氣更引發清雅的興致。清興，清雅的興致。屬，意有所注。❼回也二句　意謂辛諤有顏回一樣的操守，簡樸的生活照樣安然自如。二句用顏回典故。《論語·雍也》：「子曰：『賢哉，回也！一簞食，一瓢飲，在陋巷，人不堪其憂，回也不改其樂。賢哉，回也。』」晏如，安寧；恬適。

【語譯】沿著便利的水路輕駛小船，尋訪故人棲隱的地方。落日西斜水面波光粼粼，景物美好觀魚最為開心。石潭水清澈見底，沙洲岸迂迴曲折。小島上有人在垂釣，茅齋裡傳來讀書聲。談興正濃忘記了太陽落山，初涼天氣更引發清雅的興致。像顏回那樣簞食瓢飲，簡樸的生活照樣安然自如。

【研析】此詩記乘舟訪友情景。全詩以舟行為線索，將讀者帶入西山勝境，一一領略其中石潭、沙岸、竹嶼、茅齋等景致，並展現友人在期間悠然自得的生活畫面及其曠放灑落的襟懷。二人相見暢談至夕，情投意合，興致清雅。詩人深情地稱讚辛諤是顏回一樣的棲隱者。劉辰翁評此詩曰：

「自言其趣，亦頗簡淡。」

陪張丞相登當陽樓

【題　解】詩題中的「當陽」原作「嵩陽」，據詩中首聯及「沮漳東會流」所寫景象，應為湖北當陽，王粲〈登樓賦〉即因此而作，故改為「當陽」。張丞相，指張九齡，時任荊州大都督府長史。開元二十五年（西元七三七年）冬，孟浩然隨張九齡巡行屬縣時作此詩。

獨步人何在❶，當陽有故樓❷。歲寒問耆舊❸，行縣擁諸侯❹。林莽北彌望❺，沮漳東會流❻。客中遇知己❼，無復越鄉憂❽。

【注　釋】❶獨步人何在　那位獨步文壇的人現在何處。獨步，特立突出。指王粲。曹植〈與楊德祖書〉：「昔仲宣獨步於漢南。」仲宣，王粲字。其地在漢水之南，故曰「獨步於漢南」。❷當陽有故樓　意謂眼前這座當陽樓記著當年王粲登臨的故事。王粲在漢末動亂中，曾由長安逃亡至荊州依劉表，在當陽樓寫〈登樓賦〉。❸歲寒問耆舊　寒冬天慰問地方上德高望重的老人、名士。❹行縣擁諸侯　巡行屬縣與州縣長官見面。擁，會聚。諸侯，指州縣長官。❺林莽北彌望　北方叢林原野一望無際。❻沮漳東會流　沮水和漳水向東流去並交會。沮水源出湖北保康西北景山，東南流經遠安、當陽至麥城。漳水源出湖北南漳西南，東北流至麥城合沮水，又南流至枝江縣東入於長江。王粲〈登樓賦〉：「挾清漳之通浦兮，倚曲沮之長洲。」❼客中遇知己　身在異鄉有幸遇到知心朋友。指到張九齡荊州幕府供職事。❽無復越鄉憂　不再有離鄉之憂愁。越鄉，越出本鄉；離鄉。語云：「人離鄉賤，貨離鄉貴。」

【語　譯】那位獨步文壇的王粲現在何處，眼前的當陽樓記著當年他的故事。寒冬天慰問德高望重的老人，巡行屬縣與地方長官交談。北方林野一望無際，沮水與漳水向東流去匯入長江。身在異鄉有幸遇到知心朋友，於是不再有離鄉的羈旅愁思。

【研　析】王粲是「建安七子」的傑出代表，為避董卓之禍，由長安逃到荊州依劉表。但劉表無知人之明，王粲寄人籬下，鬱鬱不樂，在當陽樓寫〈登樓賦〉，其中有「雖信美而非吾土兮，曾何足以少留」之句，抒發因才能不得施展而產生的思鄉情緒。孟浩然今日陪張九齡一道登覽的，正是當年王粲所登之樓。孟浩然與王粲登當陽樓事實相同，但感觸迥異，根源在於所依之人有不同，張九齡有知人善任的口碑。此詩因王粲故事觸發，詩人慶幸自己遇到張九齡，可以不發王粲那樣流離失所、寄人籬下的喟嘆。詩情由眼前情事引發，又恰與歷史故事重合，故「客中遇知己，無復越鄉憂」之慨，就如泉水自然湧流一般，讀來親切感人。

晚春

【題　解】此詩寫晚春與友人在郊野踏青飲宴情景，洋溢著青春氣息。

二月湖水清，家家春鳥鳴。林花掃更落，徑草踏還生。酒伴來相命❶，開樽共解酲❷。當杯已入手，歌妓莫停聲❸。

【注　釋】❶酒伴來相命　意謂酒友相約一起去喝一杯。相命，相約；相呼。❷開樽共解酲　消除酒病。《世說新語・任誕》：「天生劉伶，以酒為名；一飲一斛，五斗解酲。」❸當杯二句　意謂已有酒杯在手，請歌伎不停地唱下去。古代往往要用歌聲下酒。

【語　譯】二月的湖面清澄如鏡，家家戶戶春鳥鳴叫。林花凋謝剛掃過又落了一地，小徑野草被踏平轉眼之間又長出了。酒友來把我相邀，打開罈子一起解酒病。舉起酒杯開懷暢飲，請歌伎唱曲莫要停聲。

【研　析】此詩寫晚春與友人在郊野踏青飲宴情景。前半狀寫二月鳥鳴花飛氣象，頗傳春意盎然之神；後半寫宴賞勝事，歡樂之情溢於紙上，全詩洋溢著青春氣息。「林花掃更落，徑草踏還生」一聯，似從南朝梁詩人劉令嫺的名聯「落花掃更合，叢蘭摘復生」化出，它與首聯描寫配搭得自然天成，略無雕琢之跡，較之前者，是青出於藍而勝於藍的超越。化用成句而能超越，是孟詩特點之一。但也有襲用而露出痕跡的，如「身世兩相棄」（鮑照〈詠史〉）、「脈脈不得語」（〈古詩十九首〉）、「何處覓藏舟」（駱賓王〈樂大夫輓歌五首〉之二）、「翠羽戲蘭苕」（郭璞〈游仙詩〉）、「寶劍值千金」（曹植〈名都篇〉）、「有客款柴扉」（范雲〈贈張徐州謖〉）、「漆園有傲吏」（郭璞〈遊仙詩〉）、「感念同懷子」（陸機〈為顧彥先贈婦〉）、「園林無俗情」（陶淵明〈辛丑歲七月赴假還江陵夜行涂口〉〉、「王粲始從軍」（《隋書．孫萬壽傳》引傳主〈贈京邑知友〉）、「時時引領望天末」（〈陸機〈擬蘭若生朝陽〉〉、「空牀難獨守」（〈古詩十九首〉），另當別論。

聞裴侍御朏自襄州司戶除豫州以投寄

【題解】裴侍御朏，即裴朏，據王士源〈孟浩然詩集序〉稱，與孟浩然為忘形之交。他先後擔任過監察御史、懷州司馬、蒲州永雒縣令、禮部郎中等。此詩所寫，是其由襄州司戶遷職豫州。司戶，即州府司戶參軍，州刺史佐吏，從七品下，掌戶籍、計帳、旅館、婚田之事。豫州，屬都畿道，即今河南汝南一帶。

故人荊府掾❶，尚有柏臺威❷。移職自樊沔❸，芳聲聞帝畿❹。昔予
臥林巷，載酒過柴扉❺。松菊無時賞❻，鄉園欲懶歸❼。

【注釋】❶荊府掾　襄州府僚屬。襄州漢代屬荊州。府掾，古代州郡屬官的通稱。❷柏臺威　擔任監察官的聲威。柏臺，侍御史歸御史臺。漢代御史府院內植柏樹，常有野烏數千棲宿其上，晨去暮來。於是後來就用柏臺、烏臺代稱御史臺。❸樊沔　樊城、沔水。代指襄州。❹芳聲聞帝畿　美好的名聲將在都城一帶傳揚。帝畿，帝王的都城；京畿。豫州屬都畿道。❺載酒過柴扉　送酒到柴門人家。載酒，送酒。❻松菊無時賞　有松菊可

以隨時觀賞。❼鄉園欲懶歸　意謂從此歸鄉園的願望變得不那麼強烈了。因為故友離去，帶走了許多樂趣。

【語　譯】老友是襄州府的僚屬，有著擔任監察官的聲威。從襄州移職豫州，美好的名聲將在皇都傳揚。過去我隱居在林間小巷，他曾送酒到柴門同飲。松菊倒可以隨時欣賞，但從此歸鄉的願望不再強烈。

【研　析】裴朏與孟浩然為忘形之交，但孟浩然長期守著故土，而裴朏宦遊京洛，二人真正能不拘形跡地相處的機會並不是很多，故「昔予臥林巷，載酒過柴扉」就成為深藏心底的美好回憶。今天得到消息，老朋友榮遷豫州，可以將芳名傳揚於都城一帶，固然可喜；但此一去，載酒過柴扉就難了，鄉園的松菊會因舊友的離去而減色，這種感受應屬人情之常，前人未曾道及。

登峴亭寄晉陵張少府

【題　解】峴亭，即峴山亭，墮淚碑在焉。晉陵，即今江蘇常州。張少府，指孟浩然同鄉好友張子容，襄陽人，開元元年（西元七一三年）中進士，曾官樂城尉、奉先令、尚書省郎中、義王府司馬等。後棄官歸鄉。張子容時任晉陵縣尉。

峴首風湍急❶，雲帆若鳥飛❷。憑軒試一問，張翰欲來歸❸？

【注　釋】❶峴首風湍急　意謂登峴首山亭，但見秋風勁吹，漢川水流湍急。湍，水急流。❷雲帆若鳥飛　江上帆船急速，快如飛鳥。雲帆，船帆。代指船。❸憑軒二句　靠窗遠眺，問遠方的友人，是否有辭官還鄉的打算。憑軒，靠著窗戶。張翰，字季鷹，晉吳郡人，性至孝，放縱不拘，善屬文。據《世說新語・識鑒》記載：齊王司馬冏召為大司馬東曹掾。時政局混亂，張翰為避禍計，託辭秋風起思念故鄉菰米、蒓菜、鱸魚膾，辭官歸吳。此借指張子容。

【語　譯】峴首山秋風勁吹漢水湍急，江上帆船快如飛鳥。靠窗遠眺試問遠方的友人，是否有辭官還鄉的打算？

【研　析】此詩寫詩人秋日登高，因秋風的觸發，想起晉張翰蒓羹鱸魚的故事，引發對友人張子容的強烈思念，不由得發出呼喚：是否可以學學張翰的榜樣，辭去官職，命駕而歸！情真意切，有感染力，想像飛騰，饒有氣勢。但這次張子容未能回應孟浩然的召喚，他在坎坷的仕途上繼續奔波，直到開元二十一年歲末，孟浩然才從東海之濱的樂城縣將其找到。又過了幾年，二人才重新開始在襄陽故土隱居過從。

送王宣從軍

【題　解】王宣，事蹟不詳。這是一首送人從軍的詩。

才有幕中士❶，寧無塞上勳❷。隆兵初滅虜，王粲始從軍❸。旌旆邊庭去❹，山川地脈分❺。平生一匕首❻，感激贈夫君❼。

【注釋】❶才有幕中士　意謂就文才言，可以擔當幕中文書一類角色。❷寧無塞上勳　意謂既然有文才，怎可以缺少立軍功於塞外這一人生閱歷呢。❸隆兵二句　意謂前方剛傳來大軍勝利捷報，王宣就立即報名從軍。王粲，在漢末動亂中，曾由長安逃亡至荊州依劉表，在當陽樓寫〈登樓賦〉。王粲有〈從軍詩〉。又，《隋書・孫萬壽傳》：「萬壽本自書生，從容文雅，一旦從軍，鬱鬱不得志，為五言詩贈京邑知友曰：『……郗超初入幕，王粲始從軍。』」❹旌旆邊庭去　意謂隨著浩浩蕩蕩的旗幟向邊庭進發。❺山川地脈分　意謂翻山越嶺，地形變化，各不相同。地脈，指土地的脈絡、形勢。即地形。❻平生一匕首　意謂這是平生寶愛的一把匕首。匕首，短劍。❼感激贈夫君　意謂鄭重地贈給遠行者。感激，感動；奮發。夫君，指友人。

【語譯】論文才可以擔當幕中文書，怎可缺少塞外立軍功的閱歷。前方剛傳來大軍勝利的捷報，王宣就立即報名從軍。隨浩蕩的旗幟向邊庭進發，翻山越嶺經歷地形。這是我平生寶愛的一把匕首，現在鄭重地贈給遠行人。

【研析】這首送人從軍的詩，可謂英氣勃發，扣人心弦。孟浩然自己才兼文武，但對功名並不熱衷。面對虎虎後生，詩人卻鼓勵他到軍營中發揮才幹，謀求軍功。詩人在〈送莫氏外生兼諸昆弟從韓司馬入西軍〉中也持同樣態度。顯然詩人不認為自己的人生道路具有普遍性。「平生一匕首，感激贈夫君」，詩人對這位年輕人充滿期待。

送從弟邕下第後尋會稽

【題　解】孟邕，詩人從弟，事蹟不詳。下第，指參加科舉考試失利。會稽，今浙江紹興。其山水形勝有會稽山、秦望山、鏡湖、若耶溪等。《世說新語》有「從山陰道上行，山川自相映發，使人應接不暇」之語。

疾風吹征帆，倏爾向空沒❶。千里在俄頃❷，三江坐超忽❸。向來共歡娛❹，日夕成楚越❺。落羽更分飛❻，誰能不驚骨❼。

【注　釋】❶倏爾向空沒　意謂征帆在轉瞬之間就消失在水天相接處。倏爾，迅速貌。❷千里在俄頃　意謂頃刻之間就拉開千里距離。俄頃，頃刻之間。❸三江坐超忽　意謂頓然身在遙遠的三江一帶了。三江，錢塘江附近三條江水的合稱。《國語．越語》：「吳之與越也，三江環之。」韋昭注：「三江，松江、錢塘江、浦陽江。」此借指越州一帶。坐，頓然之間。超忽，曠遠貌。❹向來共歡娛　意謂一直一起快樂地生活。向來，從來。❺日夕成楚越　一天之內分隔在楚越兩地。楚越，楚國之地、越國之地。此指襄陽、會稽。❻落羽更分飛　意謂鳥從空中墜落，又與同伴失散。比喻孟邕先有考試失利，又有離鄉遠遊。落羽，墜落的鳥。後多喻仕途科舉失意。❼驚骨　內心極其震動。江淹〈別賦〉：「有別必怨，有怨必盈；使人意奪神駭，心折骨驚。」

【語譯】疾風吹著遠行的船帆，急速地消失在水天相接處。頃刻間拉開了千里距離，已身在遙遠的三江一帶。一直在一起快樂地生活，一天之間卻分隔在楚越兩地。科舉失利又離群分飛，怎能不讓人心折骨驚。

【研析】此詩送從弟下第後遊會稽。描繪「疾風吹征帆」一日千里之勢，真切如見，以此渲染兄弟「日夕成楚越」順理成章。孟浩然自己有過考試不中的經歷，因而對從弟孟邕的現實處境感同身受。現在孟邕又像當年詩人一樣，踏上南遊吳越之路，詩人似乎不禁回想起經年故事，其內心極其震動可想而知。前人說讀孟詩，「逸調如聞蘇門清嘯，苦調似聽燕市悲歌」（《唐詩選脈會通評林》）。「悲語動人，至此極矣」（徐用吾《精選唐詩分類評釋繩尺》）。

與王昌齡宴王十一

【題解】王昌齡，盛唐著名詩人，孟浩然好友。參見〈送王昌齡之嶺南〉題解。王十一，名字事蹟不詳，或作「王道士」，據詩意似為道士。

歸來臥青山，常夢遊清都❶。漆園有傲吏❷，惠我在招呼❸。書幌神仙籙❹，畫屏山海圖❺。酌霞復對此❻，宛似入蓬壺❼。

【注　釋】❶清都　道家認為天帝所居的宮闕。《列子・周穆王》：「王實以為清都紫微，鈞天廣樂，帝之所居。」張湛注：「清都、紫微，天帝之所居也。」❷漆園有傲吏　意謂主人是道流中人。《史記・老子韓非列傳》：「莊子者，蒙人也，名周。周嘗為蒙漆園吏，與梁惠王、齊宣王同時。」郭璞〈遊仙詩七首〉之一：「漆園有傲吏，萊氏有逸妻。」❸惠我在招呼　意謂懷著美好情誼喚我前去歡聚。《詩經・邶風・北風》：「惠而好我，攜手同行。」❹書幌神仙籙　意謂書齋裡堆滿神仙籙之類的書籍。書幌，書齋的帷帳。亦指書齋。神仙籙，即道教的符籙。凡入道者必受籙。《隋書・經籍志四》：「受道之法，初受《五千文籙》，次受《三洞籙》，次受《玄洞籙》，次受《上清籙》。籙皆素書，紀諸天曹官屬佐吏之名有多少，又有諸符，錯在期間，文章詭怪，世所不識。」❺山海圖　指神仙世界的山海圖畫。陶淵明〈讀山海經十三首〉之一：「泛覽周王傳，流觀山海圖。」❻酌霞復對此　飲過流霞又看著眼前場景。酌霞，飲流霞酒。參見〈清明日宴梅道士房〉❻。對此，面對眼前這一切。❼蓬壺　傳說中的海上仙山。晉王嘉《拾遺記》：「三壺則海中三山也。一曰方壺，則方丈也；二曰蓬壺，則蓬萊也；三曰瀛壺，則瀛洲也。」傳說仙山上有仙人和長生不死之藥。

【語　譯】歸來隱居在青山綠水間，常常夢遊天帝宮闕。主人有仙風道骨，盛情邀請我等前去聚會。書齋裡堆滿仙籍道籙，畫屏上都是神仙世界的畫景。飲著流霞仙酒看著眼前景象，彷彿進入了傳說中的海上蓬壺。

【研　析】從詩中「歸來臥青山」之句推斷，此詩作於從長安考試失利返回襄陽以後。又從詩人與王昌齡交往情況推斷，此詩作於開元二十八年王昌齡從嶺南歸來路過襄陽之際。準此，此詩應是孟浩然集中寫作時間最晚的詩。詩記與友人王昌齡一起在王道士房飲宴情景，著重展示道士房這一特殊空間的環境氛圍：書架上滿是神仙籙一類典籍，畫屏上是神仙世界的山海圖畫，給人以強烈的感官刺激。因此，酒過三巡，飄飄欲仙，彷彿置身蓬萊仙山。

白雲先生王迥見訪

【題　解】白雲先生王迥，孟浩然同鄉詩友。參見〈遊精思觀回王白雲在後〉題解。

閑歸日無事，雲臥晝不起❶。有客款柴扉❷，自云巢居子❸。居閑好芝朮❹，采藥來城市。家在鹿門山❺，常遊澗澤水。手持白羽扇❻，腳步青芒履❼。聞道鶴書徵❽，臨流還洗耳❾。

【注　釋】❶雲臥晝不起　意謂生活閒散，不按時起床。雲臥，猶高隱。鮑照〈遠升天行〉：「風餐委松宿，雲臥恣天行。」張銑注：「雲臥，臥雲也。」晝不起，天亮了也不起床。❷有客款柴扉　有客人叩荊扉。范雲〈贈張徐州謖〉：「還聞稚子說，有客款柴扉。」❸巢居子　指高隱之士。王康琚〈反招隱詩〉：「昔在太平時，亦有巢居子。」❹芝朮　靈芝草及白朮、蒼朮，道家視為益壽良藥。❺鹿門山　在今湖北襄樊東南三十里，漢江東岸，舊名蘇嶺山，東漢建武年間，襄陽侯習郁立神廟於山上，刻二石鹿，夾神道口，俗因稱為鹿門廟，並以名山。❻白羽扇　白色的羽毛扇。李白〈夏日山中〉：「懶搖白羽扇，裸袒青林中。」❼青芒履　道士穿的一種草鞋。❽鶴書徵　朝廷用鶴頭書徵召。鶴書，也稱鶴頭書，古代用於招賢納士的詔書。徵，徵召。❾洗

耳 郭璞〈遊仙詩七首〉之二：「青溪千餘仞，中有一道士。……翹迹企潁陽，臨河思洗耳。」李善注：「《呂氏春秋》曰，昔堯朝許由於沛澤之中，請屬天下於夫子，許由遂之潁川之陽。《琴操》曰，堯大許由之志，禪為天子。由以其言不善，乃臨河而洗其耳。」後多以形容拒絕入仕。

【語　譯】閒歸故里終日無所事事，生活閒散常不按時起床。有客人來敲叩柴門，稱自己是山野逸人。閒居中喜好採益壽草藥，今天出來採藥經過此地。家就住在鹿門山，時常來北澗遊玩。手拿白色的羽毛扇，腳穿自結的青芒履。聽到朝廷用鶴頭書徵召的消息，先生忙到水邊洗耳朵。

【研　析】白雲先生王迥是孟浩然同鄉詩友，孟集中除此首外，尚有〈登江中孤嶼贈白雲先生王迥〉、〈同王九題就師山房〉、〈贈王九〉、〈鸚鵡洲送王九之江左〉、〈上巳日洛中寄王九〉、〈上巳日澗南園期王山人陳七諸公不至〉等，可見二人交往之密。此詩記白雲先生叩門來訪情事，集中展示這位友人的仙風道骨，突顯其與朝廷保持距離的狷潔氣質。筆調輕鬆舒展，如行雲流水，讀來親切有味。與孟浩然同時的李頎有一首〈別梁鍠〉，主要不是寫別緒離愁，而是通過詩人對梁鍠遭遇的同情，著重地為這一人物寫照，使人物的形象浮雕似的躍然紙上，鮮明而又生動。這種表現技巧給讀者以新穎別致的美感。

田園作

【題　解】此詩作於開元六年（西元七一八年），孟浩然三十歲。

弊廬隔塵喧❶，惟先尚恬素❷。卜鄰近三徑❸，植果盈千樹。粵余任推遷❹，三十猶未遇。書劍時將晚❺，丘園日已暮。晨興日多懷❻，晝坐常寡悟❼。沖天羨鴻鵠❽，爭食羞雞鶩❾。望斷金馬門❿，勞歌采樵路⓫。鄉曲無知己⓬，朝端乏親故⓭。誰能為揚雄，一薦〈甘泉賦〉⓮。

【注釋】❶弊廬隔塵喧　意謂自家的寒舍遠離塵世的喧囂。弊廬，破陋的房屋。❷惟先尚恬素　意謂世代家風是過恬靜素樸的生活。惟，語首助詞。先，祖先。恬素，恬靜素樸。❸卜鄰近三徑　選擇鄰居親近志趣相投的人。卜鄰，選擇鄰居。三徑，據晉趙岐《三輔決錄・逃名》記載：蔣詡歸鄉里，荊棘塞門，舍中有三徑，不出，唯求仲、羊仲從之遊。後因以指歸隱者的家園。❹粵余任推遷　意謂我讓時光輕易地流逝了。粵，發語詞。余，我。任，聽任。推遷，時光推移。❺書劍時將晚　學成文韜武略感到為時已晚。書，指讀書求仕治理天下。劍，指習武從軍立功封侯。《史記・項羽本紀》：「項籍少時，學書不成，去，學劍，又不成。項梁怒之。」❻晨興日多懷　意謂每天起床時都會有許多念頭。興，起。❼晝坐常寡悟　意謂白天枯坐常常找不到通達的理路。寡悟，少悟性。❽沖天羨鴻鵠　羨慕鴻鵠有沖天的志向。鴻鵠，指鴻鵠之志。謂心懷遠大的志向。❾爭食羞雞鶩　以像雞鴨那樣爭食為恥。雞鶩，此用來比喻世俗爭名奪利之人。鶩，鴨子。❿望斷金馬門　時常仰望金馬門。望斷，向遠處望直至看不見。金馬門，漢代學士待詔於宮中金馬門。此借指唐代進士省試。⓫勞歌采樵路　在採樵的山路上放聲歌唱。⓬鄉曲無知己　家鄉故里沒有推心置腹的朋友。⓭朝端乏親故　朝堂上缺少沾親帶故的人。⓮誰能二句　意謂我正像揚雄一樣希望得到汲引，有誰能將〈甘泉賦〉推薦給皇帝呢。揚雄，《漢書・揚雄傳》：「揚雄字子雲，蜀郡成都人也。……雄少而好學，不為章句，訓詁通而已，博覽無所不見。為人簡易佚蕩，口吃不能劇談，默而好深湛之思，清靜無為，少嗜欲，不汲汲於富貴，不戚戚於貧賤，不修廉隅以徼名當世。家產不過十金，乏擔石之儲，晏如也。」甘泉賦，揚雄撰。《漢書・揚雄傳》：「孝成帝時，客有薦雄文似相如者，上方郊祠甘泉泰畤、汾陰后土，以求繼嗣，召雄待詔承明之庭。正月，從上甘泉，還奏〈甘泉賦〉以風。」

【語　譯】鄙陋的屋舍遠離塵世的喧囂，世代家風崇尚恬靜樸素。擇鄰注重親近志趣相投的人，種植的果樹有千株。我讓時光輕易地流逝了，三十歲還懷才不遇。建功立業為時已晚，在田園把歲月白白耽誤。清早起床都會有許多感懷，白日枯坐卻常常理不清思路。羨慕鴻鵠有沖天的志向，羞當雞鴨只知道爭搶食物。對著金馬門望穿雙眼，唱著山歌走在打柴路上。窮鄉僻壤中沒有可以交心的知己，朝堂上缺少沾親帶故的友人。誰能替才比揚雄的我，向皇帝推薦一下〈甘泉賦〉呢。

【研　析】三十歲以前，孟浩然一直隱居於家園。世重儒風的家庭背景，規定了他要走應試入仕的道路，最終實現事君盡忠、侍親盡孝的人生目標，詩人也一直為此而扎實地準備著。而其關鍵步驟是通過科舉考試。但是，到了而立之年，他卻發現客觀條件對他很不利。此詩是孟浩然對自己半生歷程的回顧，表達抱負未能實現的憤懣以及前途未卜的焦慮，和同時所寫〈書懷貽京邑同好〉「三十既成立，吁嗟命不通」一脈相承。這樣的自我解剖，是瞭解詩人生平思想以及當時心態最可取信的材料。詩為五言古體，直抒胸臆，情真意切，讀來震撼人心。

上巳日澗南園期王山人陳七諸公不至

【題　解】上巳日，即傳統節日三月三，有流杯曲水之飲。《荊楚歲時記》：「三月三日，士人並出水渚，為流杯曲水之飲。」王羲之〈蘭亭集序〉即記晉永和九年（西元四五三年）三月三日在山陰蘭亭的流觴曲水活動。澗南園，指詩人在襄陽的家園。王山人，疑為白雲先生王迥。參見〈遊精思觀回王白雲在後〉題解。陳七，名字不詳。

搖艇候明發❶，花源弄晚春❷。在山懷綺季❸，臨漢憶荀陳❹。上巳期三日❺，浮杯興十旬❻。坐歌空有待，行樂恨無鄰。日晚蘭亭❼北，煙開曲水濱❽。浴蠶逢姹女❾，采艾值幽人❿。石壁堪題序⓫，沙場妙解神⓬。群公望不至，虛擲此芳辰⓭。

【注　釋】❶明發　天亮。❷花源弄晚春　意謂到鮮花盛開的地方去歡度暮春時光。晚春，上巳日交三月，故稱。❸在山懷綺季　意謂想念在山中隱居的綺里季。綺季，綺里季。商山四皓之一。嵇康〈琴賦〉：「於是遁世之士，榮期、綺季之疇，乃相與登飛梁，越幽壑。」李善注：「班固〈漢書贊〉曰，漢興，有東園公、綺季、夏黃公、甪里先生，當秦之時，避世而入商洛深山，以待天下之定。」此以喻王山人。❹臨漢憶荀陳　來到漢水之濱，想起荀淑、陳寔。荀陳，《後漢書．李膺傳》：「李膺字元禮，潁川襄城人也。……膺簡亢，無所交接，唯以同郡荀淑、陳寔為師友。」此以比陳七諸公。❺上巳期三日　上巳日要熱鬧三日。❻浮杯興十旬　意謂浮杯之飲應有十旬美酒。十旬，酒名。張衡〈南都賦〉：「酒則九醞甘醴，十旬兼清。」李善注：「十旬，蓋清酒百日而成也。」劉良注：「九醞，十旬，皆酒名。」❼蘭亭　在今浙江紹興。王羲之曾於永和九年上巳日舉行修褉活動。此指漢水之濱的亭臺。❽煙開曲水濱　曲水之濱煙霧消散。曲水，據《續齊諧記》記載：秦漢時期，上巳日於河曲置酒，皆為盛集。此指漢水之濱。❾浴蠶逢姹女　意謂有少女在水邊浴蠶。浴蠶，浸洗蠶子，以選良種。姹女，少女；美女。❿采艾值幽人　碰到隱士在採艾。采艾，《齊民要術．雜說》：「三月，三日及上除，采艾及柳絮。」值，遇到。⓫石壁堪題序　有石壁可以題寫詩序。當年王羲之上巳日蘭亭集會，與會者皆有詩，王羲之作〈三日蘭亭詩序〉，此後孫綽亦有〈三日蘭亭詩序〉，宋顏延之有〈三日曲水詩序〉，齊王融有〈三日曲水詩序〉。孟浩然似有意為三日詩序。⓬沙場妙解神　平坦的沙灘是解神的好地方。解神，祈神；酬神。庾信〈春賦〉：「三日曲水向河津，日晚河邊多解神。樹下流杯客，沙頭渡水人。」⓭芳辰　美好的時光。

【語　譯】搖著小船等待天亮，到鮮花盛開的地方去歡度暮春。期待在山中隱居的王山人，來到漢水之濱又想起陳七。上巳日要熱鬧三天，浮杯之飲應該有十旬美酒。歌聲響起仍不見友人身影，快樂著卻沒有夥伴分享。澗南園的太陽已經落下，漢水之濱煙消霧散。看到少女在水邊洗蠶，碰見隱士在路邊採艾。這裡有石壁可以題寫，平坦的沙灘是祈神的好地方。盼望著群公卻不見到來，白白浪費了這美好的時光。

【研　析】在節日裡，詩人期待幾位好朋友能一起到漢水之濱盡流觴之樂，他天不亮就起身，一大早來到目的地，想像著高朋美酒的歡樂場景。但是，直到日晚煙升之時，仍未見到他們的身影，不知是孟夫子事先未與友人約定，抑或友人爽約，只知道大半天詩人「坐歌空有待，行樂恨無鄰」，頗為悻悻。詩的後半，記傍晚時分所見景象，異彩紛呈的遊樂場面，因群公的缺位而減色，使詩人有芳辰虛擲之憾。「有約不來過夜半，閑敲棋子落燈花」（趙師秀〈有約〉），陰差陽錯，人生往往如此。

宿建德江

【題　解】建德江，即今浙江錢塘江上游建德縣河段。開元十八年（西元七三〇年），孟浩然溯錢塘江西遊至此。此詩寫旅愁，是孟浩然詩集中最為傳誦的篇章之一。

移舟泊煙渚❶，日暮客愁新❷。野曠天低樹❸，江清月近人❹。

【注　釋】❶移舟泊煙渚　划動小船，停靠在煙靄籠罩的小洲旁。泊，停船靠岸。煙渚，煙靄籠罩的小洲。❷日暮客愁新　因為臨近黃昏，旅人不免增添幾分新愁。❸野曠天低樹　由於原野平曠，好像天比樹還低。❹江清月近人　江水清澈，明月倒映水中，近在咫尺。

【語　譯】把船停靠在煙靄籠罩的小洲，臨近黃昏，平添幾分新愁。田野空曠，遠天比樹木還低，江水清澈，新月倒映彷彿近在咫尺。

【研 析】此詩表現客旅愁思，意境淒清曠遠，備受論家好評。首句即題敘事，交代客船停泊在建德江畔。次句點明題旨，因為煙際泊宿，是一個陌生的環境，寂寞無人，四顧淒然，彌覺家鄉之遠，故云「客愁新」。後二句即景抒懷。「低」字從「曠」字生出，「近」字從「清」字生出。因為野曠，又是從船上向岸邊眺望，故見天低於樹。杜詩「星垂平野闊」與之視角相似。因為江水清澈，明月映在水面，故覺月近於人。杜詩「江月去人只數尺」（〈漫成一首〉）同一機杼。旅途中，親友遠在天涯海角，只有明月相伴，更增添遊人的孤獨感。這兩句情景交融，前人稱其「神韻無倫」（《唐詩選脈會通評林》），不為過譽。杜集中有「片雲天共遠，永夜月同孤」（〈江漢〉）之句，也寫月夜旅愁，將孤獨感明白說出來。兩相比較，孟詩真率自然，杜詩鍾煉精工，同樣感人至深。

宋本集外詩

早梅

【題解】此詩詠早梅，不僅寫它按時犯寒開放，更寫到它因招人喜愛，反而一再遭受摧殘，容易讓讀者聯想到世間許多美好事物的共同命運。詩人痛惜之情顯而易見。

園中有早梅，年例犯寒開❶。少婦爭攀折，將歸插鏡臺❷。猶言看不足，更欲剪刀裁❸。

【注釋】❶年例犯寒開　每年按時冒著冰雪嚴寒開放。年例，歷年如此的常例。犯寒，冒著嚴寒。❷將歸插鏡臺　準備拿回去插在鏡臺上觀賞。鏡臺，上面裝著鏡子的梳妝臺。❸更欲剪刀裁　更想用剪刀剪了去。裁，剪。

【語　譯】園中盛開著一株株早梅，每年按時頂著冰雪開放。少婦們爭相攀折花枝，準備拿回家點綴鏡臺。覺得還觀賞不夠，更想用剪刀再去剪枝。

【研　析】此詩與其說是詠早梅，毋寧說是在講述關於早梅的故事。園中的早梅年年按時冒著冰雪嚴寒開放，給冬天帶來喜氣。俏麗的梅花惹人喜愛，引來少婦們爭相攀折，她們說這花太好看了，準備拿回去插在鏡臺上觀賞。還說要拿剪刀來剪了去。可以想見，這一株梅花遭此摧殘會變成什麼模樣。語云「愛美之心人皆有之」，但將供眾人觀賞的物事據為己有，甚至不惜毀壞，就太煞風景了。蘇軾喜海棠，在花下宴飲，為海棠唱讚歌，甚或「只恐夜深花睡去，故燒高燭照紅妝」（蘇軾〈海棠〉），所持為一種愛惜欣賞的態度；相比之下，折梅、剪梅未免粗野惡俗。可見「一剪梅」的所謂雅趣，頗有可商。早梅在詩中是具有象徵意義的符號，詩人要表達的寓意要深廣得多。詠早梅而如此立意，前所未見。張九齡〈感遇〉中有「草木有本心，何求美人折」，將意思講得更明白。此後一些以草木禽鳥為喻的寓言詩，當受此類作品的啟迪。

示孟郊

【題　解】孟郊（西元七五一—八一四年），字東野，中唐著名詩人。貞元十二年第進士，曾任溧陽尉，官終大理評事。卒後友人等私謚貞曜先生。孟郊一生窮困潦倒，而生性孤直，不諧世媚俗。這種性格特徵與此詩中所描繪的主人公性格較為相符。所以前人據此推斷此詩是中唐詩人所作，被誤入孟浩然集。當然，也不能排除本詩中之孟郊與孟浩然同時，與「孟東野」同名而已。

蔓草蔽極野❶，蘭芝結孤根❷。眾音何其繁，伯牙獨不喧❸。當時高深意，舉世無能分❹。鍾期一見知，山水千秋聞❺。爾其保靜節，薄俗徒云云❻。

【注釋】❶蔓草蔽極野　意謂蔓生的雜草鋪滿大地。蔓草，《詩經・鄭風・野有蔓草》：「野有蔓草，零露漙兮。」蔽，覆蓋。極野，整個原野。❷蘭芝結孤根　蘭草和靈芝都是獨立孤生。蘭芝，《藝文類聚・蘭》：「《家語》曰，芝蘭生於深林，不以無人而不芳。君子修道立德，不為困窮而改節。」❸眾音二句　意謂嘈雜的音響是那樣的繁亂，而只有伯牙默不作聲。伯牙，琴師。據《列子・湯問》記載：伯牙善鼓琴，鍾子期善聽。伯牙鼓琴志在高山，鍾子期曰：善哉，峨峨兮若泰山！志在流水，鍾子期曰：善哉，洋洋兮若江河！從此引出「高山流水」、「知音」這一典故。❹當時二句　意謂伯牙彈琴時，曲中寄寓的高深意涵，普天下之人沒有能分辨的。❺鍾期二句　意謂鍾子期一下子辨出琴音的寓意，伯牙志在高山、志在流水的精神風貌才千載流傳。❻爾其二句　意謂請你保持自己沉靜孤直的操守，世俗淺薄的議論任憑它聒噪去。

【語譯】蔓生的雜草鋪滿大地，只有蘭草和靈芝獨立孤生。嘈雜的音響是那樣繁亂，只有伯牙默不作聲。伯牙彈琴時曲中寄寓的高深意涵，普天之下沒有人能夠分辨。鍾子期一下辨出琴音的寓意，伯牙志在高山流水的精神才千載流傳。請你保持自己沉靜孤直的操守，世俗淺薄的議論任憑它聒噪去吧。

【研　析】此詩託物起興，先將詩中人比作幽蘭，孤生於蔽極野的蔓草叢中。再比之高雅的樂曲，不在繁亂的世俗噪音中混跡。但意涵高深的高山流水，終有知音者欣賞。詩人以同調自命，勸勉友人保持高潔的操守。此詩是否出自孟浩然之手，前人疑而未決。設若為孟浩然所作，則詩題不宜直呼其姓。孟浩然詩今傳之宋蜀刻本《孟浩然詩集》三卷，收詩二百一十一首，即本書〈宿建德江〉以上篇什，與王士源最初之輯集本相近，較為可信。〈早梅〉以下，為後人相繼增補。此詩入《唐文粹》，知在宋朝已闌入，陸游等人認為當為另一位孟郊；嚴羽認為是誤入。

山中逢道士雲公

【題　解】道士雲公，詩中稱之為「荊山子」。荊山在襄州南漳縣西北八十里，離襄陽不遠。他既採樵，又賣藥，是位自食其力的修道之士。

春餘草木繁❶，耕種滿田園。酌酒聊自勸，農夫安與言❷。忽聞荊

山子，時出桃花源❸。采樵過北谷，賣藥來西村。村煙日云西，榛路有

歸客。杖策前相逢，依然是疇昔❹。邂逅歡覯止❺，殷勤敘離隔❻。謂余

摶扶桑❼，輕舉振六翮❽。奈何偶昌運，獨見遺草澤❾。既笑接輿狂❿，仍憐孔丘厄⓫。物情趨勢利⓬，吾道貴閑寂⓭。偃息⓮西山下，門庭罕人迹。何時還清溪⓯，從爾煉丹液⓰。

【注釋】❶春餘草木繁　春末時分花草樹木枝繁葉茂。春餘，春天將盡；春末。繁，茂盛。❷酌酒二句　意謂獨自飲酒，跟自己乾杯，一起耕種的農夫無法交談。酌酒，飲酒。聊自勸，姑且自己跟自己勸酒。❸忽聞二句　忽然聽到荊山子的消息，他常常走出桃花源。荊山子，道士雲公因在荊山修道，故稱。《元和郡縣圖志・襄州・南漳縣》：「荊山，在縣西北八十里，三面險絕，惟東一隅，才通人徑。」頗類陶淵明筆下的桃花源環境。❹杖策二句　拄著拐杖相碰面，他還是先前的老樣子。依然，依舊。疇昔，從前。❺邂逅歡覯止　意謂不期而遇讓人感到很快活。邂逅，不期而相遇。覯止，相見。❻殷勤敘離隔　深情地講敘離別相思之情。殷勤，情意深厚。❼謂余摶扶桑　認為我有搏擊碧海的實力。摶，擊；拍。此指擊風，飛翔。扶桑，東方朔《十洲記》：「扶桑在碧海中，樹長數千丈，一千餘圍，兩幹同根，更相依倚，是以名扶桑。」《楚辭・離騷》：「飲余馬於咸池兮，總余轡乎扶桑。」王逸注：「扶桑，日所拂木也。《淮南子》曰，日出湯谷，浴於咸池，拂於扶桑。」❽輕舉振六翮　意謂可以展開雙翅自由飛翔。輕舉，輕鬆地飛翔。振六翮，展翅飛翔。六翮，指鳥類雙翅上的正羽。❾奈何二句　意謂為什麼遭逢國運昌明時代，卻被遺忘於民間。偶，遇。昌運，興隆的國運。見，被。遺，遺忘；遺棄。草澤，草野；民間。❿接輿狂　《論語・微子》：「楚狂接輿歌而過孔子，曰：『鳳兮鳳兮，何德之衰。往者不可諫，來者猶可追。已而已而，今之從政者殆而。』孔子下，欲與之言，趨而辟之，不得與之言。」注：「孔曰，接輿，楚人，佯狂而來歌，欲以感切孔子。」⓫孔丘厄　《荀子・宥坐》：「孔子南適楚，厄於陳蔡之間，七日不火食，藜羹不糝，弟子皆有飢色。」⓬物情趨勢利　世間常情是追逐權勢和財利。趨，追求。⓭閑寂　閒適寂靜。⓮偃息　隱跡退息安臥。《後漢書・李膺傳》：「願怡神無事，偃息衡門，任其飛沉，與時抑揚。」⓯清溪　道士隱逸處。郭璞〈遊仙詩七首〉之二：「青溪千餘仞，中有一道士。」李善注：「庾仲雍《荊州記》曰：臨沮縣有青溪山，山東有泉，泉側有道士精舍。」⓰丹液　道家的長生不老之藥。

【語　譯】春末時分草木枝繁葉茂，田園裡滿滿都是耕種的人。無法與一起耕種的農夫交談，我只能獨自飲酒跟自己乾杯。忽然聽到荊山子的消息，聽說他常常走出桃花源。到北谷去打柴，又來西村賣藥。太陽西落村頭炊煙裊裊，小路上回家的人們急著趕路。我拄著拐杖上前相見，雲公依舊是先前的模樣。不期而遇讓人感到快樂，深情地講敘離別相思之情。他說我有搏擊碧海的能力，可以展開雙翅自由翺翔。為什麼遭逢國運昌明的時代，卻獨獨被遺忘於民間。既譏笑接輿的狂放，又憐惜孔子的厄運。世間常情是追求權勢和財利，而我更看重閒適寧靜。隱跡退息安臥於西山之下，門前庭院人跡罕至。什麼時候道士回歸清溪，願跟隨你去煉長生不老的仙丹。

【研　析】此詩為五言排律，共有十三聯，是孟集中第一大篇，可見詩人態度之鄭重。詩的前二聯，寫春餘耕作、酌酒自勸，有孤獨感。「忽聞」以下五聯，寫欣逢道士的喜悅，並敘道士生活狀態。「謂余」以下三聯，記道士一席話，是友人眼中的孟浩然。末尾三聯，是詩人的答辭。荊山道士雲公，既採樵，又賣藥，是位自食其力的修道之士，與服食求仙、追求長生不老者不同。他與孟浩然相識有年，並對詩人逢昌世而遺草澤的命運深表同情。此詩鋪陳敘述，記錄了與道士在山中相逢情景。道士口中說出的，正是詩人心中所想的。生活方式不同的兩個人在精神上的認同，是詩人心靈的慰藉。此詩結構與〈越中逢天台太一子〉有相似處。

送陳七赴西軍

【題解】陳七，事蹟不詳。孟浩然另有〈上巳日澗南園期王山人陳七諸公不至〉，當為同鄉友人。西軍，指西部防守之軍。史載：開元十五年（西元七二七年）、十六年，吐蕃多次襲擾瓜州（治今甘肅安西東南），唐王朝定防秋之制，陳七之赴西軍當與此有關。

吾觀非常者❶，碌碌在目前❷。君負鴻鵠志❸，蹉跎書劍年❹。一聞邊烽動❺，萬里忽爭先❻。余亦赴京國❼，何當獻凱還❽。

【注釋】❶非常者　不同尋常之人。《史記・司馬相如列傳》：「蓋世必有非常之人，然後有非常之事；有非常之事，然後有非常之功。非常者，固常人之所異也。」❷碌碌在目前　舉目所見大都庸庸碌碌，無所作為。言外之意，是說陳七是出類拔萃的士子。❸鴻鵠志　遠大的志向。《史記・陳涉世家》：「陳涉少時，嘗與人傭耕，輟耕之壟上，悵恨久之，……陳涉太息曰：『嗟乎，燕雀安知鴻鵠之志哉！』」❹蹉跎書劍年　意謂少年時代虛度光陰。蹉跎，光陰虛度。書劍年，指青少年時期。書，指讀書求仕治理天下。劍，指習武從軍立功封侯。《史記・項羽本紀》：「項籍少時，學書不成，去，學劍，又不成。項梁怒之。」❺邊烽動　邊境烽火燃起。意謂邊境有戰事。邊烽，邊境的烽火。❻萬里忽爭先　意謂踴躍前往萬里之外服役。爭先，奮勇向前。《楚辭・

九歌·國殤》：「旌蔽日兮敵若雲，矢交墜兮士爭先。」❼京國　京都長安。❽何當獻凱還　意謂盼望著得勝而還的那一天。何當，何時。獻凱，奏起凱歌。此雙關自己入京赴試，期望考中。

【語　譯】舉目所見大多庸碌無為之人，我看你卻不同尋常。你心懷遠大的志向，少年時代卻虛度了光陰。一聽說邊境烽火燃起，就踴躍前往萬里之外服役。我也要去京師長安應試了，盼望著我們凱旋而歸的那一天。

【研　析】「邊城多緊急，虜騎數遷移。羽檄從北來，厲馬登高堤。」所引數語出自曹植〈白馬篇〉。孟浩然此詩所寫陳七之赴西軍，情勢與之彷彿，大有「天下興亡，匹夫有責」的氣概。孟浩然對友人慷慨赴難的精神表示讚賞，同時對自己赴京國應試也抱有成功的信念。李夢陽評曰：「是盛唐詩。」即著眼於詩中所透出的昂揚向上的時代精神。

同張明府清鏡嘆

【題　解】張明府，指張願，時任奉先令。張願賦〈清鏡嘆〉，孟浩然依同一題材作此詩，故稱「同」。

妾有盤龍鏡❶，清光常晝發❷。自從生塵埃❸，有若霧中月。愁來或
取照，坐嘆❹生白髮。寄語邊塞人，如何久離別！

【注　釋】❶盤龍鏡　鏡的背面有盤龍雕飾。《鄴中記》：「石虎宮中，鏡有徑二三尺者，下有純金蟠龍雕飾。」庾信〈鏡賦〉：「鏡乃照膽照心，難逢難值。鏤五色之盤龍，刻千年之古字。」❷清光常晝發　意謂白天常常發出清光。❸生塵埃　意謂鏡面落上塵埃。古代女子在丈夫離家後不事梳妝，用以表示對夫妻關係的忠貞。不梳妝則鏡不常用，故生塵埃。❹坐嘆　江淹〈燈賦〉：「怨此愁抱，傷此秋期。必丹燈坐嘆，停說忘辭。」

【語　譯】我有一面盤龍雕飾的鏡子，白天常常發出清冷的光輝。自從你離家後鏡面落滿塵埃，照影就像霧氣中的月兒模糊不清。愁緒湧來有時會拿出一照，只能哀嘆白髮爬上雙鬢。寫信給遠在邊塞的征人，為什麼要這樣久久地離別！

【研　析】這是一首詠物詩。漢李尤〈鏡銘〉：「鑄銅為鏡，整飾容顏。修爾法服，正爾衣冠。」此詩首聯說，盤龍鏡清光晝發，分明是一面寶鏡。頷聯卻說，它生了塵埃，光潔度變差了，如霧中之月。有寶鏡而棄置不用，任其鏽蝕，這是鏡的主人刻意而為。因為夫婿不在身邊，女主人便不再「當窗理雲鬢，對鏡貼花黃」（〈木蘭詩〉）了。其中含有女為悅己者容的用心。但又不是絕對棄置不用，愁苦間偶爾也會取來照照，照的結果，是鏡中人白髮爬上了頭。所謂「日月不催人自老」。眼看著青春光陰虛度，鏡中女子向遠在邊塞的夫君發出召喚：快快歸來！詩中人通過鏡中白髮之嘆，抒發對征人回歸的期盼。作為一首唱和之作，此詩的寓意可以解釋為孟浩然對友人的呼喚：快快歸來，讓我們在故土重聚！古典詩文中，往往用夫婦關係比朋友，其中詩文作者以妻妾自居，而將對方稱作良人。

庭橘

【題解】此詩詠庭院橘，似有寄託。

明發覽群物❶，萬木何陰森。凝霜漸漸水❷，庭橘似懸金❸。女伴爭攀摘，摘窺礙葉深❹。並生憐共蒂❺，相示感同心❻。骨刺紅羅被❼，香粘翠羽簪❽。擎來玉盤裡❾，全勝在幽林。

【注釋】❶明發覽群物　天亮時分觀看四周景物。明發，天亮。❷凝霜漸漸水　濃霜化成水滴滴答答落下。漸漸，流淌貌。❸懸金　隋李孝貞〈園中雜詠橘樹詩〉：「白華如霰雪，朱實似懸金。」❹摘窺礙葉深　意謂尋找那些藏在密葉中的橘子來摘。❺並生憐共蒂　意謂特別喜愛那些並蒂而生的橘子。❻相示感同心　意謂因意識到它們結為同心而相互展示那些並生橘。❼骨刺紅羅被　橘樹上的刺刺中女子的紅羅披巾。被，披巾。❽香粘翠羽簪　翠羽髮簪上粘染著橘子的香氣。❾擎來玉盤裡　南朝梁徐摛〈詠橘詩〉：「愧以無雕飾，徒然登玉盤。」

【語譯】天亮時分觀看四周景物，萬木黝綠陰森無比。濃霜融水滴答落下，庭院裡的橘子像懸掛的金彈。女子們爭相攀折摘取，尋找藏在密葉中的橘子。特別喜歡那些並蒂而生的，有感於它們結為同心而相互展示。橘樹的尖刺刺中女子的紅羅披巾，橘子的香氣沾染了女子的翠羽髮簪。橘子盛在潔白如玉的盤中，比掛在橘樹上更惹人喜愛。

【研析】此詩詠庭院橘。詩從清晨庭院四周景物寫起，在萬木森秀之中，庭院中的橘樹上露水滴落，成熟的橘子如同累累金彈，懸掛枝頭。接著有女子前來採摘，橘樹下洋溢著她們的歡聲笑語。頃刻間，一盤橘子端上案頭，比在枝頭更令人喜愛。南朝宋謝惠連〈橘賦〉：「園有嘉樹，橘柚煌煌。圓丹可愛，口氣芬芳。受以玉盤，升君子堂。」孟浩然此詩似從謝賦化出；增加了女子採橘的描寫，較謝賦更有生活情趣。至於末尾的「擎來玉盤裡，全勝在幽林」，是否寓有嘉果不徒懸之意，尚難定論。作為詠物詩，自然以有寓託為佳。

遊景空寺蘭若

【題解】景空寺，在襄陽東南十里白馬山。蘭若，僧舍，僧人居處和寺院，梵語阿蘭若的音譯，義譯為空靜處。

龍象經行處❶，山腰度石關。屢迷青嶂合❷，時愛綠蘿閑。宴息花林下，高談竹嶼間。寥寥❸隔塵事，疑是入雞山❹。

【注　釋】❶龍象經行處　意謂這裡是有德高僧修行佛法的地方。龍象，龍和象各為水陸最有力者，佛教引申作美稱。比喻菩薩之威猛能力，稱有德高僧。此指景空寺僧融上人。經行，佛家語。於一定區域內反覆往返迴旋行走。修道者舉止動步，心不外馳，常在正念以成三昧，如法而行。❷屢迷青嶂合　意謂青嶂合圍使行人總是迷失路徑。❸寥寥　空虛貌。❹雞山　雞足山。印度佛教聖地屈屈吒播陀山，為尊者迦葉寂滅地。

【語　譯】這裡是有德高僧修煉佛法的地方，山腰有石關作天然屏障。青嶂合圍會使人迷失路徑，最喜愛那裡悠閒飄蕩的藤蘿。在花林下安逸歇息，在竹嶼間引朋高談。空虛寂靜遠離凡俗世事，讓人以為進入了雞足聖山。

【研　析】孟浩然先有〈過景空寺故融公蘭若〉，其中有關於景空寺風貌的描寫：「池上青蓮宇，林間白馬泉。」此詩則進一步寫道：「龍象經行處，山腰度石關。屢迷青嶂合，時愛綠蘿閑。」山寺風貌的描寫愈見豐滿。由於詩人的佛徒朋友融禪師曾主持該寺，並最終圓寂於斯，所以，景空寺也就成為詩人心目中的雞足山。

武陵泛舟

【題　解】武陵，今湖南常德，即陶淵明筆下桃花源所在地。孟浩然開元十四年秋冬曾至其地。此詩可與〈宿武陵即事〉並讀。

武陵川路狹，前棹入花林❶。莫測幽源裡❷，仙家信幾深❸。水回青嶂合❹，雲渡綠溪陰。坐聽閑猿嘯❺，彌清塵外心❻。

【注　釋】❶前棹入花林　划船向前進入桃花林中。陶淵明〈桃花源記〉：「緣溪行，忘路之遠近，忽逢桃花林，夾岸數百步，中無雜樹，芳草鮮美，落英繽紛。」❷莫測幽源裡　意謂桃花源幽深莫測。❸仙家信幾深　意謂居住在桃花源的人家更不知深藏何處。❹水回青嶂合　溪流縈迴，青山如屏障一樣環繞著。❺坐聽閑猿嘯　意謂正好聽到猿鳴聲。❻彌清塵外心　意謂超越塵俗的意念更加強烈。彌，更加。塵外，塵俗之外。

【語　譯】武陵溪水路狹窄，划著小船進入桃花林中。桃花源幽深莫測，其間的人家不知深藏何處。水流縈迴，青山如屏障懷抱，雲彩飄過，溪水綠樹成陰。正好聽到悠閒的猿鳴聲，更加淨化了我超塵出世的意念。

【研　析】開元十四年秋冬，孟浩然南下湘中，當他來到陶淵明筆下的桃花源時，賦〈宿武陵即事〉，將一宿情景逐字敘出。〈武陵泛舟〉當作於同時，寫白晝泛舟武陵情事，將武陵溪源的妙異展示得更加真切。大抵孟詩遇景入韻，濃淡自如，景物滿眼，興致卲別。《唐詩選脈會通評林》用「律法清老，意境孤秀」八字評此首，可見受到讀者喜愛。世外桃源在唐人筆下往往被描繪為仙境。王維〈桃源行〉：「初因避地去人間，及至成仙遂不還。峽裡誰知有人事，世中遙望空雲山。」孟詩則曰「莫測幽源裡，仙家信幾深」，也視世外桃源為仙境；與虛無飄渺的海上神山不同的是，桃花源在人間，可以乘舟往訪，在其中過神仙一樣的生活，是世人理想國的圖景。

宿立公房

【題　解】立公，名字不詳。當為襄陽附近僧人。

支遁初求道❶，深公笑買山❷。如何石巖趣，自入戶庭間❸。苔澗春泉滿，蘿軒夜月閑。能令許玄度，吟臥不知還❹。

【注　釋】❶支遁初求道　意謂支遁剛入佛門之際。支遁，字道林，晉剡沃洲山高僧。家世事佛，早悟非常之理，隱居餘杭山，沉思道行之品，委曲會印之經，卓焉獨拔，得自天心。初求道，剛開始學習佛法。❷深公笑買山　意謂法深曾譏笑支遁買仰山的要求。深公，東晉剡東仰山僧竺道潛，字法深。據梁慧皎《高僧傳．剡東仰山竺道潛傳》記載：晉永嘉初，道潛避亂過江，隱迹剡山，於是逍遙林阜，以畢餘年。支遁遣使求買仰山之側沃洲小嶺，欲為幽棲之處。潛答云，欲來輒給，豈聞巢由買山而隱遁。❸如何二句　意謂怎麼山石岩壑的野趣，自己跑到院落之間。❹能令二句　意謂此間景致能讓許詢動心，吟詠坐臥其間而樂不思歸。許玄度，晉許詢，字玄度。《世說新語．言語》：「劉真長為丹陽尹，許玄度出郭就劉宿。」

【語　譯】支遁剛入佛門之際，深公曾譏笑他買仰山幽棲的請求。怎麼山石岩壑的野趣，竟自己跑到了院落之間。苔蘚叢生的山澗清泉水滿，藤蘿纏繞的門窗夜月灑著清輝。此間景致能讓許詢動心，吟詠坐臥其間竟樂而忘歸。

【研　析】語云「天下名山僧占多」。但如何占有，其中大有道理。此詩為立公房寫照。春山夜月下的佛寺，其清幽寧靜，自具獨特魅力。詩人對此深有體會，以至於吟臥其間，不忍離去。此詩立意新穎，結構別致：起二用反入，三、四調轉，皆未經人道。五、六渲染，最後歸結於留連忘返。劉辰翁評曰：「詣入淡境，覺一切求工造險者形穢之甚。」

姚開府山池

【題　解】開府，謂成立府署，自選僚屬。漢代惟三公、大將軍、將軍可以開府。魏晉置開府儀同三司，意謂與太尉、司徒、司空體制待遇相同。唐代沿襲這一制度，開府儀同三司為文散官，從一品。盛唐時期任此職者姚氏惟姚崇。《舊唐書・姚崇傳》：「姚崇，本名元崇，陝州硤石人也。」武則天時任鳳閣侍郎，睿宗即位拜兵部尚書、同中書門下三品，遷中書令。玄宗時遷紫微令，進封梁國公。開元四年（西元七一六年）授開府儀同三司。和宋璟同為開元盛世的締造者，並稱「姚宋」。山池，貴族宅第中的山林池沼。姚崇山池院在洛陽長夏門街之東第三街從北第一坊詢善坊。姚崇去世後，山池為金仙公主所購。孟浩然開元十二年至十四年赴洛求仕期間來遊賦此詩。

主人新邸第❶，相國舊池臺❷，館是招賢闢❸，樓因教舞開❹。軒車人已散❺，簫管鳳初來❻。今日龍門下❼，誰知文舉才❽？

【注釋】❶主人新邸第　意謂眼前的山池是主人新購置的邸第。主人，指姚氏山池的新主人金仙公主。姚崇開元九年去世，卒後山池易主。❷相國舊池臺　意謂這裡的山池亭臺原為姚崇相國所有。相國，古官名。春秋戰國時，除楚國外，各國都設相，稱為相國、相邦或丞相，為百官之長。秦及漢初，其位尊於丞相。後為宰相的尊稱。姚崇曾三居相位，故稱。❸館是招賢闢　意謂眼前館閣是相國為延攬人才而建造的。招賢，招納賢才。參見〈陪張丞相登荊州城樓因寄張使君〉❽。闢，開闢。❹樓因教舞開　意謂樓臺是為訓練歌伎舞女而建造的。徐陵〈詠舞詩〉：「十五屬平陽，因來入建章。主家能教舞，城中巧旦妝。」❺軒車人已散　意謂因主人逝去，昔日門前車馬羅列的景象已消失了。❻簫管鳳初來　意謂山池的新主人是皇族女子。劉向《列仙傳·蕭史》：「蕭史者，秦穆公時人也。善吹簫，能致白鶴於庭。穆公有女，字弄玉，好之，公遂以女妻焉，日教弄玉作鳳鳴。居數年，吹似鳳聲，鳳凰來至其屋，公為作鳳臺，夫婦止其上，不下數年，一旦皆隨鳳凰飛去。」❼今日龍門下　意謂來到招賢閣前，再也見不到一代開明宰相。參見〈荊門上張丞相〉❽。❽誰知文舉才　誰能賞識孔融的才華。《後漢書·孔融傳》：「孔融字文舉，魯國人，孔子二十世孫也。……融幼有異才。年十歲，隨父詣京師。時河南尹李膺惟簡重自居，不妄接士賓客，敕外自非當世名人及與通家，皆不得白。融欲觀其人，故造膺門。語門者曰：『我是李君通家子弟。』門者言之。膺請融，問曰：『高明祖父嘗與僕有恩舊乎？』融曰：『然。先君孔子與君先人李老君同德比義，而相師友，則融與君累世通家。』眾坐莫不嘆息。中大夫陳煒後至，坐中以告煒。煒曰：『夫人小而聰了，大未必奇。』融應聲曰：『觀君所言，將不早惠乎？』膺大笑曰：『高明必為偉器。』」

【語譯】眼前主人新購的邸第，原來歸姚相國所有。館閣是相國為延攬人才而築，樓臺是為訓練舞伎而建。昔日門前的車馬已沒了蹤影，皇室貴族成為山池新的主宰。今日面對龍門下的莘莘學子，誰能賞識孔融的才華？

【研　析】姚崇三居相位，開元初獨當重任，勵精圖治，為唐代名相之一。孟浩然開元十二年赴洛求仕期間來遊姚氏山池時，姚崇已去世三年，山池也換了主人，為金仙公主所有。詩的首聯，即寫池臺易主，不勝滄桑之慨。頷聯睹物思人：館雖依舊，已失去招賢的功能；樓雖依舊，已不見昔日訓練樂舞的場景。頸聯對比今昔，與首聯形成呼應。尾聯抒懷：身登龍門而不見李膺，失落悵惘之情可以想見。孟浩然此次入京，不是參加考試，而是以干謁求仕，他要拜訪的正是姚崇一類人物。

夏日辨玉法師茅齋

【題　解】辨玉法師，事蹟不詳。

夏日茅齋裡，無風坐亦涼。竹林深筍穊❶，藤架引梢長。燕覓巢窠處❷，蜂來造蜜房❸。物華皆可玩❹，花蕊四時芳❺。

【注　釋】❶竹林深筍穊　意謂竹林裡新筍稠密。穊，稠密。❷燕覓巢窠處　意謂燕子在尋找築巢的地方。❸蜂

來造蜜房　意謂蜜蜂忙採花釀蜜。❹物華皆可玩　自然景物都值得觀賞。❺花蕊四時芳　鮮花四季開放。

【語　譯】夏日在法師的茅齋納涼，無風靜坐也清涼舒爽。竹林裡新筍長得稠密，藤架上枝蔓越引越長。燕子在尋找地方築巢，蜜蜂忙著採花釀蜜。一切自然景物都值得觀賞，鮮花芬芳四季爭妍。

【研　析】此詩寫夏日在辨玉法師茅齋納涼情景，為這位道士的生活環境寫照。這是一座原生態花園，豔陽下，植物的節芽在延伸，動物的翅膀在搧動，生機勃勃，物華可玩，人與自然友好相處。這裡的茅齋豈不正是人類理想的居處！

遊精思道觀主山房

【題　解】精思道觀，當為襄陽附近道觀。精思，道家稱修身煉性精誠存思。觀主，道觀主持者。

誤入花源裡❶，初憐竹徑深。方知仙子宅，未有世人尋❷。舞鶴過閑砌❸，飛猿嘯密林❹。漸通玄妙理❺，深得坐忘心❻。

【注　釋】❶誤入花源裡　偶然進入桃花源中。花源，桃花源。泛指仙境。❷方知二句　於是才知道像這樣神仙住的地方，世人很難找到。❸舞鶴過閑砌　白鶴舞動著翅膀，走過靜寂的院落。❹飛猿嘯密林　密林深處，猿猴叫著跳著。❺漸通玄妙理　逐漸通曉道家深奧微妙之道。老子《道德經》：「玄之又玄，眾妙之門。」❻坐

忘心　道家所謂物我兩忘、淡泊無思的精神境界。坐忘，《莊子・大宗師》：「墮肢體，黜聰明，離形去知，同於大道，此謂坐忘。」

【語　譯】偶然進入桃花源，開始喜歡這幽深的竹林小徑。才知道像這樣的仙人居處，平常世人很難找到。白鶴舞動翅膀走過靜寂的院落，飛猿在密林深處叫著跳著。逐漸通曉道家深奧微妙之道，達到物我兩忘淡泊無思的境界。

【研　析】此詩題材與〈夏日辨玉法師茅齋〉相同，但視角不同。前詩突顯人與自然的友好相處。此詩強調山房位置特徵：遠離塵世而親近自然，如詩的前半所描繪的：茅齋在竹徑桃林深處，是世人難以找到的地方。正是這樣的存在，才促使主人漸通玄理而達到物我兩忘的精神境界。這種思考符合存在決定意識的法則，其思想成果對於後現代的世人也有啟迪。

人日登南陽驛門亭子懷漢川諸友

【題　解】人日，即正月初七。南陽，屬鄧州，即今河南南陽，位於淯水之濱，淯水南流二百里至襄陽入漢水。驛門，即驛站大門。漢川諸友，指故鄉襄陽詩友。孟浩然在南陽驛度過人日，異縣殊俗勾起對家鄉友人的思念。

朝來登陟處❶，不似豔陽時❷。異縣殊風物，羈懷多所思❸。剪花驚歲早❹，看柳訝春遲❺。未有南飛雁，裁書欲寄誰❻？

【注　釋】❶朝來登陟處　清晨來登高處觀覽景物。❷不似豔陽時　舉目所見還不是明媚的陽春天氣。❸異縣二句　他鄉的特殊風俗習慣，勾起旅人對家鄉的強烈思念。❹剪花驚歲早　剪著彩花，知道這是新年剛過的日子。❺看柳訝春遲　看到柳樹尚未發芽，知道真正的春天還未來到。❻未有二句　沒有向南方飛去的雁群，想寫信寄給誰呢。薛道衡〈人日思歸〉：「入春才七日，離家已二年。人歸落雁後，思發在花前。」

【語　譯】清晨登上高處觀覽景物，舉目所見並非明媚陽春天。他鄉的風俗習慣特殊，勾起了我對家鄉友人的思念。剪著彩花驚覺新年剛過，看到柳樹尚未發芽，知道春天遲來。沒有向南方飛去的雁群，想寫信寄給誰呢？

【研　析】漢東方朔《占書》：「歲後八日：一日雞，二日犬，三日豕，四日羊，五日牛，六日馬，七日人，八日穀。其日晴，所主之物育，陰則災。」《荊楚歲時記》：「正月七日為人日，以七種菜為羹，剪綵為人，或鏤金薄貼屏風上，忽戴之，像人入新年，形容改新。」正由於有這些講究，在異縣驛館過人日的詩人才「羈懷多所思」。詩人欲將相思寄給漢川諸友，但無南飛大雁；旅愁煎熬而無可告訴，是一種令人難堪的精神狀態。

遊鳳林寺西嶺

【題　解】《輿地紀勝・襄陽府景物》：「鳳山，在襄陽縣東南十里，梁韋睿於山立寺。唐孟浩然傳云，樊澤為刻碑鳳林山南，即此。」據《碑紀》記載：鳳林寺興國寺碑，有庾信撰者，又有隋開皇中所立李德林撰者。可見這是一座著名佛寺。

共喜年華好，來遊水石間。煙容開遠樹❶，春色滿幽山❷。壺酒朋情洽❸，琴歌野興閑❹。莫愁歸路暝，招月伴人還。

【注　釋】❶煙容開遠樹　煙霧散開遠山樹影歷歷可見。❷春色滿幽山　幽靜山谷春光明媚。❸壺酒朋情洽　意謂傾壺碰杯之間流露出朋友的深情。洽，融洽。❹琴歌野興閑　彈琴歌唱，洋溢著遊觀山野的安閒興致。

【語　譯】大家都正當青春好年華，同來暢遊山水秀麗的西嶺。煙霧散開遠樹歷歷在目，春光明媚，灑滿了幽靜的山谷。酒杯裡斟滿了友愛，琴聲中洋溢著閒情。不要擔心回家的路途昏暗，到時候招來明月伴著我們回去。

【研　析】此詩寫結伴同遊山寺情景。一群年輕人在春天的懷抱裡，暢遊於山野水石之間，奏出了一曲對青春生命力的讚歌。「招月伴人還」可謂神來之筆。可能受到陶淵明「帶月荷鋤歸」的啟發，又早於李白「暮從碧山下，山月隨人歸」（〈下終南山過斛斯山人宿置酒〉）。孟浩然妙於言月，這是例證之一。

陪獨孤使君冊與蕭員外誠登萬山亭

【題　解】獨孤使君，指襄州刺史獨孤冊，字伯謀，河南人。開元十五（西元七二七年）、十六年在任。蕭員外誠，指蕭誠，曾任司勳員外郎。獨孤冊在襄州政績卓著，李邕撰〈唐襄州刺史獨孤冊遺愛碑〉，蕭誠書丹。王士源〈孟浩然詩集序〉也說「太守河東獨孤冊，率與浩然為忘形之交」。萬山，一名漢皋山，在襄陽城西北十里。

萬山青嶂曲，千騎使君遊❶。神女鳴環佩❷，仙郎接獻酬❸。遍觀雲
夢野❹，自愛江城樓❺。何必東南守，空傳沈隱侯❻。

【注　釋】❶千騎使君遊　意謂隨同使君出遊的隊伍浩浩蕩蕩。千騎，《古樂府詩・日出東南隅行》：「東方千餘騎，夫婿居上頭。何以識夫婿，白馬從驪駒。」❷神女鳴環佩　游女的環佩搖動作響。參見〈山潭〉❷。❸仙郎接獻酬　意謂蕭員外作陪一起相互酬答敬酒。仙郎，唐代對尚書省各部郎中、員外郎的俗稱。獻酬，主客互相酬答敬酒。《詩經・小雅・楚茨》：「獻酬交錯，禮儀卒度，笑語卒獲。」鄭箋：「主人酌賓為獻，賓既酌主人，主人又自飲酌賓曰酬。」❹雲夢野　即雲夢澤。參見〈與諸子登峴山〉❺。❺江城樓　指襄陽城樓。言外指樓上所見襄陽大地。❻何必二句　意謂獨孤使君的政績卓異，可與沈約相比。沈隱侯，指南朝梁沈約，官至尚書僕射，封建昌縣侯，卒諡隱。

【語譯】萬山千嶂青綠曲折，隨使君出遊隊伍浩浩蕩蕩。游女的環佩叮噹作響，貴客作陪相互酬答敬酒。雲夢澤視野遼闊，江城樓景物迷人。獨孤使君政績卓著，堪比南朝太守沈隱侯。

【研析】此詩記陪同獨孤使君與蕭員外登覽情事。使君出行，車馬隨從浩浩蕩蕩，陪同者各有身分，規格很高。登亭四望，所見城池俊美，平疇沃野，正是使君遺愛所覆蓋的襄陽大地。詩人情不自禁地讚嘆道：賢太守的美名不能讓沈約獨占！此詩在記登覽的同時，對獨孤冊的政績發出由衷的讚嘆，樂且有儀，措詞典雅。山水佳勝，長官賢明，是孟浩然熱愛家鄉的重要因素。

贈道士參寥

【題解】參寥，本是《莊子》中虛擬的人名。《莊子‧內篇‧大宗師》：「玄冥聞之參寥，參寥聞之疑始。」此處指峴山道士參寥子。

蜀琴久不弄❶，玉匣細塵生❷。絲脆弦將斷，金徽色尚榮❸。知音徒自惜，聾俗本相輕❹。不遇鍾期聽，誰知鸞鳳聲❺。

【注釋】❶蜀琴久不弄　一把名貴的蜀琴長時間無人彈奏。蜀琴，漢蜀郡司馬相如所用的琴。相傳相如工琴，故名。弄，彈奏。❷玉匣細塵生　琴匣上已落上細細的塵土。❸金徽色尚榮　金徽的顏色仍然鮮亮。金徽，琴弦音位之徽。❹知音二句　通曉音樂的人珍愛之至，那些世俗音盲卻相當輕視。聾俗，愚昧無知、對音律一竅不通的世人。趙至〈與嵇茂齊書〉：「表龍章於裸壤，奏〈韶舞〉於聾俗，固難以取貴矣。」❺不遇二句　意謂如果美妙的琴聲不能遇到鍾子期的鑑賞，那麼誰能知道所彈奏的是鸞鳥鳳凰的鳴聲。鍾期，即鍾子期。據《列子・湯問》記載：伯牙善鼓琴，鍾子期善聽。伯牙鼓琴志在高山，鍾子期曰：善哉，峨峨兮若泰山！志在流水，鍾子期曰：善哉，洋洋兮若江河！從此引出「高山流水」、「知音」這一典故。

【語　譯】名貴的蜀琴長期無人彈奏，琴匣上已落滿細細的塵埃。絲弦清脆將要斷裂，金徽的顏色卻依然鮮亮。通曉音樂的人珍愛之至，世俗音盲卻相當輕視。如果琴音不能遇到鍾子期的鑑賞，誰又能知道原來是鸞鳥鳳凰的鳴聲。

【研　析】參寥本是《莊子》中虛擬的人名，寓意虛空高遠。百家姓中無姓參者。作為唐代隱士，這位參寥子的姓名無從考知。李白有〈贈參寥子〉：「白鶴飛天書，南荊訪高士。五雲在峴山，果得參寥子。」孟浩然此詩也是贈給這位家鄉道士朋友的。遺世高蹈，連姓名都不用，可見其與塵世徹底劃清了界限。詩人將其比作一張古琴，出身名貴，古色古香，但發出的聲音卻被世俗音盲輕視。而詩人許以知音，可見是重要的精神伴侶。託物寓意的寫法，使抒情顯得深沉含蓄。

洞庭湖寄閻九

【題　解】洞庭湖，在今湖南北部，長江南岸，長約二百里，廣約百里，是中國第二大淡水湖。閻九，指閻防。參見〈湖中旅泊寄閻防〉題解。

洞庭秋正闊，余欲泛歸船。莫辨荊吳地❶，惟餘水共天。渺瀰江樹沒❷，合沓海湖連❸。遲爾回舟楫❹，相將濟巨川❺。

【注　釋】❶莫辨荊吳地　分辨不出哪裡是荊州，哪裡是吳國。荊，指荊州，指今湖南、湖北一帶。吳，指吳國，指今江浙一帶。❷渺瀰江樹沒　湖水曠遠盈溢，江樹看不到了。❸合沓海湖連　湖海重疊，連成一片。❹遲爾回舟楫　意謂等待你乘船歸來。遲，等待。❺相將濟巨川　結伴到大江大河去盪舟。

【語　譯】秋日的洞庭湖遼闊浩渺，我有了起程回鄉的念頭。分不清哪裡是荊州哪裡是吳國，只有水天一色茫無邊際。湖水盈溢望不到岸邊樹影，湖海重疊連成茫茫一片。等待著你乘船歸來，結伴去大江大河盪舟。

【研　析】閻防開元二十二年進士及第，曾官大理評事，二十四年因事貶為長沙司戶。閻防與孟浩然為詩友。今存詩中有〈夕次鹿門山作〉，可知他到過襄陽。當孟浩然旅泊洞庭湖之際，他想起貶謫長沙的詩友，先後賦〈湖中旅泊寄閻防〉、〈洞庭湖寄閻九〉，對他的人生挫折表達了深摯的同情與關切。二詩不同的是，前一首側重關切，因接袂無由而增旅愁。此首尾聯「遲爾回舟楫，相將濟巨川」，更顯示出曠達的胸襟，證明詩人情緒有巨大變化。就展現洞庭湖壯闊景象言，此詩堪稱〈岳陽樓〉姐妹篇。

唐城館中早發寄楊使君

【題　解】唐城，唐代屬隋州，位於今湖北隨州北唐縣鎮。楊使君，指時任隋州刺史而楊姓者。據考證疑為弘農華陰人楊濯。

犯霜驅曉駕❶，數里見唐城。旅館歸心逼，荒村客思盈。訪人留後信，策蹇赴前程❷。欲識離魂斷，長空聽雁聲❸。

【注　釋】❶犯霜驅曉駕　冒著嚴霜一大早驅車上路。❷訪人二句　意謂行色匆匆中本打算訪友已來不及了，只好留言後會，接著繼續趕路。後信，訪人不遇而留下的信。策蹇，乘跛足驢子。《楚辭・七諫・謬諫》：「駕蹇驢而無策兮，又何路之能極？」❸欲識二句　如果要知道離魂欲斷的淒慘，請聽聽高空大雁的叫聲。

【語　譯】冒著嚴霜，清晨驅車上路，飛奔數里看見了唐城。住宿在旅館裡歸心似箭，奔走於荒村間鄉愁盈心。行色匆匆來不及訪友，只好留言後會繼續趕路。如果想知道離魂欲斷的淒慘，就請聽高空大雁的鳴叫。

【研　析】據《唐代墓誌彙編・楊執一墓誌銘并序》及《新唐書・宰相世系表・楊氏觀王房》記載，楊執一開元中任朔方節度使，其子濯任隋州刺史。郁賢皓《唐刺史考・隋州》推斷孟浩然此詩中的楊使君疑即楊濯。古代習尚，旅客路過某地，要向當地朋友致意，鄭重者登門拜訪，一般也宜寫信或留言。如果客人身分高貴，則是地主到旅館探望。孟浩然路過唐城，在旅館作此詩，行色匆匆中，以詩代信，向地方長官致意。「訪人留後信，策蹇赴前程」，禮數到位。而向讀者訴說的，是盈心的客思和欲斷的離魂。

歲除夜會樂城張少府宅

【題　解】歲除夜，即除夕之夜。樂城及張少府，參見〈除夜樂城逢張少府作〉題解。

疇昔通家好❶，相知無間然❷。續明催畫燭，守歲接長筵❸。舊曲〈梅花〉唱❹，新正柏酒傳❺。客行隨處樂，不見度年年❻。

【注　釋】❶疇昔通家好　從前是世代交誼至深的人家。疇昔，往日；從前。通家，上代或數代彼此有交情者。❷相知無間然　是親密無間的好朋友。❸續明二句　意謂守歲的蠟燭一根接一根地點著，守歲之儀接著長時間的宴會繼續進行。❹舊曲梅花唱　唱的曲目中有傳統的〈梅花落〉樂曲。❺新正柏酒傳　意謂同時準備好了迎新年元旦的柏葉酒。《荊楚歲時記》：「正月一日……進椒、柏酒。」杜審言〈守歲侍宴應制〉：「彈弦奏節梅風入，對局深鉤柏酒傳。」❻年年　一年又一年。

【語譯】一直是世代交深的人家，相知相惜親密無間。守歲的蠟燭一根接一根點燃，守歲的儀式在長宴中持續進行。演唱的曲目中有傳統的〈梅花落〉，迎元旦的美酒中有柏葉酒。人在旅途中隨處都可行樂，不知不覺中過了一年又一年。

【研析】孟浩然於開元二十一年除夕至樂城，訪張子容，張以東道主的身分在縣衙設宴款待同鄉舊友，二人有詩贈酬，孟浩然賦〈除夜樂城逢張少府作〉以記當時情景。宴會結束後，又於張宅守歲敘舊。守歲以接長宴，詩旨也由重逢的喜悅變換為客中度歲的感慨。這一夕談話的結果如何，詩中未涉及。後來的事實是張子容辭官歸襄陽矣。

途中遇晴

【題解】此詩作於入蜀途中。表達雨過天青的欣喜之情。

已失巴陵雨❶，猶逢蜀阪泥❷。天開斜景遍❸，山出晚雲低。餘濕猶沾草，殘流尚入溪。今宵有明月，鄉思遠淒淒❹。

【注釋】❶已失巴陵雨　意謂路過巴陵時在下著的雨停了。巴陵，今湖南岳陽。❷猶逢蜀阪泥　意謂踏上蜀地山坡，道路泥濘。蜀阪，蜀地山坡。以上二句交代路線是溯江而上，經湖北入蜀。❸天開斜景遍　天氣放晴，斜陽照遍大地。❹淒淒　淒清悲傷。

【語　譯】路過巴陵時的大雨剛剛停歇，踏上蜀阪時道路泥濘。天氣放晴斜陽照遍大地，遠山青翠晚雲飄得很低。草葉上還掛著水珠，殘留的雨水還在流往小溪。今晚會有明月與我相伴，思念起家鄉愁苦淒涼。

【研　析】此詩作於入蜀途中，寫景生動傳神，頗受論家好評。沈德潛評曰：「狀晚霽如畫。」《唐詩成法》有進一步的描述，指出：首聯破題，第一句從上寫，第二句從下寫。頷聯實寫遇晴，是從上寫。頸聯描初晴景物，是從下寫。尾聯從途中寫旅寓。可謂法細如絲。抑揚曲折，無一直筆。

送告八從軍

【題　解】專記唐代氏族門第的《元和姓纂》無姓告者，《百家姓》中也不見有告姓。或疑為「郜」字之訛。竊以為「告八」為「告儿」之訛。因為詩中有「從君繼兩疏」之語，用「二疏」的典故，從軍者只能是詩人的同宗子侄輩。若為異姓，用此典就出格了。還要留意的是，「儿」字讀作「仁」，不是今天常用「兒」字的簡體字。此詩在勉勵侄子奮勇從軍的同時，也流露出詩人自己對建功立業的期待。

男兒一片氣，何必五車書❶。好勇方過我❷，多才便起余❸。運籌將入幕❹，養拙就閒居❺。正待功名遂，從君繼兩疏❻。

【注釋】❶五車書 《莊子·天下》：「惠施多方，其書五車。」後以形容讀書多。❷好勇方過我 意謂喜好勇武才算勝過我。《論語·公冶長》：「由也，好勇過我，無所取材。」❸多才便起余 意謂多才多藝就能發明我意。《論語·八佾》：「子曰：『起予者，商也，始可與言詩已矣。』」注：「孔子言子夏能發明我意，可與共言詩。」❹運籌將入幕 意謂你今天剛入幕府參與軍事。運籌，制定策略，籌劃戰略。入幕，參與軍機的幕僚。❺養拙就閒居 意謂我將安守本分，散居野處。❻正待二句 意謂等待你功成名就，我們一起踐行疏廣、疏受叔侄功成身退的佳話。據《漢書·疏廣傳》記載：漢宣帝時，疏廣為太傅，疏受為少傅。後同時告老，時人稱為「賢哉二大夫」。

【語譯】好男兒一片熱血丹心，不一定非要讀五車詩書不可。喜好勇武勝過於我，多才多藝深得我心。今天你進入幕府參與軍事，而我將安守本分閒居鄉野。等待你功成名就之後，我們一起踐行疏氏叔侄的佳話吧。

【研析】侄兒應徵入伍，詩人揮毫壯行。首聯緊扣題旨，說男子漢當有幹一番大事業的氣概，不可以只在書堆裡討生活，言下之意是，能應徵入伍是正確的選擇。頷聯稱讚侄兒本來就好勇而多才，如果再經過軍旅生活的鍛鍊，一定會有大出息。頸聯將侄兒入伍深造和自己閒散無成作對比，在勉勵侄兒珍惜機緣的同時，也流露出詩人自己對建功立業的期待。顯然詩人對自己「養拙就閒居」的處境並不滿意，他時刻希冀改變眼前這種狀態。尾聯以宿願作結：當我們都對社會有所貢獻、人生價值得以實現後，我們就一起踐行疏廣、疏受功成身退的佳話。烈士暮年，壯心不已。

送席大

【題　解】席大，事蹟不詳。當為孟浩然同鄉好友。

惜爾懷其寶，迷邦倦客遊❶。江山歷全楚❷，河洛越成周❸。道路疲千里，鄉園老一丘❹。知君命不偶❺，同病亦同憂❻。

【注　釋】❶惜爾二句　《論語・陽貨》：「陽貨欲見孔子，……謂孔子曰：『來，予與爾言，曰，懷其寶而迷其邦，可謂仁乎？』」注：「馬曰，言孔子不仕，是懷其寶也。知國不治而不為政，是迷邦也。」意謂席大懷濟世之才而不為世用，最終倦遊歸來。❷江山歷全楚　意謂足跡遍及楚國境內的山山水水。❸河洛越成周　意謂也奔波於黃河洛水之間。河洛，指黃河洛水地區。代指京都一帶。成周，《元和郡縣圖志・河南道・河南府》：「又卜瀍水東，召公往營之，是為成周，今河南府東故洛城是也。」❹老一丘　退隱在野，寄情山水。《漢書・敘傳》：「漁釣於一壑，則萬物不奸其志；棲遲於一丘，則天下不易其樂。」❺不偶　不遇。❻同病亦同憂　漢趙曄《吳越春秋・闔閭內傳》：「子不聞〈河上歌〉乎？同病相憐，同憂相救。」

【語　譯】可惜你懷抱濟世之才，卻不為世所用只能倦遊歸來。足跡遍及楚國山水，也曾奔波於黃河洛水之間。走過千萬里路終覺疲倦，最後退隱鄉園寄情山水。知道你和我一樣命途多舛，同病相憐，同憂相救。

【研　析】懷其寶而迷其邦，奔波千里，終老鄉園，席大懷才不遇的經歷和孟浩然相同，此詩所表達的，正是這種「同病亦同憂」的感情。用「懷寶迷邦」概括其生平大端恰如其分，無限感慨自在其中。用「鄉園老一丘」狀寫其結局，言外有辛酸之淚。棲遲於一丘，真是「天下不易其樂」《漢書・敘傳》嗎？同病相憐則可，同憂相救又能做到幾何？長太息以掩涕兮……

送賈昇主簿之荊府

【題　解】賈昇，襄陽主簿。主簿，唐代諸縣置主簿一人，掌管文書。荊府，指荊州大都督府。

奉使推能者❶，勤王不暫閑❷。觀風隨按察❸，乘騎度荊關❹。送別登何處，開筵舊峴山❺。征軒明日遠，空望郢門❻間。

【注　釋】❶奉使推能者　奉命出使是一把好手。能者，《周禮・鄉大夫》：「國中貴者、賢者、能者、服公事者、老者、疾者……」鄭氏注：「賢者，有德行者。能者，有道藝者。」❷勤王不暫閑　意謂為朝廷事奔忙，總無閒著的時候。❸觀風隨按察　陪同按察使到地方視察。❹荊關　指襄陽南荊山之關，從襄陽至荊州必經之地。❺峴山　又名峴首山，在襄陽城東南七里。❻郢門　意指郢中地界。

【語譯】奉命出使是一把好手，為朝廷奔忙終日不閒。陪同按察使到地方視察，乘馬經過襄陽南荊山關。送別賈君該登臨何處，峴山是餞行的好地方。明日上路你將越走越遠，我用思念伴你穿過郢州城門。

【研析】《寶刻叢編》卷三有〈唐裴觀德政碑〉，開元八年立於峴山，其碑主為襄州刺史裴觀，其時遷梁州都督、山南道按察使，為撰碑文者，即這位賈昇主簿。金石文字，千古流傳，古人是特別看重的，故非大手筆不可為。由此可見，賈昇職位雖低，才略並不低。今天賈昇要赴荊州大都督府公幹，孟浩然賦此詩壯行，稱其「勤王不暫閑」，描繪了一位幹練良吏的身影。

送王大校書

【題解】王大校書，指王昌齡，釋褐祕書省校書郎。參見〈送王昌齡之嶺南〉題解。

導漾自嶓冢❶，東流為漢川❷。維桑君有意❸，解纜我開筵。雲雨從茲別❹，林端意渺然❺。尺書能不吝❻，時望鯉魚傳❼。

【注釋】❶導漾自嶓冢　意謂漢水從遙遠的嶓冢發源。嶓冢，嶓冢山，在陝西漢中寧強北，漢水上游漾水發源地。❷東流為漢川　意謂漾水東流至漢川始稱漢水。漢川，漢水。❸維桑君有意　意謂王昌齡有還鄉意。維桑，指故鄉。《詩經・小雅・小弁》：「維桑與梓，必恭敬止。」後以桑梓、維桑代指家鄉。❹雲雨從茲別　雲飛雨散，好朋友從現在分手了。❺林端意渺然　意謂遙望林端，心隨友人一道遠去。渺然，曠遠貌。❻尺書能不吝　意謂相信不會吝惜寫一封信來。尺書，書信。古代用簡帛作書，尺書喻其短。❼時望鯉魚傳　時刻等候鯉魚帶書信來。〈飲馬長城窟行〉：「客從遠方來，遺我雙鯉魚。呼兒烹鯉魚，中有尺素書。」

【語譯】漢水從遙遠的嶓冢發源，東流至漢川才稱為漢水。聽君有還鄉意願，我在漢水上為你餞行。雲飛雨散好友從此相別，遙望雲端心隨友人一道遠去。相信你不會吝惜寫封信來，我時刻等候著鯉魚帶回消息。

【研析】開元二十七年，王昌齡貶嶺南，路過襄陽，孟浩然在送別詩中寫道：「已抱沉痼疾，更貽魑魅憂。」（〈送王昌齡之嶺南〉）以抱病之軀為友人的途中安危擔憂。一年後，老友平安返回，並將北歸關中，孟浩然設宴熱情款待，盡興暢飲，並寫下這首送別詩。正是這次飲宴，詩人「食鮮疾動」，不久因舊病復發而辭世，這首詩也成為絕唱。「導漾自嶓冢，東流為漢川」，舉源遠流長的漢水為秦中和襄陽的兩個血性男兒的友情作證，可謂發興高遠，想落天外。不久王維過襄陽，在〈哭孟浩然〉中，也詠出了「故人不可見，漢水日夕流」的詩句。本年，李白遊巴陵，到襄陽看望孟浩然，作〈贈孟浩然〉，即「吾愛孟夫子，風流天下聞」那一首。王士源也用「導漾炳靈，實生楚英」之語稱頌孟浩然。眾多詩人歌哭於斯，相信漢水會記著孟浩然、王昌齡、王維、李白等這些盛唐詩壇鉅子。推想當年孟浩然編撰《襄陽耆舊傳》續編時，不會把自己擺到顯著地位，但後來的事實告訴我們，「孟浩然」是襄陽這塊土地上產生的最有影響力的歷史文化名人，一個永垂不朽的英名。

廣陵別薛八

【題解】廣陵，今江蘇揚州。薛八，事蹟不詳。據詩意，可能是孟浩然在遊吳越期間結交的朋友。

士有不得志❶，淒淒吳楚間❷。廣陵相遇罷，彭蠡泛舟還❸。檣出江中樹，波連海上山。風帆明日遠，何處更追攀❹。

【注釋】❶不得志　《孟子·盡心》：「古之人，得志澤加於民，不得志修身見於世，窮則獨善其身。」注：「不得志，謂賢者不遭遇也。」❷淒淒吳楚間　意謂在江南一帶淒慘度日。淒淒，悲傷；淒慘。吳楚，春秋戰國時吳國楚國之地，泛指江南。❸廣陵二句　意謂在廣陵見面以後，我將取道彭蠡泛舟而歸。彭蠡，彭蠡湖，即今鄱陽湖，在廬山以南。此用指九江。❹風帆二句　意謂從明天起兩人所乘的船將越走越遠，那麼在什麼地方才能再見面呢。追攀，追隨；跟隨。

【語譯】讀書人總是有抱負不得施展，奔波在江南一帶淒慘度日。在廣陵我們見面過後，我將取道彭蠡泛舟而歸。江樹叢中露出高高的桅杆，波濤湧起連著海上的山巒。從明天起帆船漸行漸遠，在什麼地方才能再見面呢。

【研　析】這位薛八的經歷與孟浩然相彷彿，也是仕途失意而浪跡吳楚間的，廣陵一別，後會無期，此詩所表達的，就是這種人生失落感。此詩起調雄渾，一氣呵成，篇法之妙，不見句法，受到論家好評。此詩可與〈送席大〉並讀。「檣出江中樹，波連海上山」一聯，承接前面「彭蠡泛舟還」之語，在描寫景物的同時，準確傳達出船在前行、人在回顧的情景，真切動人。背道而行，自然要出現「風帆明日遠」的結果，則結句的嘆息為有源之水，令人信服。

同盧明府早秋宴張郎中海亭

【題　解】盧明府，為襄陽縣令盧僎，字禾成，范陽人。《集古錄》著錄有〈唐襄陽令盧僎德政碑〉，可見他在襄陽令任上頗有政績，深得民心。張郎中，指張願。海亭，指張願在襄陽的宅第海園。

側聽弦歌宰❶，文書游夏徒❷。故園欣賞竹❸，為邑幸來蘇❹。華省
曾聯事❺，仙舟復與俱❻。欲知臨泛久，荷露漸成珠。

【注　釋】❶側聽弦歌宰　聽說盧明府治縣有方，教化大行。側聽，聽說。弦歌宰，《論語·陽貨》：「子之武城，聞弦歌之聲。」子游為武城宰，弦歌而治。❷文書游夏徒　意謂在文學方面是子游、子夏一類人物。文書，文學，指從事文字工作。游夏，孔子的弟子子游、子夏。《論語·先進》：「文學，子游、子夏。」徒，同

輩。❸故園欣賞竹　意謂在故鄉家園裡欣然觀賞竹林景物。故園，參見〈秋登張明府海亭〉題解。❹為邑幸來蘇　很幸運盧明府到襄陽來救助百姓。為邑，擔任邑宰。幸，幸運。來蘇，謂因其人來使困苦中人能得蘇息。《尚書・仲虺之誥》：「攸徂之民，室家相慶曰：『徯予後，後來其蘇。』」孔氏傳：「湯所往之民皆喜曰，待我君來，其可蘇息。」❺華省曾聯事　意謂盧明府、張郎中有同在尚書省供職的交誼。❻仙舟復與俱　又一起泛舟湖上。仙舟，用郭太、李膺故事。參見〈送張參明經舉兼向涇川覲省〉❻。

【語　譯】聽說盧明府治縣有方教化大行，有子游、子夏那樣的文學才能。張郎中在鄉園欣賞竹林，慶幸老同事到襄陽救助百姓。同在尚書省供職結下深情厚誼，今天又一起泛舟遊湖。想知道臨波泛舟有多久，看那荷葉上的露水漸漸凝成了珍珠。

【研　析】孟浩然此詩是酬和盧僎早秋宴張郎中海亭之作，而這一題材對於二人來說，都是一再重複的應景而為，因此難免「弦歌宰」、「華省舊」之類的陳詞濫調。較之〈盧明府早秋宴張郎中海園即事得秋字〉，此首「荷露漸成珠」五字稍有詩意。

崔明府宅夜觀妓

【題　解】崔明府，指崔姓任縣令者，名字不詳。或疑為崔國輔。崔國輔曾任山陰少府，開元二十三年（西元七三五年）應縣令舉，後授許昌令。孟浩然與之交誼深厚，集中有贈詩多首。

白日既云暮❶，朱顏亦已酡❷。畫堂初點燭，金幌半垂羅❸。長袖平陽曲❹，新聲〈子夜歌〉❺。從來慣留客，茲夕為誰多。

【注釋】❶白日既云暮　日落西山，天色向晚。《楚辭・九章・思美人》：「命則處幽，吾將罷兮，願及白日之未暮。」❷朱顏亦已酡　意謂酒已喝得上臉。酡，因飲酒而面有紅色。《楚辭・招魂》：「美人既醉，朱顏酡些。」❸金幌半垂羅　華麗的帷幔大都用綾羅製成。❹長袖平陽曲　舞為平陽侯家伎的優美舞姿。長袖，《韓非子・五蠹》：「鄙諺曰，長袖善舞，多錢善賈。」平陽曲，漢武帝衛皇后，本為平陽侯家歌女，得幸入宮。徐陵〈詠舞詩〉：「十五屬平陽，因來入建章。」❺子夜歌　為古樂府吳聲歌曲。後人在此基礎上創四時行樂之詞，謂之〈子夜四時歌〉。

【語譯】日落西山天色向晚，酒已半醉面色酡紅。華燈初上畫堂明亮，綾羅帳幔金碧輝煌。舞為平陽侯家伎的優美舞姿，歌是吳聲歌曲〈子夜歌〉的動人曲調。主人一向以待客為樂，今晚更是高朋滿座熱鬧非凡。

【研析】此詩記在崔明府宅夜觀伎樂情景。在唐代，富貴人家往往建有歌樓舞榭，或蓄養藝伎，以供娛賓遣興，這在詩人筆下多有描寫。此詩從日落西山、酒已微醉著筆，說明飲宴是夜以繼日。接著寫演出場面：金碧輝煌，場面熱烈。繼而寫節目：舞姿優美，歌曲動人。尾聯稱讚主人好客豪情。這是司空見慣的場景，其功能是耳目之娛。作為一首應景之作，不能指望有多大藝術感染力。

宴榮山人亭

【題　解】榮山人，事蹟不詳。山人，隱遁山林之士。

甲第開金穴❶，榮期樂自多❷。櫪嘶支遁馬❸，池養右軍鵝❹。竹引攜琴入❺，花邀載酒過❻。山翁來取醉❼，時唱接䍦歌❽。

【注　釋】❶甲第開金穴　意謂富豪之家打開了藏金之窟。戲謔語。甲第，豪門貴族的宅第。金穴，藏金之窟，比喻富豪。據《後漢書．皇后紀》記載：郭況家受光武帝賞賜金錢縑帛豐盛莫比，京師號況家為金穴。❷榮期樂自多　榮啟期有無窮之樂。《列子．無端》：「孔子遊於太山，見榮啟期行乎郕之野，鹿裘帶索，鼓琴而歌。孔子問曰：『先生所以樂者，何也？』對曰：『吾樂甚多。天生萬物，唯人為貴，而吾得為人，是一樂也。男女之別，男尊女卑，故以男為貴，吾既得為男矣，是二樂也。人生有不見日月不免襁褓者，吾既已行年九十矣，是三樂也。貧者士之常也，死者人之終也，處常得終，當何憂哉？』孔子曰：『善乎，能自寬者也。』」❸櫪嘶支遁馬　槽裡嘶叫著的是支遁養的馬。支遁馬，《世說新語．言語》：「支道林常養數匹馬，或言道人畜馬不韻，支曰：『貧道重其神駿。』」❹右軍鵝　據《晉書．王羲之傳》記載：王羲之曾用抄寫《道德經》換取山陰道士鵝。❺竹引攜琴入　意謂竹林引導客人攜琴入內彈奏。❻花邀載酒過　意謂花叢邀請客人來花下小酌。❼山翁來取醉　山翁特意前來暢飲。山翁，即山簡。參見〈高陽池送朱二〉❶。❽時唱接䍦歌　《世說新語．任誕》：

「山季倫為荊州時，出遊酣暢，人為之歌曰：山公一時醉，徑造高陽池……復能乘駿馬，倒著白接䍦。」接䍦，也作接離。帽名。

【語　譯】富豪家打開了藏金窟，榮啟期自有他無窮之樂。槽裡嘶叫著的是支遁馬，池中蓄游的是右軍鵝。竹林引領客人攜琴來彈奏，花叢邀請客人到花下小酌。山翁也特意前來暢飲，不時吟唱著接䍦之歌。

【研　析】此詩題目，《國秀集》、《文苑英華》作〈題榮二山池〉，似與詩中描寫更吻合些。詩的首聯以戲謔的語氣說榮宅是樂園。頷聯、頸聯具體展示園中可樂可賞種種，支遁馬、右軍鵝，啟人遐想；竹林可彈琴，花下宜擺酒，樂趣自在其中。尾聯寫來賓的不拘形跡，證明樂園名副其實。這些描寫所展示給讀者的，是主人公廣泛的生活情趣和樂天知命的精神世界。詩人顯然欣賞這種生活方式。與〈同盧明府早秋宴張郎中海亭〉、〈崔明府宅夜觀妓〉相較，此詩清新自然，有詩人的真情實感在焉。「竹引攜琴入，花邀載酒過」，生動傳神，頗堪尋味。

和賈主簿弁九日登峴山

【題　解】賈主簿弁，襄陽主簿賈弁。主簿，唐代諸縣置主簿一人，掌管文書。峴山，又名峴首山，在襄陽城東南七里。

楚萬重陽日❶，群公賞燕來。共乘休沐暇❷，同醉菊花杯❸。逸思高秋發，歡情落景催❹。國人咸寡和❺，遙愧洛陽才❻。

【注釋】❶楚萬重陽日　意謂在襄陽的楚山、萬山共度重陽佳節。楚萬，指楚山和萬山。楚山在襄陽西南八里。萬山在襄陽西，一名漢皋山，有鄭交甫遇神女的傳說。❷休沐暇　休假之暇。休沐，即休假。休息以洗沐。❸菊花杯　九日登高有飲菊花酒的風俗。傳統習俗，這一天要舉家登高，佩帶茱萸，飲菊花酒，據說可以避災長壽。❹歡情落景催　意謂在落日的催促下歡情顯得未能盡興。❺寡和　指曲高和寡。❻洛陽才　此以賈誼推許賈昇。潘岳〈西征賦〉：「終童山東之英妙，賈生洛陽之才子。」

【語譯】在楚山、萬山共度重陽佳節，與諸位大人共賞秋景。充分享受休假的空閒，一同喝醉在菊花酒裡。秋高氣爽意興高漲，太陽落山時興猶未盡。國人很少能唱和華美的詩篇，不敢與洛陽才子比試高低。

【研析】襄陽主簿賈昇職位雖低，文才出眾，隨長官於重陽節登高，賦〈九日登峴山〉一首，孟浩然寫此首以酬和，既呼應重九登高飲宴情事，也讚美賈主簿負英妙之才。又一首應景之作。

宴張別駕新齋

【題解】張別駕，指張姓任州郡別駕者，名字不詳。別駕，唐代上州設別駕一人，從四品下，與長史、司馬掌二府州之事，以綱紀眾務，通判列曹。

世業傳珪組❶，江城佐股肱❷。高齋徵學問，虛薄濫先登❸。講論陪諸子，文章得舊朋。士元多賞激❹，衰病恨無能❺。

【注釋】❶世業傳珪組　先人的功業是以玉圭、印綬相傳承的。世業，先人的功業。傳，傳承。珪組，指爵位、官職。珪，玉圭。組，印綬。❷江城佐股肱　在江城襄陽州擔任得力的輔佐之職。股肱，大腿和胳膊。比喻輔佐之臣。❸虛薄濫先登　學識淺薄者濫竽其間。詩人自謙之詞。❹士元多賞激　意謂獲得龐統那樣的高度評價。據《三國志・蜀書・龐統傳》記載：魯肅寫信給劉備，稱「龐士元非百里才也，使處治中、別駕之任，始當展其驥足耳」。❺衰病恨無能　惱恨自己年老多病，無所作為。

【語譯】先人的功業以玉圭、印綬相傳承，在江城襄陽擔任輔佐之職。新齋宴飲徵求學問之士，學識淺薄的我也濫竽其間。陪著諸公談經論道，舊朋好友爭顯文章詞采。別駕經綸滿腹有龐統之才，可惱我年老多病無所作為。

【研析】別駕在一州之內地位僅次於刺史，與長史、司馬掌二府州之事，是掌實權的人物。張別駕新齋落成，宴請境內名流，孟浩然應邀與會，賦此詩以記其事。既稱頌長官門第高貴，居官重要；又描述與宴者溫文爾雅，榮幸受邀而自嘆衰朽。恭維謙讓，應有盡有，這樣的應景詩不作也罷。詩中「士元多賞激」句用龐統典故比張別駕，自然牽出魯肅「龐士元非百里才也，使處治中、別駕之任，始當展其驥足耳」數語，以此形容張別駕恰如其分。浩然下筆佇興而作，用典精確，一絲不苟，於此略見。

閨情

【題　解】這是一首寫軍人家屬生活的詩。

一別隔炎涼❶，君衣忘短長❷。裁縫無處等❸，以意忖情量❹。畏瘦疑傷窄，防寒更厚裝。半啼封裹了❺，知欲寄誰將❻。

【注　釋】❶一別隔炎涼　意謂丈夫離家已經過熱冷兩種季節。即一年以上。❷君衣忘短長　意謂已記不準你衣服的長短了。忘短長，王筠〈行路難〉：「猶憶去時腰小大，不知今日身短長。」❸裁縫無處等　意謂裁縫時無處比照衣服大小。等，比較；衡量。❹以意忖情量　意謂想像中斟酌其大小。❺半啼封裹了　半夜時分封裹停當。❻知欲寄誰將　意謂知道該交給誰輸送到前方去。府兵制度下，有負責運輸衣物的專人。

【語　譯】你離家已一年有餘，我已記不準你衣服的長短尺寸。裁縫時無處比照衣服大小，只好在想像中斟酌長短。既怕縫得太窄不能穿著，又想裝厚一些能夠禦寒。半夜時分才封裹停當，知道該交給誰輸送到前方。

【研　析】唐初實行府兵制，士兵編入郡縣籍，前方將士的衣服要由出丁的家庭負擔，於是為戰士趕製寒衣就成為後方妻子的大事情。李白「長安一片月，萬戶擣衣聲」（〈子夜吳歌四首〉）的詩句，即記其實景。孟浩然此詩展示一位後方妻子夜間裁縫寒衣時的一個細節：因為丈夫離家一年多了，衣服的長短一時拿不準，既怕太窄了不好穿，又想防寒更厚裝，直到深夜才完成，封裹完畢，準備天亮交給輸送者。這是孟浩然筆下為數不多的表現客觀生活的作品之一，描繪詩中人動作神態及心理活動細緻入微，真切感人。固然沒有像李白那樣代為發出「何日平胡虜，良人罷遠征」（〈子夜吳歌四首〉）的呼籲，但詩人的情感傾向還是很清楚的。關注婦女的人生、命運，多角度地描繪其生存狀態，是詩人人道主義精神的反映。

寒　夜

【題　解】這是一首描寫閨中怨情的詩。

閨夕綺窗閉❶，佳人罷縫衣❷。理琴開寶匣，就枕臥重幃❸。夜久燈花落，薰籠香氣微❹。錦衾重自暖，遮莫曉霜飛❺。

【注　釋】❶閨夕綺窗閉　意謂閨房的華麗窗戶在夜間關著。綺窗，雕飾華美的窗戶。❷佳人罷縫衣　閨中女子停下手中的縫衣活計。佳人，美女。❸理琴二句　意謂打開琴匣取琴彈奏，然後又進入重重帷帳躺下。❹熏籠香氣微　熏籠傳出細微的香氣。熏籠，蓋在火爐上供熏香烘物和取暖的器物。❺遮莫曉霜飛　任隨凌晨天寒嚴霜降臨。

【語　譯】閨房的窗戶在夜間關著，閨中女子結束了手中的縫線。打開琴匣彈奏一曲，然後就枕在重重幃帳裡睡下。夜色深沉燈花跳躍，熏籠散發出細微的香氣。錦被厚重也很暖和，任隨凌晨天寒嚴霜降臨。

【研　析】外有征夫，內有怨女，這是古代社會上演不衰的人間活劇，也是作家筆下長寫不衰的社會題材。孟浩然此詩表現閨中女子空房寂寞的情態，通過動作和場景描寫，揭示其內心痛苦，是孟浩然關注人生的作品之一。詩中通過「綺窗」、「熏籠」、「錦衾」等，見其富足；「理琴」見其素養，她的獨居未必是由於生活所迫；從詩中甚至看不出她的怨尤，遂使讀者無從猜測，而深感這是帶有普遍性的社會問題。

張七及辛大見尋南亭醉作

【題　解】張七，事蹟不詳。辛大，指辛諤，孟浩然的同鄉故友。南亭，孟浩然澗南園中亭榭。

山公能飲酒❶，居士好彈箏❷。世外交初得❸，林中契已並❹。納涼風颯至❺，逃暑日將傾。便就南亭裡，餘尊惜解酲❻。

【注　釋】❶山公能飲酒　山公指晉代山簡，其任襄陽太守時常在習家池置酒醉飲。此處代指張七，稱其酒量好。❷居士好彈箏　辛居士有彈箏的雅好。居士，稱有才德而隱居不仕的人。❸世外交初得　意謂從最初確立作世外之交那時起。世外交，超脫世俗的交往。據《晉書・王羲之傳》記載：王羲之與許邁遊臨安西山，「未嘗不彌日忘歸，相與為世外之交」。❹林中契已並　意謂林中契已相互認同。林中契，參見〈還山貽湛法師〉❼。並，合同對接。❺納涼風颯至　意謂想在此處納涼，正好一陣清風颯然而至。❻餘尊惜解酲　意謂珍惜剩下的時光，接著喝酒，但求一醉。解酲，解酒饞。

【語　譯】張七如山公好酒量，辛居士則有彈琴的雅好。從最初確立作世外之交起，就達成了山林之友的默契。想納涼時一陣清風颯然而至，避暑直到太陽已然西斜。於是就在南亭接著歡飲，珍惜剩下的美好時光。

【研　析】兩位山居野處的詩酒好友登門來訪，南亭涼風颯然而至，既可逃暑，又便彈琴，不妨開懷暢飲。此詩記三人這次夏日小聚。張七酒量好，辛大琴藝高，此聚的歡娛可以期待。更難得的是，為要納涼，便有涼風颯然而至，可謂天遂人願。而最難得的是三人的性情契合：詩人用「世外交初得，林中契已並」來描述，彷彿「世外交」是一種寶物，久覓而得，令人珍惜；「林中契」是一紙合同文書，可以持之檢驗。將抽象的心理思維化為具體可感的實物，富有創造性。

同獨孤使君東齋作

【題　解】獨孤使君，指襄州刺史獨孤冊。參見〈陪獨孤使君冊與蕭員外誠登萬山亭〉題解。東齋，當為府中廨宇。獨孤冊有〈東齋作〉，孟浩然以此奉和。

郎官舊華省❶，天子命分憂❷。襄土歲頻旱，隨車雨再流❸。
雲陰自南楚❹，河潤及東周❺。廨宇宜新霽，田家賀有秋❻。
竹間殘照入，池上夕陽浮。寄謝東陽守❼，何如八詠樓❽？

【注　釋】❶郎官舊華省　意謂曾在中央清要顯貴的官署擔任郎官。華省，參見〈盧明府九日宴袁使君張郎中崔員外〉❼。❷天子命分憂　意謂奉天子之命來此地，擔負著為朝廷分憂的重責。❸襄土二句　意謂襄陽這地方本來連年旱災，獨孤使君一到任，老天接連下起雨，旱災於是解除了。❹南楚　指江陵一帶。《漢書・高帝紀上》：「羽自立為西楚霸王。」顏師古注引孟康語：「舊名江陵為南楚，吳為東楚，彭城為西楚。」❺東周　指洛陽。參見〈上巳日洛中寄王九迥〉❶。❻廨宇二句　雨後新霽，官署舍宇宜人，農夫們慶祝莊稼豐收。❼寄謝東陽守　意謂寄語東陽太守，讓他說說看。東陽守，南朝梁沈約曾任東陽太守。❽何如八詠樓　意謂請沈約評論，今日獨孤使君的〈東齋作〉與老前輩當年元暢樓〈八詠雜詩〉高下如何。八詠樓，本名元暢樓，在東陽郡，沈約任太守時曾在此作〈八詠雜詩．望秋月〉等，唐代詩人例以八詠樓相稱。《方輿勝覽．浙東路．婺州》：「八詠樓，在子城西，即沈隱侯元暢樓，至道間郡守馮伉更今名。」

【語　譯】曾在中央清要官署擔任郎官，奉天子之命來地方為朝廷分憂。襄陽本來連年旱災，甘霖和使君的車子同時降臨。陰雲直鋪到南楚天空，河水潤澤著東周大地。雨後新晴官舍多麼宜人，農夫慶祝今年莊稼豐收。殘陽餘暉映射在竹林，粼粼波光在地面上浮動。寄語東陽太守沈隱侯，獨孤使君的東齋是否賽過前輩的八詠樓？

【研　析】《金石錄》卷七著錄〈唐襄州刺史獨孤冊遺愛頌〉，李邕撰，蕭誠行書。孟浩然〈陪獨孤使君冊與蕭員外誠登萬山亭〉亦稱頌獨孤使君在襄陽之德政。此詩又奉和其〈東齋作〉。獨孤冊之原作已佚，但從孟浩然和篇中約略可推知其所寫：東齋閒望，時雨初晴，今年豐收在望，刺史心情舒暢。大約春中有一次祈雨活動，在「襄土歲頻旱」的大背景下，獨孤使君下車伊始，「隨車雨再流」，老天接連下起雨來，襄州大旱徹底解除。老百姓能不為賢太守的到來而歡欣鼓舞嘛！太守引為榮幸亦在情理之中。詩中稱頌獨孤使君由朝廷來到地方，德澤廣被，難能可貴。其東齋抒懷可與東陽太守沈約元暢樓八詠故事相提並論。表現了詩人對這位父母官尊崇感激之情。在孟浩然時代，襄陽歷任刺史都有遺愛碑，都對詩人呵護備至，真是「天不喪斯文」！

登龍興寺閣

【題解】龍興寺，據《輿地紀勝》記載：在岳州，下瞰灉湖。李白有〈與賈舍人於龍興寺剪落梧桐枝望灉湖〉。

閣道乘空出❶，披軒遠日開❷。逶迤見江勢❸，客至屢緣回❹。茲郡何填委❺，遙山復幾哉。蒼蒼皆草木❻，處處盡樓臺。驟雨一陽散，行舟四海來。鳥歸餘興滿，周覽更徘徊。

【注釋】❶閣道乘空出　意謂龍興寺閣的樓梯淩空而出。乘空，淩空；騰空。❷披軒遠日開　意謂推開窗戶可見遠日。❸逶迤見江勢　意謂登閣可見長江源遠流長。逶迤，長遠貌。❹客至屢緣回　意謂登閣的人總要在這裡回顧觀覽。❺填委　紛集；堆積。❻蒼蒼皆草木　意謂滿眼是蒼翠的草木之色。《尚書．益稷》：「帝光天之下，至於海隅蒼生。」孔氏注：「光天之下，至於海隅，蒼蒼然生草木，言所及廣遠。」

【語譯】龍興寺閣的樓梯淩空而出，推開窗戶就可望見遠處紅日。登閣可見長江水源遠流長，遊人在這裡都要四顧觀覽。岳陽城多麼繁華，遠處有一道道青山。彌望的是蒼翠的草木之色，處處盡是樓閣亭臺。驟雨過後太陽破雲而出，四面八方的船隻都在這裡交會。飛鳥歸林而我還餘興滿懷，通覽四周景色流連忘返。

【研析】孟浩然此詩描繪登岳州龍興寺閣所見景色：江勢逶迤，洞庭浩淼，蒼蒼草木，處處樓臺，陰晴變幻，氣象萬千，頗有「登高壯觀天地間」（李白〈廬山謠寄盧侍御虛舟〉）氣概。

本闍黎新亭作

【題解】本闍黎，事蹟不詳。疑為襄陽附近寺僧。闍黎，梵語阿闍黎的略稱，意謂高僧。

八解禪林秀❶，三明給苑才❷。地偏香界遠❸，心靜水亭開。傍險山查立❹，尋幽石逕回。瑞花長自下❺，靈藥豈須栽❻。碧網❼交紅樹，清泉盡綠苔。戲魚聞法聚，閑鳥誦經來。棄象玄應悟，忘言理必該❽。靜中何所得，吟詠也徒哉。

【注釋】❶八解禪林秀　意謂闍黎是具有八解修養的佛門高僧。八解，佛教稱八解脫，又名八背舍，即違背三界之煩惱，解脫其繫縛的八種禪定。後秦僧肇注《維摩詰所說經．佛道品》：「八解之浴池，定水湛然滿。布以七淨華，浴此無垢人。」禪林，泛指寺院。❷三明給苑才　意謂本闍黎達到三明境界，是佛界優秀人物。三明，佛教謂宿命明、天眼明、漏盡明。後秦鳩摩羅什譯《大智度論．釋初品》：「宿命、天眼、漏盡名為三明。……直知過去宿命事是名通，知過去因緣行業是名明；直知死此生彼是名通，知行因緣際會不失是名明；直盡結使不知更生不生是名通，若知漏盡更生復生是名明：是三明。」給苑，即佛家所謂給園，佛教祇樹給孤獨園的略稱。舍衛城有長者哀恤孤危，世人呼曰給孤獨，給孤獨長者買得祇陀太子之園林，施與眾僧。❸地偏香界遠　意謂寺院位於偏遠之地。香界，指寺院。❹傍險山查立　意謂新亭位於山崖錯峨之處。查立，形容山崖像樹椿一樣林立。❺瑞花長自下　意謂有鮮花開放，常見落英繽紛。❻靈藥豈須栽　意謂遍地靈藥，非人工種植。❼碧網　碧蘿。一種綠色的寄生攀援植物。北齊劉心書《新論・託附》：「蟨鼠附於蛩蛩，以攀追日之步；碧蘿附於青松，以茂淩雲之葉。」❽棄象二句　意謂不借助物象也能徹悟玄妙義理，不須用語言加以說明心中已領會真諦。棄象，佛教通常用形象表達義理，故謂象教，棄象更高超。忘言，是道家理念。《莊子・外物》：「荃者所以在魚，得魚而忘荃。蹄者所以在兔，得兔而忘蹄。言者所以在意，得意而忘言。」

【語　譯】本闍黎是具有八解修養的佛門高僧，抵達三明境界的給園人物。寺院位於偏遠之地，內心寧靜水亭更顯開闊。新亭建在山崖錯峨之處，尋幽探勝沿著石路迂迴。鮮花盛開落英繽紛，遍地靈藥哪需人工種植。碧蘿在紅樹梢頭纏繞，泉水底綠苔清晰可見。嬉戲的魚兒聞說法自動聚攏，悠閒的鳥兒聽誦經紛紛飛來。拋開物象也能徹悟玄妙義理，毋須言語心中已經領會真諦。寧靜中所悟無窮，連吟詠也顯得多此一舉。

【研　析】此詩為本闍黎新造亭子而作。新亭傍山臨水，左右花木扶疏，魚聞佛法而聚，鳥為誦經而來，堪稱修行性道勝境，也折射出詩人的精神追求。所寫自然風物，都塗上濃厚的佛教色彩，並糅以道家理念，給讀者超越塵世之感。

峴山送蕭員外之荊州

【題　解】峴山，又名峴首山，在襄陽城東南七里。蕭員外，指蕭誠，曾任司勳員外郎。開元二十年（西元七三二年），蕭誠已在荊州大都督府兵曹任，孟浩然此詩可能作於此前。

峴山江岸曲，郢水郭門前❶。自古登臨處，非今獨黯然❷。亭樓明落照，井邑秀通川❸。澗竹生幽興，林風入管弦。再飛鵬激水❹，一舉鶴沖天❺。佇立三荊使❻，看君駟馬❼旋。

【注　釋】❶郢水郭門前　意謂在襄陽城外送君遠行。郢水，此指漢水，流經襄陽，進而流向荊州一帶。❷黯然　因分別而情緒低落。江淹〈別賦〉：「黯然銷魂者，唯別而已矣。」❸井邑秀通川　意謂漢水兩岸布滿民居，風光秀麗。❹鵬激水　《莊子・逍遙遊》：「鵬之徙於南冥也，水擊三千里，摶扶搖而上者九萬里。」❺一舉鶴沖天　意謂展翅高飛，直上雲霄。一舉，《漢書・張良傳》：「鴻鵠高飛，一舉千里。羽翼以就，橫絕四海。」鶴沖天，《韓非子・喻老》：「有鳥止南方之阜，三年不翅，不飛不鳴。……雖無飛，飛必沖天。雖無鳴，鳴必驚人。」❻佇立三荊使　意謂等待前往三荊的使者。三荊，鄭樵《通志・地理一》：北荊州，今即伊陽縣；東荊州，後改曰淮州，今淮安郡；荊州，今南陽郡。此泛指荊州。❼駟馬　同拉一輛車的四匹馬。古代顯貴乘駟馬之車，因以指顯貴。

乘驅馬奏凱歸來。

【語　譯】峴山江岸彎彎曲曲，在襄陽城外送君遠行。這是自古以來登臨送別的地方，並非獨獨今天因分別而黯然。亭臺樓閣在夕陽下明亮生光，漢水兩岸布滿民居風光秀麗。山澗竹林生發幽閒雅興，林中清風送管弦之聲。大鵬展翅水擊三千里，高飛直上九霄雲天。等待前往荊州的使者，乘驅馬奏凱歸來。

【研　析】〈唐襄州刺史獨孤冊遺愛頌〉，李邕撰文，蕭誠行書。〈白鹿泉神君祠碑〉，韋濟撰文，恆州司馬蘭陵蕭誠書。〈南嶽真君碑〉，荊府兵曹蕭誠書，開元二十年立。由以上信息約略可見大書法家蕭誠仕履。既然開元二十年已在荊州大都督府兵曹任，則此詩當作於此前。詩的前四句，寫登臨處的山水形勝，傷別中寓有滄桑之慨。中間四句，狀寫所見景物，表達美景激發的幽情逸興。結尾四句，祝願友人大展鴻圖，奏凱荊門。「再飛鵬激水，一舉鶴沖天」，用典巧妙，立意高遠。全詩情景交融，氣勢磅礴，是一首別開生面的送別詩。

宴崔明府宅夜觀妓

【題　解】崔明府，指崔姓任縣令者，名字不詳。或疑為崔國輔。崔國輔曾任山陰少府，開元二十三年（西元七三五年）應縣令舉，後授許昌令。孟浩然與之交誼深厚，集中有贈詩多首。

畫堂觀妙妓，長夜正留賓。燭吐蓮花豔，妝成桃李春。髻鬟低舞席，衫袖掩歌唇。汗濕偏宜粉，羅輕詎著身❶。調移箏柱促❷，歡會酒杯頻。倘使曹王見，應嫌洛浦神❸。

【注　釋】❶羅輕詎著身　意謂輕軟的羅衣也顯得太厚重，無法著身。❷調移箏柱促　意謂曲調變換，箏弦急促，奏出哀怨之音。侯瑾〈箏賦〉：「於是急弦促柱，變調改曲。」❸倘使二句　意謂假如陳思王曹植看見這樣的場景，他會嫌洛神宓妃不夠漂亮。曹植有〈洛神賦〉，其序曰：「黃初三年，余朝京師，還濟洛川。古人有言，斯水之神名曰宓妃，感宋玉對楚王說神女之事，遂作斯賦。」李周翰注：「魏曹植，字子建，魏武帝第三子也。初封東阿王，後改封雍丘王，死謚陳思王。洛神謂溺於洛水為也，植有所感，託而賦焉。」

【語　譯】畫堂觀賞歌伎曼妙的舞姿，漫漫長夜正好留住賓客。紅燭吐蕊可與蓮花爭豔，梳妝完畢可與桃李爭春。雲鬟半墮隨舞姿忽隱忽現，衫袖半掩朱唇飄出優美歌聲。香汗浸糊了新妝的胭脂，輕軟的羅衣也顯得厚重不堪。曲調變換箏弦急促奏出哀怨之音，歡筵盛會酒杯頻頻相碰。假如陳思王曹植見到這種場景，他也會嫌洛神宓妃不夠漂亮。

【研　析】〈崔明府宅夜觀妓〉與此詩背景全然相同，應是同時所作。前詩尾聯以「從來慣留客，茲夕為誰多」結，此詩以「畫堂觀妙妓，長夜正留賓」起，使二詩形成首尾銜接之致，顯然，詩人要展示前詩意猶未盡而擬向讀者加以強調之處，即藝伎表演是多麼優美動人。此詩中間四聯等於將前詩中「長袖平陽曲，新聲〈子夜歌〉」抽出來，另作更充分之展現，如同對畫面的局部加以放大，讓讀者感受到歡歌勁舞的酣暢淋漓，是一種選粹以突顯高潮的表現手法。

登安陽城樓

【題　解】安陽，唐代屬相州，即今河南安陽。但此詩描寫縣城南面漢江，又說江嶂開成南雍州，顯然與安陽不合。當為襄州安養縣，隔漢水與襄陽相望。

縣城南面漢江流，江嶂開成南雍州❶。才子乘春來騁望❷，群公暇日坐銷憂❸。樓臺晚映青山郭，羅綺晴驕綠水洲❹。向夕波搖明月動，更疑神女弄珠遊❺。

【注　釋】❶江嶂開成南雍州　意謂在漢水和荊山之間即古稱南雍州的襄陽城。江嶂，指漢江和荊山。南雍州，據《元和郡縣圖志・山南道》記載：「永嘉之亂，三輔豪族流於樊、沔，僑於漢水之側，立南雍州。」治所襄陽縣，直到唐代。❷騁望　縱目遠望。❸銷憂　消除煩憂。❹羅綺晴驕綠水洲　意謂羅綺裝束在晴日水濱十分耀眼。❺神女弄珠遊　弄珠，張衡〈南都賦〉：「耕父揚光於清泠之淵，遊女弄珠於漢皋之曲。」李善注：「《韓詩外傳》曰：鄭交甫將南適楚，遵彼漢皋臺下，乃遇二女，佩兩珠大如荊雞之卵。」

【語　譯】縣城南對面是日夜奔流的漢江，漢水荊山之間便是古代的南雍城。多情才子春日裡登樓遠望，官署吏佐假日裡也來城樓消憂。樓臺與青山在夕陽中交相輝映，羅衣裙帶在晴日水濱十分耀眼。暮色中波光搖曳著明月的倒影，疑是神女佩著明珠在水邊嬉遊。

【研析】安陽，唐代屬相州，即今河南安陽，在黃河以北。但此詩描寫縣城南面漢江，又說「江嶂開成南雍州」，顯然與安陽不合。據《舊唐書・地理志》記載：襄州領襄陽、安養、漢南、義清、南漳、常平六縣。又據《元和郡縣圖志・襄州》記載：安養縣在漢代稱鄧縣，即古樊城，天寶元年改名臨漢縣，治所樊城鎮，隔漢水與襄陽相望。今天襄樊之名即由此來。由此可見，詩題中「安陽」是傳寫中因音同而致誤，應作「安養」。此詩寫登安養樓城所見風光，由位置形勢寫到人物活動，盡現彌望美景，先敘事而後寫景，得悠遠不盡之妙。結句引入神女故事，更給全詩增添奇幻色彩。

登萬歲樓

【題解】萬歲樓，唐代潤州城樓之一。據《輿地紀勝・兩浙西路》記載：鎮江府「萬歲樓，在府城上。《京口記》云，晉王恭為刺史，改創西南樓名萬歲樓，西北樓名芙蓉樓」。

萬歲樓頭望故鄉，獨令鄉思更茫茫。天寒雁度堪垂淚，月落猿啼欲斷腸。曲引古堤臨凍浦❶，斜分遠岸近枯楊❷。今朝偶見同袍友❸，卻喜家書寄八行❹。

【注釋】❶曲引古堤臨凍浦　古堤彎彎曲曲下臨凍封的河岸。❷斜分遠岸近枯楊　遠岸延伸到枯楊林邊。❸同袍友　甘苦與共的好友。《詩經・秦風・無衣》：「豈曰無衣，與子同袍。王于興師，修我戈矛，與子同仇。」❹八行　一頁八行的信箋。舊時習用八行紙作書。

【語譯】站在萬歲樓上眺望故鄉，反使鄉思更濃更無邊際。天寒地凍，北雁南飛，簡直要催人淚下。明月落下，猿啼聲聲，更使人愁斷肝腸。蜿蜒的古堤下臨凍封的河岸，斜伸的江岸延伸到枯楊林邊。今日偶然遇見甘苦與共的朋友，更因可以捎去家書而歡喜萬分。

【研析】此詩抒寫登潤州城樓所觸發的無限鄉愁。天寒雁度、月落猿啼、古堤凍浦、遠岸枯楊，耳聞目接的諸般意象奔湧筆端，都在為鄉思加碼。偶見舊友，可以寄八行家書，最終為鄉愁找到出路。表現手法顯得別致。

春情

【題解】此為孟浩然集中為數不多的七律之一，可能作於早期。詩寫閨中人春日情思，前人評為豔而不俗。

青樓曉日珠簾映❶，紅粉春妝寶鏡催❷。已厭交情憐枕席，相將❸遊戲繞池臺。坐時衣帶縈纖草❹，行即裙裾掃落梅❺。更道明朝不當作❻，相期共鬥管弦來❼。

【注　釋】❶青樓曉日珠簾映　早晨的陽光透過珠簾照進閨房。青樓，古代女子居處通稱。珠簾，用珍珠綴成的簾子。❷紅粉春妝寶鏡催　寶鏡面前閨中人忙著梳妝。紅粉，本指女子用來化妝的胭脂和鉛粉，後用以指化妝或代指女子。❸相將　相互結伴。❹縈纖草　縈繞在細草之上。❺行即裙裾掃落梅　走起路來裙邊帶起落梅花瓣。❻不當作　唐代俗語。猶言先道個不該。❼相期共鬥管弦來　相約一起較量樂器。相期，相約。鬥，相互配合。

【語　譯】晨光透過珠簾照進閨房，寶鏡面前閨中人忙著梳妝。厭倦了在閨房流連於枕席之間，相互結伴去池臺遊戲玩耍。坐在地上衣帶縈繞著細草，走起路來裙邊帶起片片落花。說一聲明天對不起啦，已約好要一起較量樂器。

【研　析】此詩寫閨中少婦春日情思。她一大早起來，對鏡梳妝，穿戴整齊後，隨伴侶來園林亭臺玩耍，十分開心，並且相約明天還要來比試管弦演奏。前人評此詩寫得豔而不俗。具體言之，就是寫閨情而突出主人公的種種脫俗舉止和開朗性格，從而與同題材的浮豔庸俗之作劃清界限，使讀者耳目一新。從表現手法看，氣格音調顯得稚弱平板，與盛唐成熟的七律尚有距離。

洛中訪袁拾遺不遇

【題　解】洛中，指唐東都洛陽。袁拾遺，指袁瓘，曾為左拾遺，因罪流放嶺南。後為武陵丞、太祝，遷豫章尉，與孟浩然、張子容為友。拾遺，門下省屬官，掌供奉諷諫，扈從乘輿，從八品下。此詩作於開元十三年（西元七二五年）春，以賈誼比袁瓘，對他的才高遭貶表示同情。

洛陽訪才子❶，江嶺作流人❷。聞說梅花早❸，何如北地春❹？

【注　釋】❶洛陽訪才子　到洛陽來拜訪為世推許的高才之士。才子，以賈誼推許袁瓘。潘岳〈西征賦〉：「終童山東之英妙，賈生洛陽之才子。」❷江嶺作流人　成了長江、五嶺以南的流放者。江嶺，江外嶺南之地。唐代為放逐之地。流人，指流放者。古代刑法有流刑，即把犯人遣送到邊遠地方服勞役。官員失職遭貶，被發配荒遠之地也可稱流。❸梅花早　嶺南之地由於氣候溫暖，梅花早於北方開放。❹何如北地春　意謂怎能與北地春色相比。言外為袁鳴不平。

【語　譯】到洛陽拜訪為世推許的才士，他卻已成了長江、五嶺以南的流放者。聽說在南方梅花早早開放，可這又怎能與北地的春色相比呢？

【研　析】此詩是孟集中廣為傳誦的篇章之一，其所以為讀者所喜聞樂見，既因其題材之感人，也因其構思之新穎。詩的首句寫洛陽訪友，說他是賈誼那樣才華出眾的人物；擔任拾遺，正好發揮其聰明才智，為朝廷建設效力，這豈非讀書人的夢想嘛！可見詩人是滿懷欣喜來到洛陽的。次句寫不遇，原來友人已不在朝廷盡供奉諷諫之責，而是得罪遭遣，被流放於江嶺以南了。揆以情理，詩人會因這一消息而震驚，猜測友人得罪的由來。詩中沒有說出罪狀，讀者不難猜到會有兩種可能：因為拾遺是跟隨皇帝的，職責是批評朝政和報告壞消息，所以常犯兩宗罪，一是忠言忤旨，引起龍顏大怒，如杜甫疏救宰相房琯，差一點掉腦袋；一是奏事觸犯忌諱，引起權臣不滿，證成僭越罪過，如元稹、白居易元和年間的遭貶。可見這一類流放，以顛倒是非居多，遭此罪反倒是人品高潔的證明。本詩構思之新穎，主要表現為用梅花、春意抒懷，將對友人人品的讚許、處境的擔心、前途的祝禱之千言萬語，都藉物候特徵鮮明的梅花意象來表達，精煉含蓄，出人意表。

初下浙江舟中口號

【題解】浙江，指今浙江省錢塘江。口號，即口占，用於標題，表示這首詩是隨口吟出，不起草稿。孟浩然開元十八年（西元七三〇年）八月在錢塘縣觀潮，然後溯江西進，在舟中詠此詩。

八月觀濤罷❶，三江越海潯❷。回瞻魏闕路❸，空復子牟心❹。

【注　釋】❶八月觀濤罷　錢塘潮是天下奇觀，《元和郡縣圖記．杭州．錢塘縣》有「每年八月十八日，數百里士女共觀」的記載。參見〈與顏錢塘登障樓望潮作〉題解。❷三江越海潯　意謂三江位於越中海邊。三江，指松江、錢塘江、浦陽江。《國語．越語上》：「夫吳之與越也，仇讎敵戰之國也。三江環之，民無所移。」潯，水邊。❸回瞻魏闕路　回顧從洛陽以來的行程。魏闕，宮門前聳起的雙闕，因巍然高大，故稱。後因以指朝廷。《呂氏春秋．審為》：「身在江海之上，心居乎魏闕之下。」❹空復子牟心　意謂已經沒有魏公子牟那樣的心情了。空復，不再存有。子牟，戰國時魏公子牟封於中山，身在江海之上，心居魏闕之下。謝靈運〈遊赤石進帆海〉：「仲連輕齊組，子牟眷魏闕。」

【語　譯】八月觀罷錢塘江潮水，溯江西進到越中三江地帶。回顧從洛陽以來求仕的行程，已經沒有魏公子牟那樣的心情了。

【研　析】開元十八年，孟浩然東下吳越，其主要動機是借助山水之娛沖淡因考試失利而帶來的煩悶。可以想見，當其投身越中秀麗山水懷抱後，心頭愁雲為之一掃；而當八月觀濤罷，海之偉力更給詩人巨大的震撼和衝擊，詩人會更加覺得仕途失意並不是多麼嚴重的問題。此詩寫於觀潮甫畢，溯江西進舟中，衝口而出的小詩，表達與朝廷的距離越來越遠的感受。但既然在回瞻來路，證明詩人並未徹底忘懷魏闕。此後十年的事實證明，「空復子牟心」是一時的心境。

尋菊花潭主人不遇

【題　解】菊花潭，據史料記載：鄧州有菊潭縣，菊水出縣東石澗山。其旁多菊，水極甘馨，谷中三十餘家不復穿井，仰飲此水，皆壽百餘歲。又江陵府有菊潭，其源旁芳菊，彼涯其滋液極甘馨，谷中有三十餘家不得穿井，仰飲此水，上壽二、三百，中壽百餘，其七十、八十猶以為夭。而這兩處菊花潭，孟浩然都曾到過。

行至菊花潭，村西日已斜。主人登高❶去，雞犬空在家❷。

【注　釋】❶登高　指農曆九月初九日登高的風俗。參見〈九日得新字〉❷。❷雞犬空在家　只見雞犬在家。雞犬，除與九日登高有關外，據王充《論衡・道虛》記載：淮南王劉安得道，舉家升天，故「犬吠於天上，雞鳴於雲中」。此反用其典故，調侃主人把雞犬留下，自己走掉了。

【語　譯】出遊來到菊花潭，村西日頭已斜掛。主人外出登高去，只留雞犬在家中嘰嘰喳喳。

【研　析】此詩寫訪人不遇，簡煉含蓄，耐人尋味。中唐王建〈雨過山村〉云：「雨裡雞鳴一兩家，竹溪村路板橋斜。婦姑相喚浴蠶去，閑著庭中梔子花。」其構思與此詩相似。此詩還可以注意者：一是作為九日題材，這樣表現突破了菊酒、落帽之類的老一套，令讀者耳目一新。二是雞犬空在家的聯想。由於是反用劉安得道的典故，其調侃意味明顯，見出詩人與主人關係親近。在九日的傳說中，雞犬是死掉了。主人只顧自己登高，不顧雞犬死活，真太自私，也違背社會和諧的大義。

同張將薊門看燈

【題　解】張將，名字不詳，疑應為張將軍。薊門，薊州，幽州大都督府所在之薊縣，即今北京。看燈，觀賞燈火。古代習俗，一入新正，燈火日盛，元宵節前後舉行群眾觀燈集會，懸掛各式各樣的彩燈，燈火輝煌。

異俗非鄉俗❶，新年改故年❷。薊門看火樹❸，疑是燭龍❹然。

【注　釋】❶異俗非鄉俗　異地的風俗與家鄉的風俗不一樣。❷新年改故年　新年已到，舊年已成過去。❸火樹　比喻繁盛的燈火。晉傅玄〈朝會賦〉：「華燈若乎火樹，熾百枝之煌煌。」❹燭龍　古代傳說中的神名，張目或銜燭照耀天下。謝惠連〈雪賦〉：「若乃積素未虧，白日朝鮮，爛兮若燭龍銜耀照昆山。」李周翰注：「燭龍，昆山神也，常銜燭以照。」

【語　譯】異地風俗與家鄉不同，新年來到舊年過完。在薊門觀賞燦若火樹的燈火，疑心那就是銜燭照耀天下的神龍。

【研　析】元宵節觀燈是傳統習俗，南北大同小異。孟浩然此詩所記「薊門看火樹，疑是燭龍然」，特指燈節中之放煙火。這在煙花爆竹氾濫成災的今天已不足為奇，但在孟浩然所處的盛唐時期，是很稀罕的。據宋高承《事物紀原》記載：「火藥雜戲，始於隋煬帝。孟襄陽謂即火樹也。」所指即此詩。沈榜《宛署雜記》：「燕城煙火，有響砲、起火、三級浪、地老鼠、沙淌兒、花筩、花盆諸制。有為花草、人物等形者。花兒名百餘種，統名曰『煙火』。」此詩記在薊門看彩燈，也流露出一絲鄉愁。

張郎中梅園作

【題　解】張郎中，指張頎，曾任駕部郎中。參見〈秋登張明府海亭〉題解。張頎在襄陽別業中建有海園，亦稱海亭，疑此梅園即海園。

綺席鋪蘭杜❶，珠盤折芰荷❷。故園留不住，應是戀弦歌❸。

【注　釋】❶綺席鋪蘭杜　意謂蘭草、杜若鋪成綺羅般坐席。❷珠盤折芰荷　意謂菱葉、荷葉可以帶著水珠折來。以上二句形容園林環境景物的優美，是安居的理想場所。❸弦歌　依琴瑟詠歌。《論語・陽貨》：「子之武城，聞弦歌之聲。」子游為武城宰，弦歌而治之。

【語　譯】蘭草、杜若鋪成了綺羅坐席，菱葉、荷葉可以帶著水珠折來把玩。美麗的故園卻留不住主人，應該是熱心於政務沒有閒暇吧。

【研　析】主人不在，孟浩然獨自在張氏梅園徜徉。詩人看到蘭草、杜若鋪滿院落，草地上可坐可臥。菱葉、荷葉滿池，荷葉上還滾動著水珠，煞是可愛。而這些竟留不住主人；主人熱衷於弦歌音樂。不，主人熱心處理政務，他將有節奏的工作視作怡情的音樂。「弦歌」一語雙關，使小詩精神全出。在描繪張郎中形象的同時，也折射出詩人懷才不遇的失落感。

涼州詞

【題　解】涼州詞，郭茂倩《樂府詩集》將其歸入近代曲，並舉《樂苑》的解釋：「〈涼州〉，宮調曲。開元中，西涼府都督郭知運進。」涼州，即今甘肅武威。

渾成紫檀金屑文❶，作得琵琶聲入雲❷。胡地迢迢三萬里，那堪馬上送明君❸。

異方之樂令人悲❹，羌笛胡笳不用吹❺。坐看今夜關山月❻，思殺邊城游俠兒❼。

【注　釋】❶渾成紫檀金屑文　意謂天然生成上有金屑紋路的紫檀木實在是作琵琶的好材料。渾成，天然生成。

紫檀，紫檀木，紫紅色，質地堅實，多用於製作家具和樂器。金屑文，像金屑一樣的黃色紋路。❷作得琵琶聲入雲　作成琵琶能彈奏出嘹亮入雲的曲調。琵琶，彈撥樂器。漢代由西域傳入中國，經歷代不斷改進，成為今天這種樣式。聲入雲，形容聲音嘹亮，響徹雲霄。❸明君　王昭君。石崇〈王明君辭〉：「王明君者，本是王昭君，以觸文帝諱改之。匈奴盛請婚於漢，元帝以後宮良家子昭君配焉。昔公主嫁烏孫，令琵琶馬上作樂，以慰其道路之思。其送明君，亦必爾也。」❹異方之樂令人悲　李陵〈答蘇武書〉：「異方之樂，只令人悲，增忉怛耳。」❺羌笛胡笳不用吹　不要吹奏起羌笛、胡笳這樣樂器。羌笛，古代管樂器。長二尺四寸，三孔或四孔，因出於羌中，故名。胡笳，古代北方少數民族管樂器，類似笛子。❻關山月　塞上之月。又〈關山月〉為漢樂府橫吹曲名。《樂府詩集》所收歌詞是南北朝以來文人作品，內容多寫邊塞士兵久戍不歸傷離怨別的情景。❼游俠兒　古代稱豪爽好結交、輕生重義、勇於排難解紛的人。曹植〈白馬篇〉：「白馬飾金羈，連翩西北馳。借問誰家子，幽并游俠兒。」李善注：「布衣游俠，劇孟之徒也。」

【語　譯】金屑紋的紫檀木是作琵琶的好材料，作成的琵琶能彈奏出嘹亮入雲的曲調。胡地偏遠迢迢三萬里，怎能忍心馬上彈奏送昭君。

異地的音樂聽來令人悲切，請不要吹奏起羌笛、胡笳這樣的樂器。看看今夜這塞上明月，令多少游俠好漢鄉思愁斷腸。

【研　析】這二首七言絕句，是孟浩然為當時的流行歌曲所寫的歌詞。第一首詠昭君出塞，名貴的琵琶奏出嘹亮的曲調，伴送王昭君三萬里出塞行程，不言幽怨而怨情自出。「三萬里」就空間遼遠言，與杜甫「千載琵琶作胡語」（〈詠懷古迹五首〉其三）就時間言，異曲同工。第二首詠邊塞離情，月夜胡樂引發邊關將士無限鄉思。此後邊塞詩人多有此類作品。由此可見，孟浩然在盛唐時期的樂府詩創作中得風氣之先，郭茂倩《樂府詩集》不應漏載此二首。山水田園詩人王維集中有不少邊塞詩，「大漠孤煙直，長河落日圓」（〈使至塞上〉）的名句即王維詠出。孟浩然詠邊塞之詩以此首為標本。

初秋

【題解】這是一首詠初秋的詩。題目或作〈七夕〉，固然與所詠相符，但缺少七夕的標誌；還是題作〈初秋〉為宜。

不覺初秋夜漸長，清風習習❶重淒涼。炎炎暑退茅齋靜，階下叢莎看露光❷。

【注釋】❶習習　輕風和舒貌。❷階下叢莎看露光　階下莎草叢中可以看到點點露珠。

【語譯】不知不覺間初秋的夜晚漸漸長，清風習習夜色越來越顯得淒清蒼涼。茅齋靜寂炎炎暑氣退去，階下草叢已經可以看到點點露珠。

【研析】這首詩通過夜漸長、露乍起等物候，表現初秋的季節特徵。語雖平淡，但讀來給人以親切感，與陶淵明詩風很相近。

洗然弟竹亭

【題　解】洗然，孟浩然之弟，事蹟不詳。

吾與二三子❶，平生結交深。俱懷鴻鵠志❷，共有鶺鴒心❸。逸氣假毫翰❹，清風在竹林❺。達是酒中趣❻，琴上偶然音❼。

【注　釋】❶二三子　猶言諸君，幾個人。《論語·述而》：「子曰，二三子，以我為隱乎，吾無隱乎爾，吾無行而不與二三子者。」❷鴻鵠志　《史記·陳涉世家》：「陳涉少時，嘗與人傭耕，輟耕之壟上，悵恨久之，……陳涉太息曰：『嗟乎，燕雀安知鴻鵠之志哉！』」❸鶺鴒心　參見〈入峽寄舍弟〉⑬。❹逸氣假毫翰　意謂通過寫作詩文抒發高雅不俗的性情氣質。逸氣，清逸之氣。即高雅脫俗的氣質。假，借。毫翰，毛筆。借指寫作詩文。❺清風在竹林　意謂在竹林活動中表現出清高的品格。竹林，以竹林七賢相比況。阮籍、嵇康、山濤、向秀、劉伶、阮咸、王戎為竹林之遊，號稱竹林七賢。❻達是酒中趣　意謂飲酒時追求曠放達觀的樂趣。❼琴上偶然音　意謂雅興偶然而起，便隨意彈奏一曲，以抒發情志。

【語　譯】我與你們諸位兄弟，一向友愛情誼深厚。共同懷著鴻鵠之志，都有急難相助的心意。高雅的情趣藉詩文表達，清高的品格存在竹林之間。開懷共飲追求曠放的情懷，雅興偶然而起便隨意彈奏一曲。

【研　析】此詩詠兄弟間共同的志趣和歡樂生活情景，詩文遣興，琴酒自適，是詩人早期精神狀態的寫照。「逸氣」一聯富有表現力。「二三子」的典故用得輕鬆自如，典故附帶的意涵增加了表達的深厚程度，頗耐尋味。

齒坐呈山南諸隱

【題　解】齒坐，東晉襄陽人習鑿齒的遺座。據《晉書・習鑿齒傳》記載：習鑿齒家族富盛，世為鄉豪。鑿齒少有志氣，博學洽聞，以文筆著稱，曾任荊州刺史桓溫從事、荊州別駕、滎陽太守等，著《漢晉春秋》，以蜀為正統，以魏為篡逆，品評卓異。後因腳疾，廢歸襄陽。《襄陽耆舊傳》中的重要人物。山南諸隱，指隱於習鑿齒當年隱遁之所谷隱山隱者。

習公有遺座❶，高在白雲陲❷。樵子見不識，山僧賞自知。以余為好事❸，攜手一來窺。竹露閑夜滴，松風清晝吹。從來抱微尚❹，況復感前規❺。於此無奇策，蒼生奚以為❻。

【注釋】❶習公有遺座　《輿地紀勝．襄陽府》：「谷隱山，在襄陽縣東南十三里，晉習鑿齒隱遁之所，有僧寺曰興國院。」❷高在白雲陲　意謂習公遺座在高高的白雲中。陲，邊。❸以余為好事　意謂知道我對這些事感興趣。❹從來抱微尚　意謂從小立定志向。微尚，微小的志向。自謙語。❺前規　前人規範。《晉書．慕榮垂範記》：「宜述修前規，終忠貞之節。」❻於此二句　意謂諸位若無濟世良方，那麼百姓如何生活。此用謝安典故。《晉書．謝安傳》：「中丞高崧戲之曰：『卿累違朝旨，高臥東山，諸人每相與言，安石不肯出，將如蒼生何？蒼生今亦將如卿何？』」安甚有愧色。」

【語　譯】先賢習公留下的遺座，在那高高的雲端。樵夫見了自不認識，山僧懂得珍惜保護。知道我對這些事頗感興趣，相約一起前來探個究竟。竹葉上的露珠在夜間滴答落下，松林間的清風在白日輕輕吹拂。從小就立定了志向，更何況還感懷前人的風範。諸位隱客若無濟世良方，那麼老百姓該如何生活呢。

【研　析】此詩因習鑿齒事蹟感發而作。習鑿齒是《襄陽耆舊傳》中名聲顯赫的人物，其隱遁之所在襄陽東南十三里，有僧寺曰興國院。《晉書》本傳記載：鑿齒少有志氣，博學洽聞，以文筆著稱。先後擔任過荊州刺史桓溫從事、荊州別駕、滎陽太守等，說明他並非一開始就隱遁山林，而是有過一番轟轟烈烈的業績。習鑿齒著有《漢晉春秋》，以蜀為正統，以魏為篡逆，品評卓異，更能看出其操守，是一位稜角分明的政治人物。他的隱遁乃因腳疾，是不得已而為之。此詩由尋訪習鑿齒遺座生發，明白詠出「從來抱微尚，況復感前規」的心聲，表示要以習鑿齒為榜樣。同時寄語山南諸位隱逸之士：「於此無奇策，蒼生奚以為。」大聲疾呼，動員他們積極用世。這與李白〈梁園吟〉結尾用意相同，李白詩句是：「東山高臥時起來，欲濟蒼生未應晚。」此詩可能是孟浩然早期作品，表達了詩人積極用世的精神狀態。

送張郎中還京

【題　解】張郎中，指張願。張願由地方官改遷京官，要赴長安，孟浩然賦此詩贈別。

碧溪常共賞❶，朱邸忽遷榮❷。預有相思意，聞君琴上聲。

【注　釋】❶碧溪常共賞　意謂張宅所對的碧溪一帶，是二人經常遊賞的地方。碧溪，參見〈同張明府碧溪贈答〉題解。❷朱邸忽遷榮　意謂朱門忽然遇到榮遷京官的喜事。朱邸，漢代諸侯宅以朱紅漆門，故稱。後泛指高官府第。

【語　譯】碧溪一帶是我們經常遊賞的地方，你忽然遇到榮遷京官的喜事。聽聞你宛轉曼妙的琴聲，蘊含著別後相思的深情。

【研　析】襄陽張氏家族門第顯貴，張願長期在外為官，只有休假時偶爾回鄉，孟浩然與這位鄉賢共處的日子不會很多，所以「碧溪常共賞」之語，只可理解為多次共賞張宅海園，留下美好印象。今天遇到了鄉賢榮遷京中郎官，實在是府上大喜事。本為朱邸，早已榮耀得無以復加，今日之遷榮，屬錦上添花。對張宅來說，有它不多，無它不少；但出於禮儀，詩人還是應該道賀的。詩的後二句說，從行者的琴聲中，聽到別後相思的意蘊，證明詩人確實看重與這位鄉賢的友情。心有靈犀，表現手法奇特。

長樂宮

【題　解】長樂宮，漢高祖劉邦在長安所置宮殿，據《元和郡縣圖志・京兆府・長安縣》記載：漢長樂宮在長安縣西北十四里。高帝、太后先居此宮。五鳳二年（西元前五六年），鸞鳳集東闕樹上。王莽改為常樂宮。這是一首宮怨詩，詠長樂宮女青春老去的悲哀，而批判的矛頭指向最高統治者，是孟浩然干預現實生活的作品之一。

秦城舊來稱窈窕❶，漢家更衣應不少❷。紅粉邀君在何處❸？青樓苦
夜長難曉❹。
長樂宮中鐘暗來，可憐歌舞慣相催。歡娛此事今寂寞，唯有年年陵
樹哀❺。

【注　釋】❶秦城舊來稱窈窕　意謂秦代興樂宮以幽深著稱。秦城，指長樂宮。《類編長安志・宮殿室庭》：

「長樂宮，本秦之興樂宮也。高帝始居櫟陽，七年，長樂宮成，始居之。《漢宮殿疏》曰：『興樂宮，秦始皇造，漢重修。周回二十里，前殿東西四十九丈七尺，兩杼中三十五丈，深一十二丈。』高帝居此宮，後太后常居之。」窈窕，深遠貌。王延壽〈魯靈光殿賦〉：「旋室便娟以窈窕，洞房叫窱而幽邃。」❷漢家更衣應不少　意謂漢朝宮中便殿不少。更衣，換衣休息之所。《漢書．東方朔傳》：「後乃私置更衣，從室曲以南十二所，中休更衣，投宿諸宮，長楊、三柞、倍陽、宣曲尤幸。」❸紅粉邀君在何處　意謂少女邀君王去什麼地方。紅粉，美女。❹青樓苦夜長難曉　意謂在青樓之上過通宵。青樓，青漆塗飾的豪華閨樓。後多指妓館。❺歡娛二句　意謂這樣的尋歡作樂至今已成陳跡，不再被人提起，只有陵園的樹木發出哀怨之聲。

【語　譯】秦代興樂宮素以幽深著稱，漢朝的宮中便殿也應該不少。少女邀請君王去了什麼地方？原來在閨房裡度過了漫漫長夜。

長樂宮中的鐘鼓聲悄悄傳來，催促著歡歌豔舞要登場。這樣的尋歡作樂如今已成陳跡，只有陵園的樹木年年發出哀怨之聲。

【研　析】這是一首反映宮女怨情的詩，習慣稱為宮怨詩。宮中女性專為皇帝一人服務，人數以千計，等級律條森嚴。野蠻的宮女制度始於秦朝，漢承秦制，以後延續二千餘年。杜牧〈阿房宮賦〉中有描寫：「妃嬪媵嬙，王子皇孫，辭樓下殿，輦來於秦，朝歌夜弦，為秦宮人……一肌一容，盡態極妍，縵立遠視，而望幸焉。有不得見者，三十六年。」中唐白居易〈上陽白髮人〉是揭露封建宮廷廣選妃嬪這一制度罪惡的名篇。盛唐時期，王昌齡集中有一批宮怨詩，如〈西宮春怨〉、〈長信秋詞〉。孟浩然此詩屬同一性質。在關心婦女命運這一方面，王昌齡、李白、王維集中有充分表現，孟浩然得風氣之先。

渡揚子江

【題　解】此詩宋本等孟浩然詩集皆不載，宋劉辰翁評點本據《國秀集》補入。《唐詩品匯》作丁仙芝詩，《唐音統籤》、《全唐詩》據之入丁仙芝集中。按《國秀集》時代最早，作孟浩然當有所據，應較為可信。宋本孟有〈宿揚子津寄潤州長山劉隱士〉，其中「目極楓樹林」、「風霜徒夜吟」等句，與此詩江寒、楓葉景象相合，可能是同時所作。

桂楫中流望❶，京江兩畔明❷。林開揚子驛❸，山出潤州城❹。海盡

邊陰靜，江寒朔吹生❺。更聞楓葉下，淅瀝度秋聲❻。

【注　釋】❶桂楫中流望　意謂乘船在江中眺望。桂楫，桂木船槳。泛指船。中流，江水中。❷京江兩畔明　意謂長江兩岸景物歷歷在目。京江，長江別名之一，今鎮江、丹徒一帶。❸揚子驛　在江北揚子縣。❹潤州城　今江蘇鎮江。❺朔吹生　北風刮起。❻淅瀝度秋聲　意謂能聽到細微的秋風聲。淅瀝，狀聲詞。形容輕微的風聲、雨聲、落葉聲等。

【語　譯】乘船在江中眺望長江，兩岸景物歷歷在目。到揚子驛見樹林開闊，到潤州城見青山聳出。海水盡頭是靜寂的邊境，江水寒冷北風呼嘯。更聽到那楓樹林下，淅瀝的秋風聲已經響起。

【研　析】此詩與〈宿揚子津寄潤州長山劉隱士〉作於同時，所不同者，前一首懷人的意思更突出，「欲往大江深」、「煙波愁我心」等語，幾乎將景物掩蓋了。此詩寫泛舟揚子江中流所見景物，先以「京江兩畔明」總寫，繼之以「林開」、「山出」的所見，林楓秋聲的所聞，作具體展示，正如前人所評論的：寫景如在目前，不僅符合時令，形象鮮明，而且顯示出舟移景換的動態，「林開」二語，可作金山寺門榜對聯，讀來真切動人。此詩的著作權有爭議：芮挺章《國秀集》卷中收錄此詩，宋劉辰翁據以編入孟集並加評點。明高棅編《唐詩品匯》卷六三歸丁仙芝名下，後來胡震亨編《唐音統籤》卷九五、《全唐詩》卷一一四據以入丁仙芝集中。或以詩中所寫情景與孟同時作品所寫相合，將著作權判歸孟，似乎不能服人。茲可提出一條反證：丁仙芝為潤州曲阿（今江蘇丹陽）人，自幼對故土風物耳濡目染，往來江上，對兩岸景物了然於胸，當不至於如此「大開眼界」。又，由鎮江渡江是踏上故土，也不宜對楓林秋聲太敏感，倒是江南遊子易生鄉愁。如果這種分析大致成立，則此詩不歸丁仙芝為宜。

題梧州陳司馬山齋

南國無霜霰，連年對物華。青林暗換葉，紅蕊亦開花。春去無山鳥，
秋來見海槎。流芳雖可悅，會自泣長沙。

【說　明】此詩《文苑英華》卷二九〇收錄於宋之問名下，卷三一七又歸孟浩然。明胡震亨纂《唐音統籤》錄於孟浩然名下，於詩題下注明「一作宋之問詩」。宋劉辰翁評唐詩，徑稱作者為孟浩然。詩題中的「梧州」，唐代屬嶺南道，即今廣西梧州。孟浩然一生行跡未及嶺南；宋之問則因諂附張易之、武三思罪過，於神龍元年（西元七〇五年）、景雲元年（西元七一〇年）兩度貶徙嶺南，最後賜死欽州徙所。梧州，前往欽州途中必經之地。此詩前六句寫南中所見，尾聯以賈誼被貶長沙自比，都與宋之問身分相合，故知此詩為宋之問所作，當無可疑。

雨

片雨拂檐楹，煩襟四座清。霏微過麥隴，蕭瑟傍莎城。靜愛和花落，幽聞入竹聲。朝觀興無盡，高詠寄閒情。

【說　明】此詩見於皎然《杼山集》卷六，題作〈夏日登觀農樓和崔使君〉，又載姚合選《極玄集》卷下、《文苑英華》卷一五二、《唐詩紀事》卷七三、《唐僧弘秀集》卷一，題作〈微雨〉。此詩在孟浩然諸本中亦不見收錄，清季振宜《全唐詩稿本》補入孟集中，題作〈雨〉，未伸所據。可見此詩歸皎然較可信。

詠青

霧闢天光遠，春回日道臨。草濃河畔色，槐結路旁陰。欲映君王史，先標胄子襟。經明如可拾，自有致雲心。

【說明】此詩最早見於盛唐芮挺章編《國秀集》卷下，所署作者為荊冬倩，從目錄可知荊曾任校書郎。芮、荊、孟為同時代人，不大可能將作者弄錯。在敦煌殘卷伯二五六七中，署作者為孟浩然，王重民據以錄入《補全唐詩》。其實清編《全唐詩》卷二〇三已收此詩，為校書郎荊冬倩之作。可見此詩不宜繼續當作孟浩然詩。

送張舍人往江東

張翰江東去，正在秋風時。天晴一雁遠，海闊孤帆遲。白日行欲暮，滄波杳難期。吳洲如見月，千里幸相思。

【說明】此詩最早見於晚唐韋莊編《又玄集》卷上，錄在孟浩然名下。宋刻本《李太白文集》卷

一四、宋姚鉉編《唐文粹》卷一五、《文苑英華》卷二六九皆收錄此詩，歸李白。孫望輯《全唐詩補逸》卷五據《又玄集》補作孟浩然詩。但《全唐詩》卷一七五李白名下已錄此首，題曰〈送張舍人之江東〉，正文有二字之異。可見孫先生視為《全唐詩》之佚失察。詩寫秋日送人往江東，首聯「張翰」云云，是很自然的聯想，暗示友人秉性灑脫。中二聯借景抒懷，境界壯闊，寄慨遙深。「天晴」作「天清」，「天清」義勝。錘煉精工，入乎化境。尾聯以千里相思作結，語意與「我寄愁心於明月，隨君直到夜郎西」（李白〈聞王昌齡左遷龍標遙有此寄〉）相近，但較之更覺含蓄蘊藉。王夫之說「讀太白詩乃悟風華不由粉黛」，所舉例證即有「天清一雁遠」之句。

尋裴處士

涉水更登陸，所向皆清貞。寒草不藏徑，靈峰知有人。悠哉煉金客，
獨與煙霞親。曾是欲輕舉，誰言空隱淪。遠心寄白日，華髮回青春。對
此欽勝事，胡為勞我身。

【說明】此詩為孟郊作品，載陶湘影印北宋刻本《孟東野詩集》卷九，國家圖書館藏宋蜀刻本《孟東野文集》殘本目錄卷九中亦有此首。《全唐詩》卷三八〇歸孟郊。孫望《全唐詩補遺》從《永樂大典》卷一三四五〇收錄。《永樂大典》誤。

歲除夜有懷

迢遞三巴路，羈危萬里身。亂山殘雪夜，孤燭異鄉人。漸與骨肉遠，轉于奴僕親。那堪正飄泊，來日歲華新。

【說　明】此詩為崔塗詩，歷來無太大爭議。沈德潛《唐詩別裁》卷一二收錄此首，題作〈除夜有感〉，並有評語。

句

微雲淡河漢，疏雨滴梧桐。

【說　明】王士源〈孟浩然詩集序〉：「……閒遊祕省，秋月新霽，諸英聯詩，次當浩然，句曰：『微雲淡河漢，疏雨滴梧桐。』舉座嗟其清絕，咸以⿱竹坐筆，不復為綴。」據此知這一聯為孟浩然與祕省友人聯句語，未成篇。

逐逐懷良馭，蕭蕭顧樂鳴。

【說　明】《韻語陽秋》卷三云：「省試詩自成一家，非他詩比也。首韻拘於見題，則易於牽合；中聯縛於法律，則易於駢對，非若遊戲於煙雲月露之形，可以縱橫在我者也。王昌齡、錢起、孟浩然、李商隱輩皆有詩名，至於作省題詩，則疏矣。王昌齡〈四時調玉燭〉詩云：『祥光長赫矣，佳號得溫其。』錢起〈巨魚縱大壑〉詩云：『方快吞舟意，尤殊在藻嬉。』孟浩然〈騏驥長鳴〉詩云：『逐逐懷良馭，蕭蕭顧樂鳴。』李商隱〈桃李無言〉詩云：『夭桃花正發，穠李蕊方繁。』此等句與兒童無異。以此知省試詩自成一家也。」所引孟浩然名下二句實出自章孝標〈省試騏驥長鳴〉，其詩曰：「有馬骨堪驚，無人眼暫明。力窮吳阪峻，嘶若朔風生。逐逐懷良御，蕭蕭顧樂鳴。瑤池期弄影，天路擬飛聲。皎月誰知種，浮雲莫問程。鹽車今願脫，千里為君行。」載《文苑英華》卷一八五〈省試〉門六。同題尚有陳去疾作，二人皆元和十四年進士第。《增修詩話總龜後集》卷三一〈致格門〉引《丹陽集》，《唐音統籤》卷一〇八稱見《丹陽集》，皆誤。《全唐詩》卷五〇六歸章孝標。

北闕辭天子，南山隱薜蘿。

【說　明】《吟窗雜錄》卷一四正字王玄《詩中旨格》引，題作〈歸舊隱〉。陳尚君輯校《全唐詩補編》按云：「此二句疑為浩然〈歸故園作〉『北闕休上書，南山歸弊廬』之異文。」

只為陽臺夢裡狂，降來教作神仙客。

【說　明】《增修詩話總龜前集》卷一三〈警句門〉引《詩史》曰：「韓襄客者，漢南女子，為歌詩，知名襄漢間。孟浩然贈詩曰：『只為陽臺夢裡狂，降來教作神仙客。』」《蜀中廣記》卷一〇一、《宋詩話輯佚》卷下俱引之。

古籍今注新譯叢書

哲學類

新譯四書讀本　謝冰瑩等編譯
新譯學庸讀本　王澤應注譯
新譯論語新編解義　胡楚生編著
新譯孝經讀本　賴炎元等注譯
新譯易經讀本　郭建勳注譯
新譯乾坤經傳通釋　黃慶萱著
新譯易經繫辭傳解義　吳怡著
新譯禮記讀本　姜義華注譯
新譯儀禮讀本　顧寶田等注譯
新譯孔子家語　羊春秋注譯
新譯老子讀本　余培林注譯
新譯帛書老子　趙鋒注譯
新譯老子解義　吳怡著
新譯莊子讀本　黃錦鋐注譯
新譯莊子讀本　張松輝注譯
新譯莊子本義　水渭松注譯
新譯莊子內篇解義　吳怡著
新譯列子讀本　莊萬壽注譯
新譯管子讀本　湯孝純注譯
新譯墨子讀本　李生龍注譯
新譯公孫龍子　丁成泉注譯
新譯晏子春秋　陶梅生注譯
新譯鄧析子　徐忠良注譯
新譯荀子讀本　王忠林注譯
新譯尹文子　徐忠良注譯
新譯尸子讀本　水渭松注譯
新譯鶡冠子　趙鵬團注譯
新譯鬼谷子　王德華等注譯
新譯韓非子　傅武光等注譯
新譯呂氏春秋　朱永嘉等注譯
新譯韓詩外傳　孫立堯注譯
新譯淮南子　熊禮匯注譯
新譯春秋繁露　朱永嘉等注譯
新譯新書讀本　饒東原注譯
新譯新語讀本　王毅注譯
新譯潛夫論　彭丙成注譯
新譯論衡讀本　蔡鎮楚注譯
新譯申鑒讀本　林家驪等注譯
新譯人物志　吳家駒注譯
新譯張載文選　張金泉注譯
新譯近思錄　張京華注譯
新譯傳習錄　李生龍注譯
新譯呻吟語摘　鄧子勉注譯
新譯明夷待訪錄　李廣柏注譯

文學類

新譯詩經讀本　滕志賢注譯
新譯楚辭讀本　林家驪注譯
新譯楚辭讀本　傅錫壬注譯
新譯文心雕龍　羅立乾注譯
新譯六朝文絜　蔣遠橋注譯
新譯世說新語　劉正浩等注譯
新譯昭明文選　周啟成等注譯
新譯古文觀止　謝冰瑩等注譯
新譯古文辭類纂　黃鈞等注譯
新譯樂府詩選　溫洪隆注譯
新譯古詩源　馮保善注譯
新譯千家詩　邱燮友等注譯
新譯詩品讀本　成林等注譯
新譯花間集　朱恒夫注譯
新譯南唐詞　劉慶雲注譯
新譯唐詩三百首　邱燮友注譯
新譯宋詩三百首　陶文鵬注譯
新譯宋詞三百首　汪中注譯
新譯宋詞三百首　劉慶雲注譯
新譯元曲三百首　賴橋本等注譯
新譯明詩三百首　趙伯陶注譯
新譯清詩三百首　王英志注譯
新譯清詞三百首　陳水雲等注譯
新譯唐人絕句選　卞孝萱等注譯
新譯唐才子傳　戴揚本注譯
新譯拾遺記　石磊注譯
新譯搜神記　黃鈞注譯
新譯唐傳奇選　束忱等注譯
新譯宋傳奇小說選　束忱注譯
新譯明傳奇小說選　陳美林等注譯
新譯容齋隨筆選　朱永嘉等注譯
新譯明散文選　周明初注譯
新譯人間詞話　馬自毅注譯

新譯白香詞譜　劉慶雲注譯
新譯幽夢影　馮保善注譯
新譯菜根譚　吳家駒注譯
新譯小窗幽記　馬美信注譯
新譯圍爐夜話　馬美信注譯
新譯郁離子　吳家駒注譯
新譯歷代寓言選　黃瑞雲注譯
新譯賈長沙集　林家驪注譯
新譯揚子雲集　葉幼明注譯
新譯曹子建集　曹海東注譯
新譯建安七子詩文集　韓格平注譯
新譯阮籍詩文集　林家驪注譯
新譯嵇中散集　崔富章注譯
新譯陸機詩文集　王德華注譯
新譯陶淵明集　溫洪隆注譯
新譯江淹集　羅立乾等注譯
新譯庾信詩文選　歸　青注譯
新譯初唐四傑詩集　李福標注譯
新譯駱賓王文集　黃清泉注譯
新譯王維詩文集　陳鐵民注譯
新譯孟浩然詩集　楊　軍注譯
新譯李白詩全集　郁賢皓注譯
新譯李白文集　郁賢皓注譯
新譯杜甫詩選　張忠綱等注譯
新譯杜詩菁華　林繼中注譯
新譯高適岑參詩選　孫欽善等注譯
新譯昌黎先生文集　周啟成等注譯
新譯劉禹錫詩文選　閻　琦注譯

新譯柳宗元文選　卞孝萱等注譯
新譯白居易詩文選　陶　敏等注譯
新譯元稹詩文選　郭自虎注譯
新譯李賀詩集　彭國忠注譯
新譯杜牧詩文集　張松輝注譯
新譯李商隱詩選　朱恒夫等注譯
新譯范文正公選集　王興華等注譯
新譯蘇洵文選　羅立剛注譯
新譯蘇軾文選　滕志賢注譯
新譯蘇軾詞選　鄧子勉注譯
新譯蘇轍文選　朱　剛注譯
新譯曾鞏文選　高克勤注譯
新譯王安石文選　沈松勤注譯
新譯唐宋八大家文選　鄧子勉注譯
新譯柳永詞集　侯孝瓊注譯
新譯李清照集　姜漢椿等注譯
新譯陸游詩文選　韓立平注譯
新譯辛棄疾詞選　聶安福注譯
新譯歸有光文選　鄔國平注譯
新譯唐順之詩文選　馬美信注譯
新譯徐渭詩文選　周　群等注譯
新譯薑齋文集　平慧善注譯
新譯顧亭林文集　劉九洲注譯
新譯方苞文選　鄔國平等注譯
新譯袁枚詩文選　王英志注譯
新譯李慈銘詩文選　潘靜如注譯
新譯聊齋誌異全集　袁世碩等注譯
新譯聊齋誌異選　任篤行等注譯

新譯閱微草堂筆記　嚴文儒注譯
新譯浮生六記　馬美信注譯
新譯弘一大師詩詞全編　徐正綸編著

【歷史類】

新譯史記　韓兆琦注譯
新譯漢書　吳榮曾等注譯
新譯後漢書　魏連科等注譯
新譯三國志　吳樹平等注譯
新譯資治通鑑　張大可等注譯
新譯史記—名篇精選　韓兆琦注譯
新譯尚書讀本　吳　璵注譯
新譯尚書讀本　郭建勳注譯
新譯周禮讀本　賀友齡注譯
新譯逸周書　牛鴻恩注譯
新譯左傳讀本　郁賢皓等注譯
新譯公羊傳　雪　克注譯
新譯穀梁傳　顧寶田注譯
新譯春秋穀梁傳　周　何注譯
新譯戰國策　溫洪隆注譯
新譯國語讀本　易中天注譯
新譯說苑讀本　左松超注譯
新譯說苑讀本　羅少卿注譯
新譯新序讀本　葉幼明注譯
新譯吳越春秋　黃仁生注譯
新譯西京雜記　曹海東注譯
新譯列女傳　黃清泉注譯
新譯越絕書　劉建國注譯

新譯燕丹子　曹海東注譯
新譯東萊博議　李振興等注譯
新譯唐六典　朱永嘉等注譯
新譯唐摭言　姜漢椿注譯

宗教類

新譯金剛經　徐興無注譯
新譯高僧傳　朱恒夫等注譯
新譯碧巖集　吳　平注譯
新譯百喻經　顧寶田注譯
新譯楞嚴經　賴永海等注譯
新譯梵網經　王建光注譯
新譯法句經　劉學軍注譯
新譯六祖壇經　李中華注譯
新譯禪林寶訓　李中華注譯
新譯維摩詰經　陳引馳等注譯
新譯經律異相　顏洽茂注譯
新譯阿彌陀經　蘇樹華注譯
新譯無量壽經　邱高興注譯
新譯無量壽經　蘇樹華注譯
新譯妙法蓮華經　張松輝注譯
新譯景德傳燈錄　顧宏義注譯
新譯大乘起信論　韓廷傑注譯
新譯釋禪波羅蜜　蘇樹華注譯
新譯八識規矩頌　倪梁康注譯
新譯永嘉大師證道歌　蔣九愚注譯
新譯華嚴經入法界品　楊維中注譯
新譯地藏菩薩本願經　李承貴注譯
新譯悟真篇　劉國樑等注譯
新譯无能子　張松輝注譯
新譯坐忘論　張松輝注譯
新譯列仙傳　張金嶺注譯
新譯抱朴子　李中華注譯
新譯神仙傳　周啟成注譯
新譯性命圭旨　傅鳳英注譯
新譯老子想爾注　顧寶田等注譯
新譯周易參同契　劉國樑注譯
新譯道門觀心經　王　卡注譯
新譯養性延命錄　曾召南注譯
新譯樂育堂語錄　戈國龍注譯
新譯冲虛至德真經　張松輝注譯
新譯長春真人西遊記　顧寶田等注譯
新譯黃庭經・陰符經　劉連朋等注譯

軍事類

新譯司馬法　王雲路注譯
新譯尉繚子　張金泉注譯
新譯三略讀本　傅　傑注譯
新譯六韜讀本　鄔錫非注譯
新譯吳子讀本　王雲路注譯
新譯孫子讀本　吳仁傑注譯
新譯李衛公問對　鄔錫非注譯

教育類

新譯爾雅讀本　陳建初等注譯
新譯顏氏家訓　李振興等注譯
新譯聰訓齋語　馮保善注譯
新譯曾文正公家書　湯孝純注譯
新譯三字經　黃沛榮注譯
新譯百家姓　馬自毅等注譯
新譯幼學瓊林　馬自毅注譯
新譯增廣賢文・千字文　馬自毅注譯
新譯格言聯璧　馬自毅注譯

政事類

新譯商君書　貝遠辰注譯
新譯鹽鐵論　盧烈紅注譯
新譯貞觀政要　許道勳注譯

地志類

新譯山海經　楊錫彭注譯
新譯水經注　陳橋驛等注譯
新譯佛國記　楊維中注譯
新譯大唐西域記　陳　飛等注譯
新譯洛陽伽藍記　劉九洲注譯
新譯徐霞客遊記　黃　珅注譯
新譯東京夢華錄　嚴文儒注譯

◎新譯杜甫詩選

張忠綱、趙睿才、綦維／注譯

杜甫是中國詩歌史上最傑出的詩人。他的詩作充滿真摯的情感、愛國的情操，而且真實地反映時代的風貌，所以有人尊他為「詩聖」，有人譽之為「詩史」。杜甫共創作詩一千四百五十八首，本書精選其中的二百二十一題，二百七十首，篇目以編年為序，注譯為一最適合今人閱讀的杜詩選本。讀者可從中看到杜甫踽踽獨行的步履與憂患的一生，同時也見證唐朝由盛轉衰的關鍵。